H. D. Carlton

Haunting Adeline
(Band 1)

Übersetzt von Madlen Müller

HAUNTING ADELINE

USA TODAY & SPIEGEL BESTSELLERAUTORIN

H. D. CARLTON

DARK ROMANCE

VAJONA

Haunting Adeline

FSC www.fsc.org MIX Papier aus verantwortungsvollen Quellen FSC® C014138

Druck und Verarbeitung:
FINIDR, s.r.o.
Lípová 1965
737 01 Český Těšín
Czech republic

Übersetzung: Madlen Müller
Die Originalausgabe erschien 2021 unter dem Titel
»Haunting Adeline«.
Korrektorat: Désirée Kläschen, Susann Chemnitzer und Lara Späth
Umschlaggestaltung und Illustrationen: Stephanie Saw unter Verwendung von Motiven von Diana Gus
Satz: VAJONA Verlag GmbH, Oelsnitz

Vermittelt durch die Agentur:
WEAVER LITERARY AGENCY, 8291 W. COUNTY ROAD 00 NS., KOKOMO, IN 46901, USA

VAJONA Verlag GmbH
Carl-Wilhelm-Koch-Str. 3
08606 Oelsnitz

ISBN: 978-3-98718-341-6

Für Amanda und May

Zade und ich werden für immer euer sein.

Wichtiger Hinweis

Keine dieser Verschwörungen entstammt Antisemitismus oder Q Anon, sondern meiner eigenen verrückten Fantasie, den üblichen Verschwörungstheorien in den Medien und den vielen okkulten Horrorfilmen, die mein Vater früher geschaut hat.

Dieses Buch endet mit einem Cliffhanger. Der Inhalt ist sehr düster mit heftigen Situationen wie CNC (einvernehmliche Nicht-einvernehmlichkeit) und Dubcon zwischen den Hauptfiguren, grafisch dargestellter Gewalt, Menschenhandel, Stalking, Kinderhandel, Kinderopferung, der Erwähnung von Kindstod und expliziten sexuellen Situationen.

Es behandelt auch bestimmte Kinks wie Waffenspiele, Somnophilie, Fesselung und Erniedrigung.

Dieses Buch wurde aufgrund der Warnung bereits mehrfach aus dem Sortiment genommen. Weitere Hinweise findest du auch in Rezensionen und auf meiner Website oder du kannst mir direkt eine Nachricht schicken.

Deine psychische Gesundheit ist wichtig.

Prolog

Hat die Katze dich erwischt, Little Mouse?

Die Fenster meines Hauses zittern unter der Wucht des Donners, der über den Himmel rollt.

Ein Blitz schlägt in der Ferne ein und erhellt die Nacht. In diesem winzigen Moment zeigen die wenigen Sekunden blendenden Lichts den Mann, der vor meinem Fenster steht. Er beobachtet mich. Er beobachtet mich immer.

Ich folge meiner Routine, so wie ich es normal tue. Mein Herz setzt einen Schlag lang aus und beginnt dann heftig zu rasen, meine Atmung wird flach und meine Hände werden feucht. Es spielt keine Rolle, wie oft ich ihn sehe, er löst immer die gleiche Reaktion in mir aus.

Furcht.

Und Aufregung.

Ich weiß nicht, warum mich das in Aufregung versetzt. Irgendetwas stimmt nicht mit mir. Es ist nicht normal, dass flüssige Hitze durch meine Adern fließt und ein brennendes Kribbeln hinterlässt. Es ist nicht normal, dass mein Verstand anfängt, über Dinge nachzudenken, über die ich nicht nachdenken sollte.

Kann er mich gerade sehen? Mit nichts als einem dünnen Tanktop bekleidet, durch das sich meine Brustwarzen abzeichnen? Oder den Shorts, die kaum meinen Hintern bedecken? Gefällt ihm der Anblick?

Natürlich tut es das.

Deshalb beobachtet er mich ja, oder? Deshalb kommt er jede

Nacht wieder und wird immer dreister, während ich ihn im Stillen herausfordere. In der Hoffnung, dass er näher kommt, damit ich einen Grund habe, ihm ein Messer an die Kehle zu setzen.

Die Wahrheit ist, ich habe Angst vor ihm. Entsetzliche Angst, um genauer zu sein.

Der Mann, der vor meinem Fenster steht, gibt mir das Gefühl, in einem dunklen Raum zu sitzen, in dem das einzige Licht von dem Fernseher kommt, auf dessen Bildschirm ein Horrorfilm läuft. Es ist beunruhigend und ich möchte mich am liebsten verstecken, aber ein Teil von mir hält mich fest und setzt mich dem Schrecken aus. Dieser Teil genießt den Nervenkitzel.

Es wird wieder dunkel und die Blitze zucken in der Ferne.

Mein Atem wird immer schneller. Ich kann ihn nicht sehen, aber er mich.

Ich wende den Blick vom Fenster ab, drehe mich im dunklen Haus um und schaue hinter mich. Paranoid, dass er irgendwie einen Weg hineingefunden hat. Egal, wie tief die Schatten in Parsons Manor sind, der schwarz-weiß karierte Boden scheint immer sichtbar zu sein.

Ich habe das Haus von meinen Großeltern geerbt. Meine Urgroßeltern hatten das dreistöckige viktorianische Haus in den frühen 1940er-Jahren durch Blut, Schweiß, Tränen und mit dem Leben von fünf Bauarbeitern erbaut.

Der Legende nach – oder besser gesagt, nach Nana – fing das Gebäude während des Baus Feuer und tötete die Arbeiter. Ich konnte keine Zeitungsartikel über dieses unglückliche Ereignis finden, aber die Seelen, die in diesem Haus herumgeistern, stinken nach Verzweiflung.

Nana erzählte immer grandiose Geschichten, welche meine Eltern die Augen verdrehen ließen. Meine Mutter hatte nie etwas von dem geglaubt, was Nana erzählte, aber ich glaube, sie *wollte* es auch gar nicht.

Nachts höre ich manchmal Schritte. Es könnten die Geister der Arbeiter sein, die bei dem tragischen Brand vor achtzig Jahren ums Leben kamen, oder es könnte der Schatten sein, der vor meinem Haus steht.

Der mich beobachtet. Mich immer beobachtet.

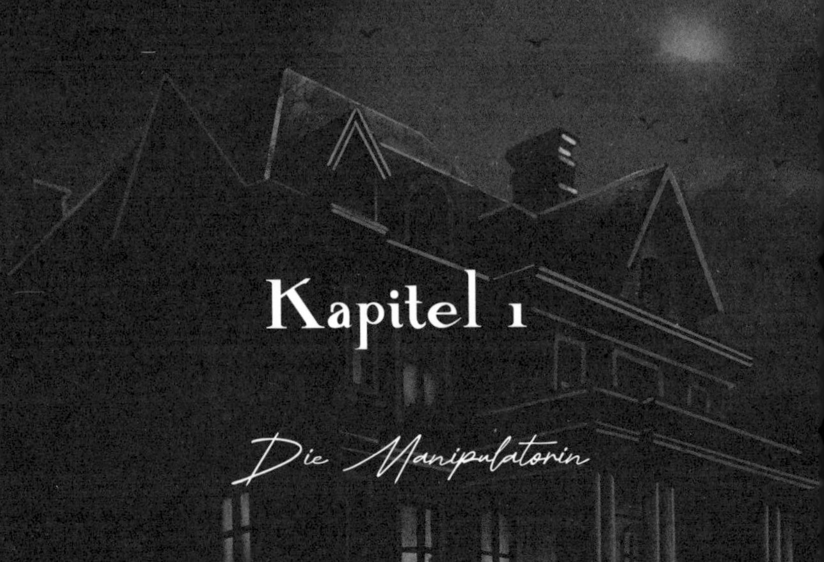

Kapitel 1

Die Manipulatorin

Manchmal hege ich finstere Gedanken meiner Mutter gegenüber – Gedanken, die keine vernünftige Tochter jemals haben sollte. Gelegentlich bin ich nicht ganz bei Verstand.

»Addie, du bist albern«, sagt Mom durch den Lautsprecher meines Telefons. Ich starre es an und weigere mich, mit ihr zu diskutieren. Als ich nichts erwidere, seufzt sie laut. Ich rümpfe die Nase. Es macht mich wahnsinnig, dass diese Frau Nana immer als dramatisch bezeichnet hat, aber ihren eigenen Hang zur Dramatik nicht erkennt.

»Nur, weil deine Großeltern dir das Haus geschenkt haben, heißt das nicht, dass du auch wirklich darin wohnen musst. Es ist alt und du würdest allen in der Stadt einen Gefallen tun, wenn du es abreißen lassen würdest.«

Ich schlage den Kopf gegen die Nackenstütze, rolle mit meinen Augen und versuche, die Geduld am fleckigen Dach meines Autos zu finden.

Wie habe ich es geschafft, Ketchup da hochzubekommen?

»Und nur, weil *du* es nicht magst, heißt das nicht, dass ich nicht darin leben kann«, erwidere ich trocken.

Meine Mutter ist ein Miststück. Ganz einfach. Sie war schon immer leicht reizbarer Stimmung und ich kann mir beim besten Willen nicht erklären, warum.

»Du wirst eine Stunde von uns entfernt wohnen! Das wird

unglaublich unpraktisch für dich, wenn du uns besuchen kommst, oder nicht?«

Oh, wie soll ich das nur überleben?

Ich bin mir ziemlich sicher, dass auch meine Frauenärztin eine Stunde entfernt ist, aber ich bemühe mich trotzdem, einmal im Jahr zu ihr zu gehen. Und diese Besuche sind sehr viel unangenehmer.

»Nein«, antworte ich gedehnt. Ich habe genug von diesem Gespräch. Meine Geduld hält nur geschlagene sechzig Sekunden an, wenn ich mit meiner Mutter spreche. Danach laufe ich auf Reserve. Ich habe keine Lust mehr, mich weiter anzustrengen, um das Gespräch am Laufen zu halten.

Wenn es nicht das eine ist, ist es das andere. Sie findet immer etwas, worüber sie sich beschweren kann. Dieses Mal ist es meine Entscheidung, in dem Haus zu leben, das mir meine Großeltern vermacht haben. Ich wuchs in Parsons Manor auf, rannte neben den Geistern durch die Flure und backte mit Nana Kekse. Ich habe viele schöne Erinnerungen an diese Zeit – Erinnerungen, die ich nicht loslassen will, nur weil Mom nicht gut mit Nana ausgekommen ist.

Ich habe die Spannungen zwischen den beiden nie verstanden, aber als ich älter wurde und anfing, Mamas bissige und hinterhältige Beleidigungen als das zu begreifen, was sie waren, ergab es Sinn.

Nana hatte immer eine positive, sonnige Einstellung zum Leben und sah die Welt durch eine rosarote Brille. Sie hat immer gelächelt und gesummt, während Mom dazu verdammt ist, ständig finster dreinzuschauen und das Leben so zu betrachten, als wäre ihre Brille zerbrochen, als sie aus Nanas Vagina gepresst wurde. Ich weiß nicht, warum ihre Persönlichkeit nie über die eines Stachelschweins hinausgewachsen ist – sie wurde eigentlich nicht dazu erzogen, ein kratzbürstiges Miststück zu sein.

Als ich klein war, hatten meine Mutter und mein Vater ein Haus, nur eine Meile von Parsons Manor entfernt. Sie konnte mich kaum ertragen, also verbrachte ich die meiste Zeit meiner Kindheit in diesem Haus. Erst als ich aufs College ging, verließ meine Mom die Stadt, eine Stunde weit weg. Als ich das College verließ, zog ich zu ihr, bis ich wieder auf eigenen Beinen stand und meine Schriftstellerkarriere in Schwung kam.

Und als es dann so weit war, beschloss ich, durch das Land zu reisen und mich nie wirklich an einem Ort niederzulassen.

Nana war vor einem Jahr gestorben und hatte mir das Haus per Testament überlassen, aber meine Trauer hatte mich daran gehindert, in Parsons Manor einzuziehen. Bis jetzt.

Mama seufzt wieder durch das Telefon. »Ich wünschte nur, du hättest mehr Ehrgeiz im Leben, anstatt in der Stadt zu bleiben, in der du aufgewachsen bist, Süße. Mach mehr aus deinem Leben, als in diesem Haus zu versauern, so wie deine Großmutter es getan hat. Ich will nicht, dass du so wertlos wirst wie sie.«

Ein Knurren kommt über meine Lippen und Wut steigt in meiner Brust auf. »Hey, Mom?«

»Ja?«

»Leck mich!«

Ich lege auf und drücke wütend mit dem Finger auf den Bildschirm, bis ich das verräterische Geräusch höre, das andeutet, dass der Anruf beendet ist.

Wie kann sie es wagen, so über ihre eigene Mutter zu sprechen, obwohl sie nie etwas anderes als Liebe und Zuneigung erfuhr? Nana hat sie sicher nicht so behandelt, wie sie mich behandelt, da bin ich mir verdammt sicher.

Ich schneide mir eine Scheibe von Mom ab, stoße einen melodramatischen Seufzer aus und schaue aus meinem Seitenfenster. Das besagte Haus steht vor mir, die Spitze des schwarzen Daches ragt durch die düsteren Wolken und erhebt sich über das weitläufige Waldgebiet, als wolle es sagen: *Du solltest mich fürchten.* Als ich einen Blick über meine Schulter werfe, wirkt das dichte Dickicht der Bäume nicht mehr einladend – ihre Schatten kriechen mit ausgestreckten Krallen aus dem Gestrüpp.

Ich erschaudere und genieße das unheimliche Gefühl, das von diesem kleinen Teil der Klippe ausgeht. Es sieht genauso aus wie in meiner Kindheit und verleitet mich dazu, in die unheimliche Dunkelheit zu spicken.

Parsons Manor liegt auf einer Klippe mit Blick auf die Bucht und hat eine kilometerlange Auffahrt, die sich durch ein dicht bewaldetes Gebiet zieht. Die Ansammlung von Bäumen trennt das Haus vom Rest der Welt und gibt einem das Gefühl, wirklich allein zu sein.

Manchmal fühlt es sich so an, als wäre man auf einem ganz anderen Planeten, abgeschottet von der Zivilisation. Die ganze Gegend hat eine bedrohliche, traurige Aura.

Und fuck, ich liebe es.

Das Haus begann zu verfallen, aber mit ein bisschen Liebe und Pflege kann es wieder wie neu aussehen. Hunderte von Ranken klettern an allen Seiten des Gebäudes hoch, bis hin zu den Wasserspeiern, die auf beiden Seiten des Daches auf dem Herrenhaus stehen. Die einst schwarze Fassade ist grau und beginnt langsam abzublättern, und die schwarze Farbe um die Fenster herum bröckelt ab wie billiger Nagellack. Ich werde jemanden engagieren müssen, der der großen Veranda ein Facelift verpasst, da sie an einer Seite durchzuhängen beginnt.

Der Rasen ist längst überfällig für einen ordentlichen Schnitt, die Grashalme sind fast so groß wie ich und die drei Hektar große Lichtung wimmelt nur so von Unkraut. Ich wette, viele Schlangen haben sich hier niedergelassen, seit das letzte Mal gemäht wurde.

Nana pflegte es, den dunklen Schatten des Anwesens im Frühling mit bunten Blumen auszugleichen. Hyazinthen, Primeln, Veilchen und Rhododendron.

Und im Herbst krochen Sonnenblumen an den Seiten des Hauses hinauf, wobei die leuchtenden Gelb- und Orangetöne der Blütenblätter einen schönen Kontrast zur schwarzen Fassade bildeten.

Ich könnte vielleicht wieder einen Garten vor dem Haus

anlegen. Dieses Mal würde ich auch Erdbeeren, Salat und Kräuter anpflanzen.

Ich bin in meine Gedanken vertieft, als ich eine Bewegung von oben wahrnehme. Die Vorhänge flattern hinter dem einsamen Fenster ganz oben im Haus.

Der Dachboden.

Als ich das letzte Mal nachgesehen habe, gab es dort oben keine Belüftungsanlage. Nichts sollte diese Vorhänge bewegen können, aber trotzdem zweifle ich nicht an dem, was ich gesehen habe.

Zusammen mit dem aufziehenden Sturm im Hintergrund sieht Parsons Manor wie eine Szene aus einem Horrorfilm aus. Ich sauge meine Unterlippe zwischen die Zähne, kann aber nicht verhindern, dass sich ein Lächeln auf meinem Gesicht bildet.

Es gefällt mir.

Ich kann nicht erklären, warum, aber ich tue es.

Scheiß drauf, was meine Mutter sagt. Ich lebe hier. Ich bin eine erfolgreiche Schriftstellerin und habe die Freiheit, überall zu leben. Was ist also, wenn ich mich entscheide, an einem Ort zu leben, der mir viel bedeutet? Es macht mich nicht zu einem Nichtsnutz, nur weil ich in meiner Heimatstadt bleibe. Ich reise genug für Lesungen, Signierungen und Konferenzen. Mich in einem Haus niederzulassen, wird daran nichts ändern. Ich weiß genau, was ich will, und es ist mir scheißegal, was andere darüber denken.

Besonders meine liebste Mommy.

Die Wolken klaffen auf und der Regen strömt aus ihren Mündern. Ich schnappe mir meine Handtasche, steige aus dem Auto und atme tief den Geruch von frischem Regen ein. Innerhalb von Sekunden verwandelt sich der leichte Sprühregen in einen sintflutartigen Regenschauer. Ich stürme die Stufen der Veranda hinauf, schleudere Wassertropfen von meinen Armen und schüttle mich aus wie ein nasser Hund.

Ich liebe Stürme – ich mag es nur nicht, in ihnen zu sein. Ich bevorzuge es, mich unter eine Decke zu kuscheln, mit einer Tasse Tee und einem Buch, während ich dem Regen zuhöre.

Ich schiebe den Schlüssel ins Schloss und drehe ihn um. Aber er klemmt und weigert sich, mir auch nur einen Millimeter zu gönnen. Ich rüttle am Schlüssel und ringe mit ihm, bis sich der Mechanismus endlich dreht und ich die Tür aufschließen kann.

Ich schätze, das werde ich auch bald in Ordnung bringen müssen.

Ein kalter Luftzug empfängt mich, als ich die Tür öffne. Die Mischung aus kaltem Regen, der noch feucht auf meiner Haut klebt, und der kalten, abgestandenen Luft lässt mich frösteln. Das Innere des Hauses liegt im Schatten. Durch die Fenster scheint ein gedämpftes Licht, das allmählich schwächer wird, als die Sonne hinter grauen Gewitterwolken verschwindet.

Ich habe das Gefühl, ich sollte meine Geschichte mit »Es war eine dunkle, stürmische Nacht …« beginnen.

Ich schaue nach oben und lächle, als ich die schwarze, gerippte Decke sehe, die aus Hunderten von dünnen, langen Holzstücken besteht. Über meinem Kopf hängt ein prächtiger Kronleuchter aus vergoldetem Stahl, der ein kompliziertes Muster aufweist und an dessen Spitzen Kristalle baumeln. Er war schon immer Nanas wertvollster Besitz.

Der schwarz-weiß karierte Fußboden führt direkt zu der schwarzen Flügeltreppe – groß genug, um ein Klavier seitlich hindurch zu manövrieren – und fließt über ins Wohnzimmer. Meine Stiefel quietschen auf den Fliesen, als ich mich weiter hineinwage.

Diese Etage ist vor allem offen gestaltet, so dass man das Gefühl hat, von der Weite des Hauses verschluckt zu werden.

Der Wohnbereich befindet sich links von der Treppe. Ich presse die Lippen aufeinander und schaue mich um, die Nostalgie trifft mich mitten ins Herz. Staub bedeckt jede Oberfläche und der Geruch von Mottenkugeln ist überwältigend, aber es sieht genauso aus, wie ich es das letzte Mal gesehen habe, kurz bevor Nana letztes Jahr starb.

Ein großer schwarzer Steinkamin steht in der Mitte des Wohnzimmers an der linken Wand, um welchen rote Samtsofas angeordnet sind. In der Mitte steht ein verschnörkelter, hölzerner Couchtisch, auf dem eine leere Vase aus dunklem Holz steht. Nana füllte sie früher mit Lilien, aber jetzt sammelt sie nur noch Staub und Käferkadaver.

Die Wände sind mit schwarzer Paisley-Tapete bedeckt, die von schweren goldenen Vorhängen abgesetzt wird.

Einer meiner Lieblingsplätze ist das große Erkerfenster an der Vorderseite des Hauses, das einen schönen Blick auf den Wald hinter Parsons Manor bietet. Direkt davor steht ein roter Samtschaukelstuhl mit einem passenden Hocker. Nana saß immer dort und sah dem Regen zu, und sie sagte, ihre Mutter hätte das auch immer getan.

Die karierten Fliesen erstrecken sich bis in die Küche, mit wunderschönen schwarzgefärbten Schränken und Marmorarbeitsplatten. In der Mitte befindet sich eine große Insel mit schwarzen Barhockern an einer Seite. Grandpa und ich saßen oft dort und sahen Nana beim Kochen zu. Wir genossen es, wie sie vor sich hin summte, während sie leckere Gerichte zauberte.

Ich schüttle die Erinnerungen ab, eile zu der großen Lampe neben dem Schaukelstuhl und schalte das Licht ein. Ich seufze erleichtert auf, als die Glühbirne ein warmes Licht ausstrahlt. Vor ein paar Tagen hatte ich angerufen, um den Strom auf meinen Namen umstellen zu lassen, aber man kann sich nie sicher sein, wenn man es mit einem alten Haus zu tun hat.

Dann gehe ich zum Thermostat hinüber und die Zahl lässt meinen Körper erneut erschaudern.

Siebzehn gottverdammte Grad.

Ich drücke meinen Daumen auf den Aufwärtspfeil und höre nicht auf, bis die Temperatur auf dreiundzwanzig eingestellt ist. Ich habe nichts gegen kühle Temperaturen, aber ich würde es begrüßen, wenn meine Brustwarzen nicht durch meine Klamotten scheinen würden.

Ich drehe mich um und stehe in einem Zuhause, das sowohl alt als auch neu ist – ein Zuhause, dem mein Herz gehört, seit ich denken kann, auch wenn mein Körper es für eine Weile verlassen hat.

Dann lächle ich und schwelge in der gotischen Pracht von Parsons Manor. So haben meine Urgroßeltern das Haus eingerichtet und der Geschmack hat sich über die Generationen vererbt. Nana pflegte zu sagen, dass sie es am liebsten hatte, wenn sie die Hellste im Raum war. Trotzdem hatte sie noch immer den Geschmack älterer Leute.

Ich meine, warum haben diese weißen Kissen einen Rand aus Spitze und in der Mitte einen seltsamen, gestickten Blumenstrauß? Das ist nicht süß. Das ist hässlich.

Ich seufze.

»Nun, Nana, ich bin zurückgekommen. Genau wie du es wolltest«, flüstere ich in die tote Luft.

»Bist du bereit?«, fragt meine persönliche Assistentin neben mir. Ich sehe zu Marietta hinüber und bemerke, wie sie mir resigniert das Mikrofon hinhält, während ihre Aufmerksamkeit den Menschen gilt, die noch immer in das kleine Gebäude strömen. Dieser Buchladen ist nicht für eine große Anzahl von Menschen gemacht, aber irgendwie schaffen sie es trotzdem, dass es funktioniert.

Horden von Menschen drängen sich in den engen Raum, stellen sich in einer gleichmäßigen Reihe auf und warten darauf, dass die Signierstunde beginnt. Ich lasse meinen Blick über die Menge schweifen, zähle still in meinem Kopf mit. Ich verzähle mich nach dreißig.

»Ja«, antworte ich. Ich schnappe mir das Mikrofon und nachdem ich die Aufmerksamkeit aller auf mich gezogen habe, verstummt das Gemurmel. Dutzende Augenpaare starren mich an und lassen meine Wangen erröten. Es läuft mir eiskalt den Rücken hinunter, aber weil ich meine Leserinnen und Leser liebe, stehe ich das durch.

»Bevor wir beginnen, möchte ich mich kurz bei euch allen für euer Kommen bedanken. Ich schätze jeden Einzelnen von euch und freue mich unglaublich darauf, euch alle kennenzulernen. Sind alle bereit?«, frage ich und lege Begeisterung in meinen Tonfall.

Es ist nicht so, dass ich nicht aufgeregt wäre, aber ich neige dazu, unglaublich unbeholfen zu sein, wenn es darum geht, Bücher zu signieren. Ich bin kein Naturtalent, wenn es um soziale Interaktionen geht. Ich bin der Typ, der einen mit einem starren Lächeln im Gesicht fixiert, wenn man mir eine Frage stellt, während mein Gehirn die Tatsache verarbeitet, dass ich die Frage gar nicht gehört habe. Das liegt meist daran, dass mein Herz zu laut in meinen Ohren pocht.

Ich lasse mich auf meinem Stuhl nieder und halte meinen Stift bereit. Marietta zieht los, um sich um andere Dinge zu kümmern, wünscht mir nur knapp »Viel Glück«. Sie hat meine Missgeschicke mit Lesern mitbekommen und neigt dazu, Fremdscham für mich zu empfinden. Ich schätze, das ist einer der Nachteile, wenn man ein gesellschaftlicher Außenseiter ist.

Komm zurück, Marietta. Es macht so viel mehr Spaß, wenn ich nicht die Einzige bin, die sich schämt.

Die erste Leserin kommt auf mich zu, mit meinem Buch *The Wanderer* in der Hand und einem strahlenden Lächeln auf ihrem sommersprossigen Gesicht.

»O mein Gott, es ist so toll, dich kennenzulernen!«, ruft sie aus und presst mir beinahe das Buch ins Gesicht. Ganz mein Stil.

Ich lächle breit und nehme vorsichtig das Buch entgegen.

»Es ist auch toll, dich kennenzulernen«, erwidere ich. »Und hey, Team Sommersprossen«, füge ich hinzu und wedle mit meinem Zeigefinger zwischen ihrem und meinem Gesicht hin und her. Sie lacht ein wenig verlegen und fährt sich mit den Fingern über die

Wangen. »Wie heißt du denn?«, frage ich schnell, bevor wir in einem seltsamen Gespräch über Hautprobleme feststecken.

Oje, Addie, was ist, wenn sie ihre Sommersprossen hasst? Dummkopf.

»Megan«, antwortet sie und buchstabiert dann ihren Namen für mich. Meine Hand zittert, als ich sorgfältig ihren Namen und eine kurze Danksagung aufschreibe.

Meine Unterschrift ist schlampig, aber das repräsentiert so ziemlich meine gesamte Existenz.

Ich gebe ihr das Buch zurück und bedanke mich mit einem aufrichtigen Lächeln.

Als sich der nächste Leser nähert, spüre ich ein Kribbeln im Nacken. Jemand starrt mich an. Aber das ist ein verdammt dummer Gedanke, denn *jeder* starrt mich an.

Ich versuche, es zu ignorieren und dem nächsten Leser ein breites Grinsen zu schenken, aber das Gefühl wird nur noch stärker, bis es sich anfühlt, als würden Bienen unter meiner Hautoberfläche summen, während eine Fackel auf mein Fleisch gehalten wird. Es ist anders als alles, was ich bisher gefühlt habe. Die Härchen in meinem Nacken stellen sich auf und ich spüre, wie sich meine Wangen rot färben.

Die eine Hälfte meiner Aufmerksamkeit gilt dem Buch, das ich signiere, und dem überschwänglichen Leser, während die andere Hälfte der Menge gilt. Mein Blick streift unauffällig durch den Buchladen und versucht, die Quelle meines Unbehagens ausfindig zu machen.

Mein Blick bleibt an einer einsamen Person hängen, die ganz hinten steht. Ein Mann. Die Menge verdeckt den Großteil seines Körpers, nur ein Teil seines Gesichts lugt durch die Lücken, die zwischen den Köpfen der Leute entstehen, hervor. Aber was ich sehe, lässt meine Hand mitten beim Schreiben erstarren.

Seine Augen. Eines ist so dunkel und bodenlos, dass es sich anfühlt, als würde man in einen Brunnen starren. Und das andere, ein Eisblau, so hell, dass es fast weiß ist und mich an die Augen eines Huskys erinnert. Eine Narbe zieht sich geradewegs durch das verfärbte Auge, als ob es nicht schon so genug Aufmerksamkeit erregen würde.

Als sich jemand räuspert, zucke ich zusammen, wende meinen Blick ab und schaue wieder auf das Buch. Mein Stift ruht immer noch an derselben Stelle, hat einen großen schwarzen Tintenfleck hinterlassen.

»Tut mir leid«, murmle ich und unterschreibe weiter. Ich greife nach einem Lesezeichen, unterschreibe auch dieses und stecke es als Entschuldigung in das Buch.

Die Leserin strahlt mich an, den Fehler längst vergessen, und huscht mit ihrem Buch davon. Als ich zurückblicke, um den Mann ausfindig zu machen, ist er bereits verschwunden.

»Addie, du musst mal wieder richtig durchgenommen werden.«

Als Antwort schließe ich meine Lippen um meinen Strohhalm und schlürfe an meinem Blaubeer-Martini, so sehr, wie mein Mund es zulässt. Daya, meine beste Freundin, beäugt mich völlig unbeeindruckt und ungeduldig, wie ich an ihrem Stirnrunzeln erkennen kann.

Ich glaube, ich brauche einen größeren Mund. Da würde mehr Alkohol reinpassen.

Ich sage das nicht laut. Denn ich würde meine linke Arschbacke darauf verwetten, dass ihre Reaktion darauf wäre, ihn stattdessen lieber für einen größeren Schwanz zu benutzen.

Als ich weiter an dem Strohhalm sauge, beugt sie sich vor und reißt mir das Plastik von den Lippen. Ich habe den Boden des Glases schon vor gut fünfzehn Sekunden erreicht und sauge nur noch Luft durch den Strohhalm. Das ist das meiste an Action, was mein Mund seit einem Jahr erlebt hat.

»Whoa, Privatsphäre«, grummle ich und stelle das Glas ab. Ich weiche Dayas Blicken aus und suche im Restaurant nach der Kellnerin, damit ich einen weiteren Martini bestellen kann. Je schneller ich den Strohhalm wieder im Mund habe, desto schneller kann ich diesem Gespräch aus dem Weg gehen.

»Lenk nicht ab, Bitch. Du bist schlecht darin.«

Unsere Blicke treffen sich, eine Sekunde vergeht und wir fangen beide an zu lachen.

»Ich bin anscheinend auch schlecht darin, durchgenommen zu werden«, meine ich, nachdem sich unser Lachen gelegt hat.

Daya wirft mir einen amüsierten Blick zu. »Du hattest schon viele Gelegenheiten. Du lässt sie einfach nur immer wieder verstreichen. Du bist eine heiße sechsundzwanzigjährige Frau mit Sommersprossen, tollen Titten und einem Hintern zum Sterben. Die Männer da draußen warten nur auf dich.«

Ich zucke mit den Schultern und lenke wieder ab. Daya hat nicht ganz unrecht – zumindest, was die Optionen angeht. Ich bin nur an keiner von ihnen interessiert. Sie langweilen mich alle. Alles, was ich bekomme, ist: »Was hast du an?« und »Willst du vorbeikommen?«, Zwinkersmiley – und das um ein Uhr in der Nacht. Ich trage dieselbe Jogginghose, die ich schon seit einer Woche anziehe, ich habe einen mysteriösen Fleck im Schritt – und nein, ich will verdammt noch mal nicht vorbeikommen.

Erwartungsvoll streckt sie die Hand nach mir aus. »Gib mir dein Handy.«

Meine Augen weiten sich. »Fuck, nein.«

»Adeline Reilly. Gib mir. Dein. Fucking. Handy.«

»Oder was?«, spotte ich.

»Oder ich werfe mich über den Tisch, blamiere dich bis auf die Knochen und setze meinen Willen durch.«

Mein Blick fällt letztendlich auf unsere Kellnerin und ich gebe ihr das Signal, herzukommen. Verzweifelt. Sie eilt herbei und denkt wahrscheinlich, dass ich ein Haar in meinem Essen gefunden habe, dabei hat in Wirklichkeit meine beste Freundin bloß eins im Arsch stecken.

Ich zögere noch ein bisschen länger und frage die Kellnerin, welches Getränk sie empfehlen kann. Ich würde mir die Getränkekarte ein zweites Mal ansehen, wenn es nur nicht so unhöflich wäre, sie warten zu lassen, während sie noch andere Tische zu bedienen hat. Also wähle ich schließlich einen Erdbeer-Martini anstelle des grünen Apfels und die Kellnerin eilt wieder davon.

Seufz.

Ich reiche das Handy rüber und drücke es extra fest in Dayas noch immer ausgestreckte Hand, weil ich sie hasse. Sie lächelt triumphierend und fängt an zu tippen, wobei das schelmische Funkeln in ihren Augen immer strahlender wird. Ihre Daumen schalten auf Turbogeschwindigkeit, was dazu führt, dass die goldenen Ringe, die sie umschließen, fast verschwimmen.

Ihre salbeigrünen Augen leuchten mit einer Bösartigkeit, die man nur in der Bibel des Satans finden kann. Wenn ich ein bisschen suchen würde, würde ich sicher auch ihr Bild irgendwo darin finden. Eine Sexbombe mit dunkelbrauner Haut, glattem schwarzen Haar und einem goldenen Ring in der Nase.

Sie ist wahrscheinlich ein böser Sukkubus oder so etwas.

»Wem schreibst du denn da?«, stöhne ich und stampfe fast mit den Füßen auf wie ein Kind. Ich verkneife es mir, bin aber kurz davor, meinen sozialen Ängsten freien Lauf zu lassen und mitten im Restaurant einen Wutanfall zu bekommen. Es hilft wahrscheinlich auch nicht, dass ich gerade meinen dritten Martini trinke und mich ein bisschen abenteuerlustig fühle.

Sie blickt auf, sperrt mein Telefon und gibt es mir ein paar Sekunden später zurück. Sofort entsperre ich es wieder und beginne, meine Nachrichten zu durchsuchen. Ich stöhne noch einmal laut auf, als ich sehe, dass sie Greyson gesextet hat. Nicht getextet. *Gesextet*.

»Komm heute Abend vorbei und leck meine Pussy. Ich sehne mich nach deinem riesigen Schwanz«, lese ich laut und trocken vor. Das ist noch nicht einmal alles. Der Rest geht darauf ein, wie geil ich bin und dass ich mich jede Nacht mit Gedanken an ihn berühre.

Ich knurre und werfe ihr den dreckigsten Blick zu, den ich zustande bringe. Mein Gesicht würde einen Müllcontainer wie das Haus von *Mr. Clean* aussehen lassen.

»Ich würde so etwas nicht mal sagen!«, beschwere ich mich. »Das hört sich überhaupt nicht nach mir an, du Bitch.«

Daya lacht, die winzige Lücke zwischen ihren Vorderzähnen voll zur Schau gestellt.

Ich hasse sie wirklich.

Mein Telefon klingelt. Daya ist kurz davor, auf ihrem Stuhl zu hüpfen, während ich darüber nachdenke, die Kontaktdaten von *1000 Ways to Die* zu googeln, damit ich ihnen eine neue Geschichte schicken kann.

»Lies es«, fordert sie und will bereits nach meinem Handy grabschen, um zu sehen, was er geschrieben hat. Ich entreiße es ihrer Reichweite und rufe die Nachricht auf.

Greyson: Es war an der Zeit, dass du zur Vernunft kommst, Baby. Sei um 8 da.

»Ich weiß nicht, ob ich dir das jemals gesagt habe, aber fuck, ich hasse dich wirklich«, murre ich und verziehe erneut das Gesicht.

Sie lächelt und schlürft an ihrem Getränk. »Ich liebe dich auch, Baby Girl.«

»Fuck, Addie, ich habe dich vermisst«, haucht Greyson in meinen Nacken und drückt mich gegen die Wand. Mein Steißbein wird morgen früh einen blauen Fleck haben. Ich verdrehe die Augen, als er wieder an meinem Hals saugt, und stöhne auf, als er seinen Schwanz an meinen Oberschenkel presst.

Entschlossen, über meinen Schatten zu springen und etwas

Dampf abzulassen, sagte ich Greyson nicht ab, wie ich es eigentlich wollte. Wie ich es noch immer will. Ich bereue diese Entscheidung.

Gegenwärtig hat er mich an die Wand in meinem gruseligen Flur geklemmt. Altmodische Wandlampen säumen die blutroten Wände, dazwischen Dutzende Familienfotos aus verschiedenen Generationen. Ich habe das Gefühl, dass sie mich beobachten, mit höhnischem und enttäuschtem Blick, wenn sie sehen, wie ihre Nachfahrin vor ihren Augen fast schon vergewaltigt wird.

Nur ein paar der Lichter funktionieren und die dienen nur dazu, die Spinnweben zu beleuchten, von denen es nur so wimmelt. Der Rest des Flurs liegt im Schatten und ich warte nur darauf, dass der Dämon aus *The Grudge* herauskrabbelt, damit ich eine Ausrede habe, wegzulaufen.

Ich würde Greyson auf dem Weg nach draußen auf jeden Fall ein Bein stellen, und ich schäme mich kein bisschen dafür.

Er murmelt mir noch ein paar schmutzige Dinge ins Ohr, während ich den Wandleuchter über unseren Köpfen mustere. Greyson hat einmal beiläufig erwähnt, dass er Angst vor Spinnen habe. Ich frage mich, ob ich unauffällig nach oben greifen, eine Spinne aus ihrem Netz zupfen und sie hinten in Greysons Hemd stecken kann.

Das würde ihm Feuer unterm Hintern machen, von hier zu verschwinden, *und* es wäre ihm wahrscheinlich zu peinlich, jemals wieder mit mir zu sprechen. Das wäre der Hauptgewinn.

Gerade als ich es tun will, weicht er zurück, keuchend von all den Solo-Zungenküssen, die er an meinem Hals verteilt hat. Es ist, als hätte er darauf gewartet, dass mein Hals ihn zurückleckt oder so.

Sein kupferfarbenes Haar ist von meinen Händen zerzaust und seine blasse Haut ist rot gefärbt. Der Fluch der Rothaarigen, nehme ich an.

Greyson hat alles, was man sich nur von einem Mann wünschen kann. Er ist unfassbar heiß, hat einen wunderschönen

Körper und ein umwerfendes Lächeln. Schade nur, dass er nicht ficken kann und ein absoluter Vollidiot ist.

»Lass uns das im Schlafzimmer fortsetzen. Ich muss einfach in dir sein, jetzt.«

Innerlich erschaudere ich. Äußerlich … erschaudere ich. Ich versuche, es herunterzuspielen, indem ich mein Shirt über den Kopf ziehe. Er hat die Aufmerksamkeitsspanne eines Beagles. Und genau, wie ich vermutet habe, hat er meinen kleinen Fehler bereits vergessen und starrt mir intensiv auf die Titten.

Auch damit hatte Daya recht. Ich habe *wirklich* tolle Titten.

Er streckt die Hand aus, um mir den BH vom Körper zu reißen – ich hätte ihm wahrscheinlich eine Ohrfeige verpasst, wenn er ihn tatsächlich zerrissen hätte – aber er erstarrt, als uns ein lautes Klopfen aus dem Erdgeschoss unterbricht.

Das Geräusch ist so plötzlich, so heftig und laut, dass ich nach Luft schnappe und mein Herz in meiner Brust pocht. Unsere Blicke treffen sich in fassungsloser Stille.

Jemand hämmert an meine Haustür, und es klingt nicht gerade nett.

»Erwartest du jemanden?«, fragt er und lässt seine Hand fallen, scheinbar frustriert über die Unterbrechung.

»Nein«, hauche ich. Schnell ziehe ich mein Shirt wieder an – verkehrt herum – und eile die knarrende Treppe hinunter. Als ich mir einen Moment nehme, um aus dem Fenster neben der Tür zu schauen, sehe ich, dass die Veranda leer ist. Ich lege die Stirn in Falten. Ich lasse den Vorhang fallen und stehe vor der Tür, während die Stille der Nacht das Haus einhüllt.

Greyson geht neben mir her und schaut mit einem verwirrten Blick zu mir herüber.

»Willst du nicht hingehen?«, fragt er stumm und zeigt auf die Tür, als wüsste ich nicht, dass sie direkt vor mir ist. Beinahe hätte ich ihm für die Wegbeschreibung gedankt, nur um ein Arschloch zu sein, aber ich verzichte darauf. Irgendetwas an diesem Klopfen lässt meine Instinkte auf Alarmstufe Rot schalten. Das Klopfen klang aggressiv. Wütend. Als hätte jemand mit aller Kraft an die Tür geklopft.

Ein echter Mann würde anbieten, mir die Tür zu öffnen, nachdem er ein so gewaltiges Geräusch gehört hat. Vor allem, wenn wir von einer Meile dichten Waldes umgeben sind.

Aber stattdessen starrt Greyson mich erwartungsvoll an. Ein bisschen so, als ob ich dumm wäre. Schnaufend entriegle ich die Tür und reiße sie auf.

Wieder ist niemand da. Ich trete auf die Veranda hinaus, die verrottenden Dielen ächzen unter meinem Gewicht. Kalter Wind wirbelt mein zimtfarbenes Haar durcheinander, die Strähnen kitzeln mein Gesicht und jagen mir einen Schauer über die Haut. Eine Gänsehaut bildet sich, als ich mir die Haare hinter die Ohren streiche und zum Ende der Veranda gehe. Ich lehne mich über das Geländer und blicke an der Seite des Hauses entlang. Es ist keiner da.

Auch auf der anderen Seite ist niemand.

Da könnte einfach jemand sein, der mich aus den Wäldern heraus beobachtet, aber es gibt keinen Weg für mich, das herauszufinden, weil es so dunkel ist. Es sei denn, ich gehe raus und suche selbst.

So sehr ich auch Horrorfilme liebe, ich habe kein Interesse daran, in einem mitzuspielen.

Greyson gesellt sich zu mir auf die Veranda und scannt mit seinen Augen die Bäume ab.

Da ist jemand, der mich beobachtet. Ich kann es spüren. Ich bin mir dessen genauso sicher wie der Existenz der Schwerkraft.

Ein Schauer läuft mir über den Rücken, begleitet von einem Adrenalinstoß. Es ist das gleiche Gefühl, das ich bekomme, wenn ich einen gruseligen Film schaue. Es beginnt mit dem Klopfen meines Herzens, dann setzt sich ein schweres Gewicht tief in meinem Magen fest und sinkt schließlich in mein Inneres. Ich schwanke, weil mir das Gefühl im Moment nicht ganz geheuer ist.

Schnaufend stürme ich zurück ins Haus und die Treppe hinauf.

Greyson läuft hinter mir her. Ich bemerke nicht, dass er sich gerade auszieht, während er den Flur entlangläuft, bis er nach mir in mein Zimmer tritt. Als ich mich umdrehe, ist er splitternackt.

»Ernsthaft?«, frage ich bissig. Was für ein verdammter Idiot. Jemand hat eben an meine Tür geklopft, als hätte ihm das Holz persönlich einen Splitter in den Arsch gejagt, und er ist sofort bereit, da weiterzumachen, wo er aufgehört hat. Wieder an meinem Hals zu saugen, als würde er Wackelpudding aus einem Behälter schlürfen.

»Was?«, fragt er ungläubig und streckt die Arme seitlich von sich.

»Hast du nicht gerade gehört, was ich gehört habe? Jemand hat an meine Tür geklopft und das war irgendwie gruselig. Ich bin im Moment nicht in der Stimmung, Sex zu haben.«

Was ist aus Ritterlichkeit geworden? Ich hätte gedacht, ein normaler Mann würde fragen, ob es mir gut geht. Dass er spüren würde, wie ich mich fühle. Vielleicht würde er versuchen, sich zu vergewissern, dass ich entspannt bin, bevor er seinen Schwanz in mich hineinsteckt.

Die Stimmung im Raum zu erfassen.

»Ist das dein Ernst?«, fragt er und seine braunen Augen funkeln wütend. Sie haben eine beschissene Farbe, genau wie seine beschissene Persönlichkeit und seine noch beschissenere Schlagfertigkeit. Der Typ macht Fischen mit seiner Art, wie er beim Ficken zappelt, starke Konkurrenz. Er könnte sich genauso gut nackt auf den Fischmarkt legen – dann hätte er bessere Chancen, jemanden zu finden, der ihn mit nach Hause nimmt. Und diese Person wäre nicht ich.

»Ja, ich meine es ernst«, meine ich verärgert.

»Gottverdammt, Addie«, schnauzt er und stülpt sich wütend eine Socke über. Er sieht aus wie ein Idiot – völlig nackt, bis auf eine einzige Socke, denn der Rest seiner Kleidung liegt immer noch wahllos in meinem Flur verteilt.

Er stürmt aus meinem Zimmer und reißt dabei Kleidungsstücke an sich. Als er etwa die Hälfte des langen Flurs hinter sich hat, bleibt er stehen und dreht sich zu mir um.

»Du bist so eine Schlampe, Addie. Alles, was du tust, ist, mir die Eier abzuklemmen, und ich habe es satt. Ich bin mit dir und diesem gruseligen Haus fertig«, faucht er und zeigt mit dem Finger auf mich.

»Und du bist ein Arschloch. Verpiss dich aus meinem Haus, Greyson.« Seine Augen weiten sich erst vor Schreck und verengen sich dann zu schmalen, wutentbrannten Schlitzen. Er dreht sich um, reißt seinen Arm nach hinten und lässt seine Faust gegen die Trockenbauwand fliegen.

Ein Schrei entweicht meiner Kehle, als sein halber Arm verschwindet und mein Mund sich sowohl vor Schreck als auch vor Unglauben öffnet.

»Da ich deines nicht bekomme, dachte ich, ich schaffe mir mein eigenes Loch, in das ich heute Abend rein darf. Bring das in Ordnung, Schlampe«, faucht er. Immer noch, mit nur noch einer Socke bekleidet und einem Arm voller Klamotten stürmt er davon.

»Du Arsch!« Wütend stapfe ich auf das große Loch in meiner Wand zu, das er soeben verursacht hat.

Eine Minute später schlägt die Haustür zu.

Ich hoffe, die mysteriöse Person ist noch da draußen. Soll das Arschloch doch ermordet werden, während er nur eine einzige Socke trägt.

4. April 1944

Vor meinem Fenster steht ein fremder Mann.
Ich weiß nicht, wer er ist oder was er von mir will.
Aber ich glaube, er kennt mich. Er beobachtet mich durch die Fenster, wenn John nicht zu Hause ist. Er trägt einen Zylinder auf dem Kopf, der sein Gesicht vor mir verbirgt. Ich habe versucht, mich ihm zu nähern, aber wenn ich es tue, rennt er weg.
Ich habe es John noch nicht gesagt. Ich kann nicht sagen warum, aber irgendetwas hält mich davon ab, den Mund aufzumachen und zuzugeben, dass mich ein Mann beobachtet. John würde nicht gut damit umgehen, er würde mit seiner Schrotflinte losziehen und versuchen, ihn zu finden.
Ich muss zugeben, ich habe mehr Angst davor, was mit meinem Besucher passieren würde, sollte mein Mann Erfolg haben.
Ich habe große Angst vor diesem fremden Mann.
Aber mein Gott, ich bin auch fasziniert.

Kapitel 2

Der Schatten

Die Schmerzensschreie, die von den Zementwänden widerhallen, werden ein bisschen lästig.

Manchmal ist es scheiße, der Hacker *und* der Vollstrecker zu sein. Es macht mir verdammt viel Spaß, Leuten wehzutun, aber heute Abend habe ich absolut keine Geduld für dieses jammernde Arschloch.

Und normalerweise habe ich die Geduld eines Heiligen.

Ich weiß, wie man auf das wartet, was man am meisten will. Aber wenn ich versuche, echte Antworten zu bekommen, und der Typ zu sehr damit beschäftigt ist, sich in die Hose zu scheißen und zu weinen, um mir eine verständliche Antwort zu geben, werde ich ein wenig reizbar.

»Dieses Messer wird gleich zur Hälfte durch deinen Augapfel wandern«, warne ich. »Ich werde keine Gnade walten lassen und es bis zu deinem Gehirn durchstoßen.«

»Fuck, Mann«, weint er. »Ich habe dir doch gesagt, dass ich nur ein paarmal im Lagerhaus war. Ich weiß nichts von einem verdammten Ritual.«

»Du willst also sagen, dass du nutzlos bist«, vermute ich und führe die Klinge näher an sein Auge heran.

Er drückt beide zusammen, als würde eine Haut, die nicht dicker als ein Zentimeter ist, das Messer davon abhalten, sein Auge zu durchbohren.

Fucking lächerlich.

»Nein, nein, nein«, fleht er. »Ich kenne da jemanden, der dir vielleicht mehr Informationen geben kann.«

Schweiß rinnt ihm die Nase hinunter, vermischt sich mit dem Blut in seinem Gesicht. Sein verfilztes, fettiges, blondes Haar klebt an seiner Stirn und in seinem Nacken fest. Es ist jetzt nicht mehr blond, da der größte Teil inzwischen rot gefärbt ist.

Ich hatte ihm bereits ein Ohr abgeschnitten, alle zehn Fingernägel ausgerissen, beide Achillesfersen durchtrennt, ein paar Stichwunden an Stellen hinterlassen, die ihn nicht so schnell verbluten ließen, und zu viele Knochen gebrochen, um sie zu zählen.

Das Arschloch wird hier nicht einfach aufstehen und rausgehen, das ist verdammt sicher.

»Weniger weinen, mehr reden«, belle ich und kratze sein noch immer geschlossenes Augenlid mit der Spitze meines Messers.

Er schreckt vor dem Messer zurück und Tränen quellen unter seinen Wimpern hervor.

»S-sein Name ist Josh. Er ist einer der Einsatzleiter, zuständig für das Aussenden von Boten, um bei der Entführung der Mädchen zu helfen. Er ist eine große Nummer im Lagerhaus, leitet im Grunde genommen das ganze Ding dort.«

»Josh und weiter?«, knurre ich.

Er schluchzt. »Keine Ahnung, Mann«, jammert er. »Er hat sich einfach nur als Josh vorgestellt.«

»Wie sieht er denn aus?«, knirsche ich ungeduldig mit zusammengebissenen Zähnen.

Er schnieft, der Rotz läuft über seine aufgesprungenen Lippen.

»Glatzkopf, eine Narbe, die quer über seinen Haaransatz verläuft, und einen Bart. Die Narbe ist nicht zu übersehen, sie sieht ziemlich abgefuckt aus.«

Ich kreise meinen Hals und stöhne, als die Gelenke knacken. Es war ein verdammt langer Tag.

»Super, danke, Mann«, sage ich beiläufig, als hätte ich ihn in den letzten drei Stunden nicht langsam gequält.

Seine Atmung beruhigt sich und er blickt mich aus hässlichen, braunen Augen an, Hoffnung strömt aus ihnen heraus.

Ich hätte fast gelacht.

»D-du lässt mich gehen?«, fragt er und starrt mich an wie ein verdammter, streunender Hundewelpe.

»Klar« zwitschere ich. »Wenn du aufstehen und laufen kannst.«

Er schaut auf seine aufgetrennten Fersen hinunter und weiß genauso gut wie ich, dass sein Körper nach vorn kippen wird, wenn er aufsteht.

»Bitte, Mann«, jammert er. »Hilf mir.«

Ich nicke langsam. »Ja. Ich glaube, das kann ich tun«, sage ich, bevor ich mit meinem Arm Schwung hole und die gesamte Länge meines Messers durch seine Pupille stoße.

Er stirbt auf der Stelle. Es ist noch nicht einmal die ganze Hoffnung aus seinen Augen gewichen. Oder besser gesagt, aus dem einen Auge.

»Du bist ein Kinderschänder«, sage ich laut, obwohl er mich nicht mehr hören kann. »Als ob ich dich am Leben lassen würde«, beende ich den Satz lachend.

Ich ziehe mein Messer aus seinem Kopf und das Sauggeräusch droht alle Pläne zu ruinieren, die ich für das Abendessen in den nächsten Stunden hatte. Das ist ärgerlich, denn ich bin hungrig. Auch wenn ich eine gute Foltersitzung genieße, bin ich definitiv kein Schwachkopf, der auf die Geräusche steht, die dabei entstehen.

Das Gurgeln, Schlürfen und die anderen seltsamen Geräusche, die Körper machen, wenn sie extreme Schmerzen erleiden und Fremdkörper in sie hineingestoßen werden, ist kein Soundtrack, zu dem ich jemals einschlafen würde.

Und jetzt kommt der schlimmste Teil: das Zerlegen in Einzelteile und die richtige Entsorgung. Ich vertraue anderen nicht, es für mich zu erledigen, also bleibe ich selbst mit dieser mühsamen, schmutzigen Arbeit zurück.

Ich seufze. Wie heißt es so schön? Wenn du willst, dass es richtig gemacht wird, mach es selbst?

Nun, in diesem Fall – wenn du nicht erwischt und wegen Mordes angeklagt werden willst, entsorge die Leiche selbst.

Es fühlt sich an wie zehn Uhr abends, dabei ist es erst fünf Uhr am Nachmittag. So beschissen es auch ist, sich mit menschlichen Körperteilen herumzuschlagen, ich habe Lust auf einen richtig deftigen Burger.

Mein Lieblingsburgerladen liegt direkt an der 3rd Avenue und ist nicht allzu weit von meinem Haus entfernt. Parken ist in Seattle eine Qual, also muss ich ein paar Blocks weiter parken und zu Fuß gehen.

Ein Sturm zieht auf und schon bald werden Regenschauer und Hagel auf unsere Köpfe und Schultern niederprasseln – typisches Seattle-Wetter.

Ich pfeife eine unbekannte Melodie, während ich die Straße hinuntergehe, vorbei an Geschäften und einer Reihe von Läden, in denen sich die Menschen wie ein Haufen Arbeiterameisen tummeln.

Vor mir erleuchtet ein Buchladen. Der warme Schein strahlt auf den kalten, nassen Gehweg und lädt Passanten in seine Wärme ein. Als ich näherkomme, bemerke ich, dass der Laden voller Menschen ist.

Ich werfe nur einen Blick darauf, bevor ich weiterziehe.

Ich interessiere mich nicht für Belletristik – ich lese nur Bücher, aus denen ich etwas lernen kann. Vor allem über Informatik und Hacken.

Inzwischen gibt es nichts mehr, was mir diese Bücher beibringen könnten. Ich habe sie gemeistert und dann übertroffen.

Als ich den Kopf drehe, um mir etwas anderes anzusehen, bleibt mein Blick an einer Tafel direkt vor dem Buchladen hängen, auf der mir ein lächelndes Gesicht entgegenstrahlt.

Ohne Erlaubnis werden meine Füße langsamer, bis sie auf dem

asphaltierten Gehweg wie festgeklebt sind. Jemand stolpert in mich hinein, seine kleinere Statur wirft mich kaum nach vorn. Aber derjenige schafft es, mich aus der seltsamen Trance zu reißen, in die ich gefallen bin.

Ich drehe mich um, um den wütenden Kerl hinter mir anzustarren, dessen Mund sich öffnet, um mich zu beschimpfen, doch sobald er einen Blick auf mein vernarbtes Gesicht wirft, macht er sich halb gehend, halb rennend davon. Ich würde lachen, wenn ich nicht so abgelenkt wäre.

Vor mir hängt ein Bild einer Autorin, die eine Signierstunde veranstaltet.

Sie ist einfach unglaublich.

Langes, gewelltes, zimtfarbenes Haar, das über zierliche Schultern fällt. Elfenbeinfarbene Haut mit Sommersprossen, die ihre Nase und Wangen zieren. Sie sind dezent und sporadisch, ohne dass sie ihr unschuldiges Gesicht vereinnahmen.

Ihre Augen sind es, die mich anziehen. Sinnliche, schräge Augen – die Art Augen, die ohne Anstrengung immer verführerisch aussehen. Sie haben fast dieselbe Farbe wie ihr Haar. Ein so helles Braun, dass es außergewöhnlich ist. Ein Blick von dieser Frau und jeder Mann würde auf die Knie gehen.

Ihre Lippen sind voll und rosa, sie hat ein strahlendes Lächeln mit geraden, weißen Zähnen.

Ich bemerke den Namen unter dem Bild.

Adeline Reilly.

Ein schöner Name für diese Göttin.

Sie ist keine Plastikschönheit, wie man sie in den Zeitschriftenregalen sieht. Obwohl sie es ohne Photoshop und Chirurgie leicht auf eines dieser Cover schaffen könnte, sind ihre Gesichtszüge natürlich.

Ich habe in meinem Leben schon viele schöne Frauen gesehen. Und auch viele gefickt.

Aber etwas an ihr fesselt mich. Es fühlt sich an, als hätte ich einen Hurrikan im Rücken, der mich ihr entgegentreibt und mir keine Möglichkeit für Widerstand offenlässt. Meine Füße tragen mich in den Buchladen, meine schwarzen Stiefel durchnässen die Willkommensmatte am Eingang.

Der einzige anhaltende Geruch, der die Luft erfüllt, ist der von gebrauchten Büchern, auch wenn er durch die vielen Menschen, die sich in dem Raum drängen, überdeckt wird. Dieses kleine Gebäude wurde nicht dafür errichtet, um mehr als die zehn großen Bücherregale auf der linken Seite, die kleine Kasse auf der rechten Seite und vielleicht dreißig Leute zu beherbergen. Jetzt steht ein großer Tisch in der Mitte des Raumes, an dem die Autorin sitzt, und mindestens das Doppelte der Belegungsgrenze drängt sich in den stickigen Laden.

Es ist zu heiß hier. Zu überfüllt.

Und ein Arschloch neben mir bohrt ständig in der Nase und berührt mit seiner schmutzigen Hand das Buch, das er hält. Ich erblicke *Reilly* auf dem Cover.

Armes Mädchen. Sie wird gezwungen, ein Buch zu signieren, an dem wahrscheinlich überall Popel sind.

Ich öffne meinen Mund, bereit, dem Arschloch zu sagen, dass er aufhören soll, in seinen Nasenlöchern nach Gold zu graben, wenn es sich anfühlt, als würden sich die Himmelspforten öffnen.

In dieser Sekunde scheinen sich die Menschen vor uns im perfekten Winkel zu teilen, um mir freie Sicht zu geben. Zuerst sehe ich sie nur aus dem Augenwinkel, aber der kurze Blick reicht aus, um mein Herz in Aufruhr zu versetzen.

Mein Kopf dreht sich wie bei diesen gruseligen Leuten in einem Exorzisten-Film. Langsam, aber anstelle eines bösen Lächelns, sehe ich sicher aus, als hätte ich gerade Beweise dafür gefunden, dass die Erde tatsächlich flach ist oder so eine Scheiße.

Denn auch das ist verdammt lächerlich.

Sauerstoff, Worte, zusammenhängende Gedanken – all dieser Scheiß entgleitet mir, als ich Adeline Reilly zum ersten Mal in natura sehe.

Scheiße.

In natura ist sie noch viel schöner. Bei ihrem Anblick werden mir die Knie weich und mein Puls rast.

Ich weiß nicht, ob Gott wirklich existiert. Ich weiß nicht, ob die Menschheit jemals den Mond betreten hat. Ich weiß auch nicht, ob es Paralleluniversen gibt. Aber was ich weiß, ist, dass ich gerade den Sinn des Lebens gefunden habe, während sie hinter einem Tisch sitzt und ein unbeholfenes Lächeln aufsetzt.

Ich atme tief durch und suche mir einen Platz an der Wand im hintersten Bereich. Ich will noch nicht zu nahe rangehen.

Nein.

Ich möchte sie eine Zeit lang beobachten.

Also bleibe ich im Hintergrund und spähe an Dutzenden von Köpfen vorbei, um einen guten Blick auf sie zu erhaschen. Gott sei Dank bin ich groß, denn wenn ich klein wäre, würde ich wahrscheinlich durch alle hindurch laufen müssen.

Eine große, schlanke Frau überreicht meiner neuen Obsession ein Mikrofon und für einen kurzen Moment sieht es so aus, als würde sie gleich die Flucht ergreifen. Sie starrt auf das Mikrofon, als würde ihr die Frau einen abgetrennten Kopf überreichen.

Aber der Blick ist binnen Sekunden verschwunden, kaum da, da wird er schon durch eine perfekte Maske ersetzt. Dann schnappt sie sich das Mikrofon und führt es an ihre zitternden Lippen.

»Bevor wir beginnen …«

Fuck, ihre Stimme ist unglaublich rauchig. Eine Stimme, die man eigentlich nur in Pornos hört. Ich beiße mir auf die Unterlippe und unterdrücke ein Stöhnen.

Ich lehne mich gegen die Wand und beobachte sie, völlig fasziniert von dem kleinen Wesen vor mir.

Etwas unerklärlich Dunkles steigt in meiner Brust auf. Es ist schwarz und böse und grausam. Sogar gefährlich.

Alles, was ich will, ist, sie zu brechen. Sie in Stücke zu zerschmettern. Und dann diese Teile so anzuordnen, dass sie mit meinen eigenen zusammenpassen. Es ist mir egal, wenn sie nicht passen – ich werde sie verdammt noch mal passend machen.

Und ich weiß, dass ich drauf und dran bin, etwas Schlimmes zu tun. Ich weiß, dass ich Grenzen überschreiten werde, von denen ich nie zurückkehren kann. Aber es gibt nicht einen einzigen Funken in mir, der einen Scheiß darauf gibt.

Weil ich besessen bin.

Ich bin süchtig.

Und ich bin dazu bereit, jede einzelne Grenze zu überschreiten, wenn es bedeutet, diese Frau zu meinem zu machen. Wenn es bedeutet, sie zu *zwingen*, mir zu gehören, dann sei dem so.

Mein Entschluss ist bereits gefasst, die Entscheidung festigt sich wie Granit in meinem Gehirn. In diesem Moment treffen ihre wandernden Augen direkt auf meine und prallen mit einer Wucht aufeinander, die mich beinahe in die Knie zwingt. Ihre Augen runden sich in den Ecken, nur ganz leicht, als wäre sie von mir genauso gefesselt wie ich von ihr.

Dann lenkt der Leser vor ihr ihre Aufmerksamkeit auf sich und ich weiß, dass ich jetzt gehen muss, bevor ich etwas Dummes tue, wie sie vor mindestens fünfzig Zeugen zu entführen.

Das macht nichts. Jetzt wird sie mir nicht mehr entkommen können.

Ich habe gerade eine kleine Maus gefunden und ich werde nicht aufhören, bis ich sie gefangen habe.

10. April 1944

Mein Besucher ist hier, vor meinem Fenster, und beobachtet mich, während ich schreibe. Meine Hand zittert und ich kann nicht sagen, ob es aus Angst ist oder nicht. Ich könnte dieses Gefühl nicht einmal beschreiben, wenn ich es versuchen würde. Ich habe versucht, diese Gefühle niederzuschreiben. Sie zu erklären. Aber keine Worte scheinen zu genügen.

Ich nehme an, die beste Art, es zu beschreiben, ist aufregend.
Ich weiß nicht, was bei mir los ist. Aber irgendetwas stimmt nicht, das muss ich wohl sagen.
Wenn sich unsere Blicke treffen, stockt mein Atem. Mein Blut gerät in Wallung. Es fühlt sich an, als würde ein freiliegender Draht auf meiner Haut ruhen.
Es ist eine viszerale Reaktion und ich fürchte, ich werde süchtig nach ihr.
Er kommt jetzt näher. Ich begegne weiterhin seinen Augen und werde von meinem Schreiben abgelenkt.

Das wird jetzt zur Gewohnheit. Meine Ablenkung. John hat es inzwischen bemerkt. Er überschüttet mich mit Fragen, will wissen, was in meinem Kopf vorgeht.

Wie soll ich dem Mann, den ich liebe, sagen, dass ich an einen anderen denke? Wie sage ich ihm, dass ich angefangen habe, mir einen anderen vorzustellen, wenn mein Mann mich küsst? Wenn er mich berührt?

Mein Besucher zieht sich zurück, gleitet in die Dunkelheit.

Ich fürchte mich vor diesem Mann.

Aber dennoch bin ich viel zu fasziniert.

Kapitel 3

Die Manipulatorin

So habe ich mir meinen Freitagabend nicht vorgestellt. In den Wänden eines alten Hauses herumzuwühlen, in dem Gott weiß was für Kreaturen gefangen sind.

Ich warte nur darauf, dass ein tollwütiges Eichhörnchen aufspringt und sich an meinem ausgestreckten Arm festkrallt. Wahnsinnig vor Hunger und bereit, alles zu fressen, weil es jahrelang in den Wänden gefangen war und nichts als Käfer zu fressen hatte.

Mein Arm steckt bis zur Schulter in dem gottverdammten Loch, das Greyson verursacht hat, und ich halte die Taschenlampe fest umklammert. Es gibt gerade genug Platz, um meinen Arm und einen Teil meines Kopfes in einem komischen Winkel hineinzustecken und mich umzusehen.

Das ist dumm. *Ich* bin dumm.

In der Sekunde, in der ich hörte, dass die Eingangstür gegen Greysons Hintern stieß, inspizierte ich den Schaden. Es ist kein großes Loch, aber was mich stutzig machte, war der ziemlich große Spalt zwischen den beiden Wänden. Da war mindestens ein Meter Platz. Und warum sollte es so gebaut worden sein, wenn es keinen Grund dafür gibt?

Ich fühle mich wie von einem Magneten angezogen. Und jedes Mal, wenn ich versuche, mich zurückzuziehen, fährt ein tiefes Vibrieren durch meine Knochen. Meine Fingerspitzen zittern vor Verlangen, die Hand auszustrecken. Einfach in die unergründliche Leere zu schauen und das zu finden, was meinen Namen ruft.

Jetzt bin ich hier, gebückt, und zwänge mich selbst in ein Loch. Angenommen, ich schaffe es nicht, heute Abend selbst ausgefüllt zu werden, dann kann ich meine Action genauso gut auf diese Weise erlangen.

Die Taschenlampe meines Handys zeigt Holzbalken, dicke Spinnweben, Staub und Käferkadaver an der Innenseite der Wand. Ich drehe mich in die andere Richtung und richte das Licht auf die andere Seite. Nichts. Die Spinnweben sind zu dick, um viel sehen zu können, also nutze ich mein Handy wie einen Schlagstock und beginne, einige von ihnen runterzureißen.

Ich schwöre, wenn ich es fallen lasse, werde ich sauer. Dann bekomme ich es nie mehr zurück und muss mir ein neues kaufen.

Ich zucke zusammen, als ich die haarähnlichen Spinnweben auf meiner Haut spüre, die das Gefühl von Käfern imitieren, die auf mir herumkrabbeln. Ich drehe mich wieder nach links und leuchte ein weiteres Mal dorthin.

Ich ziehe noch ein paar Spinnweben weg und bin bereit, einfach aufzugeben und den Sirenenruf zu ignorieren, der mich überhaupt erst in diese blöde Situation gebracht hat.

Da.

Etwas weiter unten im Flur schimmert etwas im Licht. Nur ein kleiner Schimmer, aber genug, dass ich vor Aufregung aufspringe, mit dem Kopf gegen die dicke Trockenbauwand knalle und mir Flocken ins Haar fallen.

Autsch.

Ich ignoriere das dumpfe Pochen in meinem Hinterkopf, reiße den Arm raus und eile den Flur entlang, wobei ich die Entfernung schätze, in der ich das mysteriöse Objekt gesehen habe.

Ich greife mir einen Bilderrahmen, löse ihn von seinem Nagel und setze ihn vorsichtig ab. Ich mache das noch ein paarmal, bis ich auf ein Bild meiner Urgroßmutter stoße, die auf einem Retro-Fahrrad sitzt und einen Strauß Sonnenblumen im Korb hat. Sie grinst breit, und obwohl das Bild schwarz-weiß ist, weiß ich, dass sie roten Lippenstift trägt. Nana sagte, sie hätte den roten Lippenstift schon aufgetragen, bevor sie überhaupt den Kaffee aufsetzte.

Ich ziehe das Bild von der Wand und unterdrücke ein Keuchen, als ich einen armeegrünen Safe vor mir entdecke. Er ist alt und hat nur einen Drehknopf für das Schloss. Aufregung brennt in meiner Lunge, als meine Finger über die Wählscheibe gleiten.

Ich habe einen Schatz entdeckt. Ich nehme an, dass ich Greyson dafür danken muss. Obwohl ich gern glauben würde, dass ich diese Bilder irgendwann abgenommen hätte, damit meine Vorfahren nicht mehr auf meine äußerst fragwürdigen Entscheidungen herabblicken müssen.

Ich starre auf den Safe, als ein kalter Luftzug über meinen Körper streicht und mir das Blut gefrieren lässt. Die plötzliche Kälte bringt mich dazu, mich umzudrehen und meinen Blick durch den leeren Flur schweifen zu lassen.

Meine Zähne klappern und ich glaube, ich sehe sogar, wie mein Atem aus meinem Mund strömt. Und genauso schnell, wie er gekommen ist, verschwindet er auch wieder. Langsam erwärmt sich mein Körper auf eine normale Temperatur, aber der kalte Schauer auf meinem Rücken bleibt.

Ich kann meinen Blick nicht von dem leeren Raum losreißen und warte darauf, dass etwas passiert, aber während die Minuten vergehen, stehe ich einfach nur da.

Konzentriere dich, Addie.

Behutsam lege ich das Bild ab und entscheide mich dazu, die merkwürdige Kälte abzuschütteln und zu googeln, wie man einen Safe aufbricht. Nachdem ich mehrere Foren mit Schritt-für-Schritt-Anleitungen gefunden habe, renne ich zum Werkzeugkasten meines Großvaters, der in der Garage verstaubt.

Der Platz wurde nie für Autos genutzt, auch nicht, als Nana das Haus besaß. Stattdessen haben sich hier Generationen von Schrott angesammelt, der hauptsächlich aus den Werkzeugen meines Großvaters und ein paar Kleinigkeiten aus dem Haus besteht. Ich schnappe mir das Werkzeug, das ich brauche, laufe die Treppe hinauf und bearbeite damit den Safe. Das alte Ding ist ziemlich beschissen gesichert. Aber ich vermute, wer auch immer es hier versteckt hat, hat nicht damit gerechnet, dass es jemals jemand finden würde. Zumindest nicht zu seinen Lebzeiten.

Nach mehreren fehlgeschlagenen Versuchen, frustriertem Stöhnen und einem schmerzenden Finger bekomme ich das Ding endlich auf. Ich nutze noch einmal meine Taschenlampe und finde drei braune, in Leder gebundene Bücher darin. Kein Geld. Keine Juwelen. Nichts von Wert – zumindest nicht im monetären Sinne.

Ehrlich gesagt, hatte ich auch nicht gehofft, so etwas zu finden. Aber ich bin trotzdem überrascht, dass ich keine gefunden habe, wenn man bedenkt, dass die meisten Leute einen Safe für genau diese Sachen benutzen.

Ich greife nach den Büchern und genieße es, wie sich das butterweiche Leder unter meinen Fingern anfühlt. Ein Lächeln huscht über mein Gesicht, als ich mit meinen Fingern über die Inschrift des ersten Buches streiche.

Genevieve Matilda Parsons.

Meine Urgroßmutter – Nanas Mutter. Die Frau auf dem Bild, die den Safe versteckt, ist bekannt für ihren roten Lippenstift und ihr strahlendes Lächeln. Nana sagte immer, dass sie sich selbst Gigi nannte.

Ein kurzer Blick auf die anderen beiden Bücher verrät denselben Namen. Ihre Tagebücher? Das müssen sie sein.

Benommen gehe ich in mein Schlafzimmer, schließe die Tür hinter mir und lasse mich mit überkreuzten Beinen auf meinem Bett nieder. Um jedes Buch ist eine Lederschnur gewickelt, die es geschlossen hält. Die Außenwelt verschwindet, als ich das erste Tagebuch nehme, die Kordel vorsichtig abwickle und das Buch öffne.

Es *ist* ein Tagebuch. Auf jeder Seite steht ein Eintrag in einer weiblichen Handschrift. Und am unteren Ende jeder Seite steht das Markenzeichen meiner Urgroßmutter, der Lippenstiftkuss.

Sie starb, bevor ich geboren wurde, aber ich bin mit unzähligen Geschichten über sie aufgewachsen. Nana sagte, sie habe ihre wilde Persönlichkeit und ihre scharfe Zunge von ihrer Mutter geerbt. Ich frage mich, ob Nana je von den Tagebüchern erfahren hatte. Ob sie diese jemals gelesen hatte.

Wenn Genevieve Parsons so wild war, wie Oma sagte, kann ich mir vorstellen, dass diese Tagebücher jede erdenkliche Art von Geschichten für mich bereithalten. Lächelnd schlage ich die beiden anderen Bücher auf und überprüfe das Datum auf der ersten Seite jedes Buches, um sicherzugehen, dass ich am Anfang beginne.

Und dann bleibe ich die ganze Nacht auf, lese und mit jedem Eintrag werde ich unruhiger.

Ein dumpfer Schlag von unten weckt mich aus einem unruhigen Schlaf. Es fühlt sich an, als würde ich aus einem tiefen, hartnäckigen Nebel gerissen, der in den Vertiefungen meines Gehirns verweilt.

Blinzelnd öffne ich die Augen und starre auf die geschlossene Tür. Ich konzentriere mich auf den schwachen Umriss, bis mein Verstand das Gehörte verarbeitet hat. Mein Herz ist mir weit voraus, der Muskel in meiner Brust schlägt schnell, während mir die Haare im Nacken zu Berge stehen.

Eine Wolke des Unbehagens nistet sich in meiner Magengrube ein und es dauert mehrere Sekunden, bis mir klar wird, dass das Geräusch, das ich gehört habe, das Schließen meiner Haustür war.

Langsam setze ich mich auf und schlüpfe unter der Bettdecke hervor. Das Adrenalin strömt jetzt durch meinen Körper und ich bin hellwach.

Jemand war gerade in meinem Haus.

Das Geräusch könnte alles Mögliche gewesen sein. Es könnte das Fundament gewesen sein, das sich gesetzt hat. Oder, verdammt, sogar ein paar Geister, die sich prügeln. Aber genau wie das Bauchgefühl einem sagt, dass etwas Schlimmes passieren wird, sagt mir mein Bauch, dass gerade jemand in meinem verfickten Haus war.

War es die Person, die an meine Tür geklopft hatte? Das muss doch so sein, oder? Es wäre ein zu großer Zufall, wenn ein Fremder bewusst mehr als eine Meile bis zum Herrenhaus zurücklegen würde, nur um an die Tür zu klopfen und wieder zu gehen. Und jetzt ist er wieder da.

Wenn er überhaupt jemals gegangen ist.

Zitternd erhebe ich mich vom Bett. Ein kalter Schauer überfällt mich und verursacht eine Gänsehaut auf meiner Haut. Fröstelnd schnappe ich mir mein Handy vom Nachttisch und gehe vorsichtig zur Tür. Langsam öffne ich sie und fahre aufgrund des lauten Knarzens, das diese verursacht, zusammen.

Ich brauche den Handwerker, der die Scharniere meiner Tür ölt, genauso wie ich die Tapferkeit eines Löwen brauche. Ich zittere wie Espenlaub, aber ich weigere mich, mich zu verstecken und jemanden frei in meinem Haus herumlaufen zu lassen.

Ich schalte das Licht ein. Die wenigen funktionierenden Lampen flackern und erhellen den Flur gerade genug, dass mein Verstand mir Streiche spielt und Schattenmenschen heraufbeschwört, die sich direkt jenseits des Lichts aufhalten. Und während ich mich langsam auf die Treppen zubewege, spüre ich die Augen der Bilder an den Wänden, die mich beobachten, als ich daran vorbeigehe.

Sie sehen zu, wie ich einen weiteren dummen Fehler begehe. Als ob sie sagen würden: »*Dummes Mädchen, du wirst gleich ermordet. Sieh nach hinten. Sie sind direkt hinter dir.*«

Der letzte Gedanke lässt mich nach Luft schnappen und bringt mich dazu, mich umzudrehen, obwohl ich weiß, dass in der Realität niemand hinter mir ist. Mein dummes Hirn ist ein bisschen zu fantasievoll.

Eine Eigenschaft, die meiner Karriere zugutekommt, die ich aber in diesem Moment verdammt noch mal nicht zu schätzen weiß.

Ich beschleunige mein Tempo und gehe die Treppe hinunter. Sofort schalte ich das Licht an und zucke zusammen, weil die Helligkeit meine Netzhaut verbrennt.

Besser als die Alternative.

Ich würde auf der Stelle sterben, wenn mich jemand mit einem einzigen Lichtstrahl in meinem Haus herumsuchend entdecken würde. In der einen Sekunde ist niemand da, und in der nächsten Sekunde: *Hallo, da ist mein Mörder*. Nein danke, verdammt.

Als ich niemanden im Wohnzimmer oder in der Küche antreffe, drehe ich den Knauf an der Haustür um. Sie ist noch verschlossen, was bedeutet, dass derjenige, der gegangen ist, es irgendwie geschafft hat, die Tür wieder zu verschließen.

Oder er ist nie wirklich gegangen.

Ich atme scharf ein und stürme durch das Wohnzimmer in die Küche, wo ich direkt auf die Messer zusteuere.

Doch dann sehe ich aus dem Augenwinkel etwas auf der Insel liegen, das mich erstarren lässt. Mein Blick springt zu dem Gegenstand und ein Fluch entweicht meinen Lippen, als ich eine einzelne rote Rose auf der Arbeitsplatte liegen sehe.

Ich starre die Blume an, als wäre sie eine lebende Tarantel, die mich direkt anstarrt und mich herausfordert, näherzukommen. Aber wenn ich das tue, würde sie mich sicher bei lebendigem Leibe fressen.

Mit einem zittrigen Atemzug nehme ich die Blume von der Arbeitsplatte und zwirble sie zwischen meinen Fingern. Die Dornen wurden vom Stängel abgetrennt und ich habe das seltsame Gefühl, dass das mit Absicht gemacht wurde, damit ich mir nicht in die Finger steche.

Aber dieser Gedanke ist verrückt. Wenn sich jemand nachts in mein Haus schleicht und mir Blumen hinterlässt, sind seine Absichten das genaue Gegenteil von tugendhaft. Eher versucht er, mir Angst zu machen.

Mit geballter Faust zerquetsche ich die Blume in der Innenfläche meiner Hand und werfe sie in den Müll. Dann widme ich mich wieder meiner ursprünglichen Aufgabe. Ich reiße die Schublade auf, das Silberbesteck klappert laut in der Stille, und dann schließe ich sie, nachdem ich das größte Messer ausgewählt habe. Ich bin zu wütend, um mich leise und heimlich zu verhalten.

Wer auch immer sich hier drin versteckt, wird mich aus einer Meile Entfernung kommen hören, aber das ist mir egal. Ich habe keine Lust, mich zu verstecken.

Ich schäume jetzt vor Wut.

Ich mag es nicht, wenn jemand denkt, er könnte einfach in mein Haus einbrechen, während ich oben schlafe. Und besonders mag ich es nicht, wenn mich jemand in meinem eigenen Haus angreifbar macht.

Und dann auch noch die Dreistigkeit besitzt, mir eine Blume zu hinterlassen, wie ein verdammter Spinner? Er mag die Rose vielleicht machtlos gemacht haben, indem er ihre Dornen abgeschnitten hat, aber ich werde ihm gern zeigen, dass eine Rose immer noch verfickt tödlich ist, wenn man sie ihm in den Hals steckt.

Ich suche den ersten und zweiten Stock gründlich ab, finde aber niemanden, der auf mich wartet. Erst als ich am Ende des Flurs im zweiten Stock stehe und auf die Tür starre, die zum Dachboden führt, wird meine Suche unterbrochen.

Ich erstarre auf der Stelle. Jedes Mal, wenn ich versuche, meine Füße einen Schritt vorzubewegen, könnte ich mich selbst dafür schellen, nicht jeden einzelnen Raum des Herrenhauses durchsucht zu haben, aber ich kann mich nicht bewegen. Jeder einzelne meiner Instinkte schreit danach, nicht in die Nähe dieser Tür zu gehen.

Dass ich etwas Schreckliches finden würde, wenn ich das täte.

Der Dachboden war der Ort, an den sich Nana oft zurückgezogen hatte. Sie verbrachte ihre Tage dort oben mit Stricken und summte dabei eine Melodie, während ihr im Sommer mehrere Ventilatoren aus allen Richtungen entgegenwehten. Ich schwöre, dass ich diese Melodie manchmal vom Dachboden höre, aber ich kann mich nicht überwinden, hinaufzugehen und nachzusehen.

Ein Kunststück, das ich wohl auch heute Abend nicht schaffen werde. Ich habe nicht den Mut, da hochzugehen. Ich komme langsam wieder zu Atem und die Erschöpfung lastet schwer auf meinen Knochen.

Seufzend schleppe ich mich zurück in die Küche, um mir ein Glas Wasser zu holen. Ich trinke es in drei Schlucken leer, bevor ich es noch einmal fülle und erneut leere.

Ich lasse mich auf den Barhocker vor der Kücheninsel fallen und lege das Messer schließlich zur Seite. Eine dünne Schweißschicht benetzt meine Stirn und als ich mich vorbeuge, um sie gegen die kalte Marmorplatte zu lehnen, jagt mir ein kalter Schauer über den Rücken.

Die Person ist weg, aber mein Haus ist nicht das Einzige, in das sie heute Nacht eingedrungen ist.

Sie ist jetzt in meinem Kopf – genau wie sie es verdammt noch mal wollte.

»Jemand ist letzte Nacht in mein Haus eingebrochen«, gestehe ich, während ich mein Telefon zwischen Ohr und Schulter geklemmt habe. Der Löffel klappert in der Keramiktasse, während ich meinen Kaffee umrühre. Ich trinke gerade die zweite Tasse und es fühlt sich immer noch so an, als hätte ich Hanteln als Augen und meine Augenlider würden einen Kampf im Gewichtheben verlieren.

Nachdem der gruselige Jemand letzte Nacht gegangen war, konnte ich nicht wieder einschlafen, also ging ich durch das ganze Haus und vergewisserte mich, dass alle Fenster verschlossen waren.

Die Feststellung, dass sie es waren, beunruhigte mich noch mehr. Jede einzelne Tür und jedes Fenster waren verschlossen, bevor und nachdem der Einbrecher gegangen war. Wie zum Teufel war er also rein- und rausgekommen?

»Moment mal, was sagtest du? Jemand ist in dein Haus *eingebrochen*?«, schreit Daya.

»Jap«, erwidere ich. »Er hat eine rote Rose auf meiner Arbeitsplatte hinterlassen.«

Stille. Niemals hätte ich gedacht, einmal den Tag zu erleben, an dem Daya Pierson sprachlos ist.

»Das ist noch nicht alles, was passiert ist. Nur das Schlimmste im Großen und Ganzen der verdammten letzten Nacht, nehme ich an.«

»Was ist noch passiert?«, fragt sie scharf.

»Nun, Greyson ist ein Arschloch. Er war gerade mittendrin, mit seiner Zunge eine mysteriöse Höhle in meinem Nacken ausfindig zu machen, als jemand heftig gegen meine Tür gedonnert hat. Und ich meine, so richtig fest. Wir haben nachgesehen, aber es war niemand da. Ich nehme an, dass es mein neuer Freund war.«

»Ist das dein verdammter Ernst?«

Den Rest erzähle ich im Schnelldurchlauf. Greysons Dummheit – ich beschwere mich nur ein bisschen darüber. Dann seine Faust, die gegen meine Wand schlägt und sein dramatischer Abgang. Ich erwähne nicht den Safe und die Tagebücher, die ich gefunden habe, oder was ich darin gelesen habe. Ich habe es noch nicht verarbeitet, ebenso wenig die Ironie, dass ich erst ihre schmutzige Liebesgeschichte gelesen habe und dann jemand in derselben Nacht in mein Haus eingebrochen ist.

»Ich komme heute vorbei«, erklärt Daya, als ich fertig bin.

»Ich muss heute das Haus auf Vordermann bringen, um es auf die Renovierung vorzubereiten«, entgegne ich, schon erschöpft von dem Gedanken daran.

»Dann helfe ich dir. Wir werden etwas trinken, damit es interessant bleibt.«

Ein kleines Lächeln formt sich auf meinem Gesicht. Daya war mir schon immer eine gute Freundin.

Sie ist seit der Middle School meine beste Freundin. Wir sind auch nach dem Schulabschluss noch in Kontakt geblieben, selbst als wir beide auf verschiedene Colleges gegangen sind. Unsere Leben erlaubten es uns in den letzten Jahren nur, uns an Feiertagen oder beim jährlichen Spukmarkt zu sehen.

Ich brach das College nach einem Jahr ab und startete meine Karriere als Schriftstellerin, während Daya ihren Abschluss in Informatik absolvierte. Irgendwie hat sie sich in eine Hackergruppe eingeschleust und ist sozusagen zur Bürgerwehr für die Leute geworden, indem sie die Geheimnisse der Regierung der Öffentlichkeit bekannt gibt.

Sie ist die größte Verschwörungstheoretikerin, die ich je getroffen habe, aber selbst ich kann zugeben, dass der Scheiß, den sie findet, beunruhigend ist und viel zu viele Beweise liefert, um noch als Theorie betrachtet zu werden.

Abgesehen davon lassen uns unsere beiden Jobs viel Freiheit im Alltag. Wir haben mehr Glück als die meisten anderen.

»Das weiß ich wirklich zu schätzen. Wir sehen uns also dann«, sage ich, bevor ich auflege.

Ich seufze und schaue auf die Tagebücher, die vor mir auf der Kücheninsel liegen. Ich habe das erste Buch noch nicht zu Ende gelesen und die Frage, ob ich weiterlesen soll, macht mich nervös. Mit jedem verstrichenen Wort möchte ich Gigi verdrängen.

Fast so sehr, wie ich sie sein möchte.

12. April 1944

Er kam wieder zurück. Ich wage, zu behaupten, dass ich enttäuscht wäre, wenn er es nicht getan hätte. John ist zur Arbeit gegangen und Serafina ist in der Schule. Noch in derselben Minute, als sich das Haus leerte, wartete ich bereits am Fenster. Nicht mein stolzester Moment, muss ich zugeben.

Dieses Mal kam er ins Haus. Ich erstarrte, als er es tat. Aus Angst, was er tun würde, aber ebenso erwartungsvoll, was sein nächster Schritt sein würde.

Als er mir die Gesamtheit seines Gesichts präsentierte, ohne dass Schatten seine Züge verdeckten, stockte mir der Atem: Er ist wunderschön. Durchdringende, blaue Augen. Ein markantes Kinn. Und er ist groß. Also sehr groß.

Er kam auf mich zu, weigerte sich noch immer, zu sprechen. Er streichelte mein Gesicht mit seinen Fingern. So sanft. Er kreiste um mich herum und ließ seine Finger über meine Haut gleiten.

Ich zitterte unter seiner Berührung und er lächelte. Sein Lächeln ließ mein Herz in meiner Brust stehen bleiben.

Und dann ging er. Lief raus, ohne ein Wort zu sagen.
Ich hätte ihn beinahe angefleht, zurückzukommen, aber ich hielt mich zurück.
Er würde wiederkommen.

Kapitel 4

Die Manipulatorin

»Deine Großmutter war ein Freak«, verkündet Daya, bevor sie damit fortfährt, alte, verstaubte Unterwäsche hochzuhalten. Ich schrecke zurück, beunruhigt von dem Anblick, der sich mir bietet. Meine idiotische Freundin hält die Seiten der Spitzenunterwäsche fest und schnalzt provokativ mit der Zunge. Ich bin im Moment viel mehr als nur beunruhigt.

»Bitte, hör auf.«

Sie verdreht dramatisch die Augen und ahmt so einen Orgasmus nach, der für mich eher wie ein Exorzismus aussieht.

»Du verhältst dich gerade völlig unangemessen. Was ist, wenn meine Nana dich sehen kann?«

Das lässt sie innehalten. Das Höschen fällt hinunter und ebenso entgleist ihr das Gesicht.

»Glaubst du, sie ist ein Geist?«, fragt sie und sucht mit ihren großen Augen das Haus ab, als würde eine Erscheinung von Nana mit ihr Guck-Guck spielen. Ich rolle mit den Augen. Nana würde das wahrscheinlich sogar tun, wenn sie könnte.

»Nana hat dieses Haus geliebt. Es würde mich nicht wundern, wenn sie geblieben wäre.« Ich zucke gleichgültig mit den Schultern. »Ich habe schon Erscheinungen gesehen und eine Menge unerklärlicher Scheiß passiert hier.«

»Du weißt wirklich, wie man einen ausnüchtert, weißt du das?«, beschwert sie sich und wirft die Unterwäsche ein wenig aggressiv in den Mülleimer. Ich lächle, erfreut über ihre Aussage.

»Ich mache uns noch einen Drink«, beschwichtige ich sie, hebe eine große Mülltüte hoch und werfe sie mir über die Schulter. Ich bin nicht stolz auf den keuchenden Atem, der aus meiner Lunge schießt, oder den Schweiß, der mir sofort ausbricht.

Ich muss wirklich aufhören, zu trinken, und mehr Sport treiben.

Ich werde es zu einem Vorsatz für das neue Jahr machen. Es ist ziemlich sicher, dass ich es eine Woche lang versuchen und dann aufgeben und versprechen werde, es nächstes Jahr wieder zu versuchen. Das passiert jedes Mal.

»Mach ihn extra stark. Ich werde ihn brauchen, jetzt, wo ich das Gefühl habe, dass mich Dämonen beobachten.« Ich rolle wieder mit den Augen.

»Mach einfach einen kleinen Striptease. Das wird sie verscheuchen«, sage ich mit fester Stimme. Ein Luftzug neben meinem Ohr lässt meine Haare tanzen und eine Sekunde später knallt eine Rolle Klebeband an die Wand vor mir. Kichernd verlasse ich den Raum, während Daya mich fluchend aus dem Zimmer begleitet.

Sie weiß verdammt gut, dass sie wunderschön ist, und deshalb necke ich sie gern damit, das Gegenteil zu sein. Irgendjemand muss die sexy Schlampe ja ab und zu wieder auf den Boden der Tatsachen bringen. Wenn ich es nicht tue, dann wird ihr Ego irgendwann zu groß für diese Erde.

Ich stelle den Müllsack vor der Haustür ab und mache mich auf den Weg in die Küche. Ich hole Ananassaft aus dem Kühlschrank und wende mich der Insel zu, um weitere Getränke zuzubereiten.

Ich atme scharf ein. Meine Lunge zieht sich zusammen und Eis fließt durch meine Adern.

Auf der Insel steht ein leeres Whiskeyglas mit einer einzelnen roten Rose daneben. Nur ein Tropfen des Whiskeys meines Großvaters ist noch übrig.

Das Glas war vorher nicht hier. Weder Daya noch ich haben

das zweite Stockwerk in der letzten Stunde verlassen, da wir beide hüfthoch in den Sachen alter Leute gesteckt haben.

Ich umkreise die Sachen, als ob sie eine schlummernde Python wären, die jeden Moment zuschnappen und mich beißen könnte.

Mein Herz donnert in meinen Ohren, als ich zaghaft nach dem Glas greife und es inspiziere, als wäre es ein *Magic 8 Ball,* der die Person offenbaren soll, die daraus getrunken hat.

Offensichtlich ist niemand mit mir in dieser Küche. Ich kann die Eingangstür von dem Punkt aus sehen, an dem ich stehe. Trotzdem durchkämmen meine Augen die gesamte Küche und das Wohnzimmer auf der Suche nach der Person, die sich in mein Haus geschlichen, sich ein Glas und eine Flasche Whiskey geschnappt und dann einen Drink genommen hat. Während meine beste Freundin und ich oben waren und nichts von der Gefahr ahnten, die unter uns lauerte.

Ich hatte niemanden reinkommen hören. Nicht ein einziges Geräusch.

Wütend stürme ich zur Haustür und drehe den Knauf. Verschlossen. So wie sie es verdammt noch mal immer ist. Nutzlos, wie es scheint, denn ein verschlossenes Haus reicht nicht aus, um einen Eindringling fernzuhalten.

»Wo ist mein Drink, Bitch? Ich höre Geflüster und so eine Scheiße«, ruft Daya laut aus dem zweiten Stock.

»Ich komme!«, rufe ich zurück, wobei meine Stimme zittert.

Ich gehe zurück in die Küche, suche immer noch, als ob es ein Wurmloch in ein anderes Universum gäbe und der Freak jeden Moment auftauchen könnte.

Auf der rechten Seite der Küche gibt es einen Eingang, der mit dem Flur auf der anderen Seite des Treppenhauses verbunden ist. Aus den Tiefen dieses Eingangs strömt Dunkelheit. Die Person könnte in diesem Flur sein und sich versteckt halten. Oder sie versteckt sich sogar in einem der Schlafzimmer und wartet darauf, dass ich vorbeikomme.

Ein weiterer Adrenalinstoß schießt durch meine Venen. Ich

könnte eine dieser dummen Schlampen sein, die man in Horrorfilmen sieht, die nachforschen und die man anschreien möchte, weil sie so dumm sind.

Will ich den möglichen Tod wirklich auf diese Weise begrüßen? Das dumme Mädchen, das nicht einfach aus dem Haus rennen oder um Hilfe rufen konnte? Oder will ich mich von einem Arsch einschüchtern lassen, der meint, er könne in mein Zuhause eindringen, wann immer er es für angebracht empfindet? Den Whiskey meines Großvaters trinken. Und Beweise hinterlassen, als ob es die Person nicht weniger interessieren könnte, ob sie erwischt wird.

Da frage ich mich, warum sie sich überhaupt versteckt? Sie hat offensichtlich einen Weg, um unbemerkt ins Haus zu kommen. Was würde es bringen, sich in einem Schlafzimmer oder einem dunklen Flur zu verstecken? Der Arsch könnte sich jederzeit an mich heranschleichen. Er könnte kommen und gehen, wie es ihm beliebt.

Dieses Wissen macht mich zutiefst wütend und ebenso hilflos. Was würde es bringen, die Schlösser auszutauschen, wenn sie gar kein Hindernis sind?

Nach einem tiefen Atemzug beschließe ich, die Rolle der dummen Schlampe zu spielen. Ich schnappe mir ein Messer und durchsuche das gesamte Haus, bin dabei ruhig und mit leichten Schritten unterwegs. Ich will Daya jetzt nicht in Panik versetzen, wenn es nicht sein muss.

Als ich nichts finde, gehe ich zurück in die Küche, nehme die Rose, reiße die Blütenblätter aus und werfe sie in das leere Glas.

Ein Teil von mir hofft beinahe, dass er zurückkommt, damit er mein kleines Meisterwerk sehen kann.

»Ich will nicht lügen, ich habe Angst um dich«, gibt Daya zu und bleibt vor der Tür stehen. Sie hat den ganzen Tag damit verbracht, mit mir das Haus zu entrümpeln. Ich habe einen Müllcontainer gemietet und wir haben ihn vollgeladen, bis keiner von uns mehr die Arme heben konnte.

Zehn Stunden und mehrere Fahrten zu Goodwill später, waren wir mit dem Ausmisten des Herrenhauses fertig. Meine Großeltern waren nie Horter, aber es ist leicht, Nippes und andere Gegenstände anzusammeln, von denen man glaubt, sie zu brauchen, was man aber nicht tut.

Nachdem Nana gestorben war, hat meine Mutter das ganze Haus durchforstet und die meisten Dinge hier drin entweder verkauft oder gespendet. Sonst hätte es Wochen, wenn nicht sogar Monate gedauert.

»Das musst du nicht, ich werde schon klarkommen«, sage ich.

Ich brauchte den größten Teil des Tages, aber nachdem ich noch ein paar Cocktails getrunken hatte, fand ich genug Mut, um Daya von dem Whiskeyglas zu erzählen. Es wäre falsch, zu verheimlichen, dass jemand in mein Haus gekommen war, während sie sich darin befand. Es wäre nicht fair, ihr nicht die Möglichkeit zu geben, zu gehen.

Sie ist natürlich ausgeflippt und hat den Rest des Tages damit verbracht, mich zu überreden, bei ihr zu wohnen. Ich werde mich nicht rühren. Ich habe es satt, dass die Leute versuchen, mich aus diesem Haus zu vertreiben. Erst meine Eltern, vor allem meine Mutter, und jetzt so ein krankes Arschloch, das sich daran aufgeilt, ein Widerling zu sein.

Ich habe Angst, aber ich bin auch dumm.

Ich werde also nicht gehen.

Um ehrlich zu sein, war ich überrascht, dass Daya es im Herrenhaus aushielt. Ihre Augen wirkten unruhig und sie hat wahrscheinlich den Satz »*Was war das für ein Geräusch?*« ein paar Tausend Mal gesagt.

Aber seitdem hatten wir keinen Zwischenfall mehr.

Jetzt steht sie vor meiner Tür und weigert sich, mich hier allein zu lassen.

»Lass mich bei dir bleiben«, sagt sie wieder zum millionsten Mal.

»Nein. Ich werde dich nicht in Gefahr bringen.«

Sie schnippt mit den Fingern vor mir, Wut strömt aus ihren grünen Augen. »Siehst du, genau das meine ich. Das ist das verdammte Problem. Wenn du mich in Gefahr siehst, wenn ich hierbleibe, in was bist dann du?« Ich will antworten, aber sie unterbricht mich. »In Gefahr! Das bringt dich ebenfalls in Gefahr, Addie. Warum solltest du hierbleiben?«

Ich seufze und reibe mir mit der Hand über das Gesicht, weil ich frustriert bin. Es ist nicht Dayas Schuld. Wären die Rollen vertauscht, würde ich auch ausflippen und an ihrem Verstand zweifeln.

Aber ich weigere mich, wegzulaufen. Ich kann es nicht erklären, aber es fühlt sich an, als würde ich diese Person gewinnen lassen. Ich bin erst seit einer Woche zurück in Parsons Manor und schon werde ich aus dem Haus gedrängt.

Ich kann nicht erklären, warum ich das Bedürfnis habe, es durchzuhalten. Diese mysteriöse Person zu testen. Sie herauszufordern und ihr zu zeigen, dass ich keine Angst vor ihr habe.

Obwohl *das* eine verdammt große Lüge ist. Ich bin total verängstigt. Aber ich bin genauso stur. Und – wie bereits festgestellt – auch dumm.

Würde man mich später fragen, wenn er an meinem Bett steht und mir beim Schlafen zusieht, dann würde ich mit Sicherheit anders darüber denken.

»Ich komme schon klar, Daya. Das verspreche ich dir. Ich schlafe mit einem Schlachtermesser unter meinem Kopfkissen. Ich werde mich im Schlafzimmer verbarrikadieren, wenn ich muss. Wer weiß schon, ob er überhaupt zurückkommt?«

Mein Argument ist schwach, aber ich nehme an, dass ich es an diesem Punkt nicht einmal wirklich versuche. Ich werde verdammt noch mal nicht gehen.

Warum ist es so, dass ich mich an öffentlichen Orten und in

sozialen Situationen am liebsten selbst anzünden würde, aber ich mich mutig genug fühle, um zu bleiben, wenn jemand in mein Haus einbricht?

In meinem Kopf ergibt das ebenfalls keinen Sinn.

»Ich fühle mich nicht wohl dabei, dich hierzulassen. Wenn du stirbst, wird der Rest meines Lebens ruiniert sein. Ich werde im Elend weiterleben, geplagt von den *Was-wäre-wenn*-Fragen.« Mit all dem Drama, das sie im Theater gelernt hat, schaut sie zur Decke und legt nachdenklich einen Finger an ihr Kinn. »Wäre sie noch am Leben, wenn ich die Schlampe einfach an den Haaren aus dem Haus gezerrt hätte?«, wundert sie sich laut und mit launischer Stimme und macht sich über ihr mögliches zukünftiges Ich und mich lustig.

Ich runzle die Stirn. Ich möchte nicht an meinen Haaren herausgezerrt werden. Es hat lange gedauert, bis ich sie wachsen lassen konnte.

»Sollte er zurückkommen, rufe ich sofort die Polizei.«

Verärgert lässt sie ihre Hand fallen und verdreht die Augen. Sie ist aufgeregt. Sie ist wütend auf mich.

Das ist auch verständlich.

»Wenn du stirbst, werde ich so angepisst auf dich sein, Addie.«

Ich schenke ihr ein schwaches Lächeln.

»Ich werde nicht sterben.«

Hoffe ich.

Sie knurrt, ergreift grob meine Hand und zieht mich in eine heftige Umarmung. Sie lässt mich los, und alles, was ich fühle, ist eine immense Erleichterung, die sich mit ein wenig Bedauern mischt.

»Ruf mich an, sollte er zurückkommen.«

»Das werde ich«, lüge ich. Sie geht ohne ein weiteres Wort und knallt die Tür hinter sich zu.

Ich atme tief durch, nehme ein Messer aus der Schublade und mache mich müde auf den Weg ins Bad. Ich brauche eine lange, heiße Dusche und wenn der Widerling mich jetzt unterbricht, steche ich ihn gern dafür ab.

16. Mai 1944

John hat mich in letzter Zeit immer wieder ausgefragt. Immerzu fragt er, was ich tue, wenn ich allein zu Hause bin. Ich sage ihm, dass ich mich um den Haushalt kümmere, und grinse dabei schief. Sera ist vierzehn und kann jetzt ihre eigenen Schulaufgaben machen. Also sorge ich nur dafür, dass er eine warme Mahlzeit bekommt, wenn er nach Hause kommt. Meine normalen, alltäglichen Pflichten als Ehefrau.

Er ist mir gegenüber misstrauisch.

Er beginnt, eine Veränderung in meinem Verhalten zu erkennen.

Ich kann nicht leugnen, dass ich mich in letzter Zeit anders verhalten habe. Seit der fremde Mann in mein Leben getreten ist. Durch mein Fenster.

Er hat noch nicht mit mir gesprochen. Ganz gleich, wie oft ich ihn darum anflehe. Ihn frage, wie er heißt. Woher er kommt. Woher er mich kennt. Was er von mir will.

Nichts davon beschert mir den erwünschten Erfolg.

Ich möchte ihn so gern sprechen hören, dass ich angefangen habe, ihm Dinge anzubieten. Schlechte Dinge.

Einen Kuss. Eine Berührung. Er lächelt mich an, geht aber nicht darauf ein.

Seine Finger streichen über meine Wange, dann läuft er weg und lässt mich sehnsüchtig auf das nächste Mal warten, dass er zurückkommt.

Kapitel 5

Die Manipulatorin

Die Brise drückt meinen Körper nach vorn, als wollte sie mich zum Sprung drängen. Den Sprung zu wagen und mich in den Tod zu stürzen.

Du wirst es nicht bereuen.

Dieser kleine, aufdringliche Gedanke bleibt. Irgendwie habe ich das Gefühl, dass es bedauerlich wäre, in scharfe Felsen zu stürzen, gelinde gesagt. Was ist, wenn ich nicht sofort sterbe? Was ist, wenn ich wie durch ein Wunder den Sturz überlebe und dazu gezwungen bin, dort zu liegen, gebrochen und blutig, bis mein Körper endlich aufgibt?

Was, wenn mein Körper sich weigert aufzugeben und ich gezwungen bin, mein restliches Leben als Gemüse dahinzuvegetieren?

Alles bedauerlich.

Ich werde aus meinen Gedanken gerissen, als ich ein Räuspern höre.

»Ma'am?«

Ich drehe meinen Kopf und sehe einen großen, älteren Mann, der eine Sanftheit ausstrahlt, die mich fast tröstet. Sein graues, dünnes Haar klebt auf seiner Stirn, wegen des Schweißes, der sich darauf gebildet hat, und seine Kleidung ist mit Schmutz und Dreck befleckt. Seine Augen springen zwischen dem Rand der Klippe, auf der ich stehe, und mir hin und her und strahlen eine nervöse Energie aus. Er denkt, dass ich springen werde. Als ich ihn weiter so anstarre, wird mir klar, dass ich ihm keinen Grund gebe, etwas anderes zu denken.

Noch immer bewege ich mich nicht.

»Wir machen für heute Nacht Schluss«, informiert er mich.

Sein Team und er haben den ganzen Tag an meiner Veranda gearbeitet, um ihr das Facelift zu geben, das sie so dringend nötig hat. Gleichzeitig hat er dafür gesorgt, dass mein Fuß nicht durch das verrottete Holz bricht und mir wahrscheinlich eine Sepsis verpasst hätte.

Er schaut mich von oben bis unten an, auf seiner Stirn bilden sich noch mehr Falten, während seine Besorgnis größer zu werden scheint. Die Brise weht heftig, wirbelt um uns herum und wirbelt mein Haar auf. Ich ziehe die Strähnen weg, um zu sehen, dass er mich noch immer aufmerksam beobachtet.

Als ich jünger war, weigerte sich Nana, mich in die Nähe der Klippe zu lassen. Sie ist nur gut fünfzig Meter vom Anwesen entfernt. Die Aussicht ist atemberaubend, besonders wenn die Sonne untergeht. Aber nachts ist es unmöglich, zu sehen, wo der Rand der Klippe ist, wenn man keine Taschenlampe bei sich hat.

Die Sonne versinkt gerade am Horizont und taucht dieses einsame Stück Land in dunkle Schatten. Ich stehe nur einen Meter von der Gefahr entfernt, Leben und Tod durch eine felsige Kante getrennt. Bald wird sie verschwinden.

Und wenn ich nicht aufpasse, werde ich das auch.

»Sind Sie okay, Miss?«, fragt er und macht einen einzelnen Schritt nach vorn. Instinktiv mache ich einen Schritt zurück – in Richtung der Klippenkante. Die braunen Augen des Mannes weiten sich, sofort hält er inne und hebt die Hände, als wolle er mich mit aller Macht davon abhalten, hinunterzufallen. Er wollte mir nur helfen, nicht Angst machen. Und im Gegenzug habe ich ihn zu Tode erschreckt.

Ich schaue zurück und mein Herz bleibt mir im Hals stecken, als ich sehe, wie nah ich dran war, in den Abgrund zu rutschen.

Alles, was ich in diesem Moment fühle, ist pure Angst. Und wie ein Uhrwerk setzt sich das vertraute, berauschende Gefühl tief in meinem Magen ab, wie Wasser, das einen Abfluss hinabkreist.

Irgendetwas stimmt eindeutig nicht mit mir.

Verlegen mache ich ein paar Schritte von der Klippe weg und werfe ihm einen entschuldigenden Blick zu.

Ich bin angespannt.

Rote Rosen tauchen jetzt überall auf, wo ich hingehe. Drei Wochen ist es her, dass ich das Whiskyglas und die Rose auf meiner Arbeitsplatte gefunden habe.

Nachdem Daya gegangen war, habe ich eine lange, heiße Dusche genommen und entschieden, dass ich anfangen musste, Berichte zu schreiben. Irgendwelche Beweise hinterlassen musste. So wüssten sie genau, warum, wenn ich tot oder vermisst wäre.

Als ich aus der Dusche kam, war das leere Glas mit den gezupften Blütenblättern verschwunden und raubte mir jegliche Wärme aus dem Körper.

Ich rief in dieser Nacht unverzüglich die Polizei an. Sie haben mich mit einem Bericht abgespeist, aber sie sagten mir, dass das Finden einer Rose an seltsamen Orten in meinem Haus für sie keine ausreichende Beweislage ist, um etwas zu unternehmen.

Seitdem sind die Vorfälle eskaliert. Ich bin mir nicht sicher, in welchem genauen Moment mir bewusst wurde, dass ich einen Stalker habe, aber es wurde deutlich, dass genau das in den letzten drei Wochen passiert ist.

Ich steige in mein Auto, um zu meinem Lieblingscafé zu fahren und zu schreiben. Auf meinem Sitz wartet eine rote Rose auf mich. In einem Auto, das verschlossen war.

Es liegt nie ein Zettel bei. Niemals eine andere Art von Kommunikation als die roten Rosen mit abgeschnittenen Dornen.

Meine Paranoia verstärkte sich noch, als vor zwei Wochen die Renovierungsarbeiten begannen. Zahlreiche Leute waren ein- und ausgegangen, um die Grundmauern des Hauses zu reparieren und sie zu ersetzen. Elektriker, Klempner, Bauarbeiter und Landschaftsgärtner waren alle hier gewesen.

Ich habe jedes einzelne Fenster in Parsons Manor austauschen und brandneue Schlösser an jeder einzelnen Tür anbringen lassen, aber wie ich vermutet hatte, macht das keinen Unterschied.

Er findet immer einen Weg hinein.

Jede Person, die durch mein Haus geht, könnte er sein. Zugegeben, ich hatte ein paar der armen Arbeiter befragt, um zu sehen, ob sie sich verdächtig verhielten, aber sie sahen mich alle an, als ob ich sie fragen würde, ob sie mir Crack verkaufen könnten.

»Ma'am?«, drängt der Mann erneut.

Ich schüttle den Kopf – ein trauriger Versuch, mich wieder auf das Gespräch zu konzentrieren.

»Es tut mir so leid, ich bin einfach total neben mir«, presse ich hervor und wedele beschwichtigend mit den Händen vor mir herum.

Ich komme mir wegen meines Verhaltens wie ein Arschloch vor. Wäre ich gestürzt, hätte sich der arme Kerl wahrscheinlich selbst die Schuld gegeben. Die Erde hätte unter mir nachgeben können, oder ich hätte einfach einen zu großen Schritt machen und in den Tod stürzen können, nur weil er besorgt war.

Er hätte den Rest seines Lebens mit Schuldgefühlen gelebt und wer weiß, was dann aus ihm geworden wäre.

»'kay«, sagt er, beäugt mich aber weiterhin misstrauisch. Er zeigt mit dem Daumen über seine Schulter. »Nun, wir kommen morgen wieder, um das Geländer anzubringen.«

Ich nicke und drehe meine Finger ineinander.

»Danke«, erwidere ich leise.

In der Sekunde, in der er geht, würde ich darüber weinen, dass ich fast sein Leben ruiniert hätte, und obwohl er unglaublich nett zu sein scheint, merke ich, dass er nichts mehr will, als einfach zu gehen. Aber seine Freundlichkeit bleibt bestehen. Oder das beharrliche Bedürfnis, sicherzustellen, dass er ohne Schuldgefühle weggeht.

»Soll ich jemanden anrufen?«

Ich lächle und schüttle mit dem Kopf. »Ich weiß, es sah schlimm aus, aber ich verspreche, dass ich nicht vorhatte, zu springen.«

Seine Schultern sinken einen Zentimeter und sein Gesicht entspannt sich vor Erleichterung.

»Gut«, sagt er und nickt. Er will sich umdrehen, hält dann aber inne. »Oh, da draußen wartet ein Strauß Rosen auf Sie.«

Mein Herz bleibt für etwa fünf Sekunden stehen, bevor es in einen höheren Gang schaltet und sich seinen Weg meine Kehle hinaufbahnt.

»W–was? Von wem?«

Er zuckt mit einer Schulter. »Ich weiß es nicht. Sie waren da, als wir vorhin vom Mittagessen zurückkamen. Ich kann sie holen, wenn …«

»Ist schon okay!«, werfe ich hastig ein.

Sein Mund klappt zusammen und ein weiterer seltsamer Ausdruck huscht über sein Gesicht. Dieser Mann denkt definitiv, dass ich verrückt bin.

Er nickt noch einmal mit einem letzten besorgten Blick, bevor er sich umdreht und zurück zum Eingang des Herrenhauses geht. Mit einem gepressten Seufzer warte ich, bis er aus meinem Blickfeld verschwunden ist, bevor ich mich auf den Rückweg mache.

Es hätte sich komisch angefühlt, hinter ihm herzulaufen – zwei Personen, die in dieselbe Richtung gehen und kein Interesse daran haben, miteinander zu reden.

Davon bekomme ich eine Gänsehaut.

Als ich mich auf den Weg zur Vorderseite des Hauses mache, bleibe ich zunächst stehen, um zu bewundern, wie schön die schwarze neue Veranda aussieht. Die Fassade wurde aufgefrischt – immer noch ganz in Schwarz, aber mit brandneuen Seitenwänden und frischer Farbe. Ich habe die Ranken beibehalten und die Wasserspeier gesäubert, und obwohl der Stein abgebrochen und verwittert ist, verleiht er dem gespenstischen Herrenhaus nur noch mehr Charakter. Es scheint, als wäre mein Geschmack nicht bunter und sonniger als der meiner Vorgänger.

Dann fällt mein Blick auf den Strauß roter Blumen, der vor der Tür steht. Es sieht so aus, als ob sie dort von einem der Crewmitglieder platziert wurden – vorausgesetzt, sie wollten nicht ohne Erlaubnis in mein Haus eintreten.

Meine Augen umkreisen das Grundstück. Die Sonnenstrahlen sind fast verschwunden, und ich kann keine fünf Meter hinter der Baumgrenze etwas sehen. Wenn jemand jenseits dieser Grenze ist, könnte man mich beobachten, ohne dass ich es bemerken würde.

Ich fühle mich ein bisschen eingeschüchtert, nehme die Rosen, eile hinein, schlage die Tür zu und schließe sie ab. In dem Strauß steckt eine einzelne schwarze Karte. Meine Augen erkennen eine Art goldene Kalligrafie, die darauf geschmiert ist.

Meine Augen weiten sich beim Anblick der Karte. Es ist die erste echte Nachricht, die ich von dem Stalker erhalte. Ein Teil von mir hat sehnsüchtig darauf gewartet, in der Hoffnung, dass er mir sagt, was er von mir will.

Jetzt, wo sie da ist, möchte ich sie in Stücke reißen und in seliger Unwissenheit leben.

Scheiß drauf, ich werde wahrscheinlich vor Reue und Neugierde sterben, wenn ich sie nicht lese.

Mit zitternden Händen ziehe ich die Karte heraus, öffne sie und lese:

Wir werden uns bald sehen, Little Mouse.

Okay, ich hätte auch weiterleben können, ohne das zu lesen.

Ich meine, *Little Mouse*? Das ist offensichtlich ein Mann, der mich stalkt, und er muss total verrückt sein. *Natürlich* ist er das.

Angewidert ziehe ich das Handy aus der Gesäßtasche und rufe die Polizei an. Ich möchte heute Nacht wirklich nichts mit ihnen zu tun haben, aber ich muss das zu Protokoll geben.

Ich bin nicht naiv genug, zu glauben, dass sie mich vor dem

Schatten retten werden, der sich selbst an mich geheftet hat. Aber ich will verdammt sein, wenn ich zu einem ungelösten Mysterium werde, falls ich sterben sollte.

Ein sanftes, aber bestimmtes Klopfen erschüttert meine Haustür. Es ist schon fast zu einem Instinkt geworden, dass mein Herz ein paar Schläge lang aussetzen muss, sobald ich ein Geräusch im Haus höre.

Das kann doch sicher nicht gesund sein. Vielleicht esse ich ein paar *Cheerios*. Sie sagen doch, die sollen gut für das Herz sein, richtig?

Ich gehe zum Fenster neben der Tür und spähe durch den Vorhang, um zu sehen, wer es ist.

Ich stöhne. Ich ***will*** ja erleichtert sein, dass nicht irgendein gruseliger Typ vor meiner Tür steht, der eine Waffe in der Hand hält und davon spricht, dass, wenn nicht er mich haben kann, keiner es kann. Wirklich, das will ich.

Ich bin also nur ein bisschen traurig, dass es nicht der hartnäckige Schatten ist, der bereit ist, mein Leben zu beenden.

Mit einem schweren Seufzer öffne ich die Tür und begrüße Sarina Reilly – meine Mutter. Ihr blondes Haar ist zu einem festen Dutt gebunden, ihre schmalen Lippen sind mit rosafarbenem Lippenstift bemalt und ihre Augen strahlen in einem eisigen Blau.

Sie ist so vornehm und anständig und ich bin so … das Gegenteil. Während sie sich königlich und anmutig verhält, habe ich die schreckliche Angewohnheit, herumzulümmeln und mit gespreizten Beinen dazusitzen.

»Wem verdanke ich das Vergnügen, Mom?«, frage ich trocken. Sie schnaubt, unbeeindruckt von meiner Ausstrahlung.

»Es ist kalt hier draußen. Willst du mich nicht hereinbitten?«, schnauzt sie und wedelt ungeduldig mit der Hand, damit ich mich bewege.

Als ich widerwillig zur Seite trete, schiebt sie sich an mir vorbei, wobei ein Hauch ihres *Chanel*-Parfums hinter ihr herzieht. Ich erschaudere bei dem Geruch.

Meine liebste Mutter schaut sich im Herrenhaus um, die Abneigung steht ihr ins Gesicht geschrieben.

Sie ist in diesem gotischen Haus aufgewachsen, und die Dunkelheit des Inneren muss ihr Herz beeinflusst haben.

»Du bekommst noch Falten, wenn du dir das Haus weiter so ansiehst«, sage ich schroff, schließe die Tür und schiebe mich an ihr vorbei.

Sie schnaubt nur und ihre Absätze klacken auf den karierten Fliesen, als sie sich auf den Weg zur Couch macht. Das Feuer knistert und das Licht ist gedämpft, was eine gemütliche Atmosphäre schafft. Bald fängt es an zu regnen und ich hoffe wirklich, dass sie bis dahin geht, damit ich meine Nacht mit einem Buch und dem Geräusch des Donners in Ruhe genießen kann.

Mom lässt sich vorsichtig auf die Couch sinken, ihr Hintern auf der äußersten Kante.

Würde ich sie schubsen, würde sie runterfallen.

»Wie immer ist es mir ein Vergnügen, Adeline«, seufzt sie in einem Tonfall, als wäre es nur ein weiterer Tag, an dem sie die Bessere von uns beiden ist.

Dieser *Seufzer*. Die Kulisse für meine gesamte Kindheit. Sie ist voll von Enttäuschungen und erfüllten Erwartungen zugleich. Ich enttäusche sie wohl nie damit, sie nicht mehr zu enttäuschen, denke ich.

»Warum bist du hier?«, frage ich und komme direkt zur Sache.

»Darf ich meine Tochter nicht besuchen?«, fragt sie mit einem Hauch von Bitterkeit im Tonfall.

Mom und ich standen uns nie nahe. Sie war verbittert, weil Nana und ich es taten, was dazu führte, dass ich sie oft Mom vorzog. In Diskussionen und bei der Frage, wo ich die meiste Zeit verbrachte, als ich aufwuchs.

Im Gegenzug hegte ich einen Groll, weil man mir das Gefühl

gab, dass ich sie nicht wählen *konnte.* Denn wenn ich es getan hätte, wäre ich nur mit einem weiteren hinterhältigen Kommentar belohnt worden, dass ich mir einen weiteren Keks nicht leisten könne.

Sie beschwerte sich, dass mein Hintern zu dick werden würde, aber sie wusste nicht, dass ich genau das wollte.

Bis heute versteht die Frau nicht, warum ich sie nicht besonders mag.

»Bist du hier, um mich davon zu überzeugen, dass ich mein Leben in einem alten Haus verschwende?«, frage ich, werfe mich in den Schaukelstuhl am Fenster und lege die Füße auf den Hocker.

Wenn ich in diesem Stuhl sitze, muss ich an die letzte Nacht denken. An die unheimliche Karte und daran, dass ich dem Polizisten nur zwei Fragen beantworten konnte, bevor er sagte, dass er die Karte als Beweismittel aufbewahren und einen Bericht schreiben würde.

Zeitverschwendung, aber wenigstens weiß die Polizei, dass es ein Verbrechen war, wenn ich irgendwo tot in einem Graben ende.

»Ich habe heute einen Tag der offenen Tür in der Stadt. Ich dachte, ich komme vorher vorbei und besuche dich.«

Ah. Das erklärt einiges. Meine Mutter wollte nicht eine Stunde fahren, um mich zu besuchen, nur um eine Teeparty zu feiern und Nettigkeit vorzuspielen. Sie war in der Stadt, also beschloss sie, mir eine Predigt zu halten.

»Willst du wissen, warum Parsons Manor abgerissen werden sollte, Adeline?«, fragt sie, ihr Tonfall trieft nur so vor Herablassung. Sie hört sich an, als wollte sie mir eine Lektion erteilen und plötzlich bin ich sehr misstrauisch.

»Warum?«, frage ich leise.

»Weil eine Menge Leute in diesem Haus gestorben sind.«

»Du meinst die fünf Bauarbeiter, die bei dem Feuer ums Leben kamen?«, frage ich und erinnere mich an die Geschichte, die Nana mir über Parsons Manors Brand und die fünf verstorbenen Männer erzählt hatte. Sie mussten die verkohlten Überreste abreißen und neu anfangen. Aber die Geister dieser Männer sind immer noch da – ich weiß es einfach.

»Ja, aber nicht nur die.«

Sie starrt mich streng an, während sich mein Zögern weiter in die Länge zieht. Ich drehe mich um, schaue aus dem Fenster neben mir und überlege, ob ich sie jetzt einfach gehen lassen soll. Sie wird mir etwas sagen, das mein Leben verändern wird, und ich bin mir nicht sicher, ob ich es hören will.

»Wer denn sonst?«, frage ich letztendlich, während mein Blick auf Moms glänzenden schwarzen Lexus fällt, der draußen parkt. Schick. So schick, dass es fast schon spöttisch erscheint. Ein deutlicher Unterschied zu diesem alten Haus, als ob das Auto sagen würde: *Ich bin besser als du.*

Es wird gut bezahlt, Immobilienmakler zu sein. Als ich geboren wurde, wollte sie eine Hausfrau und Mutter sein. Aber angesichts der Turbulenzen in unserer Beziehung, als ich älter wurde, hat sich dieser Gedanke zerschlagen, und so hat sie sich darauf gestürzt, eine der besten Verkäuferinnen in Washington zu werden.

Ehrlich gesagt, bin ich stolz auf ihre Leistungen. Ich wünschte nur, sie würde dasselbe über meine denken.

»Deine Urgroßmutter, Gigi«, erklärt sie und reißt mich aus meinen Gedanken. Ich drehe den Kopf zu ihr und bin schockiert. »Sie ist nicht nur in diesem Haus gestorben, Addie, sie wurde hier ermordet.« Nicht mal, wenn ich es versuchen würde, würde ich es schaffen, meinen Mund daran zu hindern, aufzuklappen.

Ich springe auf und der Schaukelstuhl knallt unsanft gegen die Wand hinter mir.

»Wurde sie nicht«, leugne ich. Aber wenn meine Mutter etwas ganz gewiss nicht ist, dann eine Lügnerin.

Nana sprach oft über Gigi. Ihre Mutter war ihre ganze Welt. Aber sie hat mir definitiv nie erzählt, dass Gigi ermordet wurde.

Ich hatte nur einmal nach ihrem Tod gefragt und Nana sagte nur, dass sie zu früh gestorben war. Danach machte sie dicht und weigerte sich, noch etwas dazu zu sagen.

Damals war ich noch zu jung, um mir Gedanken darüber zu machen. Ich nahm einfach an, dass sie immer noch trauerte, und beließ es dabei. Es kam mir nicht in den Sinn, dass Gigis Tod tragisch war.

Sie seufzt. »Deshalb war deine Nana auch immer so seltsam … besessen von dem Anwesen. Sie war noch jung, als es passierte. Ihr Vater, John, wollte nichts mehr mit diesem Ort zu tun haben, aber Nana bekam den größten Wutanfall der Welt und zwang ihn, in dem Haus zu bleiben, in dem seine Frau ermordet wurde.« Sie wirft mir einen Blick zu und bemerkt den wütenden Ausdruck in meinem Gesicht, infolge ihrer Beleidigung. »Das waren die Worte meines Großvaters, nicht meine. Zumindest, was den Wutanfall angeht. Wie auch immer, sobald sie alt genug war, gab er es ihr und zog aus, und sie lebte in dem Haus weiter, wie du bereits weißt.«

Ich schaue wieder zum Fenster, wo die ersten Züge des Sturms gegen das Glas schlagen. In ein paar Minuten wird es in Strömen regnen. Der Donner grollt und steigert sich zu seinem Höhepunkt, bevor ein lauter Knall die Grundfesten des Hauses erschüttert.

Das spiegelt exakt meine Stimmung wider.

»Hast du nichts dazu zu sagen?«, drängt sie und ihre Augen bohren ein Loch in meinen Kopf.

Ich schüttle lautlos den Kopf und ringe nach einer Antwort. Mein Gehirn ist nicht in der Lage, einen zusammenhängenden Gedanken zu fassen.

Es gibt keine Worte.

Es gibt keine Worte, um zu beschreiben, wie ungläubig ich bin.

Sie seufzt wieder, dieses Mal leiser und voller … ich weiß nicht, Mitgefühl? Mom ist vielleicht keine Lügnerin, aber sie war auch noch nie einfühlsam.

»Mein Vater hat sich nie wohl dabei gefühlt, mich hier aufzuziehen, aber deine Nana hat darauf bestanden. Sie liebte Gigi und war nicht in der Lage, dieses Haus aufzugeben. Es ist verflucht. Ich möchte nicht, dass du dasselbe tust – dich an ein Haus hängst, nur weil du deine Nana geliebt hast.«

Ich ziehe meine Unterlippe zwischen die Zähne und beiße fest zu, als ein weiterer Donnerschlag die Atmosphäre zerreißt.

Wurde Gigi von ihrem Stalker ermordet? Dem Mann, den sie einen Besucher nannte, der in ihr Haus kam und unaussprechliche Dinge tat. Dinge, die sie nicht wollte – und doch tat.

War er es gewesen? Hatte er die ganze Zeit mit ihr gespielt, hatte er ihre wachsende Anziehung zu ihm gespürt und sie ausgenutzt?

Das ist das Einzige, was Sinn ergibt.

Ich wende mich wieder an meine Mutter. »Weißt du, wer es war – wer Gigi getötet hat?«

Mom schüttelt den Kopf, ihre Lippen ziehen sich zu einer dünnen Linie zusammen, wodurch der rosafarbene Lippenstift Risse bekommt. Diese Risse reichen viel tiefer als ihr Lippenstift. Sie ist auch gebrochen worden, obwohl ich nie herausfinden konnte, warum.

»Nein, der Fall ist bis heute ungelöst. Sie hatten nicht genügend Beweise und damals war es einfacher, mit Dingen davonzukommen als heute, Addie. Manche dachten, es war mein Großvater, aber ich weiß, dass er so etwas nie getan hätte. Er hat sie sehr geliebt.«

Ungelöst. Meine Urgroßmutter wurde genau in diesem Haus ermordet und niemand hat den Mörder je gefasst. Das Gefühl der Angst sinkt wie ein Stein in einem See in meinen Magen.

Ich bin mir sicher, dass ich weiß, wer sie umgebracht hat, aber ich will nicht den Mund aufmachen und es sagen, bevor ich mir nicht absolut sicher bin.

»Wo wurde sie ermordet?«, frage ich mit gedämpfter Stimme.

»In ihrem Schlafzimmer. Das auf beunruhigende Weise das

Schlafzimmer deiner Nana wurde.« Sie hält kurz inne, bevor sie murmelt: »Und jetzt deins, mit Sicherheit.«

Sie hat nicht unrecht. Ich habe Nanas altes Schlafzimmer übernommen, und obwohl es komplett renoviert wurde, habe ich die Truhe am Ende des Bettes und den über die gesamte Länge des Raumes verschnörkelten Spiegel in der Ecke behalten. Dinge, die von Gigi weitervererbt wurden.

Das Bett gibt es nicht mehr, ich habe mir ein eigenes gekauft. Aber die gleichen vier Wände, in denen ein grausamer Mord geschah, sind auch die vier Wände, in denen ich nachts schlafe.

Es ist unheimlich – ein bisschen gruselig. Aber zum Entsetzen meiner Mutter reicht das nicht aus, um mich dazu zu bewegen, auszuziehen. Oder das Zimmer zu wechseln. Wenn mich das zu einem Freak macht, dann würde ich nur noch besser in die Familie passen.

Gigi hat sich in ihren Stalker verliebt. In den Mann, der sie irgendwann umgebracht haben muss.

Und jetzt habe ich selbst einen. Das einzig Gute ist, dass ich niemals so dumm sein würde, mich in ihn zu verlieben.

Mom steht auf, ein Zeichen, dass sie gehen will. Ihre Absätze klappern auf den karierten Fliesen, während sie langsam zum Eingang geht.

Sie wirft mir einen letzten Blick zu.

»Ich hoffe, du triffst die richtige Entscheidung und verlässt diesen Ort, Addie. Es ist … gefährlich hier.«

Ihre stakkatoartigen Schritte verklingen, als sich die Tür leise hinter ihr schließt. Ich sehe zu, wie ihr Auto die kilometerlange Auffahrt hinunterfährt und mich ganz allein in diesem großen, verfluchten Haus zurücklässt.

Plötzlich klingen die letzten Worte meines Stalkers noch viel bedrohlicher.

Wir werden uns bald sehen, Little Mouse.

25. Mai 1944

Mein Besucher hat heute mit mir gesprochen. Zum ersten Mal, seit er anfing, hierherzukommen. Ich war schockiert, als er es tat.
Seine Stimme ist so tief. So verführerisch. Als er erst einmal anfing, zu sprechen, hoffte ich, er würde nie wieder aufhören.
Ich fragte ihn, warum er immer wieder vorbeikommt, mich beobachtet. Er gestand mir seine Liebe. Sein Verlangen, mich zu haben. Ich fragte nach seinem Namen und er nannte ihn mir.
Ronaldo. Ein interessanter Name, aber er passte perfekt zu ihm.
Danach blieb er nicht mehr lange. Aber er bat mich um einen Kuss. Ich zögerte, aber am Ende ließ ich ihn gewähren.
Ich schäme mich, zuzugeben, dass ich in diesem Moment nicht einmal an John gedacht habe. Alles, woran ich denken konnte, war, wie sich seine Lippen auf meinen eigenen anfühlen würden. Meine Vorstellungskraft wurde ihm nicht gerecht. Als er mich küsste, flog ich zu den Sternen.
Ich glaube, ich bin noch nicht wieder heruntergekommen.

Kapitel 6

Der Schatten

Das Knistern des kleinen Geräts zeigt an, dass meine Anweisungen gleich kommen. Ich schüttle die Fäuste, meine Nerven verkrampfen sich vor Unruhe.

»Fünf Mann in den Hauptbereich, alle bewaffnet. Drei weitere. Das macht acht, und noch vier, das macht zwölf.«

Ich lasse meinen Nacken knacken und genieße das Gefühl. Die Anspannung löst sich und meine Schultern entspannen sich.

Zwölf Männer werden nicht allzu schwer zu überwältigen sein, aber ich muss schnell und heimlich vorgehen. Es war einfacher, die Wachen rund um das verfallene Lagerhaus auszuschalten.

Die Sonne ist schon längst untergegangen und bietet reichlich Deckung. Ich benötigte zwei Sekunden, um einen Platz verborgen im Schatten zu finden, der mir den perfekten Winkel für einen Scharfschützenschuss bietet.

Ihr Fehler war es, sich auf ihre begrenzte Sehkraft zu verlassen, um Eindringlinge zu erkennen. Meine Fähigkeit, mich in den Schatten zu verstecken, hat sie letztendlich umgebracht.

Sie hätten Nachtsichtgeräte haben sollen, so wie ich. Vielleicht hätte ich dann ein bisschen Unterhaltung gehabt. Ich lecke mir über die Lippen, die Vorfreude brennt in meinem Körper.

»Sei vorsichtig, Z«, sagt meine rechte Hand, Jay.

Seine Hacking-Fähigkeiten sind fast so gut wie meine – aber nur, weil ich sein Lehrer war.

Ich habe eine ganze Organisation gegründet, deren einziges Ziel es ist, den Menschenhandel zu beenden. Angefangen habe ich als Hacker, der die Wahrheiten unserer korrupten Regierung aufdeckte. Und als ich mir ihrer wahren Natur bewusst geworden war – die Verdorbenheit –, habe ich mich dazu entschlossen, jeden einzelnen dieser kranken Bastarde persönlich auszulöschen, beginnend ganz unten in der Nahrungskette.

Wenn man alle Arbeitsbienen tötet, wird die Königin verwundbar und schwach.

Aber ich konnte nicht gleichzeitig Hacker und Söldner sein, und das, was mir wirklich Spaß macht, ist, ihnen selbst die Kugel in den Kopf zu jagen.

Also habe ich meine Organisation Z von Grund auf aufgebaut und ein Team von Hackern rekrutiert, um den Söldnern bei ihrer Aufgabe zu helfen – in die Ringe eindringen, sie alle töten und die Opfer sicher herauszuholen. Ich habe meine Söldner in Gebieten mit hohem Menschenhandel stationiert und ihnen ein eigenes Team von Hackern zugewiesen. Inzwischen ist Z so groß geworden, dass es in jedem Bundesstaat Teams gibt, und auch außerhalb des Landes gibt es einige.

Jay ist der Einzige, den ich im Ohr habe – seine Fähigkeiten sind so gut wie die von drei Hackern. Und er ist der Einzige, dem ich mein Leben anvertraue.

Ich brauche verdammt noch mal kein Glück. Nur Geschick und Geduld. Beides habe ich in Hülle und Fülle.

Ich schleiche mich an die Tür heran, halte meinen Körper dicht an der Wand und meine Schritte unbemerkt.

Als ich die Tür erreiche, höre ich das leise Klicken, mit dem die Tür entriegelt wird.

Jays Arbeit.

Obwohl das Gebäude zerfallen ist, ist es dort, wo es notwendig ist, immer noch mit der neuesten Technologie ausgestattet.

Die Ringführer wollen den Anschein eines heruntergekommenen, verlassenen Gebäudes wahren, um unter dem Radar zu bleiben. Aber völlig undurchdringlich für Hausbesetzer und Graffitikünstler.

»Die Luft ist rein. Die Systeme sind für zehn Sekunden außer Betrieb, geh jetzt rein.«

Schnell drehe ich den Griff und schlüpfe in Sekundenschnelle hindurch, wobei ich die Tür gerade so weit öffne, dass mein Körper hindurchpasst. Die Metalltür schließt sich lautlos hinter mir.

Das alte Gebäude ist größtenteils offen gestaltet. Ich bin durch die Hintertür gekommen, die in einen schwach beleuchteten Flur führt. Geradeaus und auf der linken Seite öffnet sich der Bereich, in dem sich die Maschinen befanden, als dies noch eine Gummifabrik war.

Dort werden die Mädchen festgehalten.

Gedämpfte Schreie dringen an meine Ohren – die Geräusche von weinenden und leidenden Mädchen. Weißglühende Wut vernebelt mir die Sicht, aber ich stürze nicht hinein und verliere nicht die Fassung.

Niemand kann diesen Job machen und dabei den Verstand verlieren, sonst würden diese Mädchen nie gerettet werden.

Aber es ist schwer, es nicht zu tun. Diese Arschlöcher bringen das Schlimmste in mir zum Vorschein.

»Ich habe die Kameras außer Kraft gesetzt. Du hast eine Stunde, bevor das System zurückgesetzt wird, und ich rausfliege«, sagt Jay.

Ich brauche nur zehn Minuten.

Mich in den Schatten haltend, bewege ich mich durch den Flur und spähe um die Ecke. Dort sind Feldbetten auf etwa tausend Quadratmeter Platz verteilt. Zu jeder Pritsche gehört eine Metallstange, die von unten nach oben angebracht ist. Jedes Mädchen ist mit einem Metallkragen an die Stangen gekettet, der sie daran hindert, sich auch nur ein paar Meter von ihren Betten zu entfernen.

Ich balle meine Fäuste und spanne sie an, bis meine Hände taub werden.

Ich ziehe meine Waffe hinten aus meiner Jeans. Sobald sie merken, dass der erste Mann am Boden liegt, werden die anderen das Feuer eröffnen, deshalb muss ich vorsichtig und schnell sein.

Ob sie mit den Mädchen unaufmerksam umgehen werden, lässt sich nicht sagen. Die Männer kennen das Risiko, wenn ihre Anführer herausfinden, dass ein jungfräuliches Mädchen getötet wurde. Das bedeutet, dass jemandem das Geld aus der Tasche gezogen wird und sein Kopf auf einem Pfahl hängt, um als Beispiel zu dienen.

Aber einige dieser Männer sorgen sich mehr um ihr eigenes Leben, auch wenn das bedeutet, dass sie mit Zielscheibe auf dem Kopf herumlaufen.

Genau wie Jay gesagt hat, stehen drei Männer vor mir Wache, die nichts von meiner Anwesenheit ahnen.

Dumme Ficker.

Ich werde nie verstehen, wie Menschen die Gefahr nicht spüren können, wenn sie ihnen direkt in den Arsch kriecht.

Das ist mir ein Rätsel.

Mit einer Folge von raschen Bewegungen schalte ich alle drei Männer aus. Ihre Körper fallen zu Boden und ein paar der Mädchen springen auf. Einige weinen und kauern sich zusammen, während andere totenstill bleiben. Eine normale Reaktion eines kleinen Mädchens wäre es zu schreien, aber diese Mädchen sind bereits abgestumpft gegenüber Mord.

Die fünf Männer inmitten der Mädchen drehen sich synchron, ihre Gesichter verwandeln sich binnen weniger Sekunden von Überraschung über Alarmierung bis hin zu Wut. Sofort greifen sie nach ihren Waffen.

Mein Körper wird immer noch von der Wand verdeckt, hinter der ich mich verstecke. Zwei von ihnen eröffnen das Feuer und zwingen mich, zurückzuweichen. Eine Kugel streift über die Mauerecke, direkt an meinem Gesicht vorbei. Betonstücke fliegen mir in die Augen, als weitere Kugeln um mich herum einschlagen. Ich stöhne und reibe mir die Augenlider, um klarer zu sehen.

Gerade als ich mich wieder bereitmache, kommt ein Typ um die Ecke gestürmt. Er ist tot, noch bevor er mich überhaupt bemerkt, ein hübsches, kleines Loch genau zwischen den Augenbrauen.

Er war sowieso ein hässliches Arschloch. Die Welt wird auch ohne ihn auskommen.

Bevor sein Körper zu Boden gleiten kann, packe ich ihn am Kragen seines Hemdes und ziehe ihn zu mir heran. Der Mundgeruch, der aus dem verrottenden Loch in seinem Gesicht kommt, lässt mich zusammenzucken. Ich trete aus dem Gang und benutze den toten Mann als Schutzschild gegen die fliegenden Kugeln, die immer noch auf mich einprasseln.

Der tote Körper fängt ein paar Schüsse ab, während ich zwei einzelne Schüsse abfeuere. Zwei weitere Männer gehen zu Boden, ich trete zurück in den Gang und schiebe den blutüberströmten Mann weg, der jetzt von Kugeln durchlöchert ist.

Sein Kopf schlägt mit einem dumpfen Knall auf dem Betonboden auf.

Ich habe seinen Körper fünf Sekunden lang als Schild benutzt, aber ich hatte trotzdem Glück. Es ist nicht wie in den Filmen. Kugeln können leicht durch Körper fliegen. Eintritts- und Austrittspunkt. Nur um direkt wieder in meinen Körper einzudringen.

Ich nutze andere Menschen nicht einfach so als Schutzschild, zumindest nicht, bis ich muss, und dann auch nur für ein paar Sekunden. Ein Chor von Geräuschen erhebt sich im Lagerhaus in Form von erschrockenen Schreien der Mädchen, panischen Rufen der Männer, die befehlen, »die Puta zu töten«, und empörten Rufen, dass die Mädchen aufhören sollen zu weinen.

Es sind noch sechs Männer übrig, und ich kann spüren, wie die Panik sich in ihnen breitmacht.

»Komm raus, mit erhobenen Händen und der Waffe auf dem Boden, oder ich fange an, diese Schlampen zu töten!«, schreit einer von ihnen, seine Stimme hallt wider.

Ich seufze, lasse die Schultern hängen und tue, was er sagt. Ich lasse meine Waffe auf den Boden fallen und trete mit erhobenen Händen hinaus. Die sechs Männer stehen vor der Gruppe von Mädchen und schützen sie vor verirrten Kugeln. Das Wissen, dass sie das nur tun, um sicherzustellen, dass das Produkt nicht beschädigt wird, und sich nicht darum scheren, sie zu verletzen, brennt heiß in meiner Brust.

»Komm schon, der Spaß hat doch gerade erst angefangen«, krächze ich und ein Grinsen breitet sich auf meinen Lippen aus.

»Halt's Maul!«, faucht einer der Männer. Sein Kopf ist rasiert, Tattoos bedecken ihn von Kopf bis Fuß, und er trägt Kleidung, die aussieht, als wäre sie seit Wochen nicht gewaschen worden.

Und sieh sich das einer an – ziemlich üble Narbe auf seiner Stirn.

Verdammt noch mal. Es sieht aus, als hätte jemand ein Brotmesser genommen und einfach an seinem Kopf gesägt.

Das muss der gute alte Josh sein. Genau der, nach dem ich gesucht habe.

Joshs Augen sind vor Angst weit aufgerissen und basierend auf den Crackpfeifen, die auf dem Tisch hinter ihm liegen, würde ich sagen, dass die meisten von ihnen vollkommen high sind.

Nicht so gut.

Sie werden schussfreudig, wenn sie auf irgendeinem Stoff sind, die sie sich in ihre müden Adern gejagt haben.

Und sechs dieser schusslustigen Finger sind an je einem Abzug.

»Wer hat dich geschickt?«, schreit Josh und unterstreicht seine Frage mit einem Wink seiner Waffe.

»Ich habe mich selbst geschickt«, antworte ich trocken.

Warum denken sie immer, dass ich für jemand anderen arbeite? Ich arbeite für niemanden, außer für mich selbst.

Der Mann hält seine Pistole über meinen Kopf und drückt ab, um mir Angst zu machen.

Siehst du?

Schussfreudig.

Ich zucke nicht zurück. Stattdessen nehme ich mir die Zeit, um meine Umgebung genauer zu betrachten. Links von mir steht ein Tisch, der mit Waffen, Aschenbechern, leeren Bierdosen und einer weiteren Crackpfeife übersät ist.

Perfekt.

»Bring mich nicht dazu, noch einmal zu fragen«, sagt der Mann, während sein Finger über den Abzug streicht.

»Bist du Josh?«, frage ich und halte meinen Körper so ruhig, als wäre er aus Eis. Die Augenbrauen des Mannes zucken vor Überraschung und ich sehe von hier die Paranoia, die sich in seinen Augen widerspiegelt.

Er wird keine so große Hilfe sein, wie ich gehofft hatte.

»Woher weißt du das, hm? Verfolgst du mich?«

Ich lächle und entblöße all meine Zähne. »Es ist schließlich das, was ich am besten kann. Ich habe gehört, dass du hier der wichtigste Mann bist. Der alles am Laufen hält und so weiter.«

Er verlagert sein Gewicht. Das Arschloch kann nicht anders, als ein wenig Stolz zu empfinden, ich weiß es einfach. Als ob er etwas Gutes für die Welt tun würde, wenn er die Albträume von Hunderten von kleinen Jungen und Mädchen heimsucht.

»Ich hatte gehofft, du könntest mir helfen, Mann.«

»Ach ja?«, sagt er herablassend. »Denkst du das? Glaubst du, ich erzähle dir einen Scheiß, Mann?«

Er feuert einen weiteren Schuss ab, diesmal neben mich. Zu nah, um sich zu beruhigen. Nahe genug, um die Hitze der Kugel zu spüren. Ich zucke immer noch nicht zurück, und das macht ihn nur noch wütender.

Ich seufze. In seinem derzeitigen Geisteszustand ist er für mich nutzlos. Ich muss ihn einfach entführen und warten, bis sein Rausch abklingt.

Ein kurzer Blick zeigt mir, dass ich etwa zwei Sekunden Zeit habe, bevor die anderen Männer anfangen zu schießen, egal, was aus meinem Mund kommt.

Zwei Sekunden – mehr braucht es nicht, um meine Hand in die Tasche meines Hoodies zu stecken und einen Schuss durch den Stoff abzugeben, der einen der Männer zu meiner Linken niederstreckt.

Die Überraschung dieses Manövers gibt mir ein kleines Zeitfenster, um den Tisch umzukippen und mich dahinter zu rollen.

Der gläserne Aschenbecher zerspringt und eine Pistole fällt vom Tisch und entlädt sich, was die Mädchen zu panischen Schreien veranlasst.

Fuck. Wenn die Kugel abprallt und nur wenige Zentimeter von den Mädchen entfernt landet, werde ich mich ganz sicher von ihnen abstechen lassen.

Es folgen keine Schmerzensschreie, also atme ich tief aus. Erleichtert, aber nicht weniger wütend auf mich selbst.

Wie ein Uhrwerk durchbohrt eine Salve Kugeln den dicken Holztisch. Zu meinem Glück schaffen die meisten es nicht hindurch.

Es ist zu gefährlich für mich, das Feuer zu erwidern. Ich kann nicht mal meinen kleinen Zeh rausstrecken, ohne dass er weggeschossen wird, und ich weigere mich, die Mädchen noch mehr zu gefährden und blindlings zu schießen. Ich schieße nur, wenn ich sicher bin, dass ich auch wirklich treffe.

Das Einzige, was ich tun kann, ist warten.

Es dauert nicht lange, bis sie ihre Magazine geleert haben.

Ich höre das Rascheln von Klamotten und gemurmelte Flüche, während sie sich beim Nachladen abmühen. In noch kürzerer Zeit erschieße ich die restlichen vier, aber nicht Josh. Den hebe ich mir für später auf. Die Kugeln durchbohren ihre Gehirne in so schneller Geschwindigkeit, dass ihre Körper gleichzeitig umfallen.

»Hast du das gesehen?«, frage ich laut, denn ich weiß, dass Jay durch die Kameras zuschaut.

»Fuck, du hast nur acht Minuten gebraucht«, stöhnt Jay durch meinen Kopfhörer.

»Fünfhundert Dollar, Arschloch«, lautet meine selbstgefällige Antwort. Ein Schwall Flüche verlässt seinen Mund, aber ich schalte ihn ab.

Josh faucht seine eigene Tirade von Schimpfwörtern, während er nach einer anderen Waffe sucht. Ich schieße ihm ins Knie und der wütende Mann bricht augenblicklich zusammen. Schreie von Schmerz und Wut erfüllen das Lagerhaus und wenn ich es nicht besser wüsste, würde ich denken, dass er selbst ein kleines Mädchen ist.

Nein – die Mädchen in diesem Lagerhaus sind viel härter, als er es je sein könnte. Er ist nur eine weinerliche Bitch, die in einem Männerkörper gefangen ist.

Ich stehe auf und schlendere zu Josh. Ich genieße den Anblick, wie er sich an seinem Knie festklammert und das Blut aus der Wunde auf den Boden spritzt. Sein Gesicht ist rot und voller mörderischer Absichten, als er mich ansieht.

Ich ignoriere seinen Blick und betrachte stattdessen die Unmengen von Blut, die den Zementboden verschmieren. Ich will nicht, dass die Mädchen da durchlaufen müssen.

»Jay, Ruby soll einen Weg für die Mädchen bahnen.« Ruby ist ein Mitglied der Crew, das ausdrücklich damit beauftragt ist, sich um die Überlebenden zu kümmern und sie in Sicherheit zu bringen. Sie ist ein rothaariger Hitzkopf, aber in der Nähe von Frauen und Kindern, die wir retten, wird sie zu einem Engel.

»Einen Weg?«

»Ja, ich will nicht einen Tropfen Blut an ihren Zehen sehen.«

Das Lagerhaus ist mit etwa fünfzig Mädchen gefüllt, die alle schwer traumatisiert und gebrochen sind. Sie werden nie wieder Blut von ihren Körpern waschen müssen, wenn ich sie hier rausgebracht habe.

Eines der Mädchen steht mit einem grimmigen Gesichtsausdruck da. Sie kann nicht älter als fünfzehn Jahre alt sein, aber ein Pädophilen-Ring lässt jeden automatisch altern.

»Willst du uns auch wehtun?«, fragt sie laut. Ihr dreckiges, braunes Haar ist um ihr Gesicht geschlungen. Sie ist verwahrlost – das sind sie alle.

Der Großteil ihrer Haut ist mit Schmutz und Blut verschmiert. Sie scheint die Älteste zu sein und ihre schützende Haltung deutet darauf hin, dass sie eine Art Mutter für die Gruppe ist.

Alle Mädchen hier wurden innerhalb der letzten sechs Tage entführt. Sechs Tage unsäglicher Folter und Übergriffe, die sie für den Rest ihres Lebens begleiten werden. Sechs Tage, in denen schmutzige Männer sie sexuell missbraucht, geschlagen und belästigt haben. Die jungen Mädchen wurden zwar nicht entjungfert, aber das heißt nicht, dass die Monster keine anderen Wege gefunden haben, um sich mit ihnen zu vergnügen.

Jay und ich haben diesen Ort in den letzten zwölf Stunden beobachtet und sowohl die Mädchen als auch die Männer identifiziert. Jede Sekunde, die vergangen ist, fühlte sich an wie eine Ewigkeit – in dem Wissen, dass sie etwas Grausames durchmachen mussten.

Während Jay alles im Auge behielt, gönnte ich mir fünf Stunden Schlaf, bevor ich hierherkam – genug Zeit, um einen klaren Kopf zu bekommen. Ich musste mein Bestes geben, wenn ich sie lebend rausholen wollte.

»Ich bin hier, um euch Mädchen nach Hause zu bringen«, antworte ich und stecke die Waffe zurück in meinen Stiefel.

Sie schaut mich misstrauisch an, genau wie einige der anderen Mädchen.

Keine von ihnen wird mir vertrauen.

Ich verstehe sie.

Ich bin von Kopf bis Fuß vernarbt, habe zwei verschiedenfarbige Augen – in einem dramatischen Farbspektrum – und ich bin kein kleiner Kerl. Ganz zu schweigen davon, dass ich gerade einen Haufen Männer vor ihren Augen ermordet habe.

»Verstärkung kommt rein«, sagt Jay, bevor ich höre, wie die Hintertür geöffnet wird und mehrere Leute hereinstürmen.

»Junger Mann, das ist ein Blutbad hier drin. Die armen Mädchen! Schande über dich, Z!« Ich zucke beim Klang von Rubys Stimme zusammen. Nicht einmal ein zwei Zoll von meinem Kopf abgefeuerter Schuss kann mich dazu bringen, zusammenzuzucken, aber Ruby … Gott, hilf mir.

»Es ließ sich nicht vermeiden, Ruby. Ich –«

»Kein weiteres Wort mehr von dir. Wenn deine Mutter hier wäre, hätte sie dir den Arsch versohlt.«

Ich knurre, antworte aber nicht und lasse sie über die Überlebenden lamentieren, während sie immer noch leise ihren Unmut zum Besten gibt. Ruby war eine gute Freundin meiner Mutter und erinnert mich – und den Rest der Crew – gern daran, dass sie mir als Baby den Hintern abgewischt hat.

Wenn ich die Menschenhändler ohne Zuschauer hätte töten können, hätte ich es getan, und ich hasse es, dass ich ihr Trauma noch vergrößert habe. Aber wenn man ein Lagerhaus voller bewaffneter Männer hat, kann man sie nicht einzeln ins Büro rufen, als würden sie gerade gefeuert werden. Sie müssen schnell an Ort und Stelle ausgeschaltet werden. Andernfalls können Fehler passieren, die dazu führen, dass einer der Überlebenden verletzt oder getötet wird.

Ein notwendiges Mittel, um die Mädchen zu befreien.

Die anderen beiden, die mit Ruby gekommen sind, Michael und Steve, kümmern sich um die Leichen. Michael schleppt einen kämpfenden Josh hinaus und wirft mir im Vorbeigehen die Schlüssel für die Ketten der Mädchen zu. Ruby hat bereits ein weiteres Paar an einer der Leichen gefunden und löst gerade die Ketten der anderen.

Ich nähere mich der Anführerin der Gruppe und löse ihr Halsband. Meine Hand zittert fast vor Wut, weil ich einem kleinen Mädchen das verdammte Halsband vom Hals reißen muss. Schürfwunden und ein großer Bluterguss sind auf ihrem Hals zu sehen, aber ich lasse sie nicht sehen, dass die Wut unter der Oberfläche brodelt. Sie starrt mich schweigend an, wobei sich Misstrauen und zaghafte Hoffnung in ihren hübschen hellbraunen Augen abwechseln.

Ihre Augen erinnern mich an meine kleine Maus und in meiner Brust flammt etwas Beschützendes auf.

»Wie heißt du, Kleine?«, frage ich und halte ihren Blick mit meinem fest. Sie wartet wahrscheinlich darauf, dass mein gieriger Blick ihren gesamten Körper entlangwandert, aber das ist etwas, das sie von mir nie erfahren wird.

»Sicily«, antwortet sie. Ich ziehe eine Augenbraue hoch.

»Kommen deine Eltern von dort?«, frage ich und bemerke ihre gebräunte Haut, die sich unter dem Schmutz in ihrem Gesicht abzeichnet.

Sie nickt zaghaft. »Ma und Pa wurden dort geboren, aber sie bekamen nicht mehr die Möglichkeit zurückzugehen, seit sie Teenager waren. Sie sagten, sie hätten mich nach der Insel benannt, denn obwohl sie Heimweh haben, bin ich das einzige Zuhause, das sie je gebraucht haben.«

Ich nicke und betrachte ihr Gesicht. Ihr rechtes Auge ist lila verfärbt und ein weiterer Funken Wut entfacht.

»Bist du bereit, ihnen wieder ein Zuhause zu geben?«

Sie hält inne, dann formt sich ein kleines Lächeln in ihrem Gesicht.

»Ja«, flüstert sie.

Sie hat Tränen in den Augen, aber ich lasse sie nicht wissen, dass ich es bemerkt habe. Ich weiß, dass sie das nicht begrüßen würde.

»Dann lass uns gehen, Kind.«

Dieses kleine Mädchen wird nach Hause zurückkehren, und auch wenn es noch einen langen Weg vor sich hat, wird es wieder gesund werden.

Wir behalten alle Mädchen, die wir herausholen, im Auge, um sicherzustellen, dass sie nicht wieder verschwinden. Wenn es einmal passiert, kann es auch ein zweites Mal passieren.

Sie schmiegt sich eng an mich, als wir aus dem Gebäude gehen.

Aus dem Augenwinkel sehe ich ein Mädchen, das in Blut tritt. Ich bleibe stehen und zeige auf sie, aber ich starre Ruby an.

»Ruby! Was habe ich gesagt? Kein einziger Tropfen Blut an den Mädchen.«

Ruby erschrickt und verdreht die Augen, während sie voller Scham auf das Mädchen zustürmt.

»Tut mir leid, Liebes, lass mich dich sauber machen«, säuselt sie zu dem kleinen Mädchen, das mehr als nur einen verdammten Tropfen am Fuß hat. »Pass auf, wo du hintrittst, okay?«

Ich drehe mich um, zufrieden damit, dass sie es nicht noch einmal zulassen wird.

Ich helfe Sicily, sich durch das Gemetzel zu bewegen, wobei ich ein Auge auf ihre Füße und ihre Schritte habe. Sobald sie draußen ist, führe ich sie zum Transporter, der sie sicher ins Krankenhaus bringen wird. Dort angekommen, wird ihre Familie benachrichtigt.

Ich pfeife eine unbekannte Melodie, während ich meine Crew den Rest erledigen lasse und zu meinem Mustang gehe, der auf einem anderen Parkplatz auf der anderen Straßenseite versteckt ist. Ich kann es kaum erwarten, von hier wegzukommen.

Meine Jagd ist noch nicht vorbei. Jetzt muss ich mit meiner kleinen Maus spielen.

Kapitel 7

Die Manipulatorin

»Du musst raus aus dem Haus«, sagt Daya und starrt mich mit Angst und Verzweiflung in ihren grünen Augen an. Ich habe ihr gerade von dem gestrigen Besuch meiner Mutter erzählt. An ihrem Gesichtsausdruck erkenne ich, dass sie wirklich Angst um mich hat.

»Ich muss dieses Manuskript fertigschreiben«, erwidere ich und meine Gedanken schweifen zu dem massiven Plothole ab, in das ich gefallen bin. Es scheint keine Rolle zu spielen, wie oft ich den sprichwörtlichen Notruf betätige – ich kann nicht daraus aufstehen. Ich werde heute Abend mein Whiteboard und meine Haftnotizen herauskramen, um die Handlung zu kartieren, damit ich herausfinden kann, wie ich das Problem ein für alle Mal lösen kann.

Manchmal wünschte ich, ich könnte meine Bücher einfach vereinfachen und damit aufhören, aber dann hätte ich nun mal nicht die Leserschaft, die ich habe.

»Äh, äh«, schnauzt Daya und schüttelt den Kopf. »Mach dich fertig. Wir machen einen Mädelsabend.«

Ich lasse locker, das Whiteboard und die Haftnotizen verpuffen einfach. Aber ich streite mich nicht. Ich bin Indie-Autorin, also veröffentliche ich, wenn ich dazu bereit bin. Ich setze mir kaum Deadlines, denn der Druck unterdrückt meine Kreativität. Ich kann nicht schreiben, wenn ich zu besorgt bin, das Buch bis zu einem bestimmten Zeitpunkt fertig zu bekommen. Und so toll meine Leserinnen und Leser auch sind, es gibt immer diesen Druck, das nächste Buch zu veröffentlichen.

Natürlich weiß Daya das und setzt dieses Wissen nun als Waffe ein.

Bitch.

Stöhnend lasse ich zu, dass sie mich die Treppe hinauf und in mein Schlafzimmer schubst. Meine Augen finden sofort den Spiegel und die Kommode – das scheinen sie immer zu tun, nachdem ich herausgefunden habe, was hier wirklich passiert ist.

Diese beiden Teile fühlen sich jetzt wie Leuchtfeuer im Raum an, die mich anstarren, als wollten sie mir sagen: *Ich weiß genau, wer sie getötet hat.*

Es spielt keine Rolle, dass ich sie mit schwarzer Farbe angemalt habe. Das Grundgerüst ist noch immer dasselbe.

Die Wände und der Boden sind jetzt aus glattem schwarzem Stein, mit weißen Decken und großen weißen Teppichen, um den Raum aufzuhellen. Außerdem habe ich eine Fußbodenheizung eingebaut. Anderenfalls wäre das Aufstehen mitten in der Nacht, um auf die Toilette zu gehen und auf eiskalten Boden zu treten, eine grausame und ungewöhnliche Strafe.

Ich habe beschlossen, dass ich die Wandleuchten im Flur so sehr liebe, dass ich auch ein paar in meinem Zimmer haben möchte. Sie stehen kunstvoll an der Wand, an der mein Bett steht, und umringen ein riesiges, wunderschönes Kunstwerk, das eine Frau darstellt.

Direkt vor der Schlafzimmertür befindet sich mein Lieblingsbereich – der Balkon. Schwarze Doppeltüren öffnen sich zu einer Terrasse, die die Klippen überblickt. Wenn man vor einem so schönen Anblick steht, fühlt man sich irgendwie klein und unbedeutend.

Das gesamte Haus wurde jetzt modernisiert, obwohl ich den ursprünglichen Stil weitgehend beibehalten habe. Die Wandleuchter, die karierten Böden, der schwarze Steinkamin und die schwarzen Schränke, um nur einige zu nennen. Am wichtigsten jedoch: Ich habe Gigis roten Samtschaukelstuhl behalten.

Ich lebe in einem viktorianischen, gotischen Traumhaus.

»Wir werden dafür sorgen, dass du heiß aussiehst und dir einen attraktiven Mann suchen, den du heute Abend mit nach Hause nehmen kannst. Und wenn der Stalker vorbeikommt, kann er ihn auch töten.«

Ich verdrehe die Augen. »Daya, heutzutage ist es schwer, einen Mann zu finden, der richtig ficken kann. Glaubst du, ich finde auch noch einen Mann, der im Namen meiner Ehre bereit ist, zu töten? Das ist süß.«

»Man kann nie wissen, Babygirl. Es sind schon verrücktere Dinge passiert.«

Der Bass, der aus den Lautsprechern dröhnt, vibriert in meinem Körper. Meine schwarze, zerrissene Röhrenjeans schmiegt sich an meine Kurven und das tief ausgeschnittene rote Top zeigt mein üppiges Dekolleté und die kleinen glitzernden Schweißperlen zwischen meinen Brüsten.

Es ist heißer als in der Hölle und der Alkohol, der durch meine Adern fließt, macht die Sache nicht besser.

Eine ganze Stunde lang bleiben Daya und ich dicht beieinander und tanzen. Wir trennen uns kurzzeitig, um mit ein paar Männern zu tanzen, aber ich neige dazu, mich schnell wegen der grabschenden Hände zu langweilen und finde immer wieder den Weg zu meiner besten Freundin zurück.

Plötzlich drängt sich eine schwere Präsenz an meinen Rücken, seine Hände gleiten um meine Taille und drücken mich an sich. Ein Hauch von Minze und Whiskey dringt in meine Sinne, kurz bevor ich seinen Atem an meinem Ohr spüre.

»Du bist wunderschön«, flüstert er, sein Pfefferminzkaugummi sticht mir in die Nase, jetzt, da er näher ist. Ich rümpfe die Nase und drehe meinen Kopf, um einen großen, attraktiven Mann zu sehen, der sich über mich beugt.

Er hat erdbeerblondes Haar, schöne blaue Augen und ein mörderisches Lächeln.

Genau mein Typ.

Ich grinse. »Vielen Dank«, antworte ich süßlich. Soziale Situationen lassen mich fast in den Winterschlaf fallen, aber ich war schon immer gut darin, zu flirten. Schade, dass ich es die meiste Zeit nicht ertragen kann, es zu tun.

Männer haben eine einzigartige Art, meine Stimmung zu verderben, sobald ich mich ihnen auf weniger als drei Meter nähere.

»Komm mit mir nach oben«, schreit er über die Musik hinweg.

Seine Stimme ist keinesfalls aggressiv, aber er formuliert es auch nicht als Frage. Es ist eine Aufforderung, die wenig Raum für Argumente lässt.

Das gefällt mir.

Ich ziehe eine Augenbraue hoch. »Und wenn ich es nicht tue?«, frage ich.

Sein Lächeln wird breiter. »Dann wirst du es für den Rest deines Lebens bereuen.«

Die andere Braue gesellt sich zu ihrem Zwilling und wandert nach oben.

»Wirklich«, sage ich reserviert. »Was für Pläne hast du für mich, die ich für den Rest meines Lebens bereuen würde, wenn ich sie verpassen würde?«

»Die Art, die dich nackt und befriedigt in meinem Bett zurücklässt.«

»Bitch, lass uns endlich gehen«, mischt sich Daya ein.

Mein Kopf dreht sich zu ihr, aber ich spüre, wie die Augen des Mannes auf meinem Gesicht verweilen, meine Wangen streicheln wie eine Feder, die über die Haut gleitet.

Daya steht vor uns und winkt ungeduldig mit ihrer Hand in Richtung der Treppe, die in den zweiten Stock führt. Sie muss uns belauscht haben und sieht nicht im Geringsten so aus, als würde sie sich dafür schämen.

Als wir sie beide nur anstarren, schnaubt sie und verdreht die Augen.

»Wir haben es verstanden, ihr seid heiß aufeinander. Und sie geht nirgendwo ohne mich hin. Also, lasst uns jetzt verschwinden.« Sie winkt uns erneut zu sich, diesmal drängender und scheucht uns in Richtung Treppe.

Der Mann lacht und ergreift die Gelegenheit, die meine beste Freundin ihm bietet. Er ergreift meine Hand und führt mich zu den schwarzen Metalltreppen an der Rückseite des Clubs.

Aber nicht, bevor ich Daya einen spitzen Blick zuwerfen kann. Einen, bei dem sie pflichtbewusst losprustet.

Das Obergeschoss ist nur für VIP-Mitglieder. Die Treppe führt zu einem Balkon, von dem aus man den ganzen Club überblicken kann. Hier trinken die reichen, wichtigen Leute und starren uns an wie ein Haufen Käfer, die in einem wissenschaftlichen Experiment gefangen sind.

Die Atmosphäre hier oben ist dunkler, dichter und hat eine Ausstrahlung, die meine Instinkte aufflammen lässt. Hier hochgegangen zu sein, fühlt sich an, als ob ich meinen Kopf in ein Hornissennest stecke. Die Mistkerle werden nicht aufhören, zu stechen, bis sie einen satthaben oder man tot ist.

Vier Männer sitzen auf einer schwarzen Lederlounge in Form eines Halbmondes. In der Mitte steht ein schwarzer Marmortisch, auf dem mehrere Gläser mit bernsteinfarbener Flüssigkeit und ein paar Kristallaschenbecher stehen. Kaum einen Hauch von Farbe gibt es hier drin, die Einrichtung erinnert mich an Parsons Manor.

Ein Mann beäugt uns beide mit einem raubtierähnlichen und kalkulierenden Glanz in den Augen. Er sieht dem Mann, der seine Hand um meine gelegt hat, unheimlich ähnlich. Er hat dieselben erdbeerblonden Haare und blauen Augen, aber er scheint jünger und ein bisschen bösartiger zu sein.

Die anderen drei Männer sehen genauso gut aus und haben alle dieselbe dunkle und gefährliche Ausstrahlung. Ein Mann wirkt europäisch, mit weißblondem Haar, heller, blasser Haut und scharfen, kantigen Gesichtszügen. Seine halb geschlossenen eisblauen Augen sind auf Daya gerichtet, während ihre durch den kleinen, intimen Raum wandern. Sein Blick mustert bereits gierig die Vertiefungen und Kurven ihres Körpers. Meine Instinkte werden wieder wach und sagen mir, dass ich dem Mann die Augen auskratzen und ihn über den Balkon werfen sollte.

Die verbleibenden zwei Männer sind Zwillinge mit gebräunter Haut, dunklen Haaren und Augen sowie krassen Körpern. Ihre Anzüge können kaum die Muskeln verbergen, die den teuren Stoff an den Nähten zu zerreißen drohen.

Ein Zwilling hat lange Haare, die zu einem Dutt zusammengebunden sind, und mehrere Ringe an den Fingern, während der andere sein Haar kurz geschnitten hat und einen Diamantnasenring trägt.

Alle vier könnten leicht mein Leben ruinieren. Ich würde sie nicht aufhalten.

»Du hast dir also endlich Eier wachsen lassen und sie bekommen«, sagt der blonde Mann und grinst mich teuflisch an. Er ist der Einzige von den vieren, der uns nicht mit den Augen fickt. Ehrlich gesagt, sieht er so aus, als würde er viel lieber Babys zum Abendessen essen.

Eine dunkle Aura umgibt seine Präsenz. Wenn ich raten dürfte, dann ginge die beunruhigende Atmosphäre hier oben direkt von ihm aus. Seine Energie sprießt und gärt, bis es sich so anfühlt, als wäre man in einem Raum gefangen und müsste schwarzen Rauch einatmen.

»Sei still, Connor«, sagt der Mann neben mir, sein Tonfall ist leise und voller Warnung.

Ich verdrehe fast die Augen. Er sieht aus wie ein Connor. Der Studentenverbindungstyp, der an alleingelassenen Getränken herumhängt und sein Handy unter den Rock von Mädchen schiebt, um Fotos zu machen.

»Meine Damen, entschuldigt sein unhöfliches Verhalten«, sagt mein neuer Freund, wobei sein Lächeln nicht ganz seine Augen erreicht.

»Das ist mein Bruder, Connor. Die Zwillinge, Landon und Luke. Und dann Max.«

Er zeigt jeweils auf einen der Männer. Landon ist der Zwilling mit dem Dutt und Luke der mit dem Nasenring.

Mit einer erwartungsvoll hochgezogenen Augenbraue schaue ich meinen Begleiter an.

»Und dein Name?«

»Ich bin Archibald Talaverra III. Du kannst mich Arch nennen.«

»Hört sich überheblich an«, sinniere ich und lächle darüber, dass er mir seinen vollen Namen genannt hat.

Wer stellt sich tatsächlich einem Fremden auf diese Weise vor? *Archibald Talaverra der Dritte. Nenn mich einfach deinen königlichen Hoheitsarsch.*

Sein Bruder Connor lacht daraufhin und scheint zuzustimmen.

Arch öffnet seinen Mund, aber ich schneide ihm das Wort ab. »Ich bin Addie. Und das ist Daya«, sage ich und zeige auf meine beste Freundin. Sie lächelt, aber ihr Blick ist scharf und abschätzend. Sie ist zu aufmerksam und intelligent, um sich in Gefahr zu begeben, wie ich es oft tue.

»Schön, euch kennenzulernen, meine Damen«, murmelt Max, dessen Aufmerksamkeit immer noch an Daya hängt. Tatsächlich haben auch die Zwillinge ihren Blick kaum von ihr abgewandt, seit sie den Raum betreten hat.

Jeder Teil meines Körpers verlangt, mich vor sie zu stellen und sie vor den neugierigen, hungrigen Augen zu schützen. Aber Daya kann gut auf sich selbst aufpassen, also bleibe ich bloß neben ihr. Bereit, anzugreifen, wenn es nötig ist.

»Setzt euch, bitte«, drängt Arch. Es gibt jede Menge Platz am Tisch, aber wir beide entscheiden uns, am Ende zu sitzen, am nächsten bei Max.

Mein Handy vibriert, sobald mein Hintern das weiche Leder berührt. Als ich bemerke, dass Daya sofort in ein Gespräch mit Max verwickelt ist und Arch ein Glas teuren Bourbon nachfüllt, werfe ich einen kurzen Blick auf die Nachricht.

Unbekannt: Schleichst du dich mit irgendwelchen Männern davon, Little Mouse? Wenn ich seine Hände in deiner Nähe erwische, landen sie bis morgen früh in deinem Briefkasten.

Mein Herz stockt in meiner Brust. Das ist das erste Mal, dass er richtig mit mir kommuniziert hat, abgesehen von dieser einen ominösen Notiz.

Meine Sicht wandert nach oben zu dem Balkon. Von hier aus kann uns niemand sehen. Wir sind zu weit von der Brüstung entfernt. Und doch beobachtet mich eindeutig jemand.

Aber wie?

Und wie zur Hölle kam er an meine Nummer? Streicht das, das war eine dumme Frage. Er ist ein verdammter Stalker, um Himmels willen. Natürlich hat er meine Nummer.

Arch kommt herüber und überreicht mir mit einem Lächeln im Gesicht einen Drink. Er glaubt, dass er heute Nacht Sex haben wird.

Normalerweise hätte er das vielleicht. Aber es sieht so aus, als müsste ich stattdessen sein Leben retten und mich verdammt noch mal von ihm fernhalten.

Eine Stunde vergeht und mit jeder Minute werde ich nervöser. Ich habe keine weitere Nachricht erhalten, aber sie ist da und drückt schwer auf mein Gehirn. Ich befürchte, mein Hirnstamm wird vor lauter Anspannung brechen.

Archs Hände berühren mich definitiv. Eine davon ruht derzeit auf meinem Oberschenkel, gefährlich nah an meiner Mitte. Ich starre auf den Stern, der auf seinen Daumen tätowiert ist, und stelle mir vor, wie ich ihn festhalte – ohne seinen Körper daran.

Trotzdem lasse ich es zu, obwohl ich es nicht tun sollte. Und weil ich es nicht sollte, kann ich nicht aufhören, seine Hand anzustarren und mir vorzustellen, wie sie am Gelenk abgehackt wird. Und blutet. In meinem Briefkasten liegt. Ich habe nicht einmal einen Briefkasten.

Mein Haus ist zu weit von der Straße entfernt, also wird meine Post einfach auf der Treppe vor meinem Haus abgelegt.

Sollte ein Stalker das nicht wissen?

Was für ein beschissener kleiner Schatten.

»Hast du Spaß?«, fragt Arch und stupst mich mit seinen Schultern an.

Ich nicke abwesend, während ich weiter meine Lippe zwischen den Zähnen zerquetsche. Ich sollte weglaufen. Ich sollte diesem Mann sagen, dass er seine Hand von mir nehmen soll, wenn das nur bedeutet, dass sie nicht von seinem Körper abgetrennt und in meinem nicht existierenden Briefkasten zurückgelassen wird.

»Du bist angespannt«, bemerkt Arch leise.

Ich räuspere mich und öffne den Mund, aber ein weiteres Summen aus meiner Gesäßtasche unterbricht mich. Ich spüre, wie mir die Farbe aus dem Gesicht weicht.

Arch zieht besorgt die Augenbrauen hoch und erinnert mich an den armen Mann, dem ich am Rande der Klippe fast einen Herzinfarkt verpasst hätte. Er blickt auf die Quelle des Geräusches hinunter.

»Geht es dir gut?«, fragt er und seine Stimme scheint nur noch leiser zu werden.

Ich habe die besorgten Blicke langsam satt, aber trotzdem fühlen sie sich wie ein Rettungsanker an. Als ob es Menschen gäbe, die mein eigenartiges Verhalten bemerken und es melden, sollte mir etwas zustoßen.

Ein Nachrichtenreporter wird Arch interviewen und dieser

würde ihm erzählen, wie ich durch eine Textnachricht erschreckt wurde. Der Bauarbeiter, der meine Veranda gebaut hat – seine Geschichte wird wochenlang im Fernsehen berichtet und es wird darüber gesprochen werden. Eine Frau steht am Rande einer Klippe, scheint zu überlegen, ob sie springen soll, und fällt dann fast hinunter.

Das alles hängt damit zusammen, dass ich einen Stalker hatte. Die Polizei hat es abgetan, als ich meine Berichte über zufällige Rosen gemacht habe. Aber es wird rein gar nichts für das nächste Mädchen oder die nächste Frau ändern, das gestalkt wird.

Das tut es nie.

Am Ende werde ich nur eine weitere Statistik sein und als genau diese verblassen. Ein schönes Mädchen, das von einem verrückten Mann verfolgt wurde. Und niemand machte sich die Mühe, ihr zu helfen, bis es zu spät war.

»Mir geht es gut«, zwinge ich mich mit einem gekünstelten Lächeln zu erwidern. Es fühlt sich hölzern und unaufrichtig an, aber es wirkt trotzdem überzeugend. Sein Gesicht entspannt sich und die Sorge verschwindet.

Oder besser gesagt, Arch lässt es einfach durchgehen, weil es ihn eigentlich nicht interessiert.

»Möchtest du gehen?«, murmelt er, seine Stimme ist jetzt voller Versprechen und Absicht. Seine Unterlippe verschwindet zwischen seinen weißen Zähnen, die Handlung an sich ist urtümlich.

Das Wort »Nein« liegt mir auf der Zunge, wie eine kleine Ballerina, die auf der Spitze ihres Schuhs tanzt und gefährlich nah dran ist, runterzufallen und sich den Knöchel zu brechen. Denn wenn ich Nein zu diesem Mann sage, werde ich den Rest meiner Nacht – Woche, vielleicht sogar länger – damit verbringen, es zu bereuen.

Ich hasse mich dafür, dass ich es einem Freak gestatte, mein Leben zu kontrollieren und mich einer guten Zeit mit einem heißen Mann zu berauben.

Er ist wunderschön, umgeben von einem Schatten der Dunkelheit, der so verlockend und köstlich ist wie Schokoladenkuchen. Da ist ein stummes Versprechen, dass ich die Nacht mit ihm in vollster Zufriedenheit beenden würde.

Und was, wenn sich mehr daraus entwickelt? Was ist, wenn ich zu etwas Schönem Nein sage? Es sind die Hoffnungen und Träume eines kleinen Mädchens, aber ich kann nicht anders, als über sie nachzudenken.

Er sieht aus wie ein Mann, mit dem ich mich niederlassen könnte, aber er ist gefährlich genug, um mich in Aufregung zu versetzen.

»Ja«, antworte ich leise – endlich. »Aber erst, wenn ich weiß, dass Daya sicher nach Hause kommt.«

Arch lächelt langsam. Anzüglich. »Dafür werde ich sorgen.«

7. Juli 1944

Ronaldo mag es, mich zu ärgern.
Nur eine Stunde, nachdem ich Seraphina in die Schule geschickt habe, kommt er rein und sagt mir, ich solle mich auf meinen Esszimmerstuhl setzen.

Ich folge seiner Anweisung eifrig. Seine Finger streichen über meine Haut. Wenn ich mit ihm spreche, antwortet er nicht.
Er knöpft meine Bluse auf und entblößt meine Brüste. Dann greift er nach meiner Hose. Er zieht sie herunter und lässt mich in nichts als meiner Unterwäsche zurück.
Er lächelt, als er die Erregung in meinen Augen sieht.
Doch noch immer verweigert er sich mir.
Er berührt mich nie dort, wo ich es von ihm möchte.
Wo ich ihn brauche.
Seine Finger verhöhnen mich. Und dann geht er.
Und es kostet mich jede Kraft in mir, ihn nicht anzuflehen, zurückzukommen. Ich schaffe es nicht, mich selbst länger unter Kontrolle zu halten.

Kapitel 8

Die Manipulatorin

Daya nimmt Luke mit nach Hause, während ich Arch mit zum Herrenhaus nehme. Er hat mich gebeten, zu ihm zu gehen, aber ich fühlte mich in meinem eigenen Haus viel sicherer. Mehr unter Kontrolle.

Im Nachhinein betrachtet, hätte ich ihn nicht in ein Haus bringen sollen, das auf einer Klippe liegt, umgeben von Wäldern und mehrere Meilen von der Zivilisation entfernt. Schlimmer noch, mit einem umherschleichenden Stalker, der es liebt, einzubrechen.

Gott, war das dumm.

Mein Haus ist bei Weitem nicht sicherer, aber ich konnte mich nicht dazu durchringen, zu ihm zu gehen. Ich mag es nicht, an unbekannten Orten mit Fremden zu sein. Als ob ich ein Haus betreten könnte, aus dem ich nie wieder herauskomme. Dadurch fühle ich mich viel verletzlicher, obwohl ich mich gerade in der verletzlichsten Position befinde, in der ich überhaupt sein könnte.

»Du hast ein wunderschönes Zuhause«, lobt Arch und lässt seinen Blick über das gesamte Wohnzimmer und die Küche schweifen. Ich habe die Tapete durch ein moderneres schwarzes Paisley ersetzt, die dramatischen goldenen Vorhänge durch rote ersetzt und die Sofas mit rotem Leder bezogen. Aber sein Blick wandert immer wieder zu den schwarzen Holzstufen zurück, als wüsste er, dass sie zu meinem Schlafzimmer führen.

Doch ich habe andere Pläne.

»Das ist nicht der beste Teil«, necke ich ihn, nehme seine Hand und führe ihn den Flur entlang zu meinem Lieblingszimmer in Parsons Manor.

Der Wintergarten.

Ich komme nicht sehr oft hierher. Hier haben Oma und ich die meiste Zeit zusammen verbracht. Es tut weh, hierherzukommen, wenn der Raum noch immer von ihrer Anwesenheit erfüllt ist.

Ich atme tief ein, öffne die Doppeltür und trete ein.

Dieser Raum ist eine einzige Glasbox. Die Decke, die Wände, alles um uns herum ist ein einziges großes Fenster. Es ist der beste Ort im Haus. Er überblickt die Ecken der Klippen, das Wasser glitzert im Mondlicht.

Aber der bemerkenswerteste Teil ist direkt über uns. Der Anblick der Sterne ist atemberaubend. Hier draußen gibt es keine Lichtverschmutzung. Der Nachthimmel ist von Diamanten übersät, die vor dem schwarzen Hintergrund glitzern und leuchten.

Arch dreht langsam den Kopf, während er den Anblick vor sich aufnimmt. Dann neigt er den Kopf zurück und starrt mit offenem Mund in den Himmel.

Ich glaube, das ist einer der wenigen Momente, in denen dieser Mann unattraktiv aussieht. Aber für mich ist das der attraktivste Moment, den er den gesamten Abend über hatte.

Es geht ihm weder darum, sein Gesicht und seine Bewegungen zu kontrollieren, noch ist der Augenblick eingeübt oder folgt einem Drehbuch. Er ist einfach ein Mann, der die Schönheit um sich herum bewundert.

»Verdammt«, murmelt er schließlich, seine Stimme ist tief und Verwunderung schwingt in ihr mit. Er dreht seinen Kopf zu mir zurück und seine Augen sind vor Freude geweitet.

Das Blau darin schimmert von einer Emotion, die ich nicht genau zuordnen kann. Erst als die Maske wieder über sein Gesicht gleitet, wird mir klar, dass er traurig aussieht. Melancholisch.

Und ich will wissen, warum, aber bei der Art, wie sich seine

Augen aufheizen, ähnlich einem Brenner auf dem Herd, weiß ich, dass die Gelegenheit bereits vorbei ist.

»Du hast etwas Besonderes hier«, meint er leise und geht auf mich zu. Die Sterne sind längst verblasst, und das Einzige, was er nicht mehr aus den Augen lassen kann, bin ich.

»Ich weiß«, hauche ich und beobachte, wie er mit angehaltenem Atem näherkommt.

Ich spüre ein leichtes Ziehen in meinem Hinterkopf – ein instinktives Gefühl, das mich daran erinnert, dass ich mich in einem Glaskasten befinde, der perfekten Einblick für den Schatten bietet. Er hat den vollen Überblick über das Geschehen.

Einem Teil von mir macht es nichts aus, dass er da draußen ist. Ich will dem gestörten Mann, der denkt, dass ich ihm gehöre, etwas beweisen. Ich will ihm zeigen, dass ich das *nicht* tue.

Die einzige Person, die Anspruch auf meinen Körper erheben wird, ist die, der ich es gestatte. Ich werde zulassen, dass Archs Hände mich berühren. Hände, die jeden Zentimeter meiner Haut abtasten werden, gefolgt von seinem Mund. Ich werde zulassen, dass seine Zunge meine Pussy leckt, bis ich befriedigt bin, bevor er mich fickt, bis ich mich nicht mehr an meinen Namen erinnere.

Ich erlaube es ihm, weil *ich* gesagt habe, dass er es darf.

Arch thront über mir, schmiegt seine Stirn an meine und presst meine Brüste an seine Brust. Mein Atem stockt, als mich Wärme einhüllt und sein Arm sich fest um meine Taille legt und mich an ihn presst.

Ich mag es, wie er sich an mich drückt. Die Weichheit meines Körpers, wie sie sich an die Härte des seinen schmiegt. Es fühlt sich … toll an. Gut.

Für einen kurzen Moment starrt Arch mir tief in die Augen. Dann neigt er den Kopf und nimmt meine Lippen sanft zwischen die seinen.

Ich seufze und seine weichen Lippen bewegen sich rhythmisch gegen meine, wie das Wasser am Fuße der Klippe, das gegen die Felsen schlägt.

Ich stöhne in seinen Mund, brauche mehr und vertiefe den Kuss, indem ich seine Lippen öffne, damit ich meine Zunge eintauchen kann.

Er knurrt, als seine Zurückhaltung nachlässt. Seine andere Hand greift in mein Haar und winkelt meinen Kopf an, damit er seine Zunge in meinen Mund stecken kann, den er geschickt und mit wenig Kontrolle erforscht.

Ich stelle mich auf die Zehenspitzen und drücke mich weiter an ihn. Ich erschaudere bei dem Gefühl, wie sein harter Schwanz sich gegen meinen Bauch presst, seine Länge verstärkt mein Verlangen nur noch mehr.

Er ist nicht klein. Und das ist genau das, was ich heute Abend brauche. Etwas, das mich vor Lust blendet und mich atemlos und zufrieden zurücklässt.

Seine Zunge kämpft gegen meine. Sie streicht und leckt, während seine Zähne an meinen Lippen knabbern. Ein weiteres Stöhnen entweicht mir und prallt an seinem Mund ab, bis er es mit seinem eigenen Stöhnen erwidert.

Die Hand in meinen Haaren wird fester und reißt meinen Mund weg, damit seine Lippen an meinem Kiefer entlang bis zum Übergang zwischen Hals und Schulter wandern können.

Ich keuche auf, als ich seine Zähne spüre, wie sie über meine Haut kratzen, eine kleine Warnung, bevor er zubeißt. Ungezügeltes Verlangen lässt mich die Augen nach hinten verdrehen und ein langes Stöhnen befreit sich aus meinem Inneren.

»Fuck«, flucht er und leckt mit einem wilden Stöhnen über meinen Hals. »Deine sexy Stimme.«

Meine Augen flattern, während ich dem Vergnügen erliege, das seine Zunge und Zähne in mir hervorrufen.

Seine Hände wandern tiefer, bis ich einen festen Ruck an meiner Jeans spüre. Eine Sekunde später springt der Knopf auf, gefolgt von dem leisen Schnurren meines Reißverschlusses.

»Ist deine Pussy feucht für mich, Addie?«, fragt Arch mit einem leisen Knurren und knabbert ein wenig zu fest an meinem Hals.

Es tut weh und ich kann nicht anders, als vor Schmerz zusammenzuzucken. Seine Zunge streicht über die Bisswunde, lindert den Schmerz.

»Ja«, flüstere ich, als die Lust beginnt, den Schmerz zu verdrängen.

Seine Hand gleitet an der Vorderseite meiner Jeans und meinen Slip hinunter, seine Finger wandern tiefer, bis die Spitze seines Mittelfingers in mich eintaucht. Ein leises, tiefes Knurren ertönt, als er spürt, wie ehrlich ich war.

»Fuck, Baby, das war's. Lass mich dich jetzt stöhnen hören.«

Dann tauchen zwei Finger in mich ein und krümmen sich, um *diesen* Punkt zu treffen. Mir wird schwarz vor Augen und ich schreie vor Lust auf. Das ist das Einzige, wozu ich in der Lage bin.

Instinktiv bewege ich meine Hüften und drücke mich gegen seine Hand. Er zieht sich bis zu den Fingerspitzen zurück, bevor er sie wieder in mich eindringt. Und noch mal, bis er mich mit seinen Fingern fickt und alles, was ich tun kann, ist weiterzumachen, während sich meine Nägel in seine Anzugjacke bohren.

Ein langes, heiseres Stöhnen dringt aus meiner Kehle und ich stöhne für ihn, so wie er es verlangt hat.

»Du stöhnst so schön«, flüstert er mir ins Ohr. Ein scharfes Zwicken folgt seinen Worten.

Seine Handfläche drückt fest auf meinen Kitzler. Seine geschickten Finger bringen mich immer höher und der Orgasmus bildet sich tief in meinem Bauch. Aber dann reibt er genau richtig, sodass meine Knie vor Lust zittern.

»Oh«, stöhne ich, meine Atmung ist unregelmäßig und ich bekomme kaum Luft.

»Stöhnst du schön, wenn du kommst, Addie?«, fragt er in einem dunklen Flüsterton.

Ich glaube, ich nicke, aber ich bin mir nicht sicher, denn innerhalb von Sekunden fällt mein Kopf nach hinten, während sich meine Erregung zu einem heftigen Höhepunkt steigert.

»Lass es mich hören«, lockt er. Seine Finger gleiten heraus, und als sie wieder eintauchen, kommt ein dritter Finger dazu. Ich verdrehe die Augen und stürze über den Abgrund.

Ich schreie auf, das Geräusch bricht aus der Tonlage aus, während das tief verwurzelte Vergnügen mich von innen heraus verzehrt. Schamlos reibe ich mich an seiner Hand und reite die endlosen Wellen aus.

»So ein hübscher Vogel«, murmelt er. Zufriedenheit durchzieht seine Stimme.

Atemlos, aber irgendwie noch hungriger, hebe ich mich auf die Zehenspitzen und presse meinen Mund auf seinen. Er brummt zustimmend und öffnet meine Lippen mit seiner Zunge. Dann fährt seine Hand nach oben und unterbricht den Kuss, indem er mit einem Finger über meine Unterlippe streicht und mich meine Erregung spüren lässt.

»Du hast eine Sauerei auf meiner Hand hinterlassen, Addie. Es wäre unhöflich, sie nicht sauberzumachen.«

Ich halte Augenkontakt, während meine Zunge herausschnellt und die Spitze über seinen Finger gleitet. Er lächelt teuflisch, verführt mich dazu, meinen Mund weiter zu öffnen.

Gerade als sein Finger hineingleiten will, überkommt mich ein eisiges Gefühl. Es fühlt sich an, als ob die Wellen, auf denen ich treibe, wütend geworden sind und meinen Körper gegen den unnachgiebigen Felsen rammen.

Mein Mund stockt und meine Augen blicken über seine Schulter. Bis auf das Mondlicht und den hellen Himmel ist es hier drin dunkel, aber es fühlt sich an, als wäre ich in einem Raum mit Stadionbeleuchtung.

Eine Bewegung direkt vor mir stellt mein Herz auf den Kopf und lässt es mir in die Hose rutschen.

Er ist da draußen.

Ich kann ihn nicht sehen und nicht einmal seine Silhouette ausmachen. Aber ich weiß, dass er da ist. Ich kann ihn spüren.

Als Arch die Veränderung bemerkt, zieht er sich schwer

atmend zurück und sieht mich an, als könnte er sich nicht entscheiden, ob er mich fragen soll, ob es mir gut geht, oder ob er einfach weitermachen soll.

»Was ist los?«, fragt er und packt meinen Oberarm, um meine Aufmerksamkeit auf sich zu ziehen.

»Nichts«, stammle ich und ziehe ihn näher zu mir. »Lass uns nach oben in mein Zimmer gehen.«

Ich fühle mich nicht mehr frech genug, einen Mann vor einer verrückten Person zu ficken. Der Rausch meiner Entladung hat mein Selbstvertrauen völlig schwinden lassen.

Aber ich bin zu stur, um aufzuhören. Ich will Arch. Ich will nur keine Beobachter dabeihaben, wenn ich mit ihm schlafe.

»Willst du nicht, dass deine Pussy unter den Sternen geleckt wird?«, fragt er ungläubig und sieht mich an, als ob mir ein zweiter Kopf gewachsen wäre.

»Das tue ich, aber ich …« Ich komme ins Stocken, als eine andere Bewegung meine Aufmerksamkeit ablenkt.

Arch tritt vor, drückt sich an mich und lenkt meine Aufmerksamkeit zurück auf sich. Ich muss den Kopf in den Nacken legen, um ihn richtig zu sehen, und diesen Anblick werde ich nie vergessen.

»Ich finde, du solltest dich ausziehen und mir deinen sexy kleinen Körper zeigen. Dann möchte ich, dass du dich hinlegst, deine Beine spreizt und mich die Sauerei sauber machen lässt, die du angerichtet hast.«

Ein völlig peinliches Quietschen entschlüpft mir. Ein Geräusch, das ihm sofort ein Grinsen ins Gesicht zaubert und mir das Blut in die Wangen schießen lässt, sodass ich meinen Schatten für einen Moment vergesse.

Wirklich elegant, du Dummkopf.

Ich trete einen Schritt zurück, Hitze strömt über meinen Körper, während ich die Hände an den Seiten hinuntergleiten lasse und beide Daumen in meiner Jeans einhake.

Gerade, als ich sie mir von den Beinen streifen will, stört ein lauter Knall die prickelnde Stimmung und lässt mir das Herz bis zum Hals schlagen. Ich schreie erschrocken auf und bin viel zu nah dran, mir in die Hose zu machen.

Arch reißt den Kopf in Richtung des Geräusches herum, offensichtlich genauso erschrocken wie ich.

»Erwartest du Gesellschaft?«, fragt Arch, seine Stimme ist ein wenig atemlos.

Mein eigener Atem ist unregelmäßig, als ich »Nein« sage.

Es ist ein verdammtes Déjà-vu, und obwohl ich es dieses Mal geahnt habe, bin ich kurz davor, mit dem Fuß aufzustampfen wie ein Kind. Denn anders als bei Greyson, habe ich mich diesmal wirklich amüsiert.

Er rennt zurück in den Flur und zur Haustür, während ich ihm auf den Fersen bin. Ich knöpfe meine Hose zu und verschließe den Reißverschluss während des Gehens, weil ich schon spüre, dass die Nacht zu Ende ist.

Der Flur führt direkt zurück zum Foyer, dem Eingangsbereich rechts von der Treppe. Als er vor dem Eingang stehen bleibt, dreht er sich zu mir um und hält mich fest.

»Bleib im Flur. Wer auch immer es ist, ich will nicht, dass er dich sieht.«

Er zögert, ein seltsamer Ausdruck huscht über sein Gesicht. Bevor ich ihn entziffern kann, spricht er schon wieder, seine Stimme klingt angestrengt. »Ruf die Bullen, wenn etwas schiefgeht.«

Ich bin nicht in der Lage, einen zusammenhängenden Satz zu formulieren, die Panik raubt mir den Verstand.

Ich hätte ihm sagen sollen, dass ich einen Stalker habe und dass ich dachte, ich hätte etwas gesehen, als wir im Wintergarten waren, aber es ging alles zu schnell, und jetzt bringt er sich aktiv selbst in Gefahr.

Die Situation macht mich genauso an, wie sie mir Angst macht. Ich muss mich selbst in eine psychiatrische Klinik einweisen, wenn ich diese Nacht überlebe.

Denn mein Schatten ist *angepisst*. Genauso wie er es war, als Greyson hier war, und ich habe keine Ahnung, wie gefährlich dieser Typ ist, aber er könnte hier sein, um uns beide zu töten.

Vor allem jetzt, wo er zugesehen hat, wie ein anderer Mann mich mit genau der Hand zum Orgasmus gebracht hat, die er gedroht hat, abzuschneiden und in meinen Briefkasten zu stecken.

Ich stütze meinen Kopf in die Hände und bereue alles zutiefst. Ich platze vor Reue, denn wenn der Stalker wirklich so verrückt ist, wie es den Anschein macht, dann habe ich möglicherweise gerade einen Mann zum Tode verurteilt. Oder zumindest dazu, brutal verstümmelt zu werden.

Ich höre, wie sich die Tür knarrend öffnet. Mein Kopf schnellt in die Höhe.

»Komm raus, Wichser. Ich weiß, dass du da draußen bist«, droht Arch lautstark.

Als ich um die Ecke schaue, sehe ich, wie Arch nach draußen tritt. Aber erst, nachdem er eine Waffe gezogen hat. Mit geweiteten Augen bleibt mir der Mund offen stehen und ich frage mich, wen ich eigentlich in mein Haus gelassen habe. Er schließt die Tür hinter sich und ihr Klicken hallt in meinem Kopf wider.

Sieht aus, als hätte ich mich geirrt und jemanden gefunden, der bereit ist, für mich zu töten. Was das Ficken angeht, legen sich die Geschworenen noch nicht fest, aber wenn sein Vorspiel ein Hinweis darauf ist, hätte er sich auch in dieser Hinsicht gut geschlagen. Jetzt will ich diesen Widerling erst recht selbst umbringen.

Endlich habe ich einen Mann gefunden, der mich befriedigen kann, und dieses Arschloch ruiniert es.

Gott? Ich weiß, dass wir nicht immer einer Meinung sind, was meine Lebensentscheidungen angeht, aber bitte lass diesen armen Mann nicht meinetwegen sterben. Ich werde aufhören zu trinken. Diesmal meine ich es ernst.

Und ich bete außerdem, dass Arch gut zielen kann. Wenn ich rausgehe und den Spinner mit einer Kugel im Schädel finde, werde ich seinen Tod nicht betrauern.

In den nächsten Minuten höre ich überhaupt nichts mehr. Es ist schwer, etwas zu hören, wenn mein Herz in meinen Ohren pocht, aber ein Schuss wäre nicht zu überhören.

Fuck, ich halte diese Spannung nicht aus. Da ich nicht länger warten kann, eile ich zum Fenster neben der Tür und schaue hinaus.

Archs Auto steht noch immer in meiner Einfahrt, aber ich sehe sonst nichts. Keine Leichen. Nichts.

Ich spreche ein kurzes Gebet zu der Person, die ich im Moment am wenigsten mag. Ich öffne langsam die Tür, um zu lauschen, ob ich irgendwelche Kampfgeräusche hören kann.

Als ich nur das Zirpen der Grillen vernehme, öffne ich die Tür weiter und trete hinaus.

Das Knirschen von etwas unter meinem Fuß lässt meinen Körper zu Stein erstarren.

Ich schließe meine Augen, ein weiteres Gebet liegt mir auf der Zunge. Wenn ich auf ein Körperteil trete …

O mein Gott, dann werde ich ausrasten.

Nach ein paar kurzen Atemzügen bewege ich meinen Fuß weg und schaue nach unten.

Eine Rose, deren Blütenblätter von meinem Fuß zerknittert sind.

»Oh, fuck«, murmle ich und bücke mich, um die Rose aufzuheben. Die Dornen sind abgeschnitten, damit sie mich nicht verletzen kann, aber das macht nichts – diese Rose ist vom Schmerz befreit worden.

Von den Blütenblättern und auf meinen Stiefel tropft frisches Blut. Arch ist weg, und alles, was von ihm übrig ist, ist eine blutige Rose.

Ich hole mein Handy aus der Gesäßtasche und entsperre es, um mit zitternden Händen die Polizei anzurufen. Das Handy leuchtet auf und in diesem Moment sehe ich eine weitere Nachricht – diejenige, die im Club ankam und die ich pflichtbewusst ignoriert habe.

Unbekannt: Fühl dich nicht schuldig, Baby. Ich mache keine leeren Drohungen, also betrachte dies als eine Lektion.

Rote und blaue Lichter erhellen die Welt vor mir und die blinkenden Farben machen mich krank. Angst krampft sich in meinem Bauch zusammen, während Polizisten und Hunde die Umgebung durchsuchen.

Ein Beamter hat die Rose beschlagnahmt, doch das Blut hat meine Hände befleckt – physisch und metaphorisch. Ich reibe die Finger aneinander und beobachte, wie das getrocknete Blut von meiner Haut abblättert.

Eine Träne entweicht, aber ich wische sie schnell weg. Ich habe einen Mann auf dem Gewissen.

Ich habe ihn hierhergebracht, obwohl ich wusste, dass jemand Gefährliches auf ihn lauert, und ich habe es trotzdem getan.

Und jetzt ist er weg.

»Ich muss dir ein paar Fragen stellen«, sagt Sheriff Walters und kommt auf die Stufen der Veranda zu, auf der ich gerade sitze.

Ich kenne ihn, seit ich ein Kind war. Er ging mit meiner Mutter zur Schule und sie waren gute Freunde. Ab und zu lud sie ihn zum Essen ein. Er war immer sehr nett. Außerdem war er ruhig und wortkarg und schien immer mehr am Zuhören als am Reden interessiert zu sein.

Er ist ein großer, gut gebauter Mann, der mindestens einen Meter neunzig groß ist. Ich glaube, seine Familie stammt von Riesen ab, denn sein Vater und seine Brüder sind genauso groß. Sein Vater war Sheriff, ebenso wie dessen Vater davor. Ich bin mir ziemlich sicher, dass ein paar seiner Brüder auch Polizisten sind.

Eine große Familie von gigantischen Polizisten. Genau das, was die Welt braucht, oder?

Bartstoppeln setzen sich auf Sheriff Walters Wangen ab, seine braunen Augen sind müde und misstrauisch.

Ich hatte dem Beamten schon alles erzählt, aber als ich ihm gesagt habe, dass ein Mann vermisst wird und ich eine blutige Rose geschenkt bekommen habe, war er mehr damit beschäftigt, einen Suchtrupp zu organisieren.

Da ich von dichten Wäldern umgeben bin, ist es wahrscheinlich, dass der Mann Arch zu Fuß mitgenommen hat, bis er es geschafft hat, ihn irgendwo in ein Auto zu setzen und wegzufahren.

Ich schniefe, wische mir den Rotz von der Nase und nicke.

»Ja, klar.«

»Kannst du mir den Namen des Mannes nennen, der heute Abend mit dir hier war?«

»Archibald Talaverra«, antworte ich wie ein Roboter. Ich schätze, es hat sich gelohnt, dass Arch so überheblich war und mir seinen vollen Namen genannt hat. Ich muss fast lächeln, aber das hier ist alles andere als lustig.

Der Sheriff spricht nicht sofort. Ich sehe ihn an und bemerke, dass seine buschigen schwarzen Augenbrauen hoch auf der Stirn stehen.

»Talaverra, hm? Dieser Mann hat dir dann vielleicht einen Gefallen getan«, meint er und murmelt den letzten Teil.

»Was?«, quieke ich.

Der Sheriff seufzt und fährt sich mit der Hand durch sein dickes, dunkles Haar. Als er jünger war, war er sicher attraktiv. Aber jetzt ist sein Haar silbern und Falten säumen die Ränder seiner Augen und seines Mundes. Er sieht alt und verwittert aus und im Laufe der Jahre habe ich beobachtet, wie seine Augen stumpf und müde geworden sind.

»Die Talaverras sind bekannte Kriminelle«, erklärt er.

Ich sacke innerlich zusammen und in diesem Moment wird mir klar, dass meine Mutter recht hat. Meine Lebensentscheidungen sind in letzter Zeit bestenfalls fragwürdig.

Ich werde ein langes Gespräch mit der Teufelin von oben führen müssen. Sie will mich umbringen, glaube ich. Und ich frage mich langsam, ob ich das zulassen sollte.

»Was für Kriminelle?«

Sheriff Walters schiebt seine rissigen Lippen zur Seite und scheint darüber nachzudenken, was er sagen soll.

»Es ist nichts bewiesen worden. Es gab nie ausreichende Beweise. Aber sie handeln hauptsächlich mit Kokain. Angeblich«, fügt er am Ende hinzu und schaut mich dabei an. »Was ich sagen kann, ist, dass Archibald von seiner Ex-Frau mehrmals wegen häuslicher Gewalt angeklagt wurde. Er ist ungestraft aus den Anklagen herausgekommen, natürlich ist er das. Aber er ist dafür bekannt, dass er sehr gewalttätig ist.«

Ich drehe meinen Kopf und bedecke mein Gesicht mit meinen Händen.

Sheriff Walters klopft mir unbeholfen auf den Rücken, in der Annahme, ich würde weinen. Aber meine Augen sind so trocken wie die Sahara. Ich bin zu wütend, um zu weinen. Wütend auf mich selbst, weil ich so dumm war und einen fremden Mann mit nach Hause genommen habe.

Wütend, weil dieser Mann getötet wurde. Ein Mann, der mit einer gefährlichen Familie verbunden ist.

»Wird seine Familie hinter mir her sein?«

»Nein«, antwortet er scharf. »Diese Familie hat eine ellenlange Liste von Feinden. Sie werden sich nicht mit einem beliebigen Mädchen beschäftigen. Sie könnten dich überprüfen, aber wenn sie nichts finden, werden sie sich mit denjenigen befassen, die sie verärgert haben.«

Ich nicke langsam und bin mir sicher, dass er recht hat.

»Das heißt, wenn sie das mit der Rose nicht herausfinden.«

Mein Herz sinkt wie ein Stein in einen Brunnen. Ich hebe meinen Kopf und sehe ihn an, um zu verstehen, was er meint. »Diese Rose war etwas Persönliches, Adeline. Weißt du, was sie bedeutet?«

»Ich … ich habe einen Stalker. Ich habe in letzter Zeit mehrfach berichtet, dass in mein Haus eingebrochen wurde und überall, wo ich hingehe, Rosen auftauchen.«

Der Sheriff zieht die Augenbrauen zusammen.

»Ich habe mir deine Akte angesehen. Es gibt keine Berichte über einen Stalker.«

Ich fahre in die Höhe, als der Schock durch mich hindurchschießt.

»Was meinst du?«, frage ich mit schriller und wütender Stimme. »Ich habe mehrere Anzeigen aufgegeben!«

»Beruhige dich«, sagt Sheriff Walters und breitet seine Hände in einer Geste aus, die zu seinen Worten passt. »Ich werde mir das genauer ansehen, wenn ich wieder auf dem Revier bin. Aber kannst du mir sagen, was hier los war?«

Ich zwinge mein Herz, langsamer zu schlagen, und erzähle alles, was passiert ist. Von dem Alkohol, den ich getrunken habe, während ich allein zu Hause war. Den Rosen. Und der Karte mit der ominösen Drohung.

Sheriff Walters hört zögerlich zu, holt einen Block hervor und macht sich Notizen, während ich spreche. Als ich fertig bin, fühle ich mich noch erschöpfter als zuvor.

»Ich werde es mir ansehen. Aber Adeline? Dir ist klar, dass die Talaverras dir die Schuld geben könnten, wenn sie herausfinden, dass du einen Stalker hast?«

Ich weiche zurück und bin völlig perplex, dass ein Polizist mich davor warnt, dass eine kriminelle Familie hinter mir her sein könnte. Aber er war noch nie jemand, der die Dinge beschönigt oder Wahrheiten verbirgt. In mehreren Fällen hat mein Vater nach Einzelheiten über bestimmte Dinge gefragt, und der Sheriff hat immer preisgegeben, was er konnte.

Mom musste die beiden Männer ein paarmal anschnauzen, weil sie sich am Esstisch unangemessen unterhalten haben – und das auch noch vor einem Kind. Sheriff Walters entschuldigte sich zwar, aber er sah nie so aus, als täte es ihm wirklich leid.

»Ich werde alles in meiner Macht Stehende tun, um das zu verhindern«, versichert er. Irgendwie fühle ich mich dadurch nicht im Geringsten besser.

Seufzend wende ich mich ab und starre hinaus in die dichten Bäume, die roten und blauen Lichter flackern und veranstalten eine Schattentanzparty.

Ich nicke nur und nehme seine Hilfe als das an, was sie ist. Dieser Mann wird verdammt noch mal nichts tun können, um einen Kriminellen davon abzuhalten, vor meiner Tür zu stehen.

Egal, ob es sich um eine Verbrecherfamilie oder um einen verdammten Stalker handelt.

10. September 1944

Ich habe Ronaldo seit drei Tagen nicht mehr gesehen.
Drei Tage, an denen ich mich gefragt habe, wo er ist. Ob etwas geschehen ist. Meine Gedanken drehen sich im Kreis.
John und ich haben uns gestritten. Er sagt, ich hätte mich verändert. Dass ich nicht länger die Frau sei, in die er sich verliebt hat. Ich bin jetzt distanziert. Wenn er Sex möchte, bin ich nicht interessiert.
Ich begann mich zu fühlen, als sei meine Ehe falsch und schmutzig.
Ich begann mich zu fühlen, als würde ich fremdgehen, aber nicht meinem Ehemann. Es fühlt sich an, als würde ich meinen Besucher betrügen.
Da war nicht viel, was ich sagen konnte, um meinem Mann zu versichern, dass ich ihn immer noch liebe, außer diesen drei Worten. Sie fingen an, sich leer anzufühlen, wenn ich sie sagte.
Ausgehend von der Leere in seinen Augen, begannen die drei Worte, sich auch für ihn leer anzufühlen.
Ich verliere meinen Ehemann. Langsam, aber sicher.
Und ich schäme mich, zuzugeben, dass mich das nicht allzu sehr stört.

Kapitel 9

Der Schatten

Ich habe Totschlag begangen. Kaltblütigen Mord. An vielen Männern, die verschiedene Gesichter des Teufels getragen haben. Ich habe es aus diversen Gründen getan. Ob sie ein Kind vergewaltigten, einen Unschuldigen töteten oder das Leben von jemandem zerstörten, der es nicht verdient hatte.

Aber ich habe noch nie jemanden aus Eifersucht getötet. Es gibt für alles ein erstes Mal, denke ich.

Archibald Talaverra hatte seine Lippen auf meinem Mädchen und seine Hände in ihrer Hose.

Er hat sie angefasst. Mit seinen Fingern gefickt. Schmutzige Dinge zu ihr gesagt, die ihr eine hübsche kleine Röte auf die Wangen zaubern konnten.

In dem Moment beschloss ich, dass er diese Nacht nicht überleben würde.

Als ich sie zusammen sah, musste ich mich beherrschen, um nicht in den Club zu stürmen und ihren Arsch da rauszuzerren.

Denn nicht nur, dass ein anderer Mann versucht hat, Anspruch auf mein Mädchen zu erheben, Archibald Talaverra ist auch ein verdammter Psychopath.

Ein echter.

Er hat seine Ex-Frau mehrmals blutig geschlagen und ihr das Leben zur Hölle gemacht, als sie sich endlich von ihm scheiden lassen wollte.

Die Frau befindet sich immer noch in einer psychiatrischen Klinik und wird wegen schwerer PTBS behandelt. Er hat die Frau buchstäblich gebrochen und während sie ihre Tage damit verbringt, sich von seinem Missbrauch zu erholen, verbringt er seine Nächte in Clubs und sucht sich eine andere Frau aus, die er mit nach Hause nimmt und fickt.

Das Letzte, was ich gehört habe, ist, dass er nicht mal ein netter Fick ist. Seine Art des groben Spiels ist keineswegs angenehm, wenn die Frau mit einer blutigen Nase und einer aufgeplatzten Lippe davonkommt.

Das Arschloch verdient es, zu sterben. Und ich bin froh, die verfickte Ehre zu erhalten.

Die Verbrechen dieses Mannes und seiner Familie waren nur kleine Krümel in einem großen Plan. Seine Familie ist in kleine Verbrechen verwickelt und sieht sich selbst als die Mafia von Seattle. Aber sie sind Ameisen im Vergleich zu den verdammten Dinosauriern, die in dieser Stadt herumlaufen.

Ich habe sie in Ruhe gelassen, weil es viel größere Fische zu fangen gibt als minderwertige Kriminelle, die sich für Schwerverbrecher halten. Die Bedrohung, die von ihnen ausgeht, ist im Vergleich zu den Menschen, die ich verfolge und töte, minimal. Und solange sie nicht mit mehr als nur Pulver handeln, habe ich sie nie auf dem Radar gehabt.

Das heißt, bis jetzt.

Es gibt keinen Grund, Addie davon abzuhalten, den Mund aufzumachen und den Bullen zu erzählen, dass sie einen Stalker hat. Es ist egal, dass ich alle Beweise für ihre Polizeiberichte vernichtet habe.

Und wenn die Talaverras davon Wind bekommen, werden sie Addie für etwas töten, das sie nicht kontrollieren kann. Es spielt keine Rolle, dass die Familie Feinde hat. Wenn sie herausfinden, dass der Erbe des Talaverra-Imperiums ermordet wurde, wird jede Möglichkeit ausgeschaltet.

Heute Abend werde ich Seattle von den kleinen Plagegeistern

befreien, die sich hier versammelt haben, damit ich mich wieder auf die größeren Dinge konzentrieren kann. Adeline zu meinem zu machen und die Pädophilen-Ringe zu zerschlagen.

Ich lasse meinen Nacken knacken, stürme zur Haustür und schlage mit der Faust, so fest ich kann, auf das Holz ein. Ich lasse meine ganze Wut daran aus und es ist mir scheißegal, ob das Holz unter meiner Faust zerbricht. Genau wie in der Nacht, als dieses andere kleine Arschloch hier war. Er rannte nackt aus dem Haus, nur mit einer Socke bekleidet, und verfluchte Addies Namen.

Ich war erleichtert, dass Addie ihn selbst rausgeschmissen hatte. Das war der einzige Grund, warum ich ihn in dieser Nacht nicht umgebracht habe. Aber das heißt nicht, dass ich ihm nicht die Zunge herausgeschnitten habe, weil er sie beschimpft hat.

Das weiß sie immer noch nicht, weil ich ihn aus der Stadt gejagt und ihm verboten habe, sie wieder zu kontaktieren.

Ich ducke mich zurück in den Schatten hinter der Veranda.

Ich kenne Archies Wesen. Er wird herausstürmen, immer der Retter für die Jungfrau in Nöten. Er ist bereit, es mit dem großen bösen Wolf aufzunehmen, als ob er nicht die alte Granny wäre, die gerade gefressen wird.

In Wirklichkeit ist er nur ein tollwütiger Fuchs, der sich als Wolf ausgibt. Sein Biss tut weh, aber das ist nichts im Vergleich zu dem eines echten Raubtiers.

Wie aufs Stichwort reißt Archie die Tür auf, die Hände um eine Waffe geschlungen.

»Komm raus, Wichser. Ich weiß, dass du da draußen bist.«

Komm und hol mich, Archie.

Er zögert auf der Türschwelle und spürt die Gefahr, die im Schatten lauert.

Aber nach ein paar Augenblicken wächst ihm plötzlich eine Pussy und er stürmt aus der Tür und die Verandastufen hinunter. Sein Kopf dreht sich, seine Augen weiten sich, als er einen Blick auf mein Gesicht mit einer einzelnen roten Rose in meinem Mund erhascht, deren Stiel zwischen meinen Zähnen steckt.

Ich fletsche meine Zähne, ein wildes Grinsen, das selbst den Teufel erschrecken würde. Bevor er reagieren kann, schieße ich los, packe seinen Arm und drehe ihn herum. Meine Hand schlage ich über seinen Mund, als ich ihn mit dem Rücken an meine Vorderseite ziehe.

Ich wirble mein Messer herum und steche ihm zweimal in den Bauch. Beides präzise ausgewählte Stellen, die nicht durch lebenswichtige Organe schneiden. Er grunzt unter meiner Hand, der Schock macht ihn fast stumm.

Bevor ihn die Situation einholt und er anfängt zu schreien, stoße ich ihn von mir und verpasse ihm einen heftigen Schlag auf den Hinterkopf.

Erledigt innerhalb von zehn Sekunden, nicht ein einziger Ton verließ seinen Mund.

Mein Arm schnellt hervor und ich fange ihn an der Rückseite seiner Anzugjacke auf, bevor er mit dem Gesicht auf den kalten, schlammigen Boden fallen kann. Er ist bewusstlos und blutet stark.

Ich muss die Blutung stillen, bevor er zu viel Blut verliert.

Doch zuerst lasse ich die Rose aus meinem Mund gleiten und tauche die Blütenblätter in das Blut, das aus seinen Wunden tropft.

Ich kann nicht zulassen, dass meine kleine Maus denkt, es hätte keine Konsequenzen, wenn sie einen anderen Mann an mein Eigentum lässt. Sie wird noch früh genug herausfinden, dass ich keine leeren Drohungen mache.

Ich lasse seinen Körper für eine Sekunde an der Veranda lehnen, während ich hinaufgehe und die Rose auf ihre Türschwelle werfe. Ich bin zu sauer, um noch viel mehr zu tun.

Dann schnappe ich mir seinen Körper und mache mich auf den kurzen Weg durch den Wald, wo mein Mustang auf mich wartet. Bis die Bullen hier ankommen, wird es zu spät sein. Eine Blutspur wird sie zu den Reifenspuren führen, und wahrscheinlich werden sie anhand des Profils erkennen, um welches Modell es sich handelt. Bald wird alles zerstört sein. Die Polizisten werden nicht wissen, in welche Richtung sie suchen sollen. Und Archies Familie wird vermuten, dass ihre Feinde ihn aufgespürt haben. Und sie werden sich nicht irren. Sie werden nur nicht erraten, wer es ist, bis ich mit einem Messer im Nacken vor ihnen stehe.

»Lass mich verdammt noch mal los, du verdammter Wichser. Denkst du, du kannst dich mit mir anlegen? Hast du eine verdammte Ahnung, wer ich bin und wer meine Familie ist?«

Sein Mund wird in zwei Sekunden zugetackert, wenn er so weitermacht, *das* ist es, was ich weiß. Ich erzähle ihm das und er antwortet mit einem Hyänenlachen.

Ich drehe mich um und gebe dem Wichser eine aufs Maul, während ich meinen Mustang weiterhin gerade halte.

Es folgen ein paar bunte Flüche, aber sie sind nicht dunkler als das Blut, das mit ihnen herausfließt.

Der hübsche Junge ist jetzt nicht mehr so hübsch.

Er wird noch viel Schlimmeres erleben, wenn wir bei mir zu Hause ankommen. Er legte seinen Mund und seine Hände an mein Mädchen und es gibt Konsequenzen für so einen dummen Fehler wie diesen.

Er wachte auf, als wir etwa fünf Minuten fuhren. Zwei Stoffstreifen seines Hemds sind fest über jede Stichwunde an seinem Bauch gebunden. Seine Hände und Füße sind gefesselt – es gibt keine Chance, dass er sich davon losreißen kann.

Ich habe schon zu viel Übung.

Seit er aufgewacht ist, redet er ununterbrochen auf mich ein. Er zischt leere Drohungen aus wie Kugeln, aber stattdessen sind sie nur wie Papier im Wind. Keine von ihnen hat eine Wirkung. Tatsächlich landen sie nicht einmal in meiner Nähe.

Als er Addie erwähnt, versetzt es mich in eine mörderische Wut.

»Komm schon, Mann. Bist du so aufgewühlt wegen dieser Schlampe? Ihre Stimme mag wie aus einem Porno geschnitten sein und ihre Pussy ist verdammt eng, aber scheiße, das findest du auch bei anderen Schlampen. Ich habe genug von ihnen gefickt.«

Was ein ziemlich langsamer Tod sein sollte, wird nun der langsamste Tod seit Anbeginn der Menschheit sein.

Es war schon schlimm genug, dass er in so einem widerlichen Ton über mein Mädchen gesprochen hat, aber dann legt er noch einen drauf, indem er andeutet, dass Addie nichts Besonderes ist.

Sie ist die erste ihrer Art, die es gibt, und es wird nie wieder eine wie sie geben.

Ich lenke den Wagen in die Einfahrt, die zu meinem Lagerhaus führt. Es handelt sich um ein kleineres Gebäude, in dem früher Kameras für eine beschissene Firma hergestellt wurden, die innerhalb von fünf Jahren pleite gegangen ist.

Das Gebäude wurde zwangsversteigert und ich habe es für einen Spottpreis gekauft. Dann habe ich Hunderttausende von Dollar ausgegeben, um es in eine uneinnehmbare Festung zu verwandeln.

Ich habe das Hauptgeschoss zu meinem Wohnbereich mit modernster Sicherheitstechnik umgebaut. Nicht einmal eine Ameise kann in das Gebäude eindringen, ohne dass ich es mitbekomme.

Der zweite Stock ist mein Arbeitsbereich. Dutzende Computer und illegale Technik, die mir meine Arbeit ermöglichen, füllen den Raum. Im Keller wickle ich alle meine Geschäfte ab – das heißt, ich bringe die Pädophilen dorthin, um sie zu foltern und zu töten, wenn sie Informationen haben, die ich brauche.

Ich habe eine Tiefgarage gebaut, die direkt in den Keller führt. Das macht den Transport einfacher, wenn ich einen ein Meter achtzig großen Schwachkopf zum Tisch tragen muss.

Ich bin ein großer Mann, aber ich bin genauso fähig, mir den Rücken zu verrenken wie jeder andere. Ich bin immer noch ein verdammtes menschliches Wesen.

Ich schließe das Garagentor hinter mir, stelle den Wagen ab und drehe mich um.

Ich seufze bei diesem Anblick. Normalerweise bin ich besser vorbereitet, wenn ich Leute entführe. Sie kommen in den Kofferraum, und ich muss mir keine Sorgen machen, dass mein Auto schmutzig wird. Aber als ich ihn zurück zu meinem Auto trug, hatte ich es eilig und warf ihn einfach auf den Rücksitz.

Er hat schon überall Blut hinterlassen und ich werde meine Reinigungskräfte extra bezahlen müssen, um die Flecken rauszukriegen. Bei so viel Blut würde jeder Fragen stellen.

Aber sie werden viel zu gut dafür bezahlt, als dass sie dumme Fragen stellen, die sie umbringen können.

»Wir können das auf die leichte oder die harte Tour machen. Ich kann dir den Arsch aufreißen, oder du kannst eine gute kleine Bitch sein und stillhalten.«

Sein blutiger Mund formt sich um das Wort »Fick« und man muss kein Genie sein, um zu wissen, welches Wort als Nächstes kommen wird. Ich schlage ihm auf die Nase, bevor er die erste Silbe aussprechen kann.

Das Knirschen der Knochen unter meiner Faust ist fast Orgasmus erregend. Als ich meine Faust wegziehe, spritzt Blut aus seiner gebrochenen Nase. Er spuckt aus und ein Zahn fliegt aus seinem Mund auf meinen Boden.

Allein dafür werde ich ihm meinen Fuß in den Arsch schieben.

Ich steige aus, umrunde das Auto und ziehe die Tür auf.

Er fängt an zu protestieren, aber die Worte verstummen, als ich ihn am Kragen packe.

Er zappelt wie ein Wurm am Haken und ich kann an seinem panischen Gesichtsausdruck erkennen, dass auch er dieses Gefühl spürt. Das ungute Gefühl, dass sein Leben auf Messers Schneide steht, und ich bin kurz davor, ihn mit einem verdammten Sparta-Kick wegzutreten.

Obwohl er sich wehrt, hebe ich ihn auf den OP-Tisch und löse systematisch bestimmte Seile, damit ich ihn auf dem Tisch festschnallen kann, während ich ihn gleichzeitig bewegungsunfähig halte.

Er schaut hinüber und sieht einen toten Josh auf dem anderen Tisch liegen.

Nachdem ich mich von Sicily verabschiedet hatte, setzte Michael Josh bei mir ab, während ich zum Parsons Manor ging, um mich dort umzuschauen. Addie und ihre Freundin wollten gerade gehen, also bin ich ihnen in den Club gefolgt.

Ich brauchte meine ganze Willenskraft, um nicht jedem Mann eine Kugel in den Kopf zu jagen, der seinen Schwanz an ihrem Arsch reiben wollte. Ich beschloss, nach Hause zu gehen und mich ums Geschäft zu kümmern, bevor ich etwas Dummes tat und sie tatsächlich entführte.

Während ich Josh verhörte, stellte ich einen Monitor auf und behielt Addie über die Kameras des Clubs im Auge. Ich gebe zu, dass meine Foltermethoden viel blutiger wurden, als ich sah, wie Archie sie die Treppen hinaufführte.

Ich bekam von Josh die Informationen, die ich brauchte. Ihre Vorgehensweise bei der Entführung von Mädchen, die Namen einiger Drogenkuriere und den Namen desjenigen, dem Josh unterstellt ist. Es hat sich herausgestellt, dass der Typ in Ohio ist, also überlasse ich ihn einem der anderen Söldner. Er wird die Informationen seinem Boss besorgen und sich dann in der Kette nach oben arbeiten.

Die Drogenkuriere wurden bereits ausfindig gemacht und ins Visier genommen. Sobald ich diese beiden Wichser beseitigt habe, bekommen sie einen Scharfschützenschuss in den Kopf und dann geht es weiter zu Archies Familie.

»Was zum Teufel, Mann?«, faucht Archie und aus seinem Tonfall sind sowohl Entsetzen als auch Abscheu zu hören. Joshs Gesicht hat sich aufgebläht.

Ich zucke unbeeindruckt mit den Schultern. »Ich muss heute Abend eine Menge Leichen entsorgen. Es wird einfacher sein, sie alle auf einmal zu entsorgen.«

»Was auch immer meine Familie getan hat, wir können einen Deal aushandeln«, bietet Archie an, dessen Worte durch seine kaputten Zähne etwas verstümmelt und unförmig klingen. Seine Nase ist bereits geschwollen und geprellt, ebenso wie seine aufgeplatzten, geschwollenen Lippen. Er sieht aus, als hätte er fünf Runden in einem Boxkampf mit auf dem Rücken gefesselten Händen überstanden.

»Ich habe keine Verbindungen zu deiner Familie«, meine ich ruhig. »Zumindest nicht bis jetzt.«

Er schweigt für einen Moment und starrt mich ungläubig an, während sein Gehirn verarbeitet, dass ich kein Feind der Talaverra bin.

»Warum verfickt noch mal tust du das dann? Wegen dieser verdammten Frau?«, fragt er mit hysterischer Stimme.

Ich lehne mich nah an ihn heran, damit er einen guten Blick auf mein vernarbtes Gesicht werfen kann. Wenn es nicht die Narben sind, die die Leute abschrecken, dann ist es das tödliche Funkeln in meinen Augen, das den Zweck erfüllt.

»Sie wollte mich, verdammt noch mal. Ich kann nichts dafür, dass dein Mädchen dich nicht will.«

Ich seufze und richte mich auf. Ich werde mir nicht die Mühe machen, mich diesem Arschloch zu erklären. Er wird meine Besessenheit nicht verstehen und es ist mir auch scheißegal, ob er das tut.

Was er nicht weiß, ist, dass Adeline Reilly in dem Moment, in dem ich mich ihr richtig vorstelle, an niemand anderen mehr denken kann.

Ich werde sie von innen heraus verschlingen, bis jeder Atemzug das Inferno, das ich in ihr entfacht habe, nur noch weiter anheizt. Wie Sauerstoff, der ein Feuer nährt, werde ich jeden Zentimeter ihres süßen, kleinen Körpers verschlingen, bis sie an nichts anderes mehr denkt, als daran, mich noch tiefer in sich aufzunehmen.

Am Anfang wird sie Angst vor mir haben, aber diese Angst

wird sie nur noch mehr entflammen. Und wenn sie der Flamme zu nahe kommt, werde ich ihr nur zu gern Schmerz zufügen.

Neben mir steht ein Tablett mit ordentlich aneinandergereihten Utensilien. Ohne den Blick abzuwenden, greife ich nach dem ersten Werkzeug, auf dem meine Hand landet.

Ein gezackter Schraubenzieher. Speziell zum Foltern gemacht. Das Militär benutzt so etwas, ohne dass die Öffentlichkeit davon erfährt. Nicht, dass die Regierung dem Land jemals bereitwillig erzählen würde, dass sie Kriegsverbrecher häufig foltern und dabei ziemlich beschissene Methoden anwenden.

Die Öffentlichkeit ist keineswegs unwissend, aber sie kennt auch nicht das Ausmaß der Verdorbenheit unserer Regierung.

Seine Augen weiten sich merkwürdig, als er den Schraubenzieher erblickt.

Ich lächle. »Ich kam noch nicht dazu, diesen zu benutzen«, bemerke ich, drehe den Schraubenzieher und gebe uns beiden einen guten Blick auf jede scharfe Spitze. Wenn das Ding erst einmal drin ist, wird es noch mehr wehtun, es wieder herauszuziehen.

Ich kann es verdammt noch mal nicht erwarten.

»Bro, lass uns darüber reden. Das Mädchen ist es *nicht* wert, dass du mich deswegen umbringst. Ist dir klar, was meine Familie mit dir machen wird? Mit *ihr*?«

»Dachtest du wirklich, ich würde nur dich töten?«, erwidere ich und ziehe eine Augenbraue hoch, um zu zeigen, wie unbeeindruckt ich von seiner Warnung bin.

Sein Gesicht wird rot, wie die Äpfel, die meine Mutter als Kind für mich aus dem Obstgarten gepflückt hat. Ich habe diese Dinger immer geliebt.

Aus seinem Mund sprudeln Drohungen, angeheizt von der Wut über das vorzeitige Schicksal seiner Familie.

»Du tust das, weil ich fast ein Mädchen gefickt hätte? Ich wusste verdammt noch mal nicht, dass sie dir gehört«, brüllt er und Adern zieren seine Stirn.

Kein schöner Anblick.

Als Antwort stoße ich den Schraubenzieher direkt in seinen Bauch. Er starrt mich an, sein Mund ist vor Schreck aufgerissen. Ein Moment vergeht, dann hustet er Blut. Eine Reihe von Emotionen fließt durch seine Augen. Ich bin mir ziemlich sicher, dass ich auch die fünf Phasen der Trauer darin sehe.

Ich beuge mich hinunter und knirsche mit den Zähnen: »Was du und jeder traurige Motherfucker, der auch nur in ihre Richtung schaut, lernen werdet, ist, dass *niemand* sicher ist, wenn es um sie geht. Es ist mir egal, ob du nur falsch in ihre Richtung geatmet hast, du wirst verdammt noch mal sterben.«

»Du bist fucking verrückt«, würgt er hervor und schaut ungläubig auf den Schraubenzieher, der aus seinem Bauch ragt. Diesmal hat er definitiv lebenswichtige Organe getroffen.

Langsam ziehe ich den Schraubenzieher heraus, das Geräusch des Saugens ist ganz leise im Vergleich zu seinem Schrei.

Die ungezügelte Wut, die durch mich pulsiert, ist unerbittlich – unaufhaltsam. Und die Vorstellung von seiner Hand in ihrer Hose, wie er sie küsst, ihr Scheiße ins Ohr flüstert und sie zum Kommen bringt. All das heizt den heftigen Sturm in meinem Kopf an. Ich stoße den Schraubenzieher wieder hinein, als das Bild ihres Gesichts aufflackert. Wie sie ihn *will*. Wie sie einen Höhepunkt für einen Mistkerl wie ihn erreichen will. Ich werde seine Berührung aus ihr löschen müssen.

Und zwar bald.

Ich reiße den Schraubenzieher heraus und atme tief ein. Ich muss mich daran erinnern, dass sie mich noch nicht kennt. Sie versteht nicht, was wahre Not ist. Noch nicht, aber das wird sie. Denn sie wird die Art und Weise, wie sie mich braucht, hassen. Sie wird dagegen ankämpfen, sich gegen das Verlangen auflehnen und versuchen, nach etwas anderem zu suchen, das sie auch nur einen Bruchteil dessen fühlen lässt, was ich sie fühlen lassen werde.

Sie wird es nie finden.

Und ich werde es sie nicht versuchen lassen.

Ich knacke meinen Nacken erneut, nehme noch einmal einen tiefen, beruhigenden Atemzug. Mein Temperament hat das Beste aus mir herausgeholt. Normalerweise bin ich kein reaktionsfreudiger Mensch, aber ich habe mich schon damit abgefunden, dass meine kleine Maus auch in mir neue Gefühle hervorruft.

»Wie viele Frauen hast du verletzt, Archie?«, frage ich, lecke mir über die Lippen und umkreise seinen Körper, bis ich aus dem Blickfeld verschwinde.

Es ist eine Einschüchterungstaktik für Schwächlinge. Es macht sie nervös, wenn ich für einen kurzen Moment hinter ihnen verschwinde. Ihre Gedanken verlieren sich in der Vorstellung, was ich tun werde. Und dann sind sie ein wenig erleichtert, wenn sie mich wiedersehen.

Nur um den Vorgang zu wiederholen.

Das ist an sich schon eine Qual. Nicht zu wissen, ob ich zuschlagen werde. Oder wann.

»Nenn mich *nicht* Archie«, schnauzt er, als ich hinter ihm stehe. Er ist angespannt.

Ich bewege mich wieder nach vorn und seine Schultern lockern sich, nur ein paar Zentimeter.

»Du weichst der Frage aus, Archie«, sage ich und benutze absichtlich den Namen. Er knurrt über meine Trotzigkeit, antwortet aber nicht.

Seine Mutter nannte ihn immer Archie. Bis sie an Brustkrebs starb, als er zehn Jahre alt war. Da drehte sein Vater durch und begann mit Drogen zu dealen, um die Arztrechnungen und die Beerdigungskosten zu bezahlen.

Er hat seine Kinder dazu erzogen, kalt und rücksichtslos zu sein, und Archie ließ sich nie von jemandem mit dem Spitznamen seiner Mutter ansprechen, ohne ihn zu erstechen.

Er hat schon viele Leute niedergestochen, weil sie ihn so genannt haben, sogar seinen besten Freund Max. Sein Kumpel hat sich in einer Bar, die Jay häufig besucht, darüber beschwert.

»Bring mich nicht dazu, noch einmal zu fragen«, warne ich, meine Stimme gesenkt, um zu zeigen, wie ernst ich es meine.

»Ich weiß es nicht«, ruft er frustriert. »Ein paar, schätze ich. Was spielt das für eine Rolle?«

»Ich habe mich über deine Ex-Frau informiert«, sage ich und ignoriere die dumme Frage. »Du hast sie so sehr geschlagen, dass sie kaum wiederzuerkennen war, als sie ins Krankenhaus gebracht wurde. Die Beweise deuten darauf hin, dass du ihr eine Tequilaflasche ins Gesicht geschlagen hast und sie dann damit erstechen wolltest. Ganz zu schweigen von den unzähligen Knochenbrüchen und Prellungen. Du hast sie fast umgebracht.«

Archie schnaubt, nicht der geringste Funken Reue spiegelt sich in seinen kalten Augen wider. Die narzisstischen Arschlöcher tun dies nie. Irgendwie verdrehen sie es so in ihrem Kopf, dass das Opfer es verdient hätte und die Verletzungen, die ihnen zugefügt wurden, ihre eigene Schuld seien.

»Sie hat mich betrogen«, antwortet er gereizt. Er schmollt wie ein Kind, das keinen Geburtstagskuchen bekommen hat.

»Hast du sie zuerst betrogen?«

»Das spielt keine Rolle«, schnauzt er zurück. »Sie ist meine Frau und ich verdiene das Geld. Wenn ich mich danach fühle, eine Stripperin für eine Nacht zu engagieren, ist das mein gottverdammtes Recht. Alles, was sie je getan hat, war, zu Hause auf ihrem faulen Arsch zu sitzen und mein Geld auszugeben.«

Ich nicke und akzeptiere seine Antwort als das, was sie ist. »Hättest du Addie etwas angetan?«, frage ich nach einer längeren Pause.

Er lacht spöttisch. »Ich hätte sie so gefickt, wie ich wollte. Wenn sie am Ende ein paar blaue Flecke hat, was soll's? Schlampen mögen so etwas. Sie mögen es hart.«

Erneut wallt Wut in meiner Brust auf. Es kostet mich all meine Selbstbeherrschung, ihm nicht auf der Stelle den Schraubenzieher ins Auge zu rammen.

Archie würde nicht einmal wissen, wie man harten Sex richtig hat, wenn man ihm eine Anleitung dazu geben würde. Er tut Frauen weh, weil es ihm Spaß macht. Er weiß nicht, wie man Frauen an den Rand des Schmerzes und des Vergnügens treibt, zwischen beidem balanciert und sie verzweifelt nach mehr verlangen lässt.

Er tut ihnen einfach weh. Wenn er fertig ist, hat das Mädchen blaue Flecken und ist traumatisiert – vielleicht blutet sie sogar. Er geht mit einem zufriedenen Grinsen davon, als wäre er der erste Mann, der bewiesen hat, dass der Orgasmus einer Frau nicht wirklich ein Mythos ist.

»Du hast Addie nicht wehgetan«, bemerke ich und warte auf die Antwort, von der ich weiß, dass er sie geben wird. Er ist noch nicht verzweifelt genug – oder ängstlich genug. Er versucht immer noch, eine falsche Tapferkeitsnummer aufzuführen und mit Würde zu sterben. Aber das wird sich sehr bald ändern.

Er grinst. »Du musst sie erst dazu bringen, sich zu entspannen. Die Pläne, die ich für sie hatte …«, er schweift ab und leckt sich vulgär über die Lippen. »Ihr Weinen wäre ein so schönes Lied gewesen.«

Wieder nicke ich, zum Zeichen der Akzeptanz dieser Antwort. Ich akzeptiere sie, weil sie genau das anheizt, was ich für ihn geplant habe.

Ich werde seine Methode für Sex sehr gut verkörpern. Ich werde es genießen, ihm wehzutun und ihn bluten zu lassen, und er? Er wird sich wünschen, er hätte Adeline Reilly nie getroffen.

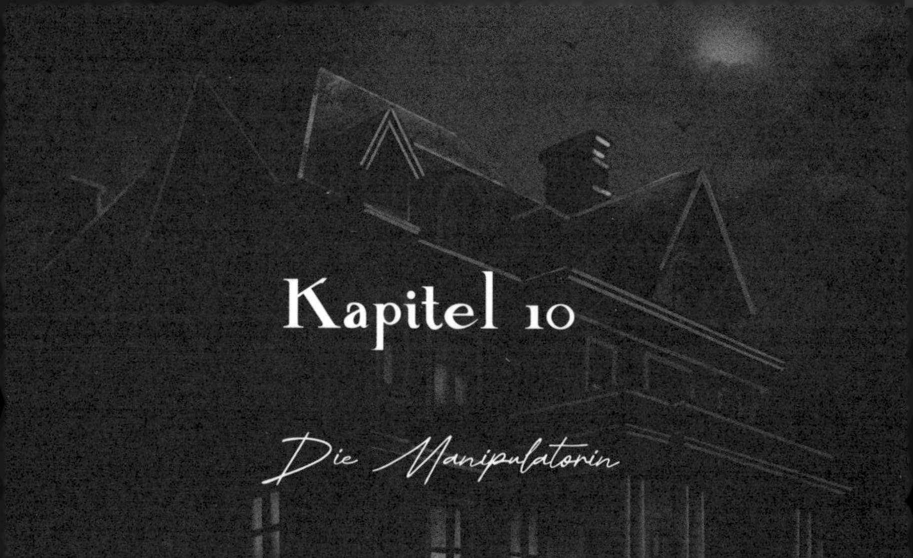

Kapitel 10

Die Manipulatorin

»Hast du irgendetwas gehört?«, frage ich, während mein Handy durch die anhaltende Angst ganz klebrig wird, seit Arch vor meiner Haustür verschwunden ist.

»Niemand hat ihn finden können«, antwortet Daya am Telefon. Seit ich ihr erzählt habe, was gestern Abend passiert ist, hat sie sich selbst um Archs Verschwinden gekümmert, denn sie verlässt sich nicht darauf, dass die Polizei irgendetwas aufklärt.

Aber Daya hat nicht viel, auf das sie sich stützen kann. Sie hat sich in die Systeme von Archs Feinden gehacked – ihre Kameras, Telefone, Laptops und das GPS in ihren Autos. Wie wir vermutet haben, hatten sie nichts mit Archs Verschwinden zu tun.

Es war mein Schatten, der ihn mitgenommen hat. Und ohne eine Ahnung zu haben, wer er ist, gibt es wirklich keine Möglichkeit, Arch zu finden.

»Ich kann nicht glauben, dass das passiert ist. Ich habe praktisch dafür gesorgt, dass dieser Mann getötet wird«, sage ich und Tränen steigen mir in die Augen.

»Babe, ich hasse es, das zu sagen, aber ich glaube nicht, dass es das Schlimmste ist, was hätte passieren können. Ich glaube, dieser Typ hätte dir wirklich wehgetan. Die Dinge, die er seiner Ex-Frau angetan hat, sind unaussprechlich. Er war kein guter Mensch. Keiner dieser Typen war …« Sie stockt und ich brauche ihre Worte nicht, um zu wissen, dass sie an Luke denkt.

Sie sagte, sie hätten eine unglaubliche Nacht miteinander verbracht, aber sie hat ihn sofort abserviert, als sie herausfand, was für ein Typ Arch ist – oder *war*.

Sie sagte, dass jeder, der mit einem Mann wie Arch befreundet ist, selbst kein netter Mann sein kann.

Dem kann ich auch nicht wirklich widersprechen.

Ich nehme einen tiefen Atemzug. »Ich weiß, du hast recht. Ich glaube, ich mag es nur nicht, dass er verletzt – vielleicht sogar getötet – wurde, meinetwegen. Ich hätte es viel lieber gesehen, wenn einer seiner vielen Feinde ihn erwischt hätte.«

»Ja, das wäre das beste Szenario gewesen«, stimmt sie zu.

»Das beste Szenario wäre eine wilde Nacht mit einem heißen Kerl gewesen, in der ich mehrmals zum Orgasmus gekommen wäre und ihn dann rausgeschmissen hätte«, unterbreche ich.

Sie hält einen Moment inne, bevor sie sagt: »Ja, du hast recht. Aber das ist nicht das, was passiert wäre. Nicht bei der Vorgeschichte dieses Kerls. Er ist gewalttätig.«

»Nun, anscheinend ist mein Stalker es auch.«

»Ich weiß, deshalb schließe ich dich an ein Sicherheitssystem an. Du wirst keine weitere Statistik sein. Nicht mehr, als du es ohnehin schon bist. Wenn du stirbst, muss ich dir folgen, und ich hänge sehr an meinem Körper. Gott hat mir in diesem Leben einen guten geschenkt.«

Ich verdrehe die Augen aufgrund ihrer Dramatik, vor allem, weil sie nicht einmal religiös ist.

»Okay, stell es mir einfach in Rechnung«, stimme ich zu. Ich mag die Idee, Kameras in meinem Haus zu haben. So habe ich ein besseres Gefühl, wenn jemand herumschleicht, ohne dass ich ihn sehen kann.

»Ich komme später vorbei, um sie einzurichten.«

Kameras zu bekommen, wird das Erste in einem ganzen Monat sein, das mir einen Hauch von Sicherheit gibt. Egal, wie fragil sie ist.

Ich bin gerade dabei, ein weiteres Kapitel zu beenden, als ich höre, wie der USPS-Truck vorfährt. Der Postbote war schon immer ein ziemlich netter Kerl. Er bleibt nicht lange da und schaut sich die meiste Zeit nervös um.

Als ich ihn das letzte Mal danach fragte, sagte er, dass hier etwas Böses passiert sei.

Da letzte Nacht ein Mann vor meiner Haustür verschwunden ist, würde ich sagen, dass hier mehrere böse Dinge passiert sind.

Ich öffne die Tür, als er gerade mehrere Kisten mit Büchern vorbeibringt. Ich muss sie signieren und sie an meine Leserinnen und Leser verschicken.

Acht große Kisten später keucht der Postbote und der Schweiß läuft ihm über das hellbraune Gesicht.

»Danke, Pedro. Tut mir leid wegen der vielen Kisten«, sage ich und winke unbeholfen.

Er winkt ab, bevor er wieder in seinen Truck steigt und losfährt.

Ich seufze und starre die Kisten mit einem Blick des Grauens an. Das wird ein hartes Stück Arbeit, die zu transportieren. Ich trete hinaus, aber mein Fuß stößt gegen die Ecke von etwas Schwerem.

Als ich nach unten schaue, sehe ich eine kleine, verschlossene Pappschachtel. Es ist kein Versandetikett drauf, was bedeutet, dass nicht Pedro diesen Karton hier abgegeben hat.

Mein Herz schlägt bis zum Hals und ein Anflug von Angst trifft mich mitten ins Herz.

Ich weiß nicht warum, aber meine Augen huschen in Richtung Wald, als würde ich dort tatsächlich jemanden stehen sehen. Das tue ich aber nicht. Natürlich tue ich das nicht.

Ich atme tief ein und hebe den Karton auf. Ich lasse ihn fast fallen, als ich eine Blutspur an der Stelle sehe, an der das Ding stand.

»Oh, fuck. Fuck, fuck, fuck, verfickt noch mal, fuck. Gott? Bitte lass nicht zu, dass mir das an diesem schönen Sonntagmorgen passiert. Bitte lass mich nicht das finden, was ich zu finden glaube«, bete ich laut und meine Stimme bricht, als ein Blutstropfen auf meinem Zeh landet.

Mit zitternden Händen stelle ich den Karton wieder ab und gerate in Panik. Da ist ein Tropfen Blut an meinem Zeh. Ich wusste schon, dass ich Blut an den Händen habe, aber jetzt auch noch an den Zehen? Ich kann das nicht ertragen.

Bevor ich darüber nachdenken kann, was ich tue, schiebe ich den Deckel mit meinem Fuß runter.

Hände.

Abgetrennte Hände sind in der Kiste, genau wie ich befürchtet hatte.

»Oh, fick mich doch. Fick diese Scheiße.«

Ich wirble herum und renne zurück ins Haus, um mein Handy zu suchen und Daya anzurufen.

Es klingelt ganze zwei Sekunden lang, bevor sie abnimmt.

»Ich bin in ein paar Stu–«

»*Daya.*«

»Was ist passiert?«, fragt sie scharf.

»Eine Hand. Und noch eine Hand. Zwei von ihnen. In einer Kiste. Auf meiner Veranda.«

Sie flucht, aber meine Panik dämpft den Ton. »Tu noch nichts. Warte, bis ich da bin«, befiehlt Daya. »Geh ein paar Shots trinken und warte auf mich.«

Ich nicke, obwohl sie mich nicht sehen kann. Aber das hält mich nicht davon ab, noch einmal zu nicken und dann wortlos aufzulegen.

Ich tue genau das, was sie gesagt hat. Ich nehme zwei Schlucke Wodka, um meine Nerven zu beruhigen. Dann atme ich langsam tief ein und aus, bis sich mein rasendes Herz beruhigt.

Der Wichser hat es tatsächlich getan. Er hat mir die Hände von Arch geschickt. Ein Teil von mir wusste, dass er nicht lügen würde, aber irgendwie habe ich es trotzdem nicht geglaubt.

»Scheiße«, murmle ich und lasse meinen Kopf tief zwischen die

Schultern sinken, während ich mein Gewicht auf der Kante der Theke balanciere.

Zwanzig Minuten später taucht Daya auf, ihr Auto rast durch die Einfahrt, den quietschenden Reifen nach zu urteilen.

Ihre Autotür knallt zu. Als ich an der Tür ankomme, nähert sie sich bereits meinem Geschenk, das immer noch auf der Veranda steht, den Blick auf das groteske Bild gerichtet.

»Der Typ ist verdammt noch mal gestört«, spuckt Daya aus und hebt den Karton auf, um die Hände genauer zu untersuchen. »Definitiv von Arch. Er hat dieses verdammt dumme Stern-Tattoo auf dem Daumen.«

Ich blinzle, neugierig, woher sie das weiß, aber ich bin noch zu geschockt, um den Mund zu öffnen und zu fragen.

»Hier ist ein Zettel drin«, murmelt sie und zieht ein blutverschmiertes Stück Papier heraus. Vorsichtig öffnet sie es. Sie braucht zwei Sekunden, um ihn zu lesen, bevor sie ihn mir seufzend aushändigt.

Zögernd greife ich nach dem Zettel an der Ecke, an der kein Blut klebt.

Während ich es genießen werde, dich für jedes Mal zu bestrafen, wenn du die Polizei anrufst, solltest du es dieses Mal sein lassen. Ich möchte nicht, dass sie die Nächsten sind, denen ich wehtun muss, Little Mouse.

Will der Kerl mich verarschen? Er wird mich *bestrafen*? Glaubst du nicht, mir *abgetrennte Hände* zu schicken, ist Strafe genug, Arschloch?

»Er droht mir wirklich an, einen Polizisten zu töten?«, zische ich. Daya schluckt und ihr Blick wandert zu den Händen.

»Ich glaube, dieses Mal musst du darauf hören«, sagt sie leise. Ich schaue zu ihr auf, weil ich zu demselben Schluss gekommen bin. Dieser Typ ist gefährlich. Sehr gefährlich.

So sehr ich auch möchte, dass die Polizei die Sache in die Hand nimmt, gibt es zwei Probleme. Ich habe nicht das geringste Vertrauen, dass sie den Kerl fangen können. Und zweitens möchte ich nicht, dass jemand anderes wegen mir verletzt wird.

Ich weiß nicht, ob ich das ertragen könnte.

»Ich weiß nicht, was ich tun soll, Daya«, flüstere ich mit brüchiger Stimme.

Daya stellt die Kiste ab und eilt zu mir, um mich fest zu umarmen.

»Ich habe einen Freund, der mir hilft, die Sicherheitskameras und die Alarmanlage zu installieren. Hör mal, normalerweise würde ich sagen, ruf die Polizei trotzdem an. Aber ich weiß nicht, Addie. Du weißt ja, was ich von der Polizei halte, aber ich glaube wirklich nicht, dass sie dir helfen können. Ich habe ein paar Beziehungen und vielleicht können wir einen persönlichen Leibwächter oder so anheuern.«

Ich schüttle den Kopf, bevor sie ihren letzten Satz beenden kann. »Er könnte also auch sterben?«

Sie wirft mir einen komischen Blick zu. »Das wird nicht einfach irgendein Typ von der Straße sein, Addie. Mit wem auch immer du es zu tun hast, er kann nicht schlimmer sein als ein ausgebildeter Killer, oder?«

»Vielleicht«, gebe ich zu. »Aber ich weiß noch nicht, was ich davon halten soll. Von einem Bodyguard begleitet zu werden, lässt mich einfach wie eine Jungfrau in Nöten fühlen.«

An ihrem Gesichtsausdruck erkenne ich, dass sie mich für dumm hält. Ich meine, ich werde von einem Hände abhackenden, potenziellen Mörder gestalkt. Aber was dann? Da ist ein beliebiger Kerl, der mir folgt, bis mein Schatten gefangen ist, und wer weiß, ob das jemals passieren wird.

Ich knirsche mit den Zähnen, überwältigt von Frustration. Ich will mein Leben nicht mit einem zusätzlichen Anhängsel leben – einem zusätzlichen Glied. Und in beiden Szenarien habe ich eins. Das eine ist dazu da, mich zu beschützen, während das andere dazu da ist, um … ich weiß es nicht. Mich zu verletzen? Mich zu lieben?

Wie auch immer, ich will keinen von beiden.

»Glaubst du, Arch ist tot?«, frage ich und schaffe es nicht, das Zittern in meiner Stimme zu unterdrücken.

Sie verzieht die Lippen. »Ich weiß es nicht. Es besteht definitiv eine Möglichkeit. Aber es ist auch möglich, dass er ihm die Hände abgehackt hat und ihn als Warnung gehen ließ. Wir werden es nicht wissen, bis Arch entweder auftaucht … oder eben nicht.«

Ich nicke. »Ich gebe dir Bescheid wegen der Leibwächter-Sache. Lass uns erst mal sehen, wie das mit der Alarmanlage funktioniert.«

»Okay, in der Zwischenzeit werde ich mich dieser Hände entledigen. Ich bin in einer Stunde zurück und dann schießen wir uns ab.«

Meine Augen weiten sich. »Daya, das musst du nicht tun. Das ist schon morbide genug und ich möchte nicht, dass du …«

Die Ernsthaftigkeit in ihrem Gesichtsausdruck lässt mich innehalten und meine Worte verstummen.

»Ich sehe jeden Tag Schlimmeres, Addie. Geh rein, ich bin bald zurück.«

Ich schlucke, nicke und wende mich meiner Tür zu. Ich werfe einen letzten Blick auf meine beste Freundin, die sich zurückzieht, und frage mich, worin zur Hölle sie involviert ist, wenn sie jeden Tag Schlimmeres als zerstückelte Körperteile sieht.

»Sie sind alle tot.« Die Worte sind wie eine Bombe, die in meinem Ohr hochgeht, wie der Richter in *Law Abiding Citizen.*

»Was?«

»Archs gesamte Familie wurde tot gemeldet. Sein Vater, zwei Brüder, ein Onkel und zwei Cousins. Ich kenne die Details nicht, denn das Verbrechen verlief verdammt noch mal so glatt, als stamme es direkt aus der Hölle. Keine Zeugen. Keine Beweise. Nichts.«

»O mein Gott. Meinst du, es war der Stalker?«

Sie seufzt und selbst durch das Telefon weiß ich, dass sie an ihrem Nasenring zwirbelt. »Das ist ein ziemlich schweres Verbrechen, aber nicht unmöglich. Es hat sich herumgesprochen, dass Connor, als Arch als vermisst gemeldet wurde, nachdem du die Polizei gerufen hast, seine Rivalen beschuldigt hat. Die Polizei scheint zu glauben, dass sie es waren, aber aus Mangel an Beweisen gibt es niemanden, dem man es anhängen kann.«

Ich kneife meine Augen zusammen, während in meiner Schläfe Kopfschmerzen aufkommen. »Also hat der Stalker Arch getötet.«

»Wahrscheinlich«, drückt sie vorsichtig aus. »Wenn Arch es nach Hause geschafft hätte, bevor die Familie ausgelöscht wurde, hätte er gesagt, wer ihn verstümmelt hat, und Connor wäre nicht auf ihre Rivalen losgegangen. Ich halte es also für plausibel, dass Connors Anschuldigungen der Grund für den Tod der anderen waren.«

Da sind so viele Emotionen, die in meinem Kopf umherwirbeln, und ich kann nicht definieren, was ich fühle. Ich bin entsetzt, dass mein Schatten jemanden ermordet hat.

Aber er war ein böser Mann.

Das sollte doch keine Rolle spielen, oder? Und um ganz ehrlich zu sein, denke ich, dass er Arch wirklich töten wollte, weil er mich berührt hat und nicht wegen seiner Verbrechen.

»Ehrlich gesagt, Daya, bin ich ein bisschen erleichtert. Archs Familie wird mich jetzt nicht mehr verdächtigen und ich fühle mich so egoistisch, wenn ich das sage.«

»Dann sind wir beide egoistische Bitches, denn ich bin verdammt glücklich.« Ich schnaube über ihren Enthusiasmus. »Sieh mal, die Talaverras waren schlechte Menschen. Arch war nicht der Einzige mit einer schlechten Vergangenheit. Connor wurde der Vergewaltigung beschuldigt und ihr Vater muss ihnen beigebracht haben, wie man eine Frau vergewaltigt und schlägt, denn sein Vorstrafenregister ist … noch schlimmer.«

Ich nicke langsam und vergesse, dass sie es nicht sehen kann.

»Ich werde ihren Tod sicher nicht betrauern«, murmle ich.

Danach legen wir auf, weil wir beide etwas arbeiten müssen, aber meine Gedanken schweifen immer wieder ab.

Ich bin wirklich nicht traurig über das Schicksal der Talaverras, aber es gibt immer noch diese beunruhigende Sorge in meinem Hinterkopf, dass mein Schatten es war, der es ihnen gebracht hat.

Es ist jetzt eine Woche her, dass Arch verschwunden ist, und es gibt noch immer kein Zeichen von meinem Schatten. Das heißt nicht, dass er nicht weiterhin herumschleicht, aber er hat sich nicht zu erkennen gegeben.

Dayas Freund hat meine neue Alarmanlage und die Kameras installiert, und ich schäme mich dafür, wie besessen ich sie seitdem kontrolliere.

Der naive Teil von mir hofft, dass er jetzt, da ich ein Sicherheitssystem habe, wegbleibt. Aber obwohl ich viele dumme Entscheidungen treffe – und ich meine wirklich viele – bin ich nicht so dumm, zu glauben, dass er nicht bald hier auftauchen wird.

Ich strecke mich und stöhne, als meine Gelenke knacken. Der Barhocker in meiner Küche trägt wenig dazu bei, meinen Rücken zu stützen, während ich schreibe. Ich arbeite an einem neuen Fantasy-Roman über ein Mädchen, das aus der Sklaverei flieht, und der Abgabetermin, den ich mir selbst gesetzt habe, rückt immer näher.

Gerade als ich wieder zu tippen beginne, erregt ein Knarren von oben meine Aufmerksamkeit. Das Geräusch lässt mein Herz sofort auf Hochtouren schlagen. Ich halte inne und horche auf weitere Geräusche. Einige Schläge vergehen, ohne dass ich erneut etwas höre. Die einzigen Geräusche sind der Ofen und das leise Prasseln des Regens gegen das Fenster.

Gerade als ich denke, dass ich den Verstand verliere, höre ich ein weiteres Knacken direkt über mir.

Mit angehaltenem Atem stehe ich langsam vom Hocker auf, wobei die Metallbeine quietschend gegen die Kacheln schlagen. Ich zucke zusammen, das Geräusch ist laut und unangenehm.

Herrgott, es ist gut, dass ich keine Spionin geworden bin. Ich wäre bei dem Job so was von gestorben.

Schnell gehe ich zur Besteckschublade, ziehe sie auf und nehme das Fleischermesser. Die Waffe zu halten, wird langsam zur täglichen Routine und ich langweile mich dabei.

Ich halte nicht inne, um darüber nachzudenken, was ich tue. Ich husche zur Treppe, schleiche um das Geländer herum und gehe leise die Stufen hinauf. Kurzzeitig überlege ich mir den Titel des Horrorfilms, den sie nach meinem Leben drehen würden.

Ich gehe den Flur entlang und schaue in die offenen Räume, das Messer vor mir haltend. Der Flur ist lang und breit, hier oben befinden sich fünf Schlafzimmer.

Gerade als ich aus einem der leeren Schlafzimmer trete, höre ich ein leises Klopfen. Es hat sich angehört, als käme es aus meinem Zimmer.

Mit angehaltenem Atem schleiche ich den Flur hinunter, mein ganzes Gewicht auf meine Zehen gestützt.

Keine verdammte Ahnung, wie Ballerinas das machen.

Meine Schlafzimmertür ist geschlossen. Das Adrenalin strömt unaufhörlich in meinen Blutkreislauf, als würde ich Heroin in eine Vene injizieren.

Sie war vorher nicht geschlossen.

Ich stehe vor meiner Tür und starre sie an, als würde sie ein Gesicht bekommen und mich vor dem warnen, was drinnen ist. Das wäre in diesem Moment sehr hilfreich.

Denn nicht zu wissen, was mich auf der anderen Seite erwartet, ist das Schlimmste daran. Das ist es, was mein Herz wild in meiner Brust pochen lässt und dafür sorgt, dass sich meine Lunge zusammenzieht.

Werde ich die Tür öffnen und den Schatten aus meinen Albträumen sehen? Wie er meine Sachen durchwühlt?

Meine Augen weiten sich, als ich realisiere, dass der kranke Wichser meine Unterwäscheschublade durchwühlen könnte. Der Gedanke lässt einen Tsunami der Wut über mich hereinbrechen, und bevor ich über die Konsequenzen nachdenken kann, stürme ich durch die Tür.

Es ist niemand drinnen.

Ich untersuche jede Ecke, bevor ich auf den Balkon stürme. Keiner da.

Mit stolzgeschwellter Brust drehe ich mich um und sehe mich im Zimmer um, um herauszufinden, wo sich ein Eindringling verstecken könnte. Mein Blick bleibt am Schrank hängen.

Ich ziele darauf und schiebe die Tür so heftig auf, dass sie fast aus der Schiene fällt. Mein Arm streift durch die Klamotten und sucht nach jemandem, der nicht hier ist.

Aber ich weiß, dass ich etwas gehört habe.

Als ich mich umdrehe, stockt mir der Atem und mein Blick schweift über mein Bett, was mich dazu zwingt, zurückzuschauen. Direkt unter meinem Bett liegt Gigis Tagebuch auf dem Boden, aufgeschlagen.

Das muss es gewesen sein, was den dumpfen Schlag verursacht hat, aber wie zum Teufel ist es heruntergefallen? Mein Blut gefriert, als ich auf meinen Nachttisch schaue und sehe, dass das Tagebuch, das ich gelesen habe, immer noch dort liegt.

Die beiden anderen Tagebücher von Gigi hatte ich in meinem Nachttisch aufbewahrt. Wie konnte also eines davon auf dem Boden landen?

Mit einem weiteren misstrauischen Blick durch den Raum gehe ich zu dem Buch hinüber, nehme es in die Hand und lasse es offen liegen. Ich lasse meinen Blick über die Seite gleiten und halte inne, als ich die Worte wahrnehme.

Dem Datum nach zu urteilen, ist es das Buch, das sie vor ihrem Tod geschrieben hat. Die drei Bücher erstrecken sich über zwei Jahre, denn Gigi starb am 20. Mai 1946.

Das Buch wurde bei einem Eintrag zwei Tage vor Gigis Ermordung, am 18. Mai, geöffnet. Sie drückt ihre Angst aus, aber sie sagt nicht, vor wem. Es ist klar, dass sie vor etwas Angst hat. Mein Herz klopft heftiger, als ich ihre überstürzten Worte aufnehme.

Sie erzählt, dass jemand hinter ihr her ist. Ihr Angst macht. Aber wer? Alles andere um mich herum vergessend, sitze ich am Rand meines Bettes und blättere zum Anfang.

Mit jedem weiteren Eintrag werden ihre Worte knapper und ängstlicher. Ehe ich mich versehe, habe ich die Seiten fast durchgeblättert, um einen Hinweis darauf zu finden, wer ihr Mörder ist.

Aber auf der allerletzten Seite sind ihre letzten Worte: »Er kam wegen mir.« Kein Lippenstiftkuss am Ende der Seite. Nur diese vier entmutigenden Worte. Ich blättere die Seite um, um zu sehen, ob es noch mehr gibt. Bin verzweifelt, um genauer zu sein.

Es gibt keine weiteren Einträge, aber mir fällt etwas Seltsames auf.

Ein gezacktes Stück Papier ragt aus dem Buchrücken heraus. Ich fahre mit meinen Fingern darüber. Eine Seite ist aus dem Tagebuch herausgerissen worden.

Hat sie etwas Wichtiges aufgeschrieben und beschlossen, dass es das Risiko nicht wert ist, dass es jemand erfährt? Alle drei Bücher sind gewagt, voll von Betrug und Sex. Und vor allem voller Liebe zu einem Mann, der sie stalkte.

Ich schaue auf, starre nach vorn, sehe aber nichts.

Als Mom ging, hoffte sie, dass ich auf ihren Rat hören und aus Parsons Manor ausziehen würde. Aber als sie durch die Tür ging und mir der widerliche Geruch ihres Chanel-Parfums in der Nase hing, beschloss ich, dass ich nicht umziehen wollte.

Hatte Nana eine seltsame Bindung an das Herrenhaus? Möglicherweise. Aber wenn ihr das Haus so viel bedeutet hat, ist es nicht richtig, es wegzugeben. Selbst wenn das bedeutet, dass ich auch eine ungesunde Bindung habe.

Jetzt festigt sich diese Entscheidung immer mehr. Es ist unmöglich, dass dieses Buch auf dem Boden gelandet ist. Doch das ist es. Ich weiß nicht, ob es Nanas oder Gigis Werk war, aber jemand wollte, dass ich diese Einträge lese.

Wollen sie, dass ich den Mörder von Gigi finde? Gott, ich kann mir nicht vorstellen, wie schwer es in den 1940er-Jahren gewesen sein muss, mit so wenig Technik einen Mord aufzuklären. Ist ihr Mörder überhaupt noch am Leben?

Vielleicht spielt es keine Rolle, ob er es ist oder nicht. Vielleicht will Gigi Gerechtigkeit für ihre Ermordung und dafür, dass der Mann, der ihr Leben zu früh beendet hat, entlarvt wird – tot oder lebendig.

Ich atme zittrig aus, meine Finger zeichnen die vier furchterregenden Worte nach.

Er kam wegen mir.

»Kannst du mir bitte erklären, warum du mich zwingst, mich in die Datenbank der Polizei zu hacken, um die Tatortfotos deiner ermordeten Großmutter anzusehen?«, fragt Daya neben mir, während ihre Finger über ihrer Maus schweben.

Ich bin versucht, ihr auf den Finger zu drücken, damit sie endlich auf den verdammten Knopf klickt. Sobald sie das tut, werden die Aufzeichnungen zu Gigis Mord angezeigt.

Ich seufze. »Ich habe es dir schon gesagt. Sie wurde ermordet. Und ich glaube, ich weiß, wer es getan hat, ich weiß nur … na ja, ich weiß nichts über ihn außer seinem Vornamen und der Tatsache, dass er sie gestalkt hat.«

Daya sieht mich an, gibt aber schließlich nach. Sie klickt auf die Maus – endlich – und ruft Gigis Tatortfotos auf.

Sie sind ziemlich verstörend. Gigi wurde in ihrem Bett gefunden, mit aufgeschlitzter Kehle und einer Brandwunde am Handgelenk. Der Mörder wurde aus Mangel an Beweisen nie gefunden.

Eine Menge Schuld wurde auf die Beamten gelenkt, die auf den Anruf reagierten, mit dem Vorwurf, dass sie den Tatort regelrecht zertreten hätten. Beweise gingen verloren oder wurden von den Polizisten verunreinigt und es wurde mit dem Finger auf sie gezeigt, aber letztendlich wurde niemand dafür zur Rechenschaft gezogen.

Daya klickt sich durch die Fotos, von denen eines verstörender ist als das andere. Nahaufnahmen von der Wunde an ihrem Hals. Die Brandwunde an ihrem Handgelenk. Gigis Gesicht, erstarrt vor Angst, während ihre toten Augen in die Kamera starren. Und ihr typischer Lippenstift, der über ihre Wange verschmiert ist.

Ich schlucke, denn der Anblick steht im krassen Gegensatz zu dem Bild, das in ihrem Tresor versteckt war. Ihr breites, lächelndes Gesicht, so voller Leben und Feuer. Und dann ihr toter, kalter, vor Angst erstarrter Körper.

Derjenige, der sie getötet hat, hat ihr ziemlich viel Angst gemacht. Ein mulmiges Gefühl zerrt an mir. Den Einträgen in ihrem Tagebuch nach zu urteilen, hat ihr Stalker ihr keine Angst eingejagt. Es klingt sogar so, als hätte er genau das Gegenteil getan.

Ich schüttle den Gedanken aus meinem Kopf. Er war besessen von ihr und es gab mehrere Einträge kurz vor ihrem Tod, die darauf hindeuteten, dass sie wegen seiner Eifersucht auf ihre Ehe nicht miteinander auskamen.

Seine Besessenheit muss von der tödlichen Sorte gewesen sein.

Daya klickt dann zu den Polizeiberichten hinüber. Nicht nur die, die der Öffentlichkeit zugänglich gemacht wurden, sondern auch vertrauliche Dokumente aus den Ermittlungen.

Technisch gesehen ist die Untersuchung noch nicht abgeschlossen. Sie wurde nur ad acta gelegt.

Wir nahmen uns Zeit, die Dokumente zu lesen, aber am Ende erfuhren wir nur den Todeszeitpunkt und die Tatsache, dass Gigi hart gekämpft hatte.

Mein Urgroßvater John wurde sofort ausgeschlossen, da mehrere Augenzeugen berichteten, ihn zur Zeit des Mordes im Lebensmittelladen gesehen zu haben.

Ich beiße mir auf die Lippe, weil der Gedanke Schuldgefühle auslöst, aber ich kann nicht anders, als an ihn zu denken.

Was, wenn er dennoch ein Komplize war?

Ich schüttle den Gedanken aus meinem Kopf. Nein. Das ist

unmöglich. Mein Urgroßvater hat Gigi geliebt, obwohl ihre Ehe auseinanderzufallen drohte.

Es *musste* ihr Stalker sein.

Das ist die offensichtliche Erklärung. Der Stalker hat Gigis Vertrauen gewonnen – er sorgte dafür, dass sie sich sicher genug fühlte, dass sie sich in seiner Gegenwart entspannen konnte. Und dann hat er sie getötet.

»Diese herausgerissene Seite muss etwas bedeuten«, murmle ich und bin frustriert, weil es keine Beweise gibt. Ich könnte niemals ein Detective sein und jeden Tag so einen Scheiß machen.

»Vielleicht war es der Mörder«, vermutet Daya und scrollt gedankenverloren durch die Bilder.

Ich verziehe die Lippen und denke darüber nach, bevor ich den Kopf schüttle. »Nein, das würde keinen Sinn ergeben. Warum sollte er nur eine Seite herausreißen und nicht einfach alle Tagebücher entsorgen? Sie sind alle belastend. Ob es nun der Stalker oder jemand anderes war, Gigi spricht davon, gejagt worden zu sein. Wenn es nicht der Stalker war, hätten sie trotzdem die Schuld einfach Ronaldo in die Schuhe schieben können und die Sache wäre erledigt gewesen. Wer auch immer es war, wusste wahrscheinlich nichts von all dem. Gigi muss die Seite herausgerissen haben, bevor sie die Bücher versteckt hat.«

Daya nickt. »Du hast recht. Was auch immer auf dieser fehlenden Seite steht, ist wichtig, aber wir können uns nicht darauf verlassen.«

»Wir müssen herausfinden, wer Ronaldo ist«, schlussfolgere ich.

Daya nickt wieder und wirkt ein wenig erschöpft von dem Gedanken. Ich kann nicht behaupten, dass ich das nicht auch bin.

»Und wir haben nichts, worauf wir uns stützen können. Es gibt keinen Hinweis auf seinen Nachnamen. Kaum eine körperliche Beschreibung.«

»Er hatte eine Narbe an der Hand«, biete ich an und erinnere mich an die Erwähnung dieser Dinge in Gigis Tagebuch. »Und er trug einen goldenen Ring.«

»Hat sie seinen sozialen Status erwähnt? Beruf? Irgendetwas, das darauf hinweist, wer er sein könnte?«

Ich verziehe die Lippen: »Ich muss noch einmal nachsehen. Ich erinnere mich, dass sie schrieb, er sei in etwas Gefährliches verwickelt, aber ich hatte noch keine Gelegenheit, alles durchzulesen.«

Sie nickt und seufzt schwer. »Bis dahin werden wir wohl nicht weiterkommen, um Ronaldo oder die fehlende Seite zu finden.«

Ich seufze und lasse die Schultern hängen. »Das könnte buchstäblich überall sein, oder sie existiert gar nicht mehr.«

Daya sieht mich an, mit Mitgefühl in den Augen. »Wir werden verschiedene Wege weiterverfolgen. Ich bin inzwischen genauso daran interessiert wie du.«

Ich schenke ihr ein dankbares Lächeln, bevor ich wieder auf die Tatortfotos schaue.

Dies war zweifellos ein Verbrechen aus Leidenschaft und wenn ich etwas weiß, dann, dass Stalker dazu neigen, ihre Besessenheit mit großer Leidenschaft auszuleben.

Ich schrecke hoch und ein Keuchen liegt mir auf den Lippen. Schweiß bedeckt meine Haut und mein Haar klebt an meinen Wangen, meinem Hals und meinem Rücken.

Ich kann mich nicht erinnern, wovon ich geträumt habe. Aber etwas hat mich geweckt.

Mit pochendem Herzen gleiten meine vom Schlaf gezeichneten Augen durch das dunkle Zimmer. Durch die Balkontüren dringt gerade genug Licht vom Mond hinein. Die Möbel werfen Schatten über das Zimmer, erschaffen Figuren, die nicht wirklich existieren. Es stört mich nicht, dass die Gespenster über meinen Fußboden tanzen, aber das, was mich geweckt hat, hat eine Präsenz. Eine *Seele*.

Die Dielen knarren rechts von mir, vor meiner Zimmertür. Mein Kopf schnellt in die Richtung und ich atme scharf ein. Die

Haare stellen sich in meinem Nacken auf, wie bei einem verängstigten Hund, der in die Ecke gedrängt wird.

Ich halte die Luft an und achte darauf, keinen Laut von mir zu geben, sollte ich das Geräusch wieder hören. Im Haus herrscht Stille. Es ist zu still. Meine Finger krallen sich in die Bettdecke auf meinem Schoß, während sich mein Herzschlag beschleunigt.

Jemand ist vor meinem Zimmer.

Aber wie?

Wie zum Teufel hat er es geschafft, die Alarmanlage zu überwinden?

Ein weiteres Knarren, gefolgt von schweren Schritten. Ein methodischer Gang, langsam und zielgerichtet. Absichtlich.

Langsam schlüpfe ich aus dem Bett und gehe auf Zehenspitzen nach hinten, bis ich mit dem Rücken an die kühle Steinwand stoße, um Abstand zwischen dem Eindringling vor meiner Tür und mir zu schaffen.

Trotz meiner Bemühungen atme ich zittrig aus. Meine Brust hebt sich in kleinen, schnellen Atemzügen, während die Schritte näherkommen.

Ich bin wie eingefroren. Mein Rücken ist so fest gegen den Stein gedrückt, dass ich ein Teil davon werde und mich davon abhalte, mich zu bewegen. Mich zu verstecken.

Die Schritte kommen vor meiner Tür zum Stoppen.

Verzweifelt durchsuchen meine Augen den Raum. Sie landen auf einem einsamen Schraubenzieher, der auf der Kommode am Ende des Bettes liegt. Ich hatte ihn achtlos beiseite geworfen, nachdem ich meinen Schminktischstuhl zusammengebaut hatte, und jetzt liegt er da wie ein Leuchtfeuer der Hoffnung. Möglicherweise ist er das Einzige, was mich heute Nacht am Leben erhalten kann.

Beweg dich, Addie. Verdammt noch mal, beweg dich!

Meine Glieder lockern sich und ich eile zum Schraubenzieher, um das Werkzeug in meinen zittrigen Händen zu halten. Meine Augen kleben am Türgriff und warten darauf, dass sich der Knauf dreht. Leise schleiche ich mich zur Tür und drücke mich an die Wand.

Ich warte, bis er hereinkommt und greife dann an. Hoffentlich kann ich ihm den Schraubenzieher in den Hals rammen, bevor er merkt, was los ist.

Also warte ich mit angehaltenem Atem. Der Knauf dreht sich nicht, aber ich spüre tief in meinen Knochen, dass da draußen jemand ist. Wartet er auf mich? Er muss verrückt sein, wenn er glaubt, dass ich die Tür öffnen werde. Ich glaube, das muss er sein, wenn er in mein Haus einbricht und vor meinem Zimmer herumlungert.

Die längste Minute meines Lebens vergeht. Es fühlt sich an, als wären es Stunden, bis ich wieder ein Knarren vernehme. Und dann entfernen sich die Schritte. Sie werden immer leiser, bis ich sie schließlich gar nicht mehr höre.

Meine Ohren spitzen sich und genau, wie ich es vermutet habe, höre ich, wie sich meine Haustür schließt. Ein leises Klicken, das sich wie Donner in einem stillen Haus anfühlt. Sofort reiße ich die Tür auf und renne durch den Flur in das Schlafzimmer mit den Fenstern, die zur Einfahrt hinzeigen.

Ich kauere mich zusammen, spähe durch die Vorhänge und warte darauf, dass die Person vor der Veranda auftaucht.

Es kommt mir wie eine Ewigkeit vor, aber ich stelle mir vor, dass es nur Sekunden waren, bevor ich eine Bewegung bemerke. Ein hörbarer Schrei entweicht meinen Lippen, als ein großer Mann von der Treppe schlendert und auf meiner Einfahrt läuft. Er ist ganz in Schwarz gekleidet und hat sich eine Kapuze ins Gesicht gezogen.

Er ist groß – sehr groß, aber nicht massig. Sogar unter seiner Kleidung kann ich erkennen, dass sein Körper verdammt tödlich ist. Schlank, aber voller Muskeln. Sein Kapuzenpulli schmiegt sich an ihn und zeigt seine breiten Schultern, die dicken Arme und die schmale Taille.

Gott, er könnte mich zerquetschen, wenn er es wollte. Seine

Hand sieht groß genug aus, um mein ganzes Gesicht zu bedecken. Oder sie um meinen Hals zu legen.

Würde er es tun, um Schmerz oder Freude zu verursachen? Will mein Schatten mir wehtun oder mich lieben?

Er bleibt stehen, mit dem Rücken zu mir. Er spürt, dass ich ihn beobachte, genau wie ich ihn vor meiner Tür gespürt habe.

Ich verkrieche mich immer tiefer in den Schatten, außer Sichtweite. Mein Herz rast immer noch, aber jetzt aus einem ganz anderen Grund.

Irgendetwas an ihm bringt mich dazu, mein Gesicht gegen das Fenster zu drücken. Ich will ihn sehen. Ich will den Mann sehen, der sich in mein Haus schleicht, mir Blumen hinterlässt und jede ahnungslose Seele verstümmelt, die es wagt, mich zu berühren.

War seine Hand auf dem Türknauf, bereit, hereinzukommen? Was hat ihn gestoppt?

Als hätte er meine Gedanken gehört, neigt er leicht den Kopf. Aufmerksam beobachte ich, wie er seinen Kopf langsam zur Seite dreht. Dann hebt er sein Kinn leicht an und das Mondlicht enthüllt seinen breiten Mund und seinen markanten Kiefer.

Ich kauere mich tiefer gegen die Wand, spüre seine Augen auf mir. Er kann mich auf keinen Fall sehen. Aber irgendwie spüre ich trotzdem, wie sein Blick mich durchdringt. Wie kleine, scharfe Messer, die meine Haut streifen, bevor sie sich in mich hineinbohren.

Dann lächelt er, sein Mund verzieht sich zu einem verruchten Grinsen. Mein Atem stockt und meine Lunge füllt sich mit Feuer.

Oh, das bereitet dir Spaß, Arschloch?

Bevor ich überlegen kann, was ich tun soll – oder was ich fühle – dreht er sich um und verschwindet zwischen den Bäumen. Langsam und zielstrebig, als ob er sich um nichts auf der Welt kümmern würde.

18. September 1944

Er kam zurück, Ronaldo kam zurück.
Er war verletzt, als er zurückkam. Schnitte verunstalteten sein schönes Gesicht. Blutergüsse verfärbten seine Haut. Ich war so aufgeregt, ihn zu sehen, dass ich mich auf ihn stürzte. Erst dann bemerkte ich das schmerzerfüllte Grunzen. Ich habe fast geweint, als ich seine Verletzungen sah.
Er wollte mir nicht sagen, was passiert ist. Aber ich glaube, die Distanz hat uns beiden zugesetzt. Denn wir …
Ich habe mit einem anderen Mann geschlafen. Einem Mann, der nicht mein Ehemann war. Und ich finde es sehr schwer, Reue zu empfinden. Da ist Scham. Die spüre ich. Aber keine Reue.
Ehrlich gesagt ist alles, was ich will, es wieder zu tun.

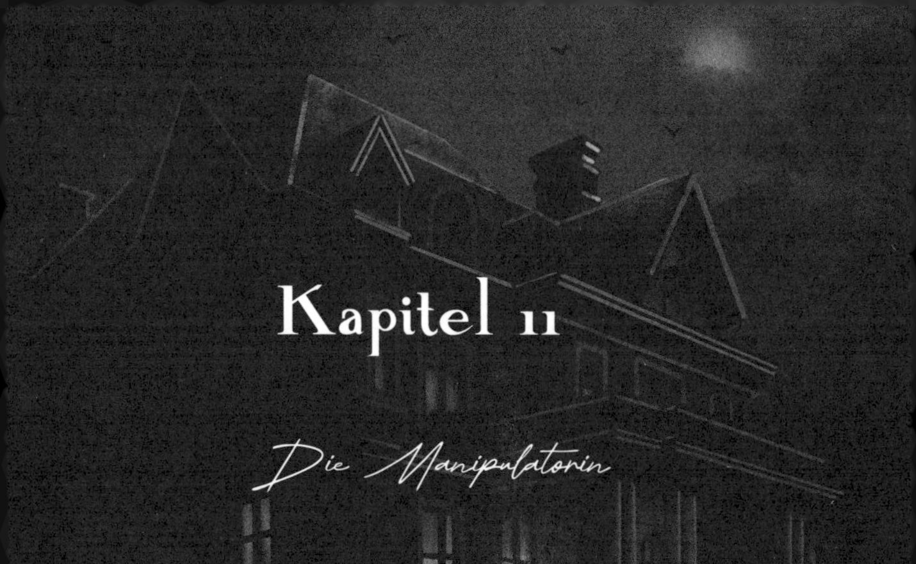

Kapitel 11

Die Manipulatorin

Daya meint, dass Nana der Freak war, aber ich frage mich langsam, ob es *ihre* Mutter war, die der Freak war. Ich überfliege das Tagebuch und lese ihre Worte.

Ich sitze in demselben Schaukelstuhl, in dem Gigi immer saß, um in ihrem Tagebuch zu schreiben, während ihr Stalker ihr zusah. Während sie ihn sich an ihrem Anblick weiden ließ und es offensichtlich auch genoss.

Ich klappe das Buch zu und werfe es auf die Fußbank vor mir, wobei das Möbelstück durch die Bewegung des schweren Buches wackelt.

Ich seufze schwer und kneife mir in den Nasenrücken, um die aufkommenden Kopfschmerzen zu bekämpfen.

Ich meine, was hat sie sich dabei gedacht? Einen fremden Mann zu dulden, der sie beobachtet, in ihr Haus kommt und sie anfasst? Das ist Wahnsinn. Eindeutig wahnsinnig.

Was wirklich verrückt ist, ist die Tatsache, dass ich dieses Tagebuch gefunden habe und ein Stalker mich in der gleichen Nacht gefunden hat. Ich will gar nicht darüber nachdenken, was das bedeuten soll.

Der Wind bläst draußen vor dem Fenster und lässt die Scheiben klappern. Sturmwolken ziehen auf, das allgegenwärtige Wetter, das Seattle plagt wie schlimme Akne. Gerade wenn man denkt, dass man einen schönen sonnigen Tag haben wird, taucht eine Gewitterwolke auf, die kurz davor steht, zu platzen.

Okay, eklig, Addie.

Aus der Küche ertönt ein lautes Klopfen, das mich fast von dem Stuhl aufspringen lässt. Mit pochendem Herz in der Brust schaue ich in die Richtung, sehe aber nichts.

»Hallo?«, rufe ich, aber es antwortet niemand.

Ich versuche, meine Atmung zu beruhigen, und drehe mich wieder nach rechts, als ich aus dem Augenwinkel eine Bewegung direkt vor dem Fenster wahrnehme. Mein Kopf dreht sich in diese Richtung und meine Augen konzentrieren sich auf das, was auch immer ich gerade gesehen habe. Draußen ist es fast stockdunkel, bis auf das Mondlicht und eine einzelne Lampe vor meiner Haustür.

Eine weitere blitzartige Bewegung lässt mich fast mit dem Gesicht gegen die Scheibe stoßen. Es ist eine Person, die zwischen zwei großen Bäumen hervorkommt und auf mein Haus zugeht. Meine Augen verengen sich zu schmalen Schlitzen, als die Gestalt der Person deutlicher wird.

Er ist wieder da.

Nach zwei Nächten, in denen nichts passiert ist, kommt der Hurensohn tatsächlich zurück.

Meine Hand wandert zum Beistelltisch neben mir und schnappt sich das Fleischermesser, das ich mit mir herumtrage, seit er das letzte Mal in mein Haus eingebrochen ist. Es hat sich herausgestellt, dass meine Sicherheitskameras bei ihm nutzlos sind. Sobald er weg war, habe ich sie überprüft, nur um festzustellen, dass sie ihn nicht gesehen haben.

Als Daya sie überprüfte, verzog sich ihr Gesicht und ihre Augen weiteten sich vor Schreck. Er hatte die Kameras manipuliert. Er hat sich eingehackt und ließ es so aussehen, als ob nichts passiert wäre, während er durch mein Haus lief, als ich schlief.

Sie sagte, dass er nicht nur die Kameraübertragung manipuliert hat, sondern dass er es auch noch so gut tat, dass sie nicht zurückverfolgt werden konnte. Der einzige Grund, warum Daya zu dieser Schlussfolgerung kommen konnte, ist, dass sie weiß, wie die Technik funktioniert, und dass sie in ihrem Job dasselbe tut.

Dieser Typ ist gefährlich – nicht nur wegen seiner gewalttätigen Tendenzen.

Ich halte den Messergriff in meiner Faust und lege ihn auf meinen Schoß. Als er näherkommt, pocht mein Herz in meiner Brust und passt sich jedem Schritt an, den er auf mich zu macht.

Ich stehe auf und nähere mich dem Fenster. Ich weiß nicht genau, was ich da tue. Ihn provozieren? Fordere ich ihn heraus, wieder in mein Haus zu kommen? Wenn er das tut, habe ich jedes Recht, mich zu verteidigen.

Der Mann bleibt ein paar Meter entfernt stehen, sein Gesicht ist wieder tief in einem Hoodie verborgen. Er verbreitert seinen Stand, als ob er es sich bequem machen würde, steckt eine Hand in seine Hoodie-Tasche und zieht etwas heraus, das ich nicht sehen kann. Nicht, bis ich ihn mit einem Feuerzeug herumfuchteln sehe, das seine unglaublich markante Kieferpartie betont, und eine Zigarette, die aus seinem Mund herausragt. Er zündet die Zigarette an, dann erlischt die Flamme und hinterlässt nichts als seine mondbeschienene Silhouette und die glimmende Zigarette.

Er starrt.

Und ich starre zurück.

Ohne den Blick abzuwenden, greife ich nach meinem Handy auf dem Beistelltisch. Ich habe auf ihn gehört und nicht die Bullen gerufen, als er mir die beschissene Kiste mit den Händen geschickt hat, aber er hat nicht gesagt, dass ich sie nicht anrufen darf, wenn er ein paar Meter vor meinem Fenster steht.

Ich schaue nach unten, um mein Handy zu entsperren, und als ich aufschaue, erstarrt mein Daumen.

Das Mondlicht erleuchtet seine Silhouette. Ganz deutlich sehe ich, wie er langsam den Kopf schüttelt, um mich zu warnen. Er warnt mich davor, das zu tun, was ich gleich tun werde.

Ich werfe einen Blick auf meine Haustür und die Angst durchströmt meinen Körper in einem alarmierenden Tempo. Sie ist verschlossen, aber er hat bereits bewiesen, dass es nutzlos ist. Ich berechne die Entfernung zwischen ihm und der Tür. Wie lange würde er brauchen, um zur Tür zu rennen, sie zu durchbrechen und zu mir zu gelangen? Mindestens gute dreißig Sekunden.

Das ist genug Zeit, um den Notruf zu wählen und zu sagen, dass jemand versucht, mir etwas anzutun, oder? Aber das wäre sinnlos. Die Polizei wird nicht weniger als eine halbe Stunde brauchen, um herzukommen.

Als ob er meine Gedanken hören würde, kommt er ein paar Schritte näher und zieht sich in regelmäßigen Abständen die Zigarette aus dem Mund, während er pafft.

Fordert er … mich heraus? Ich richte mich auf und weißglühende Wut erfüllt meine Sicht. Für wen zum Teufel hält sich dieser Kerl?

Knurrend stürme ich zu meiner Tür und reiße sie auf. Er dreht seinen Kopf in meine Richtung und für einen Moment glaube ich, dass ich wieder zu Verstand komme und zurück ins Haus renne.

Mit Wut in den Adern stapfe ich die Treppe hinunter und stürme auf ihn zu.

»Hey, Arschloch! Wenn du nicht von meinem Grundstück verschwindest, rufe ich die Bullen.«

Später werde ich Gott fragen, warum er mich so gemacht hat, wie ich bin, aber im Moment will ich nur zwei meiner Hände auf seine Brust legen und ihn verjagen, wenn ich nah genug dran bin. Ich erlaube mir nicht, die ausgeprägten Muskeln unter seinem Kapuzenpullover zu bemerken – denn nur Psychopathen würden ihren Fokus jetzt darauf legen.

Das Ungetüm von einem Mann weicht keinen Zentimeter zurück.

Genauso wenig spricht er. Oder reagiert. Oder tut irgendetwas.

Raue, wütende Atemzüge dringen wie bei einem Stier aus meiner Nase, während ich den Mann mit Kapuze anstarre. Von seinem Gesicht kann ich nur die untere Hälfte erkennen, aber ich kann fühlen, wie sich seine Augen in mich hineinbrennen. Bald wird mein Körper verglühen, bis nur noch Asche übrig ist, die im kalten Wind tanzt.

»Was willst du von mir?«, zische ich und balle meine Hände zu Fäusten, nur um das Zittern zu kaschieren. Mein ganzer Körper hat vor Wut und Angst zu vibrieren begonnen. Aber auch vor etwas anderem. Etwas so Beunruhigendes, dass ich mich weigere, es zu benennen.

Er antwortet nicht, aber er grinst – ein langsamer, sündiger Zug seiner Lippen, der mir die Funken in den Nacken treibt.

Mit Bedacht fährt seine Zunge heraus und leckt über seine Unterlippe. Meine Augen konzentrieren sich auf die Bewegung. Der Akt ist derb. Animalisch. Und verdammt beängstigend.

Mein Herz klopft mir allmählich bis zum Hals. Ich schlucke es wieder herunter, kneife die Augen zusammen und öffne den Mund, um ihn weiter anzuschreien.

Bevor ich es kann, macht er einen Schritt zurück. Und obwohl ich es nicht sehen kann, weiß ich, dass er mich mustert. Dann dreht er sich um und geht weg.

Einfach so.

Kein einziges Wort wurde gesprochen. Keine einzige Erklärung. Nicht einmal ein verrücktes Geständnis, dass er will, dass wir zusammen sind oder so einen Scheiß.

Nichts.

Ich stehe da und beobachte, wie er sich zurückzieht und zu der Pforte der Hölle zurückkehrt, aus der er gekrochen ist. Ich starre ihm hinterher, bis er verschwunden ist, und überlege, ob ich vielleicht doch den Verstand verloren und mir das Ganze nur eingebildet habe.

Sicherlich wäre ich nicht so dumm, einen Psychopathen zu konfrontieren. Einen Psychopathen, der einem Mann die Hände abgehackt und sie vor meiner Haustür abgelegt hat.

Aber genau das habe ich getan. Und er hat nichts getan, außer sich die Lippen zu lecken, als wolle er sich an mir laben.

O nein, was ist, wenn mich eine Wiedergeburt von Jeffrey Dahmer stalkt?

Mit dem Herz in der Kehle drehe ich mich um und eile zurück

ins Haus, mit dem Gefühl, dass Luzifers Hunde an meinen Arschbacken knabbern. Als ich die Tür hinter mir schließe, schaue ich zurück zu dem Schaukelstuhl, in dem ich saß, und sehe das Messer wahllos neben dem Schemel auf dem Boden liegen.

O mein Gott.

Ich konfrontiere einen Psycho und lasse das Messer auf den Boden *fallen*, anstatt es bei mir zu tragen.

Gott, warum hast du mich so gemacht, wie ich bin? Kannst du im nächsten Leben einen etwas weniger beschissenen Job machen?

Als Belohnung dafür, dass ich mein Manuskript fertiggestellt und an meinen Lektor geschickt habe, gönne ich mir eine schöne Mordermittlung.

Daya hat weitere Notizen geschickt, die sie in der Datenbank der Polizei gefunden hatte. Jede Minute treffen E-Mails mit weiteren Details ein. Das meiste sind handgeschriebene Berichte von Männern mit einer grauenhaften Handschrift.

Da der Tatort falsch behandelt wurde, haben wir im Grunde keine Anhaltspunkte.

Mein Urgroßvater erwähnte in einem Bericht, dass Gigi sich in den letzten Monaten vor ihrem Tod seltsam verhielt. Sie war distanziert. Nicht so gesprächig. Paranoid.

Kurz angebunden gegenüber Nana und holte sie mehrmals zu spät von der Schule ab, ohne zu erklären, warum.

Gigi wollte nicht mit ihrem Mann darüber sprechen, was zu mehreren Streitereien zwischen ihnen führte. In den Berichten gab er zu, dass sich ihre Beziehung in den letzten zwei Jahren verschlechtert hatte. Er hatte Gigi angefleht, mit ihm über ihr verändertes Verhalten zu sprechen, aber sie behauptete, es wäre alles in Ordnung.

Ich habe Stunden damit verbracht, Gigis Tagebucheinträge zu analysieren und nach versteckten Bedeutungen in allem, was sie schrieb, zu suchen. Ich suche nach den Einträgen, in denen sie Angst und Unbehagen ausdrückt.

Aber was auch immer ihr Angst machte, machte ihr so viel Angst, dass sie es nicht einmal in Worte fassen konnte.

Ein Teil von mir wünscht sich, dass diese Tagebücher während ihrer Ermittlungen gefunden worden wären. Dann hätte ich sie vielleicht nie zu lesen bekommen, und vielleicht hätte man dann ihren Fall lösen können.

Ich seufze und fahre mir mit den Händen durch mein dickes Haar. Meine Schultern fangen an, von der gebückten Haltung zu schmerzen und meine Augen werden vom vielen Lesen trüb.

Ein Kopfschmerz macht sich in meinen Schläfen breit und verschlechtert meine Sicht, bis ich nicht mehr klar sehen oder denken kann.

Ich lehne mich im Schaukelstuhl zurück und schaue aus dem Fenster.

Mein erstickter Schrei durchdringt die Luft, als ich sehe, dass der Stalker wieder an der gleichen Stelle steht wie beim letzten Mal und an seiner blöden Zigarette zieht. Es ist jetzt drei Tage her, dass ich ihn zur Rede gestellt habe, und seitdem bin ich in höchster Alarmbereitschaft. Ich warte darauf, dass er wieder einbricht und dieses Mal in mein Zimmer kommt, während ich schlafe.

Mein Herz schlägt unregelmäßig in meiner Brust. Eine schwache Hitze entfacht in meiner Magengrube und mein Mund wird trocken, während das Brennen zwischen meinen Schenkeln hinaufsteigt.

Ich klebe am Stuhl fest und keuche vor lauter Angst und Erregung. Meine Wangen brennen vor Scham, aber das Gefühl lässt mich nicht los. Ich sollte die Vorhänge schließen – mir selbst einen Gefallen tun und uns beide aus unserem stillen Krieg befreien.

Aber aus irgendeinem unbekannten Grund kann ich mich nicht dazu durchringen, mich zu bewegen. Zum Telefon zu greifen und die Polizei anzurufen. Irgendetwas zu tun, das mich als intelligent und vernünftig einstufen würde.

Diese Dinge sind nicht existent, während ich den Mann anstarre. Welche Geister auch immer in diesen Mauern spuken, sie sind nicht mehr wichtig, nicht, wenn etwas viel Gefährlicheres das Anwesen heimsucht.

Als hätten die Geister mich gehört, ertönen leichte Schritte über mir. Ich drehe meinen Kopf und richte meine Augen auf die Decke, um den Geisterschritten zu folgen, bis sie verstummen.

Als ich wieder nach draußen schaue, ist mein Stalker ein paar Meter näher rangekommen. Als würde er sich fragen, was ich da anstarre. Was meine Aufmerksamkeit von ihm abgelenkt haben könnte.

Er fragt sich, ob es ein anderer Mann ist, da bin ich mir sicher. Vielleicht denkt er, dass Greyson zurück ist und irgendwo das Haus besetzt hält. Dass er nach mir ruft und mich auffordert, zu ihm ins Bett zu kommen, nackt und hart für mich.

Vielleicht denkt er sogar, dass wir gerade gefickt haben und meine Schenkel noch immer feucht vom Samen eines anderen Mannes sind.

Macht ihn das wütend?

Natürlich tut es das. Er hat einen Mann verstümmelt und getötet, weil er mich angefasst hat. Was würde er einem Mann antun, der mich fickt?

Was würde er mit mir machen?

Es spielt keine Rolle, dass das am weitesten von der Realität entfernt ist. Die Tatsache, dass ihm diese Gedanken durch den Kopf gehen und ihn in den Wahnsinn treiben könnten, zaubert mir ein kleines Lächeln auf die Lippen.

Um ihn zu ärgern, drehe ich meinen Kopf und tue so, als würde ich etwas schreien.

»Was tust du hier?«, rufe ich laut ins Haus und richte meine Worte an einen Geist, der niemals antworten wird.

Als ich zu meinem Schatten zurückschaue, sehe ich, wie er sein

Handy herausholt, und das blaue Licht in den Tiefen seiner Kapuze verschwindet, während er etwas anschaut. Einige Sekunden später steckt er es in seine Tasche, zieht eine weitere Zigarette aus der Packung und zündet sie an. Kettenraucher. Ekelhaft.

Er bleibt noch eine Viertelstunde hier. Während dieser Zeit schaue ich kaum weg. Es fühlt sich fast wie ein Spiel an und ich war schon immer eine schlechte Verliererin.

Ich danke Jesus, dass ich für diese Signierstunde nicht reisen muss. Eine andere große Liebesromanautorin ist Gastgeberin und zum Glück findet dieses Event im guten alten Seattle statt.

Eine dünne Schweißschicht überzieht meine Haut, als ich mich ein letztes Mal im Spiegel betrachte.

»Du hast schon eine Million davon gemacht, Mädchen. Du wirst das schon schaffen«, versichert Daya hinter mir. Ich trage eine schmeichelhafte, rote Bluse, die meinen Körper gut zur Geltung bringt, ohne zu aufreizend oder unpassend zu wirken, und eine zerrissene schwarze Mom-Jeans. Ich habe mir die Lippen rot geschminkt und bin in bequeme, karierte Vans geschlüpft.

Mein zimtfarbenes Haar ist zu lockeren Beachwaves gedreht, die den lässigen, aber schicken Look vervollständigen. Normalerweise richte ich mich für solche Veranstaltungen nicht her. Ich sitze den ganzen Tag auf einem Stuhl, also achte ich darauf, dass ich so gut aussehe, dass ich damit Fotos machen kann, und überlasse den Rest dem Komfort.

Ich schnuppere an meiner Achselhöhle und vergewissere mich, dass mein Deo mich nicht belogen hat und gegen starke Gerüche ankämpft.

»Ich weiß, aber das macht es auch nicht einfacher«, brumme ich.

»Wie nennst du dich?«, fragt Daya und zieht eine Augenbraue hoch.

Ich seufze. »Eine Meisterin der Manipulation.«

»Warum?«

Ich verdrehe die Augen. »Weil ich die Gefühle der Menschen mit meinen Worten manipuliere, wenn sie meine Bücher lesen«, schimpfe ich.

»Genau. Das ist also alles, was du tust, nur dass dein Mund die Worte formt und nicht deine Finger. *Fake it till you make it, Baby*.«

Ich nicke und betrachte meine Achseln im Spiegel aus allen Blickwinkeln. Mein Deo behauptet zwar, dass es hartnäckige Gerüche bekämpft, aber auf dem Hemd stand nicht, dass es schweißabweisend ist.

Wieder seufze ich und lasse die Arme sinken. »Es ist nicht so, dass ich es nicht liebe, meine Leserinnen und Leser zu treffen, aber ich komme mit Menschenmengen und sozialen Situationen einfach nicht gut zurecht. Ich bin zu ungeschickt.«

»Du bist auch eine gute Lügnerin. Das ist es, womit du dein Geld verdienst. Lächle einfach und tu so, als hättest du keine Panikattacke.«

Wieder verdrehe ich die Augen, während ich meine Tasche vom Bett hole. »Du bist so gut im Aufmuntern«, sage ich trocken. Sie schnaubt daraufhin.

Daya ist furchtbar im Aufmuntern und das weiß sie. Sie ist die logische Person von uns beiden, während ich die emotionale bin. Sie ist diejenige, die Lösungen anbietet, während ich mich lieber in meinen Ängsten und Sorgen wälze und immer weiter darüber rede.

Ich schätze, ich bin meiner Mutter ähnlicher, als ich dachte.

Ich werde es trotzdem nie laut zugeben.

Die Veranstaltung ist wie immer ein Riesenspaß. Jedes Mal bereite ich mich auf diese Veranstaltungen vor und am Ende will ich gar nicht mehr weg, wenn sie zu Ende sind.

Mich mit anderen Autorenfreunden zu treffen und zu versuchen, mit all ihren signierten Büchern wegzulaufen, während ich wie verrückt lache, ist das, was mir wirklich Frieden im Leben bringt.

Was mich wirklich glücklich macht, ist, die vielen lächelnden Gesichter zu sehen, die darauf warten, mich zu treffen und Bücher von mir signiert zu bekommen.

Ich liebe meinen Beruf als professionelle Manipulatorin. Ich habe das Glück, das zu tun, was mir Spaß macht.

Ich bin ein bisschen beschwipst, weil ich nach der Veranstaltung in einer Bar etwas getrunken habe, also fährt mich Daya in meinem Auto nach Hause. Wir lachen und tuscheln über lustige Momente und tratschen sogar über das verrückte Drama, das in der Bücher-Community immer wieder passiert.

Wir sind ganz aufgeregt, weil wir so viel Spaß hatten, aber unser Lachen verstummt, als sie vor dem Haus hält.

Ein einzelnes Licht ist an und scheint durch das Erkerfenster. Ich habe alle Lichter ausgeschaltet, bevor wir losgefahren sind.

Ich will aus dem Auto klettern, aber Dayas fester Griff um meine Hand hält mich auf.

»Er könnte immer noch da drin sein«, sagt sie eindringlich und ihr Griff wird fast schmerzhaft fest.

»Das sollte er verdammt noch mal auch besser sein«, knurre ich und befreie meinen Arm aus ihrem Griff. Ich schlüpfe aus dem Auto, bevor Daya mich wieder aufhalten kann, und stürme auf das Herrenhaus zu.

»Addie, hör auf! Du benimmst dich dumm.«

Das bin ich auch, aber der Alkohol hat meine Wut nur noch stärker gemacht. Bevor Daya mich aufhalten kann, schließe ich die Haustür auf und stürme hinein.

Über meiner Küchenspüle brennt ein einzelnes Licht, das zu schwach ist, um die Vorderseite des Hauses richtig zu beleuchten.

Niemand wartet auf mich, also fange ich an, die Lichter einzuschalten, um die bedrohliche Stimmung in der Luft zu mindern.

»Komm raus, du Freak«, schreie ich, stürme in die Küche und schnappe mir das größte Messer, das ich finden kann. Als ich mich umdrehe, steht Daya in der Tür und sieht sich mit einem alarmierten Gesichtsausdruck im Raum um.

Ich war so versessen darauf, den Bastard zu töten, dass ich mir nicht einmal die Mühe gemacht habe, mich umzusehen.

Im ganzen Wohnzimmer liegen rote Rosen. Mein Mund klappt auf und die Worte, die mir auf der Zunge liegen, verpuffen.

Ich drehe mich um und entdecke ein leeres Whiskeyglas auf dem Tresen, einen Tropfen Alkohol am Boden des Glases und eine deutliche Markierung mit den Lippen am Rand.

Neben dem Glas liegt eine einzelne rote Rose.

Meine geweiteten Augen treffen auf die von Daya. Wir können uns nur noch schockiert anstarren.

Mein Herz schlägt mir bis zum Hals und ich keuche: »Ich muss den Rest des Hauses überprüfen.«

»Addie, er könnte immer noch hier sein. Wir müssen die Polizei rufen und verschwinden. Sofort.«

Ich beiße mir auf die Lippe, während zwei Hälften in mir miteinander kämpfen. Ich will ihn suchen, ihn zur Rede stellen und ihm ein paarmal in die Augen stechen. Aber ich kann Daya nicht noch mehr in Gefahr bringen, als ich es schon getan habe. Ich kann mich nicht länger so dumm anstellen.

Nachgebend nicke ich und folge ihr aus dem Haus. Die frische Luft durchdringt nicht einmal das Eis, das sich in meinen Knochen festgesetzt hat.

Was hat er sonst noch getan? Ein Knurren entsteht in meinem Hals, als mir klar wird, dass er wahrscheinlich auch in mein Schlafzimmer gegangen ist. Meine Unterwäsche angefasst hat. Vielleicht hat er sogar welche gestohlen.

Die Stimme der Beamtin durchschneidet meine Gedanken. Ich war so in Gedanken, dass ich gar nicht gemerkt habe, dass Daya die Polizei für mich angerufen hat.

Sie schildert die Situation und nach ein paar Minuten schickt die Beamtin einen Streifenwagen los und teilt uns mit, dass es zwanzig Minuten dauern wird, bis er zu uns kommt.

Ich weiß, dass der Stalker nicht mehr hier ist. Ich spüre es. Aber ich hoffe, dass er ein Krimineller und im System ist, damit er mit der DNA am Whiskeyglas identifiziert werden kann.

Aber ebenso wie ich weiß, dass er nicht mehr hier ist, ist mir klar, dass es nicht einfach sein wird, ihn zu schnappen.

»Komm heute Abend mit zu mir«, fleht Daya. Wir sind beide müde und stocknüchtern, nachdem wir zwei Stunden lang mit der Polizei gesprochen haben.

Sie haben das Haus durchsucht, aber er war nirgends zu finden. Sie nahmen Abdrücke vom Whiskeyglas, um zu sehen, ob sie einen Treffer landen konnten.

Ich bin erschöpft, also nicke ich nur.

Ihr Haus ist zwanzig Minuten entfernt, und es ist gut, dass ich ihr die ganze Zeit gefolgt bin, sonst hätte ich vielleicht die Orientierung verloren und wäre ohne Ziel gefahren.

Daya wohnt in einem malerischen Haus in einer netten, ruhigen Nachbarschaft. Sie parkt das Auto und wir beide schleppen uns hinein.

Ihr Haus ist voll mit Möbeln und tausenden von Computern überall, aber ansonsten ziemlich kahl. Sie nimmt ihre Arbeit sehr ernst, und obwohl sie nicht viel über ihren Job spricht, weiß ich, dass sie es mit ziemlich schweren Themen zu tun hat.

Sie hat bereits erwähnt, dass sie sich mit dem Darknet und Menschenhandel beschäftigt. Und das allein reicht schon aus, um jemanden in Angst und Schrecken zu versetzen.

Anscheinend hält ihr Chef die Details streng vertraulich, aber es gab Zeiten, in denen Daya geplagter aussah als Parsons Manor.

Als ich sie fragte, was sie davon hat, sagte sie, dass sie damit unschuldige Leben rettet. Das war alles, was ich hören musste, um zu wissen, dass Daya eine Heldin ist.

»Du weißt, wo das Gästezimmer ist«, sagt Daya und zeigt mit dem Finger in die Richtung. »Möchtest du etwas Gesellschaft? Ich bin sicher, du bist ganz schön aufgewühlt.«

Ich zwinge mich zu einem Lächeln. »Ich liebe dich für dein Angebot, aber ich glaube, wir beide brauchen jetzt einfach Schlaf«, meine ich.

Daya nickt und zieht sich, nachdem sie mir gute Nacht gewünscht hat, in ihr Zimmer zurück.

Ich lasse mich auf die weiße Bettdecke in ihrem Gästezimmer fallen. Genau wie im Rest ihres Hauses ist es hier ziemlich kahl. Hellblaue Wände, dekoriert mit ein paar Meeresbildern und weißen, hauchdünnen Vorhängen.

Mein Blick bleibt an ihnen hängen.

Nicht an den Vorhängen selbst, sondern an dem, was sich dazwischen befindet.

Zum zweiten Mal heute Abend schlägt mir das Herz bis zum Hals, pulsiert gegen meinen Kehlkopf und hindert mich daran, einen Laut von mir zu geben.

Draußen vor dem Fenster steht die Silhouette eines Mannes. Er starrt mich direkt an.

Ich trete einen Schritt zurück, bereit, mich umzudrehen und nach Daya zu rufen. Als mein Handy vibriert, zucke ich zusammen, erstarre an Ort und Stelle und ersticke fast an meiner Angst.

Während ich den Mann im Auge behalte, hole ich mein Handy aus der Tasche und entdecke eine neue Nachricht.

Unbekannt: Haben dir meine Blumen nicht gefallen?

19. November 1944

Ich kann nicht genug von ihm bekommen. Es beschämt mich, das überhaupt zuzugeben. Es sind Monate vergangen, aber es fühlt sich an, als wäre es jedes Mal etwas Neues.
Frank und John gehen heute zum Angeln, und ich schäme mich, zu sagen, dass ich es kaum erwarten kann, bis sie weg sind. Trotz meiner veränderten Einstellung hat John mich nicht des Betrugs verdächtigt.
Es ist schrecklich, aber ich bereue diese Liebesaffäre nicht.
Ronaldo gibt mir das Gefühl, schön zu sein. Geschätzt. Etwas, das ich seit der Geburt von Sera nicht mehr gefühlt habe. Er behandelt mich wie eine Frau, nicht wie jemanden, der seine Befehle ausführt und ihm Essen macht.
Und sicherlich nicht wie feines Porzellan, sondern wie eine Frau, die es liebt, ordentlich verwöhnt zu werden.
Ich versuche mein Bestes, nicht daran zu denken, wenn John zu Hause ist. Ich kann das Lächeln auf meinem Gesicht nicht kontrollieren. Und es ist schon so lange her, dass John mich zum Lächeln gebracht hat. Ich fürchte, er wird noch misstrauischer werden.

Kapitel 12

Der Schatten

»Es gibt noch ein Video«, sagt Jay mit ernster Stimme am Telefon. Ich erhebe mich von meiner Couch und mache mich auf den Weg in mein Büro.

Eine Reihe von Computerbildschirmen säumt den drei Meter langen Schreibtisch und alle meine anderen illegalen Geräte sind hier drin. Störsender, Peilsender, Knöpfe, die an verschiedenen Stellen Sprengstoff auslösen, falls mich jemand verrät, und so weiter.

Allein dieser Raum ist wegen all dem Zeug, das ich hier drin habe, Millionen wert.

Er ist sowohl mein glücklicher Zufluchtsort als auch mein lebender Albtraum.

Das ist der Ort, an dem ich etwas in der Welt bewirke. Hier finde ich Frauen und Kinder, die gerettet werden müssen, und erlebe gleichzeitig die Qualen, die diese kranken Menschen ihnen antun.

Es kostet Geld, in Hochsicherheitsgebäude einzudringen, die Mädchen zu retten und ihnen Zuflucht und Sicherheit zu geben.

Große Konzerne zahlen mir unglaublich viel Geld, damit ich mich in die Systeme ihrer Konkurrenten einhacke, egal aus welchem Grund. Sei es, weil sie miteinander konkurrieren und wissen wollen, was der andere ausheckt, oder weil sie einen Rechtsstreit gegeneinander führen und versuchen, Informationen zu finden,

Es ist mir scheißegal, welche Probleme sie miteinander haben. Es geht mir nur darum, dass sie das bekommen, wofür sie mich eingestellt haben.

Am Ende wird jemand Wohlhabendes über den Tisch gezogen, mein Kunde macht einen riesigen Gewinn daraus und ich kassiere Zinsen dafür. Es ist schmutzig, aber ich war noch nie in einer Branche, in der ich meine Hände sauber halten musste.

Sie ermöglicht es mir, mein Leben einer Sache zu widmen: den Menschenhandel zu beenden.

»Wo?«, brülle ich und meine Finger fliegen bereits über die Tastatur.

»Schon verschlüsselt und an deine E-Mail geschickt.«

Ich bewege meinen Nacken, lasse die Gelenke knacken und bereite mich auf etwas vor, das dazu führt, dass das Steak, das ich gerade gegessen habe, in meinem Magen zu Boden sinkt wie ein Schiffswrack im Meer.

Das Video beginnt zu laufen und obwohl mein Instinkt mir sagt, dass ich es nicht tun soll, drehe ich die Lautstärke auf, damit ich es hören kann.

Es ist eine unschöne Aufnahme von einem abgefuckten satanistischen Ritual. Die Person, die das Video aufnimmt, atmet schwer, wahrscheinlich weil sie bei etwas extrem Gefährlichem erwischt werden könnte.

Vier Männer in Gewändern stehen über einer Steinplatte, an die ein Junge gefesselt ist, der sich windet. Er wirkt nicht älter als achtzehn, obwohl das körnige Filmmaterial es schwer macht, das mit Sicherheit zu sagen.

Immer wieder schreit er, sie sollen ihn gehen lassen. Seine Stimme bricht, als er um Hilfe schreit.

Ich fahre mir mit der Hand übers Gesicht, als sie ihm ein gebogenes Messer in die Brust stoßen. Sie füllen Metallkelche mit seinem Blut und trinken den gesamten Becher in einem Schluck aus.

Ich zwinge mich, den Schmerz an der Seite dieses Jungen zu

sehen und zu ertragen. Denn auch wenn diese unschuldige Seele nun tot ist, heißt das nicht, dass ich nicht alles in meiner Macht Stehende tun werde, um Gerechtigkeit für ihn zu finden.

Als das Video zu Ende ist, muss ich mich abwenden und gegen den Drang zu kotzen, ankämpfen.

»Z?« Ich hatte vergessen, dass Jay noch am Telefon war.

»Ja?«, antworte ich mit heiserer, kaum vorhandener Stimme.

»Ich … Ich konnte es mir nicht ansehen, Mann. Ich konnte es nicht tun.«

Ich schließe meine Augen und atme tief durch.

»Das ist okay«, sage ich. »Das musst du nicht.«

Jay weiß, wie nah mir diese Dinge gehen, aber er weiß auch, dass ich mich weigere, mich von ihnen abzuwenden. So geht es den meisten Menschen, wenn es um Menschenhandel geht. Jeder weiß, dass es ihn gibt, und die meisten informieren sich, wie man ihn vermeiden kann, aber sie können nicht hinsehen, wenn es um die Realität geht. Sie können nicht zuhören. Sie können die Verdorbenheit nicht sehen. Denn wenn sie nicht hinsehen, können sie wieder in ihr normales Leben zurückkehren und so tun, als ob hier draußen nicht jeden Tag Tausende von Menschen sterben würden.

Jay gehört nicht zu diesen Leuten, er tut, was er kann. Aber er hat auch nicht den Mut für alles, und das kann ich ihm nicht verdenken.

Denn ich habe ihn auch nicht.

»Sind es die vier, die wir verfolgt haben?«, frage ich.

Jay seufzt. »Nein, Mark wurde gestern Abend zum Zeitpunkt des Videos mit seiner Frau in einem Restaurant gesichtet. Sieht nach verschiedenen Männern aus, aber diese sind nicht identifizierbar. Ich kann mir vorstellen, dass sie das Ritual nur einmal durchführen.«

Ich nicke kurz, während ich überlege, was ich jetzt tun soll.

Vor etwa sechs Monaten tauchte im Internet ein Video auf, in dem vier Männer in schwarzen Gewändern ein Ritual an einem kleinen Mädchen durchführten. Ich weiß nicht, ob es Arroganz war oder was, aber die Männer ließen ihre Kapuzen herunter, unbeeindruckt von den Zuschauern, die genau sahen, wer sie waren.

Trotz der schlechten Videoqualität und der schwachen Beleuchtung konnte ich sie sofort erkennen.

Die Senatoren Mark Williams, Brad Foreman, Jack Baird und Robert Walker.

Sie umringten das kleine Mädchen auf einer Zementplatte, stachen auf sie ein und tranken dann ihr Blut. Das Mädchen war noch am Leben, zappelte und schrie aus Leibeskräften, während die Männer um sie herum auf Latein sangen. Dunkles Rot ergoss sich in einen Behälter unter dem Altar.

Genau dasselbe Ritual, das der Junge gerade durchgemacht hat, läuft immer noch in Dauerschleife auf meinem Bildschirm. Nur, dass die vier Männer, die ihn umgeben, große, spitze Kapuzen über ihre Köpfe gezogen hatten, um ihre Identität zu verbergen.

Was jedoch sichtbar ist, ist das Symbol einer Schlange, die ihren Schwanz frisst und von deren Hälsen herabhängt – der Ouroboros – ein Symbol für gewisse schwarzmagische Kulte, welches ich in jedem Video gesehen habe. Tagsüber bekennen sie sich zu ihrer sonntäglichen Liebe zu Gott, während sie ihre Religion nutzen, um Kontrolle über die Schwachen zu erlangen. Nachts beten sie den Teufel an, weil sie wissen, dass nur das Böse ihnen die wahre Macht verleiht, die sie so verzweifelt suchen, und nicht die Liebe Gottes.

Ich bin mir nicht sicher, wozu sie ihr Blut sammeln, aber ich vermute, dass es mit einer Art Blutmagie zu tun hat.

Ich spüre bereits, wie ich in das schwarze Loch zurückfalle, aus dem ich vor sechs Monaten Wochen gebraucht habe, um wieder herauszukriechen. Es hat mich in eine der dunkelsten Regionen meines Verstandes geführt, in dem ich je war.

Ich habe mich in ein Zimmer eingeschlossen und bin sechsundzwanzig Stunden lang nicht mehr herausgekommen, nachdem ich das erste Video gesehen hatte. Ich war körperlich nicht dazu in der Lage, meinen normalen Alltag weiterzuleben mit dem Wissen, was diesen Kindern angetan wird. Diese Hilflosigkeit nahm zu, als ich das Darknet erforschte und Tausende Videos fand, in denen Eltern ihre eigenen Kinder vergewaltigen. Daneben gibt es Millionen anderer Filme von Folter, Kannibalismus und sogar Nekrophilie. Viele dieser Videos spielen sich in roten Räumen ab, in denen die Käufer genau bestimmen können, wie das Opfer gefoltert, vergewaltigt und getötet werden soll.

Und das sind nur die, die Kinder betreffen.

Vor allem diese Videos waren es, die mich vor fünf Jahren dazu brachten, *Z* zu gründen. Schon als Kind hatte ich ein Händchen für Informatik, und meine Fähigkeiten haben sogar die Top-Hacker in Regierungsorganisationen übertroffen.

Dass ich im Darknet auf diese Videos stieß, war ein Zufall. Aber es hatte mein verdammtes Leben verändert.

Seitdem kann ich nicht mehr ruhig schlafen. Zu wissen, dass kranke Menschen dafür bezahlen, dass Hunderttausende von Kindern diesen Dingen ausgesetzt werden. Noch schlimmer ist es, zu wissen, dass die Menschen, die diese Taten begehen, dies zu ihrem eigenen Vergnügen und zu ihrem finanziellen Vorteil tun.

Dass genauso viele unschuldige Seelen weiterhin jeden Tag verschwinden, damit sie denselben Dingen ausgesetzt werden können.

Seitdem habe ich es mir zur Aufgabe gemacht, sie alle zu finden und zu töten. Bis jetzt habe ich Hunderte von Menschen getötet. Ich habe Raubtiere aufgespürt, bei denen ich hundertprozentige Beweise für ihre Beteiligung am Menschenhandel hatte.

Jetzt werde ich mich durch die Regierung arbeiten. Ich fange mit den vier Politikern aus dem ersten Video an und bahne mir dann meinen Weg zum Rest.

Ich weiß genau, wo sie leben. Was sie essen, wo sie schlafen, scheißen und arbeiten. Aber was ich noch nicht weiß, ist, wo diese Rituale stattfinden.

Mit jedem Tag, der ohne diese Informationen vergeht, werden diese Rituale weiterhin durchgeführt.

»Haben wir einen Treffer auf eine IP-Adresse von dem, der das Video geleaked hat?«, frage ich Jay, obwohl ich die Antwort schon kenne.

»Nein, sie haben ihre Spuren verwischt. Wer auch immer es durchsickern ließ, wusste, was er tat«, antwortet Jay. Ich bewege meinen Nacken wieder und beiße die Zähne gegen den aufflackernden Schmerz zusammen, der von den angespannten Muskeln ausgeht.

Am liebsten würde ich die Hände meiner kleinen Maus spüren, wie sie die fast permanenten Knoten in meinem Nacken und meinen Schultern lösen. Aber es wird noch eine Weile dauern, bis sie sich darauf einlässt.

»Gut, ich werde sehen, was ich über dieses neue Video herausfinden kann«, sage ich, bevor ich den Anruf beende.

Scheiße. Ich brauche einen Drink.

Meine kleine Maus hat zufällig eine Flasche meines Lieblingswhiskeys im Haus.

Eine klirrende Kälte legt sich in meinen Nacken. Ich zische durch die Zähne und drehe den Kopf, in der Überzeugung, dass ich jemanden hinter mir stehen sehe. Aber es ist niemand da, obwohl mich die anhaltende Kälte wie dichter Nebel umgibt.

Ich habe schon ein paar unerklärliche Dinge erlebt, als ich Parsons Manor besuchte.

Aber welcher Geist auch immer an meinem Arsch herumschwirrt, hat ein verdammt schlechtes Timing.

»Zurück«, murmle ich mit zusammengebissenen Zähnen und

drehe mich wieder um. Überraschenderweise tut es das. Was auch immer es ist.

Ich starre wieder gedankenverloren in mein Whiskeyglas.

Egal, von wem dieser Whiskey stammt, er ist göttlich. Der Geschmack von Zitrusfrüchten liegt mir auf der Zunge, während ich an dem Kristallglas nippe. Addie ist oben und schläft. Sie weiß nicht, dass ich hier unten bin, ihren Whiskey trinke und in einem Hornissennest stochere, das in meinem Schädel brummt.

Zwei meiner Angestellten haben in ihrem Haus Sicherheitssysteme installiert, ohne zu wissen, dass es ihren Chef fernhalten soll. Da ich diese Systeme erfunden habe, bin ich mehr als fähig, sie mit einem Klick meines Telefons zu entschärfen.

Am Anfang habe ich nur ihre Schlösser aufgebrochen, um hineinzukommen, und dann, als ich wieder ging, machte ich es rückgängig. Das einzige Raubtier, das ich in ihrem Haus dulde, bin ich selbst. Trotz ihrer beschissenen Schlösser würde ich sie niemals ungeschützt zurück lassen.

Ich war erleichtert, als sie das Sicherheitssystem installierte, auch wenn es dazu gedacht war, mich draußen zu halten. Diese Barrieren zu überwinden, ist nur eine weitere Lektion, die sie lernen muss. Irgendwann wird sie lernen, dass sie mich genauso wenig ausschließen kann, wie sie einen anderen Mann ficken kann.

Letztens versuchte sie, mich reinzulegen, aber mit einem Blick auf ihre Kameras wusste ich, dass sie bluffte. Versuchte, mich zu verärgern. Es hätte beinahe geklappt, bis mir einfiel, dass ich es langsam mit ihr angehen lasse.

Am Anfang habe ich so sehr versucht, sie zu vergessen. Habe versucht, wegzulaufen. Aber ich bekam sie nicht aus meinem Kopf. Ich ging von der Buchhandlung nach Hause und versuchte, mich zu beruhigen. Aber je mehr ich mich bemühte, die Bestie in mir davon zu überzeugen, sie in Ruhe zu lassen, desto mehr wütete sie.

In der Sekunde, in der ich begann, einen Blick in ihr Leben zu werfen und alles auszugraben, was ich finden konnte, wuchs die Besessenheit stetig. Sie wurde zu einem inoperablen Hirntumor, der mich jede wache Minute meines Lebens plagt.

Manchmal habe ich das Gefühl, dass ich es nicht überleben würde, wenn ich versuchen würde, sie aus mir herauszuschneiden.

Ich nehme einen weiteren Schluck Whiskey und drehe eine rote Rose zwischen Daumen und Zeigefinger, ein Tropfen Blut entrinnt der Stelle, an der der Dorn mich gestochen hat. Ich ignoriere sie und lasse den gefährlichen Stängel zwischen meinen Fingern kreisen, ein Strudel aus Wut und Angst wütet in meinem Magen.

Unschuldige Menschen werden in genau diesem Moment gefoltert. In dieser Sekunde – *dieser Millisekunde* – während ich hier sitze und Schnaps aus einem Kristallglas trinke.

Sie werden gerade geopfert. Verletzt. Verstümmelt. Vergewaltigt. Getötet. Während sadistische Wichser sie umkreisen und sich mit ihrem Blut markieren wie abscheuliche kleine Ratten.

Mein Handy liegt auf der Insel, das Display ist beleuchtet und das groteske Video läuft in einer Dauerschleife.

Ich konnte nicht aufhören, es mir anzusehen – oder besser gesagt, mich zu quälen. Das ist ein kleiner Preis für den absoluten Horror, unter dem dieses arme Kind gelitten hat. Mein Bedürfnis, herauszufinden, wo diese Rituale stattfinden, gräbt sich immer tiefer und es macht mich verdammt noch mal wahnsinnig.

Im Moment kann ich nichts tun. Ich habe versucht, die Quelle des Videos zurückzuverfolgen, aber wer auch immer es veröffentlicht hat, hat seine Hausaufgaben gemacht. Es gab keine Treffer, was mich völlig machtlos fühlen lässt.

Ich mag der Beste sein, doch die Technik hat ihre Grenzen. Ich habe gelernt, wie man Informationen fast aus dem Nichts verbiegt und erzwingt, aber manchmal gibt es die Spuren nicht. Die Zahlen sind einfach nicht da.

Meine Gedanken drehen sich wie die bernsteinfarbene Flüssigkeit in dem Glas.

Ich rolle die Rose fester durch meine Finger – schneller. Die scharfen Dornen schneiden sich durch mein Fleisch. Der kleine Schmerz verschafft mir einen Anflug von Erleichterung.

Manchmal, wenn ich Zeuge der Folter werde, welcher sie ausgesetzt werden, möchte ich meine eigene Haut aufschlitzen, um deren Schmerz zu teilen. Ich möchte ihren Schmerz lindern, indem ich meinen eigenen erzeuge. Würde ich neben ihnen auf einem Altar verbluten, fühlen sie sich vielleicht nicht mehr so verdammt allein.

Aber das tue ich nicht. Der Drang ist unbegründet und ich erkenne das. Ich erkenne, dass ich stark sein muss, nicht geschwächt durch den Blutverlust und meinen mentalen Zustand, der an einem seidenen Faden hängt.

Wenn ich die Unschuldigen retten und den Menschenhandel zerstören will, dann muss ich in bester Verfassung sein. Sie brauchen mich stark und fähig, weil sie es selbst nicht sein können.

Die Aufnahme startet von vorn. Ich knurre, die Schreie des Jungen ertönen erneut und füllen den sonst stillen Raum um mich herum.

Ich studierte das Video eingehend, genau wie beim letzten Mal, und nach irgendeinem Hinweis suchend. Aber ich konnte nichts entdecken. Nichts Wesentliches, das mich zu dem Ort führen würde, an dem diese Rituale stattfinden.

Nur vier Menschen in schwarzen Gewändern, die eine Steinplatte umrunden. Von dem, was ich sehen kann, ist die gesamte Gegend felsig und ähnelt einer Art Höhle.

Aber ich bin nicht so dumm zu glauben, dass diese Männer eine Höhle in einem Berg gefunden haben, um sich dorthin zu schleichen. Es ist eine von Menschenhand erschaffene Höhle, irgendwo tief im Untergrund von Seattle. Ein Ort, über den kein Zivilist zufällig stolpern kann.

Der einzige Grund, warum ich vor sechs Monaten nach Seattle gezogen bin, war diese Höhle. Ursprünglich bin ich in Kalifornien geboren und aufgewachsen. Aber als das erste Video geleaked wurde, konnte ich einen Ping von der IP-Adresse der

Person ausfindig machen, der Seattle als ursprünglichen Standort offenbarte.

Sie haben denselben Fehler nicht zweimal gemacht.

Dieser Job gibt mir die Freiheit, zu leben, wo ich will, und so dauerte es nur einen Tag, bis ich mich entschied, nach Washington zu ziehen, wo ich das Höllenloch finden und zerstören kann.

Und in Zeiten wie diesen, wo ich am Boden bin, kam ich nicht umhin, zu denken, dass es mein Leben auch auf die beste Weise verändert hat. Schließlich hat es mich zu Addie geführt.

Mein Kopf senkt sich tief zwischen meine Schultern, während sich die Anspannung durch meine überstrapazierten Muskeln zieht.

Die schwarze Wolke, die mich umgibt, verdunkelt sich und zieht mich tiefer hinein, während das Video erneut abgespielt wird. Ich drehe die Rose und drücke sie fest in meiner Faust zusammen. Meine Hand zittert vor Schmerz und von der Kraft, mit der ich die Blume zerdrücke.

Ich fahre damit fort, sie zu zerquetschen, bis sie aus nichts mehr als zerknüllten Blütenblättern und einem zerquetschten Stiel besteht, der mit dem Blut getränkt ist, das aus meiner Hand fließt.

Ich presse die Zähne zusammen, um den klagenden Schrei zu unterdrücken, der meine Lippen zu verlassen droht.

Das … Das ist die Zerstörung von dem, was ich tue.

An manchen Tagen ist es schwer, damit zu leben. An manchen Tagen kann ich kaum stehen, weil die Last dieser grausamen Welt auf meinen Schultern ruht.

Aber ich weiß, wenn ich es nicht tue, wäre mein Leben wertlos und diese Opfer wären umsonst gestorben.

Kapitel 13

Die Manipulatorin

»Ich habe gerade die erste Überarbeitungsrunde zurückbekommen«, sage ich zu Marietta am Telefon. »Ich fange heute Abend damit an.«

»Wunderbar, sag mir Bescheid, wenn du etwas brauchst«, erwidert sie. Ich gehe den schwach beleuchteten Flur entlang in Richtung meines Zimmers, als ich eine blitzartige Bewegung wahrnehme. Ich erstarre, mein Finger drückt gerade den roten Knopf, als ich sehe, wie eine Frau durch die Dachbodentür verschwindet.

Ein Lächeln huscht über mein Gesicht, bevor ich es aufhalten kann.

In all den Jahren, in denen ich in diesem Haus wohne, habe ich nur ein paarmal eine Erscheinung gesehen. Häufiger habe ich Stimmen und Schritte gehört, Türen zuschlagen hören und einen eisigen Luftzug gespürt, aber selten war da etwas Sichtbares.

Aber ich weiß, was ich gerade gesehen habe.

Eine Frau in einem weißen Kleid mit dichten blonden Locken. Ich habe ihr Gesicht nicht gesehen, aber ich habe das Gefühl, dass es Gigi war.

Fast fällt mein Handy runter, als ich ihr hinterhersprinte, ich renne den Flur hinunter und schwinge die Dachbodentür auf. Auf der Treppe ist es stockdunkel und in meinem Hinterkopf kribbelt es immer noch, aber das hält mich nicht auf.

Ich tippe auf die Taschenlampe meines Handys und mache mich schnell auf den Weg nach oben. Ein schweres Gefühl der Vorahnung lastet auf meinen Schultern, aber ich kämpfe dagegen an. Wer auch immer das war, er wollte, dass ich etwas sehe. Ich zittere vor Angst und Freude.

Sobald ich den Treppenabsatz betrete, fühlt es sich an, als würde ich Wasser einatmen. Die Luft hier oben ist stickig und schwer, voll von Negativität.

Es fühlt sich an, als hätte etwas Dunkles diesen Raum eingenommen. Und es mag mich hier oben nicht. Ich spüre, wie es mich aus jedem Winkel anstarrt.

Irgendwo hier oben ist eine einzelne Glühbirne, an der eine lange Schnur befestigt ist. Ich schwenke meine Taschenlampe herum, bis ich die Schnur entdecke.

Sie schwingt hin und her auf einem Dachboden ohne Luftzirkulation und wo die Atmosphäre dichter zu sein scheint als draußen im Wald des Herrenhauses.

Ich eile dorthin, greife die schwingende Schnur, ziehe daran und schalte die Glühbirne ein. Ein surrendes Geräusch durchbricht die Stille und verleiht dem Ganzen eine zusätzliche Note des Gruselns.

Ich kneife die Augen zusammen und mache mich darauf gefasst, dass sich in der Ecke ein furchterregendes Monster versteckt, aber hier oben ist nichts zu sehen.

Zumindest nicht, dass ich es sehen kann.

»Warum hast du mich hier hoch geführt, Gigi?«, frage ich laut und schaue mich im Raum um, um herauszufinden, was es hier zu sehen geben könnte.

Natürlich erhalte ich keine Antwort. Es ist niemals so einfach.

Mein Blick wandert über jeden staubigen Gegenstand, der den Raum einnimmt.

Ich habe es komplett vermieden, hierherzukommen, habe mich sogar dagegen entschieden, diesen Raum zu renovieren. Ich weiß nicht, was es war, aber ich hatte das Gefühl, dass etwas Böses entfesselt werden würde, wenn ich es täte.

Ich habe bereits genug Monster, die mich verfolgen.

In der Ecke steht ein alter, zerbrochener Spiegel mit einem weißen Laken, das nur teilweise darüber hängt. Ich gehe sicher, mit allen Umständen zu verhindern, ihn anzusehen. Ich liebe es, Angst zu haben, aber ich habe trotzdem keine Lust, einen Dämon hinter mir im Spiegel stehen zu sehen.

Viele verstaubte Kisten und Behälter sind in dem Zimmer verstreut. Es ist ein ziemlich großer Raum, also gibt es viele Stellen, an denen man suchen kann.

Ich stecke mein Handy in die Tasche und atme tief ein. Dann gehe ich zu einer der Kisten und fange an, zu wühlen.

Sie sind mit Spinnweben bedeckt und ich überlege fast, ob ich in die untere Etage gehe und ein Paar Handschuhe suche. Aber ich will nicht aufhören, wenn ich mich schon hierhergewagt habe. Vielleicht überzeuge ich mich selbst davon, wieder hochzukommen, wenn ich den Raum nicht mehr mit etwas Bösem teile.

Ich ignoriere die Spinnen, die in den Kisten herumschwirren, und wühle weiter. Alles, was ich finde, sind alte Klamotten, Schuhe, Kleinkram und Schnickschnack.

Nichts Wichtiges, aber vielleicht könnten ein paar dieser Dinge wertvoll sein.

Ein lauter Knall ertönt hinter mir und dieses Mal schreie ich auf. Das Echo meines Schreis hallt wider, als ich mich umdrehe und demjenigen gegenüberstehe, der das Geräusch verursacht hat.

Nichts ist da, bis auf ein baumelndes Holzbrett, das an einem einzigen Nagel hängt. Der gesamte Dachboden besteht aus Holz, das meistens verrottet und von Mäusen angefressen ist. Wo das hölzerne Brett einst war, ist ein bodenloses schwarzes Loch.

»Du willst, dass ich meine Hand da reinstecke, nicht wahr?«, frage ich trocken in den Raum und schaue mich um, um zu sehen, ob ich noch eine Spur von Gigi entdecke. Noch immer schaue ich nicht in den verdammten Spiegel.

Mit der Hand über meinem klopfenden Herzen gehe ich vorsichtig zu dem noch immer schwankenden Brett. Ich schnappe mir mein Handy, schalte die Taschenlampe ein und leuchte in das Loch.

Es ist eine Plattform und tief in dem Loch sieht es aus, als lägen da zwei zerknüllte Papiere.

Ich stöhne laut auf. »Fuck, willst du *wirklich*, dass ich meine Hand da reinstecke?«

Ungeziefer macht mir normalerweise keine Angst. Es gibt nicht viele Dinge auf dieser Welt, die mich wirklich zu Tode erschrecken. Das heißt aber nicht, dass ich gern meine Hand in ein von Käfern verseuchtes Loch stecke. Außerdem würde es mich nicht überraschen, wenn die negative Energie, die hier oben wohnt, beschließt, mich zu verarschen und meine Hand zu packen.

Ich muss zugeben, dass ich mir dann wahrscheinlich ein bisschen in die Hose machen würde.

Seufzend tauche ich meine Hand hinein, schnappe mir die Zettel und reiße meine Hand wieder heraus, alles in unter einer Sekunde.

Fast hätte ich den Mund aufgemacht und mich gefreut, aber ich beschließe, lieber niemanden zu verärgern, wenn wir uns dasselbe Haus teilen.

Ich drehe mich um, renne zur Schnur, schalte das Licht aus und rase die Treppe hinunter, als ob das Mädchen aus *The Ring* hinter mir her wäre.

Als ich die Dachbodentür zuschlage, atme ich tief ein. Hier unten ist es so viel heller. Es fühlt sich an, als ob das ganze Haus über mir zusammengebrochen wäre und ich gerade darunter hervorgekrochen wäre.

Ich streiche die Papiere glatt und kneife die Augen zusammen, um die unordentliche Handschrift auf dem ersten zu erkennen.

Ich habe getan, was mir gesagt wurde. Denn wenn ich es nicht getan hätte, wäre ich als Nächstes dran gewesen. Dies ist also mein Geständnis. Ich habe ihm geholfen, ihren Mord zu vertuschen. Es tut mir so leid.

Mein Herz schlägt schneller, als ich die Notiz wieder und wieder lese. Wer auch immer das geschrieben hat, spricht von Gigis Ermordung. Es muss so sein. *Wer* hat ihm geholfen, den Mord zu vertuschen? Wer ist *er*?

Als ich auf den anderen Zettel schaue, brauche ich nur eine Sekunde, um zu erkennen, dass es sich um die herausgerissene Seite aus ihrem Tagebuch handelt. Ich lächle triumphierend, aber das Lächeln verfliegt rasant, als ich die unordentlichen Worte lese.

Ich muss schnell sein, er hat gesagt, dass er auf dem Weg ist und ich bin verängstigt. Wenn ich wegrenne, wird er mich erwischen, also schreibe ich diese Notiz in der Hoffnung, dass ihn jemand finden wird. Wenn mir etwas zustößt, John, dann wa

Die Notiz endet hier, nicht einmal das letzte Wort wurde beendet. Mein Mund öffnet sich vor Schreck, als ich ungläubig auf den Zettel starre.

»Willst du mich *verarschen*, Gigi! Du beendest es *so*? Das ist es, was du mir zeigen wolltest? Einen Zettel, auf dem du sagen willst, wer es ist, es aber nicht tust?« Ich schließe meine Schimpftirade mit einem lauten Schrei ab, stampfe mit dem Fuß auf und breite die Arme weit aus.

Natürlich antwortet sie mir nicht.

Dramatisch knurrend stapfe ich ins Schlafzimmer und schlage die Tür zu.

Jetzt bin ich sauer auf sie. Sie kommt besser nicht hier rein, sonst schmeiße ich sie gleich wieder raus.

Er ist wieder draußen. Beobachtet mich mit einer glimmenden Zigarette, die im Mondlicht leuchtet.

Ich starre zurück zu ihm. Die vertrauten Ranken der Angst haben mich fest in ihrem Griff. Aber auch die Ziegelsteine in meinem Magen sinken tiefer …

Ich kaue auf meiner Lippe und überlege, ob ich ihn wieder zur Rede stellen soll oder nicht. Es wäre nur logisch, zum Telefon zu greifen und ihn zu melden.

Aber die Polizei wird nichts tun können. Bis sie hier sind, ist er schon wieder weg.

Und was nützt ein Polizeibericht, wenn er wie beim letzten Mal verschwunden ist? Mit seinen offensichtlichen Einbruchsfähigkeiten, ganz zu schweigen von seinen Hacking-Fähigkeiten, macht er sich offensichtlich an etwas zu schaffen. Aber vielleicht spielt das auch keine Rolle. Sheriff Walters weiß, dass ich einen Stalker habe, obwohl er gesagt hat, dass sie keine Aufzeichnungen darüber haben.

Vielleicht ist das ein Grund mehr, anzurufen.

Wahrscheinlich hat er vor, mich jetzt zu ermorden, genau wie Gigis Stalker sie ermordet hat. Ich habe mir die Notiz durchgelesen und in den letzten drei Nächten ihre Tagebücher durchforstet, aber ich habe noch keinen Hinweis darauf gefunden, dass tatsächlich ihr Stalker der Mörder ist.

Aber ich bin sicher, dass ich recht habe.

Ich beobachte ihn und nehme mein Telefon, stelle mich direkt vor das Fenster und halte es an mein Ohr. Ich habe noch nicht einmal die Polizei angerufen, ich will nur sehen, was er tun wird.

Denn offensichtlich stimmt mit mir etwas nicht.

Ich spiele mit dem Feuer. Je mehr ich ihn provoziere, desto wahrscheinlicher ist es, dass er hinter mir her ist. Aber ich kann mich nicht zurückhalten. Ich kann den Nervenkitzel nicht stoppen, den ich jedes Mal bekomme, wenn ich zurückschlage.

Es macht genauso süchtig, wie es dumm ist.

Ich kann sein Gesicht unter der tiefen Kapuze nicht sehen, aber ich weiß, dass er mich anlächelt. Das zu wissen, löst bei mir nicht die gewünschte Reaktion aus. Ich *sollte* angewidert sein. Ich *sollte* verängstigt sein. Ich nehme an, dass ich Angst habe, aber was ich wirklich fühle, ist der Drang, zurückzulächeln.

Mein Telefon vibriert an meinem Ohr. Mit hochgezogenen Augenbrauen nehme ich das Telefon zögernd vom Ohr und schaue auf die eingehende Nachricht.

Unbekannt: Soll ich etwa glauben, dass du mit der Polizei telefonierst? Ich glaube, meine kleine Maus ist eine Lügnerin.

O nein, das hat er nicht getan.

Ich tippe wütend meine Nachricht zurück.

Ich: Willst du es herausfinden?

Unbekannt: Ja, will ich, tatsächlich. Ich würde es ebenso lieben, dich später dafür zu bestrafen.

Meine Daumen erstarren über den Buchstaben. Die letzte Bestrafung war grausam und ekelerregend.

Ich: Was, schickst du mir als Nächstes? Zehen?

Unbekannt: Kommt darauf an, ob du immer noch so tust, als würdest du andere Typen ficken? Oder willst du lieber wieder die Geister in deinem Haus anschreien?

Mein Kopf schnellt hoch und ich starre in die Tiefen seiner Kapuze. Sein Telefon liegt in seiner Hand und er wartet auf meine Antwort. Das Licht seines Handys ist gedimmt, der schwache

Schein genügt, um mir seinen teuflisch scharfen Kiefer und einen Teil seiner spöttischen Lippen zu zeigen.

Ich hebe meine Hand und zeige ihm den Vogel.

Fick dich, Arschloch.

Daraufhin bewegt sich sein Daumen und sein Lächeln wird breiter.

Unbekannt: Ich plane, genau das zu tun.

Ich knurre über seine Dreistigkeit. Von wegen, er wird das tun.

Ich: Wenn du mir zu nahekommst, werde ich dich abstechen. Ich rufe die Polizei, wenn du nicht sofort gehst.

Unbekannt: Dann mach es, Little Mouse.

Ich kann nicht sagen, ob er mir sagt, ich soll ihn abstechen oder anrufen. Ich würde gern beides tun. Mir gefällt seine Andeutung nicht, dass ich die Maus bin und er die Katze. Das würde bedeuten, dass er mich jagt. Das Letzte, was ich will, ist gejagt zu werden.

Fuck. Ich zögere. Ich muss die Polizei anrufen. Ich muss es tun. Aber ich kann meine Finger nicht überzeugen, sich zu bewegen. Er fordert mich heraus, und ich hasse es, dass ich Angst davor habe, herauszufinden, was er tun wird, wenn ich es tue. Ich hasse es, dass ich es will.

Mit klopfendem Herzen wähle ich die Nummer. Er beobachtet mich genau, als ich die Anruftaste drücke und das Telefon an mein Ohr halte.

»911, was ist Ihr Notfall?«

Ich atme tief ein.

»Da ist ein Mann, der mich stalkt. Er ist vor einer Woche in mein Haus eingebrochen. Und jetzt steht er draußen und beobachtet mich.«

»Er steht gerade draußen?«, fragt die Beamtin. Ich höre das Tippen im Hintergrund, begleitet vom Schmatzen ihres Kaugummis.

»Ja«, flüstere ich.

»Ma'am, tut er irgendetwas? Hat er irgendwelche Waffen bei sich?«, fragt sie.

»Nicht, dass ich wüsste. Können Sie jemanden rausschicken?«

Mehr tippen. »Wie lautet Ihre Adresse, Ma'am?«

Ich teile ihr die Adresse mit. Sie stellt noch ein paar sinnlose Fragen und erklärt mir, dass ein Streifenwagen etwa fünf Minuten entfernt ist. Sie bittet mich, am Telefon zu bleiben, aber das tue ich nicht.

Ich schalte das Telefon aus. Mein kleiner Schatten wird nicht lange genug in der Nähe bleiben, damit die Polizei auftaucht und ihn fängt. Er wird in den Wäldern verschwinden, aus denen er gekommen ist, und nie gefunden werden. Das weiß ich.

Ich kann seine Augen nicht sehen, aber ich begegne seinem Blick trotzdem. Mit einem letzten Lächeln tippt er eine kurze Nachricht. Mein Handy surrt, aber ich schaue nicht sofort darauf.

Ich bin zu verängstigt dazu.

Und ohne sich um irgendetwas auf der Welt zu scheren, dreht er sich langsam um und geht weg. Die Dunkelheit greift nach ihm und verschlingt ihn in ihren Tiefen, bis er ganz verschwunden ist.

Als der Streifenwagen auftaucht, will ich schon wieder, dass er verschwindet. Aus Gründen, die ich nicht ganz erklären kann, bereue ich es, die Polizei gerufen zu haben. Ich will einfach nur … dass er verschwindet.

Der Polizist ist ein übergewichtiger Mann mit kurzen blonden Haaren und einem rötlichen Gesicht. Er sieht aus, als ob er überall sein möchte, nur nicht hier.

Mir geht es genauso. »Was ist hier los, Ma'am«, fragt er, keuchend und schnaufend, während er sich die Veranda hocharbeitet.

»Ein Mann stand vor meinem Fenster«, erkläre ich knapp.

»O-okay«, sagt er und zieht das O lang. »Ist das schon mal passiert?«

Ich erzähle ihm, dass ich bereits mehrere Anzeigen bei der Polizei erstattet habe, aber dass dieser Mann seit ein paar Monaten immer wieder in mein Haus einbricht. Nachdem ich ihm von meinen früheren Erlebnissen erzählt habe, holt er seinen Block hervor und beginnt, den Bericht zu schreiben.

»Sie sagten, Ihr Name sei Adeline Reilly, korrekt?«

»Ja.«

Er stoppt das Schreiben und sieht mich an, als würde er eine andere Person sehen.

»Sind Sie nicht diejenige, auf dessen Veranda Archibald Talaverra verschwunden ist?«, fragt er, mustert mich von oben bis unten und verharrt eine Sekunde zu lange auf meiner Brust, als ob meine Titten ihm die Antwort verraten würden.

»Ja«, antworte ich und werde ungeduldig. Er brummt als Antwort und schreibt dann weiter an seinem Bericht.

»Glauben Sie, es war derselbe Typ?«

»Es wäre ziemlich abgefucked, wenn es nicht so wäre«, murmle ich. Als der Polizist mir nur einen Seitenblick zuwirft, seufze ich. »Ja, das glaube ich.«

Danach hört er auf zu schreiben und stellt mir noch ein paar der üblichen Fragen. Haben Sie eine Beschreibung, wissen Sie, wer er sein könnte, und so weiter. Ich gebe ihm alle Informationen, die ich habe, außer der, die am wichtigsten ist.

Ich erzähle ihm nichts von den Nachrichten. Ich weiß nicht, warum, aber sie fühlen sich … privat an. Was verflucht noch mal dumm ist. Es ergibt keinen Sinn, aber ich bringe es nicht über mich, etwas zu sagen. Der Polizeibeamte verlässt mich mit keinerlei hilfreichen Informationen. Aber er geht immerhin mit einem Polizeibericht, und das ist das Wichtigste.

Erst nachdem ich eine heiße Dusche genommen und mich in mein Bett gelegt habe, lese ich seine Nachricht.

Unbekannt: Je weniger du gehorchst, desto härter wird deine Strafe sein.

»Ich werde diesen kleinen Schwanzständer finden«, faucht Daya wütend und schlägt praktisch auf die Tasten ihres Laptops ein, während sie Gott weiß was tippt. Ich habe gerade damit aufgehört, ihr die Details der letzten Nacht zu erzählen.

Ich nehme einen Schluck von meinem Getränk. Es ist nicht genug, also nehme ich noch einen. Und am Ende kippe ich das ganze Getränk in mich hinein.

Wir beide erledigen unsere jeweilige Arbeit, aber sie wollte mich nicht allein im Haus lassen, jetzt, wo mein Schatten anfängt, mehr zu interagieren.

Wahrscheinlich hackt Daya sich in etwas ein. Ich kann mir allerdings nicht vorstellen, was sie da hacken könnte. Hoffentlich ist es nicht mein Handy. Da sind Nacktbilder drauf.

Mein Gesicht wird blass. O Gott, was ist, wenn er sich einhackt und sie findet? Ich nehme mein Handy in die Hand, lösche jedes einzelne dieser Bilder und entferne sie dann ein zweites Mal aus dem Papierkorb.

Einige meiner Ängste lassen nach, aber nicht alle. Soweit ich weiß, könnte er sich bereits in das System gehackt haben.

Ich werde für den Rest meines Lebens davon besessen sein.

Daya, die meine innere Krise bemerkt hat, konzentriert sich auf mich und runzelt besorgt die Stirn. »Bist du okay, Liebes?«

Ich räuspere mich. »Wie wahrscheinlich ist es, dass er sich in mein Telefon hacken und meine Nacktbilder finden kann?« Ihre Lippe zuckt und ich bin zwei Sekunden davon entfernt, sie ihr aus dem Gesicht zu schlagen.

»Babygirl, dieser Mann hat dich sicher schon tausendmal dabei gesehen, wie du dich in deinem Zimmer ausziehst.«

Meine Augen werden größer. Das habe ich noch nicht bedacht.

»O mein Gott.«

»Warum fragst du?«, fragt Daya, ihre Stimme ist voller Misstrauen.

Ich beiße mir auf die Lippe und überlege. Das Einzige, was mich jetzt noch davon abhält, Daya von den Texten zu erzählen, ist ihre drohende Wut.

Endlich fasse ich mir ein Herz und frage: »Kannst du eine unbekannte Nummer zurückverfolgen?«

Ihre Augen verengen sich. »Hat er dir von einer aus geschrieben?«

Scham schleicht sich ein. Ich hätte ihr das schon früher sagen sollen, aber ich hatte ein seltsames Bedürfnis, die Texte für mich zu behalten, genau wie bei dem Polizisten. Jetzt wird mir klar, wie dumm das ist, wenn Daya eine der besten Hackerinnen der Welt ist. Oder das zumindest behauptet.

Ich nicke verlegen und reiche ihr das Telefon, der Chatverlauf ist bereits geöffnet. Sie reißt es mir aus der Hand, wirft mir einen hitzigen Blick zu und liest die Nachrichten durch.

Ihre Augen richten sich auf mich, Feuer lodert in ihren Pupillen. »Du zeigst mir die erst jetzt?«

Ich stöhne. »Ich weiß, ich bin eine dumme Bitch. Ich … Ich weiß nicht, Daya. Ich weiß es wirklich nicht. Kannst du sie zurückverfolgen?«

»Ich vergebe dir noch nicht, aber lass mich mal sehen.«

Ich mache mir keine Sorgen über ihre Wut. Daya könnte von einer Schlange gebissen werden und ihr sofort verzeihen. Sie spielt im Moment nur die Unnahbare.

Etwas, das wie Frustration aussieht, legt sich über ihr Gesicht. Ihre Lippen sind nach unten gebogen und je mehr Sekunden vergehen, desto tiefer wird ihr Stirnrunzeln. Sie lehnt sich näher an den Bildschirm und ihre Finger fliegen immer noch über die Tasten.

Nach ein paar Minuten schlägt sie ihre Handflächen auf den Tisch und lehnt sich zurück, mit offensichtlicher Wut im Gesicht.

»Nicht zurückverfolgbar«, ist alles, was sie sagt.

Meine Angst steigt wieder auf. »Dieser Mann kann sich also in meine Sicherheitskameras hacken, sie außer Kraft setzen und mir von einer nicht nachweisbaren Nummer aus eine Nachricht schicken. Das heißt, er hat wahrscheinlich mein Telefon gehackt und meine Nacktbilder bekommen.«

Sie sieht zu mir auf und ich kenne meine Antwort schon.

»Es ist möglich«, sagt sie, obwohl ihr Ton vermittelt, dass es *wahrscheinlich* ist.

Ich lasse meinen Kopf auf meinem Laptop sinken und drücke mit Sicherheit ein paar Tasten, aber das ist mir gerade egal. Ein gruseliger Typ hat möglicherweise meine Nacktfotos. Schlimmer noch, er hat sicher Videoaufnahmen von mir, auf denen ich nackt bin. Ich nehme an, das ist nicht das Schlimmste, was mir passieren kann – mein Körper ist fabelhaft. Aber ich würde mich definitiv schämen, wenn sie geleaked werden würden.

Was ist, wenn er diese zur Erpressung verwendet? Ich hätte nie gedacht, dass ich das einmal denke, aber hoffentlich ist er zu besessen von mir, um sie weiterzugeben. Er hat bereits bewiesen, dass er sehr besitzergreifend ist. Wenn ein anderer Mann nicht einmal meinen Oberschenkel anfassen kann, ohne dass ihm die Hände abgehackt werden, dann würde er der Welt sicher nicht meinen nackten Körper zeigen.

»Hast du sie gelöscht?«

Ich nicke, meine Stirn reibt gegen die Tasten. Ich erschaudere wegen des Geräusches. Wenn ich nicht aufhöre, wird mein dicker Kopf meinen Laptop ruinieren.

Ich hebe meinen Kopf, nehme Dayas Glas mit Wodka und Ananassaft in die Hand und beginne zu trinken. Sie beschwert sich nicht. Sie schiebt mir sogar die ganze Flasche Wodka rüber.

»Mach dir keine Gedanken darüber. Wenn er nichts über sie gesagt hat, ist die Wahrscheinlichkeit groß, dass er sie nicht hat.«

Ihre Worte tragen wenig dazu bei, dass ich mich besser fühle, aber ich schätze sie trotzdem.

»Wem hast du überhaupt deine Nacktbilder geschickt?«, fragt sie und reißt mir die Wodkaflasche aus der Hand, nachdem ich einen kräftigen Schluck genommen habe.

»Ich habe kein Nacktfoto mehr verschickt, seit ich zwanzig bin. Ich mache Nacktbilder, weil ich meinen Körper mag und ihn den ganzen Tag lang anstarren möchte.«

Daya lacht. »Ich liebe dich verdammt noch mal.«

Leider ist sie vielleicht nicht die Einzige.

Ihr Telefon leuchtet auf. Instinktiv richten sich meine Augen auf den Bildschirm, aber erst als sie das Handy in die Hand nimmt, als ob es Feuer fangen würde, wird meine Aufmerksamkeit darauf gelenkt.

Ich ziehe eine Augenbraue hoch und sehe, wie sie mich nervös anschaut.

»Du verzeihst mir nicht, dass ich Geheimnisse bewahre, aber tust jetzt dasselbe«, sage ich trocken.

Sie fällt in sich zusammen und sieht aus wie ein Hund, der mit dem Klopapier im Maul erwischt wurde.

»Ich wollte dich nicht beunruhigen«, murmelt sie.

»Worüber?«, schnauze ich und strecke meine Hand erwartungsvoll nach dem Telefon aus. Sie stöhnt und vergräbt es tiefer an ihrer Brust.

»Luke … er schreibt mir«, beginnt sie und meine Augen weiten sich.

»Schreibt dir wegen was? Einfach nur, um sich wiederzutreffen?«

Langsam schüttelt sie den Kopf. »Er hat mich wegen dir und dem, was in der Nacht mit Arch passiert ist, belästigt. Ich habe ihm erzählt, was du der Polizei erzählt hast. Dass jemand an die Tür geklopft hat und danach verschwunden ist. Ich nehme an, dass er versucht, herauszufinden, wer es gewesen sein könnte.«

»Fuck«, fluche ich und vergrabe meinen Kopf in den Händen.

»Anscheinend läuft Max Amok«, gibt sie seufzend zu. »Nicht nur sein bester Freund ist gestorben, sondern die ganze Familie.

Sie haben es nicht ausgesprochen, aber ich bin mir nicht sicher, ob sie glauben, dass es die Rivalen der Talaverras waren, die die Familie getötet haben. Ich habe Luke gesagt, dass du nichts damit zu tun hast. Ich glaube, er hat es mir abgekauft.«

Unausgesprochene Worte bleiben zurück, also sage ich sie für sie. »Vorerst.«

Ihre Lippen ziehen sich zusammen und mir wird klar, dass mein Schatten mir gerade gefährliche Feinde gemacht hat.

14. Januar 1945

Das kalte, trübe Wetter versetzt mich in eine Stimmung, die mit dem Eis, das an meinen Fenstern klebt, in Rivalität steht.
Frank bemerkte meine miese Laune sogar, als er heute vorbeikam. Er versuchte, mich mit schlechten Witzen aufzuheitern. Ich gebe zu, ich habe über ein oder zwei gelacht, aber viel mehr als das kann ich nicht aufbringen.
Ronaldo und ich haben uns gestern gestritten.
Er sagte, er kann es nicht ertragen, dass ich noch mit John zusammen bin. Er wird unglaublich eifersüchtig. Und ich kann nicht sagen, dass ich ihn vollkommen verurteile. Nicht, wenn mich der Gedanke an ihn mit einer anderen Frau fast blind vor Wut macht.
Aber Ronaldos Leben ist immer noch ein Mysterium für mich. Er sagte, dass er sich weigert, mich in seinen gefährlichen Lebensstil zu involvieren, und ich bin mir nicht einmal sicher, was das bedeutet.
Wie könnte ich die Sicherheit für meine Tochter aufgeben, für einen Mann, dessen Leben immer noch rätselhaft und gefährlich ist?
Ich bin ratlos.

Kapitel 14

Die Manipulatorin

Daya hat eine Art Sperre für mein Handy eingerichtet, um weitere Hackerangriffe zu verhindern. Während mein Verstand immer wieder zu den Nacktfotos zurückkehrte, war Dayas Sorge eher, dass der Kerl Zugang zu meinem Handy im Allgemeinen hat. Er könnte alle meine Nachrichten sehen, auf meine Bankdaten zugreifen, mein Telefon verfolgen und mich überall finden, egal wo ich bin.

Es scheint, als würde meine Wertschätzung für Daya jeden Tag wachsen. Sie hat mir ein Gefühl der Sicherheit gegeben, von dem ich gar nicht wusste, dass es mir fehlte.

Ich werde ihr bald einen Heiratsantrag machen müssen oder so.

Trotzdem werde ich in meinem ganzen Leben nie wieder ein Nacktfoto machen, aber das ist ein kleiner Preis, den ich zahlen muss. Ich habe beschlossen, die Kamera aus meinem Zimmer zu entfernen, damit ich mich wenigstens halbwegs wohlfühle. Ich muss nur damit warten, nackt durch das Haus zu laufen, bis etwas gegen diesen Widerling unternommen wird.

Wenn Archs beste Freunde nicht an meinem Arsch kleben würden, könnte ich nachts vielleicht ein oder zwei Stunden länger schlafen.

Den Rest des Tages verbrachten wir in Stille, beide in unsere Arbeit vertieft.

Während Daya das tat, was sie normalerweise tut, habe ich alle

Bilder im Haus herausgeholt und sie durchgesehen. Ich habe keine Ahnung, wonach ich eigentlich suche. Vielleicht Gigi mit einem anderen Mann als meinem Großvater.

Nach einer Stunde des Betrachtens realisiere ich, dass sie dazu neigte, die Namen der Personen, die auf dem Foto festgehalten wurden, und das Jahr auf die Rückseite eines jeden Bildes zu schreiben.

Ich habe nach dem Namen Ronaldo gesucht, ihn aber nicht gefunden.

»Halloween steht vor der Tür. Wir gehen doch dieses Jahr in Spukhäuser, oder?«, fragt Daya. Sie steht an meiner Haustür und will nach Hause gehen.

Ich werfe ihr einen amüsierten Blick zu. »Halloween ist mein ganzes Leben, Daya. Natürlich gehen wir in verdammte Geisterhäuser.«

Solange ich mich erinnern kann, hat mich Halloween fasziniert. Die Kreaturen und gruseligen Gesichter. Die Schreckmomente und die Angst, dass etwas Grausames passieren könnte. Ich hatte eine ungesunde Besessenheit von all dem.

Meine Mutter hat mich wegen meiner Faszination für blutige Horrorfilme zur Therapie geschickt. Sie dachte, ich wäre eine Psychopathin. Aber in Wirklichkeit macht es mich einfach an, Angst zu haben.

Ich denke, das ist ein Schritt weiter als ein Psychopath, aber der Therapeut war anderer Meinung.

Zu oft hörte ich, wie meine Mutter meinem Vater sagte, dass ich ein Freak sei. Dass mit mir etwas nicht stimme. Niemand, der bei Verstand sei, *mag* es, Angst zu haben.

Aber ich schon.

Ich liebe es.

Deshalb ist es für jemanden wie mich das Schlimmste, einen Stalker zu haben. Ich bin anfällig dafür, die Angst ein bisschen zu sehr zu genießen. Meine Liebe zum Horror wird mich eines Tages umbringen. Es ist, als ob ich dazu bestimmt wäre, gejagt zu werden.

Little Mouse.

Dieser Name wird mich verfolgen.

Ich bin keine Beute. Das bin ich nicht.

»*Satan's Affair* kommt wieder in die Stadt und sie haben neue Geisterhäuser«, erinnert mich Daya und holt mich in die Gegenwart zurück.

Satan's Affair ist eine wandernde Kirmes, die jedes Jahr in die Stadt kommt und für zwei Nächte bleibt, bevor sie in die nächste Stadt weiterzieht. Dort gibt es jede Menge Geisterhäuser und Fahrgeschäfte. Daya und ich gehen jedes Jahr hin.

Nach den ersten paar Jahren wurden die Spukhäuser vorhersehbar. Seitdem werden sie jedes Jahr gewechselt, und jetzt hat der Jahrmarkt einige der besten Geisterhäuser des Landes.

»Du weißt schon, dass ich die Erste in der Schlange sein werde.«

»Ja, das wissen wir, Freak«, stichelt sie. Obwohl das früher der Lieblingsausdruck meiner Mutter war, lasse ich mich davon nicht weiter stören.

Einige Männer haben mich ebenfalls so genannt, gefolgt von verzweifeltem Betteln, mich wieder zu ficken. Ein Freak zu sein, hat schon vor langer Zeit eine ganz neue Bedeutung bekommen. Ich tendiere dazu, den Namen jetzt zu genießen.

Daya geht, sobald wir die Pläne für die Kirmes-Nacht geschmiedet haben. Das ist erst in ein paar Wochen, aber die Veranstaltung hat sich eine treue Fangemeinde erarbeitet und ist jedes Jahr ausverkauft. Es ist so weit gekommen, dass so viele Leute anreisen, dass sie die Zahl derjenigen, die reingelassen werden, beschränken mussten.

Sie behandeln es wie ein Konzert, damit sich keine Schlangen vor dem Gelände bilden. Sobald die Tickets ausverkauft sind, kann man nicht mehr eintreten. Zum Glück habe ich ein Computergenie an meiner Seite, das uns die Tickets besorgt, bevor sie überhaupt veröffentlicht werden.

In dem Moment, in dem die Tür hinter Daya zufällt, vibriert

mein Handy. Ich denke, dass es Daya ist, die mir schreibt, dass sie etwas vergessen hat, und hole mein Handy heraus, ohne zu registrieren, wer es ist.

Sobald ich den Text sehe, rutscht mir das Herz in die Hose.

Unbekannt: Bereit für deine Bestrafung, Little Mouse?

Ich schaue auf und stürme zum Fenster hinüber. Er steht nicht draußen. Daya fährt gerade aus der Einfahrt und rast davon, ihre Rücklichter verschwinden zwischen den Bäumen.

Ich drehe mich um, nervös, dass er einen anderen Weg in mein Haus gefunden hat. Oder dass er bereits mit mir im Haus ist, und das schon die ganze Zeit.

Ich: Warum tust du das?

Die Nachricht kommt nicht sofort an. Ich warte mit angehaltenem Atem und als ich merke, dass ich auf mein Handy starre, werfe ich es fast durch den Raum. Wahrscheinlich lässt er mich absichtlich warten.

Endlich vibriert es wieder. Ich zwinge mich, eine Minute zu warten, bevor ich es öffne, nur um ihn zu ärgern.

Unbekannt: Du verfolgst mich. Es ist nur fair, dass ich das Gefühl erwidere.

Ich schlucke und bin nervös, während ich überlege, wie ich reagieren soll.

Unbekannt: Du bist so schön, wenn du Angst hast.

Ich lasse das Handy fallen. Beschämt und betend, dass er meinen Fehler nicht gesehen hat, schaue ich wieder aus dem Fenster. Er ist immer noch nicht da.

Wo zum Teufel ist er?

Als könne er meine Gedanken lesen, bekomme ich eine weitere Nachricht.

Unbekannt: Ich bin so nah, ich kann dich riechen.

Meine Hände zittern, als ich seine Nachricht wieder und wieder lese. Die Worte beginnen zu verschwimmen, als die Panik einsetzt. Er ist hier irgendwo in meinem Haus. Ich renne in die Küche, schnappe mir mein handliches Messer und stürme zurück ins Wohnzimmer.

Er kam noch nicht raus, aber ich denke, das wird er. Mit rasendem Herzen und zitternden Händen setze ich mich auf den Rand des Schaukelstuhls und besiegle mein Schicksal.

Ich: Hör auf, eine Pussy zu sein und komm raus.

In der Sekunde, in der die Nachricht abgesendet wird, bereue ich sie. Ich will sie am liebsten zurückrufen.

Schritte ertönen von oben. Ich schlucke und schaue doch zur Decke, als ob ich durch sie hindurchsehen könnte und ihn entdecken würde. Die Schritte bewegen sich weiter von mir weg, entgegen meines Zimmers.

Mein Handy vibriert.

Unbekannt: Komm und finde mich.

Genau in diesem Moment zweifle ich an meinem Verstand. Ohne nachzudenken, hebt sich mein Hintern vom Stuhl und ich mache einen Schritt auf die Treppe zu. Mein Instinkt sagt mir, dass ich auf die Gefahr zu laufen muss, nicht weg.

Gott? Ich bin es wieder. Wir müssen wirklich über deine Entscheidungen reden, als du mich gemacht hast.

Ich bin mir nicht einmal sicher, ob ich an sie glaube, aber wenn es sie wirklich gibt, dann sollte ihr jemand dafür auf die Finger hauen, dass sie mich so erschaffen hat.

Zum Glück schaltet sich der gesunde Menschenverstand ein und ich halte mich davon ab, nach oben zu gehen und einen verrückten Mann in meinem Haus zu finden. Das Klügste wäre, die Polizei zu rufen.

Es gibt keine Möglichkeit für ihn, ungesehen zu entkommen. Der einzige Weg aus dem Haus hinaus führt die Stufen hinunter. Er kann sich nicht für immer verstecken. In diesem Moment ist es mir sogar egal, ob der Polizist ihn nicht schnappen kann. Solange jemand anderes bezeugen kann, dass er ihn auch gesehen hat, wird es für sie ausreichen, um es ernst zu nehmen.

Ein weiteres Vibrieren.

Unbekannt: Zu ängstlich, Little Mouse?

Als würde er mich herausfordern, knallt eine Tür zu. Das Geräusch lässt mich aufschrecken und mein Herz schlägt mir bis zum Hals. Selbst wenn ich schreien wollte, wäre ich nicht in der Lage dazu, einen Laut von mir zu geben.

Mein Herz pumpt unregelmäßig, während die Angst immer stärker wird.

Ich: Ich rufe die Polizei.

Ich kann das Urteil durch die Wände hindurch spüren. Ich nenne ihn eine Pussy und fordere ihn auf, herauszukommen. Dann, wenn sich der Spieß umdreht, drohe ich damit, die Polizei zu rufen.

Denn das ist das Klügste, was man tun kann, Dummkopf.

Warum zur Hölle komme ich mir dann so blöd vor, wenn ich es denke? Wie ist das möglich?

Unbekannt: Weißt du noch, was ich das letzte Mal gesagt habe?

Wie könnte ich das vergessen? Je weniger ich gehorche, desto härter wird die Strafe. Ich beiße mir auf die Lippe und denke ernsthaft darüber nach, nach oben zu gehen und ihn zu suchen. Ich atme zitternd aus.

Ich habe eine Entscheidung zu treffen und ich weiß jetzt schon, dass ich die falsche treffen werde.

Ich resigniere und beginne zu tippen.

Ich: Ich komme, Arschloch.

Ich halte mein Handy in der einen und das Messer in der anderen Hand. Auf keinen Fall werde ich wieder ein Idiot sein und das Messer fallen lassen. Es bleibt fest in meinem Griff, genauso wie es fest im Gesicht dieses Kerls stecken wird, wenn ich ihn finde.

Ich mache mich leise auf den Weg die Treppe hinauf. Obwohl ich mir nicht sicher bin, ob es wirklich wichtig ist, ob er mich kommen hört oder nicht. Ich habe das tödliche Gefühl, dass, auch wenn ich es bin, die zu ihm kommt, er es sein wird, der mich zuerst findet.

Das vertraute, berauschende Gefühl setzt sich in meinem Bauch fest. Es kribbelt wie Alkohol in einem leeren Magen. Schweiß bricht mir auf der Stirn aus und mein Mund fühlt sich an, als hätte ich Sand geschluckt.

Ich habe eine Scheißangst.

Einige Lampen auf jeder Seite des Flurs spenden gerade genug Licht, um zu sehen, dass niemand da ist. Ich klicke die Taschenlampe auf meinem Handy an und gehe in den ersten Raum.

Ich gehe langsam in jeden Raum hinein und schaue sofort nach links und rechts, bevor ich weitergehe. Ich schaue hinter den Türen und in jeder Ecke des Raums nach.

Der Kleiderschrank ist der schlimmste Teil. Wenn ich die Tür öffne und weiß, dass ich einem Mann von Angesicht zu Angesicht gegenüberstehen könnte.

Einem Mann, der mich bestrafen will.

Tränen sammeln sich in meinen Augen, als ich feststelle, dass der erste Schrank leer ist. Mein armes Herz leidet in diesem Moment unter extremem Klopfen. Ich glaube nicht, dass diese Menge an Angst in meinem Blutkreislauf gesund ist.

Trotzdem gehe ich weiter und finde auch die beiden folgenden Räume vollkommen leer vor.

In diesem Flur gibt es nur noch zwei weitere Zimmer und ein Badezimmer. Und letztendlich eine Tür am Ende des Flurs, die zum Dachboden führt.

Wenn er da oben ist, kann er dort bleiben. Ich werde auf keinen Fall auf den verdammten Dachboden gehen, um ihn zu suchen. Ich werde mir gern meine Niederlage eingestehen.

Tief einatmend wende ich mich meinem Schlafzimmer zu. Abgesehen vom Dachboden ist es der einzige Raum in diesem Flur mit geschlossener Tür.

Was fühlt er gerade? Auf der anderen Seite stehend und darauf wartend, dass ich hereinkomme. Unsere Rollen haben sich vertauscht, dieses Mal stehe ich vor der Tür. Aber dennoch bin ich diejenige, die verängstigt stehen bleibt, während er in aller Ruhe auf mich wartet. In Erwartung all der Dinge, die er zu mir sagen wird. Mir antun wird.

Wie er mich verletzen wird. *Mich bestrafen wird.*

Ich richte mich gerade auf, drehe den Knauf und öffne die Tür. Als sie aufschwingt, klettert ein Schrei meine Kehle hinauf.

Er bemüht sich nicht einmal, sich zu verstecken.

Meine Balkontür steht weit offen, das Mondlicht dringt herein. Und da, eine dunkle, in weißes Licht gehüllte Gestalt ist mein Schatten. Mit einem bösen Lächeln im Gesicht und einer Klinge in der Hand starrt er mich an.

13. März 1945

Ronaldo nahm mich auf einen Mini-Urlaub mit. Ich erzählte John, dass ich ein Mädelswochenende mit einer Freundin aus Seras Schule unternehmen würde. Angesichts der Tatsache, dass ich schon früher an Wochenenden ausgegangen bin, hinterfragte er mich nicht.
Ich fühle mich so schuldig. Aber nicht genug, um nach Hause zu kommen.
Ich bin so glücklich mit Ronaldo. So begeistert. Dieses Wochenende war absolut magisch. Ich wünschte nur, Sera wäre hier, um es mit uns zu genießen. Aber das ist furchtbar von mir, nicht wahr?
Ich liebe John und ich würde nie wollen, dass Sera ihn nicht mehr bei sich hat. Er ist wunderbar zu ihr, und meine Sera wäre ohne ihn verloren. Ich würde sie nie von ihm wegnehmen.
Aber manchmal wünschte ich mir, sie hätte auch Ronaldo.

Kapitel 15

Die Manipulatorin

Ich bin komplett bewegungsunfähig unter seinem starrenden Blick. Ich kann mir nur vorstellen, wie ich aussehe, wenn ich sehe, wie er da steht und auf mich wartet.

Die Lampen hinter meinem Bett sind angezündet und spenden schummriges Licht. Genug, um ihn gut sehen zu können. Er ist ganz in Schwarz gekleidet. Lederstiefel, Jeans, die sich eng um seine breiten Oberschenkel schmiegen, und ein passender Kapuzenpullover, der eine Nummer zu klein aussieht, so wie er ihn ausfüllt.

Trotzdem kann ich nicht viel von seinem Gesicht sehen – diese verdammte Kapuze.

Meine Zunge schießt heraus und befeuchtet meine trockenen Lippen.

»Nimm deine Kapuze ab«, sage ich mit einem leichten Zittern in der Stimme. Er tut es nicht. Und er spricht auch nicht.

Wut beginnt sich unter der Angst aufzubauen.

»Du wolltest, dass ich dich suche, *Kitty Cat*. Das habe ich getan. Also nimm deine verdammte Kapuze ab und zeig mir dein Gesicht«, fordere ich und meine Stimme überschlägt sich vor Wut.

Ein sündiges Grinsen zuckt an seinen Lippen, als er seinen neuen Spitznamen hört. Er denkt, das ist ein Katz- und Mausspiel. Wenn er mich mit einem Spitznamen erniedrigen will, ist es nur fair, wenn ich mich revanchiere.

Langsam zieht er sich die Kapuze vom Kopf, das Messer glänzt, als wollte er mich verspotten. Ich habe ebenfalls ein eigenes Messer.

Jeder Triumph, den ich über meinen kleinen Stoß empfunden habe, löst sich auf wie Butter in einer heißen Bratpfanne.

Und all die Furcht, die ich gespürt habe, verdreifacht sich. Sein Gesicht ist … anders als alles, was ich bisher gesehen habe. Aber das ist es ja, ich *habe* ihn schon einmal gesehen. Die nicht zueinanderpassenden Augen verraten ihn.

In der Buchhandlung sah ich nur Teile seines Gesichts. Zu diesem Zeitpunkt schien er einigermaßen attraktiv zu sein. Aber jetzt, wo ich diese Teile als Ganzes sehe, ist er umwerfend.

Sein rechtes Auge ist dunkler als der Mitternachtshimmel, das andere das genaue Gegenteil. Sein linkes Auge ist so ausgebleicht, dass es fast weiß ist. Die Narbe, die in der Mitte seiner Stirn beginnt und sich durch sein weißes Auge bis zur Mitte seiner Wange zieht, kann ich nicht vergessen, seit ich ihn in der Buchhandlung gesehen habe.

Trotz der hässlichen Narbe dient sie nur dazu, seine Schönheit zu unterstreichen. Seine Kieferpartie ist so scharf, dass er Diamanten damit schneiden könnte. Eine gerade, aristokratische Nase. Volle Lippen. Und kurzes schwarzes Haar, lang genug, um perfekt mit den Händen hindurchzufahren.

Das ist falsch. *So* falsch.

Ich sollte mich nicht zu einem Stalker hingezogen fühlen.

Seine Anwesenheit ist so überwältigend, dass es sich anfühlt, als wäre er drei Meter groß und als käme ein Schatten an der Decke hochgekrochen, der auf mich zukommt. Der Raum fühlt sich winzig an, wenn er da ist. Ich fühle mich winzig, wenn er da ist.

Er macht einen Schritt auf mich zu, ein leichtes Grinsen liegt noch auf seinem Gesicht – nur ein leichtes Kräuseln seiner Lippen.

Ich mache einen Schritt zurück. Endlich sind meine Instinkte nicht mehr völlig durcheinander und ich mache meinen ersten klugen Zug in dieser Nacht.

»Hat es dir die Sprache verschlagen, *Little Mouse*?«

Kurz schließe ich die Augen. Seine Stimme überschwemmt mich und hinterlässt eine Gänsehaut. Der Klang ist so dunkel wie sein schwarzes Auge.

Ich schlucke erneut und ersticke beinahe dabei. Es fühlt sich an, als wäre meine Zunge auf das Doppelte ihrer Größe angeschwollen.

»Was willst du von mir?«, würge ich hervor.

Er schleicht auf mich zu. Meine Wirbelsäule verkrampft sich und trotz des Adrenalins, das durch meine Herzklappen pumpt, bleibe ich still stehen. Wenn er nahe genug herankommt, werde ich ihn abstechen.

Ziel auf die Kehle, Addie.

Meine Augen treffen auf seine und alle Gedanken lösen sich auf. Er presst seinen ganzen Körper gegen meinen. Keine Scham. Keine Schüchternheit. Kein *lass mich dir erst einen Drink ausgeben, bevor ich meine männlichen Brustmuskeln an dich drücke.*

Ich habe mir vor Überraschung fast auf die Zunge gebissen, so dreist ist das.

Es dauert einige Sekunden, bis mein Körper wieder reagiert. Bevor ich darüber nachdenken kann, was ich tue, schwinge ich mein Messer zu ihm hin, stoße aber auf Widerstand, als ich versuche, es zu heben.

Ich schaue verwirrt nach unten und sehe, dass seine bloße Hand die Klinge umschlungen hat. In seiner Hand sammelt sich Blut und eine kleine Spur führt direkt zu meiner Hand.

Ich schnappe nach Luft, meine Augen weiten sich und richten sich wieder auf ihn. In seinen Augen zeigt sich kein bisschen Schmerz. Nicht einmal ein Schimmer.

Er ruckt einmal an der Klinge, reißt sie aus meinem schwachen Griff und wirft sie blindlings hinter sich.

Das Messer klappert laut gegen irgendetwas, bevor es auf den Boden fällt und das Geräusch in dem sonst so ruhigen Raum widerhallt. Bloß mein schweres Keuchen durchbricht die Stille, die uns umgibt. Seine Anwesenheit ist wie ein Strudel, der langsam den Sauerstoff aus dem Raum – und sogar aus meinem Gehirn – entzieht.

Denn ich kann nicht klar denken, wenn sein Körper meinem so nah ist. Die Angst hat sich fest um mich gewickelt und ihre Kraft verwandelt meinen Körper in Stein. Ich bin nutzlos. Machtlos. Mein Überlebensinstinkt sagt mir, dass ich mich einfach *bewegen* soll, aber mein Körper weigert sich.

Und dann schlingt sich seine blutige Hand um meinen Nacken und bringt meinen Körper wieder mit seinem in Einklang. Ich erschaudere bei dem Gefühl, wie die Essenz seines Lebens von seiner Hand tropft. Das Blut fühlt sich an wie bedrohliche Finger, die meine Wirbelsäule hinunterkrabbeln und meine Haut beflecken, als wollten sie mich markieren.

Zu meinem Entsetzen hebt er seine andere Hand – die immer noch ein viel größeres Messer als meines hält – und führt die Spitze der Klinge an die Unterseite meines Kinns.

Er übt so viel Druck aus, dass mein Kinn weiter nach oben gedrückt wird und das Metall in meine Haut beißt. Das leichte Kräuseln seiner Lippen lässt den Atem in meiner Lunge stocken. Die Handlung spricht von etwas Beängstigendem. Etwas Verurteilendem.

»Aus der Nähe bist du noch schöner«, murmelt er und seine sündigen Augen verschlingen mein Gesicht.

Mit finsterer Miene lege ich meine Hände auf seine Brust, ignoriere den reinen Stahl unter seinem Fleisch und versuche, ihn wegzustoßen. Aber er wehrt sich dagegen, seine Lippen verziehen sich zu einem Knurren.

Tränen sammeln sich um meine Augenlider, während die Frustration wächst.

»Bitte, geh einfach. Ich will dich hier nicht haben. Ich will dich nicht. Lass mich einfach in Ruhe«, flehe ich. Es fühlt sich an, als würde ich mit einer Hand in meine Brust greifen, meinen Stolz herausziehen und ihn auf den Boden werfen. Aber in diesem Moment ist mir mein Stolz scheißegal.

Ich will nur, dass dieser Mann verdammt noch mal *verschwindet*.

Er drückt sich näher an mich.

»Wirst du weinen, Addie?«, spottet er. Meine Hände sind immer noch fest gegen seine Brust gepresst. Sein Herz rast unter meinen Handflächen und lässt mich innehalten. Wenn ich es nicht besser wüsste, würde ich denken, dass er nicht so unberührt ist, wie es den Anschein hat.

»Nein«, lüge ich.

Ich werde absolut kein Problem damit haben, mir die Augen auszuweinen, *nachdem* er gegangen ist. Aber ich weigere mich, ihm noch mehr Schwäche zu zeigen.

Er blitzt mir ein wildes Lächeln entgegen, zieht die Klinge von meinem Kinn und lässt seine Hand hinter meinem Nacken verschwinden.

In der Sekunde, in der er zurücktritt, spüre ich eine Mischung aus Kälte und Erleichterung. Aber dann kommt er sofort zurück.

Die Intensität in seinen Augen hält mich an Ort und Stelle, während er neben mich tritt und seine Brust meinen Arm berührt. Er riecht nach Leder und Rauch. Es ist berauschend. *Er* ist berauschend.

Angst hat einen Geschmack. Säuerlich, verbranntes Metall. Sie betäubt meine Zunge. Nicht nur meine Zunge, sondern mein ganzes Wesen.

Ich bin so verängstigt.

Und doch so … verschlungen von ihm.

Ich halte meinen Kopf gerade, aber ich lasse ihn nicht aus den Augen. Er lehnt sich an mich und drückt sein Gewicht gegen mich. Ich kämpfe gegen seine Kraft an. Anstatt von ihm weggestoßen zu werden, werde ich von ihm aufgesogen. Sein heißer Atem wärmt meine Haut, als seine Lippen den äußeren Rand meines Ohrs umspielen. Ein weiterer Schauer durchfährt meine Wirbelsäule.

»Ich will dich verschlingen«, flüstert er.

Meine Lippe zittert. Ich ziehe die verräterische Lippe zwischen die Zähne, damit sie aufhört, meine Schwäche zu zeigen. Als ich einen Blick auf ihn riskiere, haben sich seine Augen auf meine Lippen gerichtet.

»Bist du hier, um mich zu töten?«, frage ich leise und versuche, das Zittern in meinem Körper zu verstecken.

Ich versage.

Langsam schüttelt er den Kopf. »Warum sollte ich das tun?« Ich bin mir nicht sicher, wie ich darauf antworten soll. Er fährt fort: »Ich werde dich nicht töten, Little Mouse. Ich möchte dich *behalten*.«

»Und wenn ich das nicht will?«

Er lächelt. »Das wirst du.«

Ich öffne meinen Mund, aber die Worte bleiben mir auf der Zunge liegen, als er eine Hand hebt und mit dem Daumen grob über meine Unterlippe streicht.

»Mm«, knurrt er voller Freude. »Ich sage dir, was passieren wird. Ich werde dir die Möglichkeit geben, zu rennen und dich zu verstecken. Wenn ich dich finde, dann werde ich dich bestrafen. Wenn nicht, bleibst du unbestraft und ich werde gehen.«

Ich kneife meine Augen zusammen, ein kleiner, einzelner Hoffnungsfaden zieht sich durch die Hysterie. Ich kenne dieses Haus wie meine Westentasche. Ich weiß, wo die guten Verstecke sind.

Es gibt zwei Schlafzimmer auf dem Flur im unteren Stockwerk. Im ersten Schlafzimmer gibt es eine winzige Nische im hinteren Teil des Schranks. Kaum groß genug, um meinen Körper hineinzuquetschen, aber ich habe mich dort immer versteckt, wenn Nana und ich Verstecken gespielt haben.

»Gut«, flüstere ich. »Wie lange wirst du nach mir suchen, bevor ich gewinne?«

Er lächelt. »Ich gebe dir fünf Minuten, bevor ich dich übers Knie legen werde.«

Ich schnaufe und reiße mein Gesicht von seiner Hand weg. Er lässt mich los, aber das Lächeln auf seinem Gesicht wird breiter.

»Deine Zeit beginnt jetzt, Adeline. Du solltest besser rennen.«

Ich zögere nicht länger. Ich drehe mich um und stürme aus dem Zimmer, wobei ich die Tür hinter mir zuschlage. Mir entgeht nicht, wie er sich über meinen Anblick amüsiert, aber ich habe keine Zeit, mich darum zu kümmern.

Ich steuere geradewegs auf die Treppe zu und halte meine Schritte leicht, während meine Beine mich mit einer beängstigenden Geschwindigkeit die Stufen hinuntertragen. Auf halbem Weg nach unten kippe ich fast mit dem Gesicht voran nach vorn, kann mich aber gerade noch am Geländer festhalten und ein lautes Quietschen verhindern.

Ich fühle mich, als müsste ich mich übergeben, das Adrenalin und die Angst sind so stark und zerren an meinen Nerven.

Ich biege nach links in den Flur ein und schlüpfe gerade in das erste Schlafzimmer, als ich heftige Schritte von oben höre.

Mein Herz rast unheimlich schnell und meine Hände zittern heftig, als ich die Schranktür aufschiebe. Das Metall klappert durch meine Nachlässigkeit. Ein leises, unbedeutendes Geräusch, das sich anfühlt wie ein Donnerschlag, der durch die Knochen des Hauses rollt.

Mit einem tiefen Atemzug zwinge ich meinen Körper, langsamer zu werden, während ich die Schranktür schließe und in die Ecke eile.

Ich gerate in Panik.

Meine Brust verengt sich und ich verspüre den seltsamen Drang, zu husten. Das könnte daran liegen, dass meine Kehle trocken ist und sich immer mehr zusammenzieht. Ich möchte mich in meinem Nacken festkrallen, den Muskel zwingen, sich wieder zu öffnen und den Sauerstoff einzulassen, den ich so dringend brauche.

Es ist alles nur in deinem Kopf. Atme, Addie, atme. Er wird dich hier drinnen nicht finden. Nana konnte das nie.

Seine Schritte sind über mir verstummt, was bedeutet, dass er sich wahrscheinlich auf den Weg nach unten gemacht hat. Ich beiße mir fest auf die Lippe, der Geschmack von würzigem Kupfer erfüllt meinen Mund. Dennoch beiße ich weiter zu.

Schlurfende und deutliche Geräusche dringen durch. Je mehr Zeit vergeht, desto langsamer wird mein Atem.

Doch dann höre ich, wie sich die Tür langsam öffnet, und mein Atem stockt. Ich halte mir die Hand vor den Mund und weigere mich, einen Laut von mir zu geben, auch wenn mich das buchstäblich umbringt.

Die Schranktür gleitet auf und sein Duft erfüllt den winzigen Bereich. Leder. Ein Hauch von Rauch. Und noch etwas anderes. Etwas, bei dem ich normalerweise mit den Augen rollen würde, wenn es nicht so verdammt erstickend wäre.

»Du kannst jetzt rauskommen, Baby«, haucht er, seine Stimme klingt rau und tief.

O nein. Nein, nein, nein.

Ich bewege mich nicht und hoffe, dass er nur rät.

»Ich kann dich riechen«, sagt er. Und wenn das nicht das Gruseligste ist, was ich je gehört habe, dann weiß ich auch nicht. Fuck.

Als ich einen Blick um die Ecke riskiere, sehe ich ihn am Eingang des Schranks stehen. Er schaut nicht in meine Richtung. Mit gesenktem Kopf starrt er auf eine beliebige Stelle auf dem Boden.

»Du hast zehn Sekunden Zeit, bevor ich dich rausziehe.« Er tritt einen Schritt zurück und ich beschließe, es einfach zu tun.

Ich stürze hinaus, schlüpfe an ihm vorbei und gehe auf die Tür zu. Er gibt ein tiefes, grausames Lachen von sich. Ein Geräusch, das ich bestimmt für den Rest meines Lebens in meinen Albträumen hören werde.

Aber ich bleibe nicht stehen. Ich renne den Flur entlang und eile zur Haustür. Ich zucke zusammen, als ich sie verschlossen vorfinde.

»Öffnest du die Tür, wird das Konsequenzen haben«, warnt er. Ich erschrecke über seine Nähe. Die Zeit reicht nicht aus, um den Riegel, den Knauf und die Kette zu entriegeln. Er ist zu nah.

Wintergarten. Dort gibt es eine Hintertür, die nach draußen führt. Ich drehe mich um und sehe aus dem Augenwinkel, wie mein Schatten um die Ecke des Flureingangs kommt, aus dem ich gerade gekommen bin.

Ich stürme durch das Wohnzimmer, dann durch die Küche und zu der Tür, die in den hinteren Teil des Flurs führt. Ich bete, dass er nicht im Flur geblieben ist, und reiße die Tür auf, aber er ist leer. Zumindest in einem Umkreis von fünf Metern, denn weiter kann ich in der Dunkelheit nicht sehen.

Ich gehe geradewegs zum Wintergarten, stürme durch die Tür und finde ihn bereits dort, an die Tür gelehnt, durch die ich fliehen will.

Ich schlittere auf meinen Füßen und bremse meinen Schwung, bevor ich direkt in seine wartenden Arme stürze. Ich mache einen Schritt zurück, mein Brustkorb hebt sich und meine Gedanken rasen.

Er schnalzt mit der Zunge. »Du bist sehr berechenbar, Little Mouse. Daran werden wir noch arbeiten müssen.«

Ich stehe einfach nur da und bin wie erstarrt, während ich die Tatsache verarbeite, dass ich nicht in der Lage sein werde, aus diesem Haus zu entkommen. Er ist unglaublich schnell, aber das Schlimmste ist, dass ich nicht einen einzigen, fucking Schritt von ihm gehört habe. Ich habe mich wie ein Elefant angehört und er war leiser als eine Maus.

»Du wirst mich nicht anfassen«, zische ich, meine Stimme schwankt und ist voller unverdauter Tränen.

»Ein Deal ist ein Deal, Little Mouse.« Er blickt in den Nachthimmel. »Es *ist* wunderschön hier drinnen. Ich schätze, es ist nur angemessen, dass die Bestrafung hier stattfindet, meinst du nicht auch? Es fühlt sich an, als hätte sich der Kreis geschlossen.«

Knurrend zwinge ich meinen Körper schließlich zum Handeln und renne den Flur zurück in Richtung Treppe.

Vielleicht kann ich wieder ein Versteck finden. Irgendwo, wo er mich dieses Mal nicht finden wird. Ich gehe alle Möglichkeiten durch, während ich mich um das Geländer schwinge und die Treppe hochstürme.

Ein Windhauch streift meine Oberschenkel von hinten und als ich hinter mich schaue, ist er mir direkt auf den Fersen.

Ich stoße einen weiteren Schrei aus und beschleunige meine Schritte. Ich schaffe es die Treppe hinauf und renne den Flur entlang, während meine Verzweiflung und pure Panik meinen Kopf vernebeln. Ich kann nicht denken, ich kann nur handeln.

Ich bin auf halbem Weg durch den Flur, als sich ein stählerner Arm um meine Taille legt und mich hochhebt.

»Nein!«, schreie ich und trete nach Luft, während ich mich gegen seinen Griff wehre.

»O ja, Baby«, knurrt er und schwingt unsere Körper gegen die Wand. Ich stöhne beim Aufprall, lehne mich mit dem Rücken gegen die Wand und nutze sie als Hebel, um gegen diesen Bastard von einem Mann zu treten.

»Lass mich los, du verdammter, merkwürdiger, fuck …«

»Wenn du so weitermachst, machst du es nur noch schlimmer.«

Ich schreie außer Atem und werde immer schwächer, als er meinen Körper gegen die Wand drückt.

»Wir hatten eine Abmachung, nicht wahr?«

Eine Träne läuft über meine Wange. Dann noch eine und noch eine, bis ich kurz vorm Schluchzen bin.

»Nicht weinen, Little Mouse«, gurrt er. »Es wird noch viel schlimmer werden.«

Sein Atem streicht über meine Wange, während er sich fester an meinen Körper presst. Er ist so viel größer, sein Körper umhüllt mich, bis ich nur noch ihn sehen, fühlen und riechen kann. Wärme, Leder, dieser einzigartige Duft, der nur zu ihm gehört, und sein in Schwarz gekleideter Körper, der mich umgibt.

»Ich mag dich, wenn du verängstigt bist«, flüstert er und lässt mir einen Schauer über den Rücken laufen. »Ich mag es, wenn du bettelst und flehst. Wenn du weinst und Gott anflehst, dir zu helfen.« Ich spüre die Berührung seiner Hand auf meinem Gesicht und weiche zurück. Seine Finger fahren leicht über meine Wangenknochen zu meinem Haar und streichen die losen Strähnen hinter mein Ohr. »Ich mag es, wenn du unter meiner Berührung unkontrolliert anfängst zu zittern.«

»Du bist krank«, fauche ich und tue genau das. Ich zittere von Kopf bis Fuß und kann es nicht aufhalten.

»Du denkst, du wirst nur betteln, weil du um dein Leben kämpfst, aber da liegst du falsch. Ich werde dich nur mit meinem Schwanz in den Himmel schicken.« Er stößt ein tiefes Lachen aus. »Und bestimmt auch mit meiner Zunge und meinen Fingern.«

»Das wird nie passieren«, zische ich und starre ihn mit aller Intensität an. Zumindest denke ich das.

Seine Augen werden von dem schwachen Licht, das von den Wandlampen ausgeht, beschattet. Es fühlt sich fast so an, als wäre man weitsichtig. Das Gesicht ist so nah an etwas dran, aber die Klarheit entzieht sich einem. Die Schatten sind ein Teil von ihm. Er trägt sie mit sich.

»Es ist an der Zeit, dich zu bestrafen, und ich habe mir viele Möglichkeiten überlegt, wie ich das tun kann«, sagt er und ignoriert meinen Versuch, mich zu wehren. Es macht mich nur noch wütender, dass er meine fehlende Zustimmung für so belanglos hält. So … *wertlos.*

»Diesmal werde ich nett sein.« Ich öffne meinen Mund, aber er unterbricht mich mit einem tiefen, warnenden Knurren: »Aber nur, wenn du es auch bist, Adeline.«

Das Klappern meiner Zähne ist hörbar und entlockt ihm ein weiteres belustigtes Stöhnen. Mein Stolz ist angekratzt und ich möchte ihm dafür in die Eier treten, aber ich könnte mein

Bein keinen Zentimeter heben, selbst wenn ich es versuchen würde.

»Was wirst du tun?«, würge ich hervor, das Stottern meiner Worte im Rhythmus meines Herzschlags. Sein heißer Atem streicht über meine Wange und ich spüre, wie seine Lippen über meinen Kiefer gleiten. Ich schlucke, aber ersticke fast, weil meine Kehle so trocken geworden ist. Seine Lippen fahren an meinem Hals entlang, bis er an der Stelle direkt unter meinem Ohr innehält.

»Ich werde dich für mich beanspruchen«, sagt er, kurz bevor er seine Zähne zusammenbeißt.

Mein Rücken krümmt sich unwillkürlich, Ekel und Lust vermischen sich in meinem Körper und senden Fehlzündungen in mein Gehirn. Er stöhnt, seine Zähne bohren sich in meine Haut, seine Zunge leckt über mein Fleisch. Mein Mund öffnet sich und ich stoße einen leisen Schrei aus, während sein Mund dasselbe tut und tief in mich eindringt, als würde er die Essenz meines Körpers trinken. Dann zieht er sich zurück und fährt mit den Zähnen über meine Haut, lässt los und hinterlässt eine Stelle, die vor Schmerz brennt.

Ich bin mir nicht sicher, ob meine Hände seine Brust berühren, um mir Halt zu geben oder um ihn wegzustoßen. Doch meine Frage wird schnell beantwortet, als der Instinkt meine Hände dazu zwingt, sich zu verkrampfen, seinen Kapuzenpulli fest zu umklammern und mich an ihm festzuhalten, als wäre er meine Rettungsleine. Aber in Wirklichkeit ist er derjenige, der mich umbringt.

Ein heftiger Schauer durchfährt meinen Körper, als er eine feuchte Spur bis zu meinem Nacken leckt. Er hält inne, und es fühlt sich an, als würde mein Körper an einem spitzen Messer hängen. Ich halte den Atem an.

Und dann beißt er wieder zu und entlockt mir einen animalischen Laut aus der Tiefe meiner Brust. Er macht das immer und immer wieder und hinterlässt eine Spur von blauen Flecken an meinem Hals und meiner Schulter.

Ich bin atemlos, als er sich zurückzieht.

»Gutes Mädchen«, haucht er und seine eigene Stimme ist dünn. Irgendwie fühle ich mich dadurch noch schlechter. Ich will, dass er es genauso hasst, wie ich es hätte tun sollen.

Ich kann nicht erklären, warum ich das tue, was ich als Nächstes tue. Ich werde Gott später fragen. Aber in diesem Moment überkommt mich ein solcher Tsunami von Gefühlen, dass ich nach oben greife und ihm in die Wange beiße.

Hart.

Blut spritzt in meinen Mund, aber das ist mir egal, ich beiße einfach fester zu.

Vielleicht will ich ihm auch wehtun. Ihm eine Kostprobe seiner eigenen Medizin geben. Ihn fühlen lassen, was ich fühle.

Was auch immer der Grund sein mag, er ist nicht begeistert davon. Seine Hand legt sich um meine Kehle und drückt mich zurück, während er sein Gesicht wegreißt. Mein Kopf knallt gegen die Wand, ein dumpfes Pochen geht von der Stelle aus.

Er drückt fest zu, aber das ist mir egal. Ich fühle mich im Recht. Wenn er mich hier und jetzt tötet, kann ich wenigstens sagen, dass ich ein Zeichen bei ihm hinterlassen habe.

Er knurrt leise, ein Geräusch der Frustration und etwas anderem, das ich nicht benennen kann.

Ich starre zu ihm auf, während das Blut meine Zunge bedeckt und an meinem Kinn hinunterläuft. Es ist nur eine kleine Menge. Ich hatte nicht die Gelegenheit, sein Gesicht in Stücke zu reißen, wie ich es wollte. Aber die kleinen Blutflecken auf seinem Gesicht geben mir trotzdem Kraft.

»Ich glaube langsam, dass du gern bestraft wirst, was bedeutet, dass ich es einfach besser machen muss.«

Bevor ich reagieren kann, hebt er mich hoch und wirft mich über seine Schulter wie einen Sack Kartoffeln.

»Arschloch!«, schnauze ich und schlage meine Fäuste gegen seinen Rücken. Ich bin *keine* Kartoffel.

Ein scharfer Klaps auf meinen Hintern ist seine einzige Reaktion.

Er trägt mich die Treppe hinunter, biegt links in den Flur ab und geht hinunter in den Wintergarten. Die ganze Zeit über kämpfe ich, trete und schlage, aber er tut so, als würde ihn ein Schmetterling angreifen.

Als ob er meine Gedanken hört, sagt er: »Baby, der Wind kann mehr Schaden anrichten als das, was du tust.«

»Willst du wieder meine Zähne spüren, Arschloch? Ich werde damit weitermachen, dein Gesicht noch hässlicher werden zu lassen.«

»Rede dir das nur ein, aber wir wissen beide, dass meine Narben dich feucht machen«, erwidert er und amüsiert sich über seine Worte. Ich knurre und bin frustriert, weil er sich so wenig aus der Ruhe bringen lässt. Und weil er nicht ganz unrecht hat.

Nein, Dummkopf, er liegt falsch.

Weitere Flüche strömen aus meinem Mund, aber sie werden unterbrochen, als er meinen Körper an seiner Vorderseite herunterzieht, bis meine Beine um seine Taille geschlungen sind und er mich an seine Brust drückt.

Oh, scheiße.

Ich hebe meine Hände, um ihm das Gesicht zu zerkratzen oder ihm die Augen auszustechen, aber stattdessen quieke ich nur. Er reißt mich nach hinten, sodass mein Körper den Boden berührt, während er mich flach auf den Rücken legt. Er kniet sich vor mich, seine Arme an beiden Seiten meines Kopfes, während er sich über mich stützt.

Über ihm funkeln die Sterne, und der fast volle Mond wirft ein sanftes weißes Licht in den Raum.

Es ist fast verhängnisvoll, dass der Himmel heute Nacht völlig wolkenlos ist. Seattle ist normalerweise ständig von bewölktem Himmel geplagt.

Ich schlucke und mir steigen die Tränen in die Augen.

»Was ein Gentleman, lässt mich die Sterne anschauen, während er mich ermordet«, sage ich und zwinge die Worte durch meine verkrampfte Kehle.

Ich sollte wirklich mal die Klappe halten. Aber ich scheine mich nicht zurückhalten zu können. Wenn ich mich in einer lebensbedrohlichen Situation befinde, schaffe ich es anscheinend nur, sie noch schlimmer zu machen.

Manche mögen es Furchtlosigkeit nennen, aber ich betitle es einfach Dummheit.

Er stützt sich mit einer Hand ab und greift mit der anderen hinter sich. Ich öffne den Mund, um ihn weiter zu beschimpfen, als sein Arm erneut auftaucht, mit einer Waffe in der Hand.

Ein weiteres hörbares Knirschen meiner Zähne später, und ich bin wieder stumm vor Angst.

»Du hast einen Mann dich hier drinnen anfassen lassen. Damit er dich zum Kommen bringt«, sagt er, sein Ton ist von Emotionen völlig ausgeblutet. »Normalerweise würde ich seine Finger durch meine eigenen ersetzen, aber ich glaube, du brauchst etwas anderes, um diese Lektion zu lernen.«

»Okay, es tut mir leid«, stoße ich hervor und meine Augen weiten sich, als er die Waffe auf meine Brust richtet. »Es tut mir wirklich, wirk–«

»Shh«, sagt er leise. »Noch tut es dir nicht leid, Little Mouse. Aber das wird es noch.«

14. April 1945

John und ich begleiten Frank zu einem Abendessen, das er auf dem Polizeirevier hat. Normalerweise haben wir eine gute Zeit bei diesen Ausflügen.
Frank holt uns bald ab und John und ich warten in betretenem Schweigen. Sera ist heute Nacht mit ihren Freundinnen unterwegs und genau jetzt wünschte ich, sie wäre hier.
In letzter Zeit war sie ein guter Puffer zwischen uns beiden. Ich weiß nicht, ob sie den Unterschied bemerkt hat. John und ich streiten nicht. Wir koexistieren nur.
Ich habe ihm das Herz gebrochen. Ich weiß, das habe ich.
Aber warum fühlt es sich so an, als würde meins heilen?
Frank ist jetzt hier. Gott sei Dank.

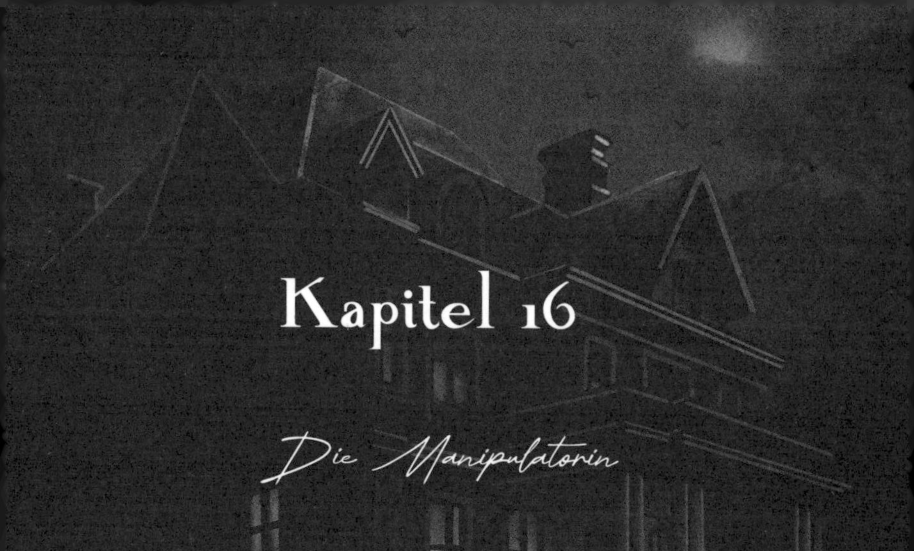

Kapitel 16

Die Manipulatorin

Millionen von Gedanken schießen mir durch den Kopf, was ich wohl sagen könnte, um aus dieser Situation herauszukommen. *Es tut mir leid* war eindeutig nicht gut genug.

»Wirst du mich erschießen?«

Meine Blase droht zu platzen und das Wissen, dass ich in einer Pfütze sterben könnte, treibt mir Tränen in die Augen.

»Ich habe bereits gesagt, dass ich dich nicht töten werde«, antwortet er und sein Tonfall trieft vor Ungeduld. Er unterstreicht seine Antwort, indem er die Spitze der Waffe durch das Tal meiner Brüste nach unten zieht. Die Waffe setzt ihren Weg über meinen Bauch fort und endet am Rand meiner Leggings.

»Zieh sie aus.«

Meine Lippe zittert und eine einzelne Träne rinnt über meine Schläfe.

»Bitte, tu das nicht.«

Er zieht einfach nur eine Augenbraue hoch. Er sieht so verdammt unbeeindruckt von meinen Bitten aus, dass eine weitere Träne den Weg der ersten nachzeichnet.

»Jetzt, Adeline.«

Schniefend höre ich letztendlich auf ihn. Ich hake meine Daumen in den Bund meiner Leggings und ziehe sie hinunter. Ich schaffe es nur bis zur Mitte des Oberschenkels, bevor sein Körper im Weg ist.

Er beherzigt den Hinweis, zieht an den Leggings und reißt sie den Rest des Weges runter.

Weitere Tränen folgen.

»Jetzt das Oberteil«, befiehlt er und schwenkt seine Waffe, um seinem Befehl Ausdruck zu verleihen.

Ich hebe das Shirt an, ziehe es mir über den Kopf und lege mich schnaufend wieder hin.

»Fuck, wunderschön«, murmelt er, seine Augen tasten dabei die Kurven meines Körpers ab. Der Scheißkerl hat Glück, dass ich heute Abend mein schwarzes Spitzenset trage.

Er hat es verdammt noch mal nicht verdient.

Er lehnt sich wieder über mich, sein Mund küsst den letzten blauen Fleck, den er auf meiner Schulter hinterlassen hat.

»Weißt du, was sie bedeuten?«, flüstert er und küsst eine weitere Stelle. Ich erschaudere unter seiner Berührung, Elektrizität sprüht von der Stelle unseres Körperkontakts aus und tanzt über meine Haut.

Ich antworte nicht, aber das scheint ihn nicht zu stören.

»Sie bedeuten, dass du mir gehörst. Dass ich dich als *mein* markiert habe.«

Seine Zungenspitze schießt heraus, streift mein Fleisch und wandert hinunter zu meinen Brüsten.

»Nicht …«

Seine Zähne durchbohren die Schwellung meiner linken Brust, bevor ich meine sinnlose Forderung beenden kann. Ich schnappe nach Luft und schließe meine Augen, als er einen weiteren Abdruck auf meiner Haut hinterlässt.

Sobald er zufrieden ist, bahnt er sich erneut seinen Weg mit dem Mund und hinterlässt Knutschflecken auf meinen beiden Titten und mehrere auf meinem Bauch. Alles, was ich tun kann, ist, es einfach hinzunehmen. Denn die Waffe in seiner Hand hält mich gefügig – genau wie er es geplant hat.

Als er mit meinem Körper zufrieden ist, geschunden von seinen Zähnen und seiner Zunge, erhebt er sich und zwingt mich, meine Schenkel zu öffnen. Ich wehre mich gegen ihn, aber das tut mir am Ende nur weh. Er ist zu stark.

Sein Zeigefinger krümmt sich am Saum meines Slips und fährt dann hinunter zu meiner Mitte. Bevor er meinen Kitzler erreicht, zieht er den Stoff zur Seite und fährt mit seinem Finger auf und ab, nur einen Zentimeter von meiner Pussy entfernt.

Ich will mein Gesicht verdecken, weil ich weiß, dass er spüren kann, wie mein Körper mich verrät.

»Die sind komplett durchnässt«, sagt er und seine Lippen sind noch feucht von seinem Speichel.

»Das nennt man Ausfluss«, schnauze ich und hoffe, dass meine Lüge ihn ablenkt.

Er lächelt als Antwort. »So sehr ich es hasse, dir das zu sagen, aber ich bin kein Fremder für die Pussy einer Frau und weiß, wie sie sich anfühlt, wenn sie sich nach mir sehnt.«

Ich kräusle angewidert meine Lippen. »Soweit ich weiß, weinen die meisten Mädchen, wenn sie verärgert sind. Nur als Hinweis.«

Er lacht erneut. Dann zieht er meinen Slip zur Seite und entblößt meine Pussy und die feuchte Erregung, die darin steckt. Er murmelt schwer atmend einen Fluch, als seine Augen jeden Zentimeter von mir verschlingen. Ein weiteres Zittern meiner Lippen bringt mich dazu, auf das verräterische Fleisch zu beißen.

Während er einen Finger in meine Unterwäsche steckt, hält er mir mit der anderen Hand die Waffe ins Gesicht. Ich schrecke zurück, kneife meine Augen zu und stoße einen erschrockenen Schrei aus.

»Entspann dich, ich will nur, dass du daran saugst.« Es dauert einige Sekunden, bis ich seine Worte verarbeitet habe. Um zu begreifen, dass er nicht den Abzug betätigt hat und ich nicht tot bin. Als ich begreife, reiße ich meine Augen auf und starre ihn an.

»Warum zum Teufel …« Er tippt mit der Spitze der Pistole auf meinen Mund und schneidet mir damit das Wort ab. Der Rest meiner Worte verpufft, als er mit der Pistole über meine Lippen fährt, als würde er sie mit Lippenstift bemalen.

»Saug dran«, befiehlt er und sein Ton wird immer schärfer. Ich schließe meine Augen gegen weitere Tränen, öffne meinen Mund und lasse ihn die Waffe zwischen meine Zähne führen. Ich presse meine Augenlider fester zusammen, während ich mit meiner Zunge über das kalte Metall fahre und bei dem widerlichen Geschmack erschaudere.

»So ein braves Mädchen«, sagt er und zieht die tropfende Pistole heraus, eine Spur von Speichel hinter sich herziehend.

Mein ganzer Körper verkrampft sich, als ich das kühle Metall gegen meinen Kitzler gleiten spüre. Ich zucke zusammen aufgrund der fremden Berührung einer unglaublich gefährlichen Waffe.

Reiner Schrecken überkommt mich und es kostet mich all meine Kraft, nicht weiter zu schluchzen. Mir eine Waffe an den Kopf zu halten, ist weit weniger einschüchternd als sie zwischen meine Beine zu halten. Ein Schuss in den Kopf bedeutet den sofortigen Tod, aber das? Das würde langsam und schmerzhaft sein. Quälend.

Er beugt sich hinunter, nah genug, dass sein heißer Atem über mein Inneres streicht. Ich hebe den Kopf, um ihn besser sehen zu können, als er mich durch seine langen, dichten Wimpern ansieht und seine ungleichen Augen vor Freude funkeln. Gerade als ich den Mund öffne, um ihn zu fragen, was er da macht, streckt er seine Zunge heraus, wobei sich Speichel an der Spitze sammelt und auf meine Pussy tropft.

»Du kannst nie feucht genug sein, nicht wahr, Little Mouse?«

Er setzt sich auf und umkreist meinen Eingang mit der Spitze der Pistole, wobei das Metall über meine Haut gleitet.

»O mein Gott, bitte tu …« Dieses Mal werden die Worte durch das Gefühl unterbrochen, dass er die Pistole zwischen meine Schamlippen führt. Nur die Spitze, aber genug, um mir die Kehle zuzuschnüren und nur ein erschrockenes Quietschen herauszulassen.

Er lacht boshaft. »Du klingst sogar wie eine Maus.«

Ich würde ihn anschnauzen, wenn ich nicht wie zu Stein erstarrt wäre. Ich kann nicht wegsehen. Ich sehe nur zu, wie er die Waffe in mich hineinschiebt, und meine runden Augen können kaum verarbeiten, was ich sehe. Was ich fühle.

Langsam schiebt er die Waffe in mich hinein und entlockt mir sowohl Lust als auch Schmerz. Ich beiße die Zähne zusammen und erschaudere, aber ich weigere mich, einen weiteren Laut von mir zu geben. Ich werde ihm diese Befriedigung nicht geben.

Er führt die Waffe bis zur Hälfte ein, bevor er sie bis zur Spitze zurückzieht. Ich darf kurz durchatmen, bevor er den gesamten Lauf in mich schiebt. Ich schnappe scharf nach Luft und lasse meinen Kopf nach hinten fallen, weil ich nicht mehr die Kraft habe, zuzusehen.

Das ist so, so beschissen. Mehr als beschissen.

Aber als die Waffe herausgezogen und wieder hineingeschoben wird, dringt ein Rauschen durch mich hindurch, während eine Welle der Lust durch mich strömt.

»Braves Mädchen«, haucht er. »Entspann dich, Baby.« Die Hand, die meinen Slip immer noch an der Seite hält, stößt gegen meinen Oberschenkel. Ohne nachzudenken, fallen meine Schenkel instinktiv weiter auseinander.

Ein weiteres Lob, aber ich höre es kaum durch das Klopfen meines Herzens.

»Ich kann fühlen, wie eng deine Pussy ist. Wie sie sich an meine Waffe klammert, wenn ich sie herausziehe – so verdammt schön.«

Ich beiße mir auf die Lippe, aber es reicht nicht, um das nächste Stöhnen zu unterdrücken. Oder das darauffolgende. Ich kann die saugenden und schlürfenden Geräusche hören, wenn er mich mit seiner Pistole fickt, Scham durchflutet mich daraufhin.

Die Verlegenheit überwiegt fast über die Angst. Aber nichts von beidem ist stärker als das Vergnügen, dem mein Körper gezwungenermaßen erliegt.

Wenn er die Waffe in einem bestimmten Winkel hält, trifft er einen Punkt in mir, der mich meine Augen verdrehen lässt und mir ein unkontrolliertes Stöhnen entlockt.

Er knurrt als Antwort und mein Rücken wölbt sich, als er weiter gegen diese Stelle stößt. Mein Slip wird unglaublich eng und beißt in mein Fleisch, bevor er von meinem Körper gerissen wird und das Geräusch in einem weiteren Schrei untergeht.

Der kaputte Stoff wird beiseite geworfen und seine freie Hand umklammert meinen Oberschenkel.

Mein Herz macht einen Sprung, als er sich nach unten beugt, aber er presst seine Zähne nur auf meinen Innenschenkel. Der scharfe Biss lässt mich aufschreien, aber das verwandelt sich schnell in Erregung, als er diese Stelle wieder trifft.

Sein Mund saugt und seine Bewegungen werden schneller, bis ich spüre, wie sich die Anfänge eines Orgasmus tief in meinem Bauch festsetzen.

»Bitte«, flehe ich, aber ich weiß nicht, worum ich bitte. Er reißt seinen Mund weg, nur um sich erneut festzuklammern, diesmal tiefer, aber immer noch weit weg von meiner Mitte.

Zu weit weg.

»Sag mir, was du gelernt hast, Adeline«, fordert er und sieht zu mir auf, sein Mund ist feucht vom Beißen. Der Anblick lässt mein Herz tief in den Bauch sinken, genau dorthin, wo die Waffe sich in mir befindet.

»Dir nicht in die Wange zu beißen?«, frage ich und meine Stimme zittert.

Er antwortet, indem er mir unter einem strafenden Griff in den Oberschenkel beißt. Ich schreie auf, der Schmerz blendet mich. Er lockert seinen Kiefer und lässt zu, dass der Schmerz in Lust umschlägt. Ein urtümliches Geräusch entweicht ihm, als er die Waffe tief hineinschiebt.

»Wirst du mich dazu bringen, noch mal zu fragen?«

Ich öffne den Mund, aber es kommt keine Antwort heraus. Mein Schweigen ermöglicht es mir, seine Warnung laut und deutlich zu hören. Er spannt die Waffe.

»Okay, okay, fuck«, gebe ich erschrocken nach. »I-Ich habe gelernt, keinem anderen Mann zu erlauben, mich zu berühren.«

Diese Worte treiben mir Tränen in die Augen. Denn wenn ich sie laut ausspreche, fühle ich mich von diesem Mann regelrecht gefangen.

»Wer ist der Einzige, der dich anfassen darf, Adeline?«

Ich schließe die Augen und hasse die Lüge, die mir gleich aus dem Mund rutschen wird, genau wie die Tränen aus meinen Augen.

»Du«, flüstere ich und der bittere Geschmack der Worte schnürt mir die Kehle zu. In meinem Körper tobt ein Schlachtfeld. Die eine Seite, die will, dass er mich zum Kommen bringt, und die andere Seite, die will, dass er die Waffe gegen sich selbst richtet und sie abfeuert.

Ich schaue zu ihm hinunter und bemerke, wie er zu mir hochsieht. Ich stelle mit Schrecken fest, dass er meine Lügen nicht glaubt. »Du hast noch zehn Sekunden, um zu kommen, Little Mouse. Danach nicht mehr«, mahnt er, bevor er wieder in meinen Oberschenkel knabbert. »Reibe deinen Kitzler, Baby.«

Ich zögere. Das Letzte, was ich tun möchte, ist, diesem Mann die Genugtuung zu geben, mich zum Orgasmus zu bringen, und noch schlimmer, ihm dabei zu helfen.

Er hat es verdammt noch mal nicht verdient. Und obwohl sich mein Körper vor Verzweiflung danach sehnt, sträubt sich mein Gehirn gegen den Gedanken.

»Jetzt«, knurrt er und in seinen Augen leuchtet etwas Hungriges und Gefährliches auf.

Mit einem Fluch strecke ich die Hand nach unten und fahre mit meinen Fingern über meinen Kitzler, weil ich zu viel Angst vor den Folgen habe. Wenn ich vor der Wahl stehe, einen Orgasmus zu bekommen oder erschossen zu werden, muss ich mich für die Option entscheiden, die den geringeren Schaden anrichtet.

»Braves Mädchen«, flüstert er. Es braucht zwei weitere Stöße mit der Waffe, bevor ich über die Kante kippe und mein Arsch vom Boden abhebt, während der Orgasmus durch mich hindurchschießt.

Ich schreie. Ich spüre, wie das Geräusch die Muskeln in meiner Kehle vibrieren lässt. Ich spüre, wie heiser ich werde. Aber ich merke es nicht. Nicht, wenn mein ganzes Wesen von Feuer und Eis verzehrt wird und das Einzige, was ich sehen kann, der Himmel ist.

Die Waffe arbeitet immer schneller und tiefer in mir und zieht den Orgasmus in die Länge, bis ich förmlich darum bettle, dass er aufhört.

Er reißt die Waffe aus mir heraus und meine Schenkel fallen augenblicklich zusammen, als der letzte Rest des Orgasmus abklingt.

Die Nachbeben lassen mich erschaudern, während er aufsteht und mich mit seinem Körper überragt.

Mit halb geschlossenen Augen, die immer noch von den kleinen Erschütterungen zucken, schaue ich auf, als er den Lauf seiner Waffe an seinen Mund hebt. Es fühlt sich wie eine außerkörperliche Erfahrung an, als ich ihm dabei zusehe, wie er die Waffe sauber leckt und sie dann hinten in seine Jeans steckt.

Mein Körper ist voll von Wut, Demütigung und Scham – das weiß ich. Aber es ist, als ob mein Gehirn diese Emotionen nicht verarbeiten kann, also entscheidet es sich dafür, gar nichts zu fühlen.

Ist es das, was ein Trauma bewirkt? Wenn du weißt, dass du verletzt wurdest, aber dein Körper sich stattdessen dafür entscheidet, sich zu betäuben?

Wie ein Zaubertrick kommt seine Hand mit einer Rose zurück, die in seiner Hosentasche gewesen sein muss. Die Blütenblätter sind zerdrückt, wahrscheinlich von unserem Kampf, aber das scheint ihn nicht zu stören. Er wirbelt die Rose in seiner Hand herum, bevor er sie auf mich wirft und die Blume auf meinen Bauch flattert.

Mit einem letzten verweilenden Blick dreht er sich um und läuft hinaus, ohne ein weiteres Wort zu sagen.

Letztendlich bricht der Damm, als die Emotionen durch meinen Körper schießen und mir aus den Augen fließen.

In den folgenden drei Nächten stand mein Schatten vor meinem Fenster. Er beobachtete mich mit einer *Red Cherry*, die in der Dunkelheit leuchtete, während er an der Zigarette paffte. Ich wollte ihm sagen, wie verdammt ekelhaft es ist, dass er raucht.

Aber die Hitze zwischen meinen Schenkeln mag es, wie er aussieht. Ich glaube, mein Arschloch von Vagina könnte sogar eifersüchtig auf die Zigarette gewesen sein. Offenbar hat er eine Vorliebe für leblose Gegenstände.

Und *diese* Erinnerung hat mich mächtig angepisst. Genug, um in die Küche zu stürmen und mir ein ganzes Glas Wein einzuschenken. Wein heilt alles für eine kurze Zeit.

Wut.

Trauma.

Aber jetzt, da ich kein Glas Wein mehr habe, zittern meine Hände vor Zorn bei der Erinnerung daran, wie er mich auf dem Boden liegen ließ, eine Rose wie Müll auf mich warf und dann ging. Bis zu diesem Moment hatte ich mich als Mensch noch nie so erniedrigt gefühlt. Niemals so gedemütigt.

Seitdem hat er sich nicht mehr bei mir gemeldet. Er hat nicht versucht, zu mir zu kommen und mir eine weitere Waffe ins Gesicht zu halten. Er hat sich nur vor dem Fenster aufgehalten.

Und ich starrte zurück.

Das ist zu unserer beschissenen Routine geworden.

Er kommt tagsüber nicht mehr vorbei und solange ich nicht zulasse, dass Männer mich betatschen und ihre Hand in meine Hose stecken, schreibt er mir keine Drohbotschaften mehr.

Ich erzähle Daya nichts von unserem Zusammentreffen und schon gar nicht davon, wie diese Nacht endete. Wenn mein Schatten mich nicht zuerst umbringt, wird Daya es tun.

Ich war unglaublich dumm. Eine Tatsache, die ich nie zu leugnen versucht habe. Besonders jetzt nicht.

Es gibt einfach keine Erklärung für die Reaktionen, die er bei mir hervorruft. Ich würde gern so tun, als ob die Konfrontation mit einem furchterregenden Mann so typisch für mich wäre, aber es ist das genaue Gegenteil. Ich bekomme eine Panikattacke, wenn ich einem völlig Fremden eine Frage stellen muss.

Warum verfalle ich also jedes Mal, wenn er vorbeikommt, in den Wahnsinn?

»Warum trägst du einen Rollkragenpullover?«, fragt Daya verächtlich und schiebt sich einen Bissen von ihrem Salat in den Mund. Wir haben uns bei *Fiona's* getroffen, um einen Happen zu essen.

Ich musste raus aus dem Haus. Verzweifelt. Die kleinsten Dinge würden mich zurück zu dieser Nacht versetzen. Jedes Mal, wenn ich in den Spiegel sehe, überkommt mich die Erinnerung an seine Zähne, die sich in mich bohrten. Und der Biss des Metalls kurz danach.

Ich räuspere mich. »Ich probiere etwas Neues aus«, murmle ich. Das war das Einzige, was die Flecken auf meinem Körper verdecken konnte. Ich musste mehrere von ihnen in verschiedenen Farben über *Amazon Prime* bestellen, weil ich sie dringend brauchte.

Ich kann Daya niemals diese Spuren sehen lassen. Sie zuckt mit den Schultern und schaut auf ihren Salat hinunter. »Nur du kannst einen Rollkragenpullover, eine Mom-Jeans und einen Gürtel modisch aussehen lassen.«

Ich runzle die Stirn über mein Outfit. Das finde ich nicht. Ich hasse dieses Outfit, aber vielleicht hasse ich auch nur das, was es darstellt. Etwas, das dazu dient, die blauen Flecken auf meinem Körper zu verdecken. Unter diesen Klamotten befindet sich eine Landkarte aus lilafarbenen Knutschflecken.

»Was ist mit dem Loverboy? Ist noch etwas mit ihm passiert?«

Ich hoffe, die Röte, die mir in den Nacken krabbelt, bleibt da, wo sie hingehört. Wenn nicht, kann ich es vielleicht auf den gottverdammten Rollkragenpulli schieben.

»Ich würde viel lieber über Gigi reden«, weiche ich aus und beäuge die Mozzarella-Sticks, die zwischen Daya und mir liegen. Ich habe schon vier gegessen und will den letzten haben. Mein Starren bemerkend, verdreht Daya die Augen und wedelt mit der Hand, um mich aufzufordern, ihn zu nehmen.

Ich tue das mit einem breiten Lächeln auf meinem Gesicht.

»Ich habe ein paar Neuigkeiten über Ronaldo.« Beide Augenbrauen schießen in die Höhe und fordern mich auf, fortzufahren. »Gestern Abend habe ich die Tagebücher durchgeschaut, um zu sehen, was ich über ihn finden kann. Gigi erwähnte oft, dass er schöne Anzüge und einen goldenen Ring trug, was darauf hindeutet, dass er zur Mittel- oder Oberschicht gehörte. Und es gab einen Eintrag, in dem es so aussah, als ob er überfallen worden wäre. Er kam mit blauen Flecken und blutigen Wunden an, wollte aber nicht darüber sprechen. Ich denke, dass er in irgendeine Art von Verbrechen verwickelt war. Er war sehr verschwiegen, was sein Leben angeht, und hat ihr einmal gesagt, dass er nicht zulassen würde, dass sich sein gefährlicher Lebensstil auf sie auswirkt.«

»Glaubst du, er war so etwas wie ein Mafiaboss?«

Ich schüttele den Kopf. »Nein, ich glaube, *sein* Boss war ein Mafia-Boss. Als Gigi über ihn gesprochen hat, als er verprügelt wurde, ließ sie es so klingen, als ob er für etwas bestraft worden wäre. Sie zitierte ihn mit den Worten: ›Es war nichts, was ich nicht verdient hätte‹, und das war alles, was er anscheinend dazu zu sagen hatte.«

»Gigi hatte mehrmals in den Einträgen vermerkt, dass sie trotzdem weiter nachfragte, weil sie sich um sein Wohlbefinden sorgte. Das Letzte, was er ihr gesagt hat, war, dass er einen sehr strengen Chef hatte, der nichts über sie wissen durfte.«

Daya nickt langsam und da ist ein Funken Aufregung in ihren weisen Augen. »Ich werde mich über Verbrecherfamilien in den

40er-Jahren informieren. Mal sehen, ob ich jemanden finde, auf den seine Beschreibung passen könnte.«

Ich lächle und spüre denselben Funken Hoffnung. Das Hochgefühl hält insgesamt fünf Sekunden an, bevor sich Dayas Augen weiten und ihr Blick auf mich gerichtet ist. Mein Herz setzt aus und die Haare in meinem Nacken stellen sich auf. Mein Schatten würde doch jetzt nicht hier auftauchen, oder? Vor Daya?

»Hallo, Ladys.«

Meine Augen weiten sich ebenso wie die von Daya. Ihre Augen treffen auf meine und eine Million Dinge werden innerhalb von zwei Sekunden gesagt. Zum Beispiel, dass wir verdammt vorsichtig sein müssen.

Er setzt sich neben mich und lehnt sich entspannt in dem Stuhl zurück, während er mich mit einem breiten Grinsen anstarrt, das meilenweit von seinen Augen entfernt ist.

Ich räuspere mich und zwinge mich zu einem Lächeln. »Hallo, Max. Archs Freund, richtig?«

»Der einzig Wahre«, antwortet er, sein steinblauer Blick klebt an meinem Gesicht. Ich spüre, wie mir die Röte ins Gesicht schießt, weil er mich so intensiv anschaut.

»Was kann ich für dich tun?«, frage ich beiläufig und nippe an meiner schnell zur Neige gehenden Margarita. Ich werde bald die Kellnerin herbeirufen müssen, denn ich brauche noch eine, um das Gespräch zu überstehen, und noch eine, um die Zeit danach zu überstehen.

Ich werde heute Abend einen Uber rufen müssen, ich spüre es schon.

Er lehnt sich nach vorn auf den Tisch, verschränkt die Finger und sieht mich an, als wäre er wirklich neugierig auf etwas. Sein ganzes Auftreten ist feindselig.

»Ich möchte, dass du mir genau erzählst, was passiert ist, als Arch verschwunden ist.« Seine Lippen verziehen sich zu einem grausamen Lächeln, als er hinzufügt: »Von deiner Türschwelle.«

Ich runzle die Stirn. »Hast du das nicht schon aus den Polizeiberichten erfahren?«

Er verengt seine Augen, das Lächeln ist auf seinem eiskalten Gesicht eingefroren. »Ich will es von dir hören, Ms. Reilly.«

Ich tue mein Bestes, um meinen Gesichtsausdruck ruhig zu halten, aber ich bin mir nicht sicher, wie gut mir das gelingt. Ich kann nicht behaupten, dass ich in der Kunst des Umgangs mit Kriminellen geübt bin. Vor drei Nächten habe ich sogar bewiesen, dass ich im Umgang mit Kriminellen ziemlich schlecht bin.

Er sagte meinen Nachnamen, um mir zu zeigen, dass er mich nicht aus den Augen lässt. Aber das wäre das Einzige, an das ich mittlerweile gewöhnt bin. Verfolgt zu werden.

»Wir sind zu mir nach Hause gegangen und hatten ein bisschen Spaß«, beginne ich. Als ich das sage, leuchtet ein Schimmer in Max Augen auf. »Wir waren gerade dabei, uns zu amüsieren, als jemand mit voller Wucht an meine Haustür geklopft hat …«

»Ist das schon mal passiert?«

Meine Nerven liegen blank, weil ich nicht weiß, wie ich diese Frage beantworten soll.

»Nein«, sage ich schließlich, ohne zu schlucken, obwohl ich es wirklich möchte. Ich möchte auch unbedingt meine Margarita wieder in die Hand nehmen, aber meine Hände zittern, und ich glaube nicht, dass ich das verbergen kann.

Also benehme ich mich wie eine Idiotin und beuge mich vor, um mehr von der Margarita zu trinken, während das Glas auf dem Tisch steht.

»Hmm«, brummt er. Max muss wissen, dass ich jetzt einen Stalker habe. Sheriff Walters sagte mir, diese Tatsache würde mich in den Arsch beißen, aber ich kam *nicht* umhin, jemanden zu melden, der mich stalkt. Max muss diese Berichte gesehen haben. Aber eines ist sicher: Ich habe nicht gemeldet, dass seine Hände auf meiner Türschwelle aufgetaucht sind.

»Weißt du, Addie, ich kann mir das Motiv einfach nicht erklären, verstehst du? Weil, sag mir, warum sollte ein Feind von

Arch vor *deiner* Haustür auftauchen, während Arch mittendrin ist, seinen Schwanz von dir befeuchten zu lassen?«

Ich zucke vor seinen schroffen Worten zurück und schäme mich fast, dass ich Arch überhaupt an mich herangelassen habe.

»Max«, schnappt Daya. Seine kalten Augen richten sich auf sie, aber sie weicht nicht zurück. »Ich habe es euch schon eine Million Mal gesagt. Addie hatte nichts damit zu tun.«

Sein Blick verdüstert sich wieder, und er lehnt sich weiter an den Tisch, um Daya mit einem stählernen Blick zu fixieren. »Das ist das Problem, Daya. Ich glaube dir einfach nicht.«

Sie knurrt und ihre Hände ballen sich zu Fäusten.

»Wenn du Antworten willst, Max, suchst du an der falschen Stelle«, mische ich mich ein, bevor die Situation eskaliert und Max uns hier und jetzt umbringt.

»Das glaube ich nicht«, antwortet er und wendet sich wieder mir zu. »Weil Archs Hände am nächsten Morgen auf deiner Türschwelle landeten. Und wenn ich es nicht besser wüsste, würde ich sagen, dass das etwas Persönliches ist. Warum also sollten Archs Hände etwas Persönliches für *dich* gewesen sein?«

Er lächelt siegessicher, als sich meine Augen vor Überraschung weiten. »Woher wusstest du das?«

»Irgendetwas stimmte nicht damit überein, dass Arch ausgerechnet in deinem Haus verschwunden ist. Am nächsten Morgen haben wir einen Mann geschickt, der dein Grundstück unter die Lupe genommen hat. Er kam gerade rechtzeitig, um zu sehen, wie Daya eine blutige Kiste aufgehoben hat und damit weggefahren ist. Sie verfolgten sie und nachdem sie sie vergraben hatte, haben sie sie einfach wieder ausgegraben. Stell dir vor, wie überrascht wir waren, als ich die Hände meines besten Freundes in der Kiste gesehen habe. Und stell dir meine Überraschung vor, als meine Männer mir sagten, dass sie *dir* geschenkt wurde.«

Ich schaue nicht zu Daya. Ich will nicht, dass Max sieht, wie alarmiert ich wirklich bin.

Meine Augen werden schmal. »Vielleicht wurde es mir vor die

Tür gelegt, weil wer auch immer es war, annahm, ich stünde in Verbindung mit Archs *Geschäften*.«

Er lacht. »Du denkst, unser Rivale hat angenommen, dass du Archs Schlampe bist? Und dass du mit unserer Arbeit zu tun hast?«

»Vielleicht«, schnauze ich. »Würden sie es wissen, wenn ich es nicht wäre?«

Er antwortet nicht. Er starrt mich nur an, um mich zu durchschauen. Und ich starre zurück, damit er die Wut in meinem Gesicht sehen kann. Die Frustration.

»Warum hast du sie von Daya begraben lassen, Addie? Warum hast du es nicht der Polizei gesagt?«

Ich wäge meine Optionen ab und entscheide, dass es das Beste ist, die Teilwahrheit zu sagen. »Weil eine Notiz dabei war, in der mir und allen beteiligten Polizisten mit dem Tod gedroht wurde, wenn ich sie anrufe. Ich wurde auf Archs … *Arbeit* aufmerksam gemacht und hielt es für das Beste, dem nachzukommen und mich nicht weiter einzumischen. Übrigens in etwas, mit dem ich nichts zu tun habe.«

Wieder starrt er mich nur an. Mein Herz schlägt mir bis zum Hals und Max' Blick verrät mir, dass er mich immer noch nicht für unschuldig hält.

Ein Teil von mir möchte ihm einfach gestehen, dass ich gestalkt werde. Welchen Unterschied würde das zu diesem Zeitpunkt überhaupt noch machen? Jetzt, wo Max Archs Hände entdeckt hat, gibt es keinen Grund mehr, es geheim zu halten.

Aber es gibt ihn.

Wenn Max herausfindet, dass ich einen Stalker habe – einen, der eindeutig gewalttätig und gefährlich ist – könnte er mich als Druckmittel benutzen, um ihn herauszulocken und sich zu rächen.

Ich würde zum Kollateralschaden werden. Und ich bin mir nicht sicher, ob ich das lebend überstehen würde. So besteht wenigstens die Chance, dass Max mich in Ruhe lässt, wenn er denkt, dass ich nur ein beliebiges Mädchen bin, das in das Kreuzfeuer von Gang-Aktivitäten geraten ist.

Max brummt wieder und steht auf, richtet sein Jackett und knöpft es wieder zu. Der Anzug trieft vor Klasse und Geld, und irgendetwas sagt mir, dass Max die Geschäfte der Talaverra übernommen hat.

Es gibt einen neuen Gangsterboss in der Stadt und er ist angepisst. Und zwar wegen mir.

»Genießt den Rest eures Abendessens, Ladys.«

Er geht weg und nimmt all sein schlechtes Juju mit. Jetzt, wo er weg ist, fühlt sich die Luft sofort leichter an, aber er hat es trotzdem geschafft, einen aschigen Geschmack in meinem Mund zu hinterlassen.

»Sie werden noch ein Problem sein«, sagt Daya leise.

Ich nicke und winke die Kellnerin zu uns. »Setz es auf die verdammte Liste.«

15. April 1945

Dieser Abend war furchtbar. John hat zu viel getrunken, und wenn er das tut, wird er gemein.
Frank musste ihn ins Haus tragen und ihn ins Bett bringen. Ich war zu wütend, um ihm auch nur beim Ausziehen zu helfen.
Letztendlich brach der Damm und er beschuldigte mich des Betrugs. Frank war dabei und sah mich an, als hätte ich seinen Hund getötet. Dies geschah vor Franks Arbeitskollegen.
Es war demütigend. Aber nichts, was ich nicht verdient hätte.
Ich stritt seine Beschuldigungen ab, mehr darauf bedacht, ihn zu beruhigen.
Nachdem Frank John ins Bett gebracht hatte, fragte er mich, ob es wahr sei.
Ich sagte Nein, aber ich denke nicht, dass er mir geglaubt hat.
Er stürmte danach nur aus dem Haus. Und ich weiß nicht, was ich gesagt habe, um ihn so zu verärgern.

Kapitel 17

Der Schatten

Fuck. Sie ist so hübsch, wenn sie denkt, dass niemand zuschaut.

Meine kleine Maus stapft in ihr Schlafzimmer, ihre zerschlissenen Hausschuhe schleifen über den glatten Steinboden. Sie ist müde. Unter ihren Augen bilden sich bereits dunkle Schatten.

Ich möchte die Schatten wegstreichen, nur um sie danach wieder zurückzubringen. Aber ich will, dass sie wegen *mir* müde ist: weil sie die ganze Nacht wach war und meinen Schwanz in ihren Körper aufgenommen hat, bis sie nicht mehr kann. Selbst dann würde ich sie noch ficken.

Das letzte Mal habe ich mich zurückgehalten. Ich habe mich geweigert, sie mit meinen eigenen Händen zu berühren, denn sie hatte das noch nicht verdient. Aber zu sehen, wie die Pistole in ihre Pussy hinein- und wieder herausglitt, war genauso quälend für mich.

Ich schaffte es kaum bis zu meinem Auto, bevor ich in meiner Hand kam, die süße Melodie ihrer rauchigen Schreie hallte in meinem Kopf wider.

Allein die Stimme dieser Frau kann jeden Mann in die Knie zwingen.

Und jetzt trägt sie nichts weiter als ein langes weißes T-Shirt, dessen weiche Baumwolle auf Höhe der Oberschenkel endet. Ihre rosigen Brustwarzen stechen durch den dünnen Stoff und mir läuft das Wasser im Mund zusammen, bei der Vorstellung, eine davon in den Mund zu nehmen und daran zu saugen, bis sie sich unter mir windet.

Ich lecke mir die Lippen. Bald.

Ihre verlockende, beigefarbene Haut ist in voller Pracht zu sehen und jedes Mal, wenn sie sich bückt, kann ich ihr rotes Baumwollhöschen erahnen. Zum Beispiel, wenn sie die Decke zurückzieht und mit ihrer kleinen Faust auf das Kissen schlägt, um es aufzulockern.

Ich kann ihren Hintern sehen, als sie ihre Füße aus den Hausschuhen zieht und sich dann bückt, um sie vor dem Nachttisch aufzustellen.

Mein Schwanz wird hart und ihr runder Arsch quillt über ihre Unterwäsche. Ihre Pussy ist in voller Größe zu sehen. Nur ein dünnes Stück Stoff trennt sie von meiner Zunge.

Ich schließe meine Augen und versuche, die Kontrolle wiederzuerlangen.

Ich muss leise sein.

Sie weiß nicht, dass ich mich in ihrem Kleiderschrank verstecke. Ich warte darauf, dass sie einschläft, damit ich ihre Schönheit in Ruhe anstarren kann.

Im Moment hat sie Angst vor mir. Und das zu Recht.

Ich bin ein gefährlicher Mann und ich töte täglich Menschen. Nicht nur das, es macht mir auch noch Spaß.

Sie sollte mich fürchten, aber nur, weil sie, wenn sie sich mir erst einmal unterworfen hat, keine Chance mehr hat, mir zu entkommen.

Sie hat schon damit angefangen und es noch gar nicht gemerkt.

Ich war noch nie in etwas anderes verliebt als in meinen Job. Ich habe mir seit über einem Jahr nicht einmal die Mühe gemacht, eine Frau zu ficken. Ich habe einfach keine Zeit. Es war immer nur ein kurzer Fick, und dann war ich schon wieder weg, denn die Erleichterung löste nur selten irgendwelche Spannungen.

Nachdem sie genug Tränen vergossen und verzweifelte Versuche unternommen hatten, mich zum Bleiben zu überreden, hatte ich genug von dem ganzen Ärger.

In dem Moment, als ich sie in dem Buchladen sitzen sah und sie versuchte, ihre Nervosität und Angst zu verbergen, war ich – ein erwachsener Mann – auf den ersten Blick verliebt.

Jetzt fühle ich mich wie ein fünfzehnjähriger Junge, der gerade entdeckt hat, wie sich eine Pussy anfühlt. Jedes Mal, wenn ich meine Augen auf sie lege, bin ich dazu bereit, meine Jeans zu zerreißen.

Ich will sie berühren, sie küssen und sie im wahrsten Sinne des Wortes zu meinem Eigentum machen. Ihren Körper zu markieren, war nicht genug. Aber ich habe das Gefühl, dass ich nie genug von Adeline Seraphina Reilly haben werde. Zumindest auf dem Papier.

Ich habe kein Schamgefühl. Ich habe nie behauptet, ein guter Mensch zu sein.

Sie schlüpft in ihr Bett, rollt sich unter der Bettdecke zusammen und nimmt ein altes Lederbuch in die Hand.

Das Tagebuch ihrer Urgroßmutter.

Nachdem Addie eines Tages weggegangen war, um Besorgungen zu machen oder so eine Scheiße, blätterte ich durch die Seiten.

Ihre Urgroßmutter hatte auch einen Stalker. Ich musste lächeln, als mir klar wurde, dass sich die Geschichte wiederholte.

Addie blättert eine Stunde lang in dem Tagebuch. Ihr Gesicht ist vor einer unlesbaren Emotion verkniffen, während sie Gigis tiefste, dunkelste Geheimnisse inhaliert. Es sieht so aus, als würde sie nach Antworten suchen und das Einzige, was ihr Klarheit verschafft, sind die Worte ihrer Urgroßmutter.

Ein Teil von ihr scheint sich an den Tagebüchern zu stören. Aber ein größerer Teil von ihr scheint fasziniert zu sein. Begeistert. Als würde sie versuchen, sich vorzustellen, wie sie sich in ihren Stalker verliebt, und der Gedanke erregt sie und bereitet ihr gleichzeitig ein tiefes Unbehagen.

Ich möchte darüber lachen. Denn das ist genau das, was passieren wird.

Ich werde sie dazu bringen, sich in jeden einzelnen abgefuckten Teil von mir zu verlieben. Ich will, dass dieses Mädchen mich von meiner verdorbenen Seite sieht. Ich will, dass sie die wahre Dunkelheit in meiner Seele erlebt.

Wenn man jemanden dazu bringt, sich in die dunkelsten Seiten von einem zu verlieben, gibt es nichts, was man tun kann, um ihn zu vergraulen.

Sie werden für immer zu einem gehören, denn sie lieben bereits jedes abgefuckte Bisschen von dir.

Ihre Lider sinken, ihr Kopf rekelt sich und das Tagebuch rutscht ihr aus den schwarz bemalten Fingern.

Sie schreckt hoch, ihre Augen weiten sich, bevor sie sich wieder beruhigt. Ich beiße mir auf die Lippe, zu viele Gefühle drängen sich in meine Brust.

Sie gibt den Schein auf, klappt das Tagebuch zu, legt es auf ihren Nachttisch und schaltet das Licht aus. Augenblicklich wird der Raum schwarz. Das Mondlicht, das durch die Balkontüren fällt, wirft Schatten in den Raum und macht aus den Holzmöbeln Monster.

Das einzige echte Monster in diesem Haus bin ich.

Sobald ihr Atem tiefer wird, schiebe ich langsam die Schranktür auf und warte im Schatten, um sicherzugehen, dass sie nicht aufgewacht ist.

Gerade als ich einen Schritt machen will, schießt mir ein eiskalter Schauer über den Rücken. Eine Gänsehaut breitet sich auf meiner Haut aus, als ich den Kopf drehe und mich im Schrank umsehe. Ich kämpfe gegen den Drang, mit den Zähnen zu klappern.

Es ist eine unnatürliche Kälte und es ist nicht das erste Mal, dass ich sie spüre. Aber was immer mir im Nacken sitzt, wird mich nicht abschrecken. Ich spüre Augen auf mir und hoffe, dass ich dieses Starren erwidere, damit es sieht, dass ich nicht die geringste Angst habe.

Da ich nichts sehe, drehe ich mich um und gehe ins Zimmer. Die Kälte weicht, als ich zu ihrem Bett hinübergehe. Ich bin versucht, ihr die Haare aus dem Gesicht zu streichen, aber ich weiß, dass ich sie damit wecken würde.

Sie spürt die Gefahr leicht und ich weiß, dass sie mich bald erwischen wird.

Ein großer Teil von mir will, dass sie es tut. Es gibt eine Verdorbenheit in mir, die es genießt, sie verängstigt zu sehen. Ich will sie schreien sehen, denn ich weiß, dass jedes Mal, wenn sie Angst hat, meine kleine Maus auch erregt wird. Das lässt das Blut direkt in meinen Schwanz fließen und ich will ihr unbedingt zeigen, wie sehr ich sie zum Schreien bringen kann.

Aber der sanftere Teil von mir möchte sie in Ruhe schlafen sehen. Vor allem, weil ich weiß, dass ich ihr so wenig davon bringen werde, wenn sie wach ist.

Ich ziehe die Rose aus meiner Tasche und lege sie auf ihren Nachttisch. Morgen früh wird sie ausflippen und ich werde das Video abspielen, damit ich es sehen kann und Freude an ihrem Schrecken habe.

Sie rührt sich und ein lautes Geräusch stört die Luft.

Irgendwas zwischen Schnarchen und Schnauben wie ein Schwein.

Ich schlage die Faust vor den Mund und beiße fest zu, damit das Lachen nicht aus mir herausbricht. Sofort drehe ich mich um und verlasse den Raum, wobei ich große Mühe habe, ruhig zu bleiben.

Ich glaube nicht, dass ich jemals so ein Geräusch von *irgendwem* gehört habe, schon gar nicht von jemandem, der so süß aussieht wie Addie. Ich habe schon viele Menschen gefoltert und getötet, aber das war … Das war anders als alles, was ich je gehört habe.

Erst als ich aus dem Haus raus bin, lache ich lauthals.

Aber mein Lachen wird unterbrochen, als mein Handy in meiner Tasche summt. Ich ziehe es heraus und sehe Jays Namen auf dem Display aufblitzen.

»Ja?«, antworte ich und mache mich mit schnelleren Schritten auf den Weg zu meinem Auto.

Jay ruft mich nur aus beruflichen Gründen an. Und das führt in der Regel dazu, ein oder zwölf Leute zu erschießen.

»Mark Williams ist in der Stadt«, fängt er an und legt gleich los. Das ist es, was ich an Jay am meisten mag. Er kommt sofort auf den Punkt. »Zusammen mit seinen Kollegen Brad Foreman, Jack Baird und Robert Walker.«

Ich öffne meine Autotür und lasse mich in den Ledersitz sinken. Ich schalte mein Auto an, mache aber noch keine Anstalten, loszufahren.

»Wo sind sie?«, frage ich.

»Ich habe Treffer in Casinos, ein paar gehobenen Bars und einem privaten Herrenclub gelandet. Nur für Mitglieder. Alles Orte, die schwer bewacht sind.«

»Wachen bedeuten, dass sie etwas zu verbergen haben«, sage ich. »Aber diese kümmern mich nicht.«

Das ist keine Überheblichkeit, das sind nur Fakten. Mein Vertrauen in meine Fähigkeiten ist das Einzige, was mich am Leben hält.

Man kann nicht in die Höhle des Löwen gehen mit dem Selbstvertrauen einer Gazelle. Du gehst hinein, wissend, dass du mit ihrem Blut an deinen Händen und ihren auf dem Boden rollenden Köpfen zurückkehren wirst.

Das ist der einzige Weg, wie man jemals überleben kann.

»Das sind sie nicht«, gibt Jay zu. »Es ist aber noch zu früh, ihre Treffpunkte zu stürmen. Ich habe dir Zugang zu ein paar Herrenclubs verschafft, die sie besuchen. Ich glaube, das ist unsere beste Chance, Informationen zu bekommen. Geh dorthin, beobachte sie und fang an, öfter dort aufzutauchen, um ihr Vertrauen zu gewinnen. Finde heraus, ob irgendetwas nicht stimmt.«

Das Lachen wegen Addie ist längst verklungen. Es fühlt sich fast so an, als hätte ich nie so ein … *glückliches* Gefühl gehabt, nur wenige Minuten zuvor. Schwachköpfe, die mit unschuldigen Kindern handeln, tun einem das an.

»Fuck, Jay, du willst, dass ich mich unter eine Bande von Vergewaltigern mische? Ich kann mich in ihre Kameras hacken.«

»Durch das Hacken der Kameras kommst du nur begrenzt weiter.«

Ich seufze und reibe mir den angespannten Muskel in meiner Schulter. Er hat recht. Ihre Kameras haben keinen Ton und es gibt viel mehr zu lernen, wenn man Gespräche belauscht.

»Und im Moment haben wir nichts«, fährt Jay fort und unterstreicht damit seinen Standpunkt.

Ich nicke, obwohl er mich nicht sehen kann. Wenn ich mich mit diesen Kerlen anfreunde, könnte ich zu dem Ritual eingeladen werden. Dem Video nach zu urteilen, ist es bestimmt tief unter der Erde. Sich Zugang zu verschaffen, wird unglaublich schwierig sein, aber für mich ist nichts unmöglich.

Und nicht nur das, es werden auch mehr Leute auf mein Radar kommen, die ich ausschalten kann.

Es ist ein verficktes Netzwerk von Pädophilen und hat man erst mal einen davon getroffen, trifft man hundert weitere. Es ist verdammt anstrengend – die niemals enden wollende Liste an Menschen, die man töten muss.

Aber ich bin ein sehr geduldiger Mann.

»Ich weiß«, stimme ich zu. »Ich werde die nötigen Verbindungen herstellen.«

Ich *werde* diesen Ort finden und wenn ich ihn gefunden habe, werde ich jeden einzelnen Motherfucker töten, der mit diesem Höllenloch zu tun hat.

Wenn ich fertig bin, wird die gesamte Regierung aufgelöst sein.

Kapitel 18

Die Manipulatorin

Unbekannt: Du bist so hübsch, wenn du schläfst.

Mir rutscht das Herz in die Hose, während ich die Nachricht lese.

Ich wusste bereits durch die Rose auf meinem Nachttisch, dass der Wichser in meinem Haus war, aber sein Mangel an Scham macht mich wütend. Ich spüre, wie mir das Blut in die Wangen schießt, während Wut und Scham in mir aufsteigen.

Letzte Nacht lag ich ausgeknockt in meinem Bett und ich hasse es, dass, während ich friedlich schlief, ein Mann über mir stand, mir zusah und einfach nur eine abgefuckte Laune der Natur war. Der Gedanke daran jagt mir kalte Schauer über den Rücken.

Nachdem Max unser Abendessen gecrashed hatte, waren Daya und ich ziemlich genervt – die Stimmung war mies und verdorben. Wir bekämpften dieses Gefühl mit Bar-Hopping. Wir suchten uns gegenseitig einen Drink von der Karte aus und am Ende des Abends waren wir beide ziemlich dicht.

Ich habe die ganze Nacht versucht, nicht an Max zu denken, aber seine Drohungen haben mich trotzdem geplagt. Sie verweilten in meinem Hinterkopf und erinnerten mich daran, wenn ich einen Moment Zeit zum Nachdenken hatte.

Und es wurde kein bisschen besser.

Ich habe den ganzen Tag damit verbracht, zu schreiben, aber ich habe kaum mehr als tausend Wörter geschafft. Ich habe schon lange aufgegeben und mich in mein Zimmer zurückgezogen, um sinnlos fernzusehen.

Ich: Du wirst hübsch aussehen, nachdem ich dich abgestochen habe.

Ich weiß nicht einmal, warum ich ihm antworte. Ich sollte aufhören und das der Polizei melden. Sie werden denken, dass ich ihn verärgere.

Herrgott, ich *verärgere* ihn.

Aber nach Max' Drohung brauche ich keinen Grund mehr, um ihn durch die Meldung eines Stalkers verdächtig zu machen. Und für die, die ich schon nach Archs Verschwinden gemacht habe, hoffe ich, dass die auch verschwunden sind.

Ich hätte nie gedacht, dass ich mir wünschen würde, dass mein einziger Beweis gegen meinen Schatten verschwindet, aber die Bedrohung durch Max macht mir merkwürdigerweise mehr Angst.

Vielleicht mache ich mir mit Ersterem ein falsches Gefühl der Sicherheit vor. Er hat mir eine Scheißangst eingejagt, aber er hat nicht den Eindruck gemacht, dass er mir körperlich wehtun will. Er hat genau das Gegenteil getan, und dieses Wissen macht mich krank.

Bei Max hingegen weiß ich, dass er mich verletzen würde.

Unbekannt: Eine Waffe war dir nicht genug? Interessant.

Ich lasse das Handy auf mein Bett fallen und dann meinen Kopf in meine Hände. Aber dann schreckt mein Kopf hoch, als ich mich daran erinnere, dass der Wichser mich letzte Nacht beim Schlafen beobachtet hat. Das bedeutet, dass er wieder in meinem Haus war.

Das ganze Blut in meinen Wangen fließt wie ein Strudel ab, als mir klar wird, dass er schon in meinem Haus gewesen sein könnte, bevor ich überhaupt ins Bett gegangen bin.

Das hat er letztes Mal auch gemacht und ich war gestern Abend ziemlich neben der Spur. Ich weiß, dass ich eine Weile in Gigis Tagebuch gelesen habe, aber ich glaube, ich konnte kein einziges der Worte im Gedächtnis behalten, das ich gelesen habe.

Mein Blick haftet auf meinen Schranktüren, wie ein Magnet an einem Kühlschrank. Es ist ein großer Schrank mit zwei Türen, die sich auseinanderschieben lassen. Meine Augen verengen sich auf den kleinen Spalt zwischen den beiden.

Mein Körper bewegt sich auf Autopilot. Ich springe aus dem Bett und stürme zur Schranktür, bevor ich es mir recht überlegen kann. Ich habe keine Ahnung, was ich tun soll, wenn er dort steht.

Wahrscheinlich würde ich mir in die Hose machen.

Ich reiße die Türen auf und bleibe kurz stehen, als ich nichts als viel zu viele Klamotten sehe, die ich nicht trage.

Hier kann er sich nirgends verstecken. Der Schrank ist nicht tief und sicher nicht groß genug, um einen so großen Mann zu verstecken. Meine Hände wühlen sich trotzdem durch meine Kleidung und suchen nach ihm. Und selbst wenn ich mir sicher bin, dass er nicht da ist, suche ich weiter und schiebe meine Kleidung mit wachsender Aggression beiseite.

Reiß dich verdammt noch mal zusammen, Addie. Es ist, als würdest du wollen, dass er da ist.

Ich seufze und wende mich ab, weil der Adrenalinstoß nachlässt. In diesem Raum kann er sich nirgends verstecken. So riesig der Raum auch ist, er ist offen gestaltet und hat nur wenige Möbel.

Jetzt fühle ich mich einfach wie eine Idiotin.

Ich lasse mich aufs Bett plumpsen, schlage die Beine übereinander und starre auf mein Handy, als wäre es eine Mausefalle mit einem verdammt großen Käseblock darin. Geräucherter Gourmet-fucking-Gouda-Käse, um genau zu sein.

Das Telefon leuchtet mit einer eingehenden Nachricht auf und die Vibrationen im Bett wandern direkt in meine Beine.

Ich schnappe es mir. Ich liebe Gouda-Käse, verdammt noch mal.

Unbekannt: Ich sehe dich heute Nacht, Little Mouse.

Ich knurre.

Ich: Außerhalb meines Hauses, und am besten in den Handschellen eines Polizisten.

Unbekannt: Du brauchst keinen Polizisten, um mich in Handschellen zu legen, Baby. Ich lasse dich alles mit mir machen, was du willst.

Ich werde einen Herzinfarkt erleiden, weil mein Blut immer wieder in alle möglichen Richtungen strömt. Meine Pussy pulsiert bei dem unerlaubten Gedanken an ihn, in Handschellen an mein Bett gefesselt und mit einem in Sünde getauchten Grinsen im Gesicht. Und diesen gottverdammten, ungleichen Augen, die mich so ansehen, wie sie es getan haben, als er mich mit seiner Waffe gefickt hat. Als wäre ich eine kleine Maus, die er verschlingen will, die in der Falle sitzt, während der Gouda-Käse meine Wangen aufbläht.

Fuck.

Meine Hände zittern, als ich versuche, den Gedanken aus meinem Kopf zu vertreiben. Aber er hat sich festgesetzt und ich werde ihn nicht mehr los.

Ich ziehe meine Beine an und presse meine Schenkel zusammen. Aber das lindert weder das ständige Pochen zwischen meinen verkrampften Schenkeln noch die Nässe, die sich zwischen ihnen sammelt.

Mein Herz rast, als eine weitere Nachricht mein Handy vibrieren lässt. Ich will nicht hinsehen, aber ich kann mich einfach nicht zurückhalten.

Unbekannt: Spielst du mit dir selbst, Little Mouse? Berührst du deine süße kleine Pussy bei dem Gedanken, dass ich mit Handschellen an deinem Bett gefesselt bin?

Ich: Du bist ekelhaft.

Aber genau das habe ich angefangen zu tun. Sobald ich die Worte gelesen habe, war es, als hätte er von meinem Körper Besitz ergriffen, um genau das zu tun, was er gesagt hat. Meine Hand hat sich in mein Höschen bewegt und mein Finger haben sanft über meine geschwollene Klitoris gestrichen. Noch während ich meine vernichtende Antwort zurückschreibe.

Ich trage nichts außer einem langen T-Shirt und bequemer Unterwäsche.

Ich fühle mich nackt und entblößt unter der dünnen Baumwolle. Als meine Beine anfangen, sich zu öffnen, reiße ich meine Hand heraus, als hätte ich einen brennenden Ofen berührt, und zische über meine eigene Dummheit.

Unbekannt: Und du bist eine Lügnerin.

Ich: Fick. Dich.

Unbekannt: Das nächste Mal, wenn du sagst, dass ich etwas ficken soll, wird deine Klit zwischen meinen Zähnen verschwinden.

Meine Unterlippe klemmt dabei zwischen meinen. Ich ziehe meine Lippe scharf ein, schockiert von seiner Dreistigkeit. Von der puren *Dreistigkeit*, über die dieser Mann verfügt. Und doch bin ich genauso erregt.

Ich umklammere das Handy und hasse mich immer mehr, je länger das Gespräch andauert.

Meine Finger zucken angesichts des Bedürfnisses, ihm zu sagen, dass er sich ficken soll. Das Arschloch weiß wahrscheinlich nicht einmal, wie widerspenstig ich bin.

Wenn man mir sagt, dass ich etwas nicht tun soll, werde ich es nur noch mehr tun wollen.

Und bei einer solchen Drohung bin ich so verdammt verlockt danach. Ich spüre, wie mein Herz wieder in meiner Brust pocht und gegen meinen Brustkorb schlägt, während mein Daumen über die Buchstaben fährt.

Ich starre auf die beiden Wörter auf meinem Bildschirm, mein Daumen schwebt über dem Senden-Button. Mein Schatten hat bewiesen, dass er seine Drohungen wahr macht.

Warum will ich es also unbedingt tun? Ich meine, wer stachelt seinen verdammten Stalker an? Und dann auch noch, damit er meine Pussy mit seinem Mund berührt.

Ich werfe mein Handy weg, sobald mein Daumen über die Taste gleitet. Die Nachricht verschwindet und ich weiß, dass ich gerade etwas Idiotisches getan habe.

Fuck, fuck, fuck.

Mein Kopf liegt wieder in meinen Händen und meine Finger umklammern mein Haar, bis ich spüre, wie sich die Strähnen straffziehen und kleine Schmerzstiche folgen.

Ping.

Der rasende Muskel in meinem Brustkorb explodiert fast und klettert meine Kehle hinauf.

Ich kann nicht hinsehen. Abrupt stehe ich auf, unruhige Energie überzieht meine Nerven, bis ich fast krampfe. Ich muss … etwas tun. Mich ablenken.

Ich schnappe mir mein Handy und eile durch den Flur, die knarrende Holztreppe hinunter und in meine Küche.

Es ist dunkel hier drinnen. Unheimlich. Aber meine Hartnäckigkeit hält mich davon ab, irgendein Licht einzuschalten.

Ping.

Zittrig gieße ich zwei Finger breit den Whiskey meines Großvaters in ein Glas. Dann halte ich die Karaffe hoch und stelle fest, wie wenig übrig ist.

Arschloch.

Ich schütte den Alkohol in einem Schluck hinunter. Der Geschmack ist rauchig, mit einem Hauch von Zitrusfrüchten. Er brennt auf dem Weg nach unten und verwandelt mein Inneres in ein Inferno.

Als ob ich nicht schon glühend heiß wäre.

Nachdem ich mir noch mal zwei Finger breit eingegossen und hinuntergeschluckt habe, fasse ich den Mut, auf mein Handy zu schauen.

Unbekannt: Oh, Little Mouse.

Unbekannt: Ich kann es kaum erwarten, dich zu vernaschen. Wenn ich erst einmal fertig bin, wird nichts mehr von dir übrig sein.

Gottverdammt.

Ein Schauer durchfährt meinen Körper und ich lasse das Telefon fallen. Es scheppert laut gegen die Insel und stört die Ruhe.

»Gott? Warum verfickt hasst du mich?«, frage ich laut und meine Stimme hallt in die leere Luft hinaus.

Natürlich antwortet er mir nicht. Das tut er nie. Ich spreche nicht einmal mit Gott. Ich spreche mit mir selbst und den Geistern in diesem Haus.

Nicht einmal sie werden mir antworten.

Scheiß drauf. Ich gehe jetzt ins Bett.

Ich stürme die Treppe hinauf, schalte den Fernseher aus und schlüpfe zurück in mein Bett, schließe mein Handy an das Ladegerät an und werfe mir dann die Decke über den Kopf.

Hier können mich die Monster nicht erwischen. Ich bin in Sicherheit. Unantastbar.

Ich ignoriere das Pochen zwischen meinen Beinen, schließe die Augen und will schlafen.

Trotz der sporadischen Gedanken, die in meinem Kopf herumschwirren, schlafe ich unruhig ein. Ich wälze mich hin und her, die Decke hält meinen Körper zu warm, aber mein Unterbewusstsein lässt nicht zu, dass die Decke runterrutscht.

Irgendwann, mitten in der Nacht, spüre ich, wie raues Fleisch über meine Arme gleitet. Mein Unterbewusstsein fängt langsam an, sich von meinen Träumen zu entfernen, aber es fühlt sich an, als würde ich unter einem schweren Nebel gewogen werden.

Etwas Raues gleitet um mein Handgelenk und bringt mich wieder zu Bewusstsein. Als ich spüre, wie sich die raue Struktur um mein anderes Handgelenk zusammenzieht, komme ich endlich in die Realität zurück. Meine Umgebung drängt sich mir auf und selbst im Halbschlaf weiß ich, dass etwas nicht stimmt.

Mein Gesicht fühlt sich eng an und mein Körper ist entblößt.

Ich spüre, wie die Decke an meinen Brüsten, meinem Bauch und meinen Hüften vorbeizieht. Als sich die kühle Luft niederschlägt und meine Brustwarzen zu spitzen Knospen zusammenziehen, schrecke ich auf.

Meine Augen öffnen sich weit und mein Atem bleibt mir in der Kehle stecken, als ich eine dunkle Gestalt zwischen meinen Beinen sehe. Sofort gerate ich in Panik. Mein Herz rast und mein Adrenalin schießt in die Höhe.

Ich will schreien, aber etwas schnürt mir den Mund zu. Meine Augen werden groß, als ich merke, dass mein Mund mit Tape zugeklebt wurde.

Mir werden mehrere Dinge auf einmal klar. Meine Arme sind über mir mit dicken Seilen an das Kopfteil gebunden. Ich ziehe an den Fesseln und versuche verzweifelt, meine Handgelenke aus den Schlaufen zu ziehen, aber ohne Erfolg.

Ich wehre mich mit all meinen Kräften, aber mein Körper kann sich nur bis zu einem gewissen Grad bewegen. Kräftige Oberschenkel halten mich fest im Griff, während sich mein Stalker über mir abstützt und sein Gesicht von den Schatten verdeckt wird.

Ich kämpfe weiter gegen das Seil, aber es gelingt mir nur, meine Haut aufzureiben.

»Was habe ich dir gesagt, Little Mouse?«, fragt er mit seiner tiefen Stimme, die kaum über ein Flüstern hinausgeht. Ich werfe ihm nicht einmal einen Blick zu, mein panischer Blick klebt an den Seilen, die mich völlig hilflos machen.

Scheiß auf das, was er mir gesagt hat.

»Lass mich los!«, rufe ich unter dem Klebeband hindurch, aber die Worte sind gedämpft und nicht zu verstehen.

Er legt seine Hände auf meine Hüften und drückt mich grob auf das Bett. Elektrische Schläge fahren von seiner Haut zu meiner, und das Gefühl lässt mich unter seinen schwieligen Händen erzittern.

In Panik gerät mein Verstand völlig aus dem Gleichgewicht. Ich kann nicht mehr vernünftig denken. Mein Körper schaltet auf Überlebensmodus und ich wehre mich mit aller Kraft, die ich aufbringen kann, gegen seinen Griff.

Aber es nützt nichts. Er ist zu groß. Zu schwer. Zu fucking aufdrängend.

Ich schreie vor Frustration und versuche, mich von ihm loszureißen. Er lacht über meinen Versuch und der satte Klang seiner Belustigung jagt mir einen Schauer über den Rücken.

Ich halte inne und schnaufe gegen das Klebeband an. Meine Haare sind zerzaust, einige Strähnen haben sich über mein Gesicht verteilt und schränken meine Sicht auf ihn ein.

Nicht, dass ich sein Gesicht unbedingt sehen will. Es ist eine verdammte Waffe.

Sanft streicht er mir die Strähnen aus dem Gesicht und berührt mich zärtlich.

»Faszinierend, dass du noch nicht gelernt hast, dass ich meine Drohungen immer wahrmache«, flüstert er.

»Fick. Dich!«, rufe ich und spreche meine Worte so deutlich wie möglich unter dem Klebeband heraus. Sie sind gedämpft, aber er hat mich trotzdem laut und deutlich gehört.

Er nimmt mein Gesicht grob in seine Hand und drückt sein Gesicht auf meines. Minziger Atem und ein Hauch von Rauch umwehen mich.

»Bring mich weiter dazu, wütend zu sein, Adeline. Ich genieße es, dir wehzutun. Es ist Musik in meinen Ohren, wenn ich dich weinen höre.«

Ich wehre mich gegen ihn und dumpfe Schimpfwörter kommen aus meinem zugeklebten Mund.

Ein weiteres Kichern dringt an meine Ohren.

»Du warst ein sehr böses Mädchen, Little Mouse«, sagt er und sein tiefer Tonfall vibriert in seiner Kehle. »Und es macht mir Spaß, dir zu zeigen, was mit bösen Mädchen passiert.«

Der Schweiß dringt von meinem Haaransatz hervor und läuft mir den Rücken hinunter. Ich bin immer noch in Panik – ich zittere regelrecht vor Angst.

Aber ich habe keine Ahnung, wie ich von ihm wegkommen soll. Mir kommen die Tränen, als ich merke, dass ich es nicht kann.

Seine Worte von vorhin dringen durch die Panik. *Du kannst mir nicht entkommen.*

Seine schwieligen Finger heben mein T-Shirt hoch und entblößen mein schwarzes Spitzenhöschen und meinen flachen Bauch. Ich kann sie nicht sehen, aber ich spüre, wie seine Augen mich verschlingen. Er hebt das Shirt weiter an, bis er meine Brüste sieht.

Ich höre ein scharfes Einziehen seines Atems, das sein Verlangen verrät. Meine Brustwarzen spannen sich zu harten Spitzen an. Aber das Arschloch ist verrückt, wenn es denkt, dass es an *ihm* liegt.

»Du bist absolut exquisit«, haucht er und seine Hände fahren ehrfürchtig über meinen Bauch. Über die verblassenden Spuren, die er mir vor vier Nächten aufgezwungen hat.

»Fick. Dich«, knurre ich erneut.

»Wundere dich nicht, wenn ich es tue«, sagt er zu mir und seine Stimme ist voller Verlangen und Vorfreude.

Meine Augen verdrehen sich, als seine Finger unter den Bund meiner Unterwäsche gleiten, meine empfindliche Haut kitzeln und mich vor seinen Absichten warnen. Ich unterdrücke das Zittern, entschlossen, meine Würde zu bewahren, selbst als er sie mit einer Bewegung bis zu meinen Knien herunterzieht.

Ich kämpfe erneut, trete hart nach ihm und lande einen kräftigen Tritt gegen seine Brust. Er wehrt ihn ab, stößt zurück und schickt schmerzhafte Schockwellen mein Bein hinauf.

Das verblüfft mich lange genug, damit er mir meine Unterwäsche ganz von den Beinen streifen kann. Anstatt sich meines Slips zu entledigen, bündelt er ihn zu einem Ball und steckt ihn sich in seine Tasche.

Oh … das ist *ekelhaft*!

Ich knurre tief in meiner Brust und trete wieder verzweifelt nach ihm. Ich benutze beide Beine und setze jede Menge Kraft ein. Er schnappt mir beide Füße weg, bevor sie sein Gesicht berühren können.

Verdammt!

Ich winde mich und hebe dabei die obere Hälfte meines Körpers an.

Schnell schlingt er seine Hände um beide Knöchel und vermeidet dabei einen Fuß im Gesicht. Dann zwingt er meine Beine auseinander und drückt meine Knie aufs Bett, während er meine Pussy entblößt.

Was sich wie eine Ewigkeit anfühlt, dauert nur fünfzehn Sekunden.

Ich zwinge mich, stillzuhalten, und meine Brust hebt sich wie wild. Wenn ich weiter gegen ihn ankämpfe, würde ich ihm nur meine Pussy direkt ins Gesicht drücken. Und das würde dem Arschloch eine Freude sein.

Wut, wie ich sie noch nie zuvor gefühlt habe, überflutet mich und ersetzt die Angst und Hilflosigkeit. Ich schreie unter dem Klebeband, bin wütend und verfluche ihn, während seine Augen die Weite meiner Mitte verschlingen.

Das Mondlicht bietet ihm nicht genug Licht, um viel zu sehen, aber das ist ihm egal. Er hat es schon einmal gesehen.

Er atmet tief ein. »Verdammt, du riechst genauso, wie ich es in Erinnerung habe. So fucking süß.«

Er beugt sich herunter und küsst sanft meinen Beckenknochen. Ich wölbe meinen Rücken und drücke meinen Körper tiefer in die Matratze und weg von seinem Kuss. Ich hechle heftig durch die Nase und imitiere einen wütenden Stier.

Der Selbsthass kämpft gegen den Hass auf ihn an. Ich habe mir das selbst zuzuschreiben. Ich weiß, dass ich das getan habe. Ich habe ihn angestiftet – ihn provoziert, als er mich warnte, was passieren würde.

Es spielt keine Rolle. Ich war zu dumm und zu starrköpfig. Zu high von diesem kranken Nervenkitzel, von dem ich scheinbar nicht genug bekommen kann.

Er packt meine Hüften und zieht mich grob nach unten, wobei er die Fesseln an meinen Handgelenken festzieht, sodass er ungehindert an meine Pussy kommt.

Ein weiterer sanfter Kuss, ein paar Zentimeter über meiner Klitoris. Ich kann das Wimmern nicht unterdrücken, das sich aus meinem Mund löst und gegen das Klebeband drückt, genau wie meine Lippen.

Aber das Klebeband verdeckt das Geräusch nicht, so wie es meine Worte verdeckt. Ich spüre, wie er innehält, und dann lächelt er gegen meine Haut.

Ich erschaudere unter seiner Berührung und sein heißer Atem streicht über meine empfindlichste Stelle. Meine Knie zucken nach innen, ein weiterer vergeblicher Versuch, meine Beine zu schließen.

Dann spüre ich sie. Eine hartnäckige Träne löst sich, als seine Zähne an meinem Schamhügel kratzen. Ich schreie auf und wehre mich gegen das Gefühl, indem ich seine Zähne von meiner Haut stoße, nur damit mein Körper mit einem Ruck wieder gegen seinen Mund fährt.

Ich keuche und spüre dieses Mal weit mehr als nur Zähne. Seine Zunge gleitet über meinen Kitzler und ein wildes Stöhnen entweicht seiner Kehle, als er mich schmeckt. Unkontrolliert verdrehe ich die Augen und werfe den Kopf zurück, als mich das köstlichste Gefühl überkommt.

Aber ich weigere mich, dass das mein Urteilsvermögen trübt.

Abscheu vor mir selbst – meinem Körper – weil ich etwas anderes fühle. Und Ekel, dass er mir etwas nimmt, was ich nicht freiwillig gegeben habe.

»Fuck«, knurrt er gegen mich und die Vibrationen zwingen mich, tief einzuatmen. Der Klang seines tiefen Tenors schickt eine Welle von Schmetterlingen in meinen Magen.

»Du bist so verdammt cremig«, krächzt er. Ich drücke meine Augen zu und hasse es, wie meine Pussy von seinen Worten und der Aufmerksamkeit, die er mir schenkt, pulsiert. Noch mehr hasse ich es, dass er recht hat. Ich kann meine eigene Erregung riechen und spüre, wie die Säfte an meinen Arschbacken hinunterlaufen.

Ich zittere.

Ich zittere, weil ich nicht weiß, was ich im Moment sonst tun soll.

Jetzt hasse ich *mich selbst* mehr denn je, ebenso die Reaktion meines Körpers auf Adrenalin und Schrecken. Er leckt über meinen gesamten Schlitz, seine Zunge bewegt sich gemächlich bis zu dem Nervenbündel, bevor er meinen Kitzler zwischen seine Zähne nimmt und fest zudrückt.

Genau wie er es gesagt hat.

Ich schreie, sowohl vor Angst als auch vor Glückseligkeit. Sein Biss ist hart genug, um eine Welle des Schmerzes durch meinen Körper zu schicken, aber nicht hart genug, um mich wirklich zu verletzen.

Er zieht seinen Kopf langsam weg, wobei er meinen Kitzler zwischen seine Zähne nimmt und daran zerrt, bis meine Klit freigleitet und ein brennendes Gefühl von der Knospe ausgeht.

Ich versuche, mich herauszuwinden, aber das führt nur dazu, dass er seine Hände hinter meine Knie legt und sie mit Gewalt zurückschiebt.

Ich drücke meine Augen wieder zu und eine weitere verräterische Träne kullert hinunter, während ich verzweifelt gegen meine Fesseln ankämpfe, um mich zu befreien. In dieser Position bin ich ihm viel stärker ausgeliefert und verletzlich.

Aber wie immer jagt der Nervenkitzel der Gefahr ein unangenehmes Gefühl direkt in mein Inneres.

Er hat meinen Körper so weit nach oben gekrümmt, dass mein Hintern nicht mehr auf dem Bett liegt. Als ob ich mich nicht schon genug schämen würde, spüre ich, wie meine Erregung meinen Bauch hinunterläuft.

Er knurrt und bemerkt das Verlangen, das aus meiner Öffnung strömt. Ich spüre, wie sich sein Körper vor Verlangen anspannt und wie die Kraft durch seinen Körper fließt.

Er verschwendet keine weitere Zeit, stattdessen bringt er seinen Mund wieder zu meiner Pussy und saugt an meiner Klitoris.

Ich zucke zusammen, als er an der Knospe zieht und saugt. Er leckt mich nicht mehr und weigert sich, seine Zunge gegen mich einzusetzen – nur seine Zähne.

Jedes Mal, wenn ich mich bewege, klammert er sich fester. Also zwinge ich mich, mich zu versteifen, aber der Druck lässt nicht nach. Wenn überhaupt, wird er nur noch stärker, bis ein scharfer Schmerz von meiner Perle ausgeht.

Ich quietsche vor Schmerz und schreie ihm durch das Klebeband gedämpfte Flüche entgegen. Gerade als es zu viel wird, lässt er los. Ich keuche angesichts der Erleichterung und des anhaltenden Schmerzes, mein Kitzler pocht und schmerzt.

Aber er lässt mich nicht lange leiden. Sein Mittelfinger gleitet in mich hinein und krümmt sich, um den süßen Punkt zu treffen. Meine Hüften stemmen sich gegen seine Hand, eine andere Art von Lust schwillt in mir an.

Ein Glücksgefühl, das brennt und brennt und sich doch unglaublich anfühlt.

»Hat das wehgetan?«, fragt er leise und legt den Kopf schief, während er beobachtet, wie sein Finger in mich hinein- und wieder herausgleitet und sich die Säfte in seiner Handfläche sammeln.

Jetzt, wo eines meiner Beine frei ist, bin ich versucht, ihm meinen Fuß ins Gesicht zu rammen. Aber die Erinnerung an den Biss hält mein Bein ruhig.

Also wüte ich nur still vor mich hin und starre ihm Löcher ins Gesicht. Die Wut fühlt sich an, als würde sie mich von innen heraus verbrennen.

Er brummt, enttäuscht über mein Schweigen.

Er beugt sich hinunter und nimmt den missbrauchten Knubbel zwischen seine Zähne, saugt ihn ein, beißt aber nur minimal zu. In Kombination mit seinem Finger, der sich an dieser Stelle zusammenrollt, kann ich nicht mehr atmen.

Sanft schabt er mit seinen Zähnen über das empfindliche Fleisch. Immer und immer wieder, bis mich das Verlangen nach mehr und das Bedürfnis, ihn zu töten, in den Wahnsinn treiben. Vielleicht kann ich ihm die Hände abschneiden, wie er es bei Arch getan hat. Ihm die Zähne ausschlagen, damit er meinen Körper nicht mehr gegen mich verwenden kann.

»Merk dir das, Little Mouse«, murmelt er zwischen den Bissen. »Denk daran, dass dein Ungehorsam dir Schmerzen bringt.« Ein weiterer scharfer Biss. Ich zucke mit den Hüften, aber es ist zwecklos. »Ich weiß, dass du dich daran erinnerst, wie gut es sich angefühlt hat, als meine Waffe deine Pussy gefickt hat. Stell dir meine Zunge in dir vor – meinen Schwanz. Das Vergnügen, das du dabei empfindest, wäre überwältigend.«

Sein Finger krümmt sich und beweist, dass seine Worte wahr

sind, indem er dieses blendende Vergnügen durch meinen Körper schickt.

Ich spüre den Bruch. Der Moment, in dem mein Körper entscheidet, dass er das, was er mir gibt, mehr braucht als das Bedürfnis, dass er aufhören soll.

Ich kämpfe gegen den dunklen Teil in mir, der um mehr betteln will, an. Ein dunkler Teil, der eine Stimme gefunden hat und versucht, sich zu befreien. Alles annehmen und diesem Mann nachgeben, damit wir beide Erleichterung finden können. Ich kämpfe dagegen an, trete in ein stilles Schlachtfeld und versuche, das Leben aus ihm herauszuwürgen, damit es nie ans Licht kommt.

Aber dann zieht er seinen Finger bis zur Spitze zurück und streicht damit über meinen Eingang, und als er wieder in mir versinkt, fügt er zwei weitere Finger hinzu. Ich verdrehe die Augen, als er mich dehnt und die süße Stelle immer wieder streichelt, während seine Zähne erneut in meinen Kitzler beißen.

Die dunkle Seite in mir gewinnt, während ich hilflos zuschaue, wie mein Körper seinen Kampf wieder aufnimmt. Aber dieses Mal reibe ich mich schamlos an ihm. Er gibt mir nicht das, wonach sich mein Körper sehnt und was er braucht, um die Lust zu stillen, die sich tief in meinem Unterleib aufbaut.

Er fährt fort, meinen Kitzler mit seinen Zähnen zu bearbeiten. Er knabbert und beißt, aber er weigert sich, mir seine Zunge zu geben.

Die Frustration steigt, bis ich vor Wut platze. Ich bin so wütend, aber jetzt, weil er mir die Freude verwehrt.

»Arschloch!«, kreische ich gegen das Klebeband. Das antwortende Lächeln gegen meine Pussy zeigt mir, dass er mich gehört hat.

Ich gebe der Wut nach und trete mit unbändiger Kraft aus. Er weicht dem Tritt nur um Zentimeter aus.

Ein wildes Knurren dringt aus seiner Brust und er drückt mein Knie mit brutaler Kraft wieder nach unten. Das Geräusch klang nicht nach Verlangen wie zuvor, sondern nach Wut.

Selbst wenn ich morgen vor einen Priester gezwungen würde, würde mich keine Gottesfurcht davon überzeugen, zu gestehen, wie verdammt sexy dieses Knurren war. Oder wie sehr meine Pussy als Reaktion darauf pulsierte.

Das werde ich nie zugeben – nicht einmal mir selbst gegenüber.

Er verschärft seine Umklammerung zu einem strafenden Griff. Morgen werde ich Handabdrücke auf der Unterseite meiner Oberschenkel haben. Sie werden gut zu den Knutschflecken passen, die meinen Körper übersäen.

»Was hast du gelernt, Little Mouse?«, stichelt er und haucht seinen heißen Atem direkt auf meinen Kitzler.

Ich knurre und eine weitere frustrierte Träne rinnt mir die Schläfe hinunter und bis in den Haaransatz.

»Willst du mir wieder sagen, dass ich mich ficken soll?«, fragt er und streckt seine Zunge für einen scharfen Leckstoß heraus. Sie ist da und wieder weg, bevor ich irgendeine Befriedigung daraus ziehen kann.

Ich schreie ihn weiter an, bis er schließlich nach oben greift und mir das Klebeband vom Mund reißt. Ich fluche gegen den aufflackernden Schmerz in meinem Gesicht und fluche weiter, jetzt, da er mich endlich hören kann.

»Du verdammter Psycho-Motherf–« Mein Satz wird durch einen weiteren schmerzhaften Biss in meinen Kitzler unterbrochen.

»Versuch es noch einmal. Willst du mir wieder sagen, dass ich mich ficken soll?«

Ich erhebe mich und versuche, mich zu beruhigen, aber es gelingt mir nicht.

Ich weiß nicht einmal, wie ich die Gefühle benennen soll, die in mir aufsteigen. Ich könnte explodieren vor lauter Kraft, die in meiner Brust zusammenläuft.

»Wahrscheinlich«, knirsche ich mit zusammengebissenen Zähnen. Er lacht, eine Musik, die so düster klingt, dass sie direkt aus einer Geschichte von Edgar Allan Poe stammen muss.

Er knabbert wieder an mir, aber dieses Mal leichter und spielerischer.

»Ist dir klar, was passieren wird, wenn du das tust?«

Ich halte meinen Mund geschlossen und weigere mich, eine so dumme Frage zu beantworten. Ich weiß *exakt*, was passieren wird. Es ist nur eine Frage des *Zuhörens*.

Als Reaktion auf meine nonverbale Antwort zieht er seine Finger zurück und lässt mich im Stich. Doch bevor ich mich beschweren kann, leckt er mich erneut, diesmal langsamer und träger. Er flacht seine Zunge ab und leckt mich von unten nach oben, wobei er besonders langsam über meinen pulsierenden Kitzler fährt.

Ich schließe die Augen gegen das Gefühl und ein zittriger Atemzug entweicht meiner Kehle. Die Schauer, die mir über den Rücken laufen, sind nicht zu bremsen. Die Glückseligkeit, die von der Stelle ausgeht, an der seine Zunge meine Pussy berührt, ist nicht zu stoppen.

Ich wölbe meinen Rücken und knurre, weil mein Körper unter seiner unfair talentierten Zunge zu Wackelpudding wird.

Aber gerade als ich anfange, mich schamlos und ungeniert an seinem Mund zu reiben, hört er auf.

»Hast du verstanden?«, fragt er noch einmal und sein Tonfall klingt nach Überlegenheit.

Ein frustriertes Schluchzen bahnt sich seinen Weg durch meine Kehle, aber ich schlucke es wieder herunter. Es braucht mehrere Schlucke, bis ich mich traue, offen zu sprechen, obwohl die Worte auf meiner Zunge wie Batteriesäure schmecken.

»Laut und deutlich, Kitty Cat.«

Ein dunkles Kichern strömt durch mein Inneres und ich schäme mich dafür, wie mein Körper darauf reagiert. Mein Arsch wölbt sich unaufgefordert seinem Mund entgegen und verlangt nach dem, was mein Körper so dringend braucht.

Seine Zunge taucht in meine Pussy ein und leckt mit gefräßigen Bewegungen in mich hinein.

Ein Stöhnen kommt über meine Lippen, atemlos und peinlich laut.

Der Druck wird immer größer, als er endlich das tut, worum ich im Stillen gebettelt habe. Seine Zunge wirbelt mit dem perfekten Druck zu meiner Klitoris hinauf und schenkt der missbrauchten Knospe besondere Aufmerksamkeit, bevor sie wieder tiefer eintaucht und den Muskel in meiner Pussy bearbeitet.

Laute der Lust hallen durch den Raum und jetzt bereue ich, dass das Klebeband jemals meinen Mund verlassen hat. Denn ich will nicht, dass er hört, was er mit mir macht, aber ich kann mich auch nicht zurückhalten.

Ich verliere mich einfach. In ihm und dem Stoßen seiner Zunge auf meinem Intimbereich. Es ist unmöglich, ihm zu widerstehen, während sich die Spirale tief in meinem Bauch schmerzhaft zusammenzieht.

Ich kann ihn nicht davon abhalten, meinen Kitzler in seinen Mund zu saugen, genauso wenig wie ich meinen Körper davon abhalten kann, seinen Höhepunkt zu erreichen.

Ich atme scharf ein und stoße einen erstickten Schrei aus, als ich mich fallen lasse. Er stößt zwei Finger in mich hinein, als ich es tue, und das Glücksgefühl ist katastrophal. Ich kümmere mich nicht mehr darum, die spitzen Schreie zu unterdrücken, und ich halte auch meine Schenkel nicht davon ab, seinen Kopf fest zwischen sie zu klemmen.

Ertrinke in meiner verdammten Pussy. Stirb dort, von mir aus.

Die Euphorie verzehrt mich und hüllt mich so fest in ihre Klauen, dass ich alle fünf Sinne verliere.

Das ist kein Aufstieg in den Himmel. Es ist ein Sündenfall.

Ich werde mich nie wieder erholen – nicht, wenn meine Seele aus meinem Körper gerissen und in die Hölle gezerrt wird. Ich bin so tief gefallen, dass ich mich in der Höhle des Teufels wiederfinde, wo mich der dunkle Gott selbst verschlingt.

Ein Stöhnen entringt sich meiner Kehle und ich spüre, wie auch er aufstöhnt. Seine Hände umklammern meine Oberschenkel und reißen sie gerade so weit auseinander, dass er sich weiter an meiner pochenden Pussy vergreift und den Orgasmus länger hinauszögert, als mein Körper verkraften kann.

Er reißt seinen Mund weg und krabbelt meinen Körper hinauf, während er mich weiter mit seinen Fingern fickt. Ich bin immer noch im Delirium und stöhne mit offenem Mund vor mich hin. Als er mir in die Wangen kneift und meinen Mund offenhält, kümmert mich das kaum. Seine Finger fühlen sich zu gut an.

Sein Mund streift einmal über meine Lippen, bevor ich sehe, wie eine Spur von Speichel von seinem Mund in meinen tropft.

»Schluck deine Säfte«, krächzt er.

Und das tue ich. Meine Kehle schnürt sich zu, als der einzigartige Geschmack auf meiner Zunge erblüht. Er knurrt tief in seiner Brust, bevor er seine Lippen auf die meinen presst.

Ich habe ihn gelassen. Später werde ich mich fragen, warum. Aber da seine Finger mir immer noch Lust bereiten, obwohl mein Orgasmus abgeklungen ist und der Nebel mein Urteilsvermögen umhüllt, lasse ich ihn verdammt noch mal gewähren.

Nicht nur das – ich küsse auch zurück.

Seine Zunge taucht in meinen Mund, wirbelt mit meiner eigenen herum. Feuer und Elektrizität sprühen aus unseren verbundenen Lippen, und es fühlt sich an, als würden Planeten aufeinanderprallen. Die Energie ist astronomisch, und mit jeder Berührung und jedem Lecken wird ein neuer Stern geboren.

Die Zeit hört auf zu existieren, während er mich küsst, bis meine Lippen wund sind, und ich bin mir sicher, dass ich daraus mit einem dauerhaften Stottern im Atem hervorgehen werde. An einem Punkt zieht er seine Finger zurück und umschließt mein Gesicht mit seinen Händen, fast zärtlich. Ein krasser Gegensatz zu … nun ja, *ihm* und der Art, wie er mich verschlingt.

Er reißt sich los, als sich unsere Körper unbarmherzig reiben und mir ein Stöhnen entweicht, aber ich bin froh darüber. In dem Moment, in dem er sich zurückzieht, ist es, als würden die Zeit und die Klarheit zurückkommen und mich überraschen, als hätte mich jemand mit einem Schläger überrumpelt.

Ich öffne meine Augen nicht, ich atme nur tief ein, atemlos von dem Kuss. Sein Körper gleitet zwischen meinen Schenkeln hervor und ich ziehe sofort die Knie an und lasse meine Füße fallen, um mich vor seinen gierigen Augen zu verstecken.

Von ihm verzehrt zu werden, fühlt sich an, als würde man in Wasser mit stromführendem Kabel ertrinken. Elektrische Ströme durchfluten den Körper, bis man von ihm überwältigt wird. Kein Sauerstoff. Keine Gedanken. Keine Kontrolle.

Und wenn es vorbei ist, zieht er einen aus dem Wasser. Die Elektrizität tanzt noch immer über der Haut, Ströme sprühen zwischen den Körpern, aber man kann wieder klar sehen und denken.

Man fühlt sich, als ob man in Stücke gerissen worden wäre. Als ob die Körperchemie komplett umgestellt wurde und man als völlig anderer Mensch aus dem Wasser gestiegen ist.

Ich *hasse* ihn dafür.

Ich hasse ihn mehr, als ich jemals jemanden gehasst habe. Das Glücksgefühl verblasst und das vertraute Gefühl von Wut und Hass erwacht wieder.

Er spricht nicht, aber ich spüre die Kraft, die unter seiner Haut brodelt.

Ich kann das Verlangen spüren. Den Durst. Das absolut gefräßige Tier, das ihm die Haut vom Leib zu reißen droht.

Wenn das der Fall ist, kann ich mich nicht mehr darauf verlassen, dass ich ihn davon abhalten kann, mich von innen heraus zu verzehren. Und diese Erkenntnis bringt mich zum Weinen.

Ich habe es verdammt noch mal wieder zugelassen. Erst die Waffe und jetzt das. Warum lasse ich das immer wieder zu?

Er hat sich mir aufgedrängt, das wissen wir beide. Aber am Ende wollte ich es genauso sehr wie er. Ich habe fast darum gebettelt. Ob es nun seine Waffe war, die mich fickte, oder seine Zunge – meine Beine haben sich für ihn geöffnet.

Ganz zu schweigen davon, dass wir wie zwei geile Teenager, die gerade ihre Jungfräulichkeit verloren haben, rumgemacht haben.

Ich weiß nicht, was ich mit dieser Information anfangen soll. Oder wie ich sie überhaupt verarbeiten soll.

Ein Moment der Stille vergeht, die Luft wird nur durch unser schweres Atmen gestört.

Ich bin nicht stark genug, um meine Augen zu öffnen und mich dem zu stellen, was geschehen ist. Ich habe Angst vor dem, was ich tun werde – was ich sagen werde.

Zum ersten Mal hört das Arschloch im Himmel auf meine Bitten und zwingt den Mann, herüberzugreifen, die Seile zu lösen und zu verschwinden.

Ich zwinge meine Augen auf und sehe ihm nach. Ich schlucke das Gift hinunter, das aus meinem Mund zu sprudeln droht. Wenn ich es rauslasse, weiß ich, dass es nur dazu führen wird, dass er eine weitere Drohung ausspricht.

Er hält an der Tür inne und dreht den Kopf gerade so weit, dass das Mondlicht seine scharfe Kieferpartie, die nasse Haut und die Andeutung einer Narbe erkennen lässt.

Er spricht nicht, aber er beißt sich fest auf die Unterlippe, um irgendwelche bedeutungslosen Worte auf seiner Zunge festzuhalten. Genauso wie den Geschmack meiner Pussy.

Schließlich dreht er sich um und die Tür fällt mit einem leisen Klicken hinter ihm zu. Zum zweiten Mal bleibe ich allein zurück. Erniedrigt und in Trümmern. Wieder lasse ich den Tränen freien Lauf, während ich mich bemühe, die Scherben aufzusammeln.

19. Juni 1945

John ist wieder betrunken. Ich habe ihm gesagt, dass ich Freiraum brauche, und natürlich habe ich mich rausgeschlichen, um Ronaldo zu sehen.
Ich weiß, ich weiß.
Mein Mann ist verletzt und wütend, und um seinen harschen, aber berechtigten Worten zu entfliehen, bin ich weggerannt, um fremdzugehen.
Gott, ich bin schrecklich. Das bin ich wirklich.
Aber ich weiß nicht, wie ich aufhören soll. Und in letzter Zeit fühle ich mich nicht mehr richtig sicher. John trinkt mehr, und obwohl er mir noch nicht wehgetan hat, fürchte ich, dass er es tun könnte.
Er scheint im Laufe des Tages immer wütender zu werden.
Er kommt von der Arbeit nach Hause und schreit Sera wegen der einfachsten Dinge an. Er hat sie sogar schon ein paarmal zum Weinen gebracht.
Ich habe versucht, ihr zu erklären, dass wir eine schwere Zeit durchmachen. Sie ist jetzt fünfzehn und alt genug, um zu verstehen, dass nicht jede Ehe nur aus Sonnenschein und Regenbogen besteht.
Sie hat mich angefleht, es mit ihm zu klären. Aber ich bin mir nicht mehr ganz sicher, ob ich das will. Auch nicht, wenn es Sera zuliebe ist. Und ich weiß, dass mich das unglaublich egoistisch macht.

Kapitel 19

Der Schatten

Ich bereue es nicht. Nicht mehr als das eine Mal, als ich ihr eine Pistole in die Pussy gesteckt und sie zum Kommen gebracht habe.

Und ich weiß, wie beschissen das ist – etwas ohne Zustimmung zu nehmen. Ich weiß, dass ich jeden Tag dagegen ankämpfe.

Sie hat es mir noch nicht gegeben, aber das wird sie. Ich kenne meine kleine Maus besser, als sie sich selbst kennt. Sie verleugnet zu sehr, um zu merken, wie sehr sie sich zu mir hingezogen fühlt. Wenn das nicht so wäre, würde sie mich nicht anstacheln und darauf drängen, in ihre Klitoris gebissen zu werden, weil sie genau weiß, dass ich zu meinem Wort stehe.

Wenn sie nicht wirklich interessiert wäre, hätte sie mir gar nicht erst zurückgeschrieben.

Ihre Handlungen sprechen eine ganz andere Sprache als ihre Worte. Eine Sprache voller Verlangen und Vergnügen – sie hat nur noch nicht gelernt, sie zu übersetzen.

Das macht es nicht richtig oder rechtfertigt es. Aber ich kann es nicht bereuen, dass ich etwas so verdammt Süßes, so verdammt Perfektes gekostet habe. Selbst, wenn sie es nicht will. Denn genau das ist es, was es war.

Sie wusste, dass ich meine Drohung wahr machen würde, wenn sie mir noch einmal sagt, dass ich mich ficken soll, und sie hat es trotzdem getan. Das sagt mir, dass meine kleine Maus nicht kontrollieren kann, wie sie *wirklich* fühlt. Das bedeutet, dass egal, was sie fühlt, es verdammt süchtig macht.

Anfangs wehrte sie sich so sehr gegen mich, dass ihre Wut und ihr Zorn mein Blut zu flüssiger Lava werden ließen. Je härter sie gegen mich kämpfte, desto härter kämpfte mein Schwanz gegen die Enge meiner Jeans. Ich wollte so sehr den Reißverschluss öffnen und mich tief in dieser süßen kleine Pussy versenken. Ich war nah dran – verdammt nah dran, es zu tun. Als ihre Lustschreie meine Ohren erst mal erreicht hatten, sie mich festgehalten und sich schamlos an meinem Gesicht gerieben hatte, war es fast um mich geschehen.

Das Einzige, was mich aufhielt, war ihr Gesichtsausdruck.

Als sie auf meinem Gesicht kam, schämte sie sich nicht. Aber sobald der Orgasmus aus ihrem Körper entwich und der Kuss uns nicht mehr verzehrte, fühlte sie nichts als Scham.

Es wird Zeit brauchen, erinnere ich mich.

Ich lockere meinen Nacken und stoße einen zittrigen Atem aus.

Ich sitze in meinem Mustang, mein Schwanz drückt immer noch schmerzhaft gegen meinen Reißverschluss. Gerade, als ich beschließe, mir einen runterzuholen – im Auto zu wichsen ist die *geringste* meiner Sünden, und es wäre nicht das erste Mal – klingelt mein Handy in der Konsole neben mir.

Ich balle meine Hand zu einer festen Faust. Meine Muskeln spannen sich an, während ich gegen den überwältigenden Drang ankämpfe, sie gegen das verdammte Fenster zu schlagen.

Ich glaube, so blaue Eier hatte ich seit der Highschool nicht mehr, als Sarah Forton mir in der Umkleidekabine einen runtergeholt hat. Es war das erste Mal, dass ein Mädchen meinen Schwanz berührte, und ich kam nicht einmal dazu, es zu Ende zu bringen, weil der Trainer hereinkam, bevor ich meine Ladung auf ihren hübschen Titten abspritzen konnte.

Ich schnappe mir das Handy und halte es an mein Ohr, ohne hinzusehen.

»Ja?«, schnauze ich und meine Frustration erreicht ein gefährliches Level.

»Wurdest du heute Nacht nicht flachgelegt?«, brummt Jay durch das Telefon und seine Stimme ist voller spöttischer Belustigung.

Ich knacke erneut meinen Nacken und knurre, als meine Muskeln sich nicht lockern und mir Erleichterung verschaffen.

»Jay«, knurre ich.

Ich weigere mich, meinen Schwanz anzufassen, während ich mit ihm telefoniere. So sehr ich auch den Druck abbauen muss, bei Jays Stimme würde es sich falsch anfühlen.

»*Satan's Affair* kommt in die Stadt«, beginnt er zu sagen. Ich öffne den Mund, um ihn zu fragen, warum mich das etwas angehen sollte.

»Und ich habe die Bestätigung, dass es Tickets mit den Namen von vier kleinen Vögelchen gibt«, fährt er fort. Ich schließe meinen Mund.

»Warum sollten sie dorthin gehen?«, frage ich, völlig verwirrt darüber, warum vier erwachsene Männer auf einen Spukmarkt gehen sollten.

»Erstklassige Mädchen, die man sich aussuchen kann, mein Freund. Und jetzt gibt es ein Ticket mit *deinem* Namen drauf.«

Ich seufze. »Für wann?«

»In drei Wochen ist es so weit. Genug Zeit, um ein paar Mal in die Clubs zu gehen und dein hübsches Gesicht zu zeigen.«

Seufzend nehme ich die Zigarettenschachtel von der Konsole, führe sie an meinen Mund und ziehe eine Zigarette mit den Zähnen heraus.

Ich schnappe mir das Feuerzeug und schnippe die Flamme an. Ich inhaliere tief, als die Glut rot aufleuchtet.

»Du rauchst, oder?«, sagt Jay. Ich bestätige das unverbindlich, während ich mein Fenster herunterkurble und Rauch rauspuste.

Der pochende Ständer ist weg, aber mein Schwanz tut immer noch weh.

»Du hast gesagt, dass du aufhören willst«, jammert er. »Weißt du, wie viele Chemikalien da drin sind? Laut der …«

»Jay«, schnauze ich und unterbreche seinen Vortrag. Wenn ich ihn weitermachen ließe, würde er die Inhaltsstoffe einer Zigarette aufzählen, als würde er alle Elemente des Periodensystems herunterrattern.

Niemanden. Fucking. *Interessiert es.*

Er seufzt wie ein wütender Teenager, der seine Tage hat. »Wie auch immer«, murrt er.

»Update mich, wenn es etwas Neues gibt«, sage ich, bevor ich das Telefon ausschalte.

Ich ziehe einen weiteren Zug Rauch ein und wende meine Aufmerksamkeit meinem Laptop zu.

Der Innenraum meines Mustangs ist mit Gadgets ausgestattet. Ein Laptop steht auf einer Plattform, ein mechanischer Arm ist am Armaturenbrett befestigt, sodass ich ihn bequem zu mir ziehen und schieben kann. Dashcams, ein Alarmsystem für die Polizei und anderer illegaler Kram schmücken das Innere meines Autos.

Ich ziehe den Laptop zu mir und schalte ihn ein. Der helle Bildschirm sticht mir in die empfindlichen Augen.

Ich blinzle gegen das Licht an, rufe meine Programme auf und mache mich an die Arbeit.

Aus reiner Neugier möchte ich wissen, wer an diesem Spukmarkt teilnimmt.

Er kommt jedes Jahr in die Stadt und ich habe mir noch nie die Mühe gemacht, hinzugehen. Geisterhäuser jagen mir keine Angst ein. Nicht, wenn ich täglich echten Horror sehen muss.

Es gibt nichts, was ein paar erfundene Monster tun können, um mich mehr zu erschrecken, als die tatsächlichen Monster, die diese Welt verschmutzen.

Die Menschen müssen sich nicht mit blutigem Make-up und Kunstblut schmücken, um unheimlich zu sein. Es ist das Innere von uns – die Dunkelheit, die unter der Oberfläche *lauert* – das ist es, was wirklich fucking furchterregend ist.

Das ist es, was Menschen dazu bringt, jeden Tag abscheuliche Verbrechen zu begehen. Das ist es, was unschuldige kleine Kinder dazu bringt, ohne jeden Grund einen schrecklichen Tod zu sterben.

Das Innere von uns – das hält mich am Leben. Es ist der einzige Zweck, den ich im Leben habe, und ohne ihn wäre ich nichts.

Ich blättere durch die Liste der Namen und halte kurz inne, als ich einen bestimmten sehe, der mein Herz zum Klopfen bringt.

Adeline Reilly.

Ich lächle. Früher war das mein einziger Grund zu leben. Aber jetzt … jetzt habe ich einen neuen Sinn im Leben entdeckt.

Ich: Ich kann dich immer noch schmecken, Little Mouse.

Ich habe zwei Tage lang einen Gang zurückgeschaltet, bevor ich nicht mehr widerstehen konnte.

Ich habe meinen Schwanz gewichst, als wäre er ein Gegner in einem Boxkampf, und ich bin es so verdammt leid, meine eigene Hand zu spüren.

Es gibt keinerlei Erwartungen, dass sie heute antwortet. Ich bin mir sicher, dass sie immer noch gemütlich in der Ecke ihres Kopfes sitzt, in der sie sich selbst hasst und davon überzeugt ist, dass sie mir nie wieder die Zeit schenken wird.

Aber diese Ecke ist eine Farce, und das wissen wir beide. Das Gefühl meiner Waffe in ihr hat sie erschreckt. Aber das Gefühl meiner Zunge an ihrer Pussy und wie hart sie gekommen ist, wird sie nicht mehr loslassen.

Sie wird eine Zeit lang darüber weinen, aber schon bald wird sie wieder in Versuchung geraten.

Addie: Wusstest du, dass ein Stalker meine Urgroßmutter getötet hat?

Meine Augenbrauen schießen bis hoch zu meinem Haaransatz bei ihrer Antwort.

Nicht nur, dass ich überhaupt keine erwartet hatte, sondern auch die Tatsache, dass sie mit echten Worten und nicht mit einer leeren Drohung geantwortet hat. Ihre haben nicht unbedingt so viel Gewicht wie meine.

Ich: Hast du einen Beweis dafür?

Den wenigen Tagebucheinträgen zufolge, die ich gelesen habe, hatten sie und ihr Stalker eine leidenschaftliche Beziehung. Und laut dem Eintrag, in dem er sie mit unbekannten Verletzungen besucht hat, pflegte er auch Umgang mit ein paar ziemlich üblen Leuten. Es schien nicht so, als ob er Anzeichen von Aggression oder gewalttätiger Besessenheit zeigte. Aber wer weiß das schon?

Addies Urgroßmutter könnte nur gesehen haben, was sie sehen wollte, und er hatte sie *wirklich* getötet.

Oder vielleicht hat ihr Mann sie bei einer Affäre erwischt und einen Wutanfall bekommen.

Beide Möglichkeiten sind gleich wahrscheinlich, genauso wie es wahrscheinlich ist, dass die Scheiße, in die ihr Stalker verwickelt war, ihn in den Arsch gebissen hat. Und das genau dort, wo es ihm am meisten wehgetan hätte.

Seine Besessenheit.

Nachdem ich das Tagebuch durchgeblättert hatte, wurde ich neugierig und schaute mir die Geschichte ihrer Urgroßmutter genauer an. Der Sog der sich wiederholenden Geschichte war zu faszinierend.

Der Tatort wurde zertrampelt, und die Ermittler, die den Fall bearbeiteten, waren völlig schwachsinnig.

Addie: Noch nicht. Aber ich werde es herausfinden. Und ich werde recht behalten. Alle Stalker sind einfach nur verdammte, psychotische Freaks.

Ich presse die Lippen zusammen, denn ein Lächeln droht, mich zu übermannen. Ich lasse sie ein paar Minuten lang über ihre Antwort nachdenken. Sie soll denken, dass sie mich verärgert oder verletzt hat. Was auch immer sie sich eingeredet hat, wie ich reagieren würde.

Sie denkt, sie kennt mich schon, aber meine kleine Maus könnte nicht weiter von der Wahrheit entfernt sein.

Ich stalke sie, weil ich verdammt süchtig bin. Ich bin fasziniert von jeder ihrer Bewegungen, von jedem Wort, das aus ihrem hübschen rosafarbenen Mund kommt. Jetzt bin ich süchtig nach ihrem Duft, ihrem Geschmack und der Art und Weise, wie sie klingt, wenn sie um ihr Leben fürchtet – genauso wie ich süchtig nach der Art und Weise bin, wie sie klingt, wenn sie nach mehr bettelt.

Das ist etwas, das ich nicht erklären kann. Als ich sie gesehen habe, bin ich vor Verlangen fast auf die Knie gefallen, und ich *werde* sie haben.

Aber nicht, weil ich psychotisch und wahnhaft bin. Ich werde ihr keinen gottverdammten Schrein errichten und mir einreden, dass wir von den Göttern dazu bestimmt wurden, zusammen zu sein, oder an was für einen verrückten Scheiß die Leute heutzutage glauben. Ich werde sie haben, weil sie das ist, was mir seit langer Zeit irgendein gutes Gefühl gibt und ich davon besessen bin, es zu behalten.

Ich habe nicht besonders viele gute Dinge in meinem Leben und es ist mir egal, ob es mich selbstsüchtig macht, es behalten zu wollen.

Der einzige Weg, wie ich sie wirklich halten kann, ist, wenn sie mich von meiner schlimmsten Seite sieht.

Ich würde mich lieber einfach umbringen, als Addie zu verarschen, um mich als guten Mann zu lieben, nur um beide unserer

Herzen zu brechen, wenn sie realisiert, dass ich gar kein guter Mann bin.

Meine Besessenheit von ihr ist also einfach nur … so wie sie ist.

Ich: Nun, das ist ziemlich verurteilend, findest du nicht? Deine Urgroßmutter hat ihren Stalker geliebt, als ich das letzte Mal nachgesehen habe.

Sie wird stinksauer sein, wenn sie merkt, dass ich in den Tagebüchern ihrer Urgroßmutter geschnüffelt habe.

Lächelnd rufe ich das Kamerabild ihres Hauses auf meinem Handy auf und klicke mich durch, bis ich Addie auf ihrem Bett sitzend und auf ihr Handy starrend finde. Ich war alarmiert, als sie die Kamera in ihrem Schlafzimmer ausschaltete, und es war nicht schwer, mich hineinzuschleichen, während sie weg war, und meine eigene einzurichten. Obwohl ich ihr Gesicht nicht gut sehen kann, brauche ich kein Fernrohr, um zu erkennen, dass sie Löcher in den Bildschirm starrt.

Sie ist ziemlich lustig, wenn sie wütend ist. Ihre Daumen bewegen sich rasend schnell und ich muss lachen, als sie das Telefon auf ihr Kissen knallt, nachdem sie auf Senden gedrückt hat.

Mein Handy vibriert eine Sekunde später.

Addie: Er hat sie ausgetrickst, genau wie du es bei mir tun wirst. Und er hat sie getötet. Genauso – da bin ich mir sicher – wie du es bei mir tun wirst.

Ich verdrehe angesichts ihrer Dramatik die Augen und drücke die Ruftaste.

Sie nimmt ab, spricht aber nicht. Ich höre sie leise durch den Hörer atmen und wünschte, ich wäre da, um ihren Puls zu lecken. Um zu spüren, wie er gegen meine Zunge trommelt.

Ich liebe es, dass ich ihr Angst mache.

»Bist du fertig damit, dramatisch zu sein?«, frage ich und lasse sie die Belustigung in meiner Stimme hören.

Sie schnaubt und ich kann mir den finsteren Blick auf ihrem Gesicht vorstellen. Mein Schwanz verhärtet sich in meiner Jeans und schwillt in Sekundenschnelle so an, dass es wehtut.

»Dramatisch? Du denkst, dass Gigi von ihrem Stalker ermordet wurde ist *dramatisch*? Glaubst du, überhaupt gestalkt zu werden, ist etwas, das man leichtfertig hinnimmt?«

»Nun, natürlich nicht«, antworte ich. »Es sterben ständig Menschen durch verrückte Stalker.«

Meine Ehrlichkeit lässt sie verstummen.

»Addie, Baby, du bist schlau, weil du Angst hast. Sehr klug. Aber warum sollte ich wollen, dass du dich in etwas Falsches verliebst?«

Sie schnaubt. »Denkst du wirklich, ich würde mich in dich verlieben?«

»Willst du wirklich so tun, als würdest du das nicht tun? Wenn ich dich in der Buchhandlung ansprechen und um ein Date bitten würde, würde ich dich umwerben, dich bezirzen, dir ein hübsches, falsches Lächeln zeigen und dich wie eine Königin behandeln, während ich dir ins Gesicht lüge. Ist es das, was du wirklich willst?«

Wieder empfängt mich Stille. Sie kann nicht Nein sagen und sie weiß es.

»Warum kannst du nicht einfach anständig sein und nicht das Bedürfnis verspüren, mich zu stalken?«

»Weil ich dann nicht ehrlich zu mir selbst wäre, Little Mouse. Ich liebe es, dass ich dich erschrecke. Ich liebe es, dass du versuchst, vor mir wegzulaufen. Das Drängeln und Ziehen. Das Katz-und-Maus-Duett. Ich *liebe* es verdammt noch mal. Und ich glaube, ein Teil von dir tut das auch.«

Sie lacht spöttisch über mich. »Du bist verdammt verrückt, wenn du denkst, dass ich es liebe, wenn du mir Angst machst. Aber ich wusste ja schon, dass du es bist.«

Ich lächle. Ich kann mich nicht erinnern, wann ich das letzte Mal wirklich gelächelt habe, bevor ich mich in das Leben dieser schönen Kreatur eingemischt habe.

»Und du nicht? Ich sehe, wie du versuchst, zu verbergen, wie feucht deine Pussy wird, wenn du Angst hast. Deine Nippel werden so verdammt hart und du presst deine Schenkel fest zusammen, als ob es das Bedürfnis, meinen Schwanz in dir zu spüren, verringern würde.«

Sie schnappt nach Luft, ganz leise. Ich knirsche mit den Zähnen, um gegen den rasenden Drang, zu ihrem Haus zu gehen, anzukämpfen.

»Hast du es getan?«, fragt sie plötzlich, als wäre die Frage aus ihr herausgesprungen. Ihre Atmung eskaliert. »Hast du Arch getötet?«

Ich beiße mir auf die Unterlippe, ein Lächeln bildet sich. Auf diese Frage habe ich schon gewartet. Ich bin überrascht, dass sie so lange gebraucht hat, um den Mut aufzubringen, obwohl sie genug davon hat, mir nicht zu gehorchen.

»Ich glaube, die Antwort darauf kennst du schon, Adeline.«

»Tue ich. Seine Familie ist auch tot.«

Ich bin nicht überrascht, zu hören, dass sie es weiß. Immerhin hat es landesweit Schlagzeilen gemacht. Leichen sind spurlos verschwunden und ein kleiner Krieg hat begonnen, jetzt, wo es ein Machtvakuum gibt.

»Weißt du, was das angerichtet hat, Kitty Cat?«

Ich lache über den Spitznamen. Ich werde diese kleine schlechte Angewohnheit an ihr bald korrigieren.

»Das hat mir ein paar ziemlich beschissene Feinde eingebracht.«

Mein Lächeln verblasst. Ich habe ein Auge auf Archs Freunde geworfen, aber anscheinend habe ich nicht nah genug hingesehen.

»Max?«, schätze ich. Ich habe gehört, dass er sich seinen Weg an die Spitze erkämpft hat.

»Jap«, sagt sie frech und betont das P.

»Hmm«, brumme ich und überlege, wie ich Max und seinen Leuten eine Lektion erteilen kann. Ich hatte gehofft, dass sie so schlau sein würden, Addie in Ruhe zu lassen, während ihre Polizeiberichte verschwinden. Sie hat zugehört und die Hände nicht bei der Polizei gemeldet. Im Nachhinein betrachtet, hat Max keinen Grund, Addie ins Visier zu nehmen.

Das bedeutet, dass er das mit den Händen herausgefunden haben muss.

»Das war's? Das ist alles, was du zu sagen hast? Hmm? Ein paar ziemlich gefährliche Männer sind deinetwegen hinter mir her, weißt du? Wenn ich tot ende wegen deiner psychotischen Eifer–«

»Lass mich dich hier unterbrechen, Baby. Denn es scheint, als würdest du vergessen, dass ich eine Waffe in deiner Pussy hatte. Es ist gar nicht so lange her. Dachtest du, dir zu zeigen, wie man sich richtig verhält, ist die einzige Lektion, die ich dir damit beibringe?« Sie wird leiser. »Wenn du denkst, dass Kleinkriminelle gefährlicher sind als ich, dann war ich vielleicht nicht deutlich genug, kann das sein? Nächstes Mal, wenn du sie über mich stellst, werde ich ihre Köpfe vor deiner Haustür ablegen.«

Ich knacke mit dem Nacken, weil Addie ihren hübschen, kleinen Mund geschlossen hat. Sie fängt an zu lernen, aber ich hoffe bei Gott, dass sie nie aufhört, mir Kontra zu geben.

Ich mag es, sie zu bestrafen.

»Ich weiß gar nicht, warum ich mit dir rede«, stottert sie schließlich. »Du bist ein krankes, gestörtes Individuum. Und ich habe schon wieder eine Anzeige gegen dich erstattet, Arschloch.«

Lügen. Die letzte Meldung, die sie über mich machte, war die Nacht, in der sie so tat, als würde sie anrufen, als ich vor ihrem Haus stand. Sie wollte mich verscheuchen, aber als ich sie darauf ansprach, hat sie ihre Drohung wahr gemacht. Mein Mädchen schreckt vor keiner Herausforderung zurück.

Ich gehe mit einem steifen Schwanz und einem Lächeln im Gesicht zurück zu meinem Auto. Ich mache auch keinen Rückzieher.

Ein schrilles Lachen entweicht meiner Kehle, bevor ich es stoppen kann.

»Das ist lustig?«

»Das ist sexy. Aber wir wissen beide, dass das nicht wahr ist.«

Ich habe sie gelöscht, seit sie angefangen hat, sie zu machen und einen Mann geschickt, um alle Beweise zu vernichten. Die Polizisten werden sich daran erinnern, dass sie zu ihrem Haus gegangen sind, aber sobald sie versuchen, zu ermitteln – falls sie überhaupt jemals ihren Hintern hochbekommen – ist es so, dass sie nichts haben, womit sie arbeiten könnten. Stalking-Fälle werden sowieso nie ernst genommen, und deshalb werden so viele Frauen ermordet.

Sie knurrt und legt auf und ich kann mir das Lachen nicht verkneifen. Vor allem, als ich sie über die Kamera beobachte und sehe, wie sie mit ihren süßen kleinen Füßen durch das Haus stapft, vor sich hinmurmelt und sich wahrscheinlich selbst maßregelt, überhaupt ans Telefon gegangen zu sein.

Der Spaß hat gerade erst begonnen, Little Mouse.

Kapitel 20

Der Schatten

Der Bass der Musik ist alles verzehrend. Es fühlt sich an, als käme der Beat aus dem Inneren meiner Brust. Ich habe mich nie ganz an die Lautstärke in Clubs gewöhnt.

Ich bahne mir einen Weg durch das Gedränge von knutschenden Paaren, betrunkenen Mädchen, die mit ihren Ärschen wackeln und unausstehlichen Idioten, die zu viel Parfüm tragen und eine riesige Ladung Gel in ihren Haaren haben. O Gott, einer hat sogar sein Hemd aufgeknöpft, damit er die Goldkette zeigen kann, die über seiner haarigen, übermäßig gebräunten Brust baumelt.

Scarface ist ein Vorbild, dem nur wenige gerecht werden können, wenn sie ihn nachahmen. Sie können ihr Gesicht in einen Haufen Koks stecken, aber sie haben nicht die gleiche Finesse, während sie es tun.

Ich ziehe mir die Kapuze über den Kopf, um meine Identität zu verbergen, während ich die Metalltreppe hinaufsteige. Dieselbe Metalltreppe, die Addie vor nicht allzu langer Zeit mit der Hand eines anderen Mannes hinaufgestiegen ist.

Es hat mir Spaß gemacht, die Hand abzusägen, und ich würde es auf jeden Fall wieder tun.

Als ich den Treppenabsatz erreiche, halte ich kurz inne. Auf der halbmondförmigen Couch sitzt Max mit gespreizten Beinen und einer Kellnerin, die auf seinem Schoß auf und ab hüpft, während er den Kopf zurückfallen lässt und die Augen schließt. Ihr Rock ist hochgezogen und ihr Slip zur Seite geschoben, um für alle sichtbar zu machen, dass ihre Pussy Max' Schwanz verschlingt.

Ich ziehe eine Augenbraue hoch, unbeeindruckt davon, wie tief sie sich runter drücken muss. Addie würde dieses Problem nie haben.

Ein Zwillingspaar sitzt auf beiden Seiten und erhält seine eigene Umsorgung von einem Mädchen.

Seufzend trete ich in den Schatten zurück, ziehe meine Waffe und schraube den Schalldämpfer auf. Die Bässe sind hier oben etwas leiser, aber eine Kugel, die am Ohr vorbeizischt, zieht alle Aufmerksamkeit auf sich.

Ich ziele und schieße, die Kugel schlägt nur wenige Zentimeter von Max' Kopf entfernt ein.

Sofort springt er in Deckung und stößt das arme Mädchen vor sich auf den Boden. Sie schreit auf und bedeckt ihren Körper, dann rappelt sie sich auf und läuft davon.

»Hey«, sage ich ganz ruhig. Sie gefriert auf der Stelle, während die Zwillinge in Aktion treten und nach ihren eigenen Waffen greifen. Max zieht schnell seine Hose hoch, um seinen jetzt schlaffen Schwanz zu bedecken.

»Ich würde es zu schätzen wissen, wenn ihr die Waffen zusammen mit euren Schwänzen wieder in eure Taschen stecken würdet. Keiner von euch ist mein Typ. Zu eurem Pech habe ich bereits eine, und sie hat hübsche hellbraune Augen und eine Vorliebe für gefährliche Männer.«

Als einer der Zwillinge nicht zuhört, sondern weiter die Waffe zieht und zielt, feuere ich einen Schuss neben seinen Kopf ab. Er lässt die Waffe fallen und erhebt die Hände.

Ich wende meinen Blick zu den drei Mädchen. »Ich möchte, dass ihr hübschen Damen euch selbst hinausbegleitet und nie ein Wort über das hier verliert, ja? Ich habe das Gedächtnis eines Elefanten, besonders bei Gesichtern.«

Diese Frauen werden nie das falsche Ende meiner Waffe sehen, selbst wenn sie es verraten, aber es würde mir das Leben verdammt schwermachen, wenn sie das wüssten.

Sie nicken alle und rennen aus dem Raum, als würde ein Rottweiler an ihren nackten Hintern knabbern.

»Wer zum Teufel sind Sie? Wo zum Teufel ist der Sicherheitsdienst?«, keift Max und eine Hand ruht auf der Waffe in seiner Hose.

»Der Sicherheitsdienst dieses Clubs?« Ich lache. »Weißt du, für jemanden, der ziemlich schäbige Geschäfte betreibt, bist du ein übermütiger Hurensohn, weil du keine eigenen verdammten Wachen hast.«

Max schnaubt empört. Ich lächle breiter, als mir klar wird, dass er immer noch mit Loyalität und diesem lästigen Machtvakuum kämpft, nachdem die Talaverras ausgelöscht wurden.

»Konntest du keine loyalen Wächter finden?«

»Kümmere dich um deinen eigenen verdammten Scheiß«, schnauzt er. »Wer bist du und was willst du?«

Ich gehe langsam zu ihm hinüber und setze mich neben ihn. Ich seufze, als hätte ich mich gerade mit einer Piña Colada in einen Strandkorb auf einer Privatinsel gesetzt.

Dann drücke ich das kalte Metall meiner Waffe an seine Schläfe. Ich rechne damit, dass diese beiden Idioten ihm wenigstens ein bisschen Loyalität entgegenbringen werden.

»Macht es dir Angst, wenn jemand aus dem Nichts auftaucht und dein Leben bedroht? Ich gebe zu, ich war ein bisschen direkter, aber die Absicht ist dieselbe.«

Die Augen der Zwillinge richten sich auf uns.

»Wovon zum Teufel sprichst du, Mann?«

»Ich werde dir sagen, warum ich hier bin, wenn ihr drei eure kleinen, hübschen Waffen, die ihr in euren Arschlöchern habt, auf den Tisch legt«, sage ich und nicke mit dem Kopf in Richtung des Tisches.

Die Zwillinge schauen Max an und als er nickt, gehorchen sie.

Oh. Gut. Er *hat* zwei Leute, die einen Funken Loyalität haben. Mal sehen, wie lange das anhält, wenn jemand, der eindeutig überfordert ist, das Sagen hat.

Eine Schweißperle rinnt Max über die Stirn, als er meinen Anweisungen folgt und die Waffe vor Wut fast auf den Tisch wirft. Die anderen beiden tun es ihm gleich. Einer der Zwillinge hebt seine vom Boden auf, der andere zieht seine hinten aus der Hose und legt sie zusammen mit der von Max auf den Tisch. Langsam und behutsam. Das zeigt, dass dies nicht ihr erstes Rodeo ist, bei dem sie eine Waffe im Gesicht haben.

»Adeline Reilly und Daya Pierson. Lassen diese Namen in euren leeren Köpfchen etwas klingeln?«

Max Augen weiten sich leicht, genug, um preiszugeben, dass er sie erkennt.

»Nie gehör–«

»Da gibt es so eine Sache mit Lügnern«, werfe ich ein. »Ich mag sie wirklich nicht. Sie machen mich ganz schön nervös. Willst du, dass ich nervös werde, wenn ich den Finger am Abzug habe?«

Max Lippen verziehen sich zu einer harten Linie.

»Dein Mädchen hatte etwas mit meinem besten Freund und war invol–«

»Und auch mit Vermutungen ist das so eine Sache«, mische ich mich wieder ein und grinse, als Max genervt knurrt. »Sie sind unbegründet, und die meiste Zeit liegst du verfickt noch mal falsch. Addie hat nichts mit dem Tod von Archie zu tun. Aber ich schon.«

Max' Kopf zuckt in meine Richtung, wird aber von der Waffe abgehalten, die immer noch fest an seine Schläfe gepresst ist. Er knirscht mit den Zähnen und seine Brust hebt sich vor Wut. Ich lächle, als sein Körper zittert.

»Was, ist Addie deine Ex oder so? Bist du eifersüchtig, dass sie Arch wollte statt dich?«, zischt Max. Mann, die beiden waren wirklich beste Freunde. Sie hören sich genau gleich an, wenn sie kurz vor ihrer Hinrichtung stehen.

Ich zucke unbeeindruckt mit den Schultern. »Ich war zwar eifersüchtig, aber sie ist sicher keine Ex. Dein bester Freund war ein Scheißkerl. Tut mir leid, dass es euch erbärmlichen Stücke Scheiße geil macht, Frauen zu schlagen, aber ich kann nicht behaupten, dass mir das Spaß macht.«

»Ich werde dich verdammt noch mal tö–«

»Du wirst einen Scheißdreck tun«, unterbreche ich ihn zum dritten Mal. »Du bist eine Kaulquappe in einem Ozean voller Haie und hast keine Ahnung, wer ich bin, aber das wirst du gleich erfahren.«

Als Max' Augen meine treffen, fletsche ich die Zähne, ziehe mein Handy heraus und klicke auf den Play-Button eines Videos.

Max' Vater sitzt auf einem Stuhl und hat einen Knebel im Mund. Schweiß und Tränen laufen ihm über das Gesicht, während er mit all der Angst, die die Menschheit je gekannt hat, in die Kamera schaut.

Die beiden stehen sich so nahe, wie ein Vater und sein Sohn es nur tun können, teilen das Interesse an Drogen und treiben sich zum Spaß mit Frauen herum.

Sein Vater versucht, unter dem Knebel etwas zu sagen und fleht um sein Leben. Ich habe nicht vor, den Mann zu töten. Er ist zwar ein beschissener Mensch, aber tot würde er mir nichts nützen. Nicht, wenn er das Druckmittel ist, das über Max' Kopf hängt.

Ich war kurz davor, sie alle zu erschießen, aber dann hätte ich auch ihre Familien töten müssen, und mein Mädchen mag es nicht, wenn ich das tue.

Jetzt, da Addie auf deren Radar ist, mache ich mir umso mehr Feinde, je mehr ich töte. Nicht nur mir selbst, sondern auch Addie. Beweisstück A – der Arsch, der meine Waffe an den Kopf gepresst bekommt, weil ich seinen besten Freund getötet habe.

Ich habe nicht die gottverdammte Zeit, mich mit kleinen Fischen zu beschäftigen, wenn in meinem Ozean Weiße Haie herumschwimmen. Zu schade für sie, dass ich ein verdammter Megalodon bin.

»Was hast du mit ihm gemacht?«, schreit Max und stürmt auf seine Waffe zu. Ich packe ihn am Arm und ziehe ihn zurück, wobei ihm durch die Wucht die Luft wegbleibt.

»Er ist nicht tot, also beruhige dich. Du brauchst nicht zu schreien, meine Ohren sind empfindlich.«

Aus seinem Mund sprudeln vulgäre Schimpfwörter, aber ich ignoriere sie und schlage mit der Waffe so fest auf die Unterseite seines Kinns, dass er sich auf die Zunge beißt.

»Solange du Addie und Daya in Ruhe lässt, wird Daddy ein langes, gesundes Leben führen. Ich will nicht, dass auch nur ein gottverdammtes Haar auf den Köpfen der beiden fehlt, verstehst du mich? Ich weiß alles über dich, Max, und auch über deine beiden Helfer hier. Ich weiß, wo ihr esst, schlaft und scheißt. Und ich werde dich beobachten, bis dir ein anderes Arschloch eine Kugel in den Kopf jagt. Hast du verstanden, was ich gesagt habe?«

Seine blauen Augen verengen sich zu Schlitzen und starren mich hitzig an. Es ist das Äquivalent dazu, einen Hasen nach mir zu werfen, oder was auch immer dem Arschloch das Gefühl gibt, Elmer Fudd zu sein.

Ich stoppe das Video von Max schluchzendem Vater und stehe auf, um meine Waffe auf ihn zu richten. Vor allem auf seinen Schwanz. Die meisten Männer würden lieber sterben, als ohne einen Schwanz zu leben.

»Haben wir einen Deal, Elmer?« Bei dem Namen runzelt er die Stirn, aber er stellt ihn nicht infrage. Wenn eine Waffe auf die Kronjuwelen gerichtet ist, ändert das manchmal Prioritäten.

»Ja. Solange du ihn gehen lässt.«

Ich strahle mein breitestes Lächeln. »Er ist schon auf dem Weg nach Hause.«

Ich wende mich zum Gehen und gehe zurück zur Treppe, bevor mich seine Stimme noch einmal aufhält.

»Hey! Du hast nie gesagt, wer du bist«, ruft Max mir hinterher, seine Stimme ist immer noch voll von unbändiger Wut.

Als ich mich umdrehe und über meine Schulter schaue, breitet sich ein böses Grinsen auf meinen Lippen aus und ich sage mit einem Zwinkern: »Du darfst mich Z nennen.«

Und dann bahne ich mir selbst meinen Weg nach draußen und lache über den Ausdruck auf ihren blassen Gesichtern.

»Mr. Forthright, willkommen bei *Pearl*«, sagt die blonde Frau und führt mich in das schummrige Foyer. Sie trägt einen schlichten, schwarzen Blazer und einen Rock, dazu unauffällige Absätze und ihr Haar zu einem festen Dutt hochgesteckt.

Der Scheiß sieht schmerzhaft aus.

Ein gelassenes Lächeln liegt auf ihrem Gesicht, aber ihren hellblauen Augen fehlt das Funkeln. Die babyblaue Farbe ist leblos und das ist mein erster Hinweis darauf, dass sie an diesem Ort schon zu viel gesehen hat.

Ich betrete eine Art Foyer mit goldenen Fliesen, schwarzen Wänden und einem obszönen Kronleuchter. Goldgerahmte Bilder von den Gründungsmitgliedern des Herrenclubs säumen die Wände.

Oder mit anderen Worten: Ein Haufen verdammter Vergewaltiger säumt die Wände.

Männer in Geschäftsanzügen, die in die Kamera lächeln und wahrscheinlich immer noch im Rausch sind, weil sie ein kleines Mädchen oder einen Jungen vergewaltigt haben. Für mich sehen sie alle gleich aus.

Ich gehe den Flur hinunter, die gruseligen Männer starren mich den ganzen Weg über von beiden Seiten an, während von irgendwo vor mir Musik mit einem schweren Bass ertönt.

Ich bewahre den Kopfhörer sicher in meiner Jacke auf, bis er gebraucht wird.

Es kostete mich fünf Minuten, um an diesen gottverlassenen Ort zu kommen, weil Detective Fingers vom Sicherheitsdienst meine Arschritze gründlich untersuchen wollte. Ich musste ihm mehrere Minuten lang erklären, was passieren würde, wenn seine Finger noch einmal mein Arschloch berührten.

Nachdem ich den Flur der Vergewaltiger hinter mir gelassen habe, komme ich in einen riesigen Raum voller Sofas und Pokertische. Auf den Sofas liegen Männer, über deren Schöße Frauen drapiert sind, die mit ihren Ärschen oder Titten wackeln.

Im hinteren Teil der Bühne bumst eine Frau gerade eine Stange, während Männer ihr Dollarscheine zuwerfen. Links davon befindet sich eine volle Bar, an der mehrere Männer in Geschäftsanzügen sitzen und Gläser mit Alkohol trinken. Wahrscheinlich Fünfzigtausend-Dollar-Scotch, der nach Arsch schmeckt.

Andererseits genießen sie diesen Geschmack wahrscheinlich, weil sie denken, dass ihre eigenen Fürze nach Blumen riechen.

Frauen, die nur spärlich bekleidet sind, streifen durch den Raum, schenken Getränke aus und tun so, als würden sie über ihre schlechten Witze lachen und – what the fuck?

Drei Meter von mir entfernt steht eine Frau an einer Pokerbar und streckt ihren nackten Arm aus, während ein Arschloch seine brennende Zigarre auf ihrer Haut ausdrückt. Ich verziehe das Gesicht, als ich sehe, dass das Arschloch Mark fucking Williams ist.

Verdammt noch mal.

Rauch zischt aus ihrem Fleisch, aber sie bewegt sich keinen Zentimeter, tatsächlich zuckt sie nicht einmal mit der Wimper.

Wut schießt durch meinen Körper. Ich zwinge mich, ruhig zu bleiben, während ich zum Tisch hinübergehe und so tue, als wäre ich mehr an dem Spiel als an dem Mädchen interessiert.

Als ich näher komme, bemerke ich, dass sie einen leeren Gesichtsausdruck hat, ähnlich wie die Gastgeberin, die mich begrüßt hat.

Der Geruch von verbranntem Fleisch erfüllt die ganze Gegend. Ein Arschloch wedelt sogar dramatisch mit der Hand vor der Nase, als ob *sie* schuld an dem Geruch wäre. Sie lässt ihren Arm fallen und steht einfach nur da, mit einem glasigen Blick in ihren Augen. Bei näherer Betrachtung stelle ich fest, dass ihr gesamter Arm mit Brandnarben übersät ist. Alte und frische. Alle in verschiedenen Stadien der Heilung und viele frische Verbrennungen von heute Abend.

Mark scheucht sie weg und sie dreht sich wie ein Roboter um und geht weg, als hätte er nicht gerade eine Zigarre in ihrem Fleisch ausgedrückt.

Sie ist betäubt.

Nachdem ich mich bei den Frauen umgesehen habe, stelle ich fest, dass sie es alle sind.

Das hält sie nicht nur gefügig, sondern sie erinnern sich wahrscheinlich auch nicht mehr an den meisten Scheiß, der hier drin passiert.

Meine Maske bleibt, wo sie ist, und weigert sich, vor der Wut, die in den Tiefen meiner Brust brodelt, zu zerbrechen. Während ich den Tisch im Auge behalte, gehe ich auf die Männer zu.

»Gentlemen! Wer gewinnt heute Abend?« Fünf Augenpaare blicken mich an, alle mit abfälligen Blicken im Gesicht. Ich weiß, was sie denken, ohne dass sie es aussprechen.

Wer bist du? Was gibt dir das Recht, mit uns zu sprechen?

»Ich«, zwitschert Mark, und ich hätte es selbst nicht besser planen können. Es ist, als hätte Gott seine Hände geöffnet und mir dieses gute Stück Segen selbst in den Schoß gelegt. »Spielst du, Junge?«

Am liebsten würde ich ihm eine reinhauen, weil er mich *Junge* nennt, obwohl ich ein zweiunddreißigjähriger Mann bin, aber stattdessen schenke ich ihm ein verschmitztes Lächeln.

»Sicher tue ich das«, sage ich.

Mark schaut zu einem kahlköpfigen Mann hinüber und hebt sein Kinn an. »Überlass ihm deinen Platz.«

Alle am Tisch scheinen zu verstummen. Ich bleibe ruhig, während der kahle Mann Mark mit leerem Blick anstarrt. Wut funkelt in seinen braunen Augen, und er sieht Mark so an, wie ich es mir wirklich wünsche. Als würde er ihn umbringen wollen.

Es ist wirklich das Beste. Er war sowieso kein guter Pokerspieler, wenn er nicht einmal seine Wut im Zaum halten konnte.

Ruhig steht der Mann auf und legt seine Karten hin. Royal Flush.

Er hätte diese Runde gewonnen.

Mein Gesicht ist ausdruckslos, um das Lächeln nicht zu enthüllen, das aufzutauchen droht. Ich hätte Mitleid mit ihm, wenn es ihm nicht Spaß machen würde, Frauen zu verletzen.

Wem mache ich etwas vor? Ich würde mich überhaupt nicht schlecht fühlen.

Während Mark seine Zigarre auf dem Fleisch der Kellnerin abbrannte, richtete sich der glatzköpfige Mann hier drüben ein. Er war aber nicht der Einzige und ich habe mir alle Gesichter für später gemerkt.

Der Mann wirft Mark und mir einen letzten Blick zu, bevor er wortlos weggeht.

Die wertvolle kleine Lektion, die aus diesem peinlichen Spektakel hervorging, war, dass Mark hier Macht hat. Egal, welches Gewicht er hat, es reicht aus, um ihn über das gemeine Volk zu stellen.

Ich frage mich, wie viele kleine Jungen und Mädchen sterben mussten, um so weit zu kommen.

»Wie heißt du, Junge?«, fragt er.

»Zack Forthright«, lüge ich einfach.

»Mein Name ist Mark Williams. Aber ich bin sicher, du weißt schon, wer ich bin. Wie lange pokerst du schon?«, fragt Mark, als sie das Spiel neu beginnen und verdrängt seinen Narzissmus, als wäre die Vorstellung, dass ich *nicht* wüsste, wer er ist, keine Option.

Ich weiß genau, wer er ist, aber nicht aus den Gründen, die er denkt.

»Seit ich ein Kind war«, antworte ich wahrheitsgemäß.

Mein Vater war ein professioneller Pokerspieler, und er hat mir beigebracht, wie man ein Pokerface beherrscht. Etwas, das für meinen Beruf von großer Bedeutung ist.

Als kleiner Junge hat er mich auf seinen Schoß gesetzt, mir das Spiel beigebracht und mir dann seine Karten gezeigt, während er mit seinen Freunden gespielt hat. Er hat mich getestet, um zu sehen, ob ich ein ausdrucksloses Gesicht machen konnte. Auf diese Weise hat er viele Spiele verloren.

Aber er glaubte wirklich, dass ich nicht lernen würde, ein Pokerface zu beherrschen, wenn ich nicht wüsste, was es bedeutet, das Spiel zu spielen. Er hat mir ins Ohr geflüstert, mich auf meine Fehler hingewiesen und mir beigebracht, wie ich nicht nur Mimik, sondern auch Mikroausdrücke lesen und verstehen konnte.

Während dieser Zeit hat mein Vater nie wirklich Geld verloren. Nach dieser Lektion rannte ich los und spielte, und er bekam seinen gesamten Einsatz zurück und gewann noch etwas dazu. Ich habe ein paar Jahre gebraucht, um ein Pokerface zu beherrschen, und noch länger, um das Spiel selbst zu beherrschen, aber als ich es geschafft hatte, ließ er mich gegen sich selbst spielen.

Ich habe ihn im ersten Spiel besiegt und ich glaube nicht, dass ich seit diesem Tag jemals den Stolz in den Augen eines Mannes heller leuchten gesehen habe.

»Nun gut, Junge, dann lass mal sehen, aus welchem Holz du geschnitzt bist.«

Er wird es herausfinden, sobald eine Kugel in seiner Kehle steckt. Aber das sage ich nicht.

In den nächsten Stunden bleibe ich absichtlich Kopf an Kopf mit ihm. Ich verstehe das Ego eines Narzissten gut genug, um zu wissen, dass es ihn nur verärgert hätte, wenn ich ihn ausgenommen hätte. Wenn ich mich so zeige, wird er mich nicht respektieren. Also sorge ich dafür, dass das Spielfeld ausgeglichen ist.

Mal gewinnt er, mal verliert er. Hin und her, bis er seine Karten mit einem herzhaften Lachen auf den Tisch knallt.

»Ich habe meinen idealen Spielpartner gefunden«, gluckst er und nimmt einen Schluck aus seinem Whiskeyglas.

Ich lächle ihn freundlich an. »Sie sind viel besser, als ich es Ihnen zugetraut habe«, lobe ich.

Er bietet mir eine Zigarre an und ich nehme eine, aber ich würde mir eher von Detective Fingers einen Finger in den Arsch stecken lassen, bevor ich sie am Arm eines Mädchens ausdrücke. Ich muss mir überlegen, wie ich ihn aufhalten kann, ohne ihm das Genick zu brechen, wenn er es noch einmal versucht.

»Wie kommt es, dass ich dich hier oben noch nie zuvor gesehen habe?«, fragt er und mustert mich genau, während er seine Zigarre anzündet. Das ist nicht unbedingt verdächtig, aber jeder Mann in solchen Clubs schaut ein neues Mitglied mit einem gewissen Misstrauen an. »Diese bösen Narben würde ich überall erkennen.«

Das war verdammt unhöflich. Aber er hat nicht unrecht.

Ich zucke mit den Schultern. »Mein Geld ist neu«, lüge ich.

Zack Forthright ist ein Selfmade-Millionär aus Webdesign und Branding. Wenn man diesen Namen googelt, findet man eine Wikipedia-Seite und Social-Media-Posts mit gefälschten Followern und Interaktionen, aber es handelt sich um eine beliebige Seite.

Sobald ich mir hier einen Namen mache und mein Gesicht zeige, wird man mich beobachten und man wird genug finden, um die eine oder andere Augenbraue hochzuziehen. Aber nichts, was jemanden glauben lassen würde, dass ich versuche, den Club zu stürzen.

»Wie hast du sie bekommen?«, fragt er und nickt mit dem Kopf zu meinem Gesicht.

»Tyrann in der Mittelstufe. Ein ziemlich abgefucktes Kind, das es geliebt hat, mit Messern zu spielen«, lüge ich wieder und grinse. Und dann zucke ich mit den Schultern. »Die Frauen scheinen sie zu mögen.«

Er gluckst. »Oh, ich wette, das tun sie. Die jungen Mädchen

mochten schon immer diesen – wie nennt man das? Badboy-Look?«

Bevor ich etwas erwidern kann, kommt eine Kellnerin mit nachgefüllten Getränken und dem gleichen glasigen Blick in ihren Augen.

»Komm her, Süße«, sagt Mark zu dem Mädchen und klopft ihr mit der Hand auf sein Knie, damit sie sich darauf setzen kann. Der Ehering an seinem Finger funkelt im Licht, als wolle er damit verdeutlichen, dass er ein ekelhafter Mistkerl ist.

Addie wird sich über diesen Scheiß keine Gedanken machen müssen, wenn ich sie heirate, das ist verdammt sicher. Sie muss sich nicht einmal jetzt Gedanken darüber machen. Die einzige Pussy, die ich für den Rest meines Lebens um meinen Schwanz haben will, ist ihre.

Die Kellnerin sieht ihn an, als sei er nur eine Erscheinung. Sie blickt durch ihn hindurch.

Roboterhaft setzt sie sich auf seinen Schoß, ein lebloses Lächeln ziert ihre leuchtend roten Lippen.

Mark schmiegt sich enger an sie und sieht sie mit einem verschmitzten Grinsen an. Von hier aus kann ich sehen, wie sein Schwanz in seiner Hose wächst. Normalerweise urteile ich nicht über den Schwanz eines anderen Mannes, aber wenn er für ein missbrauchtes Mädchen hart ist, nun ja … das ist einfach auf vielen Ebenen ekelhaft.

Er zieht sie mit dem Rücken direkt auf seinen Schwanz, packt ihre Hüften fest und bringt ihren Hintern dazu, sich an ihm zu reiben. Ich seufze und bewahre meine Fassung.

Vorsichtig trinke ich den letzten Schluck meines Whiskeys und stelle ihn absichtlich auf den Rand.

Ich hebe meine Nase in die Luft und schnüffle dramatisch.

»Was ist das für ein köstlicher Geruch?«, frage ich laut. Mark schaut zu mir rüber, sein Grinsen wird breiter, während ich das Mädchen anstarre. »Du riechst deliziös. Beug dich vor, lass mich an dir riechen.«

Das Mädchen zögert nicht. Wir lehnen uns beide aneinander und sobald ihr Körper über meinem leeren Glas schwebt, schnippe ich dagegen. Das Glas kippt und fällt auf den schwarz gefliesten Boden. Tausende Glasscherben zerspringen und das Geräusch ertönt trotz der schweren Musik im Raum laut.

Das Gerede verstummt und die Köpfe drehen sich in Richtung des Tumults.

Das erinnert mich an die Highschool, als ein Junge in der Klasse gefurzt hat und der ganze Raum still wurde und er angestarrt wurde, bis sein Gesicht ganz lila wurde.

Das Mädchen springt auf und tippelt auf Zehenspitzen mit den Plateauabsätzen durch das Glas, wie geplant. »Es tut mir so leid«, entschuldigt sie sich. »Ich räume das sofort auf.«

»Willst du mich verarschen?«, schreie ich und starre sie an, als wäre sie diejenige, die es umgeworfen hat.

Ihr Mund klappt auf und ich stehe auf.

»Komm mit mir nach hinten.« Ich knurre, meine Augen blitzen vor Wut. Sie fällt in sich selbst zusammen, während die anderen Männer lachen.

»Tollpatschige Schlampe«, murmelt einer der Männer und sieht sie so an, wie man es tun würde, wenn man aus Versehen den eine Woche alten Kaugummi berührt hat, der an der Unterseite eines Schreibtischs klebt.

»Ich komme wieder, sobald ich mich um sie gekümmert habe«, sage ich direkt zu Mark.

Er lacht herzhaft und genießt den Gedanken, dass eine unschuldige Frau für etwas so Triviales bestraft wird. Der alte Wichser fällt wahrscheinlich einmal pro Woche um und braucht Erste Hilfe, um wieder aufzustehen. Das Arschloch kann nicht über herunterfallendes Glas reden, wenn er nicht einmal seinen Körper senkrecht halten kann.

Ich packe die Frau fest am Arm, reiße sie gegen mich und ziehe sie weg.

Sie kämpft nicht wirklich stark dagegen. Der Selbsterhaltungstrieb setzt ein und kämpft sich durch die Drogenwolke in ihrem Körper. Aber sie hat sich längst mit ihrem Schicksal abgefunden.

Sobald ich sie in ein ruhiges Zimmer gebracht habe, wende ich mich ihr zu. Sie ist bereits auf die Knie gesunken und schaut mich mit ihren grünen Augen traurig und akzeptierend an.

Sie ist ein wunderschönes Mädchen mit leuchtend rotem Haar, grasgrünen Augen und Sommersprossen auf der Nase. Irgendetwas an ihr erinnert mich ein bisschen an Addie und ich wäre fast wieder rausgegangen und hätte Mark meine Faust ins Gesicht geschlagen, nur weil er sie berührt hat.

»Steh auf«, sage ich fest. Sie erhebt sich unsicher auf die Füße, sieht aus wie ein Giraffenbaby, das zum ersten Mal läuft. »Ich werde dich hier rausholen«, erkläre ich. Sie runzelt die Stirn.

»Sir …«

»Wie heißt du, Sweetheart?«

Sie stottert bei der Frage. »Cherry.«

Ich schüttle den Kopf. »Ist das dein richtiger Name oder dein Künstlername?«

Sie verzieht ihre Lippen. »Echt.«

Ihre Eltern sind wirklich verdammt unoriginell. Sie könnten genauso gut ein zweites Kind bekommen und es Erdbeere oder Wassermelone nennen.

Wie dem auch sei, das ist nicht der Punkt. »Was würdest du davon halten, einen Neuanfang für dein Leben zu bekommen?«

Ihre Augen weiten sich, und es scheint, als würde die Aussicht, dem hier zu entkommen, einen Teil des drogenbedingten Nebels aus ihrem Blick verschwinden lassen. Doch dann wird sie erst misstrauisch und dann resigniert. Tränen säumen die Ränder ihrer Augenlider, und dieser Anblick wird mich für immer verfolgen.

Sie schaut zu Boden und scheint sich zu sammeln. »Ich weiß, was das bedeutet. E-es tut mir wirklich leid. Mir war nicht klar, dass ich mich so weit runter gelehnt habe.«

»Ich werde dich nicht verletzen oder töten, Cherry«, unterbreche ich. »Ich werde dir helfen, aber dafür musst du genau zuhören, was ich sage.«

Sie wippt auf den Fersen, blickt durch ihre Wimpern zu mir hoch und wackelt hektisch mit dem Kopf. Ich hole den Bluetooth-Kopfhörer heraus, den ich tief in der Innentasche meines Anzugs versteckt hatte. All meine Jacken haben ein spezielles Bleifutter, das die Strahlung ableitet. Das bedeutet, dass ich durch jeden Körperscanner gehen kann, ohne dass die Geräte entdeckt werden.

Ich stecke ihn mir ins Ohr, drücke den Knopf, der Jay sofort ruft, und warte darauf, dass er antwortet.

Als er das tut, erkläre ich ihm die Situation. Es dauert eine Viertelstunde, bis er ein Auto bereit hat, um sie abzuholen. In dieser Zeit erzählt Cherry mir von ihrer Familie. Von ihrer jüngeren Schwester, die Krebs hat, und ihrer armen, alleinerziehenden Mutter. Sie arbeitet, um die Arztrechnungen zu bezahlen, aber sie gesteht, dass sie nicht weiß, ob es sich lohnt, wenn sie getötet wird und das zusätzliche Einkommen wegfällt.

Sie wird sich nie wieder darum Sorgen müssen, sich um die beiden zu kümmern. Oder wegen eines zerbrochenen Glases getötet zu werden.

Jay beobachtet die Kameraübertragung und weist mir den Weg zu einem unbewachten Hinterausgang.

Ich packe ihr Handgelenk, bevor sie aus der Tür geht. Die unscheinbare, schwarze Limousine wartet zehn Meter entfernt und die Tür ist bereits für sie geöffnet.

»Ich weiß«, sagt sie weich. »Ich kenne dein Gesicht nicht. Ich habe dich noch nie gesehen«, vermutet sie.

Ich schüttle den Kopf. »Cherry, du gehst nicht an einen Ort, an dem du jemals wegen so etwas befragt wirst. Du und deine Familie werden gut versorgt und sicher sein. Das verspreche ich dir. Alles, worum ich dich bitte, ist, dass du etwas Sinnvolles aus deinem Leben machst. Das ist alles.«

Eine einzelne Träne kullert über ihre Wange. Sie wischt sie

hastig weg und nickt. Ihre leuchtenden Augen strahlen vor Hoffnung. Diesen Scheiß zu machen, mich mit dem Schlimmsten der Menschheit zu beschäftigen – das ist es alles wert, wenn mich eine Überlebende so ansieht.

Nicht so, als wäre ich ein Held, sondern, als könnte sie sich tatsächlich eine Zukunft vorstellen.

Sie stolpert zum Auto und ich mache mich auf den Weg zurück ins Haus, um sicherzugehen, dass mich niemand entdeckt.

»Jay, mach die Kameras clean«, sage ich, bevor ich den Kopfhörer herausnehme und ihn wieder in die versteckte Tasche stecke.

Die Kameraaufnahmen werden zusammengeschnitten. Wenn jemand sie sich ansieht, wird er sehen, wie ich eine niedergeschlagene Cherry in einen Raum schleife und wir getrennt hinausgehen.

Das ist eine meiner Spezialitäten, die ich beherrsche und in der ich Jay ausgebildet habe. Ich nehme Teile einer Kameraaufnahme und manipuliere sie so, dass sie genau so aussehen, wie man sie haben will, ohne dass selbst die besten Hacker die Manipulationen erkennen können.

Ich lasse meinen Nacken knacken und bereite mich auf eine lange Nacht vor, in der ich mich mit einem verdammten Pädophilen anfreunden muss.

4. Juli, 1945

Der 4. Juli ist immer einer meiner liebsten Feiertage. Ich verbringe den ganzen Tag damit, alles für die Gäste vorzubereiten, während John grillt.
Und dann schießen wir ein Feuerwerk in unserem Garten über die Klippe los. Das ist immer unglaublich schön und der liebste Teil der gesamten Nacht.
Aber jetzt bin ich in meinem Zimmer und weine.
John ist wieder betrunken. Er schreit Sera und mich schon den ganzen Tag an. Nichts wird richtig gemacht und er ist sogar so weit gegangen, eine Glasplatte gegen die Wand zu werfen. Ich bin froh, dass unsere Gäste noch nicht eingetroffen sind.
Frank ist auf dem Weg hierher, und ich bin dankbar dafür. Er ist etwas distanziert seit dem Abendessen, bei dem John explodiert ist.
Aber ich kann mir vorstellen, dass er nicht in unsere Ehestreitigkeiten verwickelt werden will. Dennoch bin ich froh, dass er kommt. Er wird John bei Laune halten können, während ich den Rest unserer Familie unterhalte.
Ich bete nur, dass John mich heute Nacht nicht blamiert. Ich glaube nicht, dass ich ihm das jemals verzeihen würde.

Kapitel 21

Die Manipulatorin

Ich bin am Kochen.

Nana hat immer diesen gottverdammten Eintopf gemacht, als ich klein war. Er roch wie ein Müllcontainer und schmeckte noch schlimmer. Meine Einstellung ist im Moment ungefähr so schlecht wie dieser Eintopf.

»Ich weiß nicht einmal seinen Namen«, stöhne ich und meine Stimme wird von meinen Händen gedämpft. Sie kleben an meinem Gesicht, seit Daya hier ist und ich gestanden habe, dass er wieder eingebrochen ist. Ich bin noch nicht dazu gekommen, zu gestehen, was passiert ist. Ich habe kein bisschen Mut in meinen Knochen. Sie hat geduldig gewartet und weiß, dass ich etwas zurückhalte. Etwas Schreckliches und Schändliches. Etwas, an das ich immer wieder denken muss.

»Du hast ihn gefickt, nicht wahr?«, fragt sie ruhig.

Meine Augen weiten sich und ich löse meine Hände von meinem Gesicht, damit ich sie anstarren kann. »*Nein*, ich habe ihn nicht gefickt«, knurre ich, als ob sie etwas verdammt Verrücktes gesagt hätte und der Wahrheit nicht ansatzweise nahegekommen wäre. Ich spüre, wie mir das Blut in die Wangen steigt und mein linkes Auge zuckt.

Fuck. Daya weiß, dass mich diese Geste verrät.

»Doch, hast du!«, platzt sie heraus, steht von ihrem Stuhl auf und schaut schockiert auf mich herab.

»Habe ich nicht! Ich schwöre es«, platze ich heraus und ergreife ihre Hand. »Aber … es ist etwas passiert.«

Sie lässt die angestaute Luft entweichen und setzt sich wieder auf ihren Stuhl. Dann schiebt sie sich zurück an die Kücheninsel und greift nach ihrer Margarita. Sie nimmt zwei große Schlucke, Angst steht ihr ins Gesicht geschrieben.

»Du hast seinen Schwanz gelutscht?«, vermutet sie und hebt eine Hand, um an ihrem Nasenring herumzufummeln.

Die Bilder, die diese Worte gerade in meinem Kopf auslösten, lassen meinen Blutdruck in gefährliche Höhen steigen. Ich beiße mir auf die Lippe und schüttle langsam den Kopf, der schuldbewusste Blick ist immer noch auf meinem Gesicht.

»*Er* hat dich geleckt?«

Als ich sie einfach nur anstarre, während die Schuldgefühle in meinen Augen wachsen, klappt ihr Mund auf und ihre Augen werden groß. »Bitch, what the fuck!«, schreit sie. Sie beugt sich näher zu mir und in ihren Augen flackert eine unleserliche Emotion auf. »War es einvernehmlich?«

Das ist der Punkt, an dem ich ins Straucheln komme. Denn das war es nicht. Aber hätte er weitergemacht, hätte er sich ausgezogen und mich gefickt – ich kann nicht mit absoluter Sicherheit sagen, dass ich ihn aufgehalten hätte. Oder dass ich es gewollt hätte. Trotzdem schüttle ich den Kopf. Wut flackert in ihren weisen Augen auf und ihre Lippen verziehen sich zu einem Knurren. Ich lehne mich zurück und habe ehrlich gesagt ein bisschen Angst vor ihr.

Ich lege meine Hand auf ihre. »Daya … Ich … Nun, es war nicht einvernehmlich … am Anfang?« Ich spreche den letzten Teil wie eine Frage aus und schäme mich, so was überhaupt zuzugeben.

Sie blinzelt. »Am Anfang«, wiederholt sie. »Was soll das heißen? War er so gut, dass du deine Meinung geändert hast?«

Ich vergrabe mein Gesicht in den Händen, aber sie drückt sie weg und stößt ihre Nase fast gegen meine, während sie aufmerksam auf eine Antwort wartet.

»Du hast so schöne Augen«, sage ich ihr.

Sie knurrt mich an. »Spuck's aus, Bitch.«

Ich schließe meine Augen und seufze resigniert. »Dieser Mann hat mir die Seele aus dem Leib gefressen, und ich glaube, ich habe sie noch nicht wieder zurückbekommen.«

Sie zuckt zurück und da ist Überraschung in ihren blassgrünen Augen.

»Ich weiß, du kannst mich dafür verurteilen. Ich verurteile mich auch«, flüstere ich mitleidig. Ich schiebe ihre Margarita zu mir rüber und trinke sie aus. Meine ist schon weg, seit ich ihr gesagt habe, dass er eingebrochen ist.

»Babygirl, ich verurteile dich nicht. Aber lass mich das klarstellen. Du hast ihn mit einer Nachricht angestachelt, weil du dich untervögelt gefühlt hast. Dann ist er eingebrochen, um sein Versprechen einzulösen, hat dich gefesselt und du bist erst ausgeflippt, aber dann hast du dich an seinem Gesicht gerieben?«, fasst sie langsam zusammen.

Verschiedene Emotionen spiegeln sich in ihren Augen wider. Verwirrung, Schock, vielleicht sogar Neugier. Aber kein Urteil. Und das auch nur, weil ich ihr den Vorfall mit der Waffe nicht gebeichtet habe. Ich glaube nicht, dass ich jemals darüber sprechen kann.

Ich verziehe meine Lippen. »Ziemlich genau.«

Ohne ihren Blick von mir abzuwenden, beugt sie sich vor und greift nach der Flasche Tequila, die wir für die Margaritas benutzt haben. Sie schüttet einen Shot in unsere beiden leeren Gläser und gibt mir dann eins. Wir nehmen den Schnaps, schrecken vor dem Geschmack zurück und starren uns dann schweigend an.

»Ich weiß nicht einmal, was ich sagen soll.«

Ich stöhne. »Daya, ich weiß nicht, was ich tun soll. Er hat mir nicht wehgetan, aber irgendwie doch. Er hat sich mir definitiv aufgedrängt. Aber ich hätte ihn noch weiter gehen lassen, wenn er es versucht hätte. Ich bin so verdammt verwirrt. Und ich fühle mich schmutzig und falsch, aber als es passierte, fühlte es sich …«

Mit einem weiteren Stöhnen verstumme ich und schlage diesmal meinen Kopf gegen die Granitarbeitsplatte.

»Gut an?«, fügt sie hinzu. »Unglaublich? Nicht von dieser Welt?«

»Alles davon«, gestehe ich. »Ich bin in meinem ganzen Leben noch nie so hart gekommen.«

»Verdammt«, haucht sie mit einem Hauch von Ehrfurcht in der Stimme. »Hat er dich seitdem kontaktiert?«, fragt sie sanft und streicht mir beruhigend durch die Haare.

Ich hebe den Kopf und runzle die Stirn. »Ja. Er hat nur gesagt, dass er nicht wollte, dass ich mich in etwas Falsches verliebe. Er hat gesagt, dass er mir zeigen will, wer er wirklich ist, anstatt mich zu belügen. Die Tatsache, dass er denkt, er könne mich dazu bringen, mich in ihn zu verlieben, zeigt, wie gestört er ist.«

»Das ist … seltsam nett? Aber wirklich beschissen. Irgendetwas stimmt nicht mit ihm. Aber das wussten wir schon durch die abgehackten Hände.«

Ich schnaube. »Ja, nur ein bisschen.«

»Hast du, äh, ihn schon danach gefragt?«

Ich nicke. »Ja, er hat seine übliche Macho-Nummer abgezogen und gesagt, ich solle mir keine Sorgen machen und er würde sich darum kümmern.« Ich verdrehe die Augen, aber um ehrlich zu sein, bin ich froh darüber. Wenn ich mich auf eines bei meinem Schatten verlassen kann, dann darauf, dass er jemanden fertig macht.

Das hat er mehr als deutlich gemacht. Ich setze mich auf und bringe Gigis Tagebuch wieder zu mir. »Wie auch immer, konzentrieren wir uns darauf, herauszufinden, was mit meiner Urgroßmutter passiert ist.«

Es ist nicht schwer, Daya wieder in den Hackermodus zu versetzen. Sie zieht ihren Laptop zu sich und beginnt sofort, auf der Tastatur zu tippen. Die Schnelligkeit ihrer Finger macht mir selbst dann Konkurrenz, wenn ich gerade dabei bin, eine besonders gute Stelle in meinem Buch zu schreiben. Es ist schon vorgekommen, dass sie ein paar Tasten austauschen musste, weil sie so fest tippt.

»Dein Urgroßvater hat behauptet, er sei zum Laden gelaufen und als er nach Hause kam, habe er sie tot in ihrem Bett gefunden. Ich habe einige Zeugenberichte gefunden, in denen behauptet wird, dass sie John gegen 17:35 Uhr in Mortys Lebensmittelladen gesehen haben. Aber sie haben nicht bestätigt, dass sie ihn beim Betreten oder Verlassen des Ladens, oder selbst beim Einkaufen gesehen haben.«

Ich nicke und verziehe nachdenklich die Lippen. »In ihren letzten Tagebucheinträgen war sie verzweifelt und hat immer wieder gesagt, dass er hinter ihr her sei. Sie hat nie gesagt, wer *er* ist. Aber es muss doch Ronaldo gewesen sein, oder?«

»Vielleicht hat er gewartet, bis John weg war und sich dann hereingeschlichen und sie getötet, während er fort war. Wenn er sie beobachtet hat, wusste er genau, wann mein Urgroßvater gegangen wäre.«

Daya zuckt mit den Schultern und sieht ein wenig unbeeindruckt aus. »Aber steht in den Tagebucheinträgen nicht, dass John aggressiv wurde und Gigi sagte, sie wolle sich von ihm scheiden lassen?«, fragt sie.

Ich runzle die Stirn. »Nun, ja, aber ich glaube nicht, dass er sie getötet hätte. Er hat sie zu sehr geliebt.«

»Könnte man das nicht auch von ihrem Stalker behaupten?«

Als Daya meinen Gesichtsausdruck bemerkt, seufzt sie und legt ihre Hand auf meine.

»Addie, ich liebe dich und ich sage dir das mit aller Liebe. Aber hör auf, zu projizieren. Ich habe allmählich das Gefühl, du willst, dass Ronaldo der Mörder ist, weil das in deinem Kopf auch deinen Stalker kriminalisieren würde. Bitte sag mir, dass das nicht der Grund ist, warum du Gerechtigkeit für Gigi suchst. Denn du suchst nach einem Grund, deinen Stalker zu hassen, obwohl du ihn in Wirklichkeit gar nicht hasst.«

Ich ziehe meine Hand unter ihrer weg und schaue zur Seite. Ein unangenehmes Gefühl durchdringt meinen Körper und hindert mich daran, sofort zu sprechen. »Ich brauche keinen Grund zu suchen, um ihn zu hassen«, grummle ich.

Daya zieht eine Augenbraue hoch, unbeeindruckt von meiner Haltung. Ich seufze und direkt zwischen meinen Augen beginnen sich Kopfschmerzen bemerkbar zu machen. Ich reibe an der Stelle und zögere, während ich versuche, herauszufinden, was ich sagen könnte.

Denn sie hat nicht ganz unrecht.

Vielleicht will ich einfach nur sagen können, dass alle Stalker verrückt sind und dass es nicht möglich ist, sich in einen Stalker zu verlieben. Ich will sagen können, dass das noch nie passiert ist. Ich möchte sagen können, dass es absolut unmöglich ist, eine liebevolle, leidenschaftliche und gesunde Beziehung mit einer Person zu führen, die sich in jeden Aspekt meines Lebens einmischt, ohne mein Einverständnis.

So sehr ich es auch hasse, es zu sagen, mein Schatten könnte auch nicht falsch liegen. Der Mann hat eine Anziehungskraft auf mich, die mich bis ins Mark erschüttert. Er hat mein ganzes Leben aus dem Gleichgewicht gebracht.

Er erschreckt mich zu Tode. Aber genau wie wenn ich einen Horrorfilm gucke, erregt auch er mich. Er hatte recht, als er sagte, dass ich mich in ihn verliebt hätte, wenn er mich in der Buchhandlung angesprochen und wie ein normaler Mann ausgeführt hätte. Die Art, wie er auftritt, die Art, wie er spricht, und seine Leidenschaft sind unwiderstehlich. Und er hat auch recht, wenn ich mich in eine Lüge verliebt hätte, wäre ich am Boden zerstört gewesen. Ich *wünschte* nur, er wäre nicht so ein schlechter Kerl.

Aber dann wäre er ein anderer Mann – ein Mann, den du vielleicht nicht lieben könntest.

Das spielt keine Rolle.

Ich weigere mich, meinen Schatten zu lieben. Und ich werde ihn auch nicht ficken. Was vor zwei Nächten passiert ist, war ein sexueller Übergriff und ich werde es nicht anders sehen.

»Das ist nicht der Grund, warum ich Gerechtigkeit für sie will«, widerspreche ich leise. Ich lasse meine Hand sinken und begegne Dayas sanftem Blick.

Sie hat mich nie verurteilt. Auch, wenn ich es wahrscheinlich verdient habe.

»Ich habe Gigi offensichtlich nie kennengelernt, aber Nana hat sie über alles geliebt. Und ich glaube, sie ist nie ganz darüber hinweggekommen. Ich will nicht nur Gerechtigkeit für Gigi, sondern auch für Nana.«

Das scheint sie zu besänftigen. »Gut. Denn ich habe eine Spur zu einer der berüchtigtsten Verbrecherfamilien Seattles aus den 40er-Jahren gefunden.«

Ich werde hellhörig und beuge mich vor, um auf den Laptop-Bildschirm zu schauen. Sie dreht ihn zu mir, damit ich ihn besser sehen kann.

»In den 40er Jahren war die Familie Salvatore der Boss auf den Straßen. Angelo Salvatore war der Mafiaboss.« Sie zeigt auf ein Bild mit fünf Männern.

In der Mitte ist das, was man von einem italienischen Mafiaboss erwarten würde. Tief gebräunte Haut, eine große knollige Hakennase und unglaublich gut aussehend, mit seinem breiten Lächeln und den funkelnden braunen Augen.

Vier Männer umrunden ihn, deren Alter zwischen achtzehn und Ende zwanzig liegen muss, so wie es aussieht. Den weißen Haaren nach zu urteilen, die sich durch Angelos schwarzes Haar ziehen, müssen das seine Söhne sein.

Sie sehen alle aus wie er und sind genauso gut aussehend. Zwei von ihnen tragen eine Militäruniform, wahrscheinlich wurden sie im Zweiten Weltkrieg eingezogen.

»Das sind seine vier Söhne«, bestätigt Daya. »Aber sie sind unwichtig, so sexy sie auch sind. Schau dir mal den Hintergrund an. Siehst du ihn?«

Sie zeigt auf ein körniges, leicht verschwommenes Bild eines Mannes, der hinter der Familie Salvatore in die Ferne schaut. Der größte Teil seines Körpers ist verdeckt, aber was man sehen kann, ist ein hübsches Gesicht, ein Teil eines schönen Anzugs und einen Zylinder.

»Das ist das einzige Bild, das ich finden konnte, aber ich denke, es besteht die Möglichkeit, dass das Ronaldo ist.«

Meine Nase ist fast an den Bildschirm gepresst, so intensiv starre ich ihn an. Das ist weit hergeholt. Jeder Mann könnte in den 40er-Jahren einen Anzug und einen Zylinder getragen haben. Aber irgendetwas ist anders an ihm.

»Siehst du, was ich sehe?«, fragt Daya in aufgeregtem Tonfall.

»Er hat ein blaues Auge und seine Lippe sieht geschwollen aus …« Ich komme ins Stocken, als ich Angelos rechte Hand bemerke, die ein Glas mit Alkohol umklammert. »Angelos Hand ist auch verletzt!«

Ich schaue zu Daya und es ist, als würde ich in einen Spiegel schauen. Ich weiß, dass die Aufregung in ihrem Gesicht eine Reflexion meiner eigenen ist.

»Und rate mal, welches Datum auf dem Bild steht«, sagt sie und lächelt noch breiter.

Meine Augen verdrehen sich. »Bitch, sag es mir einfach.«

»22. September 1944. Vier Tage nach dem Eintrag von Gigi, in dem sie schrieb, dass Ronaldo verprügelt wurde.«

Mein Mund klappt auf und ich schaue zurück auf das Bild. Ich starre den Mann an, der Gigis Stalker sein könnte.

Und ihr Mörder.

Ich bin betrunken.

Am Ende habe ich noch zwei Margaritas getrunken und Daya hatte die glänzende Idee, noch mehr Tequila-Shots zu kippen.

Meine Welt dreht sich, als ich die Treppe hinaufstolpere und Daya lachend hinter mir herläuft. Wir sind beide auf allen vieren, die Hände auf dem schmutzigen Holzboden, damit wir nicht hinfallen.

»Verdammt, warum hast du mich so viel trinken lassen?«, frage ich und lache noch heftiger als ich fast zur Seite kippe.

»Ich dachte, es wäre ange-ahh-ange-messen, während wir einen Mord untersuchen.« Sie stottert, ihre Stimme schwankt und wird begleitet von einem Kichern.

Ich schnaube als Antwort, während meine Wahrnehmung sich immer noch in meinem Kopf dreht.

Ich bringe sie ins Gästeschlafzimmer und helfe ihr, ins Bett zu gehen. Ich bin keine große Hilfe, wenn man bedenkt, dass wir beide ein- oder zweimal fast auf den Boden gestürzt wären, als ich ihr beim Ausziehen ihrer Jeans helfen wollte.

»Wie willst du deine ausziehen?«, fragt sie und starrt auf meine Jeans.

Ich winke ab. »Ich bin sicher, der Stalker wird mir helfen«, erwidere ich. Sie weitet auf merkwürdige Weise die Augen.

»Wenn er seinen Schwanz in dich steckt, nimm es auf. Ich will es mir später ansehen.«

Im Moment scheint die Aussicht, meinen Stalker zu ficken, urkomisch zu sein. Ich bin mir sicher, dass wir es beide später bereuen werden. Wenn wir uns überhaupt daran erinnern.

Wir lachen wie Schulmädchen und ihr Lachen folgt mir aus dem Zimmer. Ich lehne mich schwer gegen die Wand, als ich ins Schlafzimmer stolpere.

Ich mache mir nicht einmal die Mühe, meine Jeans auszuziehen. Ich lasse mich einfach auf das Bett plumpsen, über die Decke und alles andere, und bin Sekunden später eingeschlafen.

Ein Streicheln an meiner Wange weckt mich auf. Ich stöhne auf, meine Welt dreht sich immer noch, als ich meine verklebten Augen öffne und meinen Schatten sehe, der neben meinem Bett steht und mir die Haare aus dem Gesicht streicht.

»Oh, toll«, grummle ich. »Du bist hier.«

»Little Mouse, bist du betrunken?«

»Auch ein Weg, um das Offensichtliche zu erfragen«, murmle ich und spüre etwas Sabber, der mir aus dem Mund läuft.

Ich bin immer noch zu betrunken, um peinlich berührt zu sein. Zittrig setze ich mich auf und schaue mich im Zimmer um. Die Lichter sind noch an – ich habe wohl vergessen, sie auszuschalten – und es fühlt sich falsch an, meinen Stalker in etwas anderem als der Dunkelheit zu sehen.

Das macht ihn realer und das gefällt mir nicht.

»Mach das Licht aus«, fordere ich und weigere mich, ihm in die Augen zu sehen. Ich mag es viel lieber, wenn ich nur den Schatten seines Gesichts sehen kann.

Er dreht sich um und tut, was ich sage. Ich bin so überrascht, dass er auf mich hört, dass ich fast eine weitere Forderung ausspreche, als das Licht ausgeht, nur um zu sehen, was er tun wird.

Er ist wieder einmal im Schatten verborgen. Wenn er durch den Raum geht, ist es, als würde sich die Dunkelheit an ihn klammern. Er *ist* die Dunkelheit.

Ich weiß nicht, wovor ich mehr Angst habe – vor ihm im Dunkeln oder vor ihm im Licht.

»Ich muss meine Jeans ausziehen. Ich nehme an, du wirst mir dabei zusehen, oder?«

Der Alkohol macht mich gerade mutig. Ich denke nicht an die Konsequenzen oder seine Drohungen. Sogar die Angst, die ich spüre, ist gedämpft.

Im Moment habe ich das Gefühl, dass ich alles sagen oder tun kann. Als ob ich durch den Alkohol einen Schutzpanzer hätte, obwohl ich mich in Wirklichkeit dadurch nur noch verletzlicher mache.

Er lehnt an der Tür, seine Arme vor der Brust verschränkt und sieht zu, wie ich meine Jeans aufknöpfe und sie über meine Oberschenkel gleiten lasse.

»Weißt du«, beginne ich zu sagen und stolpere, als ich versuche, mir das Hosenbein über meinen Fuß zu schieben. Wer zum

Teufel hat Skinny Jeans erfunden und warum trage ich sie? »Ich weiß nicht einmal deinen Namen.«

»Du hast nie gefragt«, ist seine Antwort.

»Ich frage jetzt, Kitty Cat.«

Endlich bekomme ich meinen Fuß durch das Loch und ziehe mein Bein heraus. Ich richte mich auf und schaue siegessicher auf mein befreites Bein. Eins geschafft. Nur noch ein weiteres.

»Weißt du«, sage ich wieder, bevor er überhaupt den Mund aufmachen kann. »Ich mag es wirklich, dich Kitty Cat zu nennen.«

»Aber es würde sich nicht so gut anhören, wenn du es schreist«, spottet er, seine Stimme etwas näher als zuvor. Ich schaue auf und sehe, dass er von der Tür weggetreten ist und seine Gestalt durch die Dunkelheit schleicht.

Ich schnaube. »Glaubst du nicht? Ich wette, ich könnte es gut klingen lassen«, fordere ich ihn heraus.

Es sieht so aus, als würde sein ganzer Körper zu Stein werden. Das macht mich noch mutiger. Ich ziehe das andere Hosenbein aus, dieses Mal etwas sanfter als das erste.

Dann klettere ich auf das Bett, nur mit einem BH, einem T-Shirt und meinem lilafarbenen Slip bekleidet.

Er bekommt einen guten Blick auf meinen Hintern, aber das ist meine geringste Sorge. Ich schnappe mir ein Kissen und setze mich rittlings darauf.

»Addie«, knurrt er seine Warnung. Das tiefe Grollen lässt Feuchtigkeit zwischen meinen Schenkeln aufsteigen. Es ist unfair, dass seine Stimme so eine Wirkung auf meinen Körper hat, aber ich denke, im Moment funktioniert es für mich.

Ich reibe mich am Kissen, lehne meinen Kopf zurück und stöhne: »Kitty Cat.«

Ich quieke, als ich seine Hand aus der Ferne auf mein Gesicht zufliegen sehe. Der Alkohol hat mir alle Reflexe geraubt und als seine Hand grob in mein Haar greift, kann ich nichts tun, um ihn zu stoppen.

Mein Rücken wölbt sich, als er meinen Kopf nach hinten reißt.

Sein wunderschön vernarbtes Gesicht erscheint über mir. Diese verdammten Yin-Yang-Augen mit den dichten Wimpern, die sie umrahmen.

Er ist erschreckend schön. Und im Moment sieht er angepisst aus.

»Was?«, hauche ich unschuldig.

Er beugt sich herunter und streift mit seinen Lippen sanft über meine. An der Stelle, an der sich unsere Lippen berühren, entzünden sich Stromstöße. Ich stoße einen spitzen Atemzug aus und bin entsetzt über die Reaktion, die sein Körper in meinem auslöst.

»Zade«, flüstert er gegen meine Lippen. »Das ist der einzige Name, der von nun an deine Lippen verlassen wird, vor allem, wenn du dafür sorgen willst, dass sich diese kleine Pussy gut fühlt. Und wenn *ich* diese Pussy gut fühlen lasse, dann kannst du mich Gott nennen.«

Der ganze Sauerstoff in meiner Lunge verpufft. Wenn er mir meine Seele zurückgegeben hätte, wäre sie schon wieder weg.

»Ich glaube, Luzifer würde besser zu dir passen«, flüstere ich und meine Lippen gleiten dabei auf seine.

Ein böses Grinsen gleitet über seinen Mund und entblößt für eine kurze Sekunde seine geraden Zähne. Diese eine Sekunde erinnert mein betrunkenes Gehirn daran, dass ich in diesem Moment jemanden sehr Gefährliches direkt vor mir habe.

Ich muss ihn von mir wegbekommen.

Ich beuge mich weiter zurück und ziehe mein Gesicht von seinem weg.

»Willst du mich wieder angreifen? Zwingst du mich diesmal, deinen Schwanz in den Mund zu nehmen?«, fauche ich und verenge meine Augen zu dünnen, hasserfüllten Schlitzen.

»Ich habe darüber nachgedacht«, gibt er mit einem nachdenklichen Gemurmel zu. »Ich würde gern sehen, wie du heute Abend meinen Schwanz lutschst.«

Da ist ein *Aber* und in dem betrunkenen Zustand bin ich fast beleidigt. Ich ziehe eine Augenbraue hoch, aber selbst ich weiß, dass das nicht denselben Effekt hat wie bei ihm.

»Aber du bist immer noch betrunken. Und du würdest meinen Schwanz vollkotzen, sobald er deinen Rachen berührt.«

Okay, jetzt bin ich wirklich beleidigt.

Mein Mund klappt vor Wut auf. »Das würde ich nicht tun, du Arschloch!« Ich winde mich von ihm weg, aber er hält mich noch fester an meinen Haaren, um mich still zu halten.

Immer zwingt er mich, verdammt noch mal.

Wer könnte diesen Mann lieben?

Er lacht – ein dunkles, grausames Lachen. Es verwandelt auch sein Gesicht direkt in das des Teufels. Gut aussehend und rücksichtslos.

»Willst du damit sagen, dass du es versuchen willst?«, spottet er, seine Augen glitzern im Mondlicht.

Ich sehe ihn finster an. »Niemals. Weißt du was? Du hast recht. Ich *würde* kotzen, aber nicht, weil ich mit deinem winzigen Schwanz nicht umgehen könnte, sondern weil er mich so anekeln würde.« Die giftigen Worte sprudeln ohne Filter aus meinem Mund heraus.

Meine Angst ist gedämpft, also ist mein Mundwerk unzensiert.

Er zieht eine Augenbraue hoch und mein Mund wird trocken.

Fuck. Warum sieht es so gruselig aus, wenn er das macht?

Er starrt mich an und ich halte den Atem an, darauf wartend, dass er zuschnappt. Dass er mich umbringt. Mich verletzt. Irgendetwas tut.

Als seine freie Hand nach seinem Reißverschluss greift und ihn langsam herunterzieht, weiß ich, dass ich es verkackt habe.

Du konntest einfach nicht deine Klappe halten, oder, Addie?

Ich starre auf seine Handbewegungen, als würde er gleich ein Glas voller Spinnen öffnen. Er löst den Knopf seiner Jeans und hält dann einen Moment inne.

Ein Keuchen entweicht meiner Kehle, als er meinen Kopf grob an sein Becken drückt, während er seinen Schwanz herausholt.

Scheiße. Gut. Okay.

Also, *vielleicht* ist sein Schwanz doch das genaue Gegenteil von winzig und würde mich tatsächlich umbringen, wenn er sich entscheidet, mich damit zum Würgen zu bringen. Und vielleicht wäre es auch nicht die schlechteste Art zu sterben, denn es ist das köstlichste Ding, das ich je gesehen habe.

Es ist *nicht von dieser Welt.*

Er hält seinen Schwanz in der Hand und meine Pussy weint fast als Reaktion.

Ich werde ihm nie sagen, wie prächtig er aussieht, denn in diesem Moment möchte ich ihn am liebsten abhacken. So wie er es mit Archs Händen gemacht hat. Er wäre kein Mann mehr ohne seinen Schwanz, und ich müsste mir keine Sorgen machen, dass er ihn als Waffe benutzt und mich vielleicht damit erstickt.

Er zieht meinen Kopf näher heran, bis er nur noch wenige Zentimeter von meinem Gesicht entfernt ist. Moschus und der Duft von Leder und Gewürzen steigen mir in die Nase. Natürlich riecht er so verführerisch, wie er aussieht.

»Meinst du, du schaffst das«, fragt er düster.

Ich schlucke in dem verzweifelten Versuch, die Trockenheit in meiner Kehle zu lindern. Die falsche Tapferkeit weicht immer mehr, und jetzt kommt die Angst mit voller Wucht zurück.

»Ja«, sage ich mit zittriger Stimme. »Aber ich werde ihn abbeißen, wenn du es versuchst.«

Ich bin zu sehr damit beschäftigt, seinen Schwanz anzustarren, um das Grinsen auf seinem Gesicht zu bemerken. Die Spitze streicht über meinen Kiefer, die weiche Haut gleitet an mir vorbei und jagt mir Schauer über den Rücken.

Ich starre ihn angewidert an, aber mein Gesicht ist eine Maske der Lüge. Und das Arschloch weiß es.

Er beginnt, seinen Schwanz zu melken, hält ihn fest umschlossen, sodass die Adern unter seinem Griff hervortreten. Selbst in seiner großen Hand verschluckt, sieht er noch immer einschüchternd aus.

»Was machst du da?«, zische ich. Er klatscht mir die Spitze seines Schwanzes auf die Wange und bringt mich mit einem scharfen Keuchen zum Schweigen.

Arschloch.

Er bearbeitet seinen Schwanz weiter und als ich merke, dass er sich auf mein Gesicht einen runterholt, fange ich an zu zappeln.

Seine Hand zieht sich schmerzhaft zusammen, nadelartige Schmerzstiche blühen entlang meiner Kopfhaut auf.

»Lass mich los«, zische ich und drücke beide Hände gegen seine kräftigen Oberschenkel.

Er lässt seinen Schwanz los und fährt mit seiner Hand zu meinem Gesicht, wobei er meine Wangen schmerzhaft zusammendrückt. Meine Zähne beißen sich in das empfindliche Fleisch, aber er lässt nicht locker. Tränen säumen die Ränder meiner Augenlider und drohen überzulaufen, als er sich herunterbeugt und seine Zähne zu einem bösartigen Knurren fletscht.

Die Angst macht mich völlig unbeweglich. Schließlich spüre ich, wie der Schrecken in meinen Dickschädel eindringt. Denn dieser Mann könnte mich leicht umbringen. Meine Tapferkeit wird wie ein Vakuum aus mir herausgesaugt und ich zerfließe zu einer Pfütze aus Angst und Hass.

»Du willst mutig sein, dann werde ich dir zeigen, was mit klugen Köpfchen wie deinem passiert. Du wirst mein Sperma schlucken, wie das verdammte böse Mädchen, das du bist, und es ist mir scheißegal, ob es dir gefällt oder nicht.«

Er lässt mein Gesicht grob los und die Hand, die sich immer noch in meinen Haaren verfangen hat, zerrt mich zurück in die vorherige Position. Ich starre ihn mit wässrigen Augen an, aber dieser Anblick spornt ihn nur noch mehr an.

Er wichst seinen Schwanz in schnellen, rauen Zügen. Es dauert nicht lange, bis er wieder knurrt und die Adern an seinem Nacken hervortreten.

»Wie ist mein Name?«, knurrt er.

»Kit–« Er lässt seinen Schwanz kurz los, um mir einen scharfen

Schlag auf die Wange zu verpassen. Es brennt, aber es war nicht genug, um mich wirklich zu verletzen.

Ich murre. »Zade.«

Er holt scharf Luft. »Mach den Mund auf, Little Mouse. Jetzt.«

Als ich mich weigere, schlägt er mir seinen Schwanz noch einmal ins Gesicht, dieses Mal härter. Ich habe es langsam satt, dass er mich ohrfeigt. Die Wut brennt immer heißer und ich bin versucht, nach ihm zu greifen und in die Spitze seines Schwanzes zu beißen, bis er vollständig abgetrennt ist.

»Willst du mich jetzt wirklich auf die Probe stellen?«, fordert er mich heraus, zieht die verdammte Augenbraue hoch und atmet schwer. Das Verlangen leuchtet in seinen Yin-Yang-Augen, und obwohl er mich bestraft, starrt er mich an, als wäre ich ein unbezahlbares Juwel.

Widerwillig öffne ich meinen Mund und Hass strömt aus meinen Augen. Er schenkt mir ein finsteres Lächeln, bevor er sagt: »Und jetzt danke mir.«

Ich versteife mich und meine Wut steigt in mir auf. Er will, dass ich *was* tue?

»Danke mir verdammt noch mal dafür, dass du all mein ganzes Sperma schlucken darfst, Adeline.«

Ein dunkler Tonfall schleicht sich in seine Worte und ich kann die Angst einfach nicht loslassen, auch wenn ich den Mut aufbringe, ihn zu verleugnen. Bilder von ihm, wie er mir eine Waffe ins Gesicht hält und meinen Körper ans Bett fesselt, während er sich nimmt, was er will, schießen mir durch den Kopf und verstärken die Angst in meinen Knochen.

»Danke«, würge ich wütend hervor. Kaum habe ich das gesagt, spritzt das Sperma in Strömen aus seinem Schwanz und direkt in meinen Mund.

Ein tiefes, grollendes Knurren entweicht seiner Kehle und wandert direkt in mein Innerstes. Ich spanne meine Schenkel an, als der salzige Geschmack meine Geschmacksnerven erreicht. Verzweifelt möchte ich ihm alles direkt ins Gesicht spucken.

»Fuck, du bist ein gutes Mädchen«, haucht er.

Daraufhin kullert mir eine Träne aus dem Auge. Ich erschaudere bei den Worten, während mein Hass auf ihn sich immer weiter ausbreitet.

Als das letzte bisschen Sperma von seiner Spitze auf meine Lippen tropft, packt er wieder mein Gesicht, kneift meine Wangen zusammen und verhindert, dass ich alles zurück spucke, wie ich es vorhatte.

»Schluck«, fordert er, seine Stimme ist dunkel und warnend.

Ich tue es, weil ich keine andere Wahl habe. Sein Samen gleitet in meine Kehle, zusammen mit einem Mund voller hasserfüllter Worte, die ich ihm entgegenschleudern möchte.

Ich halte mich vorerst zurück. Die Situation hat den alkoholbedingten Nebel gelichtet und im Moment fühle ich mich einfach nur nüchtern. Er richtet seine Jeans und starrt mich an, als wüsste er nicht, ob er mich vernaschen oder verletzen will.

»Deine Pussy ist feucht für mich, stimmt's?«

»Fick dich«, schnauze ich zurück, mein Tonfall ist ungleichmäßig und voller zurückgehaltener Tränen. So viel zum Thema Enthaltsamkeit.

»Lass mich sehen, Little Mouse.«

Meine Augenbrauen ziehen sich zusammen und ich starre ihn verwirrt an.

»Steck deine Hand in deine Unterwäsche, tauch einen deiner Finger in deine Pussy und zeig ihn mir.« Ich öffne den Mund, um ihm zu sagen, dass er sich verpissen soll, aber er drückt erneut meine Wangen zusammen. Eine weitere Träne rollt über mein Gesicht.

»Hast du nicht gerade deine Lektion gelernt, was es heißt, ein freches Mundwerk zu haben?«

Meine Fäuste ballen sich, sodass meine Knöchel weiß hervorstehen. Und dieser Mann glaubt, dass ich mich in ihn verlieben werde? Ich möchte ihm ins Gesicht lachen. Nein, ich will ihm meine eigenen Narben ins Gesicht ritzen. Ich will es zerschneiden, bis es genauso hässlich ist wie sein Inneres.

Wieder tue ich, was er sagt. Ich schiebe meinen Slip zur Seite, stecke meinen Mittelfinger tief hinein und präsentiere mich ihm. Meine Erregung glitzert auf meinem Finger.

Er grinst, ohne sich auch nur im Geringsten daran zu stören. Vor lauter Verlegenheit steigen mir Tränen in die Augen, aber ich lasse sie ihn nicht sehen. Er bekommt nichts als Gift von mir.

Er packt meine Hand und führt meinen Finger zu seinem Mund. Ich wehre mich gegen seinen Griff, aber ich bin machtlos gegen ihn. Sein warmer, feuchter Mund umschließt meinen Finger und saugt meine Säfte mit einem einzigen Schwung seiner Zunge auf. Ich zische durch die Zähne hindurch und die elektrischen Wellen schießen von dort, wo er mich leckt, durch meinen ganzen Körper. Er verdreht die Augen und tut so, als würde er am besten Lolli lutschen, den er je hatte.

Ich kann nicht kontrollieren, wie sich mein Magen zusammenzieht und wie sich meine Schenkel verkrampfen. Ich bin klatschnass und schäme mich.

Er zieht meinen Finger aus seinem Mund und es kostet mich enorme Kraft, meine Faust nicht gegen seinen Schwanz zu stoßen.

Endlich befreit er mein Haar aus seinem Griff und ich krabble von ihm weg. Er schaut auf mich herab. Durch das Mondlicht kann ich nur einen kleinen Teil seines Gesichts sehen, aber was ich sehe, lässt mich furchtbar fühlen. Er schaut nicht selbstgefällig auf mich herab, wie ich es erwartet hatte. Sein Gesicht ist zu einer leeren Maske verzogen, als ob ihn das, was gerade passiert ist, überhaupt nicht berührt hätte. Und das … das ist viel schlimmer.

»Willst du wissen, was der beste Part ist?«, fragt er leise. »Eigentlich wollte ich dich ins Bett bringen und dich heute Nacht in Ruhe lassen. Aber du scheinst zu vergessen, dass, nur weil ich ganz und gar dir gehöre, ich noch lange kein netter Mann bin, Little Mouse.«

27. September 1945

Die Welt scheint sich zu entspannen, jetzt, da der Zweite Weltkrieg vorbei ist. Soldaten kehren nach Hause zurück, und obwohl viele gefallen oder verletzt sind, denke ich, dass wir alle dankbar sind, dass es vorbei ist.
Aber der Krieg endete noch nicht in Parsons Manor.
Ronaldo führt mich heute aus, während John auf der Arbeit und Sera in der Schule ist. Es wird schön sein, aus dem Haus zu kommen und etwas frische Luft zu schnappen, bevor das Wetter kälter wird.
Er bringt mich zu einem schönen Picknick und dann ins Kino.
Ich weiß nicht, wie ich Ronaldo von Johns zunehmender Aggression erzählen soll. In letzter Zeit konnte ich ihn nur etwa zweimal im Monat sehen. Er sagte, sein Job sei einnehmend.
Und ich habe ihm noch nicht von John und unserem Untergang gebeichtet.
Ich bin sicher, dass er verdammt froh sein wird, zu hören, dass wir vielleicht auf eine Scheidung zusteuern. Aber ich fürchte mich vor dem, was er tun wird, wenn ich ihm gestehe, wie wütend John ist.

Ich bete, dass er die Beherrschung behält. Ronaldo hat eine kurze Zündschnur. Vielleicht sogar kürzer als Johns.

Kapitel 22

Der Schatten

Meine kleine Maus hat heute beschlossen, dass sie einen Tapetenwechsel braucht. Vielleicht wollte sie von dem Haus weg, in dem ich immer wieder auftauche.

Als ob es sie schützen würde, vor einer Bar zu sitzen.

Ich laufe gerade die 5th Street entlang, vorbei an einer Anwaltskanzlei, als Mark aus der Tür stürmt. Wir bleiben beide kurz stehen, nur wenige Zentimeter vor dem Zusammenprall.

»Oh, Zack! Ich habe dich gar nicht gesehen. Bist du gerade reingekommen?«, fragt er und schaut hinter sich auf die Tür zum Büro des Anwalts.

»Nein, ich war auf dem Weg zurück zu meinem Auto«, lüge ich wie einstudiert und setze meinen Weg fort. Mein Auto steht in der entgegengesetzten Richtung, aber ich setze mich in ein x-beliebiges Auto, wenn ich Mark dadurch vom *Bailey's* fernhalten kann.

»Lass mich dich ein Stück begleiten«, lächelt Mark und lädt sich selbst zu einem angenehmen und friedlichen Spaziergang ein, um meinem Mädchen nachzuspionieren.

Jetzt muss ich mich mit diesem Arschloch herumschlagen.

Mark läuft neben mir her und plappert über dies und das – nichts, das ich für wichtig befinde. Er hat wohl nicht viele Freunde. Er ist ein verdammtes Plappermaul und genießt den Klang seiner eigenen Stimme. Ich wette um Geld, dass er einer der Typen ist, die sich täglich vor den Spiegel stellen und sich selbst Mut zusprechen, dass sie es immer noch draufhaben.

Das *Bailey's* liegt geradeaus. Als wir an der Kreuzung vor der Bar ankommen, biege ich nach links ab und beschließe, die Straße zu überqueren, damit wir auf der gegenüberliegenden Seite des Restaurants sind. Aber als ich auf den Knopf drücken will, um die Ampel umzuschalten, hält Mark mich auf.

»Hey, bei *Bailey's* bekommt man gute Drinks. Ich war schon eine Weile nicht mehr da.« Ich vermeide es, mit den Zähnen zu knirschen, obwohl ich sie am liebsten zu Staub zermahlen würde. Der Hauptgrund, warum ich das nicht tue, ist, dass ich dann nicht mehr in Addies Kitzler beißen könnte. Und das mache ich wirklich gern.

»Es ist ziemlich voll da drin. Bist du sicher, dass du nicht lieber woanders hingehen willst? Ich kenne einen perfekten Ort ein paar Blocks von hier.«

Mark winkt ab und geht schon über die Straße in Richtung *Bailey's*.

Fuck.

Ich folge ihm und öffne meinen Mund, um einen weiteren Grund zu finden, das Restaurant zu verlassen, aber er dreht sich zu mir um.

»Ich mag die Getränke und das Essen hier wirklich sehr. Ich komme normalerweise ohne Probleme rein. Die Wirtin liebt mich«, sagt er und beendet seine Aussage mit einem Augenzwinkern.

Ja, und wie oft hast du sie gefragt: »Weißt du, wer ich bin?«, bevor sie einen leeren Tisch gefunden hat?

Ich schätze, mindestens viermal. Innerlich seufzend zwinge ich mich zu einem Grinsen, als Mark sich Baileys Restaurant nähert, hinein geht und direkt auf die Wirtin zusteuert. Und genau, wie wenn ein Ex unerwartet hereinkommt, sinken die Mundwinkel der Frau um ein paar Zentimeter, bevor sie sich zu dem angestrengtesten Lächeln zwingt, das die Menschheit kennt.

»Hallo, Mark. Diesmal ein Tisch für zwei?«

»Sieht so aus«, antwortet Mark mit einem schelmischen Kichern. Ich bleibe stumm und freundlich, auch als sie seufzt und uns zu einem Tisch auf der Veranda führt.

Genau dorthin, wo Addie ist.

Zum Glück bemerkt sie uns nicht, als wir ankommen, obwohl wir nur fünf Tische weiter sitzen. Unser Tisch steht diagonal zu ihrem, sodass wir einen perfekten Blick auf ihr herzförmiges Gesicht, ihre geschwungene Unterlippe und die langen Wimpern haben, die Schatten auf ihre Wangen werfen.

Sie tippt an ihrem Laptop und konzentriert sich voll und ganz auf ihre Aufgabe und nicht auf die Welt um sie herum. Ihre Unterlippe rollt zwischen ihren geraden Zähnen. Ich habe das dringende Bedürfnis, zu ihr hinüberzugehen und diese Unterlippe zwischen meine eigenen zu nehmen.

Trotz meiner Besessenheit von meiner kleinen Maus lasse ich sie nicht aus den Augen. Ich achte sogar darauf, vor Mark nie in ihre Richtung zu schauen. Ich habe nur einen einzigen Blick auf sie geworfen, als Mark vor mir war, und das war das einzige Privileg, das ich mir gegönnt habe.

Wenn er sieht, wie ich sie ansehe, wird sie zur Zielscheibe. Und das Letzte, was ich will, ist, dass Addie auf dem Radar dieser Scheißkerle ist.

Während Mark unaufhörlich über einen Gesetzesentwurf spricht, den er nicht verabschieden will, gehen ein Paar und dessen Kind an uns vorbei, wobei das kleine Mädchen lebhaft plaudert. Sie scheint etwa fünf Jahre alt zu sein – ein süßes Mädchen mit einem Pferdeschwanz, großen Rehaugen und Grübchen.

Ich sehe den verschlagenen Blick auf Marks Gesicht, noch bevor er merkt, was er tut, und es erfordert körperliche Zurückhaltung, nicht über den Tisch zu greifen, sein Buttermesser hochzuhalten und seinen Kopf darauf zu stoßen.

Stattdessen treffe ich eine blitzschnelle Entscheidung. Die Familie geht an Mark vorbei, außerhalb seines Blickfelds. Als er seinen Kopf wieder zu mir dreht, lehne ich mich zur Seite und tue so, als würde ich das kleine Mädchen beobachten. Ich schaue rechts neben ihr auf einen Teller mit Essen – ich würde mir lieber die Kehle aufschlitzen, als ein Kind auf sexuelle Weise anzuschauen – aber für Mark sieht es authentisch aus.

Wie ein Raubtier lasse ich meinen Blick für ein paar Sekunden auf den Hähnchenteilen verweilen, bevor ich mich aufrichte und Unschuld vortäusche. Aber ich spüre Marks Blick, der sich in mich bohrt.

So sehr es mich auch ankotzt, ich brauche ihn, damit er denkt, ich hätte Interesse an den verdorbenen Dingen, die er tut.

Eine Stunde vergeht, während ich weiterhin Interesse an minderjährigen Mädchen vorgaukle, indem ich über ihre Köpfe hinweg auf ihr Essen schaue oder auf alles andere, was nahe genug ist, um die Illusion zu nähren. Nichts allzu Offensichtliches, und ich tue es auch nicht jedes Mal, um nicht verdächtig zu wirken. Nur subtile Blicke hier und da.

Während der Stunde wird Mark immer betrunkener. Im Herrenclub ist mir aufgefallen, dass er den Whiskey schluckt, als wäre er ein Lebensretter. Ich spüre, dass er neben seinem Sadismus auch unter Alkoholismus leidet.

Dann beschließt der Scheißer natürlich, sich umzuschauen und eine immer noch arbeitende Addie zu entdecken, die in ihrer kleinen Ecke sitzt und tippt, als hinge ihr Leben davon ab. Ich beobachte sie aus meinem Blickwinkel und was auch immer sie schreibt, sie ist voll bei der Sache.

»Nun, das nenne ich eine Schönheit«, murmelt Mark und starrt Addie direkt an. Ihr Mund ist um den Strohhalm gelegt, während sie ihre Margarita zu Ende trinkt. Ich beobachte sie aus dem Augenwinkel, aber ich lasse meinen Blick nicht sofort zu ihr hinübergleiten. Ich habe zwei Sekunden Zeit, um eine Entscheidung zu treffen. So tun, als würde ich sie nicht kennen oder sie für mich beanspruchen.

Bevor ich den Mund aufmachen kann, holt Mark sein Handy

heraus und schießt ein Foto von ihr. Es war verdammt mutig, diesen Scheiß vor mir zu machen. Ich bin mir nicht sicher, ob es das gemeinsame Angrinsen von Kindern oder der Alkohol war, aber es war weitaus dreister, als ich erwartet hatte.

Meine Hand landet auf seinem Telefon und hält ihn auf.

Er schaut zu mir auf, seine Augen sind groß und seine Wangen gerötet.

»Was auch immer du vorhast, hör auf damit. Das ist mein Mädchen.«

Irgendwie werden Marks Augen noch größer. »Das Mädchen da drüben? Sie gehört dir?«

Ich nicke knapp. »Sie mag es, in Ruhe gelassen zu werden, wenn sie arbeitet, und ich respektiere ihren Freiraum.«

Marks weiße, buschige Brauen fallen nach unten.

»Warum hast du nichts gesagt? Uns wenigstens vorgestellt?«

»Das hatte ich vor, sobald sie mit ihrer Arbeit fertig ist.«

Marks Augen werden schmal, Verwirrung schleicht sich in seine blauen Augen. Er ist ein älterer Mann, mit schlaffer Haut, Leberflecken und Knieproblemen, die bei jedem Aufstehen schmerzen. Aber er ist auch ein kluger Mann für sein Alter und sein Verstand ist immer noch scharf.

»Du wolltest an dem Restaurant vorbeigehen, ohne sie zu begrüßen?«, fragt er und bezieht sich dabei auf meine Lüge, dass ich zu meinem Auto gehe. »Und in ein anderes Restaurant gehen?«

Ich schaue ihm direkt in die Augen und stelle sicher, dass er sieht, wie gleichgültig mir seine Fragen sind.

»Mein Mädchen lebt in einer friedlichen kleinen Blase, wenn sie ihre Bücher schreibt. Sie mag es nicht, wenn man sie beim Arbeiten stört, und ich respektiere ihren Freiraum. Vor allem, weil ich so die Freiheit habe, zu tun, was ich will, ohne dass sie sich Sorgen darüber macht, was ich tue.«

Wenn man dann noch eine Andeutung eines Ehebruchs hinzufügt, wird Mark sofort hellhörig. Er lacht und seine vergilbten Zähne kommen zum Vorschein.

»Ich wusste, dass ich dich mögen würde.« Er lacht und seine Krähenfüße werden tiefer.

Ich drücke sein Handy, das immer noch zwischen unseren beiden Händen eingeklemmt ist. »Lösch das Bild, Mark.«

Marks Augen funkeln. »Oh, selbstverständlich! Es tut mir furchtbar leid, Zack. Ich wollte dich nicht beleidigen. Ich hatte ja keine Ahnung«, sagt er eilig und versucht, die Tatsache herunterzuspielen, dass er meine Maus entführen wollte. Hastig löscht er das Bild aus seiner Galerie.

Ich werde mich später in sein Telefon hacken, um zu checken, ob es dauerhaft gelöscht wurde. Das Arschloch denkt, ich wäre dumm und wüsste nicht, was eine Cloud ist oder dass man auf seinen Papierkorb zugreifen und das Bild neu laden kann.

Ich werde außerdem sichergehen, dass er das Bild nicht noch an jemanden verschickt hat.

»Alles gut«, sage ich ruhig, lehne mich in meinem Stuhl zurück und wirke lässig.

Ich bin alles, nur das nicht.

Das Bedürfnis, ihn vom einen zum anderen Ohr aufzuschlitzen, vibriert durch meine angespannten Muskeln. Unter dem Tisch balle ich meine Hand zur Faust und kämpfe gegen den Drang an, sie nicht um Marks Kehle zu legen.

Ich will ihn umbringen.

Streicht das.

Ich *werde* ihn umbringen.

Langsam.

»Dann lass mich mich eben selbst vorstellen. Sie ist schon seit einer Stunde fleißig. Ich bin sicher, sie hat nichts dagegen.«

Bevor ich dem alten Knacker sagen kann, dass er sich hinsetzen soll, ist er aufgestanden und geht auf Addie zu.

Fick doch. Mein Leben.

Ich eile ihm hinterher. Sie spürt die drohende Gefahr – ob sie nun von Mark oder von mir ausgeht, weiß ich nicht – und schaut auf, ihr Blick trifft meinen.

Sofort werden ihre Augen zu karamellfarbenen Murmeln und ihr Gesicht wird um fünf Nuancen blasser. Ich bin bereit, sie mit Bräunungsspray zu besprühen, damit sie nicht so offensichtlich zeigt, dass sie sich nicht freut, mich zu sehen.

Da Mark vor mir steht, werfe ich ihr schnell einen strengen, warnenden Blick zu. Ihre Augenbrauen ziehen sich zusammen, aber sie hat keine Zeit, zu reagieren, bevor Mark ihr seine Hand vors Gesicht hält.

»Junge Dame! Was für ein Vergnügen, dich kennenzulernen. Es tut mir leid, dass Zack mir deinen Namen nicht verraten hat. Aber ich bin Mark Williams. Ich hatte erst vor Kurzem das Vergnügen, deinen Freund hier kennenzulernen, und er ist ein guter Fang, aber ich muss sagen, du bist noch viel beeindruckender.«

Addie öffnet den Mund, aber es kommt nichts heraus. Unser plötzliches Eindringen bringt sie völlig aus dem Gleichgewicht, neben Mark, der mich Zack nennt und sie als meine Freundin bezeichnet.

»Addie«, sage ich. Zwei Augenpaare blicken mich an. »Ihr Name ist Addie. Tut mir leid, Baby, ich wollte nicht stören. Ich habe dir ja schon von Mark erzählt, den ich bei der Arbeit kennengelernt habe.« Ich werfe Mark einen Seitenblick zu und lasse ihn glauben, dass ich Addie erzählt habe, dass wir uns unter anderen Umständen kennengelernt haben, als es der Fall war. Daraufhin lächelt er noch breiter.

Herrenclubs sind nicht unbedingt ein Geheimnis, aber sie sind definitiv kein Ort, den man besucht, wenn man eine schöne Frau oder Freundin hat, die zu Hause auf einen wartet. Zumindest, wenn man kein narzisstisches Arschloch ist.

»Oh, äh, hi Mark. Freut mich, Sie kennenzulernen«, sagt sie schließlich und nimmt Marks Hand in ihre eigene.

Ich fühle im Moment so viele Dinge. Nämlich den Drang, sie verdammt noch mal zu küssen, weil sie etwas mitmacht, das sie nicht versteht. Sie wird später definitiv belohnt.

Aber ich spüre auch, wie die besitzergreifende Bestie in mir hochkommt. Nicht nur, um Addie für mich zu beanspruchen, sondern auch, um sie vor dem wahren Monster zu schützen. In dem Moment, in dem Mark Addies schöne, rauchige Stimme wahrnimmt, fallen ihm die Augen fast zu. Und sollte ich sehen, dass seine Khakihosen anfangen zu spannen, *werde* ich ihn hier und jetzt umbringen.

Mit einem Anflug von Besorgnis blickt sie auf ihre ineinander verschlungenen Hände, glättet ihr Gesicht aber schnell wieder. Mark bemerkt nicht, dass sie sich subtil ihre Hand an ihrer Jeans abwischt, als er sie loslässt, aber ich bemerke es.

»Die Freude ist ganz meinerseits. Du hast einen schönen Namen. Ist der die Kurzform von etwas?«

Sie räuspert sich und wirft mir einen weiteren ›*What the fuck*‹-Blick zu. »Adeline.«

Marks Gesicht wird lebhaft, als er über ihre Antwort staunt. »Ein schöner Name für ein schönes Mädchen.«

Ihre Wangen färben sich in einem wunderschönen Rot. Sie tut so, als wäre sie schüchtern, aber ich kann die nervöse Energie spüren, die in Wellen von ihr ausgeht. Meine kleine Maus kommt in sozialen Situationen nicht gut zurecht, vor allem, wenn sie unvorbereitet in eine solche hineingeworfen wird.

»In Ordnung, Mark. Lassen wir mein Mädchen in Ruhe weiterarbeiten.«

Ihre Augen verengen sich kurz zu Schlitzen, als ich *mein Mädchen* sage. Ich ziehe unauffällig eine Augenbraue hoch und fordere sie auf, mir zu widersprechen. Sie weiß, dass ich es nicht Mark zuliebe sage. Sie wird mich noch für eine verdammt lange Zeit hören, wie ich sie ›mein Mädchen‹ nenne.

Als Nächstes kommen wir zu meiner Frau und dann zu der Mutter meiner Kinder. Eines Tages wird sie begreifen, dass sie *mein* ist.

»Unsinn!«, brüllt er und zieht damit ein paar neugierige Blicke auf sich. »Das macht dir doch nichts aus, oder, Addie?«

Zum ersten Mal verzieht sich mein Gesicht und ich gebe ein

Knurren von mir. Mark bemerkt das nicht, aber Addie schon. Wenn überhaupt, dann entspannt meine Wut sie ein wenig. Das Wissen, dass mir diese Situation nicht gefällt, muss sie irgendwie beruhigen, anstatt dass sie denkt, ich würde sie absichtlich in etwas Gefährliches verwickeln.

Addie schüttelt den Kopf, klappt ihren Laptop vorsichtig zu und legt ihn in die Tasche zu ihren Füßen.

»Bitte, setzen Sie sich«, sagt sie, nur ein einziger Ton wackelt. Ich setze mich neben sie und lege einen Arm um ihre angespannten Schultern, in der Hoffnung, dass meine Anwesenheit ihr einen Hauch von Sicherheit und Trost spendet.

»Bitte erzähl mir, wie ihr zwei Turteltauben euch kennengelernt habt«, sagt Mark und lässt sich auf seinem neuen Platz nieder. Er winkt dem Kellner zu, damit er noch einen Drink holt, und ich stöhne innerlich auf.

»Bei einer Buchsignierung«, antworte ich. »Eine echt tolle Autorin hat dort Bücher signiert. Ich habe sie gesehen und mich sofort in sie verliebt. Danach habe ich sie aufgesucht, sie um ein Date gebeten und der Rest war Geschichte.«

Sie lächelt, auch, wenn es nicht ihre Augen erreicht. »Ja, er ist sehr hartnäckig«, sagt sie mit einem verlegenen Lachen.

»Faszinierend!«, sagt Mark und lässt seinen Blick zwischen uns hin und her schweifen. Sein Handy vibriert und als er es aus der Tasche zieht, entgleiten ihm seine Gesichtszüge.

Er räuspert sich und schaut uns mit einem unbeholfenen Grinsen an. »Wenn es euch nichts ausmacht, gehe ich auf die Toilette und nehme den Anruf entgegen. Addie, bestell dir bitte noch eine Margarita. Sie geht auf mich.«

Mark steht auf und ohne einen Blick zurückzuwerfen, geht er davon, seine Schritte sind taumelnd aufgrund der großen Mengen Alkohol, die er getrunken hat, und sein Blick ist auf sein Handy gerichtet. Addie fängt innerhalb einer Millisekunde an, ihre Sachen zu packen. Ihre Hände zittern, als sie den Rest ihrer Sachen in ihre Tasche wirft.

»Wenn du denkst, du könntest verschwinden, dann irrst du dich gewaltig.«

Sie erstarrt und blickt mich an, bevor sie weitermacht. Ich halte meine Bewegungen ruhig und fließend, um keine Unbeteiligten zu alarmieren, und lasse meine Hand zu ihrem Nacken gleiten.

Sie pausiert erneut, als sie meine Berührung spürt, und wimmert dann, als ich fest zudrücke.

»Sieh mich an. Jetzt.«

Sie schließt kurz die Augen, bevor ihre hübschen, karamellfarbenen Iriden zu meinen gleiten. Sie sind voller Angst und beinahe überrascht es mich. In der Dunkelheit erwacht sie mit Feuer zum Leben. Als wäre es die Nacht, die ihre Flammen nährt, und nicht der Sauerstoff. Bei Tageslicht ist sie schüchtern und ängstlich. Sie wird zu ihrem Spitznamen – eine sanftmütige, kleine Maus.

»Wenn du mich noch nicht ernst genommen hast, dann tu es jetzt, Adeline.« Ihre Augen weiten sich angesichts meines strengen Tons. »Du wirst wie ein braves kleines Mädchen dasitzen und mitspielen, bis ich Mark überzeugen kann, zu gehen. Dann, und *nur* dann kannst du dein Zeug zusammenpacken und nach Hause gehen. Hast du verstanden?«

Das ist es.

Das Feuer funkt und entzündet sich.

»*Schön*. Sag mir wenigstens, was zum *Teufel* los ist, Zade. Oder Zack. Welcher ist überhaupt dein echter Name? Weißt du was, das ist mir egal. Ich weiß nicht, was für ein Spiel du spielst, aber nach dieser Sache wirst du mich da raushalten.«

Ich beuge mich vor und werfe ihr einen warnenden Blick zu. Sie klappt den Mund zu, aber die Flammen erlöschen nicht.

»Ich habe es versucht«, zwinge ich mich zu sagen. »Ich werde versuchen, so schnell wie möglich mit Mark zu gehen, aber bis dahin tust du, was ich sage. Wir sind superverliebt und du bist meine vernarrte, kleine Freundin. Das ist alles, was du im Moment wissen musst.«

Ihre Augen weiten sich langsam, bis sie mich ansieht, als hätte ich den Verstand verloren. Was sie nicht weiß, ist, dass ich in der Sekunde, in der ich sie gesehen habe, den Verstand verloren habe und ihn bis heute nicht wiedererlangt habe.

»Was ist das, Zade?«, fragt sie leise. »Ist Mark gefährlich? Warum lügst du ihn an?«

Ich seufze. »Ja«, gebe ich zu. »Er ist gefährlich und er hat es auf dich abgesehen.«

Bevor sie mich weiter ausfragen kann, kehrt Mark mit einem fröhlichen Lächeln auf seinem geröteten Gesicht zurück.

»Kein Drink?«, fragt er und schlendert mit ausgestreckten Armen zum Tisch.

»Mein Fehler. Ich habe mich ein wenig von meinem Begrüßungskuss hinreißen lassen«, lüge ich und grinse schelmisch. Der Gedanke, dass ich mit meinem Mädchen in der Öffentlichkeit rummache, erregt ihn offensichtlich, denn in seinen Augen blitzt es flammend auf, aber er überspielt es gut genug mit einem herzhaften Lachen.

Addie räuspert sich, stößt ihren Ellbogen hart in meine Seite und lächelt mich verlegen an.

»Woran hast du gearbeitet, liebe Adeline?«, fragt Mark, der sich in den Stuhl zurücklehnt und einen großen Schluck seines Bourbons hinunternimmt.

»Ähm, an ein paar Dingen. Ich habe über einen ungelösten Fall aus den 40er-Jahren recherchiert«, antwortet sie.

Mark zieht eine Augenbraue hoch. »Wirklich? Warum denn das?«

Die Röte in ihren Wangen hellt sich auf. »Ähm, also ehrlich gesagt geht es um meine Urgroßmutter. Genevieve Parsons.«

»Oh, den Fall kenne ich!«, ruft Mark aus. »Mein Vater war zu dieser Zeit Detective, obwohl er in dem Fall eigentlich nicht arbeiten durfte.«

Ihre hochgezogenen Augenbrauen verraten, dass ihr Interesse geweckt ist. »Er durfte es nicht? Wie kam das?«

»Interessenkonflikt. Er und John Parsons waren zwanzig Jahre lang beste Freunde, und Gigi war eine gute Freundin von ihm. Sein Sergeant meinte, es wäre zu persönlich, also musste er zusehen, wie sie den Fall verhunzten.« Er zuckt mit den Schultern. »Dad hat immer geglaubt, dass John es getan hat.«

Addie lehnt sich vor und hängt an jedem Wort von Mark. »Ihr Vater war Frank?«

Mark zieht eine Augenbraue in die Höhe. »Ja, war er.«

Addie räuspert sich. »Meine Nana hat Frank ein- oder zweimal erwähnt.«

Er lacht. »Ja, wir haben zusammen gespielt, als wir jünger waren.«

»Warum hat Ihr Vater gedacht, dass John es getan hat?«

Mark zuckt mit einer Schulter. »Um ehrlich zu sein, bin ich mir nicht sicher, aber ich erinnere mich, dass Gigi und John viel gestritten haben. Er war sehr hartnäckig, aber es gab keine Beweise. Ich war damals noch ziemlich jung, deshalb ist meine Erinnerung vielleicht etwas spärlich. Aber es gab ein paar Nächte, in denen er eine ganze Flasche Jack getrunken und immer davon gesprochen hat, es *ihm* für das, was geschehen ist, heimzuzahlen.« Er deutet beim Wort *ihm* Anführungszeichen an. »Ich weiß, dass ihre Freundschaft nach dem Mord an ihr zerbrach. John war ein rasender Alkoholiker und mein Vater war am Boden zerstört, weil er zwei gute Freunde verloren hatte.«

Addies Augen weiten sich vor Aufregung. Es ist klar, dass sie sich Sorgen macht. Gigis Mord aufzuklären, bedeutet ihr sehr viel. Aber ich weiß, dass sie nur versucht, sich selbst etwas zu beweisen.

Wenn da nicht der Fakt wäre, dass sie ihren eigenen Stalker hat, wüsste ich nicht, ob Addie sich überhaupt die Mühe gemacht hätte, herauszufinden, wer ihre Urgroßmutter ermordet hat.

Es geht nicht darum, den Täter zu finden, sondern darum, zu beweisen, dass es Gigis Stalker war und niemand anderes. Ich habe das Gefühl, dass wenn sie es zu einhundert Prozent beweisen würde, es die Tatsache untermauern würde, dass alle Stalker mörderische Psychopathen sind, und sie mich endlich hassen und für immer aus ihren Gedanken verbannen kann.

Alles, was mir das sagt, ist, dass ich die diamantenbesetzte Festung, die ihr Herz umgibt, durchdringen kann.

Sie will etwas Konkretes, an das sie glauben kann, weil ihre Moral und ihre Grundüberzeugungen infrage gestellt werden.

Marks Telefon klingelt und unterbricht damit alle weiteren Fragen, die Addie gerade stellen wollte. Mark wirft einen Blick auf sein Telefon und schaltet es aus, aber an der Art, wie sein Gesichtsausdruck ernst wird, erkenne ich, dass ihn jemand wegrufen wird.

»Das war mein Kollege. Ich muss noch etwas erledigen«, beginnt er, kippt den Rest seines Getränks hinunter und steht auf. »Aber hört mal, nächstes Wochenende veranstalte ich eine Wohltätigkeitsveranstaltung bei mir zu Hause. Es wäre mir eine große Ehre, wenn ihr beide daran teilnehmen könntet.«

»Oh, ich weiß nicht …« beginnt Addie, die sich wieder unwohl fühlt. Das Letzte, was sie will, ist, länger als nötig so zu tun, als wäre sie meine Freundin.

Ich frage mich, was sie tun wird, wenn wir verheiratet sind und ihr Bauch von meinem Kind eingenommen ist.

Sie wird sich in einer ziemlichen Zwickmühle befinden.

»Bitte, ich wäre beleidigt, wenn ihr nicht kommen würdet. Zack ist ein wunderbarer Freund, und es würde mir das Herz brechen, wenn ich euch nicht sehen könnte.« Als er die Angst in ihren Augen bemerkt, fügt er hinzu: »Wenn du möchtest, können wir weiter über den Fall deiner Urgroßmutter sprechen. Da mein Vater eurer Familie so nahestand, war ich als Kind oft mit John und Gigi zusammen. Es war sogar so, dass Sera und ich meistens zusammen gespielt haben. Ich bin mir sicher, dass mir einige potenzielle Informationen im Kopf herumschwirren.«

Wichser. Er manipuliert sie und das ist ein großes No-go. Niemand außer mir manipuliert mein Mädchen.

»Ich habe ein paar geschäftliche Meetings dieses Wochenende«, mische ich mich ein und behalte mein Gesicht unter Kontrolle, werde aber durch das zögerliche Interesse in Addies Augen ein wenig wütend. Sie will diese Information und Mark weiß das verdammt gut.

Mark legt eine Hand auf seine Brust. »Ist es nicht möglich, den Termin zu verschieben?«

»Ich melde mich morgen bei dir«, verspreche ich. Er willigt ein und ist mit dieser Antwort zufrieden. Der Wichser ist sich sicher, dass ich Ja sagen werde, und ich bin mir nicht einmal mehr sicher, ob er sich irrt, jetzt, da er verdammt noch mal Addie geködert hat.

Er legt einen Hundert-Dollar-Schein auf den Tisch, um die Rechnung zu begleichen, verabschiedet sich und verschwindet. Jetzt, da er weg ist, fühlt es sich an, als würde sich die Luft klären und als könnte ich wieder richtig atmen. Er schafft es, alles Gute aus der Welt zu saugen, wenn er in der Nähe ist.

Ich schaue zu Addie und sie starrt mich bereits an. Sie sagt nichts und wartet darauf, dass ich mich erkläre.

Seufzend erhebe ich mich von meinem Stuhl und halte ihr meine Hand hin, damit sie sie ergreift. Es überrascht mich nicht, dass sie sie ignoriert. Sie schnappt sich ihre Laptoptasche, steht auf und folgt mir. Ich bringe sie schweigend zu ihrem Auto, sie drängt mich nicht.

»Ich lasse dich nicht näher als einen Meter an diesen Ort heran. Dass er überhaupt von dir weiß, hätte nie passieren dürfen«, sage ich entschieden. Wir kommen bei ihrem SUV an. Sie schließt die Tür auf, macht aber noch keine Anstalten, einzusteigen.

»Glaub mir, ich will auch nicht hineingezogen werden«, zischt sie. Sie schaut weg und überlegt etwas, während sie auf ihrer Unterlippe kaut. Der Drang, sie zwischen meinen eigenen Zähnen zu zerquetschen, kommt wieder auf. »Ich weiß nicht, in was du verwickelt bist, Zade, aber ich denke, es ist zu spät, mich davon fernzuhalten.« Sie seufzt und bereitet sich auf das vor, was sie als Nächstes sagen wird.

»Du hast schon gefährliche Männer dazu gebracht, an meinem Arsch zu kleben, also was ist schon einer mehr, richtig? Ich werde dieses eine Mal mit dir gehen. Ich bekomme die Informationen, die ich brauche, und du bekommst von ihm, was du brauchst.«

Ich habe ihr nie gesagt, dass ich etwas von ihm brauche, aber ich glaube, sie spürt, dass ich mit diesem Mann aus einem bestimmten Grund zusammen bin.

»Danach können wir so tun, als würden wir uns trennen. Wenn du schon dabei bist, kannst du auch gleich aus meinem Leben *verschwinden*, vielleicht Max und die anderen mitnehmen, und dann ist Schluss damit.«

Ich ziehe eine Braue hoch und ihre Augen bleiben an der Bewegung hängen.

So einfach ist es nicht, wenn es um die Schattenseiten der Gesellschaft geht. Wenn du es mit wirklich bösen Menschen zu tun hast, kommst du nicht einfach so davon. Mark hat ein Auge auf Addie geworfen, ob sie es merkt oder nicht. Und wenn wir uns ›trennen‹ – was verdammt noch mal nie passieren würde – ist sie Freiwild.

Anstatt all das zu sagen, nicke ich einfach. »Du wirst nur dieses eine Mal mit mir kommen. Du wirst sicher und beschützt sein. Und danach verspreche ich dir, dass Mark dich nie wieder sehen wird.«

Weil ich ihn umbringen werde.

Ich muss nur noch ein bisschen länger durchhalten, bis ich die Informationen bekomme, die ich brauche.

»Und der Rest?«, drängt sie und verengt die Augen.

»Wenn du erwartest, dass ich sage, dass wir uns trennen werden, hast du mehr Wahnvorstellungen, als *du* glaubst, dass *ich* sie habe. Es wird nie ein Ende mit dir und mir geben. Aber ich kann dir versichern, dass Max nicht länger ein Problem sein wird. Er und ich hatten eine nette Unterhaltung und er hat versprochen, ein guter Junge zu sein.«

Ihre Augen weiten sich. »Hast du ihn bedroht?«

»Was sollte ich denn sonst tun, Baby? Ihn höflich bitten?«

Ihre Lippen kräuseln sich. »Du hast ihn wahrscheinlich nur noch wütender gemacht.«

»Wenn er auf wundersame Weise Eier entwickelt, die größer sind als die Tischtennisbälle, die er zwischen seinen Beinen baumeln lässt, und versucht, dich zu verletzen, wird sich um ihn gekümmert.«

Sie rümpft die Nase und ich glaube, sie kann sich nicht entscheiden, ob sie mich fragen soll, woher ich weiß, wie groß seine Eier sind. Ich möchte diesen Albtraum lieber nicht wieder durchleben.

»Um ihn gekümmert? Willst du ihn auch umbringen?«

»Natürlich werde ich das. Sogar langsam. Beginnen werde ich damit, ihm die Achillesferse zu durchtrennen, damit er nicht wegrennen kann, und dann …«

»Das ist verrückt, du kommst in den Knast«, schaltet sie sich ein und kräuselt angewidert ihre Lippen. »Eigentlich hoffe ich, dass du ins Gefängnis kommst und zum Tode verurteilt wirst.«

Mit einem Knurren dreht sie sich um, aber sie kommt keinen Schritt weiter, bevor meine Hand ausholt, ihren Arm packt und sie zurückzerrt, direkt gegen meine Brust.

Addie atmet scharf ein und ihre Augen weiten sich, als ich sie mit einer Hand im Nacken packe und mit der anderen ihren prachtvollen Hintern ergreife, um sie an meinen Körper zu ziehen.

»Wirst du meine Henkersmahlzeit sein, Baby?«

Ihr Mund verzieht sich und ihr Atem stockt. Die hellbraunen Augen sind weit aufgerissen und mit verschiedenen Emotionen gefüllt. Schock. Ehrfurcht.

Verlangen.

Ich lehne mich nah an sie heran, mein Mund ist nur wenige Zentimeter von ihrem entfernt.

»Du schmeckst himmlisch. Ich könnte mich stundenlang an dieser süßen kleinen Pussy laben und trotzdem als hungriger

Mann sterben. Näher werde ich Gott nicht kommen, bevor sie mir die Spritze geben, oder was denkst du?«

Sie ist sprachlos, also nutze ich die Gelegenheit und erobere diese süßen Lippen mit meinen eigenen. Sie verkrampft sich unter meinem Griff, aber sie zieht sich nicht zurück. Der Geschmack der Früchte ihrer Margarita entfaltet sich auf meiner Zunge und ich kann nicht anders, als zu stöhnen.

»Du schmeckst wie das verdammte Nirvana«, raune ich, bevor ich ihre Unterlippe in meinen Mund nehme. Ein leises Stöhnen entweicht, und das reicht, um mich vor Hunger wild werden zu lassen. Ich bin ausgehungert und nur die Tiefen ihres Körpers können das Monster füttern.

Addies Hände umklammern die Vorderseite meines Kapuzenpullis, während ich sie verschlinge. Die Hand, die ihren prallen Hintern umschließt, gleitet nach vorne, bis meine Finger über ihre mit Jeans bedeckte Pussy streichen. Ich fasse sie von hinten an und hebe sie hoch, um meinen steinharten Schwanz gegen sie zu drücken. Ihr darauffolgendes Stöhnen ist frei von Zurückhaltung, klingt laut und deutlich, während es auf meiner Zunge vibriert.

»Mommy, haben die Sex?« Die laute Stimme eines kleinen Mädchens durchbricht den Schleier der Lust. Addie zuckt heftig zusammen, krabbelt zurück und stößt mit ihrem Auto zusammen, um mir zu entkommen.

»Penny, steig ins Auto«, schnauzt die Mutter von irgendwo hinter mir. Addies große Augen gleiten über meine Schulter und was immer sie sieht, lässt ihr Gesicht in eine besorgniserregende Farbe umschlagen. Sie keucht schwer und ihre Wangen sind sowohl vor Verlegenheit als auch Verlangen gerötet.

Ich drehe meinen Kopf zur Seite und werfe einen Blick über die Schulter, um eine blonde Frau zu sehen, die ihr kleines Kind ins Auto schiebt. Ihr eigenes Gesicht ist rot. Als sie mich beim Schauen erwischt, wirft sie mir einen verächtlichen Blick zu. Ich grinse nur und wende mich wieder meiner zitternden kleinen Maus zu.

Sie räuspert sich beschämt, mit geröteten Wangen und zusammengepressten Schenkeln. Sie blickt sich um und brennt förmlich von der harten Realität, dass wir uns am helllichten Tag auf einem Parkplatz befinden.

»Das war unangebracht, mach … mach das nicht noch einmal. Schick mir einfach eine Nachricht mit den Details, okay?«, faucht sie und stottert dabei. Sie will sich umdrehen, bleibt aber stehen. »Oh, und kannst du mir einfach von einer normalen verdammten Nummer aus schreiben? Ich weiß jetzt, dass du es bist. Hör auf, zu versuchen, geheimnisvoll zu sein.«

Damit steigt sie genervt in ihr Auto und knallt die Tür hinter sich zu.

Trotz des Schlamassels, in dem wir uns gerade befinden, lache ich und beiße mir auf die geschwollene Unterlippe. Sie schaut zweimal durch das Fenster und ihr Blick bleibt an meinem Mund hängen.

Dann scheint sie sich selbst zu schütteln, startet ihr Auto und fährt los, wobei die Reifen quietschen, weil sie es eilig hat, von mir wegzukommen.

Fuck, ich liebe es, wenn sie wegrennt.

Kapitel 23

Die Manipulatorin

»Du gehst *wohin*, um *was* zu tun?«, bellt Daya durch das Telefon. Ich seufze und schließe resigniert die Augen. »Und mit wem? Zade? Das ist also der Name deines Stalkers?«

»Ja.« Ich beiße mir auf die Lippe. »Ich weiß nicht, ob ich wirklich eine Wahl hatte …« Ich breche ab. Denn das ist nicht ganz wahr. Zade wollte Nein zu Mark sagen. Aber ich habe ihn dazu gebracht, Ja zu sagen. Mark hat Informationen über Gigi und angeblich auch wertvolles Wissen für Zade.

»Hör zu, ich weiß nicht, worauf dieser Mann steht, Daya. Aber was auch immer es ist, es ist wirklich verdammt ernst. Und ich kann sagen, dass er wirklich versucht hat, das Ganze zu vermeiden.«

»Wie zum Teufel ist das passiert, Addie?«, fragt Daya, und ihre Frustration ist deutlich zu hören.

»Ich habe im Baileys an meinem Manuskript gearbeitet, als Zade und ein verdammter *Senator* zu mir kamen, sich vorstellten und sagten, er wolle *Zacks Freundin* kennenlernen. Zade hat ihn angestarrt, als wollte er ihn umbringen. Und er hat mich gebeten, mitzumachen, bis er Mark loswerden konnte. Lange Rede, kurzer Sinn: Marks Vater war mit meinem Urgroßvater John befreundet. Er hat gesagt, er würde mir mehr erzählen, wenn ich zu der Party kommen würde.«

»Der Mann hat dich also manipuliert«, stellt Daya mit ernstem Gesichtsausdruck fest.

Ich seufze. »So ziemlich«, gebe ich kleinlaut zu und presse meine Lippen aufeinander.

Daya schweigt und wäre da nicht ihr wütendes Atmen auf der anderen Seite der Leitung, würde ich denken, dass sie aufgelegt hat. Ich würde es ihr nicht verübeln, wenn sie es tatsächlich getan hätte.

Ich gehe mit meinem Stalker auf eine Party.

Und das alles für eine Information, die mir vielleicht nicht einmal hilft.

»Addie, was macht dieser Mann beruflich?«

Ich blinzle. »Ich bin mir nicht ganz sicher, um ehrlich zu sein«, antworte ich wahrheitsgemäß.

»Er ist nicht Z, oder? Denn das wäre verdammt verrückt, aber es würde auch Sinn ergeben.«

Ich runzle die Stirn. »Was lässt dich denken, dass er es ist? Weißt du etwas über diese Organisation?«

Daya zögert, bevor sie zugibt: »Das ist der, für den ich arbeite.«

Mein Mund klappt auf.

Ich habe in den sozialen Medien und in den Nachrichten von Z gehört. Es handelt sich um eine riesige Selbstjustizorganisation, die darauf ausgerichtet ist, die Regierung zu stürzen. Im Grunde genommen ist sie der Staatsfeind Nummer eins der Regierung.

Ich wusste, dass Daya eine Art Selbstjustizkämpferin ist, aber ich wusste nicht, dass sie es für Z tut. In diesem Fall klingt es nicht so, als ob sie von einer Verbindung zwischen Mark und der Organisation weiß.

Wenn Zade tatsächlich der ist, für den sie ihn hält, bedeutet das, dass ich jetzt in etwas viel Größeres verwickelt bin, als ich dachte, wenn sogar Daya nichts davon weiß.

Gott, könnte Zade wirklich Z sein? Das würde seine unerklärliche Fähigkeit erklären, an meinen Sicherheitskameras vorbeizukommen. Aber noch mehr würde es erklären, warum er sich mit einem verdammten Senator angefreundet hat und seine wahre

Identität vor ihm geheim hält. Wie konnte ich nur so viel Pech haben, dass mich der ultimative Hacker stalkte?

Ich hatte nie wirklich eine Chance.

»Ich weiß es nicht, Daya. Ich weiß es wirklich nicht. Ich will einfach nur … diesen Fall lösen. Gigi hat nicht verdient, was mit ihr passiert ist. Und ich glaube, dass Mark uns vielleicht einen Einblick in den Fall geben kann.«

»Addie, ich liebe dich, aber du bist verrückt. Du musst nicht mit einem verdammten Stalker auf die Party eines verdammten Senators gehen, um ein paar Informationen zu bekommen. Ein Stalker, der vielleicht ein weltbekannter Hacker und Selbstjustizler ist.«

Sie hat recht.

Völlig plausibles Argument.

Aber ich würde lügen, wenn ich behaupten würde, dass das Besuchen der Party heute Abend nicht etwas in meiner Brust auslösen würde, das sich erhaben anfühlt. Die Aufregung. Der Adrenalinschub. Die Gefahr. Es regt etwas tief in meinem Inneren an.

Es ruft nach mir und ich bin zu schwach, um es zu ignorieren.

Aber das ist etwas, das ich Daya nie schaffen würde zu erklären. Sie ist logisch. Vernünftig. *Klug*. Und sie ist kein Adrenalinjunkie, wie ich es zweifellos bin. Sie findet die Gefahr nicht aufregend. Ich hätte ein Stuntdouble sein sollen oder so.

»Ich weiß, du wirst mich für noch verrückter halten, als du es ohnehin schon tust, aber zumindest bei dieser Gelegenheit habe ich das Gefühl, dass Zade mich beschützen wird. Ich weiß sogar, dass er das tut.«

Jetzt ist Daya an der Reihe zu seufzen. »Ehrlich gesagt bezweifle ich das nicht, Addie. Wenn er der ist, für den ich ihn halte … dann tut er etwas Gutes in der Welt. Und er ist eindeutig auf eine sehr ungesunde Weise von dir besessen, aber so wie es sich anhört, ist er kein typischer Stalker, der dich umbringen will. Ich glaube, er will einfach nur unbedingt mit dir zusammen sein und geht dabei auf eine verdammt unheimliche Art vor.«

Ich lache, obwohl es keine lustige Situation ist. Es ist nicht unbedingt etwas, das man auf die leichte Schulter nehmen sollte, denn wir wissen ja nicht, ob er sich nicht irgendwann einfach umdrehen und mich umbringen wird, aber so fühle ich mich besser.

»Denk bitte daran, dass du den Kerl nicht kennst und er vielleicht keine guten Absichten hat.«

Ich lache trocken. »Glaub mir, ich habe es nicht vergessen.»

»Wann ist diese Party?«

Ich presse meine rot geschminkten Lippen zusammen und betrachte mich selbst langsam im Spiegel. Ich trage ein rotes, trägerloses Kleid, dessen obere Hälfte mit tausenden winzigen Diamanten besetzt ist, die sich durch den Spitzenstoff ziehen. Die untere Hälfte schmiegt sich an meinen Körper wie eine zweite Haut und hat einen großen Schlitz, der bis zur Mitte des Oberschenkels reicht. Diamantenbesetzte goldene Absätze zieren meine Füße, während mein Haar zu Beachwaves gelockt ist und die Strähnen über meine Schultern fallen.

Es ist sowohl sexy als auch elegant.

Zade hat es mir geschickt, und die rebellische Seite in mir hätte es fast weggeworfen, um mein eigenes verdammtes Kleid zu finden. Aber dann ging meine Fantasie mit mir durch.

Ich konnte mich nicht davon abhalten, mir den Blick in seinen Augen vorzustellen, wenn er mich in dem Kleid und den Schuhen sieht, die er für mich ausgesucht hat. Ich war entsetzt über die Schmetterlinge, die sich in meinem Bauch ausbreiteten, weil ich dieses Bild unbedingt verwirklichen wollte.

»Heute Abend«, murmle ich und ziehe dabei leicht die Mundwinkel nach unten.

Was machst du nur, Addie?

Zade holt mich in einem klassischen Mustang ab. Das Metall schimmert im Mondlicht, als wäre es gebaut worden, um nach Sonnenuntergang gesehen zu werden.

Zittrig steige ich die Verandastufen hinunter. Ich ziehe meinen langen Trenchcoat enger um meinen Körper, zum einen, um die Kälte abzuwehren, zum anderen, um die Beklemmung in meinem Bauch zu bekämpfen.

Ich kann nicht sagen, ob ich wegen heute Abend ein schlechtes Gefühl habe oder nicht. Was ich weiß, ist, dass ich Zade auf jeden Fall in einem völlig neuen Licht sehen und neue Dinge über ihn herausfinden werde. Dinge, die mich dazu bringen könnten, ihn mehr zu hassen … oder weniger.

Letzteres ist es, vor dem ich am meisten Angst habe.

Bevor ich mich auf den Weg zum Auto machen kann, schwingt bereits die Fahrertür auf und ein Bein in einem Anzug steigt heraus.

Der Sauerstoff kristallisiert in meinen Lungen, als Zade einen letzten Zug an seiner Zigarette nimmt, bevor er sie auf den Boden flippt und ausstampft. Rauch quillt aus seinem Mund, während er mich unter halb geschlossenen Augen ansieht.

Jesus Christus.

»Du solltest nicht einfach deinen Müll wegwerfen«, sage ich heiser und ernte dafür ein leichtes Grinsen. Er bückt sich, hebt den Zigarettenstummel auf und steckt ihn in seine Tasche.

»Tut mir leid, Baby«, sagt er. »Kommt nicht wieder vor.«

Es fällt mir schwer, danke zu sagen, weil ich zu entzückt von dem dunklen Gott vor mir bin.

Er ist absolut atemberaubend. Ich würde gern die kalte Herbstluft für das Eis in meiner Lunge verantwortlich machen, aber ich weiß es besser.

Zade ist in einen komplett schwarzen Anzug gekleidet. Jeder einzelne Zentimeter sitzt perfekt an seinem Körper. Er sitzt tadellos und passt sich seinen muskulösen Armen, seiner schlanken Taille und seinen kräftigen Oberschenkeln an.

Meine Knie werden weich, zusammen mit meiner Entschlossenheit.

Ich habe den irrsinnigen Drang, mich umzudrehen, zurück in das Haus zu gehen, mich über die Couch zu beugen und ihn den Rest meines Verstandes ficken zu lassen, der mir noch geblieben ist.

Ich möchte von seinem Schwanz in die Benommenheit gefickt werden, und um die Sache noch schlimmer zu machen, weiß ich, dass er jede meiner Erwartungen absolut übertreffen würde, wenn ich ihn ließe.

Gott?

Ich komme nicht einmal dazu, diesen Gedanken zu Ende zu denken, bevor er mit einem sündhaft düsteren Grinsen auf mich zukommt.

Der schwarze Anzug verdunkelt seine Aura noch mehr. Zade ist der Hades, der aus der Unterwelt heraustritt und mein kleines, ruhiges Leben durcheinanderbringt. Die böse Narbe, die sein fast weißes Auge durchschneidet, und sein anderes, fast schwarzes Auge sind eine Kombination, die nur in der Hölle geschmiedet werden kann.

Das ist einfach nicht *fair*.

»Du siehst fabelhaft aus«, knurrt er, während er auf mich zu stolziert und seine glänzenden Schuhe das Mondlicht reflektieren. Seine Stimme ist tiefer als sonst – rauchiger. Tödlicher.

Erst als sich seine Hand zu meinem Gesicht hebt, bemerke ich die einzelne rote Rose. Er schiebt die Blume in meine Locken und unterdrückt ein Lächeln, während er das tut.

Ich halte meinen Atem an. Ich fühle mich wie eine Maus, die in einer Falle gefangen ist. Mein Raubtier leckt sich die Lippen, bereit, mich bei lebendigem Leib zu fressen.

Bevor ich meinen Mund öffnen kann, drückt er sich an mich und packt meinen Trenchcoat, reißt ihn auseinander und zieht ihn mir vom Leib. Ich schnappe nach Luft, geschockt von seinem Handeln und der Kälte, die an meiner Haut leckt.

»Was zur Hö–«

»Du trägst das Kleid, das ich dir gekauft habe«, unterbricht er mich und lässt seine ungleichen Augen über meinen ganzen Körper wandern.

Ich schlucke und werfe ihm einen Blick zu. »Ich trage es aus Bequemlichkeit. Ich hasse es, Klamotten zu kaufen.«

Er würdigt mich kaum eines Blickes – wir wissen beide, dass ich es nicht deshalb trage – und richtet seine Aufmerksamkeit auf jeden Zentimeter meines Körpers. Flammen umspielen seine Pupillen, während die Lust in seinem Blick zunimmt.

Mein Mantel baumelt in seiner Hand und ich starre ihn an, in der Hoffnung, dass er auf magische Weise wieder an meinem Körper erscheint. Kalter Schweiß bricht mir auf der Stirn aus. Ich fühle mich entblößt und die Art, wie er mich ansieht, durchdringt mich von innen heraus.

Ich … fühle mich gerade einfach so verdammt unwohl.

Ich strecke meine Hand erwartungsvoll aus. »Bist du fertig damit, meinen Mantel als Geisel zu halten? Ich erfriere hier.«

Schließlich richten sich seine Augen wieder auf meine. Ein Schauer läuft mir die Wirbelsäule entlang, gleitet über meine gereizten Nervenenden.

Gott, so wie er mich ansieht, sollte das verdammt noch mal illegal sein.

Anstatt zu tun, wonach ich verlange, nimmt er meine ausgestreckte Hand in die seine und inspiziert sie genau, seine Augenbrauen zusammengezogen, weil er sich konzentriert.

»Was zur Hölle tust du da, Zade?«

Die kleinste Bewegung seiner Lippen, und mein Mund wird sofort trocken. Ich werde nie vergessen, wie leicht er sich von einem Mann in eine Bestie verwandeln kann.

»Ich versuche, mir nur vorzustellen, welcher Ring an deinem Finger am besten aussehen würde«, antwortet er leichthin.

Ich schlucke und ziehe meine Hand aus seiner. »Was ist, wenn ich keinen haben will? Ich würde Nein sagen.«

Langsam lässt er seine Augen zu meinen hoch wandern, und die Intensität seines Blicks bringt mich dazu, zu hinterfragen, warum ich nicht einfach mal gefügig sein kann. Es würde Zeit sparen und mich vor seiner Wut bewahren. Wenn auch nicht komplett.

Vielleicht bin ich einfach süchtig nach der Angst und Erregung, die er in mir weckt, wenn er mich ansieht … einfach so.

Wie die Bestie, die sich bereit macht, ihre Beute zu verschlingen, schmerzhaft langsam. Und ich hoffe, dass er wirklich langsam vorgeht. Die Qualen, zwischen Zades Zähnen gefangen zu sein, in die Länge zieht.

Seine Hand wandert langsam an meiner Brust vorbei nach oben und streift mit den Fingern sanft über meinen Hals. Und dann, in einem Augenblick, schnappt seine Hand um meine Kehle und drückt fest zu.

Ich schnaufe und meine Augen weiten sich, als sich seine Lippen zu einem finsteren Lächeln verziehen.

»Ich kann dir stattdessen ein Halsband um deinen hübschen Hals legen. Dann hättest du nicht die Möglichkeit, Nein zu sagen. Du wärst einfach mein braves kleines Mädchen, das alles tut, was sein Meister sagt. Würde dir das besser gefallen, Baby?«

»Nein«, knurre ich, aber es schmeckt wie eine Lüge. »Ich gehöre dir nicht. Das werde ich auch nie.«

Seine Augen verengen sich und mein Herz wird schwer.

»Zieh mir den Gürtel aus, Adeline.« Ich starre ihn an, und als ich mich nicht rühre, wird seine Hand fester. »Bring mich dazu, noch mal zu fragen, und du wirst sehen, was passiert.«

Mit zusammengepresstem Kiefer greife ich rüber und löse den schwarzen Gürtel um seine Taille. Ich reiße ihn los, ohne Rücksicht, ob er reißen könnte. Die Bewegung reißt ihn mit, aber er grinst nur zur Antwort.

Er ist böse.

Ich lasse den Gürtel zwischen uns baumeln, als hielte ich eine tote Schlange. Mit einem selbstgefälligen Grinsen schnappt er ihn mir weg und lässt meine Kehle los.

Gerade als ich einen tiefen Atemzug nehme, legt er mir den Gürtel um den Hals, schiebt ihn durch die Schnalle und zieht ihn fest zu. Meine Augen ploppen hervor wie bei einem Fisch, das Metall beißt in meine Haut, während sich der Gürtel zusammenzieht.

Die Schlange war nicht tot – sie wurde zu einer Python, die sich um meine Kehle gewickelt hatte.

Meine Hände krallen sich instinktiv an den Gürtel, aber Zade schlägt sie weg. »Du kannst atmen, Little Mouse. Keine Panik.«

Es benötigt einige Sekunden des Hyperventilierens, bis ich realisiere, dass er recht hat. Ich kann atmen. Nur nicht sehr gut.

Als ich mich beruhige, steigen mir die Tränen in die Augen, während ich Zade wütend anstarre. Sein Grinsen wird nur noch breiter.

»Ich glaube, das wird fürs Erste reichen«, murmelt er und betrachtet meinen zitternden Körper. Ein eisiger Windstoß zieht vorbei, woraufhin ich erschaudere und sich eine Gänsehaut über meine entblößte Haut zieht.

»Jetzt geh in die Knie.«

Schon wieder weiten sich meine Augen, doch dieses Mal vor Empörung. »Du musst verdammt noch mal …«

Er zieht den Gürtel fester und ich huste vor Anstrengung. Ich starre ihn noch einmal an, dann schließe ich den Mund, hebe mein Kleid hoch und hocke mich hin, sodass der Stoff auf meinem Schoß und nicht auf dem schlammigen Boden liegt.

Ich werde dieses Kleid *nicht* ruinieren, damit er seine Machtspielchen spielen kann.

Zade hält das Ende des Gürtels mit einer Hand fest und deutet auf seine Hose. Knurrend knöpfe ich sie auf und öffne den Reißverschluss. Ich verschlucke mich fast an meiner Zunge, als sein Schwanz herausspringt.

Gott, ich glaube nicht, dass ich mich jemals daran gewöhnen werde. Er ist viel größer als das, was man als normaler Mensch zu sehen bekommt. Von ihm gefickt zu werden, ist bestimmt einfach *unmenschlich*.

Kochend vor Wut warte ich nicht einmal mehr darauf, dass er noch mehr Befehle ausspuckt. Ich greife seinen Schwanz und nehme ihn mit einem Mal in meinem Mund auf.

Oder versuche es.

Ich schaffe es nicht einmal bis zur Hälfte, bevor er mich bei den Haaren packt und eine Strähne meiner Frisur löst und scharf einatmet.

»*Fuck*, Addie. Ich habe nicht gesa-«

Scheiß auf ihn.

Gegen seinen Griff ankämpfend, nehme ich ihn erneut in den Mund, streiche mit meiner Zunge über die seidige Haut seines Schwanzes und fahre mit der Spitze an seinen Adern entlang bis zur Unterseite seiner Eichel.

Jetzt ist er derjenige, der schluckt.

Ich starre ihn an, die Tränen sind bestimmt immer noch an den Rändern meiner Augenlider zu sehen, während ich ihn tiefer in mich aufnehme. Er starrt mich voller Ehrfurcht und mit einer Intensität an, die ihn ein wenig verrückt erscheinen lässt.

Knurrend vor Lust zieht er den Gürtel fester, bis mir schwarz vor Augen wird. Aber wenn er glaubt, dass mich das aufhalten wird, dann ist er wahnsinnig.

Mit eingefallenen Wangen sauge ich noch fester. Ich kämpfe gegen seine Macht, auch, wenn er das Leben aus meinen Augen herauszusaugen versucht.

Ich benutze meine Hand, um die Länge zu umschließen, die mein Mund nicht aufnehmen kann, selbst als ich spüre, wie er die Barriere meiner verengten Kehle durchbricht. Ich nehme ihn so tief auf, wie ich nur kann, und meine Hand bedeckt seine Länge noch immer nicht vollständig.

Während ich meine Hand drehe und mit meinen roten Lippen an seinem Schwanz entlang gleite, denke ich an all die Möglichkeiten, wie ich ihn töten möchte. Und während meine Sicht verschwimmt und die Dunkelheit an den Rändern leckt, frage ich mich, wer zuerst sterben wird.

Der eine aus Sauerstoffmangel, der andere aus Blutmangel, wenn ich zubeiße.

Er stöhnt noch tiefer und seine Augen funkeln, bevor sie in Flammen aufgehen. »Sieht so aus, als ob dieser Mund mehr kann, als sinnlose Drohungen auszusprechen.«

Rasend vor Wut kratze ich mit meinen Zähnen an seinem Schwanz entlang und vergewissere mich, dass er in meinen Augen erkennt, was ich vorhabe. Er zeigt seine Zähne.

»Ich warne dich, Little Mouse. Glaubst du, ich bin nicht dazu in der Lage, dir den Kiefer zu brechen, bevor deine Zähne die Haut durchdringen? Versuch es doch.«

Ich bin in Versuchung. Aber ich glaube ihm. In der Sekunde, in der sich meine Zähne zu tief eingraben, wird mein Kiefer auf dem Boden landen und mein Genick wird wahrscheinlich brechen, wenn er fest genug am Gürtel zieht.

Ich sorge dafür, dass er den Widerstand in meinen Augen sieht. Ich ziehe meine Zähne nicht zurück, aber ich versuche auch nicht, ihn zu verletzen. Stattdessen mache ich das komplette Gegenteil von dem, was er erwartet.

Ich verdrehe genussvoll die Augen, als hätte ich gerade einen Bissen von der köstlichsten Nachspeise genommen, die ich je gegessen habe, und stöhne um seinen Schwanz herum, während die Vibrationen durch seine Länge wandern.

Er flucht und der Gürtel lockert sich ein wenig. Ich bearbeite ihn intensiver, bis er ein tiefes Knurren von sich gibt, das die Tiere in diesem Wald in die Flucht schlägt.

Ein Raubtier ist auf freiem Fuß, aber ich bin diejenige, die es in die Knie zwingt.

»Du spielst nur eine Rolle, Addie«, keucht er und entlarvt mich. »Aber tu nicht so, als ob deine Pussy nicht genauso geil wäre wie dein Mund.«

So sehr ich ihm auch sagen möchte, wie falsch er liegt … ich kann es nicht. Die Nässe zwischen meinen Schenkeln ist Beweis genug. Aber das darf er nicht auch noch haben. Er darf mir nicht die Macht nehmen und mich in ein Häufchen aus Verlangen und Verzweiflung verwandeln. Also spanne ich meine Schenkel an und ignoriere das Bedürfnis meines Körpers.

Die Hand in meinen Haaren packt mich immer fester und fester, bis ich mich nicht mehr aus eigenem Antrieb bewegen kann. Mein einziges Warnsignal, dass er die Kontrolle verloren hat. Der Gürtel wird wieder enger und mein Kopf wird festgehalten, während er seinen Schwanz in meine Kehle schiebt.

Ich würge und Tränen fließen über meine Wangen, aber das scheint ihn nur noch mehr anzustacheln. Er zieht sich fast bis zur Spitze zurück, bevor er seine Hüften nach vorn schiebt, bis mein Mund komplett ausgefüllt ist.

»Wirst du mein Sperma wie ein braves kleines Mädchen schlucken?«, fragt er knurrend. Ich kann mich nicht bewegen und ihm auch nicht wirklich antworten. Das Einzige, was ich tun kann, ist, mich abzustützen, während er sich tief in mir vergräbt und sich in meine Kehle ergießt.

»*Fuck*, Addie«, brüllt er, während er meinen Mund schneller überflutet, als ich schlucken kann. Sein Samen rutscht von meinen Lippen und tropft auf mein Kinn.

Ich kann nicht atmen. Ich kann kaum noch denken. Meine Lunge hat keinen Sauerstoff mehr und gerade, als ich denke, dass ich ohnmächtig werde, befreit er sich mit einem weiteren Grunzen und lässt den Gürtel los.

Ich atme tief ein und huste, während ich versuche, alles wiederzuerlangen, was ich verloren habe. Luft. Moral. Sogar einen Teil meiner Haare.

Aber ich habe meine verdammte Würde nicht verloren. Nicht, wenn *ich* die Kontrolle über diese Situation hatte. Das geschah unter meinen Bedingungen, nicht unter seinen.

Schniefend wische ich mir den Mund ab und danke Gott, dass ich den Lippenstift getragen habe, den man nur mit einem Eimer

Öl verschmieren kann. Ich stehe auf und wische mir über die Unterseite meiner Augen, um sie von Wimperntusche und Eyeliner zu befreien, während er sich wieder zurechtmacht und seinen Gürtel wieder um die Taille schiebt.

Dann richte ich mein Kleid, streife mir die Rose aus dem Haar und gehe an ihm vorbei, wobei ich ihm meinen Mantel aus der Hand reiße und ihn auf dem Weg wieder anziehe.

Sein dunkles Lachen folgt mir, aber irgendwie schaffen es seine langen Beine, den Platz zwischen uns schnell zu verringern. Er ist schneller als ich am Auto und öffnet die Tür mit einem amüsierten Grinsen im Gesicht.

»Dein Streitwagen wartet auf dich, Baby«, sagt er, sein Ton ruhig und sündenvoll.

Oh, was für ein feiner Gentleman du vorgibst zu sein.

Ich grinse ihn an, während ich hineinschlüpfe und mich weigere, mich zu schämen. Die Tür fällt zu, und der Geruch von Zade umhüllt mich. Leder, Gewürze und ein Hauch von Rauch.

Der gesamte Innenraum des Wagens ist aus schwarzem, butterweichem Leder. Aber was mich sprachlos macht, sind die Geräte, mit denen sein Auto ausgestattet ist. Es gibt so viele Schalter, Bildschirme – einen Laptop? – und so weiter, dass ich gar nicht weiß, was zum Teufel ich da sehe.

Als er auf seinen Sitz rutscht und das Auto vorwärtsbewegt, rutsche ich weiter Richtung Tür. Wir verfallen in ein betretenes Schweigen. Es ist nicht unbedingt unangenehm, aber es ist angespannt. Aufgeladen. Die sexuelle Spannung im Auto führt dazu, dass seine Finger über meine Haut fahren und die Gänsehaut auf meiner Haut aufsteigen lassen, wie Zombies aus ihren Gräbern.

Was draußen passiert ist, fühlte sich wie ein Vorspiel zu etwas an, von dem ich nicht weiß, ob ich es überleben werde. Ich atme die geladene Luft ein und es fühlt sich an, als würde ich mit jedem Atemzug Kleidungsstücke zerreißen, die frisch aus dem Trockner kommen.

»Wie weit ist es entfernt?«, frage ich, meine Stimme ist heiser und rau. Mein Hals wird noch tagelang wehtun.

Er blickt mich an und seine Hand umschließt das Lenkrad fester. Ich wusste nicht, dass das Fahren eines Fahrzeugs so pornografisch aussehen kann – bis jetzt.

»Zwanzig Minuten, wenn der Verkehr es zulässt.«

»Ich denke, jetzt wäre ein guter Zeitpunkt, um zu erklären, worum es hier eigentlich geht. Was machst du eigentlich beruflich?«, frage ich, während ich das Gespräch mit Daya noch im Kopf habe.

»Ich hacke mich in Regierungs- und Militärdatenbanken und decke Verbrechen gegen die Menschheit auf. Ich nehme die Dinge auch ein bisschen persönlicher und infiltriere das Leben von Beamten, die sich als korrupt oder böse erwiesen haben.«

Mein Mund öffnet sich, aber es kommt kein Ton heraus.

Oh, fuck.

»Du bist Z.«

Das Lächeln wird breiter. »Du hast es endlich herausgefunden. Hat Daya es dir gesagt?«

Meine Augen weiten sich. »Du kennst sie?«, frage ich ungläubig.

Er zuckt mit einer Schulter. »Sie ist eine von Hunderten, die in meiner Organisation arbeiten«, erklärt er schlicht. »Ich kenne sie nicht persönlich. Ich habe sie mit Sicherheit noch nie getroffen oder mit ihr gesprochen. Aber ich kenne jeden, der für mich arbeitet.«

Ich schüttele verblüfft den Kopf. »Du bist ihr Chef?«

»Das kann man wohl sagen. Ich habe meine Organisation von Grund auf aufgebaut, und als sie groß genug war, habe ich viele Leute mit ins Boot geholt. Sie haben ihre eigenen Projekte und Leute, denen sie unterstellt sind. Aber wir haben alle dasselbe Ziel.«

»Welches?«, dränge ich.

»Die Mädchen nach Hause zu bringen.«

Meine Brust zieht sich zusammen und ich habe den plötzlichen Drang … ich weiß auch nicht, etwas zu tun. Ich weiß nicht, wie ich mich fühle – erst einmal bin ich völlig verwirrt.

Ich drehe meinen Kopf und schaue aus dem Fenster, während ich über seine Worte nachdenke. Er ist zwar offen, aber ich habe das Gefühl, dass er sich immer noch zurückhält.

»Du hilfst also, Kinder und Frauen vor dem Sexhandel zu retten«, schließe ich. Während es zwar keine Lüge zu sein scheint, scheint es aber zu … einfach zu sein.

»Ja«, bestätigt er. »Ich arbeite nebenbei, um das Geld für die Organisation zu verdienen. Zum Glück können ich, meine Mitarbeiter und alle Überlebenden, die wir retten, davon gut leben. Aber das ist nicht das Einzige, was wir tun. Die Regierung nutzt die Bürgerinnen und Bürger nicht nur aus, indem sie ihnen ihre Kinder stiehlt. Die Versklavung von Kindern und Frauen ist nur mein Hauptaugenmerk.«

»Okay«, sage ich langsam und versuche, das Flattern in meinem Magen zu ignorieren. »In was genau ist Mark verwickelt?«

Er seufzt und krallt seine Finger fester um das Lenkrad. »Er hat ein sadistisches Ritual an einem Kind durchgeführt. Eine Art von Opferung. Jemand hat es aufgenommen und ein Video davon publik gemacht, und ein weiteres wurde ebenfalls geleaked.«

Ich zucke zusammen und schließe meine Augen angesichts des Schmerzes in meiner Brust. Wie konnte jemand so etwas Abscheuliches tun?

»Weiß Daya, was Mark tut?«

»Nein. Die Rituale und Marks Beteiligung wurden unter Verschluss gehalten. Ich bin nicht bereit, sie zu enthüllen, bevor ich sie aufgedeckt habe. Das ist etwas, das ich größtenteils selbst in die Hand genommen habe.«

Ich nicke und verstehe die Andeutung. Sag es Daya nicht.

»Deshalb trägst du einen anderen Namen. Warum gibst du mir nicht einen anderen Namen?«

»Weil du ein Durchschnittsbürger bist und es so unglaublich

einfach wäre, herauszufinden, wer du wirklich bist, dass es schon fast lächerlich ist. Auf der anderen Seite stehe ich, bei dem es nicht so einfach wäre«, antwortet er und schießt ein weiteres Grinsen in meine Richtung.

Urgh. Diese Arroganz.

Sein Gesicht wird ernst. »Deshalb wollte ich dich nicht dabeihaben. Aber ich fürchte, Mark ist bereits auf dich aufmerksam geworden und mir ist es lieber, wenn du in meiner Nähe bist. So weiß ich wenigstens, dass du in Sicherheit bist.«

Ich sehe ihn an und beobachte ihn genau. Er sitzt entspannt in seinem Sitz, die langen Beine gespreizt, eine Hand über das Lenkrad gelegt, die andere auf der Armlehne zwischen uns.

Ich zwinge mich, mich zu konzentrieren und zu ignorieren, dass sich meine Brust schon bei einem einzigen Blick zusammenzieht.

Nur, weil die Sonne schön ist, heißt das nicht, dass es nicht gefährlich ist, sie anzustarren, Addie.

»Ich glaube, dass du mich vor Mark beschützen wirst, aber wer wird mich vor dir beschützen?«

Sein Blick streift über meinen ganzen Körper und seine Augen funkeln besitzergreifend. »Wer es versucht, wird sterben.«

Meine Augen verengen sich. »Wie kannst du dich für die Rettung von Frauen einsetzen, während du andere aktiv stalkst?«, fordere ich ihn heraus und ziehe eine Augenbraue hoch.

Er hat die Frechheit, amüsiert auszusehen. Ich habe keine Ahnung, was daran so lustig sein könnte, jemanden zu stalken.

»Ich habe vor dir noch nie jemanden gestalkt«, sagt er schlicht. »Zumindest nicht außerhalb meines Jobs. Und schon gar nicht zu romantischen Zwecken.«

Ich verziehe das Gesicht, mein Ausdruck voller Ungläubigkeit.

»Soll ich mich dadurch besonders fühlen?«

Ein langsames, düsteres Grinsen gleitet über sein Gesicht, unbeeindruckt von meinem zunehmend brennenden Blick. »Ich hätte nichts dagegen, wenn es so wäre.«

Ich möchte ihn ohrfeigen. Aber das Arschloch würde es wahrscheinlich mögen und sich dann umdrehen und mir auch eine Ohrfeige verpassen. Und ich Idiot würde es wahrscheinlich genießen.

Ich bin kaputt im Kopf. Und der Umgang mit diesem Mann – ich bin mehr als gestresst. Das kann einfach *nicht* gut für meine Haut sein.

Spöttisch drehe ich meinen Kopf zum Fenster und verbringe den Rest der Autofahrt in angespannter Stille. Die Stimmung hat sich verschlechtert und ich kann nicht sagen, ob es daran liegt, dass ich jetzt weiß, dass er eine Art Selbstjustizler ist, der Kinder und Frauen vor bösen Menschen rettet, oder ob es daran liegt, dass er mir gestanden hat, dass er sich nur für mich in einen Psycho verwandelt hat. Aber beide Perspektiven haben meinen Blick auf ihn verändert.

Letzteres sollte das auf keinen Fall, wenn man bedenkt, dass er mir vor gerade einmal fünf Minuten den Schwanz in den Hals gesteckt hat, während er mich mit einem Gürtel erwürgt hat.

Aber das tut es verdammt noch mal.

28. September 1945

Ronaldo hat es nicht gut aufgenommen. Ehrlich gesagt, ist er vollkommen explodiert und drohte damit, John zu töten.
Ich wusste nicht, wie ich mit einer solchen Drohung umgehen sollte. Ronaldo hat zuvor erwähnt, dass er Männer getötet hat. Aber ich hatte keine Ahnung, wie ich damit umgehen sollte, wenn es gegen jemanden gerichtet ist, für den ich noch immer Liebe empfinde.
Es genügt zu sagen, dass ich es nicht gut aufnahm und ihn anschrie. Er warnte mich, mich auf die Seite meines Mannes zu stellen, obwohl ich in Wirklichkeit nur die Androhung von Gewalt satthatte.
Als ich ihm das sagte, fuhr er mich sofort nach Hause.
Und ich muss zugeben, der Blick, den er mir zuwarf, erschreckte mich fast zu Tode.
Die Autofahrt war furchtbar.
Er hat mich erst vor einer Stunde rausgeworfen und seitdem habe ich nicht mehr aufgehört zu weinen.
Was eigentlich eine Zuflucht sein sollte, verwandelte sich in einen noch größeren Albtraum.

Kapitel 24

Die Manipulatorin

»Gibt es etwas, das ich wissen sollte, bevor du mich in die Schlangengrube bringst?«, frage ich, als Zade auf den Parkplatz fährt.

»Hier drinnen ist mein Name Zack Forthright. Ich bin ein Selfmade-Millionär und habe meine eigene Firma für Webdesign. Wir leben zusammen in Parsons Manor und sind ein glückliches Paar, aber ich betrüge dich und gehe in Herrenclubs, ohne dein Wissen.«

Meine Augen schnellen zu ihm. Er geht in *Herrenclubs*? Die Clubs, in denen den Männern die Frauen auf dem Silbertablett serviert werden, damit sie sich dort einen runterholen können? Herrenclubs sind für reiche Leute und werden von korrupten Sadisten geführt. Wer weiß, was mit den armen Frauen passiert?

Als er meine Gedanken erkennt, grinst er. »Bevor du urteilst, ich habe nicht und werde auch nie dem nachgeben, was sie dort anbieten, und irgendwann werde ich all diese Mädchen rausholen. Aber das wissen sie ja nicht. Sei nicht eifersüchtig, Little Mouse. Niemand wird es je schaffen, meinen Schwanz hart zu machen, außer du.«

Das Heldentum kämpft mit seiner unvorsichtigen Annahme. Ein Teil von mir möchte dahin schmelzen, während der andere zu Granit erstarrt. Ich verdrehe die Augen. »Ich bin nicht eifersüchtig«, zische ich. »Und das klingt für mich eher so, als hättest du Erektionsstörungen.«

Er unterdrückt ein Grinsen und ein wissender Blick schimmert in seinen Augen. Seine Stimme wird tiefer, als er träge schnurrt: »Mach weiter so, und du wirst an diesen Worten ersticken, wenn mein Schwanz wieder deine Kehle ausfüllt. Jeder, der vorbeikommt, wird sehen, wie ich deinen dreckigen Mund ficke, und es wird keinen einzigen Menschen in diesem Haus geben, der das nicht mitbekommt, wenn ich fertig bin.«

Spöttisch wende ich den Blick von ihm ab. Nur um die Röte zu verbergen, die mir in die Wangen schießt, und den scharfen Nervenkitzel, der meine Wirbelsäule hinabwandert. Ich spüre immer noch den unheimlichen Biss des Metalls seiner Gürtelschnalle um meinen Hals und ich weiß mit absoluter Sicherheit, dass Zade seine Drohung wahr machen würde, wenn ich ihn weiter reize.

Idiot.

Er fährt fort, als ob er mir nicht gerade die köstlichste Androhung serviert hätte, die ich je gehört habe. »Sprich nicht über dein Privatleben. Nichts, was dir irgendetwas bedeuten würde. Du bist hier, um Informationen über Gigi zu bekommen, und das ist Ansporn genug.«

»Ansporn?«, unterbreche ich ihn und drehe ihm meinen Kopf wieder zu.

»Du gehst in die Schlangengrube, weil Mark etwas hat, das dir wichtig ist und es vor deinem Kopf umherbaumeln lässt«, erklärt Zade klar und deutlich. Ich schließe meinen Mund, zerknirscht und ein bisschen besorgt. »Wenn er herausfindet, dass dir etwas anderes wichtig ist, wird es etwas sein, dass er zu seinem Vorteil nutzt, wenn er die Chance dazu bekommt.«

Mein Mund fällt wieder auf. »Aber keine Sorge«, sagt er, bevor ich verlangen kann, dass er mich nach Hause bringt. »Ich ziehe ihm die Haut vom Leib, bevor er auch nur daran denken kann, etwas zu tun, das dir wehtut.«

Damit öffnet er die Tür, steigt aus und wirft seine Schlüssel dem wartenden Parkwächter zu, der die Tür fest verschließt und mir alle Fragen abschneidet, die mir auf der Zunge liegen.

Für den Anfang, *kann ich jetzt nach Hause gehen?*

Ich frage mich, ob es die Aufklärung von Gigis Mord wert ist, mich mit gefährlichen Leuten einzulassen. Aber es ist zu spät. Ich bin hier und ich bin fest entschlossen, wenigstens ein paar meiner Fragen beantwortet zu bekommen, bevor Zade mich nach Hause bringt.

Ich habe das Gefühl, dass ich heute Abend nicht nur meine Sicherheit in Zades Hände lege, sondern auch mein Leben. Ich betrete ein Haus, das einem bösen Mann gehört. Ich brauche Zade nicht, um das zu verstehen.

Er öffnet meine Tür und hält mir eine Hand hin, damit ich mich festhalten kann, während ich aus dem Auto steige. Elektrizität explodiert von der Stelle ausgehend, an der er mich berührt, und alles, was ich tun will, ist, seine Hände an andere Stellen meines Körpers zu schieben.

Ich ziehe eisige Luft ein, die Kälte spendet meinem Inneren Balsam und gibt mir genug Klarheit, um mich auf alles andere als den herrschsüchtigen Mann neben mir zu konzentrieren.

Das Haus von Mark ist pompös. Ein riesiges weißes Monstrum mit fünf große Säulen und einer Million Fenster. Meiner Meinung nach ist das Gebäude geschmacklos, typisch und geradezu langweilig. Das Innere ist noch schlimmer.

Ich betrete einen großen, breiten Flur mit Bilderrahmen auf beiden Seiten der Wand, die vermutlich Marks Familie darstellen. Meine Absätze klackern auf den elfenbeinfarbenen Fliesen und ich kann nicht anders, als zu glauben, dass sie sich nach all den Schuhen, die darüber laufen, braun färben werden.

Ein Butler führt uns den Flur entlang, vorbei an einer ganz in Weiß gehaltenen Küche und in einen Ballsaal. Ein echter verdammter Ballsaal.

Die Art, die man in Filmen aus dem 18. Jahrhundert sieht, als die Suche nach dem zukünftigen Ehemann oder der zukünftigen Ehefrau davon abhing, auf einen Ball zu gehen.

Drei massive Kronleuchter hängen von der goldenen Decke

herab, zwischen ihnen leuchten Bögen aus kunstvoll geschnitztem Holz. Der Boden strahlt elfenbeinfarben und die kleinen Kristalle, die an den Kronleuchtern glitzern, blenden mich fast. Es ist, als würde man in die verdammte Sonne schauen.

»Kontrolliere dein Gesicht«, murmelt Zade neben mir. Erst als er spricht, merke ich, dass mein Gesicht zu einem Ausdruck des Ekels verzogen ist. Nicht, weil das Haus hässlich ist, sondern weil es so verdammt … protzig und auffällig ist. Ich muss mir den Rest des Hauses nicht ansehen, um zu wissen, dass es schreit: *Seht mich an, ich habe Unmengen an Dollar und nicht die Absicht, diesen Reichtum mit den Millionen hungernden Familien auf der Welt zu teilen.*

Aber was weiß ich schon? Ich habe mich immer gefragt, ob die Leute, die das Geld haben, um die gesamte Weltbevölkerung zu ernähren, das auch dürfen. Alle Regierungen sind korrumpiert. Wenn man versucht, die Welt zu retten und aktiv Geld aus den Taschen der Reichen stiehlt, wird man vielleicht eines Tages tot aufwachen.

Ich glätte mein Gesicht und setze eine leere Maske auf, während ich mich unter den Hunderten von Menschen im Ballsaal umsehe. Alle sind schick gekleidet, die Gäste reichen von jungen Erwachsenen bis hin zu Leuten, die aussehen, als lägen sie auf dem Sterbebett.

Zade bietet mir seinen Ellbogen an und alle Signale in meinem Gehirn sagen mir, dass ich die Bitte abschlagen sollte. Aber da spricht mein Stolz aus mir, und ich bin nicht in der Lage, mich von meinem Stolz überwältigen zu lassen. Ich gebe es nur ungern zu, aber ich fühle mich sicherer, wenn ich an Zade gebunden bin.

Steif greife ich nach seinem Ellbogen und lehne mich an seine Seite. Unabhängig von den Vertiefungen in unseren Körpern, passen wir perfekt zusammen.

Ugh.

In der nächsten Stunde mischen wir uns im Ballsaal unter die

Masse und sprechen mit zufälligen Leuten, von denen manche mir schon aus den Nachrichten bekannt sind.

Zade ist charmant, sein Auftreten ist ruhig und etwas zurückhaltend, aber er schafft es trotzdem, die Leute in seinen Bann zu ziehen, bis sie an jedem Wort hängen, das er sagt.

Die meisten ihrer Augen verweilen auf seinen Narben. Ihnen brennen Fragen auf der Zunge, die nie ans Licht kommen werden. Man könnte meinen, dass es daran liegt, dass es unhöfliche Fragen sind, aber in Wirklichkeit ist es so, dass Zade eine Einschüchterung mit sich herumträgt wie eine Frau eine Designer-Handtasche.

Trotzdem ist es eine Augenweide, wie er den Raum bearbeitet und innerhalb weniger Minuten das Vertrauen und Interesse der Leute gewinnt.

Ich habe keine Ahnung, wer an Zades Mission beteiligt ist und wer nicht, aber er sieht jeden Einzelnen dieser Menschen an, als ob er genau wüsste, wer sie sind und ihre gesamte Lebensgeschichte kennt. Vielleicht zieht er sie deshalb so sehr in seinen Bann – er gibt ihnen das Gefühl, dass sie sich schon seit Jahren kennen.

Ich hingegen bin kein Naturtalent. Soziale Ängste zerren an meinen Nerven und sorgen dafür, dass mein Herzschlag weit über einem normalen Tempo schlägt. Ich lächle die Fremden an und lache über das, was sie sagen, und tue das, was ich am besten kann: Ich manipuliere die Gefühle der Menschen mit meinen Worten. Ich stelle mir vor, sie wären alle begeisterte Leser und die Sätze, die ich spreche, würden zum Konsum ihrer gierigen Augen auf ein leeres Blatt Papier gedruckt werden.

Irgendwie funktioniert das bis zu dem Punkt, an dem es unangenehm wird, weil all ihre Augen auf mich gerichtet sind, während ich ihre Fragen über meine Karriere beantworte. Ich befolge Zades Rat und halte alles vage und oberflächlich, finde aber schöne Worte, um mein Leben interessanter erscheinen zu lassen, als es ist. Sogar Zade scheint es schwerzufallen, wegzuschauen, und der Gedanke gibt mir ein wenig Sicherheit.

Aber innerlich fühlt es sich an, als wäre mein Magen ein schwarzes Loch.

Mehrmals legt Zade seinen Arm um meine Taille und drückt zu, sein Griff ist fest und beruhigend. Diese kleinen Berührungen sind wie Anker, die meine Gedanken entspannen und mich daran erinnern, dass ich nicht allein bin.

Mark scheint aus dem Nichts aufzutauchen und gesellt sich zu den beiden Pärchen, die sich um Zade versammelt haben, um ihm zuzuhören, wie er von einer Begegnung mit einem anderen Senator erzählt. Ich nehme an, die Geschichte soll lustig sein, denn die beiden Paare lachen sich kaputt, aber ich kann kaum ein einziges Wort verstehen, das er sagt.

»Zack! Adeline! Ich bin so froh, dass ihr beiden es geschafft habt«, verkündet Mark ausgelassen und unterbricht Zades Gespräch. Es scheint ihn nicht im Geringsten zu stören. Ich habe das Gefühl, dass die Geschichte sowieso nur erfunden ist.

Anscheinend bin ich nicht die Einzige, die gut schwindeln kann.

»Mark«, trällere ich freudig, als ob mir das Gesicht dieses Mannes irgendeine Art von Freude bereiten würde.

Er genießt es, während er Zade die Hand schüttelt und mich umarmt. Es fühlt sich an, als würde man ein kaltblütiges Reptil umarmen.

Die Person neben Mark muss seine Ehefrau sein. Eine ältere Frau mit schönen roten Haaren – die Farbe reifer Kirschen –, passendem roten Lippenstift und einem schwarzen Kleid, das an ihrem zarten Körper zu hängen scheint. Ihre Lippen verziehen sich zu einem wunderschönen Lächeln, als Mark sie Zade und mir vorstellt. Was mich ärgert, ist, dass er uns nicht ihren Namen verrät, sondern nur *›meine Frau‹* sagt. Als ob sie ein Besitz wäre und nicht eine eigene Person mit einer Identität außerhalb ihrer Ehe mit diesem elenden Mann.

»Es ist mir ein Vergnügen, deine Bekanntschaft zu machen, Adeline. Ich bin Claire«, sagt sie und ergreift meine Hand mit einem sanften Händedruck. Sie stellt sich Zade ebenfalls vor, und der Teufel geht noch einen Schritt weiter und küsst ihre Hand, wobei er ihren Blick in seinem eigenen einfängt.

Es war auf keinen Fall sinnlich. Etwas darin schien tröstlich zu sein, als würde er ihr ein Versprechen geben, von dem sie nicht einmal wusste, dass sie es brauchte.

Claires Lächeln verrutscht und sie zieht ihre Hand vorsichtig aus Zades Griff. Niemand außer meinem Schatten und mir scheint zu bemerken, wie sich ihre Hand zu einer festen Faust formt, um das Zittern zu verbergen.

Sie ist nervös. Verängstigt. Und was auch immer dieser Moment mit Zade war, er hat sie erschüttert.

Man muss kein Genie sein, um zu erkennen, dass diese Frau missbraucht wird. Meine Augen suchen unauffällig ihren Körper ab, aber der hohe Halsausschnitt, die langen Ärmel und der bodenlange Stoff verhüllen ihn. Es ist ein wunderschönes Kleid, aber es wurde eindeutig entworfen, um die blauen Flecken zu verbergen, die ihre Haut unter dem seidenen Stoff bedecken.

Die anderen Paare schlängeln sich davon, weil sie spüren, dass Mark jetzt ein privates Gespräch erwartet.

»Ich muss noch ein paar Gäste begrüßen, aber bitte, ich bestehe darauf, dass ihr mich in etwa einer Stunde in meinem Arbeitszimmer trefft und mit mir etwas trinkt. Mein Butler, Marion, zeigt euch gerne den Weg, wenn es an der Zeit ist.«

Zade lächelt und macht einen entspannten Eindruck. Vielleicht liegt es daran, dass ich das Monster in seinem Inneren kennengelernt habe, aber ich kann spüren, was sich hinter seinem vorgetäuschten Lächeln verbirgt.

»Natürlich, wir würden uns auch freuen«, antwortet Zade sanft.

»Großartig!«, platzt es aus Mark heraus und er lächelt breit. »Und Adeline, ich freue mich darauf, mit dir über deine Urgroßmutter zu sprechen.«

Er lächelt ein letztes Mal und wirft mir einen durchdringenden Blick zu, bevor er mit Claire davon spaziert.

Zade lag nicht daneben. Der Mann nutzt definitiv die einzige Schwäche aus, die ich habe: Gigis Mord aufzuklären. Und irgendetwas sagt mir, dass er mir die Informationen vorenthalten wird, bis er bekommt, was auch immer er will.

Das Problem ist, dass ich nicht weiß, was er von mir will. Aber was auch immer es ist, ich habe tief in meinen Knochen das Gefühl, dass es mein Leben beenden könnte.

15. November 1945

Ich bin so wütend, dass ich zittere.
In letzter Zeit habe ich Johns Glücksspielgewohnheiten bemerkt. Er kommt jetzt spät nach Hause, betrunken und wütend. Er fängt an, sich darüber aufzuregen, dass man ihn um sein Geld betrogen hat, obwohl es so klingt, als wüssten diese Leute, dass John nicht besonders gut pokern kann.
Wie dem auch sei, ich habe heute einen Brief bekommen, in dem steht, dass unser Haus zwangsversteigert wird.
Normalerweise ist John derjenige, der sich um die Rechnungen kümmert, da er das Geld nach Hause bringt. Aber dann habe ich erfahren, dass unsere gesamten Ersparnisse aufgebraucht wurden. Alles davon.
Es war dazu gedacht, Seras Schule zu bezahlen. Und jetzt ist es weg. Ich bin unter Tränen zusammengebrochen.
Er hat unser ganzes Geld verspielt, und ein Teil von mir kann nicht anders als zu erkennen, dass das alles meine Schuld ist.
Bevor Ronaldo ins Spiel kam, waren wir glücklich ...
Und jetzt. Jetzt sind wir wie ein Schiffswrack. Zerbrochen und ohne Zuhause.

Kapitel 25

Der Schatten

Wenn ich noch einen Moment in diesem stickigen Ballsaal verbringe, werde ich anfangen, Leute zu erschießen, nur um etwas Spannung abzubauen. Es gibt eine Menge Köpfe in diesem Raum, die ich gern mit einer Kugel durchlöchern würde.

Addie steht neben mir, ihre winzige Hand umklammert meinen Arm, als hinge ihr Leben davon ab. Es macht verdammt noch mal süchtig. »Lass uns von hier verschwinden«, flüstere ich ihr ins Ohr. Ihr süßer Jasminduft strömt von der Stelle zwischen ihrem Hals und ihrer Schulter und ich muss die Zähne zusammenpressen, um nicht hineinzubeißen. Die Bilder von ihr auf den Knien, die rote Rose in ihrem Haar, wie sie mir mit meinem Gürtel um ihrem zierlichen Hals einen bläst … *Fuck*.

Ich kann das Knurren nicht unterdrücken und es kostet mich große Mühe, mir das zufriedene Grinsen zu verkneifen, als ich spüre, wie sie zittert.

Ihre Reaktion ist stärker als eine Droge. Sie macht mich verdammt noch mal wahnsinnig, und das Bedürfnis, meine Hand um ihren Hals zu legen und sie zu ficken, bis keiner von uns beiden mehr atmen kann, ist überwältigend. Diese Frau wird mich zu einem Tier machen.

Ihr Kopf dreht sich zu mir und ihre Augenbrauen verziehen sich vor Verwirrung und etwas, das fast wie Wut aussieht. Wahrscheinlich denkt sie, dass ich vorhabe, diesen Ort ganz zu verlassen und ihr die Chance zu verwehren, Informationen über ihre Urgroßmutter zu bekommen. »Ganz ruhig, sweet Little Mouse. Ich meinte nur diesen *Raum*.«

Sie entspannt sich und ihre Schultern sinken etwas.

Es versteht sich von selbst, dass alle Gäste im Ballsaal bleiben müssen. Aber wenn ich mich an die Regeln und Gesetze halten würde, wäre ich nicht da, wo ich jetzt bin. Im Haus eines Senators mit einem Mädchen, das mich eigentlich nicht will.

Ich nehme ihre Hand und genieße das Gefühl ihrer Haut an meiner, während ich sie aus dem Zimmer führe. Ich warte, bis sich alle Blicke von uns abgewandt haben und schlüpfe durch die Tür in einen großen Flur. Jetzt wäre der perfekte Zeitpunkt, um das Haus zu durchsuchen und herauszufinden, was ich im Safe Space eines Pädophilen aufspüren kann. Aber aus Eigennutz möchte ich die Spannung, die sich in Addies Schultern aufbaut, etwas lindern.

Bisher benimmt sie sich verdammt noch mal ausgezeichnet. Trotz ihrer offensichtlichen Nervosität hat sie es geschafft, dass sich jede einzelne Person im Raum in sie verliebt hat. Wenn überhaupt, sind ihr schüchternes, unschuldiges Auftreten und ihre sanften Worte die tägliche Dosis der verschreibungspflichtigen Pillen, die die Leute bei Verstand halten.

Ich bin gleichermaßen beeindruckt und beunruhigt von ihr. Denn alles, was diese Frau geschafft hat, ist, dass diese Leute sie wiedersehen wollen. Und das ist das Letzte, was wir beide wollen. Ich hole mein Handy heraus und schicke eine kurze Nachricht an Jay, in der ich ihn bitte, sich um die Sicherheitskameras zu kümmern. Allein am Eingang des Ballsaals habe ich Dutzende entdeckt und ich bin mir sicher, dass Mark ein Team hat, das darauf achtet, dass niemand genau das tut, was wir gerade tun.

Mark würde sofort alarmiert und wir geschnappt werden, bevor wir überhaupt eine Chance hatten, Spaß zu haben.

Jay bestätigt, dass die Kameras eingestellt sind, und Addie und ich machen uns auf den Weg. Ihre Absätze klappern auf dem gefliesten Boden, während wir durch das Labyrinth der Gänge und Räume schleichen.

Ab und zu öffne ich die Türen und schaue hinein, finde aber nichts Interessantes. Das heißt, bis wir irgendwo weit genug weg sind, dass der Lärm aus dem Ballsaal nicht mehr durch die Wände dringt. Am Ende eines anderen Flurs befinden sich breite Doppeltüren, deren Kirschholz sich von den champagnerfarbenen Wänden abhebt. Ich gehe auf die Türen zu, Addie bleibt dicht hinter mir.

»Zade, wir sollten nicht herumschleichen. Wir werden noch in Schwierigkeiten geraten«, fleht sie und schaut hinter sich, als ob ihr jemand auf den Fersen ist. Es ist das fünfte Mal, dass sie das sagt, seit wir den Ballsaal verlassen haben, und ihre Augen sind vor Aufregung geweitet.

Sie macht mir nichts vor, wenn sie ihre Erregung versucht zu verbergen. Sie ist verängstigt. Nervös. Und dieses Gefühl macht ihre Pussy immer triefend nass. Die Frau geilt sich an der Angst auf. In dem Moment, als ich gemerkt habe, dass der Schrecken, den ich ihr einflöße, sie erregt, konnte ich sie nicht mehr loslassen. Sie war wie geschaffen für mich.

»Shh, Babygirl«, flüstere ich und bringe ihre schwachen Proteste zum Schweigen. Ihr Mund klappt hörbar zu, und dieses Mal kann ich mir ein Lächeln nicht verkneifen.

Zu einfach.

Vorsichtig öffne ich die Tür und stecke meinen Kopf hinein, um mich umzusehen. Es dauert einen Moment, bis sich meine Augen daran gewöhnt haben, aber mein Lächeln wird breiter, als ich einen guten Blick auf den abgedunkelten Raum werfen kann.

Ich schaue zurück zu Addie und lasse sie mein breites Grinsen sehen. Ihre Augen verdrehen sich und ein weiterer Protest formt sich auf ihrer scharfen kleinen Zunge.

Ich zerre sie hinein, schließe schnell die Tür hinter ihr und lasse den Raum auf sie wirken, um ihre Einwände erneut zum Schweigen zu bringen.

Ein Kino.

Zehn Reihen bequemer roter Stühle sind im Raum platziert und davor steht eine riesige Leinwand, deren Seiten sich zu den angrenzenden Wänden wölben, um das periphere Sichtfeld des Zuschauers auszufüllen. Man hat den Eindruck, dass man sich im Film befindet, und ich weiß genau, was für einen Film ich mir ansehen muss.

Ich bemerke die gepolsterten Wände und die fest verschlossenen Türen. Dieser Raum ist schalldicht und ich bekomme fast weiche Knie, weil diese Nacht so perfekt wird.

»Zade, was auch immer du vorhast …« Ihre Stimme verstummt, als ich mich auf den Weg zum Projektor im hinteren Teil des Raumes mache.

Da ist ein Anzeigedisplay, auf dem die Bedienelemente des Projektors Tausende von Filmen anzeigen, die man sich ansehen kann. Einige von ihnen sind noch nicht einmal in den Kinos angelaufen. Ich wähle den neuesten Horrorfilm aus, der in ein paar Monaten herauskommen soll. Das bedeutet, dass Addie ihn noch nicht gesehen hat und die Erfahrung ganz neu sein wird.

Hoffentlich ist er gut und hat den gewünschten Effekt, nach dem ich mich sehne.

»Zade, wir sollten nicht hier drin sein«, sagt sie und geht zurück zur Tür.

Ich schmunzle. »Immer schön die Regeln befolgen«, bemerke ich und hantiere mit den Tasten auf dem Bildschirm. »Sag mal, Little Mouse, hast du ein gutes Verhältnis zu deinem Vater?«

Sie schnieft. »Warum fragst du das?«

»Dein Vater ist ein Anwalt, nicht wahr? Ein Regelbefolger. Ich nehme an, du hast deinen Wunsch, die Regeln zu befolgen, von ihm, oder?«

Sie schnaubt. »Nein. Das habe ich nicht von ihm.«

Ich halte inne, um über meine Schulter zu schauen und ihr ein verschmitztes Lächeln zu schenken. »Dann hast du also einen Vaterkomplex?«

»Ich habe keinen Vaterkomplex«, schnauzt sie. »Ich meine, nicht *wirklich*. Mein Vater war irgendwie immer … einfach da. Meine Mutter war so eine starke Persönlichkeit, dass er meistens in den Hintergrund getreten ist.«

Mit einem weiteren Schnauben beendet sie das Gespräch und sieht dabei sehr unbehaglich aus.

»Wenn du vorher keinen hattest, hast du ihn jetzt«, sage ich und lächle, als ich sehe, wie ihre Wangen rot werden.

Ihre Augen weiten sich und ihr Mund bleibt vor Schreck offen. Ich möchte meinen Schwanz noch einmal in sie stecken, nur um ihn besser einsetzen zu können. Ihre Fähigkeiten sind in diesem Bereich sehr ausgefeilt.

Und daran zu denken, *wie* sie diese Fähigkeiten verfeinert hat, lässt in mir für einen kurzen Moment die Mordlust aufkeimen.

»Willst du damit sagen, dass du mein Daddy bist?«, stottert sie ungläubig und lenkt meine Aufmerksamkeit wieder auf sich.

»Richtig, Baby. Du bist mein braves kleines Mädchen«, hauche ich, fahre mir mit der Zunge über die Unterlippe und schaue sie an wie … Fuck. Die Dinge, die ich mit dieser Frau anstellen möchte. Dinge, die ihr zeigen würden, wie wahnsinnig ich sein kann.

»Bin ich nicht«, zischt sie, auch wenn der Protest nur schwach ist.

Den Film für den Moment vergessend, schleiche ich mich an sie heran und genieße den Anblick, wie sie von mir weg und in die Wand hinein stolpert. Wenn sie die Kraft hätte, würde sie mich durch die Hitze in ihrem Blick knusprig brennen. Gut, dass sie noch nicht erkannt hat, welche Macht sie tatsächlich besitzt.

Ich höre nicht auf, sie zu verfolgen, bis mein Körper an ihren gepresst ist, und genieße das Gefühl ihrer Brustwarzen, die durch ihr dünnes Kleid drücken. Sie vorhin vor mir knien zu sehen, wie sie meinen Schwanz gelutscht hat, als ob ihr Leben davon abhinge, und dabei verdammt wütend aussah – das war der schönste Anblick, den ich je gesehen habe.

In diesem Moment wollte sie ihre Macht zurück und ich war mehr als glücklich, ihr zu zeigen, dass sie sie nie verloren hat.

Diese wunderschöne Frau hält mein Leben in der Hand, sie ist nur nicht in der Lage, es so zu sehen. Der Einzige, der wirklich in Gefahr ist, bin ich.

»Nein?«, flüstere ich.

Ich hebe ihr Kinn an und streiche mit den Lippen sanft über ihre. Ihr scharfes Einatmen bringt meinen Schwanz dazu, sich gegen meine Boxershorts zu pressen. »Wenn du mein kleines Mädchen wärst, würde ich jeden Zentimeter deines Körpers anbeten, solange unsere Seelen an diese Erde gefesselt sind. Meine Zunge würde keinen Teil von dir unberührt lassen.« Ich knabbere an ihrer Unterlippe und entlocke ihrer Kehle ein Wimmern.

Meine Hand gleitet nach oben, um ihren zierlichen Hals zu umgreifen, und ich kann ein tiefes Knurren nicht unterdrücken. Ich könnte ihn so leicht brechen. Ihn zerquetschen. Mit meiner Zunge und meinen Zähnen eigene Spuren hinterlassen.

»Wenn du mein kleines Mädchen wärst«, hauche ich, während mein Verlangen gefährlich wächst. »Wäre deine süße kleine Pussy so voll von mir, dass du vergessen würdest, was es heißt, sich leer zu fühlen. Ich wäre so tief in dir drin, dass du mich herausschneiden müsstest.« Dann fletsche ich meine Zähne und drücke ihr die Kehle zu, bis ihr Gesicht rot wird, überwältigt von dem Gedanken. »Du würdest verbluten, bevor das passieren kann.«

»Ich würde es tun«, krächzt sie. Ich lockere die Hand gerade so weit, dass sie fortfahren kann. »Ich würde ein Messer nehmen und jeden Zentimeter meiner Haut von meinem Körper abschneiden. Dann würde nichts von deiner Berührung übrig bleiben.«

Ich ziehe eine Augenbraue hoch und grunze amüsiert, erregt und wütend zugleich über ihre Unverschämtheit. »Das werden wir ja sehen …« Ich beuge mich hinunter und sorge dafür, dass meine Lippen ihr Ohr berühren. »Kleines Mädchen«, beende ich flüsternd.

Ich schnappe mir Addies Hand und ziehe sie zum Touchscreen, um den Film abzuspielen. Dann setze ich mich in die Mitte der ersten Reihe und zwinge sie auf meinen Schoß.

Sie versucht, sich *zwei* Sitze weiter entfernt von mir wegzusetzen, aber das entlockte mir nur ein tiefes Lachen. In den fünf Sekunden, die ich brauchte, um ihren kleinen Körper auf meinem zu platzieren, sprudelten Schimpfwörter aus ihrem Mund.

Der Surround-Sound dröhnt mit dem Vorspann, sodass Addie sich an mich schmiegt. Ich lege den Arm fest um ihre Taille. Ihr frecher Hintern presst sich an meinen steifen Schwanz, und sobald sie spürt, wie hart ich bin, versteift sie sich.

»Zade«, warnt sie atemlos, obwohl der Effekt für uns beide verloren gegangen ist.

Ich schweige und lasse zu, dass sie sich langsam entspannt, während der Film anläuft. Obwohl sich ihre Muskeln gelockert haben, ist sie immer noch nervös. Ich würde darauf wetten, dass sie im Moment von der Angst, erwischt zu werden, dem Gespräch, das gerade stattgefunden hat, und dem Film einen hohen Endorphinspiegel hat.

Bereits die Anfangsszene ist gruselig und gibt sofort den Ton an. Addie zappelt in meinen Armen und ihre Schenkel sind fest zusammengepresst. Ich lasse zwanzig Minuten verstreichen, während der Film immer unheimlicher wird. Ich schenke ihm keine Aufmerksamkeit – alles ist auf Addie ausgerichtet.

Mit großen Augen starrt sie auf die Leinwand, ihr Atem geht stoßweise und ihr Herz pocht gegen ihre Brust. Beim ersten Schreckmoment schreit und springt sie auf.

Im flackernden Licht sehe ich, wie ihre Haut vor Verlangen rot wird und sich eine kleine Schweißperle an ihrem Haaransatz bildet. »Siehst du überhaupt zu?«, fragt sie und ihre Stimme ist nur etwas lauter als ein Flüstern.

»Ja«, murmle ich, dabei wird meine Stimme tiefer und heiser vor Verlangen. Ihr Atem stockt und ihre Augen gleiten langsam zu meinen. Die rosigen Lippen sind ein wenig geöffnet, während sie mich mit unbändiger Begierde anstarrt. Ich fahre mir mit der Zunge über die Unterlippe und warte, bis ihr Blick wieder auf die Leinwand gerichtet ist. Bevor ich den weichen Stoff ihres Kleides in die Hand nehme, es hochschiebe und es letztlich um ihre Hüfte schmiegt.

»Hör auf«, keucht sie, aber ich höre nicht auf.

Sie schlägt nach mir, doch diese winzigen Finger sind kein Gegner für mich. Mit böser Absicht schiebe ich meine beiden Hände in das Tal zwischen ihren Schenkel und ziehe sie auseinander. Ihre Hände schnappen nach meinen Unterarmen und greifen fest zu, als ob sie mich aufhalten wollte. Aber sie wehrt sich nicht gegen mich, selbst, als ich ihre Beine so weit spreize, dass jedes auf einem der beiden Stühle neben uns ruht.

»Was machst du da?« Sie schnappt nach Luft und starrt ängstlich auf meine sich vorantastenden Hände.

Ich hebe eine an, um sie am Kiefer zu packen und ihr Gesicht auf den Bildschirm zu zwingen.

»Sieh dir den Film an«, knurre ich.

Eine Kreatur taucht auf und lenkt Addies Aufmerksamkeit so weit ab, dass sie wieder erschrickt. Ein erschrockener Schrei ertönt, während sie sich von der Leinwand wegdreht und sich noch weiter gegen meinen Körper drängt. Ich stöhne auf und spüre, wie sich ihr Arsch auf meinen Schwanz presst, was mich vor Lust und Drang fast blendet. Meine Fingerspitzen gleiten über ihren cremefarbenen Oberschenkel, sodass sie sich mit rastlosem Verlangen gegen die Berührung stemmt.

Die gruselige Musik aus dem Film steigert sich zu einem Crescendo und lässt ihren Herzschlag auf ein gefährliches Niveau steigen, so wie bei einer Person, die von etwas aus ihren schlimmsten Albträumen gejagt wird.

»Zade«, fleht sie atemlos, verzweifelt auf der Suche nach etwas, das sie nicht einmal benennen kann.

Ich schaue nach unten und verkneife mir ein Stöhnen, als ich sie nackt sehe.

»Das könnte nicht gut für dich ausgehen«, flüstere ich.

Sie versteift sich. »Warum?«

»Wenn wir fertig sind, wird mein Sperma an deinen Beinen hinunterlaufen«, brumme ich. »Wie skandalös.«

»Ich habe lieber nasse Oberschenkel, als sichtbare Abdrücke meines Höschens bei einem Kleid wie diesem.«

Ich streiche sanft über ihre Schamlippen und erfreue mich an dem Saft, der sich auf meinen Fingern sammelt. Ich halte die Berührung locker, um zu verhindern, dass sie wirkliche Freude empfindet.

»Zade«, bittet sie mit eindringlicher und fordernder Stimme.

Ich lächle und weigere mich, nachzugeben.

»Siehst du dir den Film an, Adeline?«, frage ich barsch. »Zwing mich nicht, es dir noch einmal zu sagen.«

Ihr Blick fällt auf den Bildschirm und ein weiteres Keuchen entringt sich ihren roten Lippen, als die Kreatur einen Menschen brutal abschlachtet. Ihre Pussy pulsiert, ihre Säfte strömen aus ihrem Schlitz und über meine Finger. Ich stöhne, kämpfe gegen den Drang an, sie in die Tiefen ihrer Pussy zu stoßen und zu spüren, wie sie um mich herum kommt.

Meine Zunge schießt heraus, leckt über ihren Hals und atmet ihren Jasminduft ein. Ich schmecke das Salz der dünnen Schweißschicht auf ihrer Haut. Sie schmeckt so verdammt gut. Mir läuft das Wasser im Mund zusammen, weil ich die Erregung, die meine Hand tränkt, am liebsten auflecken würde. Ich verwehre mir das Vergnügen und lasse meine Hand an ihrer tropfenden kleinen Pussy liegen.

Ich gebe ihrem stummen Flehen nach und drücke mit dem Mittelfinger auf ihre Klitoris, sodass sie ihren Kopf vor Glückseligkeit nach hinten wirft. Als sie diesmal meinen Namen flüstert, ist es vor Freude. Ein Schrei aus dem Film lässt sie aufschrecken und ihr Kopf schnellt wieder in die Höhe.

»J-jemand könnte reinkommen«, krächzt sie, während ich sie gleichmäßig und fest verwöhne. Als ich ihren empfindlichen Kitzler zwischen meinen Fingern drücke, verdreht sie die Augen und ein heißes Stöhnen entweicht ihren Lippen.

»Macht dich das feucht?«, frage ich sie und reibe ihre Klitoris weiter mit meinem Finger. »Macht dich das Wissen, dass jeden Moment jemand reinkommen und sehen könnte, wie du dich für mich öffnest, feucht?«

Sie schüttelt den Kopf und leugnet die Wahrheit. Genauso wie sie leugnet, wie sehr sie mich will. »Die Angst, mit meinen Fingern tief in deiner Pussy erwischt zu werden -« Ich halte inne, um meinen Standpunkt zu verdeutlichen, tauche den Mittelfinger in sie ein und entlocke ihr einen spitzen Schrei. »Bringt dich dazu, unbedingt kommen zu wollen, nicht wahr?«

Ich füge einen zweiten Finger hinzu und ficke sie in schnellen, harten Stößen. Ihr Atem geht rascher und ihr Stöhnen wird lauter, als sie sich ihrem Orgasmus nähert. Mein Blick wandert zwischen dem, was meine Finger mit ihr machen, und ihrem Gesicht hin und her.

Ihr Blick ist längst auf meine Hand gesunken und sie widersetzt sich erneut der Anweisungen. Mitten im Geschehen ziehe ich meine Finger zurück und greife mit der anderen Hand nach ihrem Gesicht, wobei ich ihren Kiefer grob zusammendrücke. Sie wimmert wegen des Schmerzes, der ihr Gesicht durchzuckt.

Ich verpasse ihr einen schnellen, scharfen Schlag auf ihre Pussy und genieße den erschrockenen Schmerzensschrei, der ihren Lippen entfährt.

»Was. Habe. Ich. Gesagt?«

Ihre Brust hebt sich und ihre Hüften stemmen sich gegen die Luft, weil sie unbedingt spüren will, wie meine Finger sie noch einmal ausfüllen.

»Sieh dir den Film an«, antwortet sie und zieht ihre Lippe zwischen den Zähnen, während sich ihre glasigen Augen wieder auf die Leinwand konzentrieren.

»Hast du zugehört?«, knurre ich und weigere mich, ihre bedürftige Pussy zu berühren.

»Ich … nein. Es tut mir leid«, sagt sie leise und eine tiefe Furche bildet sich zwischen ihren Brauen.

Um die ernüchternden Gedanken zu vertreiben, stecke ich meine Finger wieder in sie hinein. Ein langes Stöhnen ertönt, aber ihre Augen bleiben auf dem Bildschirm kleben.

»Braves Mädchen«, lobe ich und spüre, wie sie sich als Antwort um meine Finger verkrampft. »Wenn ich dich noch einmal erwische, wie du nicht gehorchst, wirst du nicht mehr kommen. Hast du mich verstanden?«

Sie nickt, die Bewegung abgehackt und angestrengt gegen die Kraft meiner Finger, die ihr Gesicht umklammern.

Als ich ihren Kiefer loslasse, wandert meine Hand zum vorderen Teil ihres Kleides und zerrt es kräftig herunter. Der Stoff spannt sich unter ihren Titten und zwingt sie zum Anschwellen. Stöhnend nehme ich eine volle Brust in meine Handfläche und drücke sie fest zusammen, bevor ich die harte Knospe ihrer Brustwarze zwischen den Fingern knete.

Ich nehme meinen Dienst mit der Hand zwischen ihren Schenkeln wieder auf und stoße langsam und träge zu. Ich reize ihr Vergnügen aus und entlocke ihrem Mund noch mehr köstliches Stöhnen. Ihre Augen sinken in einen halb geschlossenen Zustand, aber sie weichen nicht vom Bildschirm.

Laute, feuchte Geräusche mischen sich mit dem Ton des Films, während meine Finger in sie eintauchen und wieder herauskommen. Sie ist so verdammt nass. Sie bildet einen Fleck auf meiner Hose und dem Sitz unter uns. Ich beiße und lecke abwechselnd an ihrem Hals und flüstere ihr anerkennende Worte ins Ohr. Dieses Mal möchte ich, dass ihr Orgasmus langsamer und schmerzhafter wird. Er wird sich allmählich steigern, während er sich gleichzeitig so weit außerhalb der Reichweite anfühlt.

»Diese süße kleine Pussy ist so verdammt hungrig nach meinen Fingern, nicht wahr? Spürst du, wie fest du mich umklammerst? Ich muss kämpfen, meine Hand zurückzuziehen, damit ich dich mit ihr ficken kann.«

Eine unheimliche Stimmung geht von der Leinwand aus, und Addies Puls scheint noch unregelmäßiger zu werden.

»Zade, bitte«, fleht sie und ihre Nägel drücken in meine Arme.

Die Ärmel lindern das Brennen, aber der Druck wird immer stärker, bis ich befürchte, dass sie sich die rot lackierten Nägel abbricht. Meine freie Hand ergreift ihre Kehle und drückt fest zu, bis sich ihr Gesicht rötet und ihr Atem kürzer wird. Ein stakkatoartiges Stöhnen bricht aus ihren Lippen, als ich mein Tempo erhöhe und ihre Klitoris fest mit meinem Daumen reibe.

»O Gott …« Sie holt scharf Luft.

»Das stimmt, ich *bin* dein Gott.«

»Zade!«, schreit sie, kurz bevor sich ihre Pussy so fest um meine Finger krampft, dass ich sie kaum noch bewegen kann. Ihr Rücken wölbt sich und ihr Kopf kippt nach hinten, sodass sie sich nicht mehr um meine Forderungen und den Film kümmert.

Ein Schluchzen entringt sich ihrer Kehle, während ich weiter stoße und ihren Orgasmus in die Länge ziehe, bis ihr ganzer Körper zuckt und sie verzweifelt versucht, meine Hand wegzuziehen.

»O mein Gott, o mein Gott, Zade, *hör auf*«, ruft sie und ihre Säfte strömen so stark aus ihrem Inneren, dass ich spüre, wie sie an meiner Hand vorbeifließen.

Schließlich ziehe ich die Finger heraus und lecke sie sauber, während sie mich mit einer bunten Mischung von Emotionen im Gesicht beobachtet. Sie ist zufrieden. Aber Verlegenheit, Scham und Wut schleichen sich langsam ein. Jetzt, wo sie ihren Rausch überwunden hat, wird sie von der Realität eingeholt. Ich lache, als sie sich von meinem Schoß erhebt und ihr Kleid wieder in die vorherige Position zurückversetzt – ein bisschen zerknittert, aber nicht weniger schön.

Zwischen meinen Beinen ist ein kleiner nasser Fleck, aber zum Glück verdeckt meine schwarze Hose ihn, und das meiste davon ist auf den Sitz gelaufen. Ich habe das Bedürfnis, demjenigen, der das sauber machen muss, einen Hundert-Dollar-Schein zu geben.

»Ich kann nicht glauben, dass wir das getan haben«, murmelt sie leise vor sich hin, während sie mit den Händen über ihr Haar streicht, um sicherzugehen, dass nichts verrutscht ist.

»Du siehst wunderschön aus«, sage ich, unterbreche ihr weiteres Gemurmel und bringe sie zum Schweigen.

Unauffällig wirft sie einen Blick über ihre Schulter zu mir.

»Du fürchtest mich also nicht nur bei Tageslicht, sondern liebst mich auch nur, wenn ich dich zum Orgasmus bringe.«

Das erregt ihre Aufmerksamkeit. Sie wirbelt herum, ein Feuer lodert in ihren Augen, als sie faucht: »Ich liebe dich *nicht*.«

»Noch nicht«, entgegne ich und füge ein Grinsen hinzu. Ihre Augen verengen sich zu schmalen Schlitzen.

»Komm schon, Little Mouse. Du hast genug Zeit damit verschwendet, deine Pussy verwöhnen zu lassen, lass uns ein paar Antworten finden.«

Ich schlüpfe an ihr vorbei und gehe vor ihr in Richtung der Türen. Trotzdem höre ich sie noch immer »Arschloch« murmeln und es macht mich einfach nur glücklich, dass ich ihr so unter die Haut gehe.

Kapitel 26

Die Manipulatorin

Ich koche vor Wut und meine Schenkel sind vor lauter Erregung ganz feucht, als ich Zade hinterherrenne. Er macht sich nicht die Mühe, den Film auszuschalten. Wir schlüpfen einfach aus dem Zimmer und machen uns schnell auf den Weg zurück in den Ballsaal.

Es ist, als hätte niemand bemerkt, dass wir weg waren. Aber ich bin sicher, die Leute haben es bemerkt, oder? Zade hat inzwischen den ganzen Raum bearbeitet, und so ungern ich es auch zugebe, der Mann ist unvergesslich.

Um es verdammt milde auszudrücken.

Es vergehen keine zwei Minuten, bis ein Mann auf uns zukommt, dessen schwarze Uniform und weiße Weste seine Position verraten.

»Mr. Forthright, Ms. Reilly, bitte folgen Sie mir«, weist uns Marion, der Butler, an.

Mit einem Mal bin ich stocknüchtern und der nachklingende Orgasmus ist komplett verschwunden.

Marion führt uns durch eine Reihe von Gängen und weist uns auf bestimmte Bilder und historische Artefakte hin, die Mark in die Hände bekommen hat. Ich nicke und brumme anerkennend, aber meine Gedanken schweifen zurück zu Gigi und den möglichen Informationen, die ich heute Abend erlangen könnte.

Mark könnte versuchen, mich mit Brotkrumen anzulocken und

mich dazu bringen, wiederzukommen, aber das wäre sinnlos. Er bekommt mich nicht noch einmal in dieses Haus. Ich bin mir nicht ganz sicher, ob es sich überhaupt gelohnt hat, hierherzukommen oder nicht. Wenigstens konnte ich einen nicht veröffentlichten Film anschauen, selbst wenn ich nicht dazu kam, ihn bis zum Ende zu sehen.

Wie auch immer, ich erinnere mich sowieso nicht mehr an viel. Mein Blick war ins Leere gerichtet, als ich mich nur noch auf …

Hör auf damit, Addie.

Die Erinnerung daran lässt meinen Magen knurren und ich muss Marks Arbeitszimmer betreten, um meine Aufmerksamkeit wieder in die Gegenwart zu lenken.

»Meine beiden Lieblingsmenschen«, grüßt Mark laut, eine angezündete Zigarre zwischen den Fingern und ein Kristallglas mit bernsteinfarbener Flüssigkeit in der anderen Hand baumelnd.

Er sieht betrunken aus. Sein Gesicht ist rot und seine Augen sind etwas glasig geworden. »Bitte setzt euch«, weist er uns an und zeigt auf die Ledercouch neben seinem Schreibtisch.

Zade und ich nehmen Platz und die beiden Männer beginnen sofort ein Gespräch über die Party. Ich füge meine Meinung hinzu, wenn es nötig ist, und bemerke, wie schön die Kronleuchter und die faszinierenden Artefakte sind, die sein Haus schmücken.

Er freut sich über das Kompliment und grinst breit. »Das verdanke ich natürlich meiner Frau. Sie genießt es, mein Geld auszugeben, und wenn es das Dekorieren dieses Hauses ist, was sie glücklich macht, dann kann ich damit leben«, scherzt er. Sein Ton ist fröhlich, aber die Worte sind herablassend und als Angriff gemeint.

»Du weißt sicher, wie sehr die Damen unser Geld lieben, was, Zack?«

Das ist das Sahnehäubchen auf seinem Eisbecher voller Frauenfeindlichkeit. Ich wette, sein Eisbecher schmeckt nach zerschundener Haut und einem blutenden Herzen.

Zade lächelt, der Akt ist fast schon urwüchsig und birgt viel Gefahr. »Das ist ein kleiner Preis, wenn sie uns jeden Tag etwas so Unbezahlbares geben. Und wenn du mich fragst, würde ich dir sagen, dass ich es nicht wert bin, aber ich bin ein egoistischer Bastard und werde es trotzdem akzeptieren«, antwortet er kryptisch. Ich weiß nicht, woher ich das weiß, aber ich weiß genau, wovon er spricht.

Liebe.

Liebe ist unbezahlbar. Wie Marks zwielichtige Geschäfte bewiesen haben, sind Pussys käuflich und in Hülle und Fülle vorhanden, egal ob man sie zwingt oder ihre Zustimmung erhält. Obwohl Zade mich für ihn in die Knie gezwungen hat, ist das Einzige, was er wirklich von mir will, dass ich seine Sucht erwidere. Denn das ist das Einzige, was er sich nicht nehmen oder erzwingen kann. Er kann meinen Körper zwingen, sich ihm zu unterwerfen, aber er kann mein Herz nicht zwingen, für ihn zu schlagen.

Ironischerweise scheint es das zu sein, was er am meisten von mir will. Mark macht es so, wie es die meisten Männer machen würden. Er lacht und zwinkert mir zu, als wüsste er ganz genau, wie unbezahlbar meine Pussy ist. Aber wenn ich raten müsste, was für ein Typ Mann Mark ist, würde er mir sofort einen Preis auferlegen.

»Ich weiß genau, was du meinst«, gluckst er.

Weißt du das, Arschloch?

Ich zucke mit der Schulter. »Ich glaube, Sie sind der Glückliche, Mark. Ein Blick auf Claire genügt, um zu sehen, dass sie eine starke, fähige Frau ist. Die sind am gefährlichsten.« Ich füge ein Augenzwinkern hinzu, aber ich weiß, dass es auf taube Ohren stößt. Mark fühlt sich im Patriarchat zu wohl, um auch nur daran zu denken, dass Claire in der Lage wäre, ihm eines Nachts, wenn er schläft, ein Messer in den Hals zu stoßen.

Mark lacht spöttisch, aber er versteht die Andeutung und hält den Mund. Wenigstens ist er nicht dumm genug, um den Stimmungsabsturz zu spüren.

Zade wirkt entspannt und gefasst, aber ich weiß, dass die Bestie in seiner Seele auf und ab läuft und nur darauf wartet, losgelassen zu werden. Ich erkenne das daran, dass er seine Faust leicht ballt und daran, dass sein Lächeln bedrohlich und wild wirkt. Ich kann die Energie spüren, die von ihm ausgeht, trotz der Gelassenheit, die er ausstrahlt.

Warum will Zade einen Mann wegen einer schäbigen Bemerkung töten, die die meisten Männer machen würden? Ich hasse ihn.

»Also, Adeline, was deine Urgroßmutter angeht. Gigi war eine wunderschöne Frau. Daran kann ich mich deutlich erinnern«, fährt er fort.

Einen Berg zu erklimmen, würde weniger Energie kosten, als meine Augen bei seiner Bemerkung nicht zu verdrehen. Das wäre etwas, woran sich Mark festhalten könnte. Gigi war wunderschön, wen interessieren schon Persönlichkeit und Charakter, oder?

Ich räuspere mich und setze ein Lächeln auf. »Ja, das war sie.«

Mark lässt den Kopf zurückfallen und scheint sich in eine Erinnerung zurückzuziehen. »Ja, ich erinnere mich an ihre charakteristischen roten Lippen. Ich glaube nicht, dass ich sie jemals ohne diesen Lippenstift gesehen habe.«

»Erinnern Sie sich an irgendetwas über ihren Mord?«, frage ich und versuche, die Hoffnung am Leben zu halten.

»Ich weiß noch, wie erschüttert John war, als er sie fand. Er war fast hysterisch, und mein Vater brauchte Stunden, um ihn so weit zu beruhigen, dass er ihm sagen konnte, was passiert war.«

»Sie haben gesagt, dass Ihr Vater dachte, dass es John war, aber denken Sie, dass es auch jemand anderes gewesen sein könnte?«, dränge ich. Ich weiß bereits, dass mein Urgroßvater absolut durchgedreht ist. Da gab es einen Kommentar im Polizeibericht, dass sie drohten, ihn zu sedieren.

Was ich wirklich wissen möchte, ist, was sein Vater über den Fall wusste. Vielleicht wusste er etwas, das in keiner der Akten stand.

Er zuckt mit der Schulter. »Soweit ich mich erinnere, glaubt er, dass sie sich rausgeschlichen hat, um einen Mann zu treffen. Mein Vater konnte allerdings nicht herausfinden, wer es war, also haben sie es nicht untersucht. Aber mein Vater war sich fast sicher, dass das der Grund war, warum John durchdrehte und Gigi tötete.«

Ich verziehe die Lippen und schaue zu Zade, der mich bereits mit einem nicht deutbaren Blick anstarrt. Er hat ihre Tagebücher durchgeblättert und weiß, dass sie einen Stalker hatte. Aber Mark oder sein Vater scheinen das nicht zu wissen, was mich nicht im Geringsten überrascht.

Gigis Tagebücher befanden sich in einem Safe hinter einem Bild. Die Polizei hätte keinen Grund gehabt, anzunehmen, dass sie so etwas verstecken würde. Ich überlege, ob ich das, was ich weiß, preisgeben soll. Vielleicht hat Mark ja die Macht, in die Tagebücher zu schauen und mehr darin zu sehen, als ich. Aber in der Sekunde, in der dieser Gedanke aufkeimt, wimmle ich ihn sofort ab.

Mark ist kein netter Kerl. Er würde mir die Bücher nur über mich hinwegtragen und mich an der Nase herumführen. Ich bin mir sicher, dass ich sie nie wieder sehen würde, wenn ich sie aushändigen würde. Außerdem bin ich mir sicher, dass Daya viel mehr Möglichkeiten hat, Informationen zu bekommen, als Mark es jemals könnte. Sein Vater ist vermutlich tot, so wie er über ihn in der Vergangenheitsform spricht, und ich bin mir sicher, dass die Beamten, die an dem Fall beteiligt waren, ebenfalls tot sind, oder zumindest kurz davor stehen.

Gigi ist in den 40er-Jahren gestorben, was diesen Fall fünfundsiebzig Jahre alt macht.

»Warum hat Frank dann geglaubt, dass es John war und nicht der andere Mann?«

Mark lehnt sich zurück und seine glasigen Augen schauen in die Ferne. »Sera war zu dieser Zeit schon älter als ich, sechs Jahre ungefähr. Sie war ein Teenager, und ich war noch immer ein zehnjähriges Kind, das spielen wollte. Natürlich war Sera ein Engel und hat mir alles durchgehen lassen. In den Monaten vor Gigis Tod habe ich darum gebeten, nach Parsons Manor zu gehen und Sera zu sehen. Und jedes Mal hat mein Vater Nein gesagt. Er hat gesagt, John habe ein Alkoholproblem und es wäre dort für Kinder nicht mehr sicher. Ich habe gejammert und geweint, weil ich nur meine Freundin sehen wollte. Dann wurde Gigi umgebracht und ich verstand es immer noch nicht.

Nun, klar, als mein Vater mir erzählte, dass Gigi tot war, verstand ich natürlich den Tod, aber nicht dessen Gewicht. Das letzte Mal, dass ich darum gebeten hatte, auf das Anwesen zu gehen, war ein paar Tage danach. Mein Vater hat mir in die Augen geschaut und gesagt: Willst du als Nächstes sterben?« Mark lacht humorlos. »Das werde ich nie vergessen. Mir fror das Blut in den Adern, als er das sagte. Ich habe nie wieder gefragt, und schließlich habe ich Sera losgelassen.«

Ich runzle die Stirn, ein Schauer läuft mir über den Rücken. Nana hat nicht viel über John gesprochen. Sie hat nur erwähnt, dass er bis zu Gigis Tod ein wunderbarer Vater war. Er hatte zwar ein Alkoholproblem, aber ich glaube, er hat seine Wut anfangs vor Nana versteckt. Aber als Gigi gestorben ist, muss die Hölle los gewesen sein. Nana hat mir nie erzählt, wie Gigi gestorben ist, also habe ich einfach angenommen, dass er aus Liebeskummer zusammengebrochen ist.

Aber ich hätte nie gedacht, dass es dafür einen viel dunkleren Grund gibt. Zum ersten Mal sehe ich mich mit der Möglichkeit konfrontiert, dass vielleicht mein Urgroßvater Gigi ermordet hat.

Ich räuspere mich und schlage eine andere Richtung ein. Gigi hatte in den Tagebucheinträgen von Einbrüchen in ihr Haus gesprochen, die auf Johns Spielsucht zurückzuführen waren, und Nana hatte auch einmal beiläufig erwähnt, dass ihr Vater gern spielte. »Meine Nana hat mal erwähnt, dass er gern gespielt hat. Vielleicht schuldete er einigen Leuten Geld, und als er nicht zahlen konnte, waren sie hinter Gigi her?«

Mark nickt nachdenklich. »John war dafür bekannt, dass er

sehr schlechte Spielgewohnheiten hatte. Einmal hätten sie deswegen fast das Parsons Manor verloren. Der einzige Grund, warum sie es nicht verloren haben, war, dass Gigi das Geld für die Abzahlung der Hypothek und der Grundsteuer aufbrachte«, erklärt er.

Ich presse meine Lippen aufeinander. Laut ihrem Tagebuch hat Ronaldo ihre überfälligen Rechnungen bezahlt, aber die Ausrede, die Gigi erfunden hatte, bestand darin, dass sie es sich von einer ihrer Freundinnen geliehen hatte. John wollte wissen, von wem, aber sie weigerte sich, es ihm zu sagen, und das führte zu einem Streit, denn John war damals ein typischer Mann seiner Zeit mit Stolz und Ego.

Aber nach dem, was ich aus den Einträgen entnommen habe, kann ich nicht sicher sein, ob Ronaldo jemals Johns Schulden beglichen hat. Er hatte erwähnt, dass er sich darum kümmern würde, aber wenn die rechte Hand der Mafia diese Worte sagt, kann das vieles bedeuten.

Vielleicht hat er die Leute stattdessen getötet und sich damit Gigis Feinde gemacht.

Herrgott, es ist wirklich so, als würde sich alles wiederholen, wenn das der Fall ist.

»Wie hat er dann die Männer bezahlt, denen er etwas geschuldet hat?«

Mark trinkt seinen Drink aus, bevor er sich ein weiteres Mal nachschenkt. »Weißt du, wenn ich so darüber nachdenke, erinnere ich mich, dass ich ein bestimmtes Gespräch mitgehört habe. Mein Vater hatte ihm gesagt, dass er mit dem Glücksspiel aufhören müsse, aber John hat nicht zugehört. Er hat gesagt, dass einer der Männer, denen er Geld schulden würde, Angelo Salvatore wäre – ein ziemlich berüchtigter Mafiaboss zu seiner Zeit. Aber es hat sich herausgestellt, dass Angelos rechte Hand, Ronaldo, Angelo davon überzeugte, stattdessen John einzustellen.«

Es kostet mich enorme Anstrengung, meine Augen nicht weit aufzureißen. John hat für Ronaldos Chef gearbeitet? Gigi kann das auf keinen Fall gewusst haben. Ich kann mir vorstellen, dass sie es erwähnt hätte, wenn sie es gewusst hätte.

»Warum hätte er ihn einstellen sollen? Warum hat er ihn nicht einfach getötet?«

»Er hat es fast getan«, entgegnet Mark. Dann öffnet er eine Schublade in seinem Schreibtisch und holt eine Zigarre heraus. Er zündet sie an und lehnt sich in seinem Stuhl zurück, wobei das Leder unter seinem Gewicht knarrt. Ein holziger Geruch erfüllt die Luft, als er den Rauch auspustet.

»Ich werde nie vergessen, wie mein Vater ihn deswegen angegriffen hat. Er hat ihn beschimpft und ihm gesagt, er hätte sterben können. John hat gesagt, dass Angelo ihm eine Waffe an den Kopf gehalten hat und bereit war, abzudrücken, bevor Ronaldo dazwischenging. Er hat gesagt, der Mann habe Angelo gebeten, John einzustellen, um seine Schulden zu begleichen und für ihn zu arbeiten.« Mark atmet tief ein und hustet dann ein paarmal, während Rauch aus seinem Mund aufsteigt. »Schätze, es hat funktioniert.«

Ronaldo hat also Johns Leben gerettet. Ich muss nicht dabei gewesen sein, um zu wissen, dass er es nur für Gigi getan hat. Aber es ist nicht so, dass er Angelo seine wahren Gründe für den Tausch von Johns Leben hätte sagen können, was bedeutet, dass John in irgendeiner Form nützlich gewesen sein muss – anderenfalls wäre es zu riskant gewesen und hätte ihn möglicherweise umgebracht, wenn John nicht wertvoll gewesen wäre.

»Wissen Sie, was er für Angelo getan hat?«

Marks Augenbrauen wandern nach oben und ein schwaches Lächeln umspielt seine Lippen. Fast so, als würde er meine Frage amüsant finden. »John war damals ein Buchhalter. Er konnte sehr gut mit Zahlen umgehen. Ich bin mir ziemlich sicher, dass er Angelo geholfen hat, sein Geld zu waschen, aber das wurde nie bewiesen.«

Ich blinzle. »Wenn er so gut mit Zahlen und Geld umgehen konnte, warum war er dann so schlecht im Glücksspiel? Der Mann hätte doch einfach Karten zählen können oder so.«

Mark fängt an zu lachen, sein dicker Bauch zittert. »Du bist ein lustiges Mädchen, Addie. Du hast recht, ich glaube, wenn John bei klarem Verstand gewesen wäre, hätte er vielleicht gewonnen. Aber er konnte nicht mit dem Trinken aufhören. Angelo hat John gesagt, er schert sich einen Scheiß darum, was er in seiner Freizeit macht, aber wenn er betrunken zur Arbeit kommt und mit seinem Geld um sich wirft, ist er ein toter Mann.«

Ich runzle die Stirn. Ich kann mir nicht vorstellen, dass Angelo Gigi ins Visier genommen hätte, wenn John es vermasselt hätte, aber das heißt nicht, dass er nicht etwas anderes getan hätte, um den Mafiaboss zu verärgern. Es gibt unendlich viele Möglichkeiten, wie John Gigi hätte umbringen können.

»Hat Frank das nicht den Polizisten erzählt, weil er glaubte, dass John schuldig war? Haben sie das nicht untersucht?«

Er stößt ein trockenes Lachen aus. »Hast du schon mal versucht, einem Mafiaboss ein Verbrechen anzuhängen? Das ist nicht so einfach, Kindchen. Die haben alle möglichen Leute in der Tasche. Der Fall wurde aus Mangel an Beweisen eingestellt. Wenn du meine Meinung hören willst: Ich glaube, John bekam einen Vorgeschmack auf die Gefahr, und ob es nun daran lag, dass Gigi eine Affäre hatte oder weil sie John verlassen wollte – er ist ausgerastet und hat sie getötet.«

O Gott.

Die Möglichkeit, dass es so passiert ist, klingt … plausibel. Sehr plausibel.

»Ich habe nur noch eine letzte Frage«, sage ich und fummle an meinem Kleid herum. Ich zerknittere es, aber das ist mir egal. »Warum hat sich Frank gegen John gewandt? Sie waren beste Freunde. Warum also John nicht im Zweifelsfall einen Vertrauensvorschuss geben, anstatt sich so sehr zu bemühen, ihm die Schuld in die Schuhe zu schieben?«

Er nimmt sich einen Moment Zeit, um an seiner Zigarre zu paffen. »Ich vermute, dass er John als das gesehen hat, was er war, und sich dazu entschlossen hat, Gigi Gerechtigkeit widerfahren zu lassen, auch wenn das bedeutete, seinen besten Freund einsperren zu lassen. Angesichts seines Alkoholkonsums, seines Temperaments und der Tatsache, dass er mit der Mafia gemeinsame Sache gemacht hat, kann man wohl mit Sicherheit sagen, dass er ein gewalttätiger Mann war. Das würde erklären, warum mein Vater so verdammt zerrissen war, nachdem Johns Unschuld bewiesen wurde.«

Ich runzle die Stirn und kann nicht anders, als Mitleid für Marks Vater zu empfinden. Er ist in einen ziemlich giftigen Strudel aus Betrug, Lügen und Verbrechen zwischen Gigi und John geraten. Ich kann mir vorstellen, dass das von jedem einen hohen Tribut gefordert hätte.

»Wie auch immer, ich denke, wir haben genug davon für heute Abend. In ein paar Wochen veranstalten wir eine jährliche Wohltätigkeitsveranstaltung. Ich könnte mir vorstellen, dich dort zu treffen und mehr darüber zu erzählen«, sagt Mark und seine Augen funkeln.

»Ich checke meinen Terminkalender«, mischt sich Zade ein und entbindet mich damit von allen Verpflichtungen. In den meisten Fällen würde ich die Andeutung, dass er der Chef ist, nicht schätzen, aber in diesem Moment bin ich einfach nur dankbar dafür.

»Natürlich«, räumt Mark ein, wobei sein Lächeln jetzt ein bisschen erzwungen erscheint. Er redet noch eine Stunde lang über langweiliges Arbeitszeug, trinkt seinen Alkohol, pafft an seiner teuren Zigarre und wird immer betrunkener. Ich höre kaum zu, zu sehr bin ich in Gedanken bei dem, was ich gerade erfahren habe. Vielleicht ein bisschen untröstlich, dass Gigi von ihrem eigenen Mann ermordet worden sein könnte. Jemand, den sie trotz ihrer Affäre geliebt und dem sie vertraut hatte.

Selbst, wenn man über ein Jahrzehnt mit jemandem verheiratet ist, kann es sein, dass man ihn nie wirklich kennt und weiß, wozu er fähig ist.

Ich werfe einen Blick auf Zade. Ich lerne gerade genau, wozu er fähig ist, und das ist verdammt furchterregend.

Zade ist verdammt furchterregend.

Es ist unmöglich, die Möglichkeit nicht in Betracht zu ziehen, dass er sich auch gegen mich wenden könnte, wenn ich mich jemals in ihn verlieben sollte.

Zum vierten Mal klingelt Marks Telefon mitten im Gespräch. Jedes Mal verfinstert sich sein Gesicht, als er nachsieht, wer anruft.

»Alles in Ordnung?«, fragt Zade, der sein seltsames Verhalten bemerkt hat.

Mark wirft einen Blick auf Zade und zwingt sich zu einem angestrengten Lächeln, bevor er versucht, sein Telefon wieder wegzustecken. Betrunken lässt er es fallen und es ist fast schmerzhaft, ihm dabei zuzusehen, wie er es wieder aufhebt. Ich kann seine Knochen von hier aus knacken hören.

Während der Alkohol die Kontrolle über seinen Körper übernimmt, ist alles, worauf ich mich konzentrieren kann, dass es ihn noch älter wirken lässt. Die Leberflecken auf seinem kahlen Kopf und seine Hände sind dunkel geworden. Die Tränensäcke unter seinen Augen haben ein paar weitere Falten gebildet.

Er ist ein hässlicher Mann. Von innen und von außen. Es ist ein Wunder, dass seine Verdorbenheit ihn so tief sinken ließ, wo er doch alles hat, was die meisten Menschen sich im Leben wünschen. Geld, Macht, Einfluss und eine wunderschöne Frau, die ihn vielleicht lieben würde, wenn er nicht so böse wäre.

»Ja, ein paar meiner Kollegen flippen wegen eines blöden Videos aus, das geleaked wurde«, lallt Mark und steckt das Handy endlich in seine Tasche.

Zade versteift sich neben mir, aber sein Gesicht bleibt weiterhin nicht lesbar. »Ein geleakedes Video?«

Mark wedelt mit der Hand, in dem Versuch, das zu beschönigen, was er soeben gestanden hat. Ich sehe Zade an und bemerke das leichte Zucken in seinem Kiefer.

»Ja, aber ich sage ihnen immer wieder, dass sie sich keine

Sorgen machen müssen. Unsere Organisation wird sich darum kümmern, und niemand wird etwas davon erfahren.«

Ich öffne den Mund, um nachzufragen, aber ein kurzer, warnender Blick von Zade lässt mich die Lippen wieder schließen. Er muss von den Videos mit den Ritualen sprechen.

»Ich bin mir sicher, dass sie die notwendigen Schritte unternehmen, um das Video sicherzustellen, zusammen mit demjenigen, der es geleaked hat«, versichert Zade lässig und schwenkt seinen Drink, als lägen übrig gebliebene Aromen auf dessen Boden.

»Als könnten sie das!«, platzt Mark heraus und klatscht mit der Hand auf seinen verzierten Schreibtisch. »Das Video ist sichergestellt, das Problem ist, die Person zu finden, die die Videos geleaked hat. Sie hören und beobachten jeden unserer Schritte schon seit Monaten!«

Ich hätte nicht gedacht, dass Marks Gesicht noch röter werden könnte, aber er sieht langsam aus wie der Kool-Aid-Man.

»Nun, was auch immer das Problem ist, ich bin mir sicher, dass es bald erledigt sein wird.« Zade ist vorsichtig mit seinen Worten und weigert sich absichtlich, nachzuforschen und zusätzliche Informationen herauszuholen. Ich bin mir nicht sicher, ob das, was Mark sagt, ausreicht oder ob Zade es auf die lange Bank schiebt.

»Ja, sicher«, murmelt Mark. »Das Gute daran ist, dass uns nichts passieren kann. W-wenn einer von uns verschwindet und die O-Organisation vermutet, dass etwas im Busch ist, ratet mal? Sie werden innerhalb weniger Stunden aufbrechen und umziehen.« Unter schwerem Atem murmelt er: »Wir werden sowieso alle wissen, wem wir die Schuld geben können.«

Den Rest kann ich nicht hören, aber für eine Sekunde klingt es, als würde er Z sagen.

Eine bedeutungsschwere Pause entsteht, und es scheint, als müsse Zade sich sammeln. Mark ist zu erschöpft, um auf die Wortflut zu achten, die aus seinem Mund strömt.

Ich weiß nicht, was für eine verdammte Organisation das sein soll, aber offensichtlich sollten sie einem betrunkenen Mark und seinem großen Mundwerk nicht trauen. Er plaudert jede Menge Scheiße aus und obwohl ich das meiste nicht verstehe, kann Zade es äußerlich betrachtet nachvollziehen.

»Gut so, ich möchte nicht, dass meinem neuen Freund etwas passiert«, zieht Zade ihn vorsichtig auf. Sein Gesicht entspannt sich, als er sich zu Mark lehnt.

Mark glaubt es, lacht mit ihm und verbringt die nächsten zehn Minuten damit, meinem Schatten zu sagen, wie dankbar er ist, dass sie sich getroffen haben. Ich schnaube fast vor Ironie. Zade ist sowohl Marks Richter als auch sein Henker, und er ist zu dumm, um das erkennen zu können.

Zade nippt während der gesamten schleimigen Tirade an der bernsteinfarbenen Flüssigkeit in seinem Becher, aber als wir uns zum Gehen aufmachen, sieht es so aus, als hätte er kaum einen Tropfen davon getrunken.

»Vielen Dank für die Einladung«, sage ich freundlich.

Mark nimmt meine Hand in seine beiden Hände und ein kaltes Gefühl breitet sich in meinem Körper aus, das sich wie ein Parasit tief in mir vergräbt. Seine Hände sind schweißnass, aber ich spüre nur noch Eis. Dieser Mann … er ist böse. Es fühlt sich an, als würde man eine Leiche berühren.

Ich lasse die Hand von seiner gleiten und widerstehe dem Drang, sie an meinem Kleid abzuwischen. Ich würde ein so hübsches Kleid sowieso nicht ruinieren wollen. Gerade als ich rausgehen will, ruft Mark: »Wir sehen uns, Adeline.«

In der Sekunde, in der er die Tür hinter uns verschlossen hat, knurrt Zade leise: »Du wirst tot sein, bevor das passiert.«

Ich hätte nie gedacht, dass ich einen Mord gutheißen würde, aber bei Mark … vielleicht kann ich dieses eine Mal ein Auge zudrücken.

Eine weitere Woche vergeht und Zade spukt erneut in meinem Haus. In meinen Träumen. Meinen verdammten Albträumen. Und in diesem Moment, mit Zades Hand, die sich fest um meine Kehle legt und zudrückt, bis mir schwarz vor Augen wird, fühlt es sich weniger wie ein Albtraum als vielmehr wie die Hölle an.

Zum zehnten Mal erstarre ich und kann meine Glieder nicht dazu bringen, sich zu bewegen. Hitze peitscht gegen mein Inneres und der wilde Blick in seinen Augen – das unerbittliche Vergnügen, das er daraus zieht, mir das Leben auszusaugen – schürt nur die einzige Flamme, die in meinem Inneren brennt. Mit einem Zungenschnalzen und einem Seitenblick lässt er mich los. Als ob er genau wüsste, wie verdreht meine Organe sind.

Scheiß auf ihn.

Ich schwitze und werde immer gereizter, bis ich es nicht mehr aushalte. Er nennt mich weiterhin *Little Mouse*, aber soweit ich mich erinnere, sehen Mäuse nicht aus wie ertrunkene Kanalratten.

»Du bist zehnmal so groß wie ich und erwartest, dass ich einen Würgegriff brechen kann?«, schnauze ich, mehr aus Erniedrigung über mein anhaltendes Versagen.

»Genau das erwarte ich«, sagt Zade geduldig und ein kleines Grinsen umspielt seine Lippen. Ich würde es ihm am liebsten aus dem Gesicht schlagen.

»Ich habe es schon mehrmals versucht«, sage ich. »Und bin gescheitert.«

»Weil du nicht zuhörst. Du bewegst dich nicht einmal.«

Ich spotte und behaupte: »Das tue ich wohl.«

Er zieht unbeeindruckt eine Augenbraue hoch. »Jedes Mal, wenn ich dich würge, wirst du nervös und versuchst, mir in die Eier zu treten. Du machst nicht die Bewegungen, die ich dir beigebracht habe.«

Das Blut steigt mir in die Wangen und ich weiß nur, dass ich wie eine knallrote Kirsche aussehe. »Das ist eine Lüge«, schieße ich zurück. Er grinst nur, packt mich an der Kehle und drückt mich mit dem Rücken gegen die Wand hinter mir. Meine Augen verdrehen sich und wenn ich vernünftig wäre, würde ich die Bewegungen machen, die er seit einer Stunde mit mir durchführt. Aber alles, was ich tun kann, ist ihn anzustarren.

»Löse den Griff, Addie«, befiehlt er leise und seine tiefe Stimme lässt mir köstliche Schauer über den Rücken laufen.

Ich möchte mich räuspern, aber dann erinnere ich mich, dass meine Kehle von Zades ziemlich großer Hand zerquetscht wird.

Du schaffst das, Addie. Dir ist nur heiß, weil du vergessen hast, das Fenster zu öffnen.

Ich hebe meinen Arm, drehe mich nach vorn, bringe ihn über seinen ausgestreckten Arm und stoße ihn mit aller Kraft nach unten. Sein Arm bleibt fest und sein Körper dreht sich mit meinem, um meine Flucht zu verhindern. »Das kannst du nicht machen!«, schreie ich und meine Faust prallt an seinen stählernen Muskeln ab, als ich ihm einen Schlag auf die Brust versetzen will.

Er lässt mich frei. »Glaubst du wirklich, dass ein Angreifer das tut, was du von ihm willst? Wenn du versuchst zu fliehen, werden sie alles in ihrer Macht Stehende tun, um zu verhindern, dass du Erfolg hast.«

Ich schnaufe, völlig außer Atem, und bereit, ihm wieder in die Eier zu treten – oder es zumindest zu versuchen. Vielleicht mache ich stattdessen einfach einen Dropkick. Selbst wenn mein Zeh nur die Haare an seinen Eiern streift, werde ich mich erfolgreicher fühlen als jetzt.

»Du bist zu langsam. Ich erkenne deine Absicht schon aus einer Meile Entfernung. Du musst schneller sein, mich mit der Schnelligkeit und Stärke deines Angriffs überraschen.«

Er geht die Bewegungen noch ein paarmal mit mir durch und lässt seine Hände locker, während er meine Arme führt. Das machen wir schon die ganze Woche. Jetzt, wo Mark ein Auge auf mich geworfen hat, ist Zade paranoid, dass ich mitten in der Nacht verschwinden könnte.

Ich habe gesehen, wie seine Stirn vor Sorge in Falten lag, als er mir die mögliche Situation erklärt hat, die über meinem Kopf schwebt. Eine Bedrohung, die viel ernster ist als Max und seine Kumpel.

Zades Männer lauerten vor der Wohnung und ich habe das Gefühl, dass sie schon da waren, als ich Marks Haus verlassen habe. Ich hatte sie erst vor ein paar Tagen bemerkt und mein Mangel an Bewusstsein brachte mich tatsächlich zur Vernunft.

Die Frustration über die Situation wächst, als es mir wieder einmal nicht gelingt, mich aus Zades Würgegriff zu befreien. Wenn er mich einfach in Ruhe gelassen hätte, bräuchte ich von all dem nichts zu wissen. Lass mich mein Leben in Frieden und in seliger Unwissenheit über die Schrecken der Welt um mich herum leben.

Ich war glücklich. Gelangweilt, aber glücklich.

Jetzt bringt mir mein eigener Stalker Selbstverteidigungstechniken bei. Nicht gegen sich selbst, sondern gegen seine Feinde. Die Ironie ist mir nicht entgangen, im Gegensatz zu dem Erfolg, nicht zu Tode gewürgt zu werden.

»Weißt du, dass das alles deine Schuld ist?«, zische ich und eine Perle Schweiß tropft in mein Auge. Das Brennen ist winzig im Vergleich zu dem Feuer, das in meiner Brust wütet.

Zade bleibt stehen, und seine Augen studieren mich eingehend. »Ist es das?«, entgegnet er.

»Du tust so, als ob du dich um mich sorgst, oder was auch immer du dir einredest, was du für mich fühlst, aber ich bin *deinetwegen* in Gefahr gewesen. Das weißt du doch, oder? Max wäre nie gekommen, nachdem …«

Er tritt auf mich zu und mein Mund klappt unwillkürlich zu. Seine Gegenwart ist mächtig und ruft den Willen hervor, mich ihm zu beugen. Ob ich es will oder nicht. »Tu nicht so, als ob es durch den Fick mit Archie vorbei gewesen wäre. Der Mann hätte dich in ein Leben voller Schmerz und Leid gezerrt, und Max und die anderen hätten tatenlos zugesehen, wie Archie dich von innen heraus zerstört hätte. Ich habe dich vor diesem Leben bewahrt.«

Ich knurre. »Aber er wäre nicht hinter mir her gewesen, wenn du Arch nicht getötet hättest.«

»Du hast recht, und es war mein Fehler, Max nicht auszuschalten, als ich den Rest von Archies Familie erledigt habe. Aber ich werde mich nicht dafür entschuldigen, was ich getan habe. Hätte ich dich und Archie alleingelassen, wärst du verletzt und traumatisiert gewesen, und ich hätte ihn dann sowieso getötet. Wenn ich ihn nicht getötet hätte, weil er mein Eigentum angefasst hat, hätte er dich stattdessen verletzt. Archies Schicksal war in dem Moment besiegelt, als er dich die Treppe hinaufbegleitet hat.«

»*Du* hast mich traumatisiert.«

Er beugt sich herunter und schnipst mit den Fingern. »Little Mouse, aber nur, weil ich sie benutzt habe, um dich kommen zu lassen, nicht um dich bluten zu lassen.«

Ich knurre und weigere mich, das anzuerkennen. »Und Mark? Er hätte mich nie auf dem Radar gehabt.«

»Falsch«, schnauzt er. »Mark ist nicht wegen mir im *Bailey's* aufgetaucht, Adeline. Und er saß auch nicht meinetwegen an einem Platz, von dem aus er einen perfekten Blick auf dich hatte. Ich habe keine Aufmerksamkeit auf dich gelenkt und mein Bestes getan, um ihn abzulenken. Aber ich kann den umherschweifenden Blick eines Mannes nicht kontrollieren. Selbst wenn du ein Jahrzehnt älter bist als seine übliche Beute.«

Ich schrecke zurück, weil mich seine Andeutungen zutiefst anwidern. »Du wusstest, dass ich im *Bailey's* war«, mutmaße ich. »Und du wusstest, dass er auf dem Weg dorthin war? Warum hast du ihn dann nicht woanders hingeführt?«

Er richtet sich auf. »Glaubst du, dass ich Magie besitze und einen Mann beeinflussen kann, alles zu tun, was ich sage? Ich bedaure, dir sagen zu müssen, dass ich das nicht kann.«

Ich spitze meine Lippen angesichts der Herablassung in seinem Ton. »Ich habe es versucht, aber Mark wollte unbedingt ins *Bailey's* gehen und der Versuch, ihn zu zwingen, woanders hinzugehen, hätte ihn nur Verdacht schöpfen lassen.« Er macht einen weiteren Schritt auf mich zu und drückt mich gegen meine Schlafzimmerwand. »Und das ist das Letzte, was ich gebrauchen kann, wenn Marks Vertrauen in mich bedeutet, Leben zu retten. Denn weißt du, was ich tun kann, Little Mouse? Ich kann dich beschützen. Und ich kann dir beibringen, wie du dich selbst schützen kannst. Aber diese Kinder und Mädchen, die gefangen gehalten werden? Sie haben dieses Privileg im Moment nicht.«

Mein Blick fällt auf meine Zehen und ich schäme mich. Er hebt mein Kinn mit dem Finger an und ich bin zu sehr in Gedanken versunken, um mich zu wehren. »Du darfst wütend und frustriert über deine Situation sein. Du darfst sogar wütend darüber sein, dass ich dich stalke. Das Leben nimmt dir oft die Macht, aber was du kontrollieren kannst, ist, die Schuld in die richtige Richtung zu lenken. Schieb die bösen Absichten von Max und Mark nicht auf mich, obwohl ich mein Bestes getan habe, um dich vor ihnen zu *schützen*. Was wir die ganze Woche über getan haben, war, dich zu schützen. Du kannst also entweder all deine Bemühungen, dich wie eine Göre zu benehmen, in etwas Nützliches umwandeln, oder du kannst weiterhin in den Situationen, in die dich das Leben bringt, machtlos sein. Du hast die Wahl, Baby, denn ich werde diese Entscheidungen nicht mehr für dich treffen.«

Ich hatte vergessen, wie es sich anfühlt, wirklich wie ein Kind gescholten zu werden. Meine Mutter macht das zwar oft, aber wenn man bedenkt, dass das alles ist, was sie je gemacht hat, fühlte es sich weniger wie Schimpfen an, sondern eher wie ein normales Gespräch mit ihr. Aber jetzt? Ich fühle mich klein und aus der Form gebracht, wie ein Stück Papier, das in Zades Faust zusammengeknüllt wurde. Mein Stolz sträubt sich gegen dieses Gefühl, und ich wünsche mir nichts sehnlicher, als auf etwas einzuschlagen und meine Würde zu bewahren. Aber ich würde ihm damit nur recht geben. Er würde mich mit Überheblichkeit ansehen und ich würde nur noch mehr unter ihm zusammenschrumpfen.

»Okay«, lenke ich ein. »Gut. Dann bin ich eben sauer auf dich, weil du ein Creep bist.« Ich halte inne, hasse die Worte, weiß aber, dass sie gesagt werden müssen. »Es tut mir leid, dass ich die Schuld auf dich geschoben habe, aber es tut mir *nicht* leid, dass ich dir gleich in den Hintern treten werde.«

Er unterdrückt ein Lächeln, aber er kann die Emotion in seinen Yin-Yang-Augen nicht unterdrücken. Stolz. Belustigung. Etwas, das tiefer geht und viel beängstigender ist als Zades Hand, die sich um meine Kehle legt.

Ich lasse mir keine Zeit, in Panik zu geraten und gebe mich auch nicht der Leidenschaft hin, die er hervorruft, sondern lasse meinen Körper die Kontrolle übernehmen. Ich eile nach links und stoße meinen Ellbogen auf seinen ausgestreckten Arm, bevor er überhaupt blinzeln kann.

Sein Griff lockert sich. Und ich nutze den Moment, um meine ganze Frustration in meinen Gliedmaßen fließen zu lassen. Ich kann ihn vielleicht nicht für Max unangebrachte Schuld an Archs Tod oder Marks umherschweifende Blicke hassen, aber ich kann das auf eine andere Art gegen ihn verwenden. Auf eine Weise, die wirklich wichtig ist.

Ich balle meine Faust und schwinge sie zurück zu seinem Gesicht. Dann stoße ich meinen Ellbogen direkt auf seine Nase.

Sein Kopf zuckt gerade noch rechtzeitig zurück und mein Ellbogen trifft zielsicher, aber nicht stark genug, um ihm eine blutige Nase zu verpassen.

Er lässt los und ich habe das Gefühl, dass ich endlich atmen kann. Nicht, weil er so fest zugedrückt hat, dass ich wirklich erstickt wäre, sondern weil ich es endlich geschafft habe.

Er lacht tief und leise, als er sich von mir löst. Der Bastard sieht nicht im Geringsten aufgebracht aus, aber ich beschließe, mich nicht damit zu befassen. Wenn ich mich auf alles konzentriere, was ich nicht getan habe, dann beraube ich mich nur selbst meiner Macht.

»So ist es gut. Das war wirklich gut, Baby.«

»Nenn mich nicht so«, murmle ich, aber in Wirklichkeit spüre ich, wie ein Hauch von Stolz tief in mir anschwillt.

»Oder was?«, fordert er mich heraus. Ich seufze, weil ich im Moment nicht über die geistige Kapazität verfüge, mich mit Zade zu messen. Ich brauche eine heiße Dusche und dann ein langes Bad in der Badewanne. Ich weigere mich, zu baden, ohne vorher den Schmutz und den Dreck abzuwaschen. Ich mag es nicht, stundenlang in meinem eigenen schmutzigen Badewasser zu liegen.

Er zieht es noch eine ganze Stunde mit mir durch und zwingt mich, den Move immer und immer wieder auszuführen, bis ich keuche und er einen blauen Fleck unter dem Auge vorzuweisen hat.

Irgendwie sieht er dadurch nur noch heißer aus und ich möchte ihm dafür zum zehnten Mal ins Gesicht schlagen.

»Das reicht für heute«, verkündet er und lächelt, obwohl ich ihm gerade wieder mit dem Ellbogen ins Gesicht geschlagen habe.

»Gut, denn ich muss duschen und du musst verschwinden, denn du kommst definitiv nicht näher als einen Meter an dieses Badezimmer heran«, schimpfe ich und stemme die Hände in die Hüften. Ein Lächeln umspielt seine Lippen, langsam und lüstern, bis wieder Flammen an meinen Wangen lecken.

Bastard von einem Mann.

»Wer sagt, dass ich überhaupt im selben Haus sein muss, um dir beim Baden zuzusehen?«

Meine Augen verengen sich zu schmalen Schlitzen. »Im Badezimmer gibt es keine Kameras.«

Er lacht mit demselben sündigen Unterton. Er legt noch einmal seine Hand um meinen Nacken, aber mein Körper weigert sich, wieder mitzumachen. Seine Absicht ist gefährlich, aber nicht auf mein Leben gerichtet.

Sondern eher auf meine Vagina.

Was für ein verräterisches, nutzloses Ding du doch bist.

»Keine, von denen du weißt«, spottet er in einem tiefen, heiseren Flüsterton, bevor er mir einen sanften Kuss auf die Lippen drückt und mich damit zum Schweigen bringt. Er ist kurz und alles andere als süß. Seine Hand beugt sich und meine Pussy pulsiert gleichmäßig. »Vergiss nur nicht, meinen Namen zu stöhnen, wenn du den Duschkopf an deine Pussy hältst. Du kannst mit dem Wissen kommen, dass ich auch deinen stöhnen werde.«

Er lässt mich los, drückt mir eine Rose in die Hand und verlässt das Schlafzimmer, wobei er mir noch einen letzten warmen Blick zuwirft, bevor er die Tür hinter sich zuschlägt.

Ich schaue auf die Rose hinunter und drehe sie zwischen meinen Fingern, während die Welt um mich herum verschwimmt. Ich bin nicht einmal in der Lage, darüber nachzudenken, wo er sie die ganze Zeit über versteckt hat. Mein Herz schlägt mir bis zum Hals, als ich versuche, seine Worte zu verarbeiten. Sie waten gerade durch die animalische Erregung, die meinen Körper durchströmt, und kämpfen sich ihren Weg zu meinem Gehirn.

Wollte er mich nur verarschen? Oder werde ich wirklich mein ganzes Badezimmer zerlegen, anstatt ein wohlverdientes Bad zu nehmen? Denn ich hatte Pläne mit dem Duschkopf und Zades Name tendiert dazu, sich von meiner Zunge zu lösen, wenn ich komme.

Ich will nicht, dass er davon erfährt.

Ich wippe auf den Zehenspitzen und überlege, ob ich ihm nicht lieber wieder in den Arsch treten soll. Aber meine Knochen sind müde, der Schweiß rinnt an Stellen, die nur der Schwamm berühren sollte, und jetzt bin ich auch noch richtig geil. Ihm in den Arsch zu treten, wird nur dazu führen, dass er sich wieder Zugang zu meinem verschafft. Ich bin zu müde, um diese Situation mitzumachen. Wie auch immer. Er kann dieses eine Mal zuschauen. Wenigstens kann mich das Arschloch hinter seinem blöden Bildschirm nicht anfassen.

14. Februar 1946

John hat Sera und mich heute fast umgebracht. Ich bin kaum noch in der Lage, zu schreiben. Es ist spät in der Nacht. Die Polizei ist schon den ganzen Tag hier. Ich bin müde und mit den Nerven am Ende, aber ich muss es zu Papier bringen.

Mein Mann – mein dummer, dummer Mann – hätte uns fast umgebracht.

Er schuldet einigen Leuten Geld. Und er war anscheinend nicht in der Lage, sie zu bezahlen. Das erklärt, warum wir fast unser Haus verloren hätten. Gott sei Dank gibt es Ronaldo, er hat alle unsere Rechnungen bezahlt.

Obwohl John mir noch immer nicht glaubt, dass ich das Geld von einer Freundin bekommen habe.

Aber was spielt das für eine Rolle, wenn Johns schlechte Angewohnheiten meine Tochter und mich sowieso umbringen werden?

Zwei Männer sind ins Haus eingebrochen und haben mich mit einer Waffe bedroht, während Sera sich in ihrem Schlafzimmer versteckt hat. Sie verlangten, dass ich ihnen Geld gebe. Geld, das ich nicht habe.

John tauchte zufällig mitten im Geschehen auf, und Frank war bei ihm. Die beiden Männer rannten weg und konnten entkommen.
Ich bete, dass Frank die Schuldigen findet.
Aber das Schlimmste daran?
John hat sich immer noch nicht entschuldigt. Er denkt, er hat nichts falsch gemacht.
Und ich … Ich möchte ihn am liebsten umbringen.

Kapitel 27

Die Manipulatorin

Ich drifte gerade in einen tiefen Schlaf ab, als ich das Knarren einer Tür höre und mein Geist durch das Geräusch hochschreckt. Als ich mich umdrehe, um zur Tür zu schauen, ist sie fest verschlossen. Dann runzle ich die Stirn. Gerade als ich mir sicher bin, dass ich mir nur etwas eingebildet habe, sehe ich aus dem Augenwinkel eine Bewegung. Ich atme scharf ein, drehe mich um und sehe Zade vor meiner Balkontür stehen, eine glimmende Zigarette schimmert im Mondlicht.

Ich bin hellwach, setze mich auf und starre ihn an. »Wie lange bist du schon da draußen, du Freak?«, schnauze ich.

Zade öffnet die Türen, Rauch quillt aus seinem Mund.

»Eine Weile«, antwortet er schlicht und einfach. Er schnippt den Zigarettenstummel über den Balkon und zieht sich dann die Kapuze vom Kopf. Das Mondlicht scheint direkt auf ihn und lässt ihn unter dem weichen Licht leuchten. Welch ein Widerspruch, dass etwas so Dunkles so hell unter dem Licht leuchtet.

»Hör auf, deinen Müll überall hinzuschmeißen.«

»Du bist viel angenehmer, wenn du nicht weißt, dass ich da bin«, murmelt er mit gedämpfter Stimme, als er hereinkommt und die Türen hinter sich schließt.

Ich runzle die Stirn und kneife die Augen zusammen, um sein Gesicht besser zu erkennen. Irgendetwas stimmt mit ihm im

Moment nicht. Er ist gerade nicht sein übliches, hochnäsig grinsendes Selbst.

Er war erst vor ein paar Tagen hier und hat mit mir weiter trainiert. Ich habe endlich den Dreh raus, wie ich einige der Bewegungen, die er mir beigebracht hat, umsetzen kann. Ich werde schon bald ein knallhartes Mädchen sein. »Was ist los mit dir?«, zische ich, obwohl die Hitzigkeit ausbleibt.

Es ist fast so, als würde ich in diesem Moment echte Besorgnis empfinden.

Ich lege eine Hand auf meine Stirn und fühle, ob sie warm ist. Ich muss Fieber haben und im Delirium sein.

Er tritt aus dem Schatten und kommt näher. Mein Körper verkrampft sich, als er sich zum Bett bewegt und sich auf die Kante setzt. Es ist nicht ungewöhnlich, wie sich seine Kleidung über seinen Oberkörper spannt. Ich glaube, er kauft absichtlich Hemden und Pullis, die zwei Nummern zu klein sind. Aber in diesem Moment sieht sein Körper steif aus und die Muskeln in seinem Nacken und seinen Schultern scheinen angespannt zu sein.

»Ich bin heute nur müde«, sagt er leise.

Ich runzle noch mehr die Stirn, weil mir diese Seite von Zade nicht gefällt. Oder besser gesagt, es gefällt mir nicht, wie sehr es mich stört, diese Seite von ihm zu sehen. Ein innerer Kampf lässt mich erstarren, während ich versuche, zu entscheiden, was ich tun soll. Ihn aus meinem Haus werfen, ohne Rücksicht auf seine Verfassung. Oder sein seltsames Verhalten hinterfragen und ihm zeigen, dass es mich vielleicht interessiert.

Er lässt seinen Kopf kreisen, seine Knochen knacken und ich erschaudere bei den verstörend grotesken Geräuschen.

»Du, ähm, bist ganz schön angespannt«, sage ich und die Worte triefen vor Unbeholfenheit.

Er gibt ein Lachen von sich, aber es klingt nicht wirklich belustigt. Seufzend gebe ich nach und schiebe die Decke zurück. Mit großem Widerwillen krieche ich zu Zade und knie mich hinter ihn. Sein Körper spannt sich mehr an und ich hätte nie gedacht, dass er mir gegenüber so misstrauisch sein würde. Das macht mir mehr Sorgen als alles andere.

»Zieh das aus«, fordere ich zögerlich und zupfe an seinem Kapuzenpullover. Er dreht den Kopf und zeigt mir sein Seitenprofil. Nur sehr wenige Menschen haben ein attraktives Seitenprofil. Aber Zade sieht wunderschön aus, egal, aus welcher Perspektive man ihn ansieht.

»Warum?«, fragt er in einem sachlichen Ton. Da ich beginne, mich aufzuregen, öffne ich meinen Mund und will ihn anschnauzen. Ich versuche, nett zu sein, und er macht es mir schwer, wo es doch so schon schwer genug ist. Wie heißt es so schön: *Beiß nicht die Hand, die dich füttert?*

Aber ich halte mich zurück, die harten Worte liegen mir auf der Zunge, doch ich schlucke sie wieder runter. Hier geht es nicht um mich und meine Gefühle. Sich zu verteidigen, wird nichts bringen. Es wird nur dazu führen, dass er sich schlechter fühlt und vielleicht sogar geht. Und seltsamerweise würde es mir ein nur noch beschisseneres Gefühl geben.

Das sollte es nicht. Aber es würde.

»Weil es die Sache für mich einfacher machen würde«, antworte ich leise.

Er öffnet den Mund, aber was auch immer er sagen wollte, ist zusammen mit meinen Worten verschwunden. Widerwillig packt er seinen Kapuzenpullover hinter den Schultern und zieht ihn sich über den Kopf, wobei er sein weißes T-Shirt hochzieht. Ich erhasche einen flüchtigen Blick auf ein kunstvolles Tattoo, bevor sein T-Shirt wieder nach unten fällt. Er sagt nichts, sondern stützt seine Ellbogen auf die gespreizten Knie.

Mit dem Hintern auf den Fersen sitzend, atme ich aus und beginne, seine Schultermuskeln zu massieren. Es fühlt sich an, als würde ich meine Fingerknöchel in einen Felsbrocken drücken.

»Jesus«, murmle ich und presse fester. Er stöhnt tief auf, sein

Kopf sinkt zwischen seine Schultern, während ich an den Knoten arbeite, die seine Muskeln plagen.

Wir sprechen nicht miteinander. Meine Hände werden müde, aber ich beschwere mich nicht, und ich höre auch nicht auf. Langsam entspannt er sich unter der Berührung, seine Muskeln beginnen sich unter meinen beharrlichen Fingern zu lockern.

»Sag es mir«, flüstere ich und nehme einen besonders brutalen Knoten in Angriff, der ihm ein Stöhnen aus der Tiefe seiner Brust entlockt.

Er antwortet nicht sofort und ich kann den inneren Kampf durch sein Fleisch und seine Knochen hindurch spüren. »Ich habe heute ein junges Mädchen verloren«, gesteht er mit heiserer und unebener Stimme.

Ich schlucke und Traurigkeit lodert tief in meiner Brust auf. Er hält inne, und ich sage nichts. Ich überlasse es ihm, die Worte in seinem eigenen Tempo zu finden.

»Sie war sehr traumatisiert und hat nicht aufgehört zu schreien. Ich war noch nicht im Gebäude, ich war noch dabei, mir einen Weg hinein zu erarbeiten, als ich den Schuss gehört habe.« Er hält inne und nimmt sich einen Moment Zeit, um sich zu sammeln. »Ich habe das Gespräch belauscht, bevor sie sie getötet haben. Sie hat sich mit Händen und Füßen gewehrt. Egal, wie sehr sie ihr gedroht haben, sie zu töten, sie hat trotzdem gekämpft.« Seine Hände ballen sich zur Faust und jeder Muskel, den ich mühsam entspannt habe, spannt sich wieder an, während Zade gegen seine eigenen Dämonen kämpft. Ich kneife meine Augen zusammen und schimpfe mit mir selbst für das, was ich gleich tun werde. Aber wenn ich es nicht tue … wäre das unverzeihlich. Ich würde mich selbst hassen.

Leise seufzend setze ich mich auf meinen Hintern und schmiege mich an ihn wie ein Koala an einen Baum. Beine und Arme um seinen Oberkörper und mein Kopf ruht auf seinem breiten Rücken.

Er bewegt sich nicht, eine steinerne Säule inmitten der Trümmer seines Geistes, genau wie die Ruinen in Griechenland.

»Sterben ist nicht das Schlimmste, was ihr passiert ist. Es ist nur das Schlimmste, was dir und ihrer Familie passiert ist«, flüstere ich. Ich spüre, wie sich sein Kopf bewegt und seine Augen über seine Schulter zu mir schauen. Aber ich erwidere seinen Blick nicht. »Das Leben, das sie hätte führen müssen, wäre viel schmerzhafter gewesen als das, was passiert ist.«

»Meinst du, es ist gut, dass sie gestorben ist?«, fragt er und sein Ton wird ruhiger.

»Natürlich nicht«, beschwichtige ich ihn und drücke ihn fester an mich. »Aus ihrem Leben gerissen zu werden. Von ihrer Familie und ihren Freunden. Und dann in eine unglaublich schreckliche und beschissene Situation gebracht zu werden. Das ist das Schlimmste, was ihr passieren konnte.« Bei den letzten Worten versagt meine Stimme und ich brauche eine Minute, um mich wieder zu fangen. »Aber Sterben? Sterben nicht, Zade. Sie hat geschrien, weil sie gegen das Leben angekämpft hat, das sie ertragen musste. Es war nicht deren Recht, ihr Leben zu beenden. Aber sie haben es trotzdem getan und ich hoffe, sie leiden dafür. Aber nach allem, was sie ihr angetan haben, weiß ich, dass sie jetzt mehr Frieden hat, als sie es zu Lebzeiten gehabt hätte.«

Er schweigt und ich bin mir nicht sicher, ob er sich durch mich schlechter oder besser fühlt. Aber ich habe ihm gesagt, was ich glaube, was der Wahrheit entspricht. Manchmal sind Menschen einfach nicht dazu bestimmt, dieses Trauma zu durchleben. Eine Hülle von dem, was sie hätten sein können. Gebrochen und jeden Tag darum kämpfend, *nicht* zu sterben.

Ich glaube, wenn sie gelebt hätte, hätte sie lernen können, wieder glücklich zu sein. Ich glaube, dass jeder, der mit seinen inneren Dämonen kämpft, das sein kann. Wir sind alle dazu fähig. Aber manchmal nehmen unsichtbare Mächte es uns aus den Händen, und vielleicht bedeutet das, dass sie ihr Glück im Jenseits finden sollen.

Ich entferne mich von Zade. Sein Kopf senkt sich und er sieht fast enttäuscht aus.

Er steht auf und will zur Tür gehen, aber er schafft keine zwei Schritte, bevor ich seine Hand ergreife und ihn zurückziehe. Er schaut mich schweigend und verwirrt an.

»Ich hasse dich immer noch«, murmle ich und die Lüge schmeckt auf meiner Zunge bitter. »Aber ich will, dass du dich zu mir legst, Zade.«

Ich schlage die Decke zurück und signalisiere ihm, dass er ins Bett kommen soll. Es kostet mich große Mühe, den Blick von ihm abzuwenden, als er seine Stiefel auszieht und sich neben mich platziert. Er legt Wert darauf, oben auf der Bettdecke zu bleiben, und ein Teil von mir nimmt ihm das ein wenig übel.

Ich bin nervös. Bis jetzt wurde mir jede Begegnung aufgezwungen. Und jetzt, wo ich die Entscheidung getroffen habe, dass er hier sein darf, weiß ich nicht, was ich tun soll.

»Warum warst du auf meinem Balkon?«, platzte ich heraus. Er lacht, dreht sich zu mir um und fordert mich auf, es ihm gleichzutun. Angespannt drehe ich mich auf die Seite und versuche, vor der Intensität dieses Mannes nicht in Ohnmacht zu fallen.

»Ich wollte dich beobachten«, gesteht er. Und dann fügt er mit trockener Belustigung hinzu: »In Frieden.«

Ich schnaube. »Tut mir leid, dass ich dein Stalken unterbrochen habe. Nächstes Mal mache ich ein paar Posen für dich.«

Ich werde nie zugeben, dass mich seine Antwort erschaudern lässt. Sowohl eiskalt als auch feurig heiß. Er grinst und es macht mich traurig, dass es nicht bis zu seinen Augen reicht.

»Das würde ich zu schätzen wissen«, murmelt er abwesend. Seine Augen tasten meine Kurven ab, als wären sie die Schrift und er ist ein Sünder, der nach einem Beweis für einen Gott sucht, den er nicht mehr länger hören kann.

»Du brauchst Abstand von mir, während du mir doch nahe sein willst. Klingt wie eine Ehe«, sage ich ausdruckslos.

»So ist es.«

Wir verfallen in Schweigen, aber es ist von Traurigkeit, Schuldgefühlen und Wut gezeichnet. Es wimmelt von Emotionen wie bei einem Imker, der einen Bienenschwarm hält. Ich werde davon gestochen und es brennt auf meiner Haut.

»Küss mich«, flüstere ich.

Wenn es nur das Brennen in uns beiden lindern könnte.

Er hält still und mein Mut lässt nach, also beuge ich mich vor und ergreife stattdessen die Initiative.

Ich nehme seine Lippen in die meinen auf und genieße die ungewöhnliche Art von Brennen, das von unserer Verbundenheit ausgeht. Er zögert nicht, meinen Kuss zu erwidern, aber er ist langsam. Obwohl er nicht weniger intensiv ist, fehlt ihm die übliche Härte. Das ist etwas, von dem ich bis jetzt nicht gedacht habe, wie sehr ich es vermissen könnte.

Fast schon verzweifelt knabbere ich an seiner Unterlippe, bevor ich sie in den Mund nehme. Seine Hände halten meine Taille fest umklammert und für einen Moment denke ich beinahe, dass er mich wegstoßen wird. Aber dann bricht er zusammen, seine Entschlossenheit gibt nach und schließlich – endlich – erfreut er sich an meinen Lippen. Er kostet mich, als würde er Eiscreme aus einer Waffel lecken. Meine Hände tauchen in sein Haar und erforschen die weichen Strähnen, während seine eigenen meinen Körper mit der gleichen Ehre segnen.

Er schlüpft unter die Bettdecke und streichelt meine Kurven. Seine Zunge kämpft gegen meine und erzeugt einen Tornado aus Leidenschaft und einer Million aufgestauter Gefühle. Die Bettdecke fühlt sich schwer und erdrückend auf meinem Körper an, aber als ich versuche, mich loszureißen, hält Zade mich weiter gefangen. Ich reiße mich von ihm los und er folgt mir. Es ist aussichtslos, zu entkommen, wenn ich mich seinen Lippen nicht entziehen kann.

»Lass mich los«, keuche ich zwischen einem Biss seiner Zähne.

»Wir werden diese Grenze nicht überschreiten, Addie«, sagt er mit Nachdruck.

»Warum?« Ich stoße den Atem aus und der logische Teil in mir wehrt sich gegen die dumme Frage. Ich sollte erleichtert sein.

»Denn wenn ich dich das erste Mal ficke, möchte ich, dass du alles von mir hast. Nicht nur ein bisschen.« Er holt tief Luft. »Ich bin im Moment nicht ganz da. Und ich kann dich nicht anbeten, wenn alles, was ich vor mir sehe, sie ist.«

Ich strecke meine Hand aus und zeichne seine Narbe nach, woraufhin er zittrig ausatmet.

»Okay«, flüstere ich. Ich habe verstanden. Er leidet im Moment und ich bin nur eine vorübergehende Ablenkung. Es stört mich nicht, wenn ich weiß, dass das Mädchen, an das er denkt, *sie* ist. Sie, die jetzt tot ist. Ein Tod, für den er sich die Schuld gibt. »Es tut mir leid, du hast recht. Aber ich möchte, dass du weißt, dass es nicht deine Schuld ist. Die Was-wäre-wenn-Fragen werden dich so lange quälen, wie du sie zulässt, Zade. Aber du musst dich an all die Mädchen erinnern, die du gerettet hast. Vergiss nicht, auch an sie zu denken.«

Er antwortet nicht. Stattdessen beugt er sich vor und lässt seine Lippen über meine gleiten. Ich lasse ihn erforschen, unser Kuss wird viel ruhiger. Das Brennen ist ein leises Knistern, das unter der Oberfläche brodelt, aber keinen Sauerstoff mehr hat, um zu wachsen. Sex ist nichts, was einer von uns beiden im Moment braucht. Er ist nicht in der richtigen Stimmung und ich weiß nicht, ob ich es jemals sein werde.

Die Sache mit Zade ist verwirrend. Irgendwann werde ich dem ein Ende setzen müssen. Nur nicht heute Abend.

Das Handy vibriert in meiner Hand und ich seufze, als ich sehe, dass es meine Mutter ist. Obwohl mein Gehirn mir sagt, dass ich es nicht tun soll, klicke ich auf die grüne Taste und hebe das Telefon an mein Ohr. »Hey, Mom«, begrüße ich sie und versuche, mit meiner Stimme nicht zu verraten, wie ich mich wirklich fühle.

»Hallo, Honey. Wie geht's dir?«, fragt sie und ihre raue Stimme lässt meinen Körper erstarren. Das ist eine antrainierte Reaktion, wenn mir passiv-aggressive Beleidigungen entgegengeschleudert werden, wie die meiste Zeit.

»Mir geht es gut, ich mache mich nur für die Kirmes fertig«, antworte ich und schaue zu Daya hinüber. Wir sind in meinem Zimmer und ziehen uns an, ein berauschendes Gefühl der Vorfreude liegt in der Luft.

Satan's Affair steht an und dort haben wir immer die verdammt noch mal beste Zeit. Ich weiß, dass es heute Abend nicht anders sein wird. Ich werde endlich mal eine Nacht haben, in der mein Kopf nicht voll von gefährlichen Männern und einem ungeklärten Mordfall ist. Oder vielleicht von einem besonders gefährlichen Mann, den ich seit einer Woche nicht mehr gesehen habe.

»Dieser Spukmarkt, zu dem du jedes Jahr gehst?«, fragt sie spöttisch. »Ich verstehe nicht, warum du so etwas gern besuchst. Ich schwöre, dass es eine psychische Störung ist, wenn man Horror so sehr genießt.« Den letzten Teil murmelt sie, aber nicht so leise, dass er über das Telefon nicht zu hören wäre. Lästige Funksignale.

Ich verdrehe die Augen. »Gab es einen Grund für deinen Anruf, Mom?«

Daya schnaubt und ich werfe ihr einen bösen Blick zu.

»Ja, ich wollte wissen, wie deine Pläne für Thanksgiving aussehen. Ich nehme an, dass du und Daya zu Besuch kommen werdet?«

Ich unterdrücke das Stöhnen, das sich seinen Weg durch meine Kehle bahnt. Daya und ich sind wie ein Ehepaar und teilen die Ferien zwischen unseren Familien auf. Sie hat eine große Familie, die mich immer mit offenen Armen empfangen hat. Bei ihren Zusammenkünften wird laut gelacht und gespielt, und ich sterbe jedes Mal vor Glück, wenn ich ihr Essen esse.

Meine Familie hingegen ist klein und angespannt. Meine Mutter verfügt zwar über umwerfende Kochkünste, aber es fehlt ihr an Wärme und Gemütlichkeit, und ich gehe meistens früh ins Bett und verschwinde morgens wieder.

»Jap«, bestätige ich. Ich verziehe meine Lippen und denke darüber nach, etwas sehr Dummes zu tun, jetzt, wo ich sie am Telefon habe. »Hey, äh, Mom?«

»Hmm?«, brummt sie, ein Hauch von Ungeduld schwingt in ihrem Ton mit.

»Kann ich dir ein paar Fragen zu Gigis Ermordung stellen?«

Dayas Augen weiten sich beinahe merkwürdig und sie fragt: »Was machst du da?«

Sie weiß genauso gut wie ich, dass Mom es nicht gut finden würde, wenn wir Gigis Mord untersuchen würden. Aber ich muss sie fragen. Sie könnte wertvolle Informationen haben und ein Streit mit ihr könnte es wert sein, wenn ich etwas Neues herausfinden kann.

Sie seufzt. »Wenn dich das davon überzeugt, aus diesem Haus auszuziehen.«

Ich gebe ihr keine Antwort darauf und lasse sie glauben, was sie will, wenn es sie zum Reden bringt. »Kanntest du Grandpa Johns besten Freund? Frank Williams?«

Sie schweigt für einen Moment. »Den Namen habe ich schon lange nicht mehr gehört«, sagt sie. »Ich habe ihn nicht persönlich gekannt, aber deine Nana hat von ihm gesprochen.«

»Was hat sie über ihn gesagt?«

Sie seufzt. »Nur, dass er oft da war, bis Gigi ermordet wurde, dann ist er irgendwie verschwunden.«

Meine Lippen kräuseln sich. »Weißt du etwas über Grandpa Johns Glücksspielgewohnheiten?«, dränge ich, unfähig, den hoffnungsvollen Ton zu unterdrücken. Leider merkt sie es.

»Warum fragst du, Addie?«, wehrt sie mit einem müden Seufzer ab. Sie ist immer müde, wenn es um mich geht.

»Weil es mich interessiert, okay? Ich habe Franks Sohn getroffen«, gebe ich zu. »Mark. Er hat mit mir über Gigi gesprochen. Er erinnerte sich an sie und erzählte mir einige interessante Dinge über Johns Glücksspiel.«

Ich gebe nicht zu, dass ich selbst in ihrem Fall ermittle. Mir wäre es lieber, sie würde annehmen, dass wir zufällig eine Verbindung haben und darüber sprechen, mehr nicht.

»Wie bist du überhaupt in Kontakt mit einem Mann von diesem gesellschaftlichen Ansehen gekommen? Gott, Addie, bitte sag mir, dass du dich nicht an ihn verkauft hast.«

Eine Fliege könnte in meinen Mund schwirren und ich würde es nicht merken. Mein Mund steht offen und alles, was ich fühle, ist Schmerz.

»Warum … warum denkst du, dass ich so etwas tun würde?«, frage ich langsam und mein Herzschmerz ist deutlich zu hören. Ich kann es nicht verbergen – nicht, wenn meine Mutter mich gerade beschuldigt hat, eine Prostituierte zu sein.

Sie schweigt wieder und ich frage mich, ob sie gemerkt hat, dass sie zu weit gegangen ist. »Wie hast du ihn denn kennengelernt?«, fragt sie schließlich und lenkt damit von einer Frage ab, auf die ich wirklich gern die Antwort wüsste.

Ich schniefe und beschließe, es dabei zu belassen. Es spielt keine Rolle, warum sie es denkt, nur dass sie es denkt. »Daya hat Freunde in hohen Positionen. Wir haben uns auf einer Dinnerparty kennengelernt und er meinte, ich käme ihm bekannt vor, also habe ich ihm gesagt, mit wem ich verwandt bin, so kam es dann zustande«, lüge ich und bemühe mich, meine Stimme ruhig zu halten.

Daya zieht eine Augenbraue hoch, kommentiert das Gesagte aber nicht. Es fühlt sich an, als ob ein Pfeil durch meine Brust geschossen worden wäre – das Gefühl ist eng und scharf.

»Deine Nana sagte, dass John sie mit seinem Glücksspiel in eine gefährliche Situation gebracht hat, aber nicht lange vor Gigis Tod schien das alles vorbei zu sein. Er blieb lange weg und kam schlecht gelaunt nach Hause, nur, um sich mit Gigi über alles zu streiten, worüber er an diesem Tag wütend war. Frank war ein Schwamm für ihre Beziehung. Als ihre Ehe scheiterte, wurde er wohl ein paarmal mitten ins Geschehen gedrängt. Nana erzählte von einem Vorfall kurz vor Gigis Tod, bei dem sie und Frank in einen Streit gerieten. Nana erinnerte sich nicht an viel, nur daran, dass Frank Gigi gepackt und auf den Boden gestoßen hatte und etwas über einen Verrat sagte. Das ist alles, was ich weiß«, erklärt sie steif, als würde sie einen Vers aus der Bibel rezitieren.

Das war ihre Entschuldigung. Obwohl sich das beklommene Gefühl in meiner Brust nicht verringert hat, nehme ich sie trotzdem an.

Ich denke darüber nach und frage mich, warum Frank so wütend war, weil Gigi John betrogen hat. Vielleicht hatte Frank es satt, immer zwischen den Stühlen zu stehen. Johns Verhalten wurde immer schlechter und es schien damit zu beginnen, dass sich Gigis Einstellung ihm gegenüber änderte, nachdem sie anfing, sich in Ronaldo zu verlieben.

Es ist möglich, dass Frank Gigi die Schuld für Johns Verhalten und die Tatsache gab, dass er seinen Freund an eine gefährliche Sucht verlor.

»Nur noch eine letzte Frage«, schlage ich vor, da ich spüre, dass sie auflegen will. Sie rief an, um sich nach dem Thanksgiving-Essen zu erkundigen und wurde in ein ehrliches Gespräch mit ihrer Tochter hineingezogen. »Erinnerst du dich daran, dass Nana immer auf den Dachboden gegangen ist? Weißt du, warum sie das getan hat?«

»Ja. Als ich ein Kind war, ging sie dorthin, um allein zu sein. Ich weiß nicht warum, sie hat immer nur gesagt, dass sie dorthin geht, um nachzudenken. Wir durften nie dorthin. Warum fragst du?«

Mein Herz schlägt mir bis zum Hals, als sich ein unerwünschter Gedanke anschleicht. Ich fühle mich nicht wohl dabei, ihr zu sagen, was ich gefunden habe. Stattdessen zucke ich mit den Schultern und sage: »Ich dachte, ich hätte sie auch oft dort oben gesehen, aber ich war mir nicht sicher. Ich war nur neugierig.«

»Okay, wenn das alles ist … Ich muss für deinen Vater Abendessen kochen. Ich schicke dir eine Nachricht mit den Details«, sagt sie.

»Bye«, murmle ich, bevor ich auflege.

»Was hat sie gesagt?«, fragt Daya leise, aber ich weiß, was sie wirklich fragen will. Was hat meine Mutter gesagt, dass ich so verdammt verletzt aussehe.

Ich lache spöttisch. »Sie dachte, ich hätte mich vielleicht für Mark prostituiert.«

Ihr Mund klappt auf, aber sie schließt ihn schnell wieder. »Das ist schrecklich, Addie. Es tut mir so leid«, entschuldigt sie sich und ihr Gesicht verzieht sich vor Mitgefühl. Daya hatte immer eine wunderbare Familie, aber sie ist schon lange genug dabei, um zu wissen, wie es ist, mit meiner Mutter aufzuwachsen.

Ich winke ab. »Sie hat schon Schlimmeres gesagt.«

»Was hat sie über Frank gesagt?«

Ich wiederhole alles, was Mom mir erzählt hat, und als ich fertig bin, starrt sie mich nur mit großen Augen an. Die gleiche Reaktion habe ich bekommen, als ich ihr erzählt habe, was ich von Mark über Ronaldo und John herausgefunden hatte.

»Alles, was ich weiß, ist, dass Gigi große Scheiße angezettelt hat, als sie begann, sich in Ronaldo zu verlieben«, beende ich den Satz seufzend.

Daya spitzt ihre Lippen. »Apropos Stalker … willst du deiner Mutter nicht von Zade erzählen?«

Ich werfe ihr einen Blick zu. »Das ist so, als würdest du fragen, ob ich ihr erzählen will, wie ich mich einmal von einem Typen mit seinen Fingern bumsen ließ, mitten auf einem Konzert.«

Sie schnaubt. »Ja, okay, diesmal hast du gewonnen.« In ihren grünen Augen blitzt Zögern auf und ich weiß, welche Frage kommen wird. Ich richte mich auf und bereite mich auf sie vor.

»Er hat sonst nichts darüber gesagt, was er beruflich macht? Oder warum er hinter Mark her ist?«

Die letzte Frage ist genau der Grund, warum ich ihr nicht

sagen kann, wer Zade ist. Er hatte gesagt, dass er etwas darüber weiß, wer Mark wirklich ist und worin er verwickelt ist, bis auf die paar wenigen Leute, die ihm assistieren.

Ich schüttle den Kopf und weigere mich, meiner Lüge eine Stimme zu geben. Daya nickt und akzeptiert meine Antwort, ohne nachzudenken, und die Schuldgefühle, die in mir aufsteigen, sind fast unerträglich. Ich habe ihr ins Gesicht gelogen und sie hat es nicht einmal hinterfragt.

Sie schenkt mir einen Schuss Rum ein und reicht ihn mir. »Hier, das wird dich aufmuntern. Vor einem Geisterkarneval vorzuglühen ist wie ein Gesetz.«

Ich nehme den Shot an und schlucke ihn hinunter. Als ich das Glas abstelle, ist das Lächeln zurück auf meinem Gesicht. Alkohol heilt die Schuldgefühle nicht, aber wenigstens bin ich nicht mehr sauer, dass meine Mutter mich eine Prostituierte genannt hat.

Sie schnaubt, als sie mein Gesicht sieht. »Was glaubst du, wie die Spukhäuser dieses Jahr aussehen werden?«, fragt sie und tupft sich etwas schimmernden braunen Lidschatten auf ihr Augenlid. Wenn sie fertig ist, wird sie gefährlich aussehen. Der Lidschatten wird ihre salbeigrünen Augen auf ein bedrohliches Niveau heben und alle Monster anlocken.

»Ich weiß es nicht, es ist immer schwer zu sagen. Das ist so, als würde man versuchen, das nächste Thema für *American Horror Story* zu erraten.«

Die Häuser bei *Satan's Affair* folgen normalerweise alle demselben Motto. In einem Jahr waren die meisten Spukhäuser wie Gefängnisse eingerichtet und in jedem Haus musste man herausfinden, wie man entkommen konnte.

Das ist bis heute eines meiner Lieblingsthemen. Das war auch das Jahr, in dem Daya sich in die Hose gemacht hat. Sie bringt jetzt extra Klamotten zum Wechseln mit und ich ziehe sie jedes Mal damit auf.

»Bist du bereit?«, fragt sie und tuscht ein letztes Mal ihre Wimpern mit ihrem Mascara-Stift.

»Mädchen, ich bin so was von bereit. Lass uns gehen, Pinkel-Buddy.«

»Bitch«, murmelt sie, aber ich höre es kaum über mein böses Gackern.

Satan's Affair ist einer meiner Lieblingsorte auf der Welt. Nachts wird der Jahrmarkt von Gelächter, Schreckensschreien, Aufregung und Stöhnen vor Freude über das frittierte Essen erfüllt.

Wenn man das Feld voller Geisterhäuser, Fahrgeschäfte und Food Trucks betritt, ist das, als würde man auf pure statische Energie treffen.

Daya und ich werden sofort in die Menge hineingesogen. Es ist fünf Uhr, schon stockdunkel und einige der Monster beginnen bereits, in die Menge zu tröpfeln. Mein Blick fällt auf ein Mädchen, das als kaputte Puppe verkleidet auf der Bank sitzt und fröhlich ein Philly-Cheesesteak-Sandwich isst.

Ich stöhne fast auf, denn der Duft von gegrilltem Fleisch lässt mir das Wasser im Mund zusammenlaufen. Ich stupse Daya an und zeige auf sie. »Sie ist als Puppe verkleidet.«

Daya brummt und unser beider Augen schweifen über die Häuser. Sie sind noch nicht beleuchtet, aber bei einigen von ihnen ist das Motto offensichtlich.

»Unsere Kindheit«, murmle ich und bemerke das Puppenhaus mit dem Namen »*Annie's Playhouse*« neben einem Haus mit dem Namen »*Tea Massacre*«. Der Eingang ist ein riesiger Teddybär mit einem fehlenden Auge, einem abgerissenen Ohr und Blutspritzern in seinem Fell, während er ein blutiges Messer in der Hand hält.

Es erweckt eine Erinnerung aus meiner eigenen Kindheit zum Leben, in der ich mit Hunderten anderen kleinen Mädchen an einem Tisch voller Stofftiere und leerer Teetassen saß. Das Haus wird keine angenehme Teeparty sein, sondern eins voller mörderischer Plüschtiere und gruseliger Monster.

»Das wird jede einzelne unserer Kindheitserinnerungen wecken, nicht wahr«, schlussfolgere ich.

»O ja«, sagt Daya und ihre Lippen verziehen sich sowohl vor Aufregung als auch vor Angst.

Ich nehme Dayas Hand und führe sie zu den Food Trucks. Wir essen gern zuerst, bevor wir von Monstern belästigt werden. Es ist unangenehm, wenn mir ein Corndog halb in den Hals geschoben wird, während ein gruseliges Monster über mir steht und mir in den Nacken atmet.

»Was hört sich gut an?«, frage ich und lasse meinen Blick hungrig über die endlosen Möglichkeiten schweifen.

»Wie kannst du dich überhaupt entscheiden?«, jammert Daya und teilt mein Dilemma.

»Wir müssen mindestens einen richtig guten Hot Dog und die Trüffelpommes holen. Oh! Und das gebratene Gemüse. Oh, und vielleicht …«

»Du grenzt es nicht ganz so gut ein, wie du denkst«, unterbricht mich Daya mit trockenem Ton.

»Okay, gut. Die kaputte Puppe da drüben isst gerade ein Philly Steak. Wie wäre es damit und ein paar Pommes fürs Erste?«, frage ich.

»Geh voran«, sagt sie und streckt ihre Hand in einer ungeduldigen Geste aus. Ich lache nicht einmal – ich nehme Essen sehr ernst, wenn ich hungrig bin.

Als mir die Dame im Imbisswagen mein Essen reicht, bin ich ausgehungert und zittere vor Verlangen, meine Zähne in etwas mit Substanz zu versenken. Das Fett brutzelt auf unseren Pommes, als wir sie in unsere ungeduldigen Münder schieben und uns zwingen, Luft einzuziehen, während sie unsere Zungen versengen. Als wir eine leere Bank finden, habe ich die Pommes schon verschlungen und habe mehrere leckere Bissen von dem Sandwich genommen. Daya ist sogar noch weiter als ich – wahrscheinlich, weil sie sich darauf verlassen hat, dass ich einen Platz zum Sitzen finde.

Schließlich setze ich mich hin und schiebe mir das Sandwich in den Mund, ohne mich um die Soße zu kümmern, die an meinem Kinn hinunter tropft. Irgendwo in meinen Gedanken frage ich mich, ob Zade hier ist. Ob er mich beobachtet, wie er es normalerweise tut. Würde er sich über meine mangelnden Manieren empören?

Das hoffe ich verdammt noch mal.

Andererseits würde der Idiot etwas darüber sagen, wie sehr er es mag, wenn ich schmutzig bin, und dann würde ich ihm am liebsten ins Gesicht kotzen.

Lügnerin.

Gerade als wir mit dem Essen fertig sind, erwachen die Spukhäuser zum Leben, die Lichter gehen an und signalisieren den Gästen, dass es Zeit ist, sich anzustellen.

Daya und ich eilen zuerst zu *Annie's Playhouse* und ergattern einen Platz in der Nähe des Eingangs. Wir lehnen uns gegen das Geländer, als ein eisiges Gefühl in meinem Nacken kribbelt und meine Wirbelsäule hinunter wandert. Es fühlt sich an, als ob Löcher in meinen Rücken gebohrt werden.

»Addie«, ruft eine Stimme hinter mir und jemand tippt mir sanft auf die Schulter, genau in dem Moment, in dem ich mich umdrehen will.

Meine Augen weiten sich und ich drehe mich um, sodass ich Mark gegenüberstehe.

Oh, fuck.

»Mark!«, rufe ich überrascht und zwinge ein Lächeln auf mein Gesicht. Ich konnte noch nie gut schauspielern, schon gar nicht, wenn ich so tun muss, als würde ich mich freuen, dass ein Pädophiler hinter mir steht.

Besser gesagt vier Pädophile.

Bei ihm sind Claire und drei andere ältere Männer. Ich erkenne sie vage und nehme an, dass es sich ebenfalls um Politiker größeren Kalibers handelt.

»Wie groß sind die Chancen, dass wir uns gerade hier treffen?

Ich wusste nicht, dass du hier bist«, sagt Mark und sein Blick wandert immer wieder zu Daya. »Und wer ist die junge Dame hier?«

Daya lächelt, obwohl sie nicht einmal versucht, ihr Lächeln echt wirken zu lassen. »Daya«, antwortet sie für mich.

Mark spürt ihre Gleichgültigkeit und schenkt ihr ein Lächeln. »Nun, es freut mich sehr, dich kennenzulernen. Addie, das sind meine Kollegen. Jack, Robert und Brad.«

Wir tauschen Höflichkeitsfloskeln aus, während wir uns in die Schlange einreihen. »Also, wo ist Zack?«, fragt Mark und schaut sich um, als ob sich ein Mann weit über einen Meter achtzig hinter mir verstecken würde.

»Er ist auf der Suche nach einer Toilette«, lüge ich.

Ich weiß nicht, warum ich das tue, dafür gibt es keinen Grund. Aber ich habe so ein Bauchgefühl, dass Mark, wenn er denkt, dass Daya und ich hier allein sind, vielleicht etwas Zwielichtiges anstellen würde.

»Apropos Zack«, mischt sich Brad ein. »Ich habe gehört, dass ihr beide sehr verliebt seid. Wie habt ihr euch kennengelernt?«

Mein Herz wird schwer und einen Moment lang denke ich, dass Mark vielleicht von dem Vorfall im Kino erfahren hat. Aber dann erinnere ich mich, dass Zade mir versichert hat, dass die Kameraaufnahmen gelöscht wurden, als er mich nach Hause gefahren hat. Brad sieht aus, als müsste er eine Sauerstoffflasche mit sich herumtragen. Mark ist bereits mitten in seinen Achtzigern und die anderen Männer sind nicht weit davon entfernt, aber vor allem Brad sieht aus, als würde er der Schwerkraft trotzen, indem er aufrecht steht.

Ich spinne dieselbe erfundene Geschichte wie Zade im *Bailey's* und hoffe, dass die Messer in meinen Augen, wenn ich mit meinem Schatten zu tun habe, durch Herzen ersetzt werden.

Claire stellt selbst ein paar Fragen, ihr Ton ist zurückhaltend. Zum Beispiel, wie lange wir schon zusammen sind und ob wir vorhaben, bald zu heiraten. Schweiß säumt meinen Haaransatz, die Lügen sprudeln aus meinem Mund wie die fantastischen Welten aus meinen Fingern, wenn ich schreibe.

Zum Glück dauert es nur noch ein paar Minuten, bis wir am Anfang der Schlange stehen und Mark und seine unheimlichen Freunde los sind. Auch wenn wir ein stickiges Spukhaus betreten, fühlt es sich hier drinnen entspannter an.

Das Haus ist in Pink gehalten, mit weißen Holzböden, Rüschen überall und toten kleinen Mädchen, die überall kichern. Ich schwöre, dass ich am Ende des Flurs eine zwei Meter große Puppe sehe, deren Körper durch den bunten Rauch entstellt ist und deren Gesicht blutig ist. Sie ist weg, bevor ich es mit Sicherheit sagen kann. Daya und ich drängen uns zusammen und schauen nach links und rechts – nicht ganz sicher, in welche Richtung wir gehen sollen. Ein Mann mit einem absterbenden, blutverschmierten Gesicht schlüpft vor uns aus dem Schatten, und ein anderes Mädchen, das wie eine verrückte Puppe gekleidet ist, kommt mit einem blutigen Messer in der Hand heraus.

Es kommt so plötzlich, dass ich zurückschrecke. Dayas Schreie dringen an meine Ohren, als sie uns verfolgen und in ein Wohnzimmer mit einer blauen Couch und einer Schaufensterpuppe, die ein Kind gebärt, drängen.

Ich kann gar nicht lange genug hinschauen, bevor uns ein weiteres Monster anspringt. Ich lache durch einen Schrei hindurch und renne vor einer mechanischen Schaufensterpuppe weg, die einem Sensenmann ähnelt.

Dayas Nägel graben sich in meinen Arm. Eine Reihe von Monstern und Puppen springt auf uns zu, stürzt sich auf uns und jagt uns eine Heidenangst ein.

Ein Grund, warum *Satan's Affair* so beliebt ist, ist die sorgfältige Auswahl der Schauspielerinnen und Schauspieler. Sie sind *zu* gut in ihrem Job. Sie haben nicht nur das beste Make-up, sondern wissen auch genau, was sie tun müssen, um jemanden zu erschrecken.

Wir kehren zurück zum Foyer, aber dieses Mal werden wir die Treppe hinaufgejagt.

Daya stolpert auf einer der Stufen und ihre Flüche werden von meinem schallenden Lachen verschluckt.

»Verpiss dich«, quiekt sie durch das Lachen, ihre Augen sind immer noch vor Schreck geweitet, während sie weiter die Treppe hinaufstürzt, um dem Monster zu entkommen.

Als wir es endlich nach oben schaffen, fallen wir fast auf den Boden, weil uns eine Mischung aus Lachen und Angst überkommt. Das Monster lässt uns in Ruhe, während wir uns aufrichten und den Gang hinuntergehen, wobei das flackernde Stroboskoplicht einen halluzinogenen Effekt erzeugt. Der Rauch ist hier oben dichter und macht es schwieriger, zu sehen.

Ganz am Ende des Ganges steht eine riesige Schaufensterpuppe, deren Haut so stark verbrannt ist, dass sie in Eiterblasen aufgegangen ist. Ein unnatürlich breiter, blutiger Mund und große gelbe Augen vervollständigen die grotesken Gesichtszüge. Wir gehen in den nächstgelegenen Raum, um diese Monstrosität zu vermeiden.

Wir betreten ein Zimmer, das wie ein Puppenzimmer aussieht. Noch mehr rosafarbene und weiße Dekoration, ein Doppelbett mit deformierten, gruseligen Puppen und ein Spiegel in der Ecke des Zimmers, bei dem ich mir fast sicher bin, dass er etwas zeigt, das hinter mir steht.

Es sieht unschuldig aus hier drinnen, aber die Stroboskoplichter flackern bedrohlich, während der blaue, lila- und rosafarbene Rauch wie böse Finger um uns herumwirbelt und die Musik im Hintergrund eine gefährliche Stimmung erzeugt.

Dann krabbelt eine verrückt aussehende Puppe unter dem Bett hervor, ihr Körper ist seltsam verdreht, während sie auf uns zukommt.

Dayas und meine Schreie durchdringen die Luft, als wir ineinander stolpern, um ihr aus dem Weg zu gehen. Wir rennen zur anderen Ausgangstür und werden in einen anderen Raum geführt. Es dauert etwa zehn Minuten, bis wir den Rest des Hauses durchquert haben. Mein Adrenalinspiegel sinkt immer tiefer und sickert zwischen meinen Beinen hindurch, während die Monster hinter mir her sind.

Es ist mein liebstes Aphrodisiakum und etwas, das ich nie beruhigen kann, bis ich anschließend allein zu Hause bin. Als ich die Treppe zum Ausgang hinuntergehe, höre ich ein leises Kreischen. Es hört sich an, als hätte jemand den Namen ›*Schakal*‹ geschrien, aber es ist zu laut hier drin, um es zu erkennen.

Als wir aus dem Haus raus sind, atmen wir tief die frische Luft ein. Die kühle Luft ist ein wohltuender Balsam für unsere Lunge. Der einzige Nachteil ist, dass es in den Häusern unglaublich stickig wird.

Die nächsten Stunden werden damit verbracht, zu all den Achterbahnen zwischen den Spukhäusern zu rennen. Das unterbricht den ständigen Adrenalinrausch mit einer anderen Art von Nervenkitzel.

Ich werde nie genug von dem Gefühl haben, mit halsbrechender Geschwindigkeit durch die Luft zu fliegen. Es ist einer der wenigen Momente, in denen ich sicher bin, dass mir nichts etwas anhaben kann. Nichts kann mich berühren oder verletzen.

Nichts kann mich *fangen*.

Es ist einer der billigsten Nervenkitzel, den ich heutzutage bekommen kann und der mich nicht meine Moral und meinen Verstand kostet.

25. Februar 1946

Frank hat mich wegen der Affäre zur Rede gestellt. Ich habe es natürlich abgestritten. Aber er hat mir nicht geglaubt.
Er war John so ein guter Freund, und er war auch einmal ein guter Freund von mir.
Aber jetzt nicht mehr so wirklich. Sein Geduldsfaden ist kürzer geworden, und manchmal scheint es, als könnte er mich kaum noch ansehen.
Er sagte mir, ich solle die Affäre beenden.
Weil er sagt, ich würde den Menschen verletzen, der mich am meisten auf der Welt liebt.
Seine Loyalität gilt John, das verstehe ich. Er schuldet mir überhaupt nichts.
Und ich schulde ihm ebenfalls nichts. Deshalb konnte ich ihm auch nicht sagen, dass ich nie aufhören werde, Ronaldo zu treffen. Aber ich glaube nicht, dass ich das musste. Er hat es in meinem Gesicht gesehen.
Und für einen Moment sah er beinahe gebrochen aus.
Ich nehme an, ich wäre es auch, wenn mein bester Freund das geworden wäre, was John geworden ist.
Ich glaube, ich muss mich scheiden lassen.

Kapitel 28

Der Schatten

Verdammte Schwachköpfe. Es haut mich um, wie krank diese Männer im Kopf sind. Ich kam gerade noch rechtzeitig, um zu sehen, wie Mark eine Puppe beäugt und ein Sandwich isst, während seine Frau Claire direkt neben ihm sitzt und ihm beim Augenfick eines jungen Mädchens zusieht.

Sie sieht nicht im Geringsten eifersüchtig aus, sondern unglaublich besorgt um das Mädchen, das als kaputte Puppe verkleidet ist. Es kostet mich all meine Kraft, nicht auf ihn zuzustürmen und seinen Kopf gegen die Holzbank zu schlagen, bis nichts mehr übrig ist außer Hirn und Knochen. Aber ich bleibe im Schatten, behalte ein Auge auf Mark und das andere auf die Menge. Ich halte Ausschau nach meiner kleinen Maus.

Sie wird heute Abend eine Ablenkung sein und das könnte mich teuer zu stehen kommen. Ich kreise meinen Nacken und atme aus.

Dass Addie Mark begegnet, ist zwar unwahrscheinlich, aber nicht unmöglich. Wenn sie ihm fernbleibt, sollte sie sicher sein, dass sie sich amüsieren kann.

Mark und seine Partner kamen mit der Absicht hierher, ein oder zwei Kinder zu stehlen. Allerdings würden sie die Drecksarbeit nie selbst machen. Sie stehen in der Öffentlichkeit und würden nie riskieren, erwischt zu werden. Auffallend ist, dass keiner der Männer seine Kinder dabei hat, was beweist, dass sie mit einem Plan hierhergekommen sind und sich nicht stören lassen wollten. Sie sind unter dem Vorwand hier, Zeit mit ihren Frauen zu verbringen und sonst nichts.

Aber ich verwette mein linkes Ei darauf, dass er Fotos macht und einen Lakaien auf jedes Mädchen ansetzt, das er für … appetitlich hält.

Mein Ziel heute Abend ist es, zu verhindern, dass Entführungsversuche erfolgreich sind. Ich habe mehrere Männer auf dem gesamten Jahrmarktsgelände in Bereitschaft, die jeden von Marks Geschäftspartnern, die Zielpersonen und jede andere verdächtige Aktivität im Auge behalten.

Es sieht so aus, als hätte Mark sein erstes Ziel gefunden. Die kaputte Puppe liefert sich mit Mark einen Anstarrwettbewerb und sie tauschen Lächeln aus, wie ein Süchtiger mit seinem Dealer. Sie ist kein Kind mehr, aber immer noch jung genug, um in den Menschenhandel zu gehen.

»Ich habe ein Auge auf Mark geworfen«, informiere ich. Jay und die anderen Söldner können mich durch den Ohrstöpsel hören, der fest in meinem Ohr sitzt.

In sicherem Abstand manövriere ich mich um vorbeigehende Menschen herum, um einen besseren Blick auf das Gesicht der Puppe zu werfen. Das unheimliche Lächeln, das ihre Lippen verzerrt, sagt mehr über die Herausforderung aus, als es Worte je könnten. Sie fordert ihn heraus, sie zu verfolgen. Dem Schimmer in ihren Augen nach zu urteilen, geht es um mehr als nur darum, ihren Job zu erledigen.

Auch Claire starrt das Mädchen immer noch an. Aber die Angst strahlt aus ihren Poren so hell wie die Röte auf ihren knochigen Wangen. Mark bemerkt das nicht, aber die Puppe anscheinend schon.

Sie hüpft von der Bank, zwinkert Mark zu und hüpft in Richtung eines verwunschenen Puppenhauses davon. Marks Augen folgen ihr den ganzen Weg über, sein Blick bleibt auf ihrem Hintern haften und seine Zunge streift über seine Lippen. Dann holt er sein Handy aus der Tasche und ruft jemanden an. Meine Augen verengen sich und meine Aufmerksamkeit wechselt zwischen Mark und der Puppe, die in *Annie's Playhouse* verschwunden ist.

Er bleibt nur eine Minute am Telefon, bevor er auflegt und sich an Claire wendet. Seine Frau nickt unmerklich, nur ein einziges Senken ihres Kinns. Wie viel Claire weiß, ist mir ein Rätsel. Mark mag die meisten seiner Geschäfte verheimlichen, aber ich kann mir vorstellen, dass sie nicht völlig unwissend ist, wie ihr Mann seine Freizeit verbringt.

Die Spukhäuser erwachen fast unmittelbar danach zum Leben. Flackernde Lichter leuchten aus den Fenstern und unheimliche Musik erfüllt die Luft, die sich mit den erschrockenen Schreien der Besucher vermischt. Der farbenfrohe Rauch, der über das offene Feld gezogen ist, vernebelt nun das Innere der Häuser. Horden von Menschen strömen zu den unheimlichen Gebäuden und bilden Schlangen vor den noch immer verschlossenen Türen.

Mark packt Claire am Arm und zerrt sie von der Bank hoch, und sie steuern direkt auf *Annie's Playhouse* zu. Und aus der Menge hinter ihnen tauchen seine Kollegen auf. Jack, Ben und Robert.

Nun, ich will verdammt sein. »Ich habe alle vier im Blick«, sage ich leise.

»Standort?«, fragt Jay, während die Tastatur im Hintergrund klickt. Wer auch immer der Besitzer dieses Parks ist, schert sich nicht wirklich um die Sicherheit. Auf dem gesamten Gelände gibt es keine Kameras, sodass Jay eine kleine Drohne benutzen muss, die über dem Platz schwebt. Sie kann zwar nicht unbemerkt in die Häuser eindringen, aber sie wird jeden Entführungsversuch aufzeichnen können.

»*Annie's Playhouse.*«

»Sag uns Bescheid, wenn du uns brauchst«, sagt einer der Männer, Barron. Seine tiefe Baritonstimme ist leicht von den anderen zu unterscheiden.

Ich öffne den Mund, um zu antworten, aber dann sehe ich

einen zimtfarbenen Haarschopf, der bereits in der Schlange vor *Annie's Playhouse* steht.

Fick mich doch mit einem verdammten Pogo-stick.

Die kaputte Puppe muss sich mit Gott verschworen haben, denn nur göttliche Intervention würde alle von ihnen auf diese Weise zusammenbringen.

In dem Moment, in dem ich sehe, wie Mark Addie auf die Schulter tippt, während sie in der Schlange stehen, dreht sich mein Magen um. Er und seine Kollegen stehen zufällig direkt hinter ihr und es dauert keine fünf Sekunden, bis Marks Blick auf Addies und Dayas Hintern landet. Es kostete ihn Mühe, seine Augen zu ihren Gesichtern hochzuzwingen und zu erkennen, wer da vor ihm steht.

Addie dreht sich um und Überraschung huscht über ihr Gesicht, gefolgt von einem gezwungenen Lächeln und gespielter Begeisterung. Daya mustert Mark von oben bis unten, mit einem misstrauischen Funkeln in den Augen, obwohl ein höfliches Lächeln ihre Lippen umspielt.

Ich beobachte, wie sie sich ein paar Minuten lang unterhalten. Mark ist wie immer überschwänglich, als er sie seinen Kollegen vorstellt. Selbst jetzt kenne ich Addie gut genug, um zu wissen, dass sich an ihrem Haaransatz Schweißperlen sammeln. Ich bin mir sicher, dass Mark sie gefragt hat, wo ich bin, und ich bin neugierig, was ihre Antwort darauf ist.

Die ganze Interaktion macht mir zu schaffen und ich bereite mich darauf vor, dorthin zu stürmen. Ich habe versucht, Addie heute Abend Freiraum zu geben, aber das ist keine Option mehr. Jetzt, wo vier Raubtiere dabei sind, mit ihr in ein Haus zu gehen, ist die Wahrscheinlichkeit groß, dass Addie und ihre Freundin es nie nach Hause schaffen werden.

Wenn ich nicht hier wäre, natürlich. Mark mag mich vielleicht, aber er respektiert mich nicht. Zumindest nicht mehr als die Organisation. Und seine Kumpels werden nicht einmal an mich denken, wenn sie zwei hübsche Mädchen in einen unscheinbaren Van bugsieren. Sie werden nur Pussys und Dollarzeichen im Kopf haben.

Ich laufe auf Mark zu und stoße gegen einen Typen, der sich mir in den Weg stellt und sich weigert, sich zu bewegen, als er mich kommen sieht. Das ist auch der Grund, warum er auf seinem Hintern landet und mir fluchend folgt, während ich meinen Weg fortsetze. Gerade als ich mich nähere, werden Addie und Daya ins Haus gelassen und Mark und seine Freunde bleiben zurück. Die Häuser haben ein Besucherlimit, um zu verhindern, dass der beengte Raum zu überfüllt wird. Vor allem, wenn die Leute rennen, als würde ihr Leben davon abhängen.

»Mark!«, begrüße ich ihn laut und ein Lächeln huscht über mein Gesicht. Ich spüre, wie sich meine Narben zusammenziehen, aber der alte Mann ist zu sehr mit sich selbst beschäftigt, um es zu bemerken.

Mark sieht erschrocken aus, als er sich zu mir umdreht, aber genau wie bei Addie zieht sich ein angestrengtes Lächeln über sein Gesicht.

»Zack! Du hast es geschafft! Ich habe gerade gesehen, wie Addie mit ihrer hübschen Freundin reingegangen ist. Sie hat gesagt, du wärst auf der Suche nach einer Toilette.«

Schlaue kleine Maus.

Sie hat die Möglichkeit offengelassen, dass ich irgendwo in der Nähe bin und jeden Moment auftauchen könnte. Fuck, ich liebe diese Frau.

Ich zeige die Zähne erneut. »Ja, ich habe nur ganz schnell ein ruhiges Plätzchen gefunden«, sage ich und zeige träge über meine Schulter.

»Ah, ein Mann zu sein, ist ein Geschenk Gottes«, lacht er und klopft mir auf den Arm. »Du hast meine Kollegen hier bereits kennengelernt.«

Ich tausche schnell ein paar Höflichkeiten aus, aber ich wechsle meine Haltung und zeige somit meine Ungeduld. Der Angestellte hat die Tür geöffnet und wartet darauf, dass ich eintrete. »Was dagegen, wenn ich mich vordrängle? Ich möchte aufholen.«

Mark streckt seine Hand nach vorn und deutet mir mit zusammengepressten Lippen an, vorzugehen.

Jemand schreit hinter mir und bemerkt, dass ich mich vorgedrängelt habe. Marks Rufe werden durch das Zuschlagen der Tür unterbrochen. Wenn ich dieses Haus betrete, fühlt es sich an, als würde ich eine andere Dimension betreten, in der Dämonen leben. Meine Haut kribbelt, als ich mich in dem rosa Monstrum umsehe.

»Was zum Teufel?«, murmle ich vor mich hin und bin kurzzeitig abgelenkt von dem Schandfleck, den dieses Haus darstellt. Wenn Addie und ich eine Tochter haben, hoffe ich, dass sie vernünftig ist und Schwarz bevorzugt.

Meine Augen schmerzen bei so viel Rosa. Verdammte Scheiße!

Addies hellbraunes Haar blitzt in meinem Blickfeld auf. Gerade als mein Blick zu ihr gleitet, verschwindet sie hinter einer Ecke und wird von einem Monster gejagt. Ihre Schreie erfüllen die rauchige Atmosphäre und zaubern ein Grinsen auf mein Gesicht. Das ist ein guter Vorgeschmack auf das, was ich später weiterführen werde.

Meine Füße funktionieren auf Autopilot, hinken ihr hinterher.

Ich höre, wie sich die Tür wieder öffnet, gefolgt von den Stimmen von Mark und seinen Freunden. Ich stelle sicher, dass ich eine feste Barriere zwischen meinem Mädchen und den Idioten hinter mir errichte. Addie und Daya werden Spaß haben, ungestört von den echten Monstern in diesem Haus.

Erst als sie die Treppe hinaufsteigen, ein lachender Haufen aus Gliedmaßen und Schreien, verliere ich sie aus den Augen. Ich renne die Treppe hoch und höre ihre Schreie hinter der ersten Tür.

Ich studiere das Flursystem. Es gibt zu viele Türen in diesem Flur, was es physikalisch unmöglich macht, so viele Zimmer zu haben. Einige von ihnen sind Scheintüren, was bedeutet, dass sie in jedem dieser Räume landen könnten, wenn sie auf der anderen Seite herauskommen. Es kann sogar sein, dass sie gar nicht mehr in den Flur zurückkommen, wenn die Räume auf der Innenseite miteinander verbunden sind.

Seufzend mache ich mich auf den Weg in den Flur, um in ein paar Zimmer zu schauen und den besten Platz zum Warten zu finden. Wenige Augenblicke später ertönt Gesang und mir läuft ein eiskalter Schauer über den Rücken, während sich die Haare in meinem Nacken aufstellen. Es könnte ein Teil der Spukhaus-Erfahrung sein, aber irgendetwas kribbelt in meinem Hinterkopf. Es warnt mich vor einer drohenden Gefahr.

Ich kann einen Scheiß dagegen tun, bis jemand auftaucht und sich zur Wehr setzt.

Ich ignoriere den Gesang und gehe weiter. Im Falle eines Feuers sollte über einer der Türen ein Ausgangsschild hängen, damit die Gäste wissen, wohin sie laufen müssen. Ich vermute, dass der beste Ort zum Warten, in einem der hinteren Räume sein wird. Ich kann mich im Zimmer gegenüber einquartieren, so kann ich den Flur im Auge behalten und weiß genau, wann Addie geht.

Als ich den Raum auf der linken Seite betrete, lasse ich meinen Blick über den kleinen Bereich schweifen und suche nach dem Ausgang. Gleichzeitig spüre ich, wie hinter mir eine Person auftaucht – eine, die mich nicht so bald zu ihrer Teeparty einladen wird – während mechanische Mannequins aus einer Vitrine und einem Wandschrank hervorbrechen.

Mein Herz bleibt in meiner Brust stehen, aber ich bleibe ruhig und drehe mich zu der bösartigen Gestalt in meinem Rücken um. Das Letzte, was ich zu sehen erwarte, ist die zerbrochene Puppe von vorhin – die, die Mark beobachtet hatte. Ihr braunes Haar ist zu Zöpfen geflochten und mit rosafarbenen Schleifen umwickelt.

Trübe, braune Augen starren mich an, die hinter der Schminke in ihrem Gesicht hell leuchten.

Aus der Nähe ist sie viel gruseliger, als ich erwartet hatte. Wahrscheinlich, weil der Blick in ihren Augen mörderisch ist.

Ich sehe nach unten und mache eine schnelle Bestandsaufnahme. Sie trägt ein dünnes, weißes Nachthemd, das nur wenig der Fantasie überlässt. Ich bemerke kaum, dass ihre Nippel durch den dünnen Stoff drücken. Nein, woran mein Blick haften bleibt, ist der Umriss eines Messers, das an ihrem Oberschenkel befestigt ist.

Mein Blut gefriert. Wenn diese Schlampe versucht, meiner kleinen Maus etwas anzutun …

»Wo sind sie?«, frage ich und bleibe ruhig. Ich warte darauf, dass sich Verwirrung in ihrem Gesicht breitmacht und sie mich fragt, von wem ich spreche. Aber sie gibt mir nicht das Gefühl von Sicherheit.

Sie scheint genau zu wissen, von wem ich spreche.

»Sicher vor dir«, zischt sie. Dann dreht sie den Kopf zur Seite und starrt die Wand an. »Sag den anderen, dass zwei Frauen verfolgt werden, und sorg dafür, dass sie sicher wegkommen. Ich habe das im Griff.«

Ich kann mir das Grinsen nicht verkneifen, das sich auf meinem Mund ausbreitet. Während ein Teil von mir verwirrt ist, mit wem sie spricht, amüsiert es mich viel mehr, dass sie denkt, sie könne so mit mir umgehen.

Ihre Augen verfolgen etwas, das ich nicht sehen kann, als ob sie sie beim Weggehen beobachten würde.

»Du bist also verrückt, was?«

Sie bäumt sich auf, beleidigt über meine Abwertung. Aber ehrlich gesagt, ist mir das scheißegal.

Die Angst gerinnt in meinem Magen wie verdorbene Milch. Addie und Daya haben es noch immer nicht zum Ende des Flurs geschafft. Und dieses kleine Mädchen muss denken, dass ich wie Mark hier bin, um ihnen wehzutun, und damit hat sie nicht ganz unrecht. Aber ich bin nur daran interessiert, einer von ihnen wehzutun, und wenn ich fertig bin, wird sie es lieben, wie ich sie zum Schreien bringe.

Sie zischt: »Nenn mich nicht so. Du bist derjenige, der die Frauen ausnutzt.«

Ich ziehe eine Augenbraue hoch und bin kurz davor, ihr ins Gesicht zu lachen. »Das macht mich lediglich gestört. Nicht verrückt.«

Ihre winzigen Hände ballen sich zu Fäusten und ein Knurren verzieht ihr Gesicht vor Wut. Die Puppe hebt ihr Nachthemd weit genug an, um das Messer herauszuholen, und tritt die Tür hinter sich zu. Ich weiß nicht, ob ich lachen oder wütend sein soll. Sie hält mich absichtlich von meiner kleinen Maus fern und das macht mich verdammt unglücklich.

»Was willst du denn damit machen, Püppchen?«, frage ich mit einem spöttischen Grinsen. Das sollte schnell vorbei sein.

»Ich werde dich töten, du Monster.«

Ich habe keine Zeit für diesen Scheiß. Je länger ich mit Chuckys Braut in einem Raum gefangen bin, desto mehr Gelegenheit bietet sich Mark.

Wenn die Männer bemerken, dass ich nirgendwo zu finden bin und Addie ungeschützt ist, wird sie nichts davon abhalten, den Moment zu nutzen.

Sie ist mehr am Reden interessiert und die Uhr tickt. Ich stürme auf sie zu, aber ich bin überrascht, wie viel Kampfgeist in ihr steckt.

Ich lache sie aus, die schlampigen Angriffe beginnen mit einem Messer und enden mit ihren Fäusten. Die ganze Zeit über wütet sie wie ein bockiges Kind. Sie rastet aus, weil sie keinen Schlag landen kann. Ich sehe die Verzweiflung in ihrem Gesichtsausdruck, sie ist genauso ungeduldig, mich zu Fall zu bringen wie ich sie.

Schließlich verpasse ich ihr einen kräftigen Schlag auf die Nase, sodass sie den Halt verliert und auf den Boden fällt. Sie krächzt irgendeine leere Drohung, aber mein Blick ist auf die Tür gerichtet. Ich stürme an ihr vorbei, stürze aus der Tür und stürme den Flur entlang.

»Schakal!«, schreit sie hinter mir, aber ich schenke ihr keine Beachtung. Ich weiß nicht, mit wem sie spricht, aber das ist mir auch scheißegal.

Ich halte kurz inne, als ich nach links schaue und die vier Männer von der Nacht verschlungen in einem Raum sehe. Ich atme erleichtert auf und mir fällt ein kleiner Stein vom Herzen, weil ich weiß, dass sie Addie nicht in die Falle gelockt haben. Bis ich die Worte höre, die ihre verdammten Münder verlassen.

»Wo ist sie hin?«, fragt Brad und starrt Mark an. »Der Van ist bereits startklar. Sie müssen nur noch wissen, wo sie ist.«

Mein Körper versteift sich, als ob Zement in mein Rückenmark gespritzt wird.

»Wir werden sie finden«, beschwichtigt Mark. »Zack war nicht bei ihnen, also muss er sie in dem Chaos verloren haben. Das ist der perfekte Zeitpunkt.«

»Dir ist schon klar, dass du dich um ihn kümmern musst, oder? Wenn er herausfindet, dass Addie weg ist?«, mischt sich Robert ein.

»Wegen dieser hässlichen Narben im Gesicht habe ich das Gefühl, dass du ihn unterschätzt.« Mark winkt lässig ab und weist Roberts Bedenken zurück. Seine verdammt *berechtigten* Bedenken.

»Er hat diese Narben bekommen, weil er schwach war, Robert.«

Ich lache leise, den Kopf in den Nacken gelegt und schüttle die Schultern, während ich seine sehr voreingenommene Annahme auf mich wirken lasse. Dann verpufft mein Lachen, schießt durch den kleinen Raum und vermischt sich mit den anderen unheimlichen Geräuschen, die in diesem Haus zu hören sind.

Die Köpfe der vier Männer fahren zu mir rum und verlieren, was auch immer an Farbe in ihren Gesichtern übrig geblieben war. Die vier sind verschwitzt und sehen aus, als hätten sie ihre schlimmsten Albträume wahr werden sehen. Sie werden bald merken, dass ich auf dem verdammten Thron sitze und ihre Albträume sich vor mir verbeugen.

Ich bin viel schlimmer als jedes Monster, das sie sich je vorstellen könnten. Ich betrete den Raum, das Grinsen auf meinem Gesicht wird noch breiter, als sie zurückschrecken.

»Za–«, beginnt Mark.

»Weißt du, wie alt diese Narben sind, Mark? Sehr alt. Mein Gegner war sehr stark, aber willst du wissen, wer am Ende auf dem Boden lag, mit aufgeschlitzter Kehle und Höhlen, da, wo einst seine Augäpfel waren? Ich war es ganz sicher nicht, du Wichser.«

Mark versucht, meine Geschichte mit einem Lachen abzutun, wobei der Klang erstickt und gebrochen klingt. »Zack, bitte, wir haben nicht von deiner Freundin gesprochen.«

»Mark, das Letzte, was du tun willst, ist mich anzulügen.«

Gerade als Mark den Mund aufmacht, springt eine kleine Tür im Zimmer auf und heraus krabbelt die größte Nervensäge der Nacht.

»Um Gottes Willen, lass mich bitte allein«, schnauze ich. Mark und seine Freunde drehen sich um und sehen, wie sich die Puppe mit einem entschlossenen Glanz in ihren Augen aufrichtet. Ihr Gesicht erhellt sich. »Gott hat damit nichts zu tun, Dummerchen.«

Kapitel 29

Die Manipulatorin

»Ich glaube, wenn ich mich nicht verdammt noch mal hinsetze, breche ich zusammen. Du wirst mich aus diesem Matsch hier kratzen müssen.«

Ich zeige auf eine Bank. »Entspann dich ruhig. Ich werde ganz schnell durch das Spiegelkabinett gehen.«

»Von mir aus, du wirst ewig brauchen, um aus dem Ding rauszukommen, und dann wird es Zeit zu gehen.«

Das Haus der Spiegel war schon immer einer meiner Lieblingsorte. Es ist ein ausgeklügeltes Labyrinth aus Spiegeln und es ist sehr schwierig, den Weg hinauszufinden. Es ist eines der größten Gebäude auf dem Jahrmarkt und sie füllen jeden Zentimeter mit Spiegeln.

Der Jahrmarkt schließt in etwa einer halben Stunde. Das ist zwar etwas knapp, aber wenn ich mich konzentriere, sollte die Zeit ausreichen, um es zu schaffen. Das Haus ist komplett schwarz gestrichen – keine bunten Farben, keine blinkenden Lichter, kein Rauch.

Ich habe immer gedacht, dass es so trügerischer ist. Manchmal fühlt es sich an, als wäre man in einem stillen Raum, in dem man nur seine Gedanken hat, während das eigene Bild einen verfolgt. Es dauert keine fünf Minuten, bis ich mich völlig verirrt habe.

Ich halte mir die Hände vor die Nase, damit ich nicht gegen einen der Spiegel laufe. Das habe ich vor ein paar Jahren gemacht und die Nase war eine Woche lang geprellt. Ein paar Minuten vergehen, in denen ich nur mein eigenes Spiegelbild betrachte. Mein Herz pocht nervös, meine Atmung ist unregelmäßig vor Aufregung. Trotz des Pochens in meiner Brust fühle ich mich hier am … normalsten.

In der Ferne höre ich ein leises Schleifen von Füßen. Es kommen nicht sehr viele Leute hierher, vor allem nicht so spät, aber es gibt etliche Menschen, die es lieben, sich der Herausforderung zu stellen.

Während ich meinen Weg fortsetze, konzentriere ich mich darauf, wohin ich gehe, und vergesse bald alles andere, was um mich herum passiert. Der Trick ist, sich auf den Boden zu konzentrieren und nicht auf sein Spiegelbild.

Gerade als ich fast mit dem Gesicht gegen einen Spiegel knalle, höre ich ein dunkles Kichern. Mein Kopf schnellt hoch. Der Ton dieses Lachens klingt böse. Ein Funke Adrenalin flammt auf, pumpt in mein Herz und erhöht die Geschwindigkeit noch weiter.

Hat sich ein als Monster verkleideter Angestellter hier rein geschlichen, um sich mit mir anzulegen? Ich würde es ihnen zutrauen. Sie sind dafür bekannt, Menschen zu verfolgen und zu terrorisieren.

Ich schlucke den Kloß in meinem Hals hinunter und drehe mich um, um mich zu orientieren. Wenn ein gruseliges Monster hier bei mir ist, möchte ich nicht, dass es mir so nahekommt, dass ich mir tausend seiner Spiegelbilder ansehen muss. Als ich an dem Spiegel vorbeikomme, der mir fast eine Nasenkorrektur verpasst hätte, gehe ich wieder nach vorn.

»Little Mouse.« Das Flüstern scheint aus allen Richtungen zu kommen.

Meine Glieder verkrampfen sich, ich weiß nicht, ob meine Fantasie mir einen Streich spielt oder ob Zade tatsächlich hier ist. Ich zwinge mich, weiterzugehen, und hoffe, dass ich mir alles nur einbilde.

»Wo bist du, Little Mouse?«

Ich schnappe nach Luft, die tiefe Stimme kommt näher. Ein weiteres düsteres Lachen ertönt. Kein normaler Mensch klingt so bedrohlich.

Ich drücke meine Augen zu und atme dreimal tief ein und aus, um mein rasendes Herz zu beruhigen. Er macht sich über mich lustig. Er versucht, mir Angst zu machen. Und das klappt auch, wenn ich in einem Spiegellabyrinth gefangen bin und er wie ein Irrer lacht.

Er kann mir nicht einfach den Abend überlassen, oder? Ausnahmsweise habe ich nicht über ihn und meine widersprüchlichen Gefühle nachgedacht. Und auch wenn Zade mir nicht mehr so viel Angst macht – außer vielleicht im Moment –, so tun es doch die Gefühle, die er in mir auslöst.

Wenn ich mich ruhig verhalte, wird er mich vielleicht nicht finden. Ich nehme meinen Weg wieder auf und beschleunige mein Tempo, bis ich im Schnelldurchlauf durch das Spiegellabyrinth laufe. Ich habe keine Ahnung, wie weit ich bin, aber ich glaube, ich habe noch nicht einmal die Hälfte geschafft.

Genau da sehe ich das erste Bild von Zade, das sich im Spiegel widerspiegelt. Ganz in Schwarz gekleidet, sein vernarbtes Gesicht ist tief unter seiner Kapuze verborgen. Ich zucke zusammen und drehe mich um, um noch mehr von seinen Spiegelbildern zu sehen.

Er ist nicht hinter mir, aber er ist irgendwo in der Nähe. »Hör auf«, rufe ich und die Angst schnürt mir die Brust ein. Er antwortet nicht und natürlich hört der Wichser nicht auf mich. Ich bin in einem Wirbelwind gefangen, mein Körper bewegt sich ständig im Kreis und ich versuche verzweifelt, festzustellen, wo er ist.

»Bist du etwa ganz allein, Babygirl?«

Ich schlucke. »Offensichtlich«, flüstere ich, immer noch auf der Suche nach seinem Standort. Ich habe das Gefühl, dass ich das nicht hätte sagen sollen.

»Keiner da, um dich zu retten?«

Ein Anflug von Angst trifft mich in die Brust. »Warum zum Teufel sollte ich gerettet werden müssen, Zade? Willst du mir wehtun?«

Dann hebt er den Kopf, gerade so weit, dass ich einen Blick auf seinen Mund werfen kann. Ein verschmitztes Grinsen zieht sich über seine Lippen. Ich versuche, mich an den Gedanken zu klammern, dass er mir nicht wehtun wird. Vor einer Woche lag er noch in meinem Bett, traurig und verletzlich. Als ich am nächsten Morgen die Augen aufschlug, war er weg und ich habe seitdem nichts mehr von ihm gehört. Aber mein Gehirn hat Schwierigkeiten, die Person, die er jetzt ist, mit der zu verbinden, die er in jener Nacht war.

Denn jetzt … sieht er aus wie ein Irrer.

»Ich werde dich ruinieren«, korrigiert er mich.

Ich trete einen Schritt zurück, ein Kloß bildet sich in meinem Hals. Sein Bild bewegt sich, sein Körper geht in eine andere Richtung. Kommt er näher? Ich kann es nicht sagen. Ich trete noch einen Schritt zurück und das Adrenalin in meinem Körper steigt in gefährliche Höhen.

Er macht mir Angst.

»Renn«, knurrt er. Meine Lunge schnürt sich bei dem Befehl zusammen. »Wenn ich dich erwische, ficke ich dich.«

Mit geweiteten Augen lausche ich und mein Körper setzt sich in Bewegung. Ich renne. Hier drinnen bin ich ihm schutzlos ausgeliefert. Ich bin wie im Spinnennetz gefangen, und der Hurensohn ist giftig.

Sein Spiegelbild folgt mir auf Schritt und Tritt. Ein paar Mal war ich überzeugt, ihn wirklich verloren zu haben, weil ich nur noch mein eigenes Bild sah. Und dann trat er von irgendwoher hervor und zerstörte meine Hoffnungen.

Nach ein paar Minuten bin ich außer Atem. Das Adrenalin und die Angst machen mir zu schaffen. Mein Brustkorb fühlt sich eng an, meine Lunge scheint geschrumpft zu sein und ist nicht mehr in der Lage, Sauerstoff aufzunehmen. Ich bin verloren und gefangen mit einem sehr gefährlichen Mann, der mich absolut umbringen wird.

Ich glaube, ich laufe nicht mehr vor ihm weg, sondern vor der Person, die ich sein werde, wenn er mit mir fertig ist. Ich war bereit, mich ihm hinzugeben, als er auf meinem Balkon stand und mit einem schmerzenden Herzen zu mir kam. Der Mann hat mich irgendwie verzaubert, denn als es ihm schlecht ging, wollte ich nur, dass es ihm besser geht. Mich ihm ausliefern, wenn das helfen würde.

Aber ich weiß, dass ich am nächsten Tag aufgewacht wäre und mich gehasst hätte. Denn ich hätte mit einem Stalker, einem Mörder und einem Mann geschlafen, der sich mir mehrmals aufgedrängt hat. Ich hätte mit einem Mann geschlafen, der meine Grenzen, meinen persönlichen Freiraum und das Wort ›*Nein*‹ nicht respektiert.

Ich weiß, ohne den geringsten Schatten eines Zweifels, dass genau das passieren wird. Wie kann ich das akzeptieren? Wie werfe ich den moralischen Kompass weg, der mich mein ganzes Leben lang geleitet hat?

Für einen Mann, den ich eigentlich verabscheuen sollte, aber … das tue ich nicht. Ich tue es einfach nicht. Er ist all diese Dinge, aber er ist auch einer der bewundernswertesten Männer, die ich je getroffen habe. Mit seiner Hingabe und Leidenschaft für die Rettung von Frauen und Kindern, die ihres Zuhauses und Lebens beraubt wurden, tut er etwas Großes und hat einen großen Einfluss auf die Welt. Ich kann nicht einmal ansatzweise in Worte fassen, wie ich mich bei ihm fühle.

Er ist so ein verdammtes Oxymoron. Widersprüchlich auf die quälendste Art und Weise. Trotz meines angeknacksten moralischen Kompasses fühle ich mich bei ihm sicher. Selbst jetzt, da die Angst mein Gehirn neu verdrahtet. Ich höre auf zu rennen und schnaufe schwer.

Hoffnungslos.

Das ist es, was es heißt, vor Zade zu fliehen. Verflucht. Hoffnungslos. Mit stolzgeschwellter Brust warte ich darauf, dass er mich findet. Es ist klar, dass ich nicht in der Lage sein werde, ihm zu entkommen. Meine einzige Chance zu entkommen, ist, ihn irgendwie außer Gefecht zu setzen und dann zu fliehen. Ein Lachen entsteht in meiner Kehle.

Er hat mir genau das beigebracht, oder? Mein Schatten hat mir die Mittel gegeben, um mich zu schützen.

Gegen ihn.

Sein heißer Atem kitzelt mein Ohr und jagt mir Schauer über die Haut. Ich schließe die Augen und beiße mir auf die Lippe, bis ich Eisen schmecke, als ich seinen Körper am Rücken spüre. Im Moment behält er seine Hände noch bei sich, aber ich weiß, dass das nicht mehr lange so bleiben wird. Es ist kein Geheimnis, wie sehr er es liebt, mich ohne meine Erlaubnis zu berühren.

»Ich werde schreien«, drohe ich mit einem atemlosen Flüstern. Sein Atem streicht über meinen Nacken, als ich spüre, wie er sich herunterbeugt.

Weiche Lippen liebkosen meine Ohrmuschel. Ein Schauer läuft mir über den Rücken wie ein tosender Wasserfall.

»So ein braves kleines Mädchen«, erwidert er.

Ich drehe mich ruckartig um, bereit, ihm die Meinung zu sagen, aber keine Silbe kommt heraus, als meine Lippen in der Sekunde, in der ich ihm gegenüberstehe, von seinen eingenommen werden.

Instinktiv beiße ich auf seine Unterlippe. Ein tiefes Stöhnen durchfährt meinen Mund und spornt mich an, noch fester zuzubeißen. Aus unseren verbundenen Lippen dringen Funken, der Geschmack von Minze und ein Hauch von Rauch.

Er schmeckt köstlich und doch will ich ihn aus meinem Mund haben.

Als hätte er diese Gedanken gelesen, legt sich seine Handfläche um meinen Hinterkopf, seine Finger verheddern sich in meinen Haaren und ziehen mich unaufhaltsam näher heran.

Und dann mache ich etwas wirklich Dummes. Ich sauge seine

Unterlippe in den Mund und verliere mich in seinem Geschmack. Dem Gefühl seiner Lippen auf meinen.

Als ich merke, was ich tue, lasse ich seine Lippe los und versuche, mich von ihm zu lösen. Sein Mund ist eine Droge, und genau wie eine echte Droge bringt sie mich dazu, unglaublich dumme Entscheidungen zu treffen.

Er lässt mich nicht los und erwidert stattdessen meine Handlung. Er saugt an meiner Lippe und beißt mich. Ich keuche vor Schmerz, lasse ihn gewähren. Meine Pussy antwortet ihm und pocht unter dem Gefühl seiner Zunge. Erinnerungen, daran, wie diese sich angefühlt hat, als sie über meinen Kitzler glitt, bombardieren mein Gedächtnis.

Ich muss unwillkürlich stöhnen, und in der Sekunde, in der er den Verrat meines Körpers schmeckt, wird sein Kuss leidenschaftlicher. Er verschlingt mich völlig, saugt und leckt an meinen Lippen und meiner Zunge, wie ich es noch nie erlebt habe. Ich bin hilflos, unfähig, ihn aufzuhalten, genauso wie ich unfähig bin, mich dagegen zu wehren. Ein weiteres Knurren ertönt in meinem Mund, meine einzige Warnung vor seinem nächsten Schritt. Er packt mich an der Taille und wirbelt mich gegen einen Spiegel. Er presst mich an das kühle Glas, während sich sein Körper an meinen schmiegt.

»So ein verdammt braves Mädchen«, lobt er mich, bevor er meine geschwollenen Lippen in einen weiteren schmerzhaften Kuss verwickelt.

Atemlos zwinge ich meinen Kopf, sich von ihm zu entfernen und atme kostbaren Sauerstoff ein.

Er nimmt meine Wangen in seine große Hand. »Gib mir diese verdammten Lippen«, knurrt er.

Meine Hände verkeilen sich zwischen unseren Körpern und wandern über seinen muskulösen Bauch zu seiner festen Brust. Unsanft stoße ich ihn von mir und unsere Lippen trennen sich mit einem lauten Schmatzen.

»Warte, stopp«, keuche ich, mein Verstand ist benebelt und verwirrt.

»Was habe ich gesagt?«, fragt er scharf. Seine ungleichen Augen halten meinen Blick wie unter Drogeneinfluss fest. Es ist schwer, die Sicht abzuwenden, wenn ich das Gefühl habe, in die eines Raubtiers zu schauen.

Er *ist* ein Raubtier.

»Was?« , hauche ich, noch benommen von dem Kuss.

»Wenn ich dich erwische, ficke ich dich«, wiederholt er langsam, mit rauer Stimme.

Mein Mund öffnet sich, aber die Worte kommen nur langsam heraus.

»Du wirst mich nicht ficken«, stelle ich klar und drücke noch fester gegen seine Brust.

Seine Lippen gleiten über meine Wange und wandern an meinem Kiefer entlang, bevor sie meinen Hals erreichen. »Weil du Angst hast, dass es dir zu sehr gefällt«, schlussfolgert er, bevor er mich in den Nacken beißt. Mein Rücken wölbt sich und eine Gänsehaut bildet sich auf meiner Haut. »Weil du weißt, dass du genauso süchtig werden wirst wie ich.«

»Nein«, leugne ich flüsternd. »Weil ich nicht will, dass du es tust.«

Er hebt den Kopf, ein wissendes Grinsen liegt auf seinen Lippen. »Du wirst also heute Abend mein böses Mädchen sein? Lüg mir ins Gesicht und tu so, als würde deine Pussy nicht danach lechzen, von meinem Schwanz ausgefüllt zu werden.«

Ich spüre, wie mir das Blut in die Wangen schießt, eine Mischung aus Wut und Verlegenheit. »Nicht alles muss auf körperliche Anziehung reduziert werden«, antworte ich schließlich. »Vielleicht will mein Körper dich, aber der hier oben«, ich klopfe an meine Schläfe, »tut es nicht.«

Er nickt langsam und seine Augen huschen nachdenklich über mein Gesicht. Er tritt einen Schritt zurück und lässt mich ratlos und kalt zurück. Es fühlt sich an wie ein schwarzes Leichentuch, das die Sonne an einem heißen Sommertag einhüllt – mit einer plötzlich entstehenden, knochentiefen Kälte.

Er greift nach meiner Hand und zieht mich vom Spiegel weg. Er dreht mich, bis ich auf die unzähligen Spiegelbilder schaue, die uns umgeben und unser Bild aus jedem Winkel wiedergeben. Ich beobachte ihn. Er drückt seinen Körper wieder an meinen und seine Wärme dringt erneut in meine Poren ein. Meine Augen richten sich auf einen der Spiegel, unsere Blicke prallen durch das Glas aufeinander.

Langsam beugt er sich hinunter, bis sein Mund direkt an meinem Ohr angelangt ist, wobei sich seine Augen nie von meinen lösen.

»Willst du wissen, warum ich das Spiegelkabinett liebe?«, murmelt er in mein Ohr, was Funken durch meine Nervenbahnen sprühen lässt. Seine Stimme ist voller dunkler Versprechen und gefährlicher Wünsche.

Ich schlucke schwer. »Warum?«, flüstere ich.

»Sieh dich um«, befiehlt er leise.

Zögernd wende ich die Augen von ihm ab und lasse meinen Blick über die Dutzende Spiegel schweifen.

»Was du jetzt siehst, sehe ich jeden Tag. Egal, wie weit ich laufe, wie sehr ich versuche, dir zu entkommen – du bist überall, wo ich hingehe. Du bist alles, was ich sehe. Dich zu lieben, ist, wie in einem Spiegelhaus gefangen zu sein, Little Mouse. Und ich habe mich noch nie so wohl gefühlt, obwohl ich mich in dir so verloren habe.«

Mein Atem stockt und mein Blick fällt wieder auf ihn.

Mein Herz stolperte in dem Moment, als das Wort ›*Liebe*‹ aus seinem Mund kam. Ein Wort, das er so beiläufig ausgesprochen hat, dass ich mir nicht sicher bin, ob es ein Geständnis ist oder nicht.

»Ich glaube, du weißt nicht, was Liebe ist«, flüstere ich.

Er brummt amüsiert. »Ich glaube nicht, dass irgendwer das weiß, Baby. Liebe ist ein Rätsel, und sie wird jedes Mal neu definiert, wenn jemand es ausspricht.«

Ich runzle die Stirn. Alles, was ich fühle, ist Enttäuschung. Nicht wegen dem, was er gesagt hat, sondern weil es für ihn so verdammt einfach war, sein Ziel zu erreichen. Genau so, wie er es will, überkommt mich ein rücksichtsloses, impulsives Gefühl. Alles, wonach ich mich sehne, ist, mich von ihm einnehmen zu lassen. So viele Nächte, in denen er sich an mein Bett geschlichen und meine Schwäche ausgenutzt hat – egal, ob es sich um meinen Körper oder meinen Verstand handelte – und das hat er immer wieder gegen mich verwendet. Aber er hat es nie bis zum Äußersten getrieben und alles in mir hat auf diesen Moment gewartet. Ihn erwartet.

Ich verleugne ihn mit aller Kraft, doch ich muss gegen meinen Körper kämpfen, um mich nicht zu ihm zu drehen und ihn an mich zu ziehen.

Vielleicht nur ein einziges Mal ...

Ich beiße mir auf die malträtierte Lippe und rolle sie zwischen den Zähnen. Er beobachtet mich ganz genau, studiert jede Bewegung, als ob er eine tote Sprache deuten wollte, die in meiner Mimik verborgen ist.

»Sagst du das nur, weil du glaubst, dass ich auf diese Art nachgebe?«, frage ich mit heiserer und unebener Stimme.

Sein Mund ist immer noch auf mein Ohr gerichtet und seine Augen verweilen immer noch auf meinen. Langsam schüttelt er den Kopf, sein Gesicht ist ernst und sein Blick intensiv.

»Du sagst die Wahrheit?«, dränge ich, meine Stimme zittert vor verzweifelter Hoffnung darauf, dass er einfach lügen und Nein sagen würde.

»Ja, Adeline«, flüstert er.

Ich schließe meine Augen, Resignation sickert aus meinen Poren. Als er die Veränderung spürt, fährt seine Hand über meinen flachen Bauch. Ich spanne mich unter seiner Berührung an und bekomme eine Gänsehaut am ganzen Körper.

Seine langen Finger greifen nach dem Reißverschluss meines Hoodies und ziehen ihn herunter, um den Stoff schmerzhaft ruhig zu öffnen. Das Geräusch der sich trennenden Metallzähne unterbricht mein unregelmäßiges Atmen.

»Quäl mich nicht«, schnappe ich und Wut kocht in mir auf, aufgrund seines absichtlich langsamen Tempos.

Ein böses Lächeln blitzt auf und selbst der Spiegel kann die Grausamkeit nicht mindern. »Arme kleine Maus«, spottet er. »Du irrst dich gewaltig, wenn du wirklich geglaubt hast, dass das hier irgendetwas anderes als schmerzhaft wird.«

Kapitel 30

Die Manipulatorin

Er hat die seltsame Fähigkeit, mir mit einem einfachen Blick die Luft aus der Lunge zu saugen. Und wenn seine furchteinflößenden Worte noch von diesem tödlichen Blick begleitet werden, fühlt es sich an, als hätte ich gar keine Lunge mehr.

Der Kapuzenpulli öffnet sich und er zieht ihn langsam von meinen Armen herunter. Der Stoff fällt auf den Boden, über welchen heute schon tausendmal schlammige Schuhe gelaufen sind.

Es fühlt sich wie eine grausame Metapher an. Zusammen mit meinen Kleidern werden heute Abend auch mein Fleisch und meine Seele befleckt sein.

»Es könnte jemand hier reinkommen«, flüstere ich und meine Stimme durchdringt kaum die Spannung in der Luft.

Er lächelt – ein verschmitztes Lächeln, das mir sagt, dass es ihm nichts ausmachen würde, wenn es jemand täte. »Was glaubst du, was sie tun würden?«, fragt er, während er mein Shirt anhebt und mit den Fingerkuppen über meine Haut streift.

Eine Gänsehaut entsteht, eine körperliche Reaktion auf das Prickeln, das über meine Haut tanzt, wo immer er mich berührt.

»Meinst du, sie würden zusehen?«, fragt er. »Meinst du, sie würden sich an deinem nackten Körper erfreuen? Vielleicht würde es ihnen Spaß machen, deine tropfende Pussy überall spiegeln zu sehen, wo sie auch hinschauen. Oder die hübsche Röte auf deiner Brust, wenn du kommst. Ich glaube, es würde ihnen sogar gefallen, zu sehen, wie du die Augen verdrehst, wenn mein Schwanz dich so sehr ausfüllt, dass du gar nichts mehr von mir aufnehmen kannst.«

Ein Hauch von Angst schießt direkt in mein Herz und treibt den Muskel auf Hochtouren. Und doch reagiert mein Körper auf eine viel dunklere Art und Weise.

Genau wie er sagte, spüre ich, wie meine Pussy pulsiert und mein Höschen allmählich feucht wird, bis es genauso tropft, wie er gesagt hat.

Wäre es für mich in Ordnung, wenn ein Fremder zuschauen würde? Das glaube ich nicht. Aber die Art und Weise, wie er das Bild malt, lässt mich infrage stellen, ob ich es trotzdem zulassen würde.

»Wäre es für dich okay, wenn andere Leute mich nackt sehen?«, fordere ich ihn atemlos heraus und beobachte, wie mein Shirt auf den schwarzen Boden flattert. Seine Finger wandern langsam und bedächtig die Wirbelsäule hinauf. Sie brennen wie Feuer, das mein Fleisch versengt.

»Nein«, haucht er mir ins Ohr.

Ich beobachte ihn durch den Spiegel, seine Augen wandern nach unten, bis sie auf meine Brust gerichtet sind. Mein BH spannt sich, das Material beißt in meine Haut, bevor es sich lockert. Die schwarzen, spitzenbesetzten Körbchen, die meine Brüste stützen, fallen hinunter und entblößen mich vollständig. Meine Nippel haben sich schmerzhaft zusammengezogen. Als er die verhärteten Spitzen sieht, fährt er sich mit der Zunge über die Lippe, als würde ihm bei diesem Anblick das Wasser im Mund zusammenlaufen.

»Willst du wissen, was ich tun würde?«, fragt er. »Ich würde sie zusehen lassen. Ich würde sie zusehen lassen, wie ich dich zu meinem Eigentum mache und jeden Zentimeter deines Körpers in Besitz nehme. Sie würden zusehen, wie mein Schwanz jedes einzelne deiner Löcher füllt und dich dann weinen sehen, weil du so hart gekommen bist. Und dann würde ich sie verdammt noch mal umbringen. Mein Schwanz wäre noch feucht von deinem Saft, wenn ich ihnen die Kehle aufschlitzen würde, weil sie es gewagt haben, anzusehen, was mir gehört.«

Die Angst in mir steigt zu einem gefährlich scharfen Punkt an und droht, den Ballon der Vernunft zum Platzen zu bringen, den ich noch habe.

»Du bist wahnsinnig«, keuche ich. Diesmal lacht er und das dunkle Grollen wandert direkt in meine Mitte.

»Du wirst lernen, es zu lieben«, murmelt er abwesend. Seine Aufmerksamkeit wird abgelenkt, als seine Hände über meinen flachen Bauch wandern und meine Brüste berühren. Ich habe bei Weitem keine kleinen Brüste, ich bin mit guten Genen gesegnet. Aber die Größe seiner Hände – sie sind so groß, dass sie meine Brüste klein aussehen lassen und kaum über seine Hände hinausragen.

Er ist ein Monster. Innerlich und äußerlich.

Trotzdem spüre ich, wie mein Höschen immer feuchter wird. Es sollte nicht möglich sein, dass der Körper gleichzeitig Hass und Verlangen empfindet, aber ich nehme an, dass wir ohne die Komplexität menschlicher Gefühle alle leblos wären.

Er drückt meine Brüste zusammen, fast bis zu dem Punkt, an dem es wehtut. »Bald werde ich sie ficken«, verspricht er, bevor er sie loslässt und seine Hände zum Knopf meiner Jeans bewegt.

Was zum Teufel machst du da, Addie?

Scheiße, ich weiß es nicht. Das ist falsch. Sehr, sehr falsch. Aber ich halte ihn nicht davon ab, den Reißverschluss meiner Jeans zu öffnen. Und ich halte ihn auch nicht davon ab, seine Daumen an beiden Seiten einzuhaken und sie herunterzuziehen.

Er hilft mir zuerst aus den Schuhen und streift dann die Jeans komplett ab. Ich bin nur noch mit meinem schwarzen Spitzen Slip bekleidet.

Ich schlucke, mein Herz rast, als ich unser Spiegelbild betrachte. Er ist immer noch vollständig bekleidet und seine Augen wandern zwischen den Spiegeln hin und her, um jeden Winkel meines

Körpers zu betrachten. Er sieht aus, als wüsste er nicht, für welchen Spiegel er sich entscheiden soll. Ich kämpfe gegen den Drang an, mich zu bedecken. Mich zu verstecken, finde ich peinlicher, als fast völlig nackt vor einem schönen Mann zu stehen.

»Du musst dich auch ausziehen«, beharre ich. Keine Chance, dass ich die Einzige sein werde, die sich entblößt.

Schließlich kommt er hinter mir hervor und steht vor mir. Es tut weh, seinen unterschiedlichen Augen zu begegnen. Es fühlt sich realer an, wenn ich sie nicht durch einen Spiegel betrachte.

Zum ersten Mal fühlt sich dieser Moment mit Zade einvernehmlich an. Und ich bin mir nicht sicher, ob ich das will. Was soll das für einen beschissenen Sinn ergeben? *Nicht* zu wollen, dass es einvernehmlich ist?

Und doch will ein kranker Teil von mir, dass er es erzwingt. Damit ich später das Opfer spielen kann? Damit ich weiter so tue, als würde meine Pussy nicht nach ihm lechzen und als würde ich mich nicht auf das Gefühl freuen, ihn in mir zu spüren? Es ist einfacher, das Opfer zu spielen, wenn man über die schlechten Entscheidungen keine Kontrolle hat.

»Wenn du das wirklich willst, Little Mouse, dann wirst du diejenige sein, die es tun muss«, sagt er leise. Er sieht mich an, als würde er nicht glauben, dass ich ihn freiwillig ausziehen würde. Und ich glaube, er weiß, was dieser Blick bei mir auslöst. Das Arschloch weiß genau, wie unfähig ich bin, vor einer Herausforderung zurückzuschrecken.

Ich zolle ihm denselben Respekt, den er mir entgegenbringt. Ich ziehe ihn langsam aus. Behutsam. Ich streiche absichtlich mit meinen Fingern über seine Haut und ernte daraufhin selbst ein Zittern und ein Knurren der Ungeduld.

Ich keuche, als ich sein Hemd ausziehe. Die Narben in seinem Gesicht sind nicht die einzigen. Zwei schwere Messerstiche verunstalten seine Haut – einer geht quer über sein Herz, der andere über seine definierten Bauchmuskeln.

Die Narben sind erhaben und gezackt und heben sich in einem

kräftigen Rosa von seiner gebräunten Haut ab. Und sie tun ihm immer noch weh. Als ich mit meinen Fingerspitzen über sie streiche, verkrampft er sich unter meiner Berührung und fletscht die Zähne.

Es ist kein körperlicher Schmerz. Diese Narben sind längst verheilt. Aber sie sind wie Eisberge. Äußerlich sind sie unverkennbar und imposant, aber unter der Oberfläche liegt etwas viel Größeres und Bedrohlicheres. Etwas, das in der Lage ist, jemanden in den Abgrund seiner Verderbtheit zu stürzen, genau wie die Titanic.

Sie haben ihn innerlich tief verletzt und ich möchte wirklich wissen, was sie verursacht hat.

Wo es keine Narben gibt, sind verschlungene Tattoos zu sehen. Ein Drache schlängelt sich an seiner Seite hoch und über seine Brust, Feuer blüht aus seinem Maul und läuft über Zades Schulter.

Auf der gegenüberliegenden ruht eine Meerjungfrau, eine schöne Frau, die über ihre nackte Schulter blickt. Die Spiegel erlauben mir, einen Blick auf all die anderen, die seinen Körper bedecken – über beide Arme und den ganzen Rücken. Alles schön und fachmännisch gemacht.

»Du hast dich über keiner deiner Narben tätowieren lassen«, bemerke ich leise und streiche mit dem Finger über das Gesicht des Drachens. Tatsächlich sieht es sogar so aus, als ob die Tattoos absichtlich nicht über das verletzte Fleisch gehen.

»Ich verstecke meine Fehler nicht.«

Seine Fehler sind nicht das Einzige, was seinen Körper schön macht. Er ist vollgepackt mit Muskeln, aber nicht zu wuchtig. Sein Körperbau zeigt deutlich, dass er einen mit seinem kleinen Finger umbringen kann, ohne dabei auszusehen, als würde er Steroide zum Frühstück schlucken.

Und als ob das meine Knie nicht schon in Wackelpudding verwandelt, sind die dicken Adern, die sich von seinem Hals über seine kräftigen Arme bis hin zu seinen massiven Händen ziehen, mein Verderben.

Er ist … verdammt noch mal phänomenal.

Mit Bedacht beobachtet er mich und die Intensität in seinen Augen lodert auf, während ich ihn eingehend studiere. Er vibriert fast unter meiner langsamen Betrachtung, also mache ich weiter und setze meine Folter fort. Es dauert insgesamt null Sekunden, bis er vor Verlangen, mich zu ficken, nur so strotzt.

Ich fühle so viel Macht in meinen Fingerspitzen, ich kann mir nicht vorstellen, wie viel Macht ich hätte, wenn ich ihn lieben würde.

Mit jedem Zentimeter seiner Haut, der enthüllt wird, werde ich zittriger und feuchter. Es ist nicht fair, dass jemand so Perfektes entstellt und vernarbt ist wie er. Wenn überhaupt, dann macht der offensichtliche Missbrauch, den sein Körper erlitten hat, ihn nur noch attraktiver.

Ich schnappe nach Luft, als ich seine Hose herunterziehe und sein harter Schwanz aus der Enge seiner Jeans herausspringt. Er wird nie weniger einschüchternd wirken, egal wie oft ich ihn sehe. Es sei denn, ich akzeptiere eines Tages plötzlich den Tod durch seinen Schwanz.

Als er ganz nackt ist, trete ich einen großen Schritt von ihm zurück und schaue ihn an. Ich starre ihn aus jedem Winkel an, den die Spiegel bieten, genau wie er es bei mir getan hat. Kräftige Schenkel, ein fester, runder Arsch und ein definierter Rücken, an dem ich mich am liebsten überall reiben würde, und der schönste Schwanz, den ich je gesehen habe.

Ich möchte wegrennen. Weit, weit weg.

Dieser Mann wird mich nach heute Abend ruinieren. Ich kann es spüren.

»Hast du Angst?«, fragt er in einem dunklen Flüsterton. Er starrt mich mit einem unleserlichen Ausdruck im Gesicht an.

»Ja«, antworte ich wahrheitsgemäß.

Er lächelt, und sein Anblick zwingt mich fast auf die Knie. Es ist nicht richtig – wie schön er ist. Er ist definitiv der verdammte Teufel. Dessen bin ich mir sicherer denn je.

»Das solltest du auch«, sagt er, in seiner Stimme schwingt Gefahr mit.

Ich gehe noch einen Schritt zurück, aber er macht keine Anstalten, mich aufzuhalten.

»Geh auf die Knie, Little Mouse«, befiehlt er düster. Ich halte inne, unsicher, ob ich auf ihn hören oder meinen gesunden Menschenverstand wiederfinden soll, den ich auf dem Weg ins Spiegelkabinett verloren habe, und einfach wegrennen sollte.

»Lass mich dich nicht zweimal darum bitten«, knurrt er und seine Mimik verzieht sich zu einem ernsten Ausdruck. Er neigt sein Kinn herunter und starrt auf mich herab. Die Gefahr in seinem Gesicht macht mir Angst und meine Säfte befeuchten daraufhin meine Schenkel.

»Ich will nicht, dass du mich bittest«, meine ich langsam. Verwirrung blitzt für einen kurzen Augenblick in seinen Augen auf und ich zeige ihm genau, was ich in diesem Moment meine.

Ich drehe mich um und beginne zu laufen. Aber er ist zu schnell. Seine Hand schnappt zu, umschlingt mein Haar und reißt mich nach hinten. Ein scharfes Keuchen entweicht mir, als ich schwerelos werde. Er schafft es, meinen Körper so zu verdrehen, dass ich schmerzhaft auf meinen Knien lande. Genau so, wie wir beide es wollten.

»Du magst es, wenn ich dich zwinge?«, knurrt er und reißt meinen Kopf zurück, bis ich zu ihm aufschaue. Sein Schwanz streift meine Wange und warnt mich vor dem, was kommen wird. »Du bist gern ein böses kleines Mädchen, nicht wahr? Du magst es, mich herauszufordern, weil du es liebst, wenn ich dir Angst mache. Du bist ein dummes kleines Mädchen, das mit dem Feuer spielt«, spottet er mit einem grausamen Grinsen im Gesicht.

Die Kraft, mit der er mein Haar festhält, treibt mir Tränen in die Augen. Sie brennen, genau wie das Inferno aus Zorn und Lust in seinem Blick. Und wenn ich es nicht besser wüsste, würde ich denken, dass hinter mir ein Feuer lodert, das sich in seinen ungleichen Augen widerspiegelt.

»Sag mir, Little Mouse, wurdest du je von einem Mann wie mir gefickt?«

»Besser«, zische ich und der schlummernde Hass auf ihn erwacht wieder. Etwas sehr Dunkles und Gefährliches legt sich über seine Augen. Er zieht diese verdammte Augenbraue hoch, und alles in mir krampft sich zusammen.

Es war eine Lüge. Wir wissen es beide.

Das ist das Erste, was ich gelernt habe, als ich als Kind in die katholische Schule gesteckt wurde. Gute Mädchen lügen nicht.

Die zweite Lektion lautet: Vertraue nicht dem Teufel und seinem Einfluss. Aber was sie vergessen haben zu erwähnen, ist, ihn nicht zu verärgern, wenn man einmal verführt wurde.

Vielleicht, weil das gesunder fucking Menschenverstand ist.

Meine Lippe zittert, während ich mir Vorwürfe mache, so dumm gewesen zu sein. Die Bitterkeit und das Misstrauen brodeln immer noch unter der Oberfläche. Ich weiß nicht, warum ich dachte, ich könnte mich von ihm dominieren und ficken lassen, ohne mich zu wehren.

Er wird mich umbringen, bevor ich mich in ihn verliebe.

»Mach diesen verdammten Mund auf, böses Mädchen. Sofort, bevor ich dich mit meinem Schwanz ersticke.«

Dieses Mal gehorche ich. In dem Moment, in dem sich meine Lippen leicht öffnen, drückt er die Spitze an meinen Lippen vorbei direkt in meinen Rachen. Er zischt durch seine Zähne, gefolgt von einem weiteren wilden Knurren. Ich wimmere und würge, als er seinen Schwanz tiefer einführt. Er ist wie gehärteter Stahl, der in seidigen Satin gehüllt ist, aber die Geschmeidigkeit lindert den Schmerz kaum.

Er ist zu dick und zu lang für meinen kleinen Mund. Die Tränen schießen sofort in die Augen und laufen über meine Wangen, als er immer tiefer in mich eindringt. Instinktiv greifen meine Hände nach seinen Schenkeln und drücken gegen sie.

Schnell wie eine Schlange schnappt er sich meine beiden Hände und fasst sie in einer seiner Hände zusammen, während er mit der anderen meinen Kopf weiter festhält. Er hält meine Hände hoch und gegen seinen Bauch. Es sieht aus, als wäre ich eine Frau, die auf den Knien betet. Die Hände zusammengebunden, während ich den Teufel selbst anbete.

»Das ist es doch, was du wolltest, oder«, knurrt er. »Lutsch ihn, verdammt. Jetzt.«

Ich tue, was er sagt, wenn das bedeutet, dass er etwas lockerlässt. Ich sauge kräftig, ziehe die Backen ein und streiche mit meiner Zunge über die dicke Ader an der Unterseite seines Schwanzes.

»So ist es gut, Baby«, haucht er und lässt mich endlich zurückweichen. Aber in Sekundenschnelle zieht er mich wieder an sich. Er dirigiert meinen Kopf vor und zurück, solange ich weiter an ihm sauge. Gemurmelte Worte der Ermutigung und tiefe, gestöhnte Laute der Lust kommen über seinen Lippen, während er immer schneller wird. Mit jeder Silbe und jedem Stöhnen, das seine Lippen verlässt, wird mein Wunsch, ihm zu gefallen, verzweifelter. Meinen Fehler zu korrigieren.

»Schauen wir mal. Greyson Parker, er war besser, hm?« Meine Augen weiten sich, ich bin verwirrt, weiß nicht, woher er ihn kennt. »Ich habe ihn fast umgebracht, als er nackt aus deinem Haus gerannt ist, also irgendwie bezweifle ich, dass er besser war als ich. Wer sonst?« Er betont das letzte Wort, indem er sich tiefer in meine Kehle schiebt. Ich ringe nach Luft und er lässt mich ein paar Sekunden lang zappeln, bevor er nachlässt.

»Brandon Havatti, Carlos Santonio, Tyler Sanders …«, fährt er fort und zählt jeden Mann auf, mit dem ich zusammen war. Das sind zwar nicht viele, aber doch eine ganze Menge, wenn man gerade sein Leben in Gefahr gebracht hat.

Er reißt meinen Kopf ruckartig nach hinten und lässt mich einmal durchatmen, als er sagt: »Es wird mir Spaß machen, jeden einzelnen von ihnen zu töten, Little Mouse.«

Bevor ich überhaupt eine Antwort geben oder auch nur einen einzigen Atemzug kostbarer Luft nehmen kann, drückt er mich schon wieder an seinen Schwanz.

Meine Sicht verschwimmt schon an den Rändern, weil er so tief in meinen Hals eindringt. Es spielt keine Rolle, wie sehr ich würge und mich gegen ihn wehre, er wird immer härter.

»Du willst, dass ich in deinem Mund komme, stimmt's? Du denkst daran, meinen Schwanz zu lutschen, seit du mich auf den Knien mit einem Gürtel um deinen hübschen kleinen Hals angebetet hast.«

Ich blicke zu ihm auf und mein Hass brennt für einen Moment heller als meine Lust. Er lächelt – oder besser gesagt, er fletscht die Zähne – als er die Wut in meinen braunen Augen sieht.

»Du willst es, aber du wirst es verdammt noch mal nicht bekommen. Dieses Privileg hast du dir noch nicht verdient.« Ohne Vorwarnung stößt er meinen Kopf hart zurück. Er zieht mich an meinen Haaren hoch, bis ich auf den Zehenspitzen stehe.

»Zade, bitte«, wimmere ich, meine Sicht ist von den Tränen verschwommen und meine Brust ist wegen des Sauerstoffmangels verengt. Ich weiß nicht einmal, worum ich bettle – um mein Leben oder um die unschuldigen Männer, die ich gerade zum Tode verurteilt habe.

»Du bist so ein braves Mädchen«, lobt er. »Ich liebe es, wenn du Angst hast und bettelst.«

Gerade als ich denke, dass ich endlich wieder atmen kann, stiehlt er mir wieder die Luft. Seine Lippen verschmelzen mit meinen zu einem elektrisierenden Kuss. Meine Fingernägel krallen sich in seine Brust, was ihm ein leises Knurren entlockt, während er meinen Mund mit dem seinen verschlingt.

Die Energie zwischen uns knistert und explodiert, als wir beide voneinander trinken. Funken von Feuer und der Geschmack von bitterem Wein legen sich auf meine Zunge.

Gift hat noch nie so gut geschmeckt.

Während unsere Zungen um Dominanz kämpfen, ergreift er meine Taille und hebt mich mühelos hoch. Meine Beine schlingen sich instinktiv um seine schlanke Taille, als ich das kühle Glas an meinem Rücken spüre.

Die Temperatur, die in meinem Körper herrscht, fühlt sich genauso an wie seine Yin-Yang-Augen. Die Kälte des Spiegels droht mir einen Schauer über den Rücken zu jagen, doch der Druck seines Körpers auf meinem eigenen ist glühend heiß.

Ein scharfer Schmerz auf beiden Seiten meiner Hüfte lässt mich in seinen Mund keuchen. Mit einem schnellen Ruck reißt er mir den Slip vom Hintern, wobei der zerfetzte Stoff zwischen unseren Körpern eingeklemmt wird. Er zieht sich zurück und positioniert die Spitze seines Schwanzes an meinem Eingang.

»Weite deine Pussy für mich, Little Mouse«, befiehlt er.

Ich öffne den Mund, um zu widersprechen und ihm zu sagen, dass er mich einfach ficken soll, aber sein Gesichtsausdruck macht mich sprachlos.

Die Frustration steigt und ich greife mit beiden Händen zwischen unsere Körper und tue, was er sagt. Röte befleckt meine Brust, als ich mich selbst spreize. Er weiß, dass ich will, dass er sich in mich hineinzwängt. Zur Strafe dafür, dass ich ihn beleidigt habe, wird er mich dazu bringen, ihm zu zeigen, wie sehr ich ihn will. Ich spreize meine Pussy und lade ihn ein.

Gott, ich hasse ihn.

Seine Hände umgreifen meine Hüften auf schmerzhafte Weise. Morgen werde ich mit blauen Flecken aufwachen, und ein Teil von mir fürchtet sich davor. Es wird unmöglich sein, zu vergessen, was passiert ist, wenn ich den Abdruck seiner Hände auf meiner Haut trage.

»Wage es nicht, deine Hände zu bewegen«, droht er, bevor er mich auf seinen wartenden Schwanz schiebt.

»Ah!«, schreie ich und meine Hände sind kurz davor, zu seiner Brust zu fliegen, damit ich mich von ihm wegdrücken kann. Er ist zu viel und dehnt mich weiter als jeder andere zuvor. Meine Augen weiten sich zu riesigen Untertassen, als ich unter seinem Angriff wimmere. Ich spüre, wie sein Umfang zwischen meine Finger gleitet, während er sich tiefer in mich hineinarbeitet.

»Stopp!«, keuche ich.

»Was für eine arme kleine Maus«, gluckst er spöttisch, sein Tonfall ist heiser und fest. »Vielleicht werde ich diese Pussy eines Tages wie Glas behandeln und ihr meine ganze Liebe geben, aber du bist ein böses Mädchen gewesen, nicht wahr?«

Als ich nicht antworte, stößt er noch fester in mich, was mir ein weiteres schmerzhaftes Wimmern entlockt. »Nicht wahr?«, brüllt er.

»Ja!«, rufe ich atemlos und drücke meine Augen zusammen.

»Wirst du jetzt ein braves kleines Mädchen sein?«

»Ja«, wimmere ich verzweifelt. Der Schmerz verwandelt sich in etwas viel Intensiveres und Atemberaubenderes. Er gleitet heraus und stößt wieder hinein, dieses Mal sanfter, aber nicht weniger wütend. Es fühlt sich an, als würde mein Körper kurz vor dem Platzen stehen. Es ist nicht normal, so verdammt ausgefüllt zu sein.

Er zieht ihn bis zur Spitze heraus und stößt dann mit seiner ganzen Länge in mich hinein, so tief, dass ich schwöre, zu spüren, wie er zu meiner Kehle hochkommt. Ich schreie auf und meine Stimme bricht vor lauter Emotionen, die sich in meiner Brust aufbauen. Das ist nicht natürlich.

»Verdammt, Addie, ich passe kaum noch rein.«

Das muss der Grund sein, warum es sich anfühlt, als würde er mich in zwei Teile zerreißen. Er fängt langsam und kraftvoll an. Er stößt hart zu und zieht sich dann in einem quälend langsamen Tempo zurück, bevor er wieder in mich hinein stößt. Ich spüre, wie sich mein Körper zu entspannen beginnt und ihn gierig in sich aufsaugt, während er meine Seele mit jedem Stoß verdammt.

Er stellt seine Beine weiter auseinander und stemmt sich gegen den Spiegel. Mein Magen zieht sich zusammen, weil ich den bevorstehenden Schaden spüre, den er meinen Organen zufügen wird.

Schockwellen jagen durch meine Nervenenden, als er sein Tempo beschleunigt und mich grob gegen den Spiegel fickt, während laute Geräusche, die ich noch nie in meinem Leben gemacht habe, von meinen Lippen kommen. Die Lust ist überwältigend und das Gefühl, wie er zwischen meinen Fingern ein- und ausfährt, steigert nur noch die starke Lust, die in meiner Magengrube brodelt.

»Sieh uns in den Spiegeln an«, fordert er schroff. Es kostet mich große Mühe, aber ich öffne meine Augen und lasse sie über die Dutzenden von Spiegeln gleiten. Ich starre uns von jedem Winkel aus an. Es ist zu viel, ihm dabei zuzusehen, wie er in mich eindringt. Sein Arsch ist von der Kraft seiner Stöße angespannt, während sich eine Röte auf meinen Wangen ausbreitet. Meine Augen sind halb geschlossen und mein Gesicht ist zu einer unbestreitbaren Glückseligkeit verzerrt.

Er dreht seinen Kopf und unsere Blicke treffen sich in einem der Spiegel. Mein Herz schlägt mir bis zum Hals, als ich meinen Blick umherschweifen lasse und sehe, dass er mich aus mehreren Richtungen anstarrt. Das ist das intensivste Gefühl, das ich je erlebt habe.

Wie das Bauchgefühl, wenn man weiß, dass man beobachtet wird, aber um ein Dutzend multipliziert.

Meine Augen treffen wieder auf seine und ein Lächeln zeichnet sich auf seinem Gesicht ab. Er lehnt sich nah an mich heran, seine Lippen gleiten über meine, während er mir dabei zusieht, wie ich langsam abhebe, während er mich angrinst.

»Sag mir, Little Mouse, wurdest du je von einem Mann wie mir gefickt?«

Ich beiße mir auf die Lippe und schüttle den Kopf, während ich gegen den Drang ankämpfe, meine Augen einfach zu schließen. Er passt unsere Position an, schiebt seine Arme unter meine Knie und zieht sie hoch. Ein peinlicher Schrei entweicht, als er den Winkel seiner Hüften verändert und eine Stelle trifft, die meine Beine sofort heftig zittern lässt.

»O mein Gott«, stöhne ich. Dieses Mal kann ich meinen Kopf nicht daran hindern, gegen den Spiegel hinter mir zu sinken und meine Augen nicht daran, sich ebenfalls nach hinten zu verdrehen.

»Das stimmt, Baby. Ich bin dein verdammter Gott«, knurrt er, bevor ich spüre, wie sich seine Zähne in meinen Hals bohren.

Mein Magen zieht sich zusammen und ich spüre, wie sich ein Orgasmus gefährlich schnell aufbaut. Es fühlt sich an, als wäre ein wütender Poseidon in meinem Bauch, der einen verheerenden Tsunami bildet, der mich mit Sicherheit töten wird. Der Spiegel beginnt heftig zu zittern, weil er mich so hart fickt. Es fühlt sich an, als würde er jeden Moment zerspringen, aber ich kann mich nicht dazu bringen, mich darum zu kümmern.

Gerade als ich fast den Höhepunkt erreiche, zieht er sich komplett zurück. Ich wimmere, weil die plötzliche Leere fast schmerzhaft ist.

»Was …« Er lässt mich auf die Füße fallen, tritt zurück und zeigt auf den Boden. Meine Knie wackeln, mein Gleichgewicht ist gestört von dem scharfen Gefühl, das zwischen meinen Schenkeln pulsiert. »Geh auf alle viere.«

Ich widerspreche nicht, vor allem weil das Ausbleiben des Orgasmus schmerzhaft ist und meine Beine nicht mehr in der Lage sind, mein Gewicht zu tragen.

Wütende Tränen säumen meine Augenwinkel, aber ich schlucke mir den bissigen Kommentar herunter. Er würde meine Strafe nur noch schlimmer machen.

Ich erwarte, dass er wieder von hinten in mich eindringt, aber seine Hände schieben sich zwischen meine Beine und packen mich an der Unterseite meiner Hüfte, heben mich hoch, bis meine Knie nicht mehr den Boden berühren. Ich spüre, wie sein heißer Atem über meine Pussy streicht, bevor sich seine Zähne um meinen Kitzler legen.

Ich schreie auf und zucke unter dem Schmerz zusammen. Aber er quält mich nicht wie beim letzten Mal. Sofort saugt er meinen Kitzler in seinen Mund und leckt an meiner tropfenden Pussy. Er summt und jagt köstliche Vibrationen in mein Inneres.

»Du schmeckst so verdammt gut«, murmelt er, bevor er mit seiner Zunge über meinen Kitzler streicht.

Ich sehe auf und beobachte schamlos, wie er sich von hinten an mir labt. Ich drehe meinen Kopf, bis ich den besten Blick auf ihn habe, wie er hinter mir kniet und meine Pussy wie ein ausgehungerter Mann leckt.

Der Orgasmus bahnt sich erneut an und diesmal noch bedrohlicher als zuvor. Ich bin nicht in der Lage, mich gegen sein Gesicht zu pressen, so wie ich es will, also bin ich seiner peitschenden Zunge hilflos ausgeliefert.

»Zade, bitte«, flehe ich und meine Augen schielen vor blanker Lust.

»Will meine kleine Maus kommen?«, fragt er mit atemloser und unebener Stimme. Ich würde ihn einen Lügner nennen, wenn er jemals versuchen würde, sein Verlangen nach mir zu verleugnen, aber das ist die Sache mit Zade – er hat nie versucht, zu verstecken, wie sehr er mich will. Er hat nie die Tatsache beschönigt oder verleugnet, dass er sich verzweifelt nach mir sehnt.

»Ja«, flehe ich mit einem Stöhnen.

Er zieht sich zurück, ich schreie ihn frustriert an und schlage meine Faust auf den Boden. Die Wut darüber, dass er mich ein weiteres Mal hängen gelassen hat, überwältigt mich und ich wehre mich gegen seinen Griff. Er lacht über meinen Versuch.

»Du verdammtes Arsch–«

Er unterbricht meine Schimpftirade, indem er hart in mich stößt und seine Eier gegen meine empfindliche Perle klatschen lässt. Ich verschlucke mich an meinen Worten, denn jetzt kann er viel tiefer eindringen als zuvor.

Ich wölbe meinen Rücken und grabe meine Nägel in den Boden, kralle mich an den schmutzigen Fliesen fest, während er unerbittlich in mich stößt.

Er packt mich an den Haaren und reißt meinen Kopf grob nach hinten, sodass ich gezwungen bin, in die Spiegel direkt vor mir zu schauen und dabei zuzusehen, wie er mich fickt.

»Willst du um meinen Schwanz herum kommen, Baby?«

Ich nicke verzweifelt mit dem Kopf. Er lächelt zur Antwort.

»Warst du mein braves kleines Mädchen?« Wieder ein wackeliges Nicken. »Dann sag es verdammt noch mal, Adeline.«

Ich klammere mich an ihn, als ich meinen vollen Namen in seinem rauen Tonfall höre.

»Ich bin dein braves kleines Mädchen«, hauche ich, zu weit weg, um noch etwas anderes, als blendende Lust zu empfinden.

Er schmiegt seine Brust an meinen Rücken und dringt in meine sich zusammenziehende Pussy ein. Die Hand in meinem Haar wandert hinunter zum Hals und drückt fest zu, während seine andere Handfläche über meinen flachen Bauch streicht. »Heute Nacht ist nur eine Übung, aber ich verspreche dir, Little Mouse, dieser Körper wird eines Tages alle meine Babys austragen«, knurrt er unter zusammengebissenen Zähnen.

Sein Bild verschwimmt, während ich meine Augen genießend rolle und die Tsunami-Welle schließlich über mich hereinbricht. Ich schreie so laut, dass das Geräusch beinahe die Spiegel erschüttert. Zades Name kommt in einem neurotischen Singsang über meine Lippen, während meine ganze Welt in winzige Stücke zerbricht.

»Verdammt! Das ist es, Baby. Deine Pussy ist so verdammt eng, melk meinen verdammten Schwanz«, stöhnt Zade. Er beendet seinen Satz mit einem Knurren und seine Hüften beben, als er ein letztes Mal in mich stößt und mich mit seinem Samen füllt.

Ich spüre, wie unsere gemeinsamen Säfte an meinen Schenkeln hinunterlaufen, während ich keuchend und atemlos auf dem Boden liegen bleibe. Mein Körper wird von den Nachbeben erschüttert, selbst, nachdem ich mich von dem größten Orgasmus, den ich je hatte, etwas erholt habe. Ich kann verdammt noch mal nicht normal atmen, geschweige denn mich bewegen oder zusammenhängende Gedanken denken. Nichts davon war natürlich. Absolut nichts davon.

»Ich hoffe, du weißt …«, keuche ich. »Ich nehme die Pille.«

Er lacht atemlos. »Noch.«

Bevor ich antworten kann, durchbricht ein lautes Summen die schwere Atmosphäre. Mein Blick springt in die Richtung und findet die Quelle sofort. Mein Handy leuchtet durch den Stoff meiner Jeans auf und summt wild vor sich hin.

Verdammt. Daya.

Ich rapple mich auf und gehe hin, während ich die Zähne zusammenbeiße, weil ich spüre, wie er aus mir herausrutscht. Mein Daumen zittert heftig, als ich auf die grüne Taste auf meinem Bildschirm drücke. »Hallo?«, antworte ich und zucke zusammen, als ich höre, wie zittrig und heiser meine Stimme ist.

»Wo zum Teufel bist du?«, schreit sie durch den Hörer, ihre eigene Stimme zittert und ist voller Wut.

»Ich habe mich verlaufen und mein Handyempfang war so gut wie nicht vorhanden«, lüge ich verlegen, weil ich nicht zugeben will, was wirklich passiert ist. Ich ignoriere Zades Anwesenheit und ziehe mir schnell meine Sachen an. Das Geschrei in meinem Ohr und die glitschigen Stellen an meinen Oberschenkeln lassen mich zusammenzucken.

»Der Park ist geschlossen, Addie! Ich wurde schon rausgeschmissen und sie haben gesagt, dass das Spiegelkabinett schon geräumt wurde. Das blöde Arschloch vom Sicherheitsdienst hat mir nicht geglaubt, als ich gesagt habe, dass du noch da drinnen bist. Ich habe mir verdammt große Sorgen gemacht.«

Gerade als ich in meine Schuhe schlüpfe, ertönt hinter mir ein gemurmeltes »Scheiße«, das meine Aufmerksamkeit erregt. Zade starrt auf sein Handy, sein Gesicht hat einen ernsten Ausdruck angenommen. Er trägt nichts als seine schwarzen Stiefel und seiner unverschlossenen, tiefsitzenden Jeans, die einen atemberaubenden Blick darauf freilegen, wie das V unter dem Stoff verschwindet.

Dayas Geschimpfe tritt in den Hintergrund, als meine Aufmerksamkeit an ihm hängen bleibt. Das Licht seines Handys hebt die Muskeln hervor. Die Narben und die schwarzen, verschlungenen Tattoos verstärken seine Wildheit. Die Adern an seinen

Händen und Armen sind prall und, verdammt, wenn ich nicht schon an einen Spiegel gelehnt wäre, würde ich zusammenbrechen, so verheerend sieht er gerade aus.

Dieses Meisterwerk aus Narben und rauen Kanten hat mich in die Vergessenheit gefickt und geschworen, dass ich eines Tages seine Babys haben werde. Ich kann nicht atmen.

»*Addie*, ich schwöre bei Gott …«

»Ich … Ich komme gleich raus, Daya. Es tut mir so leid«, antworte ich und zwinge meinen Blick zurück in meine Umgebung, um mich zu orientieren. Das ist in einem Haus mit einer Million Spiegeln wirklich schwer zu bewerkstelligen.

Sie nimmt einen tiefen, beruhigenden Atemzug. »Okay, es tut mir leid. Ich hatte einfach nur große Angst, Addie.«

Ich zucke zusammen, als eine andere Art von Tsunami über mich hereinbricht. Dieser ist mit allen nur erdenklichen negativen Gefühlen gefüllt. Schuldgefühle. Scham. Reue.

»Es tut mir wirklich leid, Daya. Wir sehen uns gleich.« Ich lege auf und laufe sofort in die Richtung, in die ich denke, dass ich eigentlich gehen sollte.

»Falsche Richtung, Little Mouse. Folge mir«, sagt Zade und sein tiefer Tonfall lässt mich verkrampfen und meine Schultern bis zu den Ohren hochschnellen. Er ist mit dem Anziehen fertig und geht in die entgegengesetzte Richtung.

Beinah erstarrt drehe ich mich um und folge ihm. Es ist mir egal, woher er weiß, wo er hinmuss, Hauptsache, er bringt mich hier raus.

Nach fünfzehn angespannten Minuten finden wir die Ausgangstür und ich eile hinaus, die kalte Luft ist Balsam für mein erhitztes Gesicht.

Der Jahrmarkt steht jetzt in krassem Kontrast zu dem Ort, an dem ich vorhin angekommen bin. Der Platz ist wie leergefegt. Keine Menschenseele auf dem Gelände und keine Lichter.

Wie lange waren wir da drin? Ich schaue auf die Uhr und

meine Augen werden groß, als ich feststelle, dass es halb eins mitten in der Nacht ist.

Zwei Stunden! Ich bin seit zwei verdammten Stunden da drin gewesen. Klar, die Hälfte davon war, um mich da irgendwie durchzuschlängeln, aber trotzdem. Normale Menschen ficken nicht so lange, oder? Zade ist irgendwo hinter mir, also werfe ich einen Blick über meine Schulter und sage: »Folge mir nicht nach draußen. Daya wartet auf mich, und ich will nicht, dass sie dich sieht.« Sogar ich kann die Kälte in meiner Stimme erkennen.

Die ganzen fünfzehn Minuten, die wir gebraucht haben, um den Weg nach draußen zu finden, dachte ich nur daran, dass ich ihn wieder ficken wollte. Und das macht mir eine Heidenangst.

Das war der Realitätscheck, den ich gebraucht habe – eine sehr deutliche Erinnerung daran, dass ich gerade Sex mit meinem Stalker hatte. Ich hätte das nicht zulassen dürfen.

Ich spüre, wie seine Hand mein Handgelenk umklammert, bevor er mich herumreißt.

Ich stolpere gegen ihn, aber er fängt mich schnell auf und schlingt eine Hand fest um meinen Nacken.

»Ich komme sowieso zu spät zu einem Date mit einem Psychomädchen«, meint er leichthin. Ich verdrehe die Augen und er lächelt, als er die Wut in mir bemerkt. »Sei nicht eifersüchtig, Little Mouse. Es ist kein richtiges Date. Sie ist nicht mein Typ von Psycho. Abgesehen davon, dass sie nicht du ist.«

Ich spotte. »Ich bin nicht eifersüchtig. Lass mich los«, schnauze ich und versuche, mich von ihm zu lösen.

Er zieht mich nah an sich heran, seine Lippen streifen über meine, während er mir tief in die Augen schaut. »Das wird nie passieren, Adeline. Ich werde dich niemals loslassen.«

Ich versteife mich und werde von der Strenge in seinem Ton überrascht. Er meint es tatsächlich ernst.

Bevor ich reagieren kann, presst er seine Lippen auf meine. Und weil dies das letzte Mal sein wird, dass ich diesem Mann erlaube, mich zu berühren, erwidere ich seine Berührung. Ich kralle mich an ihn, zerre grob am Kragen seines Kapuzenpullis und nehme seine Unterlippe zwischen die Zähne, bis ich sein Blut auf meiner Zunge schmecke.

Er knurrt und verschlingt mich gänzlich, sein Mund schmeckt immer noch nach meiner Pussy. Und dann reißt er sich schwer atmend von mir los. »Geh«, fordert er schroff.

Ich zögere nicht. Ich stolpere über das Feld und zu meinem wartenden Auto, dem einzigen, das noch auf dem Parkplatz steht. Eine unruhige Daya sitzt hinter dem Lenkrad, ihr Blick bohrt sich in mich hinein.

Ich seufze und mache mich auf ein schwieriges Gespräch gefasst, von dem ich nicht weiß, wie ich es führen soll. Ich bleibe bei meiner Geschichte. Ich habe mich verlaufen. Das war's. Ich öffne die Autotür und falle nahezu hinein. Als ich ihrem Blick begegne, starrt sie mich mit der Hitze von tausend Sonnen an.

»Warum zum *Teufel* siehst du aus und riechst, als wärst du gerade gefickt worden?«

2. März 1946

Ich erzählte Ronaldo, dass ich John vielleicht um die Scheidung bitten würde. Er war so begeistert, dass ich für einen Moment das Gefühl hatte, er und ich könnten endlich eine gemeinsame Zukunft haben.
Aber dann sagte ich ihm, dass ich möchte, dass er seinen Job kündigt. Er atmete tief aus. Wie ein geplatzter Luftballon. Er sagte, das sei wahrscheinlich nicht möglich. Dass er an seinen Chef gebunden wäre und dass er nicht glaubt, dass er jemals die Möglichkeit bekommen würde, zu gehen.
Es eskalierte zu einem Streit. Ich verstehe seinen Standpunkt. Aber ich sagte ihm, dass ich nicht weiß, ob wir wirklich zusammen sein können, während er in etwas so Gefährliches verwickelt ist.
Er machte die schlaue Bemerkung, dass mein Mann genauso in die Gefahr verwickelt sei, wie er selbst.
Ich war mir nicht sicher, was das überhaupt bedeutet. Seine Spielgewohnheiten?
Wir hatten schon bald nach dem Überfall keine Probleme mehr damit, also nahm ich an, dass John sein Verhalten korrigiert hatte.
Wie dem auch sei, ich halte an meiner Entscheidung fest. Sera und ich werden gemeinsam eine

Lösung finden. Wenn das bedeutet, eine alleinerziehende Mutter zu werden, dann werde ich es tun.

Kapitel 31

Der Schatten

»Warum hast du so lange gebraucht?«, schnauzt das Psychomädchen und seine matten braunen Augen brennen wie Feuer. Das Inferno in ihrem Blick ist dasselbe Gefühl, das in meiner Brust wütet.

Mein Herz pocht heftig und ich habe das unbändige Bedürfnis, sie wieder zu ficken. Addie. Mein Gehirn fühlt sich an, als hätte man es in eine Pfanne geworfen und knusprig gebraten. Ich muss mich konzentrieren, aber das ist fast unmöglich, wenn der Geschmack von Addie auf meiner Zunge liegt und ich immer noch das Gefühl habe, dass sie mich fest umschlungen hält.

Ich weiß nicht, wie ich mich zusammennehmen soll, wenn ich gerade meinen persönlichen Gott gefunden habe. Oder besser gesagt, ich glaube, ich bin gerade einer geworden.

Aber wie kann ich mich wie ein Gott fühlen und gleichzeitig völlig machtlos sein, wenn es um sie geht?

Ich weiß es nicht.

Ich weiß nur, dass ich Spukmärkte seit heute verdammt noch mal liebe.

»Ich wurde von etwas aufgehalten«, murmle ich und suche den Raum nach herumlungernden Angestellten ab. Oder nach tödlichen Überraschungen, wenn ich mir den mörderischen Blick in den Augen des Psychomädchens so ansehe. Sie hat immer noch vor, mich zu töten, und der Gedanke ist lächerlich.

Wenn es so verdammt einfach wäre, mich zu töten, wäre ich schon lange tot. Diese Narben sind der Beweis dafür.

Nach unserer Konfrontation habe ich beschlossen, dass die kaputte Puppe und ich vorerst als Team arbeiten werden. Da Mark beschlossen hat, die Sache selbst in die Hand zu nehmen und zu versuchen, mein Mädchen zu entführen und zu versklaven, habe ich beschlossen, dass er es nicht länger wert war, am Leben zu bleiben. Die zwei Sekunden, die er brauchte, um sich gegen Addie zu verschwören, waren das Äquivalent dazu, seinen Namen auf meine schwarze Liste zu setzen.

Es besteht keine Chance, dass er überlebt.

Also haben wir die vier ausgeknockt. Die Puppe hat gesagt, sie würde sie an einen Ort bringen, an dem die Gäste sie nicht finden würden, und wir würden uns um Mitternacht treffen, um meine Antworten zu bekommen und sie endgültig zu erledigen.

Claire war natürlich Zeugin der ganzen Sache und wurde von der Puppe in die Flucht geschlagen. In dem Moment, als ich es mit vier Männern zu tun hatte, konnte ich nichts tun, aber in der Sekunde, in der ich das Geisterhaus verließ, ließ ich einen meiner Männer sie finden und an einen sicheren Ort bringen.

Schlicht und ergreifend, Claire ist eine missbrauchte Frau, die es verdient, ein Leben in Frieden zu führen. Aber sie war auch Zeugin eines Verbrechens und ich kann nicht zulassen, dass sie es jemandem erzählt.

Danach bin ich sofort zu Addie gegangen und habe sie die ganze Zeit verfolgt. Ich habe sie ihren Spaß haben lassen, habe sie alle Geisterhäuser und gruseligen Karnevalszelte besuchen und mit den Achterbahnen fahren lassen, alles, während ich leise hinter ihr geblieben bin, immer außer Sichtweite. Ich habe sichergestellt, dass niemand sie auch nur komisch angesehen hat, ohne dass es Konsequenzen mit sich zieht.

»Wo sind sie?«, frage ich und richte meinen Blick wieder auf das fremde Mädchen. Ihr weißes Nachthemd ist bereits mit Blut bespritzt. Ich ziehe eine Augenbraue hoch, sage aber nichts.

Sie nickt in Richtung der Treppe. »Oben in meinem Spielzimmer.« Sie beginnt, mich die Treppe hinaufzuführen, hält aber kurz inne und schaut ins Foyer, wo sie scheinbar etwas anstarrt. Aber ich sehe nichts.

»Bleibt hier unten, bis ich euch rufe«, sagt sie und starrt immer noch ins Leere. Meine Augenbraue senkt sich, während ich versuche, herauszufinden, mit wem sie eigentlich spricht. Sie hält einen Moment inne, bevor sie sagt: »Ich kann auf mich selbst aufpassen«, und dann endlich die Treppe hinaufgeht.

Nun, das ist verdammt seltsam. Ich habe mich im Laufe der Jahre in viele interessante Situationen gebracht. Wirklich interessante Situationen. Aber diese steht ganz oben auf der Liste. Ich räuspere mich und frage: »Also, was ist dein Deal?«

»Was meinst du mit ›mein Deal‹?«, zischt sie.

»Die Leute, mit denen du geredet hast – mögen die mich nicht?«, frage ich mit einem amüsierten Unterton. Ich bin mir immer noch nicht ganz sicher, was mit ihr los ist. Vielleicht steht sie unter Drogen, vielleicht ist sie geisteskrank, vielleicht kann sie Geister sehen oder so etwas.

»Meine Handlanger? Nein. Und sie vertrauen dir auch nicht.«

Ihre *Handlanger*? Was zum Teufel sieht dieses Mädchen eigentlich? Und sollen das ihre Helfer sein oder so? »Du hast ihnen gesagt, dass sie da unten bleiben sollen und dass du auf dich selbst aufpassen kannst?«, frage ich. »Sie kommen nicht mit hoch?«

Sie hält auf der Treppe inne, fährt zu mir rum und streckt ihren Arm aus, um hinter mich zu zeigen. »Siehst du sie hinter dir gehen?«

Ich drehe mich nicht einmal um, um nachzusehen. Es wird niemand da sein. Außer uns beiden und den vier Männern im Obergeschoss ist niemand in diesem Haus. Ich grinse. »Nein.«

»Da hast du deine Antwort! Ich brauche meine Handlanger nicht, um mich vor dir zu schützen«, erklärt sie ungeduldig.

Sie ist also psychisch krank. Verstehe. »Ah.«

»Ah?«, wiederholt sie verblüfft. »Was soll das bedeuten?«

»Das bedeutet, dass du verdammt verrückt bist, kleines Mädchen. Wo sind diese Dämonen noch mal, oder wie du sie nennst?«, frage ich und mein Tonfall wird schroff.

Ich brauchte fünf Sekunden, um mich nicht mehr darum zu scheren, was sie sieht. Am Ende des Tages hat es keine Auswirkungen auf mich, also ist es mir jetzt völlig egal. Wenn sie so tun will, als gäbe es riesige sprechende Bananen, die mich mit Mistgabeln verfolgen, dann lasse ich sie gewähren, solange ich meine Zeit mit den vier Männern bekomme, die oben auf mich warten.

Als sie mich ins Zimmer führt, fangen sie sofort an zu schreien. Sie zappeln herum wie Würmer, die sich an einem Haken verfangen haben. Ich kann nicht sagen, ob Mark schreit, weil er denkt, dass ich ihm helfe oder ihn töte, aber ich nehme an, dass ich beides tun werde. Ihm helfen, für seine Sünden zu büßen und ihn dann dafür töten.

»Kennen sie dich?«, fragt die Puppe und ich brumme zur Bestätigung und betrachte sie und ihre gebrochenen Knochen. Die anderen drei Männer sehen mich an, als wäre ich ein Schreckgespenst. Und das als Zack, der Selfmade-Millionär. Wartet nur ab, bis ich euch erzähle, wer ich wirklich bin. Ich muss nur zwei Dinge in Erfahrung bringen. Herausfinden, wo die Rituale abgehalten werden und wie man dort hinkommt, und, ob diese Organisation hinter Addie her ist. Was sie sonst noch zu sagen haben, ist nicht mehr von Belang.

»Bist du sicher, dass sie niemand hören kann?«

»Ich mache das ständig«, antwortet sie einfach. Ich mustere sie aus den Augenwinkeln und schaue sie von oben bis unten an.

»Tötest du oft Menschen?«

Sie ist ein kleines Ding, aber das Mädchen kann kämpfen. Und bei dem fast schon mörderischen Funkeln in ihren Augen wundert mich das wirklich nicht. Sie zuckt mit den Schultern. »Nur die Dämonen.« Ich kann mir ein schwaches Grinsen nicht verkneifen. »Bezeichnest du dich auch als Dämonenjägerin?«

Sie knurrt und stampft mit dem Fuß auf, wie das Kind, als das sie sich verkleidet hat. »Du bist nicht witzig!«

Da bin ich anderer Meinung.

Aber anstatt zu streiten, wende ich meine Aufmerksamkeit wieder den Leuten zu, um die es geht.

Wie erwartet, fängt er in der Sekunde, in der ich das Klebeband von seinem Mund reiße, an, um sein Leben zu flehen. Und in der Minute, in der ich Mark sage, wer ich wirklich bin, verliert sein gerötetes Gesicht augenblicklich jegliche Farbe, bis seine Haut eine aschgraue Blässe angenommen hat. Die Gesichter der anderen drei Männer folgen dem Beispiel und sehen mich an, als wäre ich der Sensenmann.

Ich lächle.

Ich *bin* der verdammte Sensenmann.

Ich ignoriere Marks Versuch, seine Haut zu retten, indem er darauf plädiert, dass wir Freunde waren, und seinen erbärmlichen Versuch, die Schuld auf seine Geschäftspartner zu schieben, während er seine eigene Unschuld beteuert.

Es überrascht mich nicht, dass er die Schuld so leicht auf andere abwälzen würde. Er ist egoistisch, narzisstisch und ein kompletter Schwachkopf. Wenn ich mir die Gesichter der verzweifelten Männer ansehe, die neben ihm sitzen, halten sie auch nicht viel von ihm.

In der kurzen Zeit, in der ich Mark kenne, habe ich festgestellt, dass das nicht viele seiner Kollegen tun.

Er ist laut, ungestüm und nimmt kein Blatt vor den Mund. Er versucht immer, der coole Typ zu sein und sich in der Menge einzufinden. Ich habe auch schon gehört, dass Mark mit vielen politischen Ansichten seiner Kollegen nicht einverstanden ist. Stimmt bei Gesetzesentwürfen innerhalb seiner eigenen Partei stets gegenteilig.

Ich gebe einen Scheiß auf die Politik, zumindest in Bezug auf die, die sich mit Gesetzen und Vorschriften beschäftigt. Die breche ich jeden Tag. Was kümmert es mich schon, welche

Gesetze verabschiedet werden, wenn ich sie sowieso nie in meinem Leben befolgt habe?

Ich schaffe es außerdem, die Dämonenjägerin zu verärgern, als sie anfängt zu jammern, dass sie sie noch nicht töten konnte.

»Fang auf jeden Fall mit dem Töten an«, sage ich und gestikuliere in Richtung Ben, Jack und Robert. »Lass dich von mir nicht von deiner Dämonenjagd abhalten.«

Die Luft pfeift, mein einziges Indiz dafür, dass eine Waffe auf dem Weg ist, meinen Kopf zu durchbohren wie die Asteroiden, die die Dinosaurier auslöschten. Ich zucke zur Seite und beobachte, wie die Klinge direkt an meinem Kopf vorbei in Marks Bauch gleitet. Das sieht aus, als würde es verdammt wehtun.

Und dann springt sie ins kalte Wasser, stürzt sich auf Robert und sticht auf ihn ein, bis er im wahrsten Sinne des Wortes zu Brei geworden ist. Trotz der Tatsache, dass er keine feste Masse mehr ist, macht sie weiter. Erst als Mark anfängt zu kotzen, habe ich genug.

Seufzend stehe ich auf und gehe zu ihr hinüber, ergreife ihre Hand und halte sie von ihrem sinnlosen Stechen ab. Sie hat Kraft und Energie, das steht fest. Es braucht eine Menge, um jemanden wiederholt zu erstechen. Es ist anstrengender, als die Leute es für möglich halten. Selbst ein erwachsener Mann würde nach Luft schnappen, wenn er mit der Kraft, die sie anwendet, bis zu hundert Mal zusticht.

Obwohl eine dünne Schweißschicht ihr geschminktes Gesicht bedeckt, sieht sie aus, als wäre sie bereit für noch mehr.

»Willst du mich jetzt davon abhalten, Dämonen zu töten?«, schreit sie mit einer so hohen Stimme, dass ich fast erschaudere. Gott! Verdammte Frauen und ihr Gekreische.

»Kleines Mädchen, es gibt eine ganze Reihe von Dingen, für die du ernsthafte Hilfe brauchst, aber ich würde sagen, Aggressionsbewältigung steht ganz oben auf der Liste.«

Sie starrt mich an und ihr Gesicht beginnt zu zucken. Sie sieht aus wie ein schlecht funktionierender Roboter und ich würde sagen, dass diese Erfahrung jetzt den ersten Platz unter den fragwürdigen Situationen einnimmt, in die ich mich bisher gebracht habe.

Sie sieht aus, als würde sie gleich explodieren, also zügle ich mein Temperament und verlange: »Sieh mich an.«

Ihre großen braunen Augen starren mich an und wenn darin nicht der verrückte Schimmer wäre und die Tatsache, dass sie von Kopf bis Fuß mit Blut bedeckt ist, würde sie unschuldig und süß aussehen.

Was für eine verdammte Lüge wäre das denn?

»Lass das Messer fallen.« Ihre Hand verkrampft sich augenblicklich und lässt das Messer auf den blutgetränkten Boden klirren. »Wie ist dein Name?«, frage ich.

»Sibel.« Sie hält inne. »Meine Freunde nennen mich Sibby.«

Ein Anflug von Mitleid durchzuckt mich. Irgendetwas sagt mir, dass die einzigen Freunde, die dieses Mädchen hat, die Menschen in ihrem Kopf sind. Dieses Mädchen ist allein – völlig allein. Ihrer Nische nach zu urteilen, in der sie in den Wänden lauert, würde ich darauf wetten, dass niemand, der auf diesem Jahrmarkt arbeitet, von ihrer Anwesenheit weiß.

Ich seufze innerlich und beschließe, dem Mädchen einen Knochen zuzuwerfen. Ich weiß nicht, ob es daran liegt, dass sie mir verdammt leidtut oder so etwas, aber verdammt, ich glaube schon.

»Du bist eine interessante Person, Sibby. Aber du musst dich verdammt noch mal beruhigen. Ich kann niemanden in Ruhe verhören, wenn du da drüben wie eine ausgeflippte Todesfee auf jemanden einstichst, verstehst du mich?«

Sie entspannt sich, als ich ihren Spitznamen benutze. Auf dass ich sie damit zu meiner Freundin erkläre. Und fuck, das führt dazu, dass ich mich noch ein bisschen schlechter für sie fühle.

Widerwillig nickt sie, und nachdem ich ihr versichert habe, dass ich mich nicht über sie lustig mache, wenn ich sie eine Dämonenjägerin nenne, und einen Augapfel von der Messerspitze abgewischt habe, gebe ich ihr das Messer als Friedensangebot zurück. Und dann verhöre ich Mark weiter.

Dieses Mal in aller Ruhe.

»Mark, wirst du mir die Informationen geben, die ich brauche? Ich will wissen, wo ihr die Rituale durchführt«, frage ich, meine Stimme so emotionslos wie mein Gesichtsausdruck.

»Z, ich *schwöre*, ich weiß nichts!«, lügt Mark. An seiner Lippe klebt Erbrochenes, weil er gekotzt hat, als er zugesehen hat, wie Sibby seinen guten alten Freund komplett ausgelöscht hat.

Der Scheiß war brutal, das muss selbst ich zugeben.

Ich strecke die Hand nach unten, hebe Marks Hand auf, fahre mit der Messerspitze unter seinen Nagel und reiße ihn einfach ab. Mark schreit wie am Spieß, aber das arme Stück Scheiße hat bisher noch nicht einmal richtigen Schmerz gespürt.

»Versuch es noch einmal«, fordere ich ruhig.

Er protestiert wieder und lügt, weil er so verblendet ist, also reiße ich mit der Spitze meiner Klinge einen weiteren Nagel ab. Als ich mein Messer unter dem dritten Nagel ansetze und anhebe, gibt er endlich nach.

Ich muss fast lachen. Die Kinder, die er entführt, halten länger mit der Folter durch als er selbst, was zeigt, dass Mark schon immer schwach war.

»Okay, warte, warte!«

Ich halte inne, ziehe eine Augenbraue hoch und warte darauf, dass er fortfährt. Seine Atmung ist unregelmäßig und Tränen und Rotz laufen ihm über das Gesicht. Er leckt sich nervös über die Lippen und gesteht: »E-einige der Kinder, die wir mitnehmen, gehen in einen Underground-Club. Ihr Blut gibt uns mehr Kraft als alles, was du jemals gesehen hast.«

Sibby kommt näher, ihr Gesicht ist wie gebannt, als Mark seine schmutzigen Sünden beichtet. Ich werfe ihr einen warnenden Blick zu, damit sie sich zurückzieht, bevor ich meine Aufmerksamkeit wieder Mark zuwende.

»Wo ist dieser Ort?«, frage ich ruhig, obwohl unter der Oberfläche eine brennende Hitze brodelt. Ich muss mich beherrschen, um meine Stimme ruhig zu halten.

»Du kannst ihn nur über einen privaten Herrenclub betreten – *Savior's*. Man braucht einen speziellen Zugang, um überhaupt in den Club zu kommen, geschweige denn, um Zugang zum …«, er stockt und es scheint, als würde er mit seinen Worten ringen. Schließlich zwingt er seine nächsten Worte heraus. »Um Zugang zum Verlies zu bekommen.«

Ein Knurren erhebt sich in meiner Brust, aber ich zwinge es zurück. Meine Hand zittert fast vor dem Bedürfnis, ihm das Messer tief in die Kehle zu rammen, aber ich unterlasse es.

»Ja? Und was tut ihr in diesem Verlies?«

Seine Augen bewegen sich nervös und sein Mund verzieht sich lautlos. Mit einer schnellen Bewegung schlage ich den Nagel ab, unter dem mein Messer steckt. Der darauffolgende Schrei dämpft die Wut, die durch meinen Körper krabbelt, nur geringfügig.

Ich werde es wahrlich genießen, diesen Mann zu töten.

Seine gequälten Schreie, während sein Körper langsam stirbt, werden mein Schlaflied sein, wenn ich heute Nacht einschlafe.

Erst als ich das Messer unter einem weiteren Nagel positioniere, sagt er endlich etwas Sinnvolles. Karmesinrote Rinnsale ergießen sich aus Marks Hand, aber ich habe kaum begonnen, Mark wirklich zum Bluten zu bringen.

»Warte! Ich sagte, *warte*, gottverdammt!« Ich ziehe wieder eine Augenbraue hoch und fordere ihn auf, fortzufahren. »Wir führen Rituale an ihnen durch.«

»Warum?«, knurre ich.

Er presst die Lippen zusammen und sein rotes Gesicht wirkt gequält. »So werden wir in den Geheimbund eingeschworen. Wir müssen ein Ritual durchführen und uns als Kinder der Ewigen Wiedergeburt kennzeichnen. Sie sind kosmische Ethnizitäten und die wahre Autorität dieser Welt.«

Er hat wirklich seinen Verstand verloren, sogar mehr noch als die Dämonenjägerin.

Er bestätigt, was sie den Kindern antun, dass die Regierung involviert ist, und ich sorge dafür, dass er klarstellt, dass die anderen beiden Männer, die immer noch atmen, Teil dieser beschissenen Rituale sind. Jack muss erst in den Oberschenkel gestochen werden, bis er seine Sünden gesteht, aber Brad gibt sie sofort zu, er will nicht so leiden wie Jack und Mark.

»Kann ich jetzt spielen, Zade?«, fragt Sibby ungeduldig neben mir. Sie vibriert vor Verlangen zu töten und in diesem Moment kann ich mich mit der kleinen Dämonenjägerin identifizieren. Wir haben die gleiche Mission, nämlich ein paar beschissene Menschen zu töten.

»Mach ruhig weiter und hab Spaß mit den beiden. Ich muss erst noch ein paar Dinge aus dem guten alten Mark herausholen«, gebe ich zu und nicke in Richtung Jack und Brad.

»Wenn du mich nicht gehen lässt, werde ich dir nichts mehr sagen! Nichts!«, schreit Mark verzweifelt, während der Tod immer näher rückt.

»Du bist ein schwacher Mann, Mark. Du wirst mir alles sagen, was ich wissen will, sobald der Schmerz zu groß wird. Entweder du stirbst langsam oder schnell.«

Sibby tänzelt fröhlich auf die Männer zu und stürzt sich zuerst auf Jack. Sie schlitzt sein Gesicht auf und es kostet mich enorme Mühe, sie zu ignorieren. Vor allem, wenn ihre Wangen so hell erröten, dass ich es durch die Schminke sehen kann.

Ich bücke mich, um auf Augenhöhe mit Mark zu sein und halte das Messer an seinen Schwanz. Das Werkzeug, mit dem er kleine Kinder foltert, wird heute Abend definitiv mit einem Messer durchbohrt, solange er noch atmet.

»Mit wem hast du über Addie gesprochen?«, frage ich.

Mark stottert, während seine Augen immer wieder zu den Qualen seines Freundes hinüber huschen. Ein Knochen knackt, gefolgt von Jacks lautem Schmerzensschrei.

Ich stoße das Messer weiter nach unten. Marks Augen richten sich bei der klaren Drohung wieder auf mich.

»Konzentriere dich auf mich, Mark«, sage ich düster. »Mit wem hast du über Addie gesprochen?«

Er leckt sich die Lippen und fragt: »In welcher Hinsicht?«

»In der Hinsicht, dass du mein Mädchen entführen und verkaufen wolltest, wie du es vorhattest, bevor ich euch unterbrach. Hast du mit jemandem in einer Machtposition, der mit diesen Ritualen oder *Savior's* zu tun hat, über sie gesprochen?« Ich kenne die Antwort, bevor er seinen verdammten Mund öffnet. Ich sehe, wie sich seine Augen verdunkeln, als er akzeptiert, dass er noch viel mehr Schmerzen erleiden wird.

»Ja«, flüstert er.

Ich verliere nur eine Sekunde lang die Fassung, genug, um zu knurren und ihm mein Messer in die Brust zu rammen.

Er schreit, sein Gesicht ist knallrot von den Schmerzen, die ihn durchströmen, aber ich bin noch nicht fertig. Bei Weitem nicht.

»Wer?«, brülle ich und verliere die Kontrolle über das Ungeheuer, das aus meiner Brust zu brechen droht. Als Mark weiterhin vor Schmerz stöhnt, setze ich das Messer wieder über seinem Schwanz an und stoße es fest hinein. Genug, um die Haut zu verletzen, aber nicht genug, um wirklichen Schaden anzurichten.

Noch nicht.

»Okay, okay!«, schreit Mark auf. Seine Augen weiten sich angesichts des Schmerzes.

»Wer?«, donnere ich. »Ich will die verdammten Namen, Mark.«

Er schnieft, aber er nennt mir die Namen, die ich wissen muss. Die Namen der Leute, die die Rituale durchführen. Namen, die höchstwahrscheinlich nur Decknamen sind. Aber es ist ein Anfang.

Er gibt zu, dass er ihre Gesichter noch nie gesehen hat und dass die gesamte Kommunikation über ein Video erfolgt, auf dem sie in Dunkelheit getaucht waren.

Sie sind eine Art geheime Untergrundregierung und nach Marks Geschwafel haben sie viel mehr Kontrolle über unsere Regierung, als ich dachte.

Der Präsident ist nur eine Marionette und diese Leute, die sich selbst als die Organisation bezeichnen, haben die wahre Macht.

»Sag mir, warum du das getan hast, Mark. Warum hast du darauf bestanden, Addie zu verfolgen, obwohl du wusstest, dass sie mir gehört?«

Sein Kinn zittert. Er ist der Inbegriff eines erbärmlichen alten Mannes. »Sie wurde bereits auserwählt.«

Mein Herz schlägt wie ein entleerter Basketball, der eine Treppe hinunterrollt.

»Ich habe ein Foto von ihr gemacht, weil sie mir bekannt vorkam. Als sie mir ihren Namen gesagt hat, wurde mir klar, dass sie ein Ziel der Organisation ist. Es hat perfekt gepasst, dass sie mich zufällig angerufen haben und ich ihnen alles erzählt habe. Sie … sie ist eine Menge Geld wert, Mann. Und die Organisation will sie. Ihnen ist es egal, wer du bist – es ist sogar egal, wer ich bin. Wenn die Organisation jemanden will, bekommt sie diese Person. Und wenn ich derjenige gewesen wäre, der sie ihnen gebracht hätte, wäre ich reich belohnt worden.«

Er schnieft, aber das hindert ihn nicht daran, dass der Rotz aus seiner Nase läuft.

»Warum haben sie es auf sie abgesehen.«

Mark gibt ein feuchtes, humorloses Lachen von sich. »Warum sie es auf jemanden abgesehen haben? Wenn man jung und schön ist und zufällig bemerkt wird, ist man auf dem Radar. Sie hat auf die eine oder andere Weise Aufmerksamkeit auf sich gezogen. Das könnte an ihren Büchern liegen, oder du weißt ja, wie Frauen heutzutage sind. Wie sie sich kleid–«

Ich zerre seine Hand zu mir und reiße einen weiteren Nagel aus, bevor er seinen blöden Satz beenden kann.

Als ob es eine verdammte Einladung wäre, vergewaltigt und entführt zu werden, wenn man ein bisschen Haut zeigt.

Sein Schrei mindert die Wut kaum.

»Es tut mir leid, okay? Es tut mir leid. Hör zu, du kannst die Forderungen der Organisation nicht einfach ignorieren. Und sie werden hinter dir her sein, Z«, warnt Mark, dessen Stimme vor Schmerz getränkt ist, aber auch ernst klingt.

Ich hoffe, sie tun es.

Sie ersparen mir die Mühe, zu ihnen zu kommen. Zu wissen, dass Addie ausgewählt wurde, macht mich nicht nur wütend, sondern ich habe wirklich Angst um meine kleine Maus.

Es war immer egal, ob ich in ihr Leben trete oder nicht – Addie war für den Menschenhandel bestimmt und die Tatsache, dass sie zufällig die Frau ist, nach der ich absolut verrückt bin, fühlt sich wie Schicksal an.

Es fühlt sich wie verdammtes Schicksal an, dass der Mann, der sie verfolgt, derselbe ist, der sein Leben der Vernichtung der Leute widmet, die ihr das Leben nehmen wollen.

»Ich weiß, dass es dir egal ist«, fährt Mark fort und bemerkt meinen Gesichtsausdruck. »Aber sobald sie herausfinden, dass ich tot bin, werden sie diesen Ort verlassen und verschwinden.«

Das habe ich angenommen.

Ich schaue zu Sibby hinüber, die Frau, die jetzt zu Ben weitergezogen ist. Sie könnte der Sündenbock sein.

Wenn die Organisation erfährt, dass ein geistesgestörtes Mädchen diese vier Männer getötet hat – ein Mädchen, das schon einmal getötet hat –, würden sie es als Teilwahrheit abtun. Falscher Ort, falsche Zeit. Eine verwirrte Frau, das schwört, das Böse zu spüren, hat diese Männer aufgespürt und beschlossen, sie kaltblütig zu ermorden.

Sie ist eigentlich der perfekte Sündenbock.

Aber der Gedanke, sie zu benutzen, ist mir unangenehm. Sie ist ein einsames, abgefucktes Mädchen, das mir geholfen hat, diese Morde zu begehen. Es spielt keine Rolle, dass sie es sowieso getan hätte, wenn ich nicht da gewesen wäre. Ohne sie hätte ich die Informationen, die ich heute Abend bekommen habe, nicht bekommen. Und das kann ich nicht so stehen lassen.

Also gebe ich mich damit zufrieden, Sibby zu beschützen. Ich werde die Beweise beseitigen, die Leichen entsorgen und alles tun, was ich kann, um *Savior's* zu infiltrieren, bevor sie umziehen. »Werden sie alles abreißen?«

»Ja«, antwortet Mark schnell.

Ich atme langsam aus und nicke. Indem ich Sibby rette, gebe ich die erste Spur auf, die ich wirklich habe.

»W-wenn du mich gehen lässt, kann ich dich reinbringen«, bietet Mark verzweifelt an. »Ich werde dir helfen und du kannst tun, was du willst. Hauptsache, du lässt mich am Leben.«

»Die anderen drei sind schon tot«, sage ich. »Sie werden sowieso umziehen.«

»Nicht, wenn du alles auf dieses Mädchen schiebst. Das war doch dein Plan, oder? Dass sie es ausbaden muss?«

Sibby ist immer noch zu blind vor Blutgier, um zu hören, was Mark sagt, aber ich wäre trotzdem ehrlich zu ihr gewesen. Sibby und ich haben uns nie etwas versprochen, und ich bin mir ziemlich sicher, dass das Mädchen immer noch vorhat, mich zu töten.

Aber das wird ihr nicht gelingen, denn egal, was sie denkt, es geht nur um sie gegen mich. Und ich habe schon viel zu viele Bösewichte bekämpft, um mich von einem kleinen Mädchen ausschalten zu lassen. Auch wenn sie ebenfalls ein kleiner Bösewicht ist.

Ich konzentriere mich wieder auf Mark. »Weißt du, wohin sie umziehen würden?«, frage ich.

Mark zögert, denn er spürt, dass er kein Druckmittel mehr hat, wenn er gesteht. Ich stoße das Messer tiefer in seinen Schwanz, um meinen Standpunkt deutlich zu machen. Ich werde herausfinden, ob er lügt.

»Nein«, gibt er zu und seine Lippen zittern. »Sie wollten es uns erst hinterher sagen.«

Ich nicke, hebe meine Hand und stoße die Klinge tief in sein Becken. Seine Schreie tragen wenig dazu bei, das Gefühl von Angst und Wut in meinem Magen zu lindern.

Kapitel 32

Der Schatten

Sibby hat die Schuld für die Morde auf sich genommen.

Nachdem wir die Leichen in Stücke gehackt und in den Kofferraum geladen hatten, saßen wir auf der Motorhaube meines Mustangs, wo ich wieder einmal daran erinnert wurde, wie kaputt diese Puppe eigentlich ist. Klingt, als wäre ihr Vater ein Stück Scheiße gewesen.

Ich kann nicht anders, als darüber nachzudenken, dass sie einen Grund hat, so zu enden, wie sie es getan hat.

Als ich gerade in mein Auto einsteigen wollte, kamen die Bullen. Sibby weigerte sich, einzusteigen, und bestand darauf, dass sie bei ihren Handlangern bleiben müsste.

Männer, die es eigentlich gar nicht gibt.

Ich hatte keine Zeit, zu bleiben und zu streiten. Ich hatte zerhackte Körperteile in meinem Kofferraum und musste nicht nur der Polizei entkommen, sondern auch die Beweise loswerden, ohne erwischt zu werden. Also bin ich losgefahren. Die Polizei hat mich fünf Meilen lang verfolgt, bevor ich sie abhängen konnte. Ich hatte ein Ersatzkennzeichen zur Hand, also habe ich an einem sicheren Ort mein Kennzeichen und meine Klamotten gewechselt, die Beweise verbrannt und bin nach Hause gefahren.

Es gibt einhundertzweiundsechzig Leute in Seattle mit der gleichen Automarke und dem gleichen Modell, aber sie werden mir nie etwas anhängen können, selbst wenn sie es auf magische Weise auf mich eingrenzen könnten.

Am Ende hat die Polizei die Morde einem psychisch labilen Mädchen und einem unbekannten Komplizen angehängt. Ich dachte mir, die Organisation würde das Verbrechen untersuchen und einen unbekannten Komplizen verdächtig finden. Genug, um umzuziehen.

Aber nachdem ich mich selbst mit Sibby beschäftigt habe, habe ich herausgefunden, dass sie in eine abgefuckte Sekte hineingeboren wurde und wegen des Mordes an ihrem Vater gesucht wird.

Leonard Dubois hat Jim Jones Konkurrenz gemacht, indem er sich als Gottes Jünger ausgegeben und Hunderte von Menschen dazu gebracht hat, an sein Wort zu glauben.

Er war ein reicher Mann, der vom alten Geld abstammte. Er gab seinen Reichtum für den Bau eines Geländes für seine Anhänger aus und sperrte sie für den Rest ihres Lebens auf ein Stück Land. Dort wurde Sibby geboren und wuchs auf, bis sie ein abscheuliches Verbrechen beging und floh.

Es gibt Berichte über den Selbstmord von Sibbys Mutter, die sich vergiftet hatte, und es sieht so aus, als ob das dazu geführt hat, dass die zerbrochene Puppe schließlich durchgedreht ist. Sie schlich sich nachts mit einem Messer in das Schlafzimmer ihres Vaters und erstach ihn.

Einhundertdreiundfünfzig Stiche, um genau zu sein. Wut war ein Faktor. Sibby hat deutlich gemacht, dass sie durchaus in der Lage ist, einen Mann über seine körperlichen Grenzen hinaus zu erstechen, wenn sie wütend genug ist. Robert war der Beweis dafür. Es dauerte drei Tage, bis sie Sibby mit Morden im ganzen Land in Verbindung bringen konnten. In allen Städten, in denen *Satan's Affair* den Spukkarneval veranstaltet hat, gab es in den letzten fünf Jahren zahlreiche Vermisstenmeldungen.

Wenn alle Menschen, die bei *Satan's Affair* als vermisst gemeldet wurden, Verbindungen zu ihr hatten, hat Sibby etwa fünfzig Menschen getötet.

Ich war wirklich überrascht, dass der Jahrmarkt nicht schon früher unter Beschuss geraten war, weil es so viele Berichte darüber gab, aber dann hatte ich erfahren, dass die meisten Opfer Abschaum waren und es nur wenige Menschen gab, die sich darum scherten, sie zu suchen.

Ob Sibby mit ihrer Annahme, dass sie Dämonen waren, richtig lag, ist subjektiv. Aber was ich sagen kann, ist, dass, obwohl keiner von ihnen vorbestraft war, abgesehen von ein paar Bagatelldelikten, es nicht so aussieht, als seien sie gute Menschen gewesen.

Am Ende wird also ein unbekannter Komplize gesucht, aber angesichts von Sibbys Vergangenheit und ihrer Behauptung, Handlanger zu haben, stehen die Chancen gut, dass die Morde an den vier Männern als das angekreidet werden, was ich gehofft hatte.

Falsche Zeit, falscher Ort.

Sie war wirklich der perfekte Sündenbock. Ich wünschte nur, es wäre mir scheißegal.

Das war vor drei Nächten und da die Gefahr besteht, dass die Organisation umzieht, hat Jay *Savior's* genau beobachtet. Wir haben uns in die Kamera im Hauptgeschoss gehackt, und so, wie es aussieht, bleiben sie ruhig. Offensichtlich befinden sich keine Kameras im Verlies. Das wäre zu einfach.

»Weißt du schon, ob das Gebäude abgerissen wird?«, frage ich Jay, mein Telefon am Ohr.

»Nein«, antwortet er und zieht das N dramatisch in die Länge. Ich möchte ihm dafür eine Ohrfeige verpassen. »Gehst du heute Abend rein?«, fragt er.

»Ja«, antworte ich, drehe den Kopf und lasse den Nacken knacken. Die Anspannung hat bereits begonnen, in meine Schultern zu sickern.

Ich habe das dumpfe Gefühl, dass ich etwas sehen werde, das mich ins Straucheln bringen könnte.

Aber ich muss die Kontrolle behalten. Wenn ich das nicht tue, werde ich sterben, bevor ich die Kinder retten kann, und das ist einfach keine Option.

»Hast du immer noch ein Auge auf Addie?«

Jay seufzt. »Ja …«, bricht er ab und ich spüre, wie ihm die Frage auf der Zunge liegt.

Ich möchte das Handy packen und es zerquetschen, bevor er etwas sagen kann, aber er ist zu schnell. »Also, ähm, das ist also die Liebe deines Lebens oder so ein Scheiß?«, fragt er unbeholfen.

Der Seufzer, den ich zu unterdrücken versuche, dringt durch das Telefon. »Die einzig wahre«, brumme ich und signalisiere damit, dass ich jetzt nicht über Addie sprechen will, aber der Wichser fragt einfach weiter.

»Fühlt sie dasselbe?«

Ich kann nicht verhindern, dass sich ein leichtes Grinsen auf meinem Gesicht formt. »Sie befindet sich auf dem Weg dorthin«, antworte ich kryptisch.

Jay befolgt schließlich den Hinweis und lässt es bleiben. »Nun, es wird dich freuen, zu hören, dass in den letzten drei Tagen niemand außer ihrer Freundin in ihrem Haus ein- und ausgegangen ist.«

Marks Drohung hallt immer noch in meinem Kopf herum. Wie eine verirrte Kugel, die in einer ständigen Schleife in meinem Gehirn abprallt.

Die Organisation weiß von Addie und macht sie zur Zielscheibe. Sie mögen zwar Kinder lieben, aber sie lassen sich keine schönen jungen Frauen entgehen, um sie zu verkaufen, und in andere Länder zu verschiffen. An Nachfrage mangelt es nicht, wenn es um den Handel mit jungen Frauen geht. Böse Menschen haben ihren eigenen Geschmack und manche bevorzugen ausgewachsene Frauen als Opfer, andere wiederum Jugendliche.

Die Anspannung in meinen Schultern wächst, während meine Gedanken abschweifen. Einen einzigen Moment – mehr braucht es nicht, damit sie für immer verloren ist. Sie könnte sich auf dem kurzen Weg von ihrem Auto zum Eingang des Lebensmittelgeschäfts in Luft auflösen.

Sie weiß nicht, in welcher Gefahr sie schwebt, aber das wird sich bald ändern. Ich werde die Wahrheit nicht vor ihr verbergen. Ich bin mir sicher, dass es ihr nicht gefallen wird, wenn sie erfährt, dass unser Selbstverteidigungsunterricht intensiviert werden muss.

Jetzt muss ich nur noch herausfinden, wie ich meinen Schwanz während des Unterrichts von ihr fernhalten kann.

Scheiß drauf. Das wird nicht passieren.

Ich lächle, weil ich weiß, dass sie versuchen wird, mich auf dem Weg zu manipulieren, aber der Gedanke daran lässt meinen Schwanz in meiner Hose nur noch dicker werden.

Ich habe sie seit dem Spiegelkabinett nicht mehr gesehen und ich weiß, dass sie das tief im Inneren wütend macht. Sie denkt wahrscheinlich, dass ich sie verarscht habe und alles bekommen habe, was ich wollte, aber das ist weit von der Wahrheit entfernt.

Ich bin jetzt ganz verrückt nach ihr. Es waren die schwierigsten drei Tage meines Lebens, ihr fernzubleiben, aber ich muss ins *Savior's* eindringen und diese Kinder retten. Ich hatte nicht eine Minute für mich und so sehr ich auch nach meiner kleinen Maus lechze, diese Kinder brauchen mich mehr.

Wenn dieses Mal mehr Spannung aufkommt, liegt das an meinem inneren Bedürfnis, in Addie zu sein, und sie in den Wahnsinn zu treiben, so sehr werde ich sie zum Kommen bringen.

»Mach dich bereit, ich bin in einer Stunde bei *Savior's*«, warne ich Jay, bevor ich auflege. Im Moment muss ich Addie aus meinem Kopf verdrängen. Aber später am Abend werde ich so tief in sie eindringen, dass ich in jeder Faser ihres Körpers zu finden sein werde.

»Es sind ein paar ziemlich prominente Leute hier«, verkündet Jay durch den kleinen Chip in meinem Ohr.

Ich werde ihn herausnehmen, bevor ich aus dem Auto steige. Zurzeit stehe ich in einer Schlange und warte auf den Parkservice.

»Einschließlich des Präsidenten«, fügt Jay am Ende hinzu. Ich seufze innerlich und verrenke mir den Nacken wegen des Stresses, der in meine Muskeln dringt. Dieser Job ist hart für meinen Körper, auch wenn ich nicht auf Leute schieße und aktiv fliegenden Kugeln ausweiche. Vielleicht kann ich Addie dazu überreden, mich später noch einmal zu massieren. Nichts würde ich lieber tun, als mich zu revanchieren.

»Gibt es jemanden, über den ich mir Sorgen machen sollte?« Ich höre im Hintergrund, wie seine Finger über die Tasten fliegen.

Ich hatte ihn gebeten, sich eine weniger laute Tastatur zu besorgen, aber er besteht darauf, dass das laute Klacken ihm Frieden bringt.

So sehr es mich auch ärgert, wir bekommen so wenig Frieden in unserem täglichen Leben. Wenn ihm also eine verdammte, unausstehliche Tastatur so etwas wie Frieden bringt, dann soll er sie eben nutzen.

Aber wenigstens nicht zu oft.

»Mehrere Senatoren und Gouverneure sowie ein paar A-Promis … Ach, fuck, ist das Timothy Banks? Sag bloß nicht, dass er auch dazugehört!«

Ich verdrehe die Augen und schüttle den Kopf über Jays Theatralik.

»Jay«, schnauze ich. »Konzentrier dich.«

Es sind nur ein paar Autos vor mir, also habe ich nicht viel Zeit zum Reden, bis ich reinkomme und den Chip wieder einsetzen kann, ohne dass es jemand merkt.

Ich schaffe es nicht an ihren Sicherheitssystemen vorbei, wenn ich ihn im Ohr habe. Ich würde auf der Stelle erschossen werden.

»Tut mir leid«, murmelt Jay, dessen Stimme jetzt düster klingt, weil er erfahren hat, dass sein Lieblingsschauspieler ein Pädophiler ist. »Ich kann im Moment niemanden sehen, der besonders besorgniserregend ist. Nicht mehr als sie es ohnehin schon sind, wenn man bedenkt, dass du in eine Grube voller Pädos läufst. Gib mir Bescheid, wenn der Chip wieder drin ist, dann halte ich dich auf dem Laufenden.«

Gerade als ich an der Reihe bin, nehme ich den Hörer aus dem Ohr und stecke ihn tief in eine Innentasche mit Bleifutter. Ich übergebe dem ausdruckslosen Parkwächter meine Schlüssel, umrunde das Auto und bleibe vor dem *Savior's* stehen.

Ich schließe meine Jacke und verzichte darauf, wieder meinen Nacken knacken zu lassen. Heute Abend geht es darum, einen Eindruck zu hinterlassen. Andere werden wissen, dass ich mit Mark befreundet war, und nach seinem unglücklichen Tod werden sie auf mich schauen.

Mark hat meinen Namen inzwischen an viele seiner Kollegen weitergegeben. Ich bin zwar neu im *Savior's*, aber sie haben mich schon erwartet.

Das *Savior's* sieht aus wie die Art von Club, von dem ich erwarten würde, dass er ein Elite-Sex-Verlies betreibt und Rituale durchführt.

Der Hauptraum ist riesig. Die Bühne befindet sich in der Mitte des Raumes, mit einer großen Stange, um die sich ein Mädchen schwingt – völlig nackt. Ihre Titten wippen, als sie sich hochzieht, ihre langen Beine um die Stange schlingt und sich nach hinten beugt, wobei ihre Brüste voll zur Geltung kommen, während sie ihre Hüften kreisen lässt.

Ich mache mir nicht die Mühe, ihren Körper zu betrachten. Was ich anschaue, sind ihre Augen. Und ich muss mich beherrschen, um die Zähne nicht zusammenzubeißen, als ich den verräterischen glasigen Schleier in ihren Augen sehe. Schwarze Kreise zieren das Fleisch unter ihren toten Augen und ich will nichts mehr, als sie hier rauszutragen und in Sicherheit zu bringen.

Ich beiße vor Wut die Zähne zusammen und sage mir in Gedanken, dass all diese Mädchen gerettet werden. Genau wie die in den anderen Clubs, werde ich sie alle rausholen. Wenn ich fertig bin, wird von diesen verdammten Herrenclubs nichts mehr übrig sein.

Dann ziehe ich weiter in die nächste Stadt, den nächsten Staat, das nächste Land, wenn es sein muss.

Ich konzentriere mich wieder auf den Rest des Clubs, während ich mich bemühe, mein Gesicht ausdruckslos und meine Atmung ruhig zu halten.

Offensichtlich habe ich einen Ort betreten, an dem die Menschen den Geschmack und den Anblick von Blut genießen.

Das Ambiente ist dunkel und stimmungsvoll und zeigt deutliche Anzeichen von Sadismus. Die Beleuchtung ist gedimmt, die Schatten werden von den schwarzen Wänden und Möbeln verschluckt.

Ein tiefes Rot, die Farbe des Blutes, zieht sich durch die gesamte Umgebung. Rote Rahmen um alte Gemälde, die auf Teufelsanbetung und Opferung hinweisen. Rote Schirme um die Mini-Lampen, die jede Wand zieren. Rote Gläser, Aschenbecher und Getränke … Und rote Absätze und Outfits, die mit echten Diamanten und Kristallen besetzt sind.

Obwohl ich ihre Kleidung nicht gerade als Outfit bezeichnen würde. Eher als Bänder aus Stoff und Schmuck.

Trotzdem haben sie es geschafft, den Ort mit Eleganz und Geld zu füllen.

»Zack! Wie schön, dich hier zu sehen«, dröhnt eine Stimme hinter mir. Ich setze einen ruhigen, aber freundlichen Gesichtsausdruck auf und drehe mich um, um einen Mann zu sehen, den ich sehr gut kenne. Daniel Boveri.

Er ist ein Anwalt des Präsidenten und jemand, mit dem Mark oft zu tun hatte. Er ist ein charmanter Mann – ein großer, dunkler und gutaussehender Typ. Mit seinen dicken schwarzen Augenbrauen, die tief über den dunklen Augen liegen, die ihm einen bedrohlichen Look verleihen, seinen schwarzen Haaren und seinem schlangenhaften Lächeln. Er geht auf die Fünfzig zu, aber der Mann hat keine Probleme mit Frauen.

Dan strahlt Selbstvertrauen aus und nach den wenigen Malen, die wir miteinander gesprochen haben, verstehe ich, warum er Anwalt des Präsidenten ist. Er ist unglaublich manipulativ.

»Dan, schön dich zu sehen«, antworte ich und schüttle seine Hand, als er mir seine hinhält.

»Ich habe mich schon gefragt, wann ich dich hier sehen würde. Mark hat schon ein paarmal davon gesprochen, dich mitzubringen.«

»Ich bin sicher, dass er das getan hat«, murmle ich. Das ist neu für mich.

»Sehr bedauerlich, was mit ihm passiert ist. Ich kann nicht glauben, dass ein kleines, verrücktes Mädchen den vier so etwas antun konnte. Trotzdem hat man ihre Leichen nie gefunden, oder?«

Ich schüttle mitfühlend den Kopf und scheine genauso schockiert über Marks Tod zu sein.

»Nicht, dass ich wüsste, Mann. Redet sie nicht ständig von Handlangern oder so einem Scheiß?«, frage ich mit einem spöttischen Grinsen im Gesicht. Ich hasse es, Sibbys Geisteskrankheit zu meinem Vorteil auszunutzen, aber wenn es darum geht, Hunderte von Kindern und Frauen zu retten, werde ich alles tun, was nötig ist, um meine Mission zu erfüllen. Gott, ich klinge sogar ein bisschen wie sie. Sibby glaubt, dass es ihre Lebensaufgabe ist, böse Menschen zu töten, etwas, wozu sie geboren wurde. Und ich kann dem Gedanken nicht ganz widersprechen, wenn man ständig das Leben riskiert, um etwas zu tun, das man für richtig hält. Auch, wenn andere Menschen es für falsch halten.

Dan lacht, sein Ton ist grausam und abwertend. »Ja, ich dachte, das hätte ich schon mal gehört.«

Ich spotte angewidert: »Das Mädchen sagt, es hatte fünf Handlanger. Wenn die nur einen entkommen sehen haben, kann ich mir nicht vorstellen, dass da draußen noch mehr rumlaufen.«

Diese kleine Bemerkung wird sich verbreiten und die Organisation verunsichern. Wenn sie glauben, dass Sibbys Handlanger echt sind, wird sie das beschäftigen. Zumindest so lange, bis die Therapeuten feststellen, dass Sibbys Gefolgsleute nur in ihrer Fantasie existieren.

Bis dahin werden diese Wichser alle Kugeln im Kopf haben und die Kinder, die sie ausbeuten, werden schon lange in Sicherheit sein.

Dan und ich mischen uns in den nächsten Stunden unter die Leute. Die Frauen hier werden missbraucht. Sie stehen alle unter Drogen und akzeptieren die Strafen, obwohl sie nichts falsch gemacht haben.

Aus den Augenwinkeln erregt ein Metallkelch meine Aufmerksamkeit. Er steht auf einem Tisch und ein älterer Mann trinkt unaufhörlich daraus. Als ich mich umschaue, entdecke ich noch ein paar weitere. Sie sehen genauso aus wie die Kelche, die man in den geleakten Videos sehen konnte.

Mein Herz sackt hinunter, aber bis jetzt kann ich keine Anzeichen dafür sehen, dass Blut in ihnen ist.

»Willst du in den Club aufgenommen werden?«, fragt Dan beiläufig und lenkt meine Aufmerksamkeit auf sich. Er nippt an seinem Scotch und mustert mich über den Rand seines Glases hinweg.

Sein Blick ist prüfend und forschend, aber ich erwidere ihn nicht. Mein Gesicht ist komplett entspannt, als ich antworte: »Bin ich nicht schon drin?«

Ein Grinsen huscht über Dans Gesicht und das schummrige Licht und die tanzenden Schatten lassen ihn unheimlich erscheinen. Ich zucke bei seinem Anblick nicht einmal mit der Wimper.

Ich bin viel furchterregender.

»Nicht mal annähernd, Bruder.«

Ich ziehe eine Augenbraue hoch und nippe an meinem eigenen Whiskey. Als ich ihm einen erwartungsvollen Blick zuwerfe, lacht er leise.

»Wenn man wirklich mitmachen will, muss man einen verdorbenen Geschmack haben. Und um von den Vorteilen unseres Clubs zu profitieren, wird es nicht Gott sein, dem du deine Seele überlässt. Die Ewigen Wiedergeborenen sind Wesen im Kosmos, die weitaus mächtiger sind als jeder Gott, von dem du je gehört hast.«

Ich grinse. »Ich habe viele verdorbene Geschmäcker«, meine ich und bringe etwas Dunkelheit in meinen Tonfall. Das ist nicht schwer, da ich nicht lüge. Ihr Geschmack ist es, das Blut von Unschuldigen zu vergießen, und meiner ist es, jeden zu töten, der das tut.

»Bitte sag mir, was bedeuten diese Geschmäcker?« erkundigt sich Dan, sein Tonfall ist fast schon amüsiert.

Ich zucke lässig mit den Schultern und nehme einen Schluck Whiskey, während ich mit der anderen Hand mein Handy herausziehe. Ich rufe ein Bild von Daniella auf, einem Mädchen, das ich vor fünf Jahren gerettet habe.

Sie ist in einem sicheren Haus untergebracht, denn sie war ein Waisenkind ohne Zuhause, als ich sie gerettet habe. Es ist ein unschuldiges Bild, auf dem sie einen Barbie-Pyjama trägt. Was die Illusion noch verstärkt, ist der gequälte Blick in ihren Augen und die blauen Flecken auf ihrer Haut. Das Bild wurde aufgenommen, nachdem wir sie gerettet hatten. Damals war sie zehn Jahre alt und ich habe sie um Erlaubnis gefragt, bevor ich es jemandem gezeigt habe.

Es ist das erste Mal, dass ich mich mit Pädophilen anfreunden muss, bevor ich sie töte, aber ich wusste, wenn ich sie jemals davon überzeugen will, dass ich genauso bin wie sie, muss ich Beweise liefern. Ich will verdammt sein, wenn ich ein beliebiges Mädchen aus dem Internet zeige und seine Sicherheit riskiere. Bei Daniella ist es wenigstens ein altes Bild und ich kann sicher sein, dass ihr nichts passieren wird.

Ich reiche ihm das Telefon und sage leise: »Mein neuestes Spielzeug.«

Die Worte liegen wie verdammter Teer auf meiner Zunge, aber ich zwinge sie trotzdem heraus.

Dans Augenbrauen wandern in die Höhe, aber auf seinem Gesicht bildet sich ein böses, glückliches Lächeln. »Teilst du?«

Ich möchte ihm am liebsten die Hand brechen, als er mir das Handy zurückgibt und sein Blick auf dem Bild verweilt. Stattdessen stecke ich das Handy zurück in meine Tasche und fletsche die Zähne. »Ich werde schnell eifersüchtig.«

Sein Kopf neigt sich nach hinten und ein dröhnendes Lachen hallt durch den Raum. Der Lärm des Raumes verschluckt das Geräusch, aber es fühlt sich wie eine Explosion in meinen Ohren an.

»Verstanden, mein Freund. Und wenn sie zu alt werden?«

Ich lächle anzüglich. »Organe haben eine große Nachfrage auf dem Schwarzmarkt.«

Er grinst. »Ich glaube, du wärst perfekt für diese Initiation. Der nächste Termin ist in einer Woche. Bist du interessiert?«

»Was bringt diese Initiation?«

»Die Erwartungen werden an dich gestellt, wenn die Zeit gekommen ist. Aber wenn es vorbei ist, bekommst du viele davon«, klärt er mich auf und nickt in Richtung meines Handys. Er zeigt ein wildes Lächeln. »Jede Menge davon, egal in welcher Form, Größe und Geschlecht.«

»Und das ist sicher?«

Dan zuckt mit den Schultern. »Wir hatten einen Spion, der Videos durchsickern hat lassen, aber die Organisation ist zuversichtlich, dass sie den Verräter gefunden hat. Und diese Videos wurden nicht gesehen. Sie wurden sofort gelöscht, nachdem sie hochgeladen wurden.«

Falsch. An dem Ort, an dem sie im Darknet hochgeladen werden, habe ich ein Signal eingerichtet. In der Sekunde, in der das Video gepostet wurde, haben Jay oder ich sofort eine Benachrichtigung bekommen. Wir hatten fünfundvierzig Sekunden Zeit, es herunterzuladen, bevor es entfernt wurde.

So schnell.

Aber es war genug Zeit für Z.

Interessant, dass sie glauben, sie hätten den Maulwurf erwischt. Ich habe keine Möglichkeit, das zu überprüfen, aber das ist jetzt auch egal.

Wo einst ein Maulwurf war, ist jetzt ein Wolf.

Ich trinke den letzten Whiskey in einem Schluck aus und genieße das Brennen, als er meine Kehle hinunterläuft. Ich lächle ihn noch einmal an – ein wildes Lächeln, wie ich es von mir kenne. Ich spüre, wie sich die Narben in meinem Gesicht kräuseln und das dämonische Gefühl, das in meinem Inneren brodelt, durchscheint und in meinen ungleichen Augen funkelt. Er nimmt es so, wie er es sehen will.

»Ich bin dabei.«

Kapitel 33

Die Manipulatorin

Das Licht des Fernsehers flimmert durch den dunklen Raum, als die Stimme des Nachrichtensprechers ertönt.

»... Die Morde an den vier Regierungsbeamten werden immer noch untersucht. Die Autopsieberichte wurden der Öffentlichkeit zugänglich gemacht und zeigen, dass die Männer vor ihrem Tod extrem gefoltert wurden.«

Auf dem Bildschirm ist ein Fahndungsfoto eines Mädchens zu sehen. Sie ist hübsch, mit schlichten braunen Haaren und braunen Augen. Das Beunruhigende an ihr ist der Blick. Ein einziger Blick reicht aus, um zu wissen, dass sie eindeutig psychisch labil ist.

Sie war die kaputte Puppe, die ich auf dem Jahrmarkt beim Essen gesehen hatte.

Und sie war an diesem Abend in *Annie's Playhouse*. Sie hat sich in den Wänden versteckt und jeden Gast beobachtet, der hereingekommen ist. Irgendwann hat sie mich angesehen und wahrscheinlich entschieden, ob sie mich töten wollte oder nicht.

Ich erschaudere, weil ich weiß, wie nah ich in dieser Nacht dem Tod hätte kommen können.

Ich schnappe mir die Fernbedienung und schalte den Fernseher aus, während ich sie zitternd zurück auf die Couch werfe. Das Arschloch hat mich gefickt und dann mit einer psychotischen Tussi einen Haufen Männer umgebracht.

Mark Williams ist einer der Männer, die ich zusammen mit drei anderen Regierungsbeamten getroffen hatte, als ich in der Schlange vor *Annie's Playhouse* stand. Zade hatte gesagt, dass er etwas mit einer Psycho-Tante zu erledigen hatte und aus irgendeinem Grund war das Letzte, was ich erwartet hatte, dass er losziehen würde, um Menschen zu ermorden.

Dumm. Das ist es, was er tut, Addie. Er bringt Menschen um.

Die Angst und die Beklemmung sind überwältigend. Ich wusste, dass er Menschen tötet. Archs Hände, die auf meiner Türschwelle aufgetaucht waren, waren der Beweis dafür. Dass seine ganze Familie ausgelöscht wurde …

Ich *wusste*, dass er ein Mörder ist. Er hat es zugegeben. Aber irgendwie öffnet es mir die Augen, seine abscheulichen Verbrechen live im Fernsehen mitzuerleben. Er hat vier Regierungspolitiker ermordet.

Er ist nicht nur ein Junge, der sich mit dem Anzug und der Pistole eines Mafiabosses verkleidet. Arch war im Großen und Ganzen unbedeutend. Aber das hier … das ist *groß*.

Hat Mark es verdient? Auf jeden Fall. Aber ich war in seinem Haus. Ich war jemand auf seinem Radar. Und jetzt, wo er tot ist – was ist, wenn sie kommen, um *mich* zu holen?

Scheiße! Du bist wirklich eine Idiotin, Addie.

Ich stütze meine Ellbogen auf die Knie und meinen Kopf in die Hände. Meine Gedanken sind nicht mehr zu bremsen. Wen kümmert es, dass es der tollste Sex war, den ich je in meinem Leben hatte? Und wahrscheinlich auch jemals haben werde. Der Kerl ist genauso verrückt wie das Mädchen auf dem Bildschirm.

Er hat schon mehr als einmal jemanden umgebracht und wird es offensichtlich wieder tun, und was, wenn er als Nächstes versucht, den verdammten Präsidenten auszuschalten? Oder jemand anderen, der Verbindungen zu sehr gestörten Leuten hat?

Ich glaube nicht, dass ich das okay finde. Ich schaue wieder auf den Bildschirm, ein Nachrichtensprecher steht vor den blinkenden Sirenenlichtern bei *Satan's Affair*.

Das finde ich einfach nicht okay. Die Angst, dass ein paar furchterregende Leute hinter mir her sein werden, weil Zade immer wieder prominente Leute umbringt. Er ist ein verdammter Serienmörder.

Ich muss die Sache mit ihm beenden. Endgültig.

Es spielt keine Rolle, was er mich fühlen lässt. Er wird mein Leben in Gefahr bringen, immer und immer wieder. Und wie kann man damit einfach … okay sein?

Ich schaukle gerade in Gigis altem Stuhl, als ich eine Bewegung vor meinem Fenster wahrnehme. Mein Herz schlägt schneller, als ich meinen Schatten entdecke, der auf der anderen Seite steht, ein paar Meter entfernt, mit der verdammten Zigarette, die in der Dunkelheit glimmt.

Fuck. Er ist da.

Er wird nicht auf mich hören, wenn ich ihm sage, dass er mich in Ruhe lassen soll. Das hat er noch nie getan und das wird auch jetzt nicht anders sein. Ich muss mir überlegen, wie ich ihn dauerhaft von mir fernhalten kann. Vielleicht sollte ich mir den Bodyguard ansehen, von dem Daya gesprochen hat.

Aber im Moment kann ich nur die Polizei anrufen. Sie werden schnell hier sein, wenn ich lüge und sage, dass ich in ernsthafter Gefahr bin, und in der Zwischenzeit werde ich versuchen, ihn zum Gehen zu überreden.

Adrenalin und eine berauschende Mischung aus Angst strömen in meinen Blutkreislauf, während ich aufstehe, mich vom Fenster wegdrehe und nach meinem Telefon suche.

Verzweifelt schaue ich mich um und durchstöbere das Wohnzimmer auf der Suche nach meinem Handy. Mein Herz klopft, das Geräusch hallt in meinen Ohren wider, während mein Atem kurz und abgehackt wird.

Es dauert einige Minuten, bis ich mein Handy unter einem Sofakissen finde. Als ich mich aufrichte und aus dem Fenster schaue, erstarre ich.

Er ist weg.

Oh, fuck, wo ist er hin?

Mit zittrigen Händen wähle ich die Nummern. 9-1-. Ich spüre seine Präsenz in meinem Rücken, bevor er mir das Handy aus der Hand reißt. Mein Atem stockt, als er die Nummern löscht und das Telefon aus meinem Blickfeld verschwindet.

Sein Atem kitzelt mich am Ohr, als er sich vorbeugt. »Wolltest du mir die Polizei auf den Hals hetzen?«, fragt er. »Und ich dachte schon, wir hätten das hinter uns.«

Mein Atem stockt. »Ich will das nicht mehr machen, Zade. I-ich will dich nicht.«

Sein leises Atmen wird von dem Nachrichtensprecher verschluckt, der im Hintergrund weiterredet. Schließlich sagt er: »Seit wann bist du zu so einer Lügnerin geworden?«

Ich schließe meine Augen und atme tief durch. Dann hebe ich mein Bein und trete so fest ich kann auf seinen Fuß. Er stöhnt auf, aber bevor ich weglaufen kann, umschlingen seine Arme meine Taille und drücken mich gegen ihn.

»Das ist sehr unartig, Little Mouse. Und weißt du, was passiert, wenn du unartig bist?« Es vergeht ein Herzschlag, bis er mir schließlich ins Ohr knurrt: »Du wirst verdammt noch mal aufgefressen.«

Ein Feuer leckt an meinen Eingeweiden und entzündet mein ganzes Wesen von innen heraus. Seine Worte lösen einen unbändigen Hunger aus, der sich seinen Weg von meiner Kehle durch meinen Magen bis zu der empfindlichen Stelle zwischen meinen Beinen bahnt.

Aber ich werde nicht so leicht aufgeben. Ich werde nicht zulassen, dass dieser Mann weiter in meinen Kopf – meinen Körper – eindringt.

»Ich bin nicht deine verdammte Beute.«

»Warum lässt du dich dann von mir verzehren?«, fragt er flüsternd, bevor er seine Hand um meine Kehle legt und fest zudrückt. Stoppeln durchdringen meine Haut, als seine Wange über meine reibt, bevor sein Mund sich auf meine Lippen legt. Ein scharfer Biss entlockt meinen Lippen ein Schnaufen.

Sein Griff wird noch fester, während mein Atem ins Stocken gerät. Die Worte liegen mir auf der Zunge, aber sie kommen nicht heraus, als ein leises Knurren aus seiner Brust und durch meinen Körper dringt.

»Du weißt, wie sehr ich es liebe, wenn du rennst«, sagt er. Seine andere Hand fährt grob über meinen Bauch, bevor sie zu meinen prallen Brüsten hinauf gleitet.

Er nimmt eine in die Hand und drückt zu. Ich spüre, wie das Blut in mein Gesicht steigt und mir ein weiteres Wimmern entlockt wird. Meine Brustwarzen sind zu zwei Spitzen verhärtet und reiben fast schmerzhaft an dem Stoff meines BHs. Sobald er mich vollständig entblößt hat, wird er sehen, dass ich das viel mehr genieße, als ich sollte.

Irgendwie scheint das bei ihm immer der Fall zu sein.

»Hör auf«, würge ich hervor und versuche, mich zu befreien, aber sein Griff um meine Kehle wird immer fester, bis ich anfange, Sterne zu sehen. »Willst du das nicht, Baby? Willst du nicht, dass mein Schwanz dich ausfüllt und dich jedes Mal eine neue Religion entdecken lässt, wenn ich dich zum Kommen bringe?«

»Du hast sehr viel Vertrauen in deine Fähigkeiten«, krächze ich.

Er lacht, so tief und dunkel wie der Ozean. »Man braucht Glauben, um ein Gläubiger zu sein.« Er fasst mir zwischen die Beine. »Und diese Pussy verdient es, angebetet zu werden.«

Meine Augen schließen sich, als sein heißer Atem über meine Brust strömt. Eine Gänsehaut entsteht und ein Schauer kriecht mir über den Rücken.

Seine Finger zwicken meine Brustwarze durch den Stoff meines Shirts und meines BHs, ziehen kräftig daran und entlocken meiner Kehle einen schmerzhaften Schrei.

Doch mein Körper reagiert ohne Erlaubnis. Ich presse mich an ihn und spüre, wie seine Härte gegen meinen Rücken drückt.

Die Hand um meine Kehle zieht sich fast bis ins Unerträgliche zusammen. Ich stelle mich auf die Zehenspitzen, um den Druck zu verringern, aber er lässt nicht locker.

»Macht es dir Angst?«, flüstert er und sein Atem kitzelt mein Ohr. »Oder macht es deine Pussy feucht, wenn du weißt, dass ich dein Leben in meinen Händen halte und ich derjenige bin, der dir die Erlaubnis zum Atmen gibt?«

Das Blut schießt mir in den Kopf und die Angst pumpt durch meine Adern. Gerade als ich denke, dass er nicht mehr aufhören wird, lockert sich seine Hand und ich sauge die Luft gierig ein.

Aber er lässt mich nicht viel länger atmen. Er dreht mich herum und stößt mich mit dem Rücken gegen die Wand neben dem Fernseher. Er lächelt bösartig, als ich von ihm wegstolpere, genau in die Richtung, in der er mich haben will. Als ich nur noch einen halben Meter von ihm entfernt bin, packt er mich und drückt mich mit der ganzen Länge seines Körpers gegen die Wand. Bevor ich einen weiteren Atemzug nehmen kann, umschließt seine Hand erneut meine Kehle und sein Mund liegt auf meinem.

Genau wie er gesagt hat, lasse ich mich von ihm verzehren. Tränen brennen mir in den Augen und sein Mund spaltet meine Lippen, labt sich ohne Erlaubnis an meiner Zunge.

Ich kann das nicht tun.

Ich kann nicht zulassen, dass er mir das antut.

Ich reiße meinen Mund weg und stoße ihn zurück, aber er bewegt sich nicht einen Zentimeter.

»Stopp!«, kreische ich und wehre mich gegen ihn. »Ich werde das nicht zulassen. Du hast gerade gefährliche Leute ermordet, Zade, und das bedeutet, dass sie gefährliche Freunde haben. Es ist wie bei Max. Du bist ein *Monster*.«

Die Hand, die sich immer noch um meine Kehle legt, zieht sich zusammen, dann stößt er meinen Kopf gegen die Wand und beendet mein Ringen. »Und du bist der süße kleine Engel, den ich mit mir in die Hölle schleifen werde«, raunt er mit tiefer, heiserer Stimme, während er mir sein Omen ins Ohr flüstert.

»Ich hasse dich«, fauche ich und starre ihn mit all der Abscheu an, die ich in meinem Körper aufbringen kann. Er will einfach nicht zuhören, verdammt. Er lächelt nur, die Geste ist spöttisch. »Und ich werde mich nie wieder von dir ficken lassen, Zade.« Ich schäme mich nicht für die Art und Weise, wie meine Stimme zittert. Er soll hören, wie ernst ich es meine. Es ist nicht die Angst, die meinen Tonfall sprunghaft werden lässt, es ist die Feindseligkeit, die aus meiner Seele blutet.

Er drückt sich stärker an mich, ein Knurren zeichnet sich auf seinem Gesicht ab. Er sieht bösartig und verführerisch zugleich aus, wie ein gutaussehender Teufel, der auf einem Thron aus Knochen sitzt.

»Bist du bereit, dein Leben darauf zu verwetten?«, fragt er mit seiner sanften Stimme, die einen starken Kontrast zu meiner darstellt. Er reibt sein Becken an mir, sein harter dicker Schwanz gräbt sich in meinen Bauch.

Als ich nicht antworte, lächelt er. »Ich glaube, meine kleine Maus ist eine Lügnerin«, knurrt er mir ins Ohr und jagt mir ein heftiges Zittern durch den Körper.

Sein Mund streichelt meine Wange, seine weichen Lippen gleiten sanft zu meinen. Sein Mund streift den meinen und löst an jeder Stelle, an der unsere Haut aufeinandertrifft, einen elektrischen Schauer aus. Ich atme scharf ein, denn die allgegenwärtige Angst und das Adrenalin pumpen immer noch unaufhörlich in meinen Blutkreislauf und machen mich fast betäubt und wahnsinnig.

»Ja«, flüstere ich, bevor ich mein Bein hochreiße und ihm direkt zwischen die Beine trete.

Es gelingt ihm, der Wucht des Schlags auszuweichen, aber das gibt mir genug Raum, um mich aus seinem Griff zu befreien und wegzulaufen. Ein lautes, grausames Lachen ertönt, als ich die Tür fast aus den Angeln hebe, bevor ich in die Nachtluft fliehe.

Kalte, nasse Regentropfen prasseln auf meine Haut und durchnässen mich sofort, aber ich lasse mich nicht abschrecken. Der

Schrecken treibt mich vorwärts, während ich in den Wald stürme. Meine Füße rutschen auf der glatten Veranda aus, und da fällt mir ein, dass ich barfuß bin. Jetzt ist es zu spät. Ich laufe weiter und beiße die Zähne zusammen, gegen die Steine unter meinen Füßen, während ich über die Einfahrt flitze.

Als Kind wollte ich schon immer diesen Wald erkunden. Er ist tief und man kann sich darin leicht verirren. Meine Mutter und meine Nana ließen mich als Kind nie einen Fuß in den Wald setzen. Irgendwie hat sich diese Einschränkung auf mein Erwachsenenleben übertragen.

Die Warnungen, die ich als Kind bekommen habe, haben mich unbewusst davon abgehalten, jemals in den Wald zu gehen und ihn zu erkunden. Und jetzt wünschte ich, ich hätte es getan.

Es kostete mich nicht einmal eine Minute, bis ich ihn komplett umrundet habe. Das einzige Licht kommt vom Mond, und selbst das ist schwach, weil die Baumkronen den Himmel verdunkeln.

Ich bewege meine Beine weiter, härter und schneller. Zu ängstlich, um anzuhalten. Zu sehr fürchte ich mich vor dem Teufel, der mir an den Fersen klebt. Bis ich über eine Wurzel stolpere, mein Körper nach vorne kippt und dann geräuschvoll auf den Boden kracht. Ich lande ungeschickt auf meinen Händen und beide Handgelenke schmerzen, als sie unter meinem Gewicht nachgeben. Mein Zeh pocht, weil er an der Wurzel hängen geblieben ist. Meine Füße sind blutig und misshandelt, weil ich barfuß durch den verdammten Wald gelaufen bin.

Ich atme schwer und stoße panische Atemzüge aus, während ich mich auf den Rücken drehe. Ich muss meine Augen schließen, weil der Regen meine Sicht trübt und in meine Nase und meinen Mund eindringt. Ich hebe eine Hand, um mein Gesicht zu bedecken, öffne meine Augen und schaue mich um.

Ich kann ihn nicht sehen, aber das heißt nicht, dass er nicht in der Nähe ist.

Meine Brust ist angespannt und ich versuche, meinen unregelmäßigen Herzschlag zu beruhigen und tiefe, lange Atemzüge zu machen, damit ich mich beruhigen kann, um zu hören, ob er kommt.

Der Wind lässt die Blätter auf dem Boden rascheln, wirbelt Schmutz und Äste auf und zaubert mir eine Gänsehaut auf den gesamten Körper. Das Geräusch ist bedrohlich. Beängstigend. Jeden Moment wird der Wind die Bäume teilen und ich werde meinen Schatten sehen, der dort steht und wartet.

Mein durchnässtes T-Shirt und meine Leggings bieten keinen Schutz vor dem unerbittlichen Regen. Die Kleidung passt sich meinem Körper an, fängt die Kälte unter dem Stoff ein und lässt sie unter meine Haut dringen. Meine Knochen rasseln von den heftigen Schauern, die meinen Körper erschüttern.

Ich setze mich auf, atme tief ein und halte die Luft an, um meine Ohren auf Schritte zu richten. Es dauert einige Sekunden, bis ich das Knacken eines Zweigs höre. Das Geräusch kommt von direkt hinter mir.

Ich werfe meinen Kopf herum, meine Augen suchen hektisch den Wald ab und mein Atem wird wieder schneller. Langsam stehe ich auf und ignoriere den Schmerz, der in meinen zerschundenen Händen und Füßen pulsiert.

Ich muss mich verstecken.

Gerade als ich einen leisen Schritt mache, höre ich wieder das Knacken eines Zweiges. Mein Herz macht einen wilden Sprung, als ein Fuß in meinem Blickfeld erscheint. Wie ein Dämon, der aus einer Feuergrube steigt, sehe ich ihn zwischen zwei Bäumen hervorkommen. Meine Augen weiten sich und mein Mund wird bei dem Anblick eines großen Mannes, der aus dem Schatten tritt und sich eine Kapuze vom Gesicht zieht, während er auf mich zuschreitet, ganz trocken.

Das gibt mir den Rest, ich drehe mich um und laufe los.

Ich renne mit aller Kraft und bewege meine Beine und Arme so schnell ich kann. Aber am Ende ist es umsonst. Ich schaffe nur zehn Meter, bevor sich eine Hand um meinen Arm schlingt und mich nach hinten reißt. Mein Körper fliegt gegen den seinen, prallt gegen seine harte Brust und raubt mir den Atem.

Ich wehre mich gegen ihn, kämpfe wie wild, um wegzukommen, aber er ist zu groß – zu stark. Er überwältigt mich mit Leichtigkeit, schlingt einen Arm um meine Taille und drückt mich an seinen heißen Körper.

Heißer Atem streicht über mein Ohr, bevor seine tiefe Stimme den Dunst aus Panik und Angst in meinem Gehirn durchdringt.

»Du kannst mir nicht entkommen, Little Mouse. Ich werde dich immer finden.« Er packt mein Gesicht und klemmt meine Wangen fest zwischen seine große Hand. Das Kneifen des weichen Fleischs, das sich in meine Zähne gräbt, löst ein schmerzerfülltes Stöhnen in meiner Kehle aus. Ein leises Knurren ertönt als Antwort aus seiner Brust, bevor er fragt: »Bist du bereit, verzehrt zu werden?«

Mit der Hand, die mein Gesicht umklammert, dreht er mich um und zieht meinen Körper fest an seinen. Aber ich gebe nicht kampflos auf.

Ich strample mit den Armen, trete mit den Beinen und drehe meinen Körper, um mich aus seinem unnachgiebigen Griff zu befreien. Mein gewaltiges Kämpfen führt dazu, dass mein Fuß abrutscht und mein Körper nach hinten schwankt.

Wir fallen beide, aber der Aufprall meines Körpers auf dem unnachgiebigen Boden wird dadurch verhindert, dass seine Hand uns beide auffängt und ihn in der Schwebe hält, während sein Arm mich fest an seinen Körper presst.

Natürlich schreckt mich das trotzdem nicht ab.

»Lass mich los, du verdammter Wahnsinniger! Ich werde verdammt noch mal …«

»Was tun?«, zischt er und unterbricht mich mit einem wütenden Knurren. Er klemmt meinen Körper zwischen sich und dem kalten Boden ein und die eisigen Temperaturen dringen in meinen Körper ein.

Er packt meine beiden Handgelenke und hält sie mit einer

Hand über meinem Kopf fest, während die andere Hand meinen Nacken umschließt.

»Sag mir, Addie. Glaubst du, dass es falsch ist, Pädophile zu töten?«, fragt er scharf und sein eines Auge leuchtet hell in der Dunkelheit.

»Ich finde es falsch, Menschen zu töten«, schreie ich ihm ins Gesicht, atme schwer und gönne meinem Körper einen Moment Ruhe. Ich habe Angst, aber mein Körper ist erschöpft.

»Warum?«, schießt er zurück. »Weil die Organisation dir gesagt hat, dass es so ist? Weil die Menschen die Moral erfunden haben, damit sie die Menschen kontrollieren und manipulieren können, um Recht und Ordnung zu schaffen? Glaubst du, andere Säugetiere befolgen dieselben Moralvorstellungen und Regeln? Wir sind alle verdammte Tiere, Baby. Der einzige Unterschied ist, dass ich meins nicht unterdrücke.«

Keuchend und wütend stemme ich mich gegen ihn und versuche, ihn von mir hinunterzuschieben, aber das bringt nichts. Es ist, als würde ein Elefant auf einem Hamster sitzen.

Er drückt meine Handgelenke fester gegen den Boden, während er sich wieder aufrichtet und seine Knie benutzt, um meine Beine zu spreizen und sich zwischen ihnen zu betten. Selbst im kalten Regen ist er hart wie Stahl.

»Du wirst mich auch noch umbringen!«, behaupte ich. »Weil du krank bist und sie so sehr gequält hast, dass es landesweit in den Nachrichten war!«

»Willst du wissen, was verdammt krank ist, Addie? Die Männer, über deren Tod du dich so aufregst, sind dieselben Männer, die unschuldige Kinder verletzen, vergewaltigen und foltern und sich daran ergötzen. Sie leben davon. Glaubst du, dass auch nur ein einziges Kind, das sie gequält und getötet haben, durch irgendeine Strafe auf dieser Welt eine Wiedergutmachung erhält?«

Ich schließe meinen Mund und Tränen brennen hinter meinen Lidern.

»Und was noch schlimmer ist: Obwohl ich dich für mich beansprucht habe, hatte die Organisation dich schon auserwählt, bevor ich überhaupt ins Spiel gekommen bin. Das heißt, du bist in Gefahr, ob sie nun tot sind oder nicht. Wusstest du, dass er versucht hat, dich bei *Satan's Affair* zu entführen? Während du durch *Annie's Playhouse* gerannt bist, war er gerade dabei, seine Hunde auf dich zu hetzen, um dich zu entführen. Und ich habe dafür gesorgt, dass das nicht passiert ist, Addie. Wenn du dachtest, du hättest eine verdammte Chance, mich loszuwerden, dann schlag dir das aus dem Kopf. Du brauchst meinen Schutz mehr als meinen Schwanz, aber ich habe die feste Absicht, dir beides zu geben.«

Meine Augen weiten sich und mein Herz bleibt stehen. Die Organisation hat es auf mich abgesehen? Mein Gott, was habe ich in meinem früheren Leben getan, um diesen Scheiß zu verdienen?

Ich war in so großer Gefahr und habe es nie gemerkt. Ich habe nicht einmal gespürt, dass die Bedrohung in der Nähe war.

Weil der Mann, der mich am Boden festhielt, mich sicher und beschützt hielt, damit ich ruhig schlafen konnte.

Meine Lippe zittert, als er fortfährt.

»Er war ein böser Mann, Addie. Und eines der schlimmsten Dinge, die er je getan hat, war, dich in Gefahr zu bringen. Das Schlimmste, was ich je getan habe, war, es ihm leichter zu machen, dich zu finden.«

Das Blatt hat sich gewendet. Wo ich einst Zade beschuldigte, mich nicht vor Mark geheimgehalten zu haben, sehe ich jetzt die harte Wahrheit. Er hatte nie wirklich eine Chance gegen das Schicksal.

»Du hättest ihn nicht davon abhalten können, mich zu bemerken«, gebe ich mit leisem Flüstern zu.

»Vielleicht nicht, aber ich habe dich weiter in sein Blickfeld gebracht. Ich hatte gehofft, dass es dich retten würde, wenn ich dich als meine Freundin präsentieren würde, aber Mark hätte dich immer verraten. Und jeder Motherfucker, der sich auch nur auf eine Meile Entfernung deinem Haus nähert, wird mein Messer in seiner Kehle stecken haben. Ich habe nie vorgegeben, ein guter Mensch zu sein. Aber ich habe mir meine eigene verdammte Moral geschaffen, nach der ich lebe. Ich werde weiterhin jedes gestörte Individuum auf diesem gottverdammten Planeten töten, wenn das bedeutet, dass keine Kinder sterben und du nicht in Gefahr leben musst.«

Meine Lippen zittern und der ganze Widerstand, der in mir gebrannt hat, entweicht mit einem Atemzug.

Ich habe nichts zu sagen. Kein Argument.

Ich habe mich so sehr an die Vorstellung geklammert, dass jeder Mord falsch ist, aber das muss ich jetzt loslassen. Denn Zade hat recht: Ob er nun in mein Leben getreten wäre oder nicht, ich würde so oder so in Gefahr geraten. Und ich kann mich nicht jedes Mal aufregen, wenn er jemanden tötet, der mir schaden wollte.

Wenn mich das egoistisch macht, dann ist mir das egal.

Ob es mir gefällt oder nicht … Zade wird nirgendwo hingehen. Und es ist viel anstrengender, an Moralvorstellungen festzuhalten, die nichts anderes tun, als gegen das Einzige anzukämpfen, das mich beschützen will.

Ich betrachte sein Gesicht und muss eine letzte Frage stellen. »Hast du einen unschuldigen Menschen getötet?«

»Was ist deine Definition von unschuldig?«, fragt er und lehnt sich dicht an mich heran, bis sein minziger Atem über mein kaltes, nasses Gesicht streicht. »Menschen wie Archie? Die andere verletzt haben, aber noch immer eine Chance auf eine Erlösung hatten, oder was?«

Ich schlucke und öffne den Mund, um zu antworten, aber er lehnt sich näher heran, seine Lippen sind nur Zentimeter von meinen entfernt. Die Worte vergehen auf meiner Zunge, während er einen Tropfen von meiner Lippe leckt. Die kleine Berührung sollte unbedeutend sein, wie ein Schmetterling, der auf einem Finger landet. Aber stattdessen fühlt sie sich an wie ein

Blitz, der meine Wirbelsäule hinunter und direkt in mein Innerstes fährt.

»Glaubst du, dass es für mich Erlösung gibt?«, flüstert er mit dunkler, sündiger Stimme.

Ich lecke mir über die Lippen und suche nach den richtigen Worten, bevor ich frage: »Willst du, dass es sie gibt?«

Der Rest seines Körpers verschmilzt mit meinem und erzeugt einen gefährlichen Wirbelsturm aus Feuer und Eis in mir. Der gefrorene Boden und die tosende Hitze seines Körpers kämpfen miteinander, während ich versuche, das Delirium zu überwinden, das seine Nähe hervorruft.

Er reibt sein Becken an mir und entlockt mir damit einen scharfen Lustschrei, der direkt von zwischen meinen Beinen kommt. Ohne nachzudenken, wölbt sich mein Rücken und ein Stöhnen entweicht mir.

»Wenn meine Erlösung irgendwo in dir steckt, dann werde ich den Rest meines Lebens damit verbringen, sie in dir zu suchen.« Er bewegt seine Hüften erneut und entlockt meinen Lippen ein weiteres atemloses Stöhnen. »Ich werde jeden Zentimeter von dir ausfüllen, Adeline. Und mit der Zeit wird meine Erlösung zu deiner Rettung werden.«

Seine Worte lösen tief in mir eine Reaktion aus. Ich kann die Flut der Erregung zwischen meinen Beinen nicht aufhalten, genauso wenig wie das intensive Bedürfnis, ihm jedes Stück meiner Seele auf einem Silbertablett zu servieren.

Er ist immer noch ein Stalker, Addie.

Die kleine Stimme in meinem Kopf wird schwerelos. So klein und unbedeutend, dass ihre Worte keine Kraft mehr haben. Ich ärgere mich über die Stimme der Vernunft, denn nichts, was ich für Zade empfinde, ist vernünftig. Er weckt Gefühle, die zu stark für Vernunft und Logik sind. Zu stark, um von einer kleinen Stimme in meinem Kopf in den Hintergrund gedrängt zu werden.

»Was, wenn ich das nicht will?«, krächze ich, obwohl meine Worte im direkten Gegensatz zu meinen Taten stehen. Eins meiner Beine wandert über seine Hüfte und bringt ihn näher, während mein Mund immer noch versucht, ihn wegzustoßen.

»Was ist, wenn das Letzte, was ich will, ist, in dir zu sein?« Seine Lippen gleiten über meine, wandern über meine Wange und zu meinem Kinn. Er beißt hart zu und seine Zähne entlocken mir ein weiteres Stöhnen, während Schmerz und Lust an meinen Nerven zerren.

Dieses Mal, als er in mich eindringt, genieße ich seinen Stoß und wünsche mir verzweifelt, dass er näherkommt. Trotzdem kann ich nicht aufgeben, auch wenn mein Körper es bereits getan hat.

»Was ist, wenn ich das Gefühl hasse, dass du in mir bist?«

Schließlich lässt er meine gefangenen Handgelenke los, packt den Kragen meines Shirts und reißt es in zwei Teile. Ich keuche unter dem brutalen Ansturm des kalten Regens, der auf meine Haut prasselt. Mein Rücken krümmt sich, als seine Hände hart über meinen Bauch streichen und Wellen von Elektrizität über mein Fleisch tanzen lassen. Allein seine Berührung macht mich wahnsinnig. Nichts hat sich jemals so verdammt gut angefühlt.

Dann krallt er sich an meinem BH fest und entblößt meine Brüste, bevor er mir auch diesen vom Körper reißt. »Du würdest das Gefühl hassen, so stark zu kommen, dass dein Körper aufgibt?«

Bevor ich antworten kann, knabbert er wieder an meinem Kinn, dieses Mal sanfter, bevor er zu meinem Hals hinunter wandert. Sein Mund verweilt über der empfindlichen Stelle direkt unter meinem Ohr. Er stößt einen einzigen Atemzug aus und das ist die einzige Warnung, die ich habe, bevor er zubeißt.

Die einzige Reaktion, zu der ich fähig bin, ist ein verstümmelter Schrei.

Scharfe Bisse wandern an meinem Schlüsselbein vorbei nach unten, bis er eine meiner Brustwarzen in seinen heißen Mund saugt. Ein erstickter Schrei ertönt und ich erschaudere unter seiner peitschenden Zunge.

Mein Rücken wölbt sich, während ich mich in seine Haare kralle und genauso brutal an den Strähnen ziehe, wie er an meiner Brustwarze saugt.

Schließlich lassen seine Zähne mich los und ich nehme mir einen kurzen Moment Zeit, um Feuer aus meiner Lunge zu pusten. »Ich kann mich selbst härter kommen lassen, als du es je konntest.«

Ich spüre sein Lächeln und ich muss es nicht sehen, um zu wissen, wie grausam es ist. Er hebt den Kopf, gerade so weit, dass er mir in die Augen schauen kann.

Mein Herz sinkt und meine Instinkte spüren das Unheil, lange bevor seine Worte es bestätigen. »Bist du bereit, mir das zu beweisen, Little Mouse? Denn wenn nicht, werde ich dich dazu bringen, deine verdammten Worte zurückzunehmen.«

Kapitel 34

Die Manipulatorin

Ich war noch nie religiös, auch wenn ich ein Phantom am Himmel beschimpfe, weil es meinen Verstand ständig auf die Probe stellt. Aber in diesem Moment hoffe ich ernsthaft, dass *irgendetwas* ein Auge auf mich wirft. Denn ich habe das Gefühl, wenn Zade mit mir fertig ist, wird meine Seele dezimiert sein und nichts wird mich mehr vor seiner Verdammnis retten können.

Ich schlucke schwer und frage: »Wie willst du das machen?«

Ich versuche, einen Funken Selbstvertrauen zu haben, aber der berechnende Blick von Zade macht es zunichte. Ich zittere, aber nicht wegen des unerbittlichen Regens, der meine Haut durchnässt.

Statt mit Worten zu antworten, greift er nach unten und packt den Bund meiner Leggings. Mit einem kräftigen Ruck reißt er mir den Stoff von den Beinen und schleudert ihn irgendwo in den Wald hinaus. Die werde ich definitiv nicht zurückbekommen.

Meine Augen weiten sich, als er hart an meinem gelben Slip zupft und die Spitze unter seiner Kraft leicht reißt.

»Zade …« Ich keuche und versuche, meine Beine zu schließen, um den eiskalten Regen von meiner entblößten Mitte fernzuhalten. Er wehrt meine Versuche ab und drückt meine Knie auseinander, bis der Regen gegen meine Mitte prallt. Ich stoße einen Schrei aus und atme scharf ein.

Zade mag einem Gott ähneln, aber er war noch nie der vergebende Typ.

Er passt seinen Griff an der Unterseite meiner Oberschenkel an und drückt meine Beine nach hinten, bis meine Knie bis zu meinen Ohren reichen und meine Pussy den unbarmherzigen Elementen vollkommen ausgesetzt ist.

»Zade!«, schreie ich und meine Hände schießen hervor, um mich zu bedecken.

»Fass dich an, Little Mouse. Zeig mir, wie hart du kommen kannst«, befiehlt er und seine Stimme ist voller Verlangen.

»Ich werde das nicht-« Er legt seinen linken Arm über beide meiner Oberschenkel und wischt mit seiner freien Hand meine Hände weg.

Bevor ich fragen kann, was zur Hölle er da macht, verpasst er mir einen scharfen Schlag direkt auf meine Pussy.

Ich schreie laut auf und der Schmerz schießt durch meinen Kitzler und meine Wirbelsäule hinauf. Die einzige Erleichterung ist, dass sich sein Körper jetzt über mich beugt und der Regen nicht mehr gegen mein empfindliches Inneres prasselt.

»Was zur Hölle …«

»Was habe ich dir gerade gesagt, Adeline? Zwing mich nicht, dich noch einmal zu bitten.«

Mir fehlen die Worte. Er starrt mich an, sein Gesicht mit einem ernsten Ausdruck, der keinen Raum für Argumente lässt.

Ich beiße mir auf die Lippe und überlege, ob ich mit ihm streiten soll. Aber es dauert nur zwei Sekunden, bis ich zu einem einzigen Schluss komme.

Ich will es gar nicht.

Ich lasse meinen Blick auf ihm ruhen und gleite mit meiner Hand langsam zurück zu meinen Oberschenkeln, denn die zunehmende Glätte hat nichts mit dem Regen zu tun.

Widerwillig, als könne er sich nicht entscheiden, ob er mein Gesicht oder meine Hand ansehen will, wendet er seinen Blick ab und richtet diese Yin-Yang-Augen auf meine

Pussy. Genau in dem Moment, in dem ich einen Finger in mich eintauche.

Seine Nasenlöcher blähen sich auf und seine Hand auf meinem Oberschenkel verursacht einen blauen Fleck.

»Fuck«, sagt er leise und seine Augen glühen vor Verlangen. Ein Verlangen, das sich wie ein Lauffeuer in mir ausbreitet, bis das Prasseln des Regens auf meinem Fleisch wie Balsam auf das unaufhörliche Brennen wirkt.

Ich ziehe meinen Finger aus meiner Pussy und fahre mit dem Finger über meinen Kitzler, mein Mund steht offen und ein heiseres Stöhnen entweicht meinen Lippen. Ich kann nicht anders, als meine Hüften gegen meine eigene Hand zu stemmen und eine Berührung zu suchen, die über meine eigene hinausgeht. Eine Berührung, die rauer, fester und besser ist.

Ich ignoriere das stumme Flehen meines Körpers und konzentriere mich auf das, was ich tue, während mein Kopf nach hinten kippt und meine Erregung immer weiter steigt.

Zade steht auf, nimmt seinen Arm von meinen Oberschenkeln und kniet sich wieder vor mich, wobei seine Hände meine Knie auf beiden Seiten fest am Boden halten.

Auf diese Weise bietet sein Körper keinen Schutz mehr vor dem Regen, die kalten Wassertropfen sind wie Eis zwischen meinen Beinen.

Ich hebe meinen Kopf und mein Herz schlägt wie wild, als Zades Augen mich durchbohren. Das Wissen, dass er alles beobachtet, was ich mit mir selbst mache, steigert die Lust nur noch mehr. Ich war noch nie in meinem Leben so erregt gewesen und das ungebändigte Stöhnen lässt sich nicht mehr unter Kontrolle bringen.

Ich bin zu sehr in den Moment vertieft, um mich darum zu kümmern, wie laut ich bin. Ich bin zu high von der Euphorie, die durch meinen Körper strömt.

Als er meine steif werdenden Glieder spürt, sieht Zade zu mir auf und flüstert: »Zeig mir, wie sehr ich dich verdorben habe.«

Meine Augenbrauen verziehen sich und mein Mund bleibt offen stehen, als ich zum Orgasmus komme. Ich schreie auf, meine Hüften wippen unaufhörlich, auf der Suche nach etwas mehr. Der Orgasmus, der mich überkommt, ist intensiv und schnell. Früher wäre ich damit zufrieden gewesen. Aber jetzt, wo der grausame Mann vor mir kniet, fühle ich mich verdammt noch mal beraubt.

Ich halte meinen Mund geschlossen, der Regen und der Wind scheinen zu verstummen, jetzt, da mein Stöhnen verstummt ist.

Ein verschmitzes Grinsen zeichnet sich auf seinen Lippen ab und betont die Narben in seinem Gesicht.

»War es besser«, fragt er, aber es klingt, als ob er die Antwort schon kennt.

Ich nicke, nicht mutig genug, um meine Lüge auszusprechen, aber zu stolz, um Nein zu sagen. Für einen kurzen Moment fühlt es sich an, als würde die Welt um mich herum stillstehen. Der Regen, der Wind, die Blätter an den Bäumen. Dann beschleunigt sich alles, zu schnell, als dass ich ihn davon abhalten könnte, meine Hand zu bewegen, und mir einen weiteren scharfen Klaps auf meine Pussy zu geben.

Instinktiv versuche ich, meine Beine zu schließen, um den Schmerz zu lindern, aber er drückt meine Knie zurück und lehnt sich bedrohlich über mich. Die schlummernde Angst flammt wieder auf, als er auf mich herabschaut.

»Lüg mich noch einmal an«, droht er. »Meine Geduld reicht nur bis zu einem gewissen Punkt.«

Ich schlucke den Kloß in meinem Hals hinunter, meine großen Augen sind auf seine gerichtet.

»War es besser?«

In diesem Moment beschließt mein Gehirn, mich daran zu erinnern, dass ich mich mitten im Wald befinde, allein, mit einem sehr gefährlichen Mann. Einem Mann, der erst vor drei Nächten vier Männer gefoltert und ermordet hat.

»Nein«, flüstere ich und beobachte ihn genau. Ich bin angespannt und warte darauf, was er als Nächstes tun wird. Zade war schon immer unberechenbar. Dieses Gefühl ist nichts Neues.

Er wird dir nicht wehtun, Addie.

Nein, aber vielleicht will ich das ja.

Er lässt mich los und steht auf. »Steh auf«, befiehlt er barsch.

Der Schock lässt mich erstarren, aber mein Gehirn holt mich nach ein paar Sekunden wieder ein und ich rapple mich auf.

Ich bin bereit, ihn zu fragen … Ich weiß nicht einmal was, aber bevor ich es herausfinden kann, beugt er sich hinunter und packt meine Oberschenkel. Er hebt mich hoch und meine Beine schlingen sich instinktiv um seine Taille. Meine sensible Mitte prallt auf seinen harten Schwanz, der in seiner Jeans spannt und sich fest zwischen die Falten meiner Pussy schmiegt.

Ein leises Wimmern entweicht mir und ich bin immer noch zu geschockt, um mich zu bewegen oder etwas zu sagen, als er beginnt, mich zu tragen, vermutlich zurück zu meinem Haus.

»Was passiert hier?« Schließlich schaffe ich es und erschaudere, als seine Jeans bei jedem Schritt an meiner überstimulierten Klitoris reibt.

»Ich werde dich daran erinnern, wie gut es sich anfühlt, mir zu gehören.«

Zades Schritte sind zielstrebig, während er mich trägt, und die Stille zwischen uns ist von schrecklichen Versprechen geprägt. Der Regen hat nicht nachgelassen und scheint mit der Zeit immer stärker zu werden.

Ich habe keine Ahnung, woher er weiß, wohin er gehen muss, und ich bin beeindruckt und misstrauisch zugleich. Der einzige Grund, warum er diese Wälder so gut kennt, ist, dass er viel Zeit in ihnen verbracht hat.

Versteckt er die Leichen hier drin? Die Frage liegt mir auf der Zunge, aber ich lasse sie im Keim ersticken. Ich will den kleinen, wenn auch wackeligen Waffenstillstand, den wir erreicht zu haben scheinen, nicht zerstören.

Seine großen Handflächen umschließen meine nackten Arschbacken, die Spitzen seiner Finger sind nur wenige Zentimeter von meinem Eingang entfernt. Er erkundet ihn nicht, aber die neckische Berührung entflammt mich und erfüllt mich mit Vorfreude.

Er macht mich verrückt vor Verlangen und es ist nur fair, dass ich mich revanchiere. Wenn er mich auf dem kalten, nassen Boden nimmt, wäre ich froh darüber.

Meine Lippen streichen so sanft über seinen Hals, dass sich die Berührung wie ein Flüstern anfühlt.

Sein Griff wird fester, und mein Lächeln breiter. Ich öffne meinen Mund, meine Zunge fährt hinaus und leckt sich einen Weg vom Ansatz seines Halses bis zu der Stelle hinter seinem Ohr.

Ein Knurren vibriert gegen meine Zunge und spornt mich nur noch mehr an.

Auch er hat mich ohne meine Zustimmung markiert, bereits vor Monaten. Ist es nicht fair, dass ich ihn auch markiere?

Ich beiße auf die Stelle, lecke und sauge an dem Fleisch, das zwischen meinen Zähnen eingeklemmt ist, bis ich sicher bin, dass die Haut gequetscht ist. Dann ziehe ich mich zurück und suche mir eine neue Stelle, immer wieder, während er mit den Zähnen knirscht und seine Hände mich mit brutaler Kraft packen.

»Addie«, knurrt er, seine Stimme ist kehlig und so tief, dass sie dämonisch klingt. Ich wandere mit meinen Lippen zu seinem Ohr und sauge an seinem Ohrläppchen. Dann ziehe ich mich zurück und lasse meine Zähne scharf über das Fleisch gleiten, als es sich löst.

»Was ist los?«, flüstere ich ihm ins Ohr. »Kannst du nicht mit dem umgehen, was du selbst austeilst?«

Ich knabbere wieder an seinem Nacken und genieße das Geräusch, wenn ihm die Kontrolle entgleitet und ein Stöhnen entweicht. Es ist das erotischste Geräusch, das ich je gehört habe, und ich bin fast wahnsinnig vor Verlangen, es wieder aus ihm herauszulocken.

Das Licht von der Veranda bricht gerade durch die Bäume, als er nachgibt und mich gegen einen Baumstamm presst, wobei mein nackter Rücken an der rauen Rinde schrammt. Seine Jeans ist in Rekordzeit aufgeknöpft, sein Schwanz löst sich aus der Enge und dringt in mich ein, bevor ich es überhaupt realisiere.

Ich schreie auf, weil er so plötzlich in mich eindringt, dass ich nur noch Feuer spüre. Aber er lässt nicht locker und fickt mich gegen den Baum, bis ich mich an ihn klammere, ein Orgasmus durchfährt mich, der durch das heftige Rollen meiner Augen beinahe bleibende Schäden verursacht.

Mit einem heiseren Schrei dringt er in mich ein und rammt mich so fest gegen den Baum, dass ich schwöre, dass ein Abdruck von meinem Arsch zurückbleiben wird.

Ich bin mir sicher, dass die Eichhörnchen das faszinierend finden werden.

Er zieht sich aus mir heraus, reißt mich unsanft vom Baum weg und läuft den Rest des Weges schnell zurück. Er strahlt eine unbändige Energie aus, und ich kann nicht sagen, ob sie voller Wut oder Lust ist.

Mein Rücken brennt, begleitet von einem dumpfen Pochen, das zwischen meinen Beinen zu spüren ist. Es ist die süßeste Qual, die ich je gespürt habe.

Auf dem Rückweg zu meinem Haus ist mein Gehirn wieder auf die Erde zurückgekehrt und doch hat sich nichts verändert. *Das* beunruhigt mich mehr als alles andere.

Die Tatsache, dass ich nicht mehr zwischen Angst und Glückseligkeit schwanke, und doch hat mein Verlangen und mein Bedürfnis nach diesem Mann nicht im Geringsten nachgelassen. Wenn überhaupt, ist es nur mit dem Gewicht der Vorfreude gewachsen, das über meinem Kopf hängt.

Das kleine Licht, das über meiner Tür hängt, ist wie ein

Leuchtfeuer. Als ob ich mich durch das Haus sicherer vor dem Mann fühlen würde, der mich in seinen Armen hält.

Anstatt zur Tür zu rennen, wie ich es erwartet hatte, geht er auf mein Auto zu. Obwohl der hintere Teil meines Geländewagens geräumig ist, ist Zade kein kleiner Mann, und mit ihm auf engem Raum zusammengepfercht zu sein, fühlt sich plötzlich einschüchternd an.

Wenn ich meine Meinung ändere, wird es unmöglich sein, von ihm wegzukommen. »Warum nicht das Haus?«

»Ich warte nicht länger«, antwortet er knapp.

Sein Ton ist ernst und wenn nicht sein immer noch harter Schwanz mit meinem Bauch Fangen spielen würde, würde ich denken, dass er sauer auf mich ist.

Als er die Hintertür öffnet, wirft mich der Barbar fast hinein, er lässt mir kaum genug Zeit, um zur Seite zu rutschen, bevor er mir folgt und die Tür hinter sich zuschlägt.

Der Regen prasselt laut auf das Auto. Viele Schlaf-Apps haben versucht, dieses Geräusch zu imitieren, aber nichts kommt auch nur annähernd an das Geräusch des Regens in Seattle heran.

Ich drücke mich auf die gegenüberliegende Seite des Autos, aber in dem Moment, in dem er merkt, was ich tue, packt er mich an beiden Beinen und zerrt mich zurück. Er schwebt über mir, mein Rücken drückt gegen den Ledersitz und klebt sofort daran wie Heißkleber an Papier.

Jetzt konzentriert sich mein Gehirn auf all die unbedeutenden Details. Zum Beispiel, dass ich völlig nackt bin und er vollständig bekleidet ist, und irgendwie ist mir das ein bisschen peinlich.

Oder dass der Geruch von Regen und Schmutz an uns beiden haftet, auch wenn ein Hauch von Leder und Rauch an seiner Kleidung hängen geblieben ist. Ich merke, wie klein sich das Auto anfühlt, wenn er drin sitzt, und wie unglaublich winzig ich mich fühle, wenn er mich bedrängt.

Diese Dinge überschatten die Details, die ich mir nicht eingestehen will. Wie die Tatsache, dass er mich so intensiv anstarrt, dass es sich anfühlt, als ob seine Netzhaut elektromagnetisch ist und er alles sehen kann, was ich in meinem Inneren verberge. Ich bin nicht mutig genug, seinen Blick zu erwidern.

Oder dass seine Hände wieder auf meiner Taille liegen und seine raue Haut köstliche statische Schocks durch meine Nervenenden jagt.

Er beugt sich zu mir herunter, bis seine Lippen nur noch wenige Zentimeter von meinen entfernt sind. Meine Augen schnellen zu seinen wie zwei entgegengesetzte Magnete. Ich kann mich nicht dagegen wehren, und sobald unsere Blicke aufeinandertreffen, sind alle Gedanken – all diese Details – vergessen. Ich kann an nichts anderes denken als daran, wie sehr ich will, dass er mich küsst, berührt und mich für sich beansprucht, immer und immer wieder, bis ich zu wahnsinnig bin, um mich zu wehren.

»Du tust gern so, als ob«, bemerkt er mit einem Hauch von Belustigung in seinem Ton.

»Vielleicht tue ich nicht nur so«, erwidere ich.

»Vielleicht leugnest du es.«

Ich spitze meine Lippen und weigere mich, zu antworten.

Er lächelt wissend, und sein Anblick ist niederschmetternd. Während ich damit beschäftigt bin, einen kleinen Herzinfarkt zu bekommen, zieht er mich an sich und schlingt einen Arm um meine Taille, während seine andere Hand meinen Nacken umschließt. Sein minziger Atem streicht über mein Gesicht und umschmeichelt meine Lippen wie eine leichte Frühlingsbrise.

»Wie fühlst du dich gerade?«, fragt er leise.

Mein Atem beschleunigt sich. »Eingeengt.«

»Gefangen?«, schießt er zurück.

Mein Mund verengt sich, denn obwohl ein Teil von mir gern Ja sagen würde, weiß ich es in Wahrheit nicht. Ich fühle mich … sicher.

Geschützt.

Geschätzt.

»Eines Tages wirst du erkennen, dass du nicht in einem

Gefängnis bist«, murmelt er grob. »Du bist in meiner Kirche, in der ich dein Gott bin, und du bist mir gleich. Ich bin kein Gefängnis, Little Mouse, ich bin dein Zufluchtsort.«

Mein Mund wird trocken. Meine Zungenspitze schießt heraus, befeuchtet meine Unterlippe und streicht über seine Lippen. Nur eine Berührung, aber genug, um einen Funken zu entzünden. Ein Knurren bahnt sich in ihm an, als ich frage: »Macht mich das zu einer Göttin?«

Er zieht mich unaufhaltsam näher an sich heran und presst seine Lippen leicht auf meine. »Baby, du regierst das verdammte Königreich und ich verbeuge mich gern vor dir.«

Ich lasse zu, dass er meine Lippen in einem bösartigen Kuss zwischen die seinen presst, bevor ich mich zurückziehe und nur mein Atem zurückbleibt. Er versucht es wieder und knurrt, als ich ihm erneut ausweiche. Ich halte meinen Mund gefährlich nah und flüstere gegen seine Zunge: »Beweise es.«

»Mmm«, brummt er, der Sound einer Bestie knurrt aus den Tiefen der Dunkelheit. »Ich liebe es, für dich auf die Knie zu gehen«, murmelt er und knabbert spielerisch an meinen Lippen. Diesmal ist er derjenige, der mir ausweicht und stattdessen beißt und leckt, bis ich vor Verlangen strotze.

Er neckt mich nur ein paar Augenblicke lang, bevor sein Mund auf meinen prallt. Das Inferno in meinem Körper entweicht aus meiner Kehle und entzündet unsere verbundenen Lippen. Ohne nachzudenken, wölbe ich mich ihm entgegen, weil ich unbedingt mehr von ihm an mir spüren will.

Seine Lippen bewegen sich mit rohem Hunger über meine. Er küsst mich nicht nur. Er klemmt meine Lippen zwischen seine Zähne und beißt zu. Erforscht jeden Zentimeter meines Mundes, während er mich verschlingt.

Und ich lasse ihn gewähren. Ich lasse zu, dass er mich verzehrt, weil ich langsam vergesse, wie es ist, ohne Zade ganz zu sein. Er ist in jedem Teil von mir.

Ich schiebe meine Hände unter seinen Kapuzenpulli, kralle

mich an seinem Bauch fest und erlaube mir, einen Körper zu erkunden, den ich schon viel zu oft erforscht habe.

Ein Körper, den ich nicht *annähernd* genug erforscht habe.

Meine Finger gleiten über seine Bauchmuskeln und machen sich mit den harten Vertiefungen vertraut, während er erneut meinen Mund erobert. Meine Nippel drücken sich an seine Brust und ich kann das Stöhnen nicht unterdrücken, das aus meiner Kehle dringt. Das Geräusch wirbelt in unseren Mündern und er belohnt mich mit einem harten Biss in meine Unterlippe, wobei er das empfindliche Fleisch zwischen seinen Zähnen zerdrückt, bevor er es mit einem *Pop* wieder freilässt.

Er lehnt sich zurück und schaut auf mich herab, wobei seine Augen langsam meine nackte Gestalt erfassen. Die nassen Strähnen meiner Haare, die jetzt mokkabraun sind, schlängeln sich über meine Brust und den Sitz unter mir. Sie kräuseln sich über meine Brüste und um meine Brustwarzen, ein Anblick, an dem sein Blick hängenbleibt, und von dem er sich scheinbar nicht mehr abwenden kann.

»Du bist dran«, flüstere ich. Seine Augen wandern zurück zu meinen und verharren. Er schaut nicht weg, auch nicht, als er den Kapuzenpulli über seinen Kopf zieht und seinen nackten Oberkörper entblößt.

Ich atme scharf ein. Die Tattoos, die seine Muskeln bedecken, und die vielen Narben sind ein verdammt schöner Anblick.

Ich will die Geschichte hinter diesen Narben wissen. Und mehr wissen zu wollen als nur, wie hart er mich zum Orgasmus bringen wird, ist verdammt erschreckend.

Aber ich habe dieses Gefühl immer geliebt. Ich habe mich immer nach mehr davon gesehnt. Nach einigen Manövern schlüpft er aus seinen Stiefeln und Socken und schafft es, sich die nassen Jeans von den Beinen zu streifen. Das ist ein Moment, der sich normalerweise unangenehm anfühlt, aber bei Zade wird mein Mund nur noch trockener, während er seinen herrlichen Körper Zentimeter für Zentimeter vor mir entblößt.

Unsere Brustkörbe heben sich im Gleichtakt. Wir schauen uns gegenseitig in die Augen, während er sich wieder zwischen meinen Beinen niederlässt – dieses Mal mit nichts zwischen uns.

Seine ungleichen Augen nageln mich auf dem Sitz fest. Ich könnte mich nicht bewegen, selbst wenn ich es wollte.

Und genau das ist das Problem. Ich will es *nicht*.

Ich liebe es, wie seine feurigen Augen über meinen Körper gleiten, wie ein Pinsel, der die Kurven einer Frau auf einer Leinwand nachzeichnet. Die Nässe, die sich zwischen meinen Beinen sammelt, wird zu viel – zu schwer.

Zu schmerzhaft.

Der schnelle Fick gegen den Baum hat uns nur noch mehr aus der Reserve gelockt und gleichzeitig unser Bedürfnis in die Höhe getrieben.

»Ich warte darauf, dass du dich verbeugst«, spotte ich mit heiserem Flüsterton.

Seine Augen weiten sich und seine Nasenlöcher blähen sich. Meine Worte hängen in der Luft, als ob der Sauerstoff aus dem Raum gesaugt worden wäre. Eine angespannte Pause, dann schnappt er zu.

Er packt mich an den Oberarmen und zerrt mich hoch. Er dreht mich in Richtung der Lücke zwischen Fahrer- und Beifahrersitz und sagt: »Beug dich zwischen die Sitze.«

Ich tue, was er sagt, stütze mich mit den Knien auf der Rücksitzbank ab, während ich meinen Körper in den schmalen Spalt zwischen den beiden Sitzen schiebe und meine Hände zum Ausgleich auf beiden Seiten aufstütze. Zade beugt sich vor, greift den Sicherheitsgurt auf der Beifahrerseite und schlingt ihn um meinen Körper, bevor er ihn auf der Fahrerseite einrasten lässt.

»Was machst du …«

Er bringt mich zum Schweigen und wiederholt den Vorgang mit dem Sicherheitsgurt auf der Fahrerseite. Als er fertig ist, bin ich komplett festgeschnallt und kann mich nicht mehr bewegen.

Er lässt mir aber genug Spielraum, um meinen Kopf zu drehen und ihn anzusehen.

Wie ein König auf dem Thron sitzt er auf der Bank hinter mir und positioniert sich zwischen den Beinen, so dass mein Hintern direkt in sein Gesicht gerichtet ist. Bei dem Anblick von Zade, der hinter mir sitzt, mit gespreizten Beinen und einem harten Schwanz, der über den Bauchnabel hinausragt, bekomme ich Schmetterlinge im Bauch. Aus diesem Blickwinkel habe ich keine Ahnung, wie er jemals in mich hineingepasst hat.

Er grinst mich an. »Ich bin zu groß für dieses Auto, Baby, also kann ich mich im Moment nur so verbeugen. Aber ich werde mich später für dich hinknien.« Genau wie im Spiegelkabinett hebt er meinen Arsch hoch, bis meine Knie in der Luft sind, während sich die Sicherheitsgurte in mein empfindliches Fleisch graben, und labt sich an meiner Pussy wie ein ausgehungerter Mann.

Als wäre ich seine letzte Mahlzeit, so wie er mich vor nicht allzu langer Zeit darum gebeten hat.

Ich verdrehe die Augen, als seine Zunge an meiner Pussy entlangfährt, meinen Kitzler umkreist und in meine Öffnung eindringt. Es ist zu viel – zu gut. Ich zwinge mich, mich auf etwas zu konzentrieren, um die Lust zu kontrollieren. Mein Blick bleibt an den beschlagenen Fenstern hängen, an den Regenspuren, die die Wolken trüben. Ich versuche, mich auf die Millionen von Spritzern zu konzentrieren, die gegen das Glas prasseln. Oder darauf, dass der Regen so stark fällt, dass er mit dem heiseren Stöhnen auf meinen Lippen konkurriert.

Aber ich verliere den Fokus und alles verschwimmt in einer Schwärze, als seine Zähne hinzukommen, saugen und beißen, bevor er den Stich mit seiner Zunge lindert.

»Fucking Nirwana«, murmelt er, bevor er meinen Kitzler in seinen Mund saugt.

Ich schreie auf, die Lust verzehrt mich gänzlich. Und er hat recht. Die Art und Weise, wie Zade eine Pussy leckt, *ist* das Nirwana.

Es dauert nicht lange, bis seine Zunge genau auf die richtige Weise auf meinen Kitzler schlägt, sodass ein Orgasmus aus mir herausschießt, bevor ich ihn verarbeiten kann.

Meine Schreie hallen in dem engen Raum wider, während er alles schluckt, was ich ihm zu bieten habe. Dann schnallt er beide Sicherheitsgurte ab und reißt mich nach hinten, bis ich auf dem Rücken liege und er sich wieder auf mich drückt.

Unsere Körper treffen aufeinander und er hebt meinen Körper geschmeidig an seinen. Meine Beine umschließen seine Taille, während meine Hände das Gleichgewicht auf seinen breiten Schultern suchen.

Unsere Augen bleiben aneinandergeheftet, selbst als mein pulsierendes Inneres sich gegen das steife Glied zwischen meinen Beinen presst. Er knurrt und seine Lippen kräuseln sich wild, als er meine Hitze spürt, die ihn umgibt.

Meine Augenlider fallen zu und mit einer Leichtigkeit, von der ich gar nicht wusste, dass ich sie besitze, reibe ich meine Hüften gegen ihn und verteile meine Säfte auf seinem Schwanz.

Seine Hand schnellt nach oben, krallt sich in mein nasses Haar und zieht fest daran. Mein Kopf neigt sich durch den Druck nach hinten, aber meine Augen verlassen nicht sein fast wildes Gesicht. Seine Zähne sind gefletscht und die Schwärze beginnt, sein einziges weißes Auge zu verschlingen. Die Dunkelheit blutet in die Reinheit und verdirbt sie.

Genau so, wie er es mit mir gemacht hat.

Ohne Vorwarnung zieht er seine Hüften zurück und stößt ganz in mich hinein, sodass es mich vor Kraft fast zerreißt. Mir läuft das Wasser im Mund zusammen. Mich gegen den Baum zu ficken und mich dann wieder kommen zu lassen, hat mich immer noch nicht ausreichend gelockert, um ihn bequem in mich hineinzubekommen.

»Erinnere dich an diesen Moment«, knurrt er tief und zieht sich bis zur Spitze zurück, bevor er tiefer in mich eindringt. »Denn wenn ich dich das nächste Mal ficken werde, wirst du in mich verliebt sein, Adeline. Ich bin dein Stalker und ein Mörder, und du wirst mich trotzdem lieben.«

Und dann zieht er sich noch einmal zurück, bevor er sich bis zum Anschlag in mir versenkt und den Punkt in mir trifft, an dem meine Augen zu schwinden drohen.

»Das ist nicht wahr«, keuche ich. Als seine Augen aufleuchten, fahre ich fort: »Dachtest du, das wäre das einzige Mal, dass du mich heute Abend ficken würdest?«

Er knurrt und seine Lippen halten nur eine Haaresbreite entfernt inne. »Was habe ich gesagt, Little Mouse? Das nächste Mal, wenn ich dich ficken werde, wirst du in mich verliebt sein.«

Das Auto schaukelt durch die Wucht seines nächsten Stoßes und der Schrei, der aus meinem Mund ertönt, ist sowohl peinlich laut als auch ein Geräusch, das ich noch nie gemacht habe. Ich dachte, nur Pornostars machen solche Geräusche – komplett erfundene und eingeübte Schreie. Aber als er weiter mit der Kraft eines Stiers in mich stößt, kommen diese Schreie immer wieder aus meiner Kehle und werden jedes Mal lauter und heiserer.

Der Regen fällt gnadenlos, und das laute Klopfen der Tropfen verstärkt nur das Geräusch von klatschender Haut und die nassen Geräusche, die Zade meiner Pussy entlockt.

Meine Nägel kratzen über seine Brust, und wenn er sich so sicher ist, dass ich mich in ihn verliebe, wenn das hier vorbei ist, dann kann ich sicher sein, dass ich seiner Sammlung neue Narben hinzugefügt habe.

Das Knurren, das als Antwort folgt, ist wild und bösartig. Alles, was es bezweckt, ist, die Lust zu steigern, die von der Stelle ausgeht, an der sich unsere Körper verbinden.

Sein Arm umschlingt meine Taille, in einer einzigen schnellen Bewegung hebt er mich an und dreht uns so, dass er wieder auf dem Sitz sitzt und ich auf seinem Schoß. Als er mich an der Taille packt und mich auf seinen Schwanz zieht, reiße ich die Augen weit auf. In diesem neuen Winkel ist er viel tiefer als zuvor – viel tiefer, als ich dachte, dass mein Körper aushalten würde.

»Zade!«, keuche ich, meine Nägel graben sich jetzt in seine Schultern.

»Reite mich, Baby. Ich will spüren, wie deine Pussy jeden Zentimeter meines Schwanzes umschließt.«

»Fuck, ich kann nicht«, stöhne ich, während mein Körper immer noch daran arbeitet, sich an die Größe dieses Mannes zu gewöhnen.

»Du hast fünf Sekunden, bevor ich deine Organe neu ordne«, droht er. Und es erfüllt seinen Zweck, indem er meinen Arsch packt, ihn anhebt und mich langsam wieder nach unten gleiten lässt.

Nach ein paar verschiedenen Stellungswechseln finde ich schließlich einen Winkel, der es mir erlaubt, mich komplett auf Zade zu setzen, ohne das Gefühl zu haben, dass er meine Kehle erreicht. Mit diesem neuen Winkel trifft er genau die Stelle, an der er sich kurz zuvor noch vergangen hat.

Meine Zähne klappern und meine Nägel graben sich tiefer, während meine Bewegungen schneller werden.

Zade zieht mich an sich und lässt meinen Körper mit seinem eigenen verschmelzen. Ein Arm schlingt sich um meine Taille, während die andere Hand durch mein nasses Haar fährt, meinen Kopf zur Seite reißt und ihm Zugang zu meinem Hals verschafft.

Ich heule auf und meine Hüften bewegen sich wild und unkontrolliert, während seine Zähne in die empfindliche Haut unter meinem Ohr beißen. Meine Nippel reiben an seiner Brust und jagen köstliche Schauer direkt in meine Pussy.

»So ist es gut, Baby«, säuselt er mir ins Ohr. »Deine süße kleine Pussy umschließt meinen Schwanz so verdammt fest.«

Der Arm, der um meine Taille geschlungen war, klemmt jetzt zwischen unseren Körpern, bis sein Daumen meinen Kitzler erreicht. Mein Kopf fällt nach hinten und ich stoße einen wilden Schrei aus. Ich verdrehe meine Augen und ich kann von dem Orgasmus in meinem Bauch kaum noch atmen.

Es ist zu viel. Zu stark. Meine Bewegungen werden abgehackt und ungleichmäßig, während sich meine Mitte unerträglich anspannt.

»Zade«, knirsche ich mit zusammengebissenen Zähnen und Schweiß steht mir auf der Stirn. Ich weiß nicht, worum ich bitte, aber ich glaube, ich weiß, was ich brauche.

Die Erlösung, die er mir so fest versprochen hat.

Die Hand in meinem Haar greift fester zu, bis die Strähnen fast von meiner Kopfhaut reißen. Sein feuriger Blick fängt meinen ein und hält mich als Geisel, während ich höher und höher klettere – dem Höhepunkt immer näher.

»Lass mich spüren, wie du dich verliebst«, flüstert er.

Ich kann mich nicht mehr zurückhalten. Meine Sicht verdunkelt sich, die Lust blendet mich und der Orgasmus reißt alles in meinem Körper in Fetzen. Mein Kampf, meine Willenskraft und mein gottverdammtes Herz.

Ich schreie so laut, dass ich heiser werde.

»Fuck, Addie!«, schreit Zade und ich kann sehen, wie er seinen Kopf zurückwirft, wie sich die Adern in seinen Armen ausdehnen und bis zu seinem Hals wandern. Er fletscht die Zähne und ein Brüllen, das nur aus den Tiefen der Hölle kommen kann, vibriert durch das Auto.

Sein Schwanz wird unglaublich dick, dann hält er mich mit beiden Armen fest und zwingt mich, stillzuhalten, während er in mich stößt.

»Fuck, Addie, fuck«, stößt er aus zusammengebissenen Zähnen hervor, wobei er jedes Wort mit einem Schwung seiner Hüften unterstreicht. Meine Pussy melkt ihn staubtrocken, wringt jeden einzelnen Tropfen aus, bis ich unnatürlich voll von ihm bin. Sein Samen läuft aus mir heraus, als er sich zurückzieht, und das dicke Sperma rinnt an meinen Beinen hinunter wie die Regentropfen an den Fenstern.

Unser schweres Atmen und das Klopfen meines Herzens sind das Einzige, was ich noch hören kann.

Der Regen hat zu einem leichten Rinnsal nachgelassen, als wolle er mich verhöhnen. Denn als es noch regnete, war ich ruhig und entschlossen, während die Welt um mich herum heulte und tobte. Ich wollte ihn – ich war verrückt nach ihm – aber ich war mir sicher, dass ich ihn niemals lieben würde. Und jetzt, da der Regen nachgelassen hat, ist meine Entschlossenheit gebrochen und ich stehe mit einem schreienden Herzen und einer stummen Welt da.

3. April 1946

Ich habe Angst.
Ich weiß nicht, wie es so weit gekommen ist, aber nach dieser Nacht hat er den Verstand verloren.
Als ich ihm sagte, dass ich mich scheiden lassen will, verlor er vollkommen die Kontrolle.
Er ist so wütend geworden. So aggressiv. Er sagt, dass ich ihm gehöre. Dass keiner außer ihm mich haben kann.
Ich weiß nicht, was ich tun soll.
Ich habe einfach Angst.
Ich habe so große Angst.

Kapitel 35

Der Schatten

Sie ist nervös. Zappelig. Während sie mich vorhin aus Angst und Hass kaum ansehen konnte, liegt es jetzt daran, dass sie sich erinnert, in wie vielen verschiedenen Stellungen ich sie letzte Nacht gefickt habe.

Mein Schwanz tut verdammt weh. Ich glaube, ich habe noch nie so viel in einer Nacht gefickt, aber ich würde weitermachen, wenn es mich nicht in die Knie zwingen würde, wenn ich jetzt einen Steifen bekomme.

Letzte Nacht habe ich mich mehrmals vor Addie verneigt und ihre Pussy angebetet, genau wie ich es versprochen hatte. Aber dieses Mal würde ich mich vor Schmerzen verneigen und dafür beten, dass mein Schwanz nicht abfällt.

Addie und ich lehnen an der Brüstung ihres Balkons. Es ist ein ungewöhnlich warmer Tag, obwohl wir uns dem Winter nähern, also haben wir beide beschlossen, ihn zu genießen. Sie nippt an ihrem Kaffee, ihr Haar ist noch von gestern Abend zerzaust und kraus und weht sanft in der Brise.

Wir blieben bis zum Morgengrauen wach und entweder mein Schwanz, meine Finger oder meine Zunge füllten jederzeit eines ihrer Löcher. Wir hatten nur ein paar Stunden Schlaf bekommen, bevor mein Telefon klingelte.

Gestern Abend wurde ein weiteres Video geleaked und ich bin zu kaputt, um die Spannung aus Addies Muskeln herauszuarbeiten.

Dan hatte zwar gesagt, dass sie glauben, dass sie die Person, die die Videos veröffentlicht hat, gefasst haben, aber sie haben sich offensichtlich geirrt. Wer auch immer es war, er ist unglaublich mutig und ich bin sehr neugierig, wie er das macht, während die Organisation dabei zusieht.

Ich war gestern im *Savior's*, das heißt, das Video könnte am selben Abend gemacht worden sein. Die gleichen Kelche, die in den Videos verwendet werden, wurden auch an diesem Abend benutzt … und jetzt bin ich sicher, dass sie mit dem Blut eines unschuldigen Kindes gefüllt waren.

Während ich überteuerten Whiskey getrunken habe und mit einem Mann, den ich inzwischen verabscheue, diskutierte, lag ein Kind im Sterben und sein Blut floss in Kelche, aus denen geistesgestörte Männer trinken konnten.

Eine schwirrende Energie bildet sich unter der Oberfläche und es kostet mich Mühe, nicht aus der Haut zu fahren.

Ich muss von Addie wegkommen.

Denn wenn sie mich mit ihrer Attitüde oder ihrem üblichen Hass konfrontiert, glaube ich nicht, dass meine Antwort die sein wird, die sie verdient.

Als sie meine wachsende Wut spürt, stellt sie die Kaffeetasse auf einen kleinen Tisch mit einer toten Pflanze darauf.

Ich zeige auf sie. »Baby, wenn du schon eine Pflanze nicht am Leben halten kannst, wie willst du dann unsere Babys am Leben halten?«

Sie schlägt mir auf die Brust. »Komm runter, Zade. Keine Gespräche über Babys. So gefällst du mir nicht.«

Ich grinse, aber ihr Gesichtsausdruck wird nachdenklich, ein kleines Stirnrunzeln bildet sich zwischen ihren Augenbrauen. »Hast du jemals über Gigi und ihren Stalker nachgedacht und fandest es seltsam? Vielleicht sogar weit hergeholt?«

Als ich meinen Kopf neige, um meine Verwirrung zu signalisieren, leckt sie sich über die Lippen und fummelt an dem Gürtel ihres lilafarbenen Morgenmantels herum.

»Du weißt ja bereits, dass meine Urgroßmutter einen Stalker hatte. Einen, in den sie sich verliebt hat. Und jetzt tue ich das auch. Sie lebte im selben Haus und …«

»Verliebt?«, unterbreche ich sie und verziehe keine Miene, damit sie weiß, dass ich sie nicht aufziehe.

Sie sieht mich an und hebt leicht die Schultern, aber sie streitet es nicht ab. Keine wirkliche Antwort, aber ich lasse sie gelten.

»Es scheint einfach verrückt und … ich weiß nicht, unmöglich, denke ich.«

Ich lehne mich an das Geländer und neige meinen Kopf nach oben, bis ich ihre Augen sehe. Der Luftzug zerzaust wieder ihr Haar und die zimtfarbenen Strähnen tanzen im Wind.

»Glaubst du, dass du eine Wiedergeburt von Gigi bist, Addie? Und dass ich die Wiedergeburt von Ronaldo bin? Wir werden es wohl nie wirklich erfahren, oder? Es ist höchst unwahrscheinlich, aber nicht unmöglich. Aber ich kann nicht sagen, dass mir die Idee nicht gefällt.«

Ein kleines Grinsen macht sich auf ihrem Gesicht breit. »Dir gefällt nur der Gedanke, mich mehrere Leben lang zu verfolgen.«

Diesmal lächle ich und das kleine Leuchten in ihren Augen lässt meinen Schwanz steif werden.

Fuck, hör auf. Es tut weh.

Aber als ihre Zunge herausschnellt und ihre Lippen befeuchtet, ist mir der Schmerz egal. Meine Hand schnellt hervor, greift nach ihrem Hinterkopf und zieht sie an mich. Sie keucht, ihre rosafarbenen Lippen öffnen sich und in diesem Moment will ich nur noch meinen Schwanz durch sie hindurchschieben und zusehen, wie sie sich um mich schließen. Ich würde über Glas laufen, wenn das bedeuten würde, wieder Addies Mund ficken zu dürfen.

Sie kämpft, aber ich halte sie ruhig, ihre Hände stützen sich an dem Geländer ab, um ihr Gewicht zu tragen. Ihr lilafarbener Morgenmantel ist offen, aber nicht so weit, dass die Bisswunden, die ich letzte Nacht auf ihren Titten hinterlassen habe, zu sehen sind.

»Du hast recht. Ich liebe die Vorstellung, dich ein Leben lang zu stalken.« Ich senke meine Stimme, so tief wie ich meinen Schwanz in sie hineinschieben möchte. »Ich liebe auch die Möglichkeit, mich in jedem Leben in dich verliebt zu haben. Ich habe deine süße Pussy gefickt und dafür gesorgt, dass du dich genauso in mich verliebt hast wie ich mich in dich. Was habe ich dir gesagt, Little Mouse? Dass du mir nicht entkommen kannst. Wenn es wirklich wahr ist, dann habe ich dich durch Zeit und Raum gejagt und du konntest mir nie entkommen.«

Sie starrt mich an und scheint für einige Momente sprachlos zu sein, bevor sie wieder zu sich kommt. »Du weißt nicht einmal, ob das stimmt«, flüstert sie. »Oder wie viele Leben lang du mich schon stalkst.«

Ich packe ihre Haare und drehe sie, bis ihr Hintern an die Metallstange stößt. Ihre Hand umklammert meine, ihre Nägel kratzen über meine Haut, als sie sich gegen mich wehrt, aber das hält mich nicht davon ab, sie rückwärts über das Geländer zu beugen, sodass ihre Zehenspitzen kaum den Boden berühren.

»Was zur Hölle, Zade!«, kreischt sie, ihre rauchige Stimme bricht vor Angst. Aber meine kleine Maus steht still, ihre Brust bebt. Und dann breche ich fast zusammen.

Sie vertraut mir.

»Ruhig, Baby«, murmle ich. Ich halte eine Hand fest in ihrem Haar, während meine andere Hand über ihren Bauch gleitet. Ich schwebe über ihr und inspiziere jede Kurve und jedes Detail, das das Gesicht der Frau ausmacht, in die ich so verdammt verliebt bin.

Selbst mit ihren vor Panik geweiteten Augen ist sie das faszinierendste Geschöpf, das ich je gesehen habe.

Meine Finger wandern über ihre sommersprossigen Wangenknochen, ihren Kiefer hinunter und zu ihrem Hals. Ihr Atem stockt und ihr Puls rast. Ich kann mir ein Lächeln nicht verkneifen und freue mich über die Reaktion, die ich jedes Mal verursache, wenn ich sie berühre.

Ich fahre mit meinen Fingern zu ihrem geöffneten Bademantel hinunter, wo die Bisswunden auf ihren Titten nun voll zur Geltung kommen. Ein leises Brummen erklingt in meiner Brust und steigert sich zu einem Knurren, als ich ihren Mantel öffne, bis er komplett zur Seite fällt und ihre cremefarbene Haut und ihre rosigen Spitzen freilegt.

Sie ziehen sich im kühlen Wind zusammen und mir läuft das Wasser im Mund zusammen, weil ich unbedingt hineinbeißen möchte.

»Meine kleine, ahnungslose Maus, die jedes Leben lebt, ohne zu wissen, was auf sie zukommt. Du weißt nicht, dass ich mich nach dir sehne und in der Ferne warte, bis ich mich zu erkennen gebe.« Ich streiche mit meinen Lippen über ihr Schlüsselbein und wandere ihren Hals hinauf bis zu ihrem Ohr. »Seit Jahrhunderten. Wir beide tragen verschiedene Gesichter, wohnen in verschiedenen Körpern. Aber dieselben Seelen, die immer wieder miteinander kollidieren, bis dieser Planet zusammenbricht und unsere Seelen nirgendwo mehr hin können«, brumme ich amüsiert und genieße die Beschleunigung ihres Atems.

»Kannst du es dir vorstellen?«, frage ich sanft.

Ich zupfe an einem Nippel zwischen meinen Fingern und ein weiteres leises Stöhnen vibriert in meiner Brust. Sie zittert unter meiner Berührung, ihr kleines Keuchen ist verzweifelt und atemlos.

»Kannst du dir vorstellen, wie es sich anfühlen würde, meine Liebe so lange zu haben?«

Sie schluckt, ihre Augen sind auf das Wasser jenseits der Klippe gerichtet, während ein zittriger Atemzug ihre Lippen verlässt. »Weißt du, wie es sich anhört, zu ertrinken? So würde es sich anfühlen«, sagt sie mit heiserer und ungleichmäßiger Stimme.

»Sag mir, Baby. Wie klingt es, wenn man ertrinkt?«

»Wie der erste Atemzug, nachdem man unter Wasser gefangen war. Es ist ein Klang von Schmerz und Erleichterung zugleich. Von Verzweiflung und Verlangen. Wenn du so lange ohne Sauerstoff auskamst, ist dieser erste Atemzug das Einzige, was Sinn ergibt, und dein Körper nimmt ihn sich ohne Erlaubnis.«

»Ist das nicht das größte Schmerzempfinden, was du jemals gespürt hast?« Ich ziehe ihren Kopf näher an mich heran und entlocke ihr ein weiteres Keuchen, das über ihre Lippen huscht. »Du gehörst mir, Adeline«, knurre ich. »Es ist mir egal, ob wir wiedergeboren wurden oder nicht. Hier und jetzt ist es verdammt real. Und in *diesem* Leben gehörst du mir.«

Ich lasse sie los und sie verschwendet keine Zeit damit, um sich an das Haus zu klammern. Ihre Hände halten sich an der Hauswand fest, als hätte ich ihre Welt erschüttert und sie würde nach etwas greifen, das ihr Halt gibt.

Ich kann die Intensität spüren, die von mir ausstrahlt. Das Summen ist lauter geworden und ich bin mir nicht sicher, ob ich Addie ficken oder jemandem ins Gesicht schießen soll.

»Geht es dir gut?«, fragt sie leise und spürt den Aufruhr, der in mir tobt.

Ich schaue zu ihr hinüber und es scheint, als würde sie unter meinem Blick zusammenschrumpfen. Erst als ich das Zittern in ihren Händen bemerke, wird mir klar, dass ich sie anstarre.

»Fuck«, fluche ich und streiche mit einer Hand grob über mein Gesicht. Die hervortretenden Narben dienen lediglich als Erinnerung. »Es tut mir leid, Little Mouse. Ich habe heute Morgen beschissene Nachrichten bekommen. Ich bekomme *ständig* beschissene Nachrichten.«

Sie runzelt die Stirn, eine Falte bildet sich zwischen ihren Brauen.

Sie räuspert sich, schließt den Bademantel und kommt vorsichtig auf mich zu, während sie erneut an dem Gürtel herumfummelt.

Tapferes Mädchen.

Ihre Unbeholfenheit bringt mich beinahe zum Lächeln, aber ich fühle mich zu leer, um etwas anderes zu tun als zu starren.

»Willst du darüber reden?«, fragt sie schließlich und schaut zu mir auf, bevor sie nach ihrem Kaffee greift.

»Willst du es hören?«, frage ich zurück und ziehe eine Augenbraue hoch.

Eine rote Farbe steigt in ihre Wangen, aber sie hebt ihre Augen und hält sie fest auf mich gerichtet. »Ja.«

Dieses Mal bin ich es, der wegschaut. »Dazu gehört, dass du erfährst, womit ich mein Geld verdiene. Nämlich Menschen zu töten.«

Sie stößt einen zittrigen Atemzug aus, aber anstatt sich zurückzuziehen, wie ich erwartet hatte, nickt sie nur. »Okay.«

Dieses eine Wort, das nur aus vier Buchstaben bestand, bedeutete mir mehr, als sie sich je vorstellen könnte.

»Dir wird nicht gefallen, was du hörst«, argumentiere ich und zum ersten Mal glaube ich, dass ich nach einer Ausrede suche, um es ihr nicht zu sagen. Ich war immer ehrlich zu ihr, aber im Moment glaube ich nicht, dass ich mit ihrer boshaften Ablehnung umgehen kann.

»Vielleicht nicht«, gibt sie zu. »Aber du hast vorhin gesagt, dass du Frauen und Kinder rettest. War das nicht wahr?«

Ich fixiere sie mit meinem Starren, um zu verdeutlichen, wie ernst ich es meine. »Das ist es, was ich tue. Alles, was ich dir gesagt habe, entspricht vollkommen der Wahrheit. Ich bin nur nicht ins Detail gegangen, was ich tue, wenn ich sie erst einmal erwischt habe.«

»Sie foltern«, vermutet sie leichtfertig. Diese vier Politiker haben die Wahrheit ans Licht gebracht.

Sie hält inne und ihre karamellfarbenen Augen bohren sich in mich. Sie kaut abwesend auf ihrer Lippe und denkt über irgendetwas nach, wie es scheint. Wie auch immer sie sich entscheidet, sie nickt leicht zu sich selbst.

Ich bin sehr neugierig, was in ihrem Kopf vor sich geht.

»Sag es mir«, sagt sie mit festem und unnachgiebigem Ton. »Ich will alles wissen … über dich.« Sie beendet ihren Satz mit einem

Kräuseln ihrer Nase, als ob sie nie damit gerechnet hätte, so etwas zu sagen. Das zaubert ein kleines Grinsen auf mein Gesicht.

»Du meinst, abgesehen davon, wie es sich anfühlt, meinen Schwanz in jedem Loch deines Körpers zu haben?«

Sie verzieht leicht das Gesicht und ihre Wangen erröten. »Das hast du nicht«, schnauzt sie.

»Bis jetzt«, verspreche ich. Ich habe sie noch nicht in den Arsch genommen, aber das habe ich fest vor. Bald.

»Zade, konzentriere dich«, zischt sie. Aber ihre verkrampften Schenkel und ihre geweiteten Augen bleiben nicht unbemerkt.

Ich schaue zur Seite und starre auf die Bucht hinaus. Ich konzentriere mich auf etwas Alltägliches, obwohl das Wasser im Sonnenlicht so schön glitzert.

Alles ist alltäglich, wenn Addie dabei ist.

Es gibt ein kleines Dickicht von Bäumen, das zur Klippe hinaufführt. Die krummen Äste sind kahl und strecken sich in den Himmel, als würden sie wieder um Leben betteln. Sie sind am Sterben, und das ahmt das nach, was ich gerade in meinem Inneren fühle.

»Ich ziele auf bestimmte Leute ab. Politiker. Berühmtheiten. Geschäftsleute. Menschen in Machtpositionen oder das Geld haben. Und sogar Leute, die ganz unten stehen und alles tun, um über die Runden zu kommen. Letztendlich spielt es keine Rolle, welchen Beruf sie ausüben oder wie viel Geld sie haben, denn sie sind alle gleich. Sie alle sind Menschenhändler. Seit Jahren nehme ich Pädophile ins Visier und merze sie aus. Ich rette die Mädchen und Kinder und schicke sie entweder zurück zu ihren Familien oder an einen geheimen Ort, wo sie den Rest ihres Lebens in Sicherheit verbringen können. Aber vor etwa neun Monaten wurde ein Video geleaked, das ein sadistisches Ritual zeigt. Sie opferten ein Kind und tranken sein Blut. Seitdem sind ein paar weitere Videos geleaked worden, darunter auch eines von letzter Nacht.« Ich halte inne, bewege meinen Kiefer und versuche, die Fassung wiederzuerlangen, die mir langsam entgleitet.

Ich atme tief aus und fahre fort. »Ich habe dir bereits gesagt, dass Mark im ersten Video zu sehen war, deshalb habe ich ihn und die drei anderen Männer, die ich getötet habe, ins Visier genommen. Alle vier haben das Ritual durchgeführt. In der Nacht, in der ich Mark getötet habe, hat er mir den Ort verraten, also bin ich gestern dorthin gegangen, um mich einzuschleusen, Vertrauen zu gewinnen und in das Verlies eingeladen zu werden. Mir ist aufgefallen, dass Dans Shirt durchnässt war.«

Ich halte inne und bin fast blind vor Wut, als ich zugebe: »Ich glaube, dieses Video ist von letzter Nacht, und sie trugen noch immer das Blut ihres letzten Opfers mit sich.«

Die Kaffeetasse scheppert gegen den Metalltisch und kippt fast um, als Addie versucht, sie abzustellen. Ihre Hand zittert stark und sieht aus wie ein Stück Keramik, das auseinanderbricht.

»What the fuck«, haucht sie und ihre Augen sind vor Schock und Abscheu geweitet. Aber sie wendet sich nicht von mir ab, als sie sagt: »Zade, du konntest nicht wissen, dass das passiert. Dafür kannst du dir nicht die Schuld geben.«

Ich beiße die Zähne zusammen, um das Knurren zu verhindern, das mein Gesicht einzunehmen droht, der Muskel in meinem Kiefer droht zu platzen. »Fuck, das tue ich aber!«, schnauze ich.

Sie zuckt zusammen und ihr Gesicht wird sanfter.

»Ich habe Z nicht aufgebaut und bin nicht zu dem geworden, was ich heute bin, um zuzulassen, dass ein Kind direkt unter mir geopfert wird. Und zu sehen, wie kranke Wichser sein Blut trinken, als wäre es verdammtes Wasser.«

Tränen bilden sich in ihren Augen, aber sie schweigt, während ich versuche, mich zu beruhigen.

»Ich setze mich seit fast sechs Jahren für die Ausrottung des Menschenhandels ein. Seattle ist zufällig ein Hauptort für Pädophile, aber in Wirklichkeit gibt es sie überall. Und ich habe vor, sie alle zu vernichten. Oder so viele, wie ich kann, bis es mich erwischt.«

Addie spricht nicht. Sie starrt in ihren fast leeren Kaffee, als wäre er ein 8er-Ball, der ihr die Antwort geben könnte, nach der sie sucht.

Nach ein paar Augenblicken schaut sie zu mir auf, mit einem unleserlichen Ausdruck auf ihrem sommersprossigen Gesicht.

»Warum«, flüstert sie. »Warum hast du dich entschieden, dein Leben in Gefahr zu bringen und diese Menschen zu jagen und zu töten? Warum hast du dich dazu entschlossen, das zu tun?«

Ihr Tonfall ist nicht von Verurteilung geprägt, sondern von dem Bedürfnis, zu verstehen.

Aber ich bin mir nicht sicher, ob meine Antwort ihr das Verständnis gibt, um das sie bittet. »Weil ich es will, Baby.«

Ihre Augenbrauen springen vor Überraschung, weil sie meine Antwort nicht erwartet hat.

»Du erwartest von mir, dass ich dir einen legitimen Grund nenne, warum ich diesen Lebensweg eingeschlagen habe. Vielleicht hatte ich eine Schwester oder eine Mutter, die gekidnappt und verkauft wurde. Vielleicht war ich das selbst. Aber nichts von all dem ist der Fall. Als ich von Menschenhandel und dem Ausmaß seiner Verdorbenheit erfuhr, war ich angewidert. Und ich verfüge über die Fähigkeit, etwas dagegen zu tun, also tue ich es. Ich rette unschuldige Menschen, weil ich es will. Und ich foltere und ermorde die Bösen, weil ich es will.«

Ihre Augen weiten sich vor Überraschung, als ich mich auf sie zubewege. Sie weicht nicht vor mir zurück, aber ich sehe, wie sich die Anspannung in ihren Schultern wie Gewitterwolken entlädt.

Ich packe sie im Nacken und ziehe sie an mich. Sie stolpert und stützt sich mit ihren Händen auf meiner Brust ab. Ihre Atmung hat sich beschleunigt, die kurzen Atemzüge entweichen durch ihre vollen, geprellten Lippen.

Ich lehne mich nah an sie heran und vergewissere mich, dass ihre Augen auf meine gerichtet sind, während ich sage: »Und der Grund, warum ich dich stalke, Little Mouse, ist, weil ich es will. Alles, was ich im Leben tue, ist *meine* Entscheidung. Ich wähle meine Moral. Ich wähle die, die es wert sind, gerettet zu werden, und die, die es wert sind, getötet zu werden. Und ich wähle dich. Wenn du eine tragische Geschichte erwartest, wirst du keine bekommen. Meine Eltern waren unglaubliche Menschen, die mich geliebt und unterstützt haben. Sie starben bei einem Autounfall, als ich siebzehn war. Ich habe ein Jahr lang bei dem besten Freund meines Vaters gelebt – meinem Patenonkel – bevor ich Informatik studiert und meine Karriere als Hacker begonnnen habe. Der Tod meiner Eltern war herzzerreißend, aber ein Unfall. Abgesehen davon, dass ich sie verloren habe, ist mir nie etwas wirklich Schlimmes passiert, das mich dazu gebracht hätte, böse Menschen abzuschlachten, um meinen Lebensunterhalt zu verdienen. Ich treffe meine eigenen Entscheidungen im Leben, Addie. Mehr gibt es dazu nicht zu sagen.«

Sie schluckt und ihre Augen huschen zwischen meinen hin und her. Langsam hebt sie ihre Hand und fährt mit einem Finger leicht über die Narbe an meinem Auge. Ich spanne meinen Kiefer an und genieße das Feuer, das ihr Finger hinterlässt.

Ungeachtet der Ernsthaftigkeit des Gesprächs wird mein Schwanz in meiner Jeans hart wie Stahl. Ich bin versucht, den Reißverschluss zu öffnen, sie über das Geländer zu beugen und sie genau hier zu nehmen.

Aber ich weiß, dass wir beide inzwischen unglaublich erschöpft sind, und ich würde sofort wieder in meinen düsteren Gedanken versinken, sobald ich mich von ihr gelöst hätte.

Addie hat das nicht verdient. Sie hat es nicht verdient, dass ihr Körper benutzt wird, damit ich meinen Dämonen entkommen kann.

»Und deine Narben?«

»Das erste Mal, als ich in einen Pädophilen-Ring eingedrungen bin. Einer der Ringführer war ein brutaler Kerl und kannte sich mit Messerkämpfen aus. Er hat mich ordentlich aufgeschlitzt. Das war die Lektion, die ich brauchte, um zu lernen, wie ich mich verteidigen und richtig kämpfen kann. Seitdem ist kein Mann mehr an mich herangekommen. Ich trage diese Narben mit Stolz, denn am Ende habe ich gewonnen und jeder Unschuldige in diesem Gebäude ist sicher nach Hause gekommen.«

»Aber sie verfolgen dich immer noch.«

Ich nicke einmal. »Das tun sie.«

Es war das erste Mal, dass ich mit der Möglichkeit des Scheiterns konfrontiert wurde. Und dieses Gefühl hat mich nie ganz losgelassen. Es ist das Gefühl, das sich mir jedes Mal, wenn ich in einen Ring eindringe, wie ein schlechtes Tattoo aufdrückt.

Ihre Hand fällt runter und baumelt locker an ihrer Seite, während sie mich ansieht. Ich starre zurück und jeder von uns versucht, den anderen zu lesen. Herauszufinden, was der andere denkt. Fühlt.

»Eine letzte Frage«, meint sie zögernd.

»Frag mich so viele, wie du willst.«

»Die Rosen. Warum die Rosen?«

Ich lächle. Ich hatte darauf gewartet, dass sie mich nach diesen Dingen fragt. »Meine Mutter. Ihre Lieblingsblumen waren Rosen. Sie hatte sie immer im ganzen Haus verteilt und die Dornen entfernt, damit ich mich nicht verletzen konnte. Eines Tages sagte ich ihr, dass ich traurig sein würde, wenn sie stirbt, weil alle Rosen mit ihr sterben würden. Also hat sie mir eine Plastikrose geschenkt und mir gesagt, solange ich diese Rose hätte, würde sie nie wirklich weg sein.« Ich zucke mit den Schultern. »Ich schätze, ich wollte auch überall in deinem Haus Rosen sehen. Vielleicht, weil du dich wie ein Zuhause anfühlst.«

Sie atmet scharf ein und scheint von meinen Worten verblüfft zu sein. Ihre schönen Augen sind auf meine gerichtet, und in ihnen spiegeln sich sowohl Schock als auch unbändiger Hunger.

Sie leckt sich über die Lippen und gibt leise zu: »Es wird eine Weile dauern, bis ich einige Dinge akzeptieren kann, Zade. Ich kann dir nicht sagen, wie lange ich brauchen werde, aber ich kann dir sagen, dass ich es versuchen werde. Was ich aber definitiv akzeptieren kann, ist, dass du die Kinder und Mädchen rettest.«

Ihre Lippe zittert. Bevor ich sie zwischen die Zähne nehmen kann, saugt sie sie zwischen ihren eigenen.

Nach ein paar Sekunden fährt sie fort. »Ich bewundere dich mehr, als ich sagen kann, weil du einer von viel zu wenigen Menschen bist, die bereit sind, tatsächlich etwas zu tun, um sie zu retten. Die Welt braucht mehr Menschen wie dich, Zade.«

»Vielleicht«, murmle ich, gebe nach und drücke ihr einen sanften Kuss auf den Mundwinkel. »Und alles, was ich brauche, bist du.«

Ihre Augen schließen sich und sie nickt sich selbst zu. Ich weiß nicht, zu welchem Schluss sie in ihrem hübschen Köpfchen kommt, aber als sie ihre Augen öffnet und zu mir aufblickt, sieht es ein bisschen so aus, als würde sie mich auch brauchen.

Meine Hand gleitet in ihr Haar und gerade als ich den Abstand reduziere, dringt eine Stimme durch Addies Schlafzimmertür.

»Wer ist bereit für eine Morduntersu–« Dic lautc Stimme verstummt und wird durch ein lautes Keuchen ersetzt.

Meine und Addies Köpfe drehen sich beide gleichzeitig um. Mit einer Mischung aus Unglauben und Wut steht Addies beste Freundin in ihrem Schlafzimmer.

»Hallo, Daya«, begrüße ich sie und setze meine Maske auf, während ich lächle und mich von Addie entferne.

Meine kleine Maus ist beschämt. Ich bemerke den Anflug von Scham, aber das war zu erwarten. Es wird einige Zeit in Anspruch nehmen, bis Addie wirklich akzeptiert, dass sie ihrem Stalker nachgegeben hat.

»Was zur Hölle? Ist er das?«

Mein Grinsen wird breiter und ich drehe mich zu Addie um. »Hast du über mich getratscht, Little Mouse? Hast du ihr erzählt, wie groß mein Schwanz ist?«

Addies Augen weiten sich. Ihre Hand krümmt sich und schlägt direkt gegen meine Brust. Es fühlt sich an, als hätte sie gerade eine Scheibe Brot nach mir geworfen.

»Arschloch! Nein!«

Wäre da nicht diese kleine Faust, die auf mich zufliegt, wäre das laute Aufstampfen ein deutlicher Hinweis auf den Sturm, der mich erwartet.

Ich drehe mich um und weiche ihrer fliegenden Faust aus. Diese hat wesentlich mehr Wucht. Das hätte sich anfühlen können wie ein ganzer Laib Brot.

Ich weiß, dass das Mädchen zuschlagen kann, aber Fäuste machen mir nichts mehr aus. Ich habe mich bereits zu sehr an den Biss einer Kugel gewöhnt.

Ich lache und packe Daya am Arm, bevor sie mit dem Arsch über die Teetasse auf den Balkon fliegt.

Mit eingeschlagenem Gesicht und aufgeschlagenem Schädel würde sie nicht so hübsch aussehen.

»Verdammt, ihr beide seid heute aufgewacht und habt euch für Gewalt entschieden, was?« Daya reißt ihren Arm aus meiner Hand und starrt mich wütend an, ihre hübschen, grünen Augen voller Zorn. Dann wendet sie sich an Addie. »Ich dachte, wir hassen ihn.«

Ich ziehe eine Augenbraue hoch, starre Addie ebenfalls an und warte auf ihre Antwort. Im Moment kann sie lügen und sagen, dass sie es immer noch tut. Ich kenne die Wahrheit, und das ist, was wirklich zählt. Ich habe nur ein einziges Gefühl in meinem Körper, und das hängt mit dem sommersprossigen Mädchen zusammen, das aussieht, als hätte es einen Schlaganfall. Um es zu verletzen, braucht es mehr, als dass sie ihre beste Freundin anlügt.

Addies Gesicht ist rot und ihr Mund verzieht sich, aber es kommen keine Worte heraus. Möglicherweise erleidet sie sogar einen Herzstillstand.

Daya wirft mir einen scharfen Blick zu und öffnet den Mund, aber ich unterbreche sie: »Ich wäre sehr vorsichtig mit der Wahl deiner Worte und schwingenden Gliedmaßen. Ich bin derjenige, der deine Gehaltsschecks unterschreibt.«

Ihre Augen weiten sich verblüfft. »Du bist es also tatsächlich. Du bist Z?«, fordert sie.

»Was? Entspricht mein Gesicht etwa nicht deinen Erwartungen?«

Der Blick, der sich auf Dayas Gesicht bildet, ist pure Unterhaltung. Ich schwöre, so einen Scheiß gibt es nicht mal mehr im Fernsehen.

Sie sucht verzweifelt nach einer Antwort, aber es gelingt ihr nicht. Alles, was sie tun kann, ist einfach nur zu starren.

»Ich hoffe, du verstehst, dass Addie nie wirklich eine Chance hatte. Nimm es ihr nicht übel.«

Addie verschränkt die Arme und findet endlich ihre Stimme wieder. Alles, was ich tun musste, war, sie zu verärgern. »Ich treffe meine eigenen Entscheidungen, Zade. Hör auf, so zu tun, als ob ich keine Wahl hätte.«

Ich lächle nur und lasse sie denken, was sie will. Was auch immer ihre Pussy dazu bringt, sich wieder bereitwillig, um meinen Schwanz zu schließen.

»Du wusstest, dass ich bereits einen Verdacht hatte, Addie. Warum hast du es mir nicht einfach gesagt?« Diesmal ist Dayas Stimme weicher, voller Schmerz und Traurigkeit.

Addies Gesicht verzieht sich und das ist mein Zeichen zu gehen. »Es tut mir wirklich leid. Ich war mir nicht sicher, wie ich überhaupt erklären sollte, was zwischen ihm und mir passiert ist.«

Ich trete einen Schritt zurück und ziehe ihrer beider Blicke auf mich. »Ich muss mich um das Video kümmern. Ich habe bereits Männer vor dem Grundstück stationiert.«

»Was zur Hölle? Warum? Ich habe keine Männer gesehen«, fragt Daya und ihre Augen weiten sich alarmiert.

»Sie sind nicht dazu bestimmt, gesehen zu werden, Daya. Das weißt du doch, oder?« Als sie mit den Zähnen knirscht, fahre ich fort. »Ihr beide küsst und vertragt euch. Ich vertraue auf dein Urteilsvermögen, also was auch immer du preisgeben willst, du hast meine Erlaubnis.«

Addie beißt sich auf die Unterlippe und blickt ihre beste Freundin schuldbewusst an.

»Wir sehen uns später, Little Mouse.« Ich zwinkere ihr verführerisch zu und sie verengt daraufhin die Augen.

Daya stottert, aber ich bin aus der Tür, bevor sie wieder lernen kann, zu sprechen. Ich habe weitaus dringendere Angelegenheiten zu erledigen als Dayas neu entwickelten Sprachfehler.

Kapitel 36

Die Manipulatorin

Ich schaue auf meine Hände hinunter wie ein getadeltes Kind. Nach dem Besuch auf dem Jahrmarkt hatte ich zugegeben, dass Zade und ich Sex gehabt hatten, aber ich hatte ihr seine Identität immer noch nicht bestätigt, und sie hatte nicht danach gefragt. Ich glaube, sie war zu besorgt um meine geistige Gesundheit, um darüber nachzudenken. Zurecht.

Hätte ich Daya einfach offen gesagt, dass ich ihr keine Details über Zade und Mark erzählen kann, hätte sie es wohl akzeptiert. Es war die Lüge, die sie am meisten verletzt hat.

Sie folgte mir hinunter in die Küche, ihr zorniger Blick brannte mir dabei die ganze Zeit über im Hinterkopf. Und jetzt starrt sie mich von der anderen Seite der Kücheninsel an.

»Wie lange weißt du es schon? Und warum sind diese Männer vor dem Haus stationiert? Und er vertraut dir, dass du mir *was* sagst?«

Ich beiße mir auf die Lippe. »Für eine kurze Zeit«, gestehe ich. »Hör zu, ich habe nichts gesagt, weil seine Beziehung zu Mark streng geheim ist. Ich wollte nicht, dass du immer wieder Fragen stellst, die ich nicht sicher beantworten kann. Es war nicht meine Geschichte, die ich erzählen wollte, und was er tut, ist unglaublich heikel.«

»Wusstest du, wer er ist, als ich dich vor *Satan's Affair* nach ihm gefragt habe?«

Ich zucke zusammen und nicke, um zu bestätigen, was sie bereits wusste. In ihren Augen blitzt Schmerz auf und ich möchte nur noch weinen – die Schuld, die ich mit mir herumtrage, weil ich sie belogen habe, blutet aus jeder Pore.

Sie stößt ihren Atem aus und nickt, um meine Antwort als das zu akzeptieren, was sie ist. »Okay, gut. Kannst du es mir jetzt erzählen?«

Ich beginne ihr Zades Mission zu erklären, außerhalb der Zerschlagung von Pädophilen-Ringen. Über die kranken Rituale, die an kleinen Kindern durchgeführt werden, und davon, wie hart Zade daran gearbeitet hat, den Ort zu finden und dass er ihn vernichten will. Daya hört mir aufmerksam zu und ihre Miene verfinstert sich, als ich ihr erkläre, was unschuldigen Kindern angetan wird, abgesehen von Folter und Menschenhandel.

Als ob das nicht schon schlimm genug wäre.

»Ich würde gern sagen, dass ich überrascht bin, aber das bin ich nicht«, murmelt Daya und spielt mit dem Ring in ihrer Nase herum. »Also hat Zade Mark wegen dieser Rituale getötet?«

»Nicht genau, aber es hat definitiv eine Rolle gespielt. Weißt du noch, als wir ihn bei *Satan's Affair* gesehen haben?«

Als sie nickt, fahre ich fort. »Anscheinend hatte Mark es in dieser Nacht auf uns abgesehen und jemanden angefordert, der … uns entführen sollte.«

Ich erkläre, welche Rolle Zade in dieser Nacht gespielt und wie er dafür gesorgt hat, dass sie und ich nicht auf dem Rücksitz eines Transporters landeten. Noch schlimmer ist, dass die Organisation mir eine Zielscheibe auf den Kopf gesetzt hat und Mark versucht hat, diese Mission zu erfüllen.

Während ich ihr alles erzähle, was ich weiß, starrt Daya mich mit einem düsteren Gesichtsausdruck an. Als ich fertig bin, bleibt sie still. Nach der Hälfte der Geschichte habe ich uns beiden einen Shot Wodka eingeschenkt. Wir brauchten beide den flüssigen Mut, um zu erfahren, wie beschissen diese Welt sein kann.

»Auch ich werde ein Auge auf dich werfen«, sagt Daya nach

einer Weile. Es war still geworden und je länger es dauerte, desto mehr befürchtete ich, dass sie wieder gehen würde.

Ich habe sie verletzt.

»Das musst du nicht tun«, sage ich mit leiser Stimme.

»Es scheint so«, seufzt sie und zieht die Stirn in Falten.

»Es tut mir leid«, entschuldige ich mich erneut. »Seit er in mein Leben getreten ist, geht es drunter und drüber, und ich hatte kaum Zeit, das alles zu verarbeiten. Ganz zu schweigen davon, dass ich immer noch nicht weiß, wie ich ihn … verarbeiten soll. Und ich glaube, ich wollte nur so tun, als würde ich mit einem Stalker so umgehen, wie ich es tun sollte. Nicht, indem ich losziehe und … na ja.«

»Ihn fickst?«, beendet Daya das Gespräch mit strenger Stimme.

Ich zucke zusammen und beiße mir auf die Lippe, um den Stachel ihrer Worte zu bekämpfen. Ich habe es verdient.

»Ja«, flüstere ich.

Dayas Schultern sinken. »Es tut mir leid, das hast du nicht verdient«, sagt sie, als hätte sie meine Gedanken gelesen. »Ich bin nicht sauer auf dich wegen deiner Beziehung zu Z, Addie. Ich meine, ich verstehe es nicht … Ich verstehe nicht, wie jemand akzeptieren kann, dass sein Liebhaber ein Stalker ist. Ich glaube auch nicht, dass das die Voraussetzungen für eine gesunde Beziehung sind. Der Kerl hat offensichtlich Probleme.«

Ich nicke und stimme ihrer Einschätzung zu. Was sie sagt, sind dieselben Dinge, die ich selbst schon gedacht habe.

»Aber zu wissen, dass Z dein Stalker ist, beruhigt mich seltsamerweise. Ich habe ihn nie persönlich kennengelernt, *offensichtlich*. Ich wusste nicht einmal, wie er aussieht, aber was er tut, ist … unglaublich bewundernswert. Er setzt jeden Tag sein Leben aufs Spiel, begibt sich selbst in die Höhle des Löwen und rettet eine Menge unschuldiger Seelen. Er hat schon unzähligen Menschen geholfen und so viele Ringe zur Strecke gebracht. Und ich muss nicht sehen, was die Videos zeigen, um zu wissen, dass Z sie sich zu Herzen nimmt.«

Sie seufzt und ein spöttisches Lächeln blitzt in ihrem Gesicht auf. »Er stalkt Leute, um seinen Lebensunterhalt zu verdienen, also ist es wohl keine Überraschung, dass die Tendenz auch in sein Liebesleben übergeschwappt ist.«

Ich verziehe das Gesicht, um ihr zu zeigen, wie unbeeindruckt ich davon bin, dass er seine Arbeitsgewohnheiten nicht dort behält, wo sie hingehören.

»Und ich verstehe, warum du es mir nicht gesagt hast«, sagt sie sanft. »Mark hat dich von Anfang an in eine ziemlich beschissene Situation gebracht, und ich verstehe besser als die meisten, wie vorsichtig man mit einer solchen Situation umgehen muss. Ich hätte es verstanden, wenn du das von Anfang an gesagt hättest.« Sie wirft mir einen Blick zu. »Aber ich verstehe schon. Du bist diese dunkle Ecke der Welt nicht gewohnt, also kann ich nicht erwarten, dass du weißt, wie man damit umgeht.«

Mein Körper entspannt sich durch ihre Akzeptanz und nimmt mir die Last, die auf meinen Schultern ruht. Ich kann es nicht ertragen, wenn Daya sauer auf mich ist. Ich würde jederzeit Zade wählen, der mir eine Waffe ins Gesicht hält, als die Wut meiner besten Freundin.

»Daya, ich will nur, dass du weißt, dass es nicht daran lag, dass ich dir nicht vertraut habe. Und es tut mir so leid, dass ich gelogen habe. Die Beziehung zu Zade stellt meine Moral auf die Probe, und ich weiß immer noch nicht, was ich von allem halten soll. Ich meine, sich zu verlie-« Ich unterbreche mich selbst, meine Zähne zittern vor Anstrengung. Ich spüre, wie das Blut aus meinem Gesicht fließt, während ich die Worte wieder hinunterschlucke.

»Hast du …«

»Nein«, unterbreche ich sie, aber die Antwort war zu schnell und bissig, um wahr zu sein.

Daya blinzelt, eine Reihe von Emotionen erscheinen in ihren weisen Augen, aber sie hat Mitleid mit mir und drängt mich nicht.

»Nun, was immer es ist, ich glaube, ich kann es dir nicht verübeln, dass du ihm nicht widerstehen konntest.« Sie zeigt ein breites Grinsen. »Er ist *wirklich* heiß und du musstest *wirklich* mal wieder flachgelegt werden.« Ich finde einen zufälligen Umschlag auf der Kücheninsel und werfe ihn ihr als Antwort zu.

Sie lacht nur und weicht dem Umschlag aus.

»Bitch«, murmle ich und bringe sie zum Lachen. Was ich ihr nicht sagen werde, ist, dass der Sex mit Zade weit mehr ist als nur Sex. Er ist nicht nur unglaublich intensiv, es ist eine wahre Wandlung. Als ich das Spiegelkabinett verließ, war ich ein völlig anderer Mensch. Und nach der letzten Nacht glaube ich nicht, dass ich jemals wieder zu der Adeline Reilly vor Zade zurückkehren kann.

»Hast du etwas von Max gehört?«, frage ich, wobei die einfache Frage den leichten Tonfall erstickt.

Daya zuckt mit einer Schulter. »Nein, eigentlich nicht. Seitdem er uns in dem Restaurant besucht hat, habe ich nichts mehr von ihm gehört. Oder von den Zwillingen.«

Ich nicke und sage: »Zade hat mehrmals angedeutet, dass er sich um sie gekümmert hat, aber ich bin mir nicht sicher, was das genau bedeutet. Ich habe gar nicht daran gedacht, zu fragen, so sehr war ich mit meinen Gedanken bei allem anderen. Denkst du, sie sind tot?«

Sie kaut auf ihrer Lippe, zuckt mit den Schultern und wirkt ein bisschen unbehaglich. Ihre beste Freundin hat einen Serienmörder zum … Ich weiß nicht, was er ist. Ein Freund? Liebhaber? Ekelhaft, nein. Bevor ich einen Mann als meinen Liebhaber bezeichne, möge Gott mich strafen.

Was auch immer er ist, er ist verrückt.

Aber ich glaube, sie weiß das vielleicht sogar besser als ich, da er ihr Chef ist. Ich bin mir sicher, dass sie die kleinsten Details von Zades Operationen kennt, wenn er die Mädchen herausholt.

»Ich glaube nicht, dass sie es sind, aber ich werde es herausfinden. Auf jeden Fall haben sie uns in Ruhe gelassen und ich bin froh darüber.«

Ich nicke zustimmend. Ich kann auch nicht sagen, dass es mich stört.

Daya macht einen Schritt auf die Kaffeekanne zu, als sie auf den Umschlag tritt, den ich ihr zugeworfen habe. Sie hält inne, hebt ihn vom Boden auf und legt ihn auf die Kücheninsel. Das ist der Moment, in dem ich bemerke, dass es ein seltsamer Umschlag ist. Er ist verdammt dick, als ob er bis zum Rand mit Papieren oder ähnlichem vollgestopft wäre.

Meine Augenbrauen ziehen sich verwundert zusammen. Als Daya meinen Gesichtsausdruck bemerkt, wendet sie sich wieder mir zu. »Was ist das?«

Meine Adresse ist handgeschrieben, aber es steht kein Absender drauf.

»Ich weiß es nicht«, murmle ich und beäuge den Umschlag, als wäre er eine Bombe. Ich kann mir das Gefühl nicht genau erklären, aber Angst sammelt sich in meiner Magengrube.

Vorsichtig öffne ich ihn, greife den dicken Stapel Papiere und ziehe ihn heraus. Aber es sind nicht nur Papiere. Dutzende von Fotos fallen heraus, zusammen mit einem verwitterten Zettel.

Daya und ich starren einander an und unsere Blicke treffen sich mit gegenseitiger Verwirrung und Zögern.

Ich nehme die Bilder als Erstes in die Hand und erkenne sofort eine jüngere Version von Gigi auf ihnen. Auf den meisten Bildern starren mich ihre lächelnden roten Lippen an, und auf allen Fotos ist derselbe Mann zu sehen.

»Wer ist das?«, murmle ich, ohne im Moment eine wirkliche Antwort zu erwarten. Ich erkenne den Mann nicht. Er befindet sich auf keinem der Fotos, die an der Wand hingen, als ich eingezogen bin.

Als ich das Haus erst einmal renoviert hatte, beschloss ich, sie alle abzunehmen. Ich hatte beschlossen, dass sie mich nach dem Debakel mit Greyson genug verurteilt hatten.

Zade hat mich gestern Abend im Flur gefickt – weiter kamen wir nicht, bevor er mich an die Wand drückte und mich von hinten nahm. Als Zade und ich heute Morgen das Schlafzimmer verließen, stellten wir beide fest, dass ich mit den Nägeln die

Farbe abgekratzt hatte. Das war mein einziger Anker, denn seine Hand hatte mein Haar fest im Griff, beugte meinen Körper nach hinten und benutzte es als Seil, während er mich unerbittlich fickte. Nach diesem Orgasmus brach ich zusammen und er war gezwungen, mich auf dem Teppich zu ficken, genau in der Mitte des Flurs.

Ich werde diese Spuren auf dem Teppich oder an der Wand nie wieder so sehen wie vorher.

Also kann ich mir nur ausmalen, wie verurteilend ihre eiskalten Augen wären, nachdem sie ihre Nachfahrin diesmal nicht nur gesehen haben, wie sie durchgenommen wurde, sondern das auch noch von ihrem Stalker.

Gott sei Dank habe ich sie abgenommen.

»Steht da irgendetwas auf der Rückseite?«, fragt Daya und dreht selbst ein paar Fotos um, um nachzusehen. Ich drehe meines um und sehe ein Datum.

8. Januar 1944.

Einige Monate zuvor hatte Gigi angefangen, über ihren Stalker zu schreiben.

Auf dem Bild ist Gigi zu sehen, die strahlend in die Kamera lächelt. Ihr Haar ist zu Locken hochgesteckt, wie man sie nur in den 40er-Jahren sah. Neben ihr hat der unbekannte Mann einen Arm locker um sie geschlungen und lächelt leicht. Irgendetwas an ihm kommt mir bekannt vor, aber ich kann es nicht genau zuordnen.

»Hier stehen keine Namen drauf«, stelle ich fest und drehe ein paar weitere Bilder um. Alle haben ein Datum, aber keine Notiz, das die Identität des Mannes verrät.

Wir breiten die Fotos aus und ordnen sie in chronologischer Reihenfolge an. Das letzte Bild entstand zwei Wochen vor ihrem Tod.

Gigi wirkt, als hätte sie sich in sich selbst zurückgezogen, sie erscheint zusammengekauert und klein, während sie ein Glas Wein hält. Ihr Lächeln ist angestrengt, während der geheimnisvolle Mann neben ihr steht und mit zusammengekniffenen Augenbrauen und Stirnrunzeln auf sie herabblickt. Zu diesem Zeitpunkt fürchtete sie bereits um ihr Leben.

Aber wegen des Mannes auf den Bildern oder wegen jemand anderem?

Als Nächstes hebe ich den verwitterten Brief auf. Er ist an Gigi adressiert.

Meine Genevieve,

es schmerzt mich, diesen Brief zu schreiben. Ich sitze hier und trauere. Um das, was hätte sein können. Um das, was noch sein könnte, aber du dich dagegen wehrst, es zu sehen.
Ich habe dich geliebt, seit ich dich das erste Mal gesehen habe, Genevieve. Ich habe dich geliebt, obwohl du einen anderen geheiratet hast. Und jetzt, wo ich weiß, dass du dich einem anderen Mann hingegeben hast – einem Mann, der nicht ich ist –, hält meine Liebe immer noch an.
Ich habe schon so lange auf dich gewartet und jetzt ist ein anderer zwischen uns getreten. Er hat mich davon abgehalten, dich zu der meinen zu machen.
Warum willst du mir das unbedingt antun? Uns antun?
Es plagt mich. Es hält mich nachts vom Schlafen ab. Das Einzige, woran ich denken kann, ist, dich aus meinem Leben zu streichen, um dieses Elend zu beenden. Endgültig.
Hochachtungsvoll,

Deine wahre Liebe

»Was zum Teufel habe ich da gerade gelesen?«, frage ich mit angestrengtem Flüstern. Daya liest über meine Schulter hinweg mit, und als ich zu ihr zurückschaue, sehen mich ihre großen Augen verwirrt und besorgt an.

»Das klang unheilvoll. Bedrohlich«, sagt sie und ihre grünen Augen blicken auf den Brief, als wäre er ein Fluch, der auf Papier geschrieben steht.

Ich nicke nachdenklich, lege den Zettel weg und sortiere die Bilder erneut. Ich suche nach Hinweisen darauf, wer dieser Mann sein könnte.

Aber es gibt keine.

»Er kommt mir so bekannt vor«, murmle ich und studiere ein weiteres Bild. Sie sehen aus, als wären sie auf einer Art Party. Das Bild ist schwarz-weiß, deshalb kann ich die Farbe des Kleides nicht erkennen, nur dass es ein dunkler Farbton ist. Juwelen schmücken die Enden ihrer Ärmel und den Kragen des Kleides. Und natürlich muss das Bild nicht in Farbe sein, damit ich weiß, dass sie ihren roten Lippenstift trägt.

Der Mann hat seine Hand hoch oben auf ihrem Oberschenkel liegen. So, wie er sie umklammert, wirkt es fast besitzergreifend. Dominant.

Ich habe diesen Mann noch nie in meinem Leben getroffen und doch weiß ich, dass er ein verdammter Bastard ist, darauf kann ich wetten.

Nach dem angestrengten Lächeln auf Gigis Gesicht und der Verengung ihrer Augen zu urteilen, dachte meine Urgroßmutter das auch.

»Warte, lass mich Fotos machen und sie auf meinen Computer hochladen. Ich kann eine umgekehrte Bildersuche durchführen.«

Ich beobachte sie bei ihrer Arbeit, die Stirn vor Konzentration zusammengekniffen. Nach wenigen Minuten dreht sie den Laptop zu mir und schaut mich aufmerksam an.

»Marks Vater. Das ist der, der auf all diesen Bildern zu sehen ist.«

Mein Blick fällt auf sie, während sich mein Herzschlag beschleunigt. »Denkst du dasselbe wie ich?«, frage ich.

»Was, dass der beste Freund deines Urgroßvaters in Gigi verliebt gewesen sein könnte und sie umgebracht hat, als er herausgefunden hat, dass sie eine Affäre mit einem Mann hatte, der nicht er war?«, fasst sie zusammen und spricht damit genau die Gedanken aus, die in meinem Kopf umherschwirren.

Sie seufzt und starrt auf die Fotos hinunter. »Ich weiß es nicht. Es ist ein bisschen viel verlangt, aus ein paar gruseligen Fotos und einem Zettel Schlüsse zu ziehen. Der Zettel klingt zwar bedrohlich, aber das reicht nicht aus, um ihn des Mordes zu überführen.«

Ich nicke, weil ich das Gleiche gedacht habe. Irgendetwas an diesen Bildern macht mich nervös und lässt mir einen kalten Schauer über den Rücken laufen. So sehr ich mich auch gegen Gigis Tagebuch und die Art und Weise, wie sie sich ihrem Stalker gegenüber verhielt, gewehrt habe, habe ich doch nie ein so ungutes Gefühl gehabt wie bei diesem Zettel und den Bildern. Trotzdem kann ich einen Mordfall nicht allein aufgrund von Gefühlen lösen. Ich brauche Beweise.

»Rein logisch betrachtet, ist Gigis Stalker immer noch wahrscheinlicher, aber das bedeutet nicht, dass Marks Vater nicht der Mörder sein könnte«, fährt sie fort, während sie abwesend eines der Bilder nimmt und es betrachtet.

»Ich sehe ein Motiv in dieser Notiz. Auch wenn die Wahrscheinlichkeit gering ist, sollten wir der Sache nachgehen.«

»Hast du weitere Informationen über Ronaldo herausgefunden?«

Sie seufzt. »Ja. Er starb 1947 an einem kardiogenen Schock.« Meine Augenbraue schnellt in die Höhe.

»Ein Herzinfarkt?«

Sie verbessert mich. »Ein gebrochenes Herz. Er starb am Syndrom des gebrochenen Herzens.« Mein Mund wird trocken. »Ich habe ein paar familiäre Daten über ihn gefunden, aber sonst nicht viel. Sein Leben wurde ziemlich geheim gehalten, und ich nehme an, dass sein Chef etwas damit zu tun hatte.«

»Also eine Sackgasse«, schlussfolgere ich und nicke. Ich beiße mir auf die Lippe, während ich über meinen nächsten Schritt nachdenke. »Ich glaube, ich muss auf den Dachboden gehen«, sage ich resigniert. Ich mag zwar Geister, aber das bedeutet nicht, dass ich immer noch Lust habe, von einem Dämon, oder was auch immer da oben ist, besessen zu sein.

Dayas weise Augen wandern zu meinen. Ich berichtete ihr von der letzten Notiz, die ich gefunden hatte, und dass ich das Gefühl hatte, dass dort etwas sehr Negatives stand.

»Du bist ein Masochist. Du wirst besessen sein, wenn du da hoch gehst.«

Ich schnaube. »Ich glaube, das wäre schon längst passiert, wenn da tatsächlich etwas ist. Es könnte noch mehr da oben sein.«

Daya seufzt. »Ich werde heute sterben«, murmelt sie.

»Du wirst nicht sterben, aber vielleicht ein bisschen besessen sein«, zwitschere ich, während ich die Kücheninsel umrunde und mich auf den Weg zur Treppe mache.

»Ja, und rate mal, wen ich zuerst terrorisiere?«

Dieses kalte, schwere Gewicht fällt sofort auf meine Schultern, sobald ich den Dachboden betrete. Es ist wie in diesen Zeichentrickfilmen, wenn ein Klavier vom Himmel fällt und auf einer ahnungslosen Person landet.

»Okay, beeil dich verdammt noch mal, mir gefällt es hier oben nicht«, murmelt Daya und ihre Stimme ist voller Angst. Die Angst krabbelt auch mir in die Knochen und lässt mein Herz rasen. Trotzdem kriecht die Hitze durch meine Muskeln und setzt sich tief in meiner Magengrube fest.

Ich benutze die Taschenlampe auf meinem Handy, um die Wände zu durchsuchen. Ich fange dort an, wo ich den letzten

Zettel gefunden habe, aber alles, was übrig ist, sind Spinnweben und Spinnen.

Ich bahne mir einen Weg an den Wänden entlang und drücke auf die Holzverkleidung, in der Hoffnung, dass sich ein Brett löst. Erst als ich in die Nähe des Spiegels komme, finde ich eine. Das Holz klappert unter meinen Handflächen, und da uns ein schweres Gefühl umgibt, verschwende ich keine Zeit damit, das Holz von der Wand zu reißen.

Ich lasse den Lichtstrahl in verschiedene Richtungen springen, kann aber nichts weiter finden als mehr Insekten und Spinnweben. Ich gebe fast auf, bis ich etwas Glänzendes aufblitzen sehe.

»Ich glaube, ich habe etwas gefunden«, verkünde ich aufgeregt.

»Danke, fuck«, murmelt Daya hinter mir. Ich höre die Worte kaum. Bevor ich über die Käfer nachdenken kann, tauche ich meinen Arm in das Loch und greife nach dem Stück, wobei sich meine Hand um etwas aus Plastik schließt. Ich will es herausziehen, aber meine Hand streift etwas, das sich wie Papier anfühlt, also greife ich auch danach.

Ich streiche über meinen Arm und erschaudere über das Gefühl der Spinnweben, die an mir kleben. Ich schaue nicht einmal auf meinen Arm, sondern schrubbe ihn einfach weiter ab, während ich auf die Treppe zustürme.

»Lass uns gehen«, hauche ich, bevor ich fast von Daya umgerannt werde, die sich an mir vorbei drängt und die Treppe hinunterrennt.

Was auch immer in meiner Hand ist, es ist etwas Großes. Da bin ich mir genauso sicher wie bei den Augen auf meinem Rücken, die mich beim Gehen beobachten.

Ich schlage die Dachbodentür hinter mir zu, lehne mich dagegen und schüttle die klirrende Kälte ab, die an mir zu kleben scheint.

»Ich werde nie wieder da hoch gehen«, sagt Daya und keucht.

»Ich glaube, ich auch nicht«, sage ich. Schließlich schaue ich auf meine Hand und sehe einen *Ziploc*-Beutel mit einer goldenen, diamantbesetzten Rolex darin und Blutflecken auf dem Plastik. Und auf der Notiz in meiner Hand steht in einer hastigen Kritzelei: *»Versteck das, niemand darf wissen, dass ich es war. Vergiss das nicht.«*

»Heilige Scheiße«, hauche ich.

»Lass mich mal sehen. Wir dürfen es nicht anfassen, sonst bekommen wir Fingerabdrücke darauf, aber diese Uhren haben Seriennummern. Ich kann sie wahrscheinlich zu ihrem Besitzer zurückverfolgen.«

Wir eilen in die Küche und vergessen den Dämon, der auf meinem Dachboden haust. Ich finde ein Paar Gummihandschuhe, die Daya und ich beim Ausmisten des Hauses benutzt haben. Sie zieht die Handschuhe an und holt vorsichtig die blutige Uhr heraus.

»Ich will nicht, dass das Blut abblättert, aber ich muss das Armband abnehmen, um die Seriennummer zu sehen«, murmelt sie und fasst das Stück vorsichtig an. »Hast du einen Reißnagel?«

Ich fahre herum und öffne die Schublade in meiner Küche, weil ich sicher bin, dass ich irgendwo einen habe. Nachdem ich eine Minute lang gestöbert habe, stoße ich ein feierliches *Ah-ha* aus und reiche Daya einen blauen Reißnagel.

Es kostet sie eine Minute, aber letztendlich schafft sie es, das Armband zwischen den Bügeln der Uhr abzuhaken.

»Motherfucker«, flucht sie.

»Was?«

»Jemand hat an der Seriennummer gekratzt. Sie ist kaum noch zu erkennen.«

Daya sieht zu mir auf und Enttäuschung strahlt aus ihren grünen Augen. Ich lasse die Luft entweichen, eine Miene des Scheiterns verzieht meine Mundwinkel nach unten.

»Ich werde nicht aufgeben. Wir werden dieses Blut testen lassen und ich werde mir etwas mit der Uhr ausdenken. Lässt du mich das machen?«

Ich nicke und vertraue Daya, dass sie es herausfindet. Sie ist unglaublich intelligent und ihre Ressourcen, um Informationen herauszufinden, sind astronomisch.

Und dann geht mir ein Licht auf. »Auf den Fotos mit Gigi hat Frank diese Uhr getragen.«

Ich wühle mich durch alle Papiere, die auf der Insel verteilt liegen, bis ich den kleinen Stapel mit den Fotos finde.

»Dieselbe Uhr«, wiederhole ich und reiche ihr die Bilder.

Daya blickt auf die Fotos hinunter und ein Grinsen macht sich auf ihren Lippen breit. »Jetzt müssen wir es nur noch beweisen.«

8. Mai 1946

Ich werde sterben. Er kommt mich holen, ich fühle es in meinen Knochen.
Und alles, woran ich denken kann, ist Sera. Meine süße, süße Sera. Sie ist gerade erst sechzehn geworden und ist so strahlend. So voller Leben.
Wie soll ich ihr sagen, dass ich vielleicht nicht mehr lange da sein werde. Und dass ich nur mir selbst die Schuld daran geben kann. Ich habe so viele Fehler gemacht in den letzten zwei Jahren. Ich hätte die Dinge anders angehen sollen.
Aber jetzt ist es zu spät.
Und meine Tochter wird diejenige sein, die am meisten leidet. Oh, Sera. Was mache ich, wenn ich es mit einem Mann zu tun habe, der sich verschmäht fühlt?
Ich bin einfach so müde. Ich glaube, ich lege mich hin und nehme ein Nickerchen.

Kapitel 37

Der Schatten

Es gibt nichts, was du hättest tun können.

Du kannst nicht ändern, was bereits geschehen ist, Mann.

Du kannst sie nicht alle retten.

Ich bin dankbar für Jay. Das bin ich wirklich. Ich vertraue nicht vielen Männern in dieser Hinsicht, vor allem nicht, wenn es um einen Teil der Arbeit geht, den ich nur sehr schwer abgeben kann – aber ich kann nicht gleichzeitig auf dem Boden stehen und mich auf einen Computer konzentrieren.

Und Jay war mehr als effizient dabei, mir bei dieser Seite des Jobs behilflich zu sein.

Aber was der Wichser *nicht* kann, ist, mich besser fühlen zu lassen.

Er versucht es. Ich verstehe schon.

Aber es fällt mir schwer, seinen Einsatz zu würdigen, wenn ich meine ganze Kraft darauf verwende, nicht ins *Savior*'s zu gehen und den ganzen Laden in die Luft zu jagen.

Wenn es nicht die Tatsache gäbe, dass dort unschuldige Menschen arbeiten – oder besser gesagt, dort als Geiseln gehalten werden – würde ich es verdammt noch mal tun.

Ich war dort.

Ich habe mit ihnen zusammengesessen. Habe mich unter sie gemischt. Ein Lachen nach dem anderen erzwungen. All das, während sie das Blut eines weiteren Opfers an sich trugen. Eine vierundzwanzigjährige Frau, die auf einem Steinaltar geopfert wurde, um die neuen Mitglieder eines teufelsanbetenden, bluttrinkenden Pädophilen-Rings willkommen zu heißen.

Etwas, das ich gelernt habe, ist, dass nicht nur die Eingeweihten sich selbst mit blutigen Symbolen bemalen, sondern auch der Rest der Organisation. Um Macht zu erlangen, wie sie selbst sagen, und um mit den seltsamen Wesen zu kommunizieren, von denen sie so besessen sind – die Ewigen Wiedergeborenen.

Ich werde nie verstehen, warum unschuldige Menschen sterben müssen, um ihre Wahnvorstellungen zu nähren. Ich werde nie das Verlangen verstehen, jemandem zu schaden, der unschuldig ist. Aber das ist es, was sie anzieht. Das ist es, was den Teufel zu den Engeln zieht.

Sie möchten Verderben schaffen. Verletzen. Beflecken. Sie wollen denjenigen Schaden und Leid zufügen, die nie etwas Schlechtes getan haben. Das ist der kranke Nervenkitzel daran.

»Sie war vierundzwanzig Jahre alt, Jay«, sage ich zähneknirschend. »Sie hatte eine Familie. Zwei Mütter, drei Brüder und eine Schwester. Sie wurde geliebt. Sie wuchs in einem guten Zuhause auf, bei Eltern, die sie liebten. Und dann haben sie sie in einem verdammten Lebensmittelladen gestohlen, sie an den Menschenhandel verkauft und als verdammtes Opfer benutzt.«

Jay bleibt ruhig und scheint zu merken, dass seine Standardantworten zum Wohlfühlen sinnlos sind.

Ich war dort.

Und ich habe nichts getan, um es zu verhindern.

Ich öffne den Mund, bereit, noch einen Schritt weiter zu gehen, als ein weiterer Anruf kommt. Ich schaue auf das Telefon und ein wildes Knurren macht sich in meiner Brust breit.

»Ich muss da rangehen«, schnauze ich, lege bei Jay auf und nehme sofort den Anruf entgegen.

»Daniel. Schön, von dir zu hören«, grüße ich. Wie eine Decke, die man über ein Feuer wirft, ist mein Ton kühl und gelassen.

»Zack, entschuldige, dass ich so unerwartet anrufe. Ich wollte dich etwas fragen.«

Ich lehne mich in meinem Stuhl zurück und bewege meinen Nacken, sodass er laut knackt. Mein Blick wandert immer wieder auf den Computerbildschirm, auf dem das Bild des kleinen Jungen zu sehen ist, der im letzten Video getötet wurde.

Ich werde ihn nie vergessen, aber der Blick auf sein Gesicht erinnert mich daran, dass es da draußen noch mehr Menschen gibt, die in der gleichen Situation sind. Und im Moment ist diese Erinnerung das Einzige, was mich davon abhält, durchzudrehen.

Ich brauche meine Sinne. Wenn ich sie jetzt verliere, mache ich alles kaputt, wofür ich so hart gearbeitet habe.

»Was kann ich für dich tun?«

»Betrachte es als eine Art Einweihung. Wir wissen genau, was wir am Samstag zu Abend essen werden, und es ist etwas ganz Besonderes. Wir möchten sichergehen, dass alles reibungslos verläuft, also haben wir beschlossen, uns am Freitag einen Appetizer zu gönnen, wenn du verstehst.«

Meine Augenbrauen ziehen sich zusammen und in meinem Magen bildet sich ein grauenhaftes Loch, als würde sich der Himmel öffnen und einen sintflutartigen Regenguss auf eine ertrinkende Stadt loslassen.

»Reibungslos?«, wiederhole ich und meine Stimme wird leiser.

»Nimm es nicht persönlich. Die meisten Männer, die eingeweiht werden, sind schon seit Jahren dabei. Wir gehen hier alle ein Risiko ein, deshalb hielten es meine Vorgesetzten für das Beste, wenn wir vorher gemeinsam zu Abend essen.«

Die Organisation stellt mich auf die Probe. Ich überlege schon, wie ich verhindern kann, dass ein Kind vor meinen Augen stirbt, ohne sie alle zu töten.

»Ist das so?«, frage ich in einem neugierigen Ton.

»Alles, worum ich dich bitte, ist, dass du mich am Freitagabend auf einer Dinnerparty triffst, die ich veranstalte.«

Freitag ist in zwei Tagen.

In meinem Kopf dreht sich alles, während ich versuche, herauszufinden, was Dan vorhat. Es ist etwas Böses, so viel weiß ich.

»Was ist der Zweck dieses Appetizers?«

Wenn Dan ein Problem mit meinen Fragen hat, lässt er es sich nicht anmerken. Und ehrlich gesagt, ist mir das scheißegal.

Spürend, wie mich das Verlangen überkommt, schalte ich meinen Bildschirm auf eine Live-Übertragung der Überwachungskameras, die ich rund um Addies Anwesen installiert habe. Sie ist zu Hause und Dayas Auto parkt immer noch vor ihrem Haus.

Später werde ich mit ihr noch mehr trainieren müssen. Wir haben schon einige Dinge besprochen, die sie im Falle einer Entführung tun sollte, aber ich möchte sichergehen, dass Addie gut vorbereitet ist. Nicht, weil ich vorhabe, sie jemals entführen zu lassen, sondern weil ich ein realistischer und logischer Mensch bin und verstehe, dass ich nicht alles kontrollieren kann.

Ich bin schon lange genug in diesem Business, um es besser zu wissen. Es kann in einer einzigen Sekunde passieren, wenn man etwas ganz Alltägliches tut, das jeder Mensch jeden Tag tut. Auf dem Weg zum Auto. Beim Betreten oder Verlassen eines Ladens. Beim Tanken des Autos. Wenn man in einem Park spazieren geht.

»Na ja, natürlich um uns vor dem Hauptereignis satt zu essen. Wir haben die perfekte Vorspeise nur für dich ausgesucht. Eine, die deinen eigenen Mahlzeiten zu Hause ähnelt. Du wirst mir sicher Gesellschaft leisten, oder?«

Meine Fäuste ballen sich, bis ich die Knochen knacken höre. Die Vorspeise ist ein kleines Mädchen. Eines, das dem Mädchen auf dem Bild, das ich ihm bei *Savior's* gezeigt habe, anscheinend sehr ähnlich sieht. Er hat sich ein Mädchen ausgesucht, von dem er glaubt, dass ich es mag.

Ich habe dieses ekelhafte Gefühl in meinem Bauch, das sich in der Magengegend regt und dazu führt, dass man sich übergeben will – jetzt sehe ich rot. Das Rot seines Blutes, das aus seiner Kehle sickert, wenn ich sie aufschneide. Das Rot, das aus seinem Mund fließt, während er langsam erstickt. Ich sehe so viel Rot.

»Natürlich«, sage ich beiläufig. »Ich würde es um nichts in der Welt verpassen wollen.«

»Sorge dafür, dass die Männer auf Addie aufpassen, während ich weg bin«, erinnere ich Jay und ziehe die Krawatte um meinen Hals enger.

Es fühlt sich an wie eine gottverdammte Schlinge, und wenn ich heute Abend mitspiele, wird mir der sprichwörtliche Boden unter den Füßen weggezogen.

Mit einigen der verkorksten Männern in Kontakt zu treten, die je gelebt haben, fühlt sich an, als würde man sich an einem Deckenbalken aufhängen. Sie verdienen es, zu sterben, aber stattdessen werde ich teuren Whiskey mit ihnen trinken und mir ausmalen, wie ich jeden einzelnen von ihnen abschlachten werde.

»Ihr Haus wird rund um die Uhr überwacht. Diskret versteht sich«, versichert Jay hinter mir.

Es fühlt sich nicht gut genug an. Das habe ich gelernt, als sie noch die Frau war, die sich in ihrem Zimmer auszog, während ich aus der Ferne durch ihr Fenster zusah. Ich wusste, dass ihre Haut so weich wie Seide war und dass sich ihre Pussy wie das verdammte Paradies anfühlen würde. Aber so weit weg zu sein und nur zuzusehen – das war nicht gut genug.

Und jetzt merke ich, dass ihre Sicherheit bedroht ist. Ich habe die besten Männer der Welt, die auf sie aufpassen, aber wenn die Organisation jemanden auf sie ansetzen würde, würde sie nicht irgendeinen Abschaum von der Straße anheuern.

Sie würde jemanden anheuern, der genauso gut jagen und töten kann wie die Männer, die ihr Haus umzingeln.

Ich werfe einen Blick auf Jay im Spiegel. Sein struppiges, schwarzes Haar lockt sich um sein blasses Gesicht, während er an der roten Plastikrose auf meinem Nachttisch herumspielt. Ich fühle mich nicht besonders wohl dabei, ihn in meine Privatsphäre eindringen zu lassen, aber Jay hat beschlossen, dass es ihm egal ist, trat in mein Schlafzimmer und setzte sich trotzdem auf das Bett.

Noch nicht einmal Addie hatte die Möglichkeit, hierherzukommen. Das werde ich bald nachholen müssen.

Ich gehe zu ihm hinüber und nehme ihm die Rose aus der Hand. Seine Fingernägel sind heute schwarz lackiert. Jedes Mal, wenn ich sie sehe, haben sie eine andere Farbe.

Jay, einer, der sich nie scheut, bohrt nach: »Ist das persönlich? Woher hast du es?«

Ich ziehe eine Augenbraue hoch, aber er starrt mich nur mit falscher Unschuld in seinen haselnussbraunen Augen an und wartet geduldig.

Wie auch immer.

»Meine Mutter hat sie mir vor langer Zeit geschenkt. Sie liebte Rosen und hatte sie überall im Haus. Sie gab sie mir, damit ich mich immer an sie erinnere.« Mein Tonfall legt Jay nahe, den Mund zu halten.

Also tut er es auch.

Ich drehe die Rose und verliere mich in der Erinnerung an meine Mutter. Sie war wunderschön. Langes, schwarzes Haar und Augen, die so dunkel waren wie mein rechtes Auge – fast schwarz. Aber sie trug einen Schleier aus Sonnenlicht um sich herum. Dad scherzte immer, dass sie sich selbst im Schatten hielt, damit alle anderen strahlen konnten. Sie war selbstlos und freundlich, gab immer, nahm aber nie.

Tief im Inneren weiß ich, dass meine Mutter unglaublich stolz auf das wäre, was ich tue. Sie mag meine Methoden nicht gutheißen, aber ich glaube, sie hätte bei den Mädchen, die ich rette, einen Platz gefunden. Sie hätte ihnen geholfen und sich um sie gekümmert.

Sie wäre glücklich gewesen.

Ich lege die Rose ab, drehe mich um und schaue ein letztes Mal in den Spiegel. Ich vergewissere mich, dass mein dreiteiliger Anzug keine einzige Falte aufweist. Der *Armani*-Anzug wurde perfekt auf meinen Körper zugeschnitten und trieft vor Dekadenz.

Gut, dass ich von den Reichen stehle.

»Du siehst so gut aus«, sagt Jay und wischt sich eine unechte Träne aus dem Augenwinkel. Ich werfe ihm einen komischen Blick zu und klopfe ihm im Vorbeigehen auf die Stirn.

Ich ignoriere das gemurmelte ›Autsch‹, schnappe mir meine Schlüssel und meine Brieftasche, bevor ich den Kopfhörer befestige und mich mit zwei Waffen ausstatte. Ich greife nach meiner weißgoldenen Rolex und lege sie mir um das Handgelenk. Es ist keine gewöhnliche, überteuerte Uhr. Direkt neben dem Verschluss an meinem inneren Handgelenk befindet sich ein winziger Knopf, den ich angebracht habe. In dem Moment, in dem ich ihn drücke, wird ein Ablenkungsmanöver eingeleitet, das es mir hoffentlich ermöglicht, das arme Kind sicher zu befreien.

Ich habe mich bereits in die Kameras inner- und außerhalb von Daniels Haus gehackt und obwohl er Sicherheitspersonal eingestellt hat, wurden die wenigen Gäste, die ich habe eintreten sehen, weder abgetastet noch mussten sie durch einen Körperscanner gehen.

Das sagt mir, dass es sich eher um eine intime Angelegenheit mit wenigen Leuten handelt, denen man weit genug vertraut.

Ich kreise meinen Nacken, meine Muskeln sind voller Spannung. Irgendetwas an dieser Nacht fühlt sich komisch an. Es fühlt sich an, als würde man in einem Metallraum schießen und nur darauf warten, dass eine Kugel abprallt und einen selbst trifft.

Ich werde auf keinen Fall zulassen, dass heute Abend ein kleines Kind geopfert oder missbraucht wird. Es wird darum gehen, wie ich das Mädchen sicher rausbringe und gleichzeitig meine Unschuld bewahre. Wenn ich morgen in das unterirdische Verlies gebracht werden soll, muss ich mich auf Daniels Seite stellen.

»Ich möchte, dass du Addie auch heute Nacht im Auge behältst. Wenn etwas passiert, sagst du mir sofort Bescheid.«

Er lacht. »Meinst du, es gefällt ihr auch, wenn ich sie stalke?«

Ich funkle ihn böse an. »Wenn du sie aus einem anderen Grund beobachtest, als um ihre Sicherheit zu gewährleisten, schneide ich dir den Schwanz ab und füttere dich damit.«

Sein Gesicht verzieht sich vor Abscheu, aber mir entgeht nicht das Aufblitzen von Angst in seinen Augen. »War nur ein Scherz, Alter«, versichert er und hebt die Hände zur Kapitulation. »Ich mag es, wenn meine Frauen willig sind.«

Ein verschmitztes Grinsen bildet sich, obwohl die Wut in meinen Augen erhalten bleibt. »Für mich klingt das so, als ob du den Körper einer Frau nicht gut genug verstehst, um zu wissen, wann er für dich singt, auch wenn ihr Mund versucht, sich zu wehren.«

Jays Gestammel begleitet mich bis nach draußen und ich kann nicht anders, als zu lachen, als ich höre, wie er unmittelbar danach am Telefon hängt und sich von einem seiner Side Chicks beruhigen lässt.

»Wie schön, dass du es einrichten konntest, Zack«, begrüßt Daniel mich, indem er mir eine Hand schüttelt und mir mit der anderen auf den Rücken klopft.

Dans Haus ist genauso protzig wie das jeder anderen Person mit einem Bankkonto in Millionenhöhe. Es ist rustikal, mit einer Akzentwand aus Holz, um eine Hütte zu imitieren, freiliegenden Balken, Holzböden, für die er viel Geld bezahlt hat, damit sie verwittert aussehen, und vielen hellbraunen und braunen Akzenten.

Abstrakte Gemälde schmücken die Wände, jedes in einem erdigen Ton aus Rot-, Braun- und Gelbtönen. Ich bleibe bei einem bestimmten Bild stehen, während Daniel hinter mir die anderen Gäste begrüßt, und ein leises Summen ertönt.

Das Bild sieht aus wie zwei große, braune Augen, aus denen leuchtend rote Schlieren hervorquellen. Sanfte Gelb- und Rottöne formen die runden, kurzen Kurven des Mädchengesichts. Meine Augen schweifen umher und nehmen jedes Detail auf, bis sich das Bild zusammensetzt.

Es ist ein kleines Mädchen, das Tränen aus Blut weint.

»Schön, nicht wahr?«

Ich wende meinen Blick ab und sehe, dass Daniel neben mir steht und seine Augen mit einem bösen Schimmer über das Bild streifen.

Er starrt das Bild mit Stolz an, als hätte er es selbst gemalt.

»Ja«, murmle ich, bevor ich mich abwende. Ich werde nicht dastehen und Kunst interpretieren, als ob ich in einem Museum mit verderbten Gemälden stünde. Ein Blick in die Runde zeigt, dass die anderen Gemälde in subtiler Morbidität verziert sind.

Ich schüttle ein paar Leuten die Hand, die ich vom *Savior's* und Pearl kenne. Wenige Minuten später bittet Daniel uns alle in den Speisesaal, wo der ein Meter lange Tisch für mindestens zwanzig Personen gedeckt ist.

Das ist kein normales Tischgedeck. Es gibt Kristallgläser, weiße Teller und Messer und Gabeln auf einer dicken Plastikdecke. Die gesamte Mitte des Tisches ist völlig leer. Normalerweise nehmen Blumen und Dekorationen den Platz in der Mitte ein, um dem Abendessen einen Hauch von Klasse zu verleihen.

Ich verziehe keine Miene, obwohl mein Herz unter meinem Brustkorb wie wild klopft.

»Setz dich bitte neben mich, Zack«, sagt Daniel und deutet auf den Stuhl rechts von sich. Natürlich setzt er sich an das Kopfende des Tisches und lächelt seine Gäste wie ein König an.

Er lehnt sich zu mir rüber und murmelt: »Ich bin schon sehr gespannt darauf, wenn du den heutigen Appetizer sehen wirst. Sie wird eine hübsche Dekoration darstellen, während wir schlemmen und den Ewigen Wiedergeborenen unseren Dank aussprechen.«

Ich lächle, und selbst ich kann spüren, wie eiskalt es ist. »Was soll es denn sein?«, frage ich.

»Nun, wir wollen doch die Überraschung nicht verderben, oder?«, lenkt Dan ab, bevor er seine Aufmerksamkeit den Gästen zu seiner Linken zuwendet.

Ich schweige und beobachte stattdessen die Gäste, die um mich herumsitzen. Alle scheinen sich wohlzufühlen, reden miteinander, lachen und lächeln.

Als ob es ein ganz normaler Tag wäre, an einem Esstisch zu sitzen und darauf zu warten, dass ein kleines Kind serviert wird.

Es gibt drei Ausgänge im Esszimmer. Einer führt in die Küche, wo es eine hintere Schiebetür gibt. Der zweite führt einen Flur hinunter zum Spielzimmer und tiefer ins Haus. Der dritte führt zurück zur Eingangstür.

Ich kann mir vorstellen, dass das Mädchen in der Küche ist. Ich weiß nicht, ob sie schon tot ist oder ob das wie ihre Rituale im Kerker abläuft.

Meine Frage wird fünf Minuten später beantwortet, als sich die Küchentür öffnet und ein älterer Mann hereinkommt, Hand in Hand mit einem kleinen Mädchen, das nicht älter als sechs ist.

Ihre braunen Augen sind vor Schreck geweitet und schauen auf den Tisch, als wäre jeder Boogieman aus ihren Albträumen zum Leben erwacht.

Die Monster in ihren Träumen waren nur dazu da, ihr zu zeigen, wie sie von innen aussehen.

»Meine Damen und Herren. Das Abendessen ist serviert.«

Kapitel 38

Die Manipulatorin

Alle Informationen, die Daya und ich bisher gesammelt haben, liegen auf der Kücheninsel vor uns ausgebreitet. Ich verziehe die Lippen, während ich zum millionsten Mal darüber nachdenke, was wir bereits wissen, während Daya den Ring in ihrer Nase hin und her dreht. Sie wartet auf einen Rückruf, um die DNA-Ergebnisse für das Blut auf der Uhr zu bekommen.

»Weißt du, wir haben immer noch nicht herausgefunden, wer mir den Umschlag mit all den Bildern und der Notiz geschickt hat«, murmle ich.

»Ich weiß«, sagt Daya, lässt ihre Hand fallen und schürzt ihre Lippen. »Das ist so seltsam. Ich habe keine Ahnung, wer das gewesen sein könnte.«

Gerade als ich meinen Mund öffne, klingelt Dayas Handy. Sie nimmt so schnell ab, dass man meinen könnte, es würde gleich explodieren. »Hallo?«, antwortet sie und drückt auf den Knopf, um den Lautsprecher anzuschalten.

»Ja, Daya Pierson?«, fragt eine Frauenstimme.

»Das bin ich«, antwortet sie, während ihre Augen vor Angst durch den Raum flimmern. Sie kaut auf ihrer Unterlippe, wobei die winzige Lücke zwischen ihren Vorderzähnen zu sehen ist, während ich meine Lippe genauso schände wie sie.

»Ja, ich habe die Ergebnisse zu der Probe, die eingeschickt wurden.« Sie hält inne und es fühlt sich an, wie wenn eine Achterbahn den Gipfel des Berges erklimmt. Und nur für eine Sekunde schwebt man in der Zeit, bevor man wieder auf den Boden zurückkehrt. »Wir haben einen Treffer gelandet. Genevieve Parsons.«

Braune Augen treffen auf grüne in einer Symphonie aus Schock und Aufregung. Daya räuspert sich. »Perfekt, danke, Gloria. Ich weiß das zu schätzen.«

»Kein Problem«, zwitschert sie, bevor die Verbindung unterbrochen wird. Gegenseitiges Schweigen tritt ein, während Daya und ich die neuen Informationen verarbeiten.

»Heilige Scheiße.« Bevor ich die Informationen vollständig verarbeiten kann, greift Daya in ihre Tasche und holt einen dicken Manila-Umschlag heraus.

»Ich habe selbst einige Tests und Nachforschungen angestellt. Ich habe eine Probe von Franks Handschrift aus einem Polizeibericht und die Notiz, die wir gefunden haben, an einen Analysten geschickt. Nun, nur um dich vorzubereiten: Grafologie wird im Namen der Wissenschaft nicht immer ernst genommen, aber es gab Fälle, in denen sie vor Gericht Bestand hatte. Trotzdem denke ich, dass es ein gutes Beweismittel sein wird.«

Meine Augen weiten sich vor Aufregung. »Wirklich? Lass mal sehen.«

Sie hält einen Finger hoch, um mir zu signalisieren, dass ich warten soll. »Erinnerst du dich auch daran, dass die Seriennummer auf der Uhr unleserlich war?«

Als ich nicke, fährt sie fort. »Ich habe einen Freund, der ziemlich gut darin ist, so etwas zu entziffern, und er glaubt, dass er eine Übereinstimmung gefunden hat. Hier, Addie, liegen die wahren Beweise. Wenn wir bestätigen, dass es Franks Uhr ist, die mit Gigis Blut beschmiert war, und wenn die Handschrift übereinstimmt, dann ist das Beweis genug, um zu belegen, dass Frank der Mörder ist.«

»Und?«

Sie beißt sich auf die Lippe. »Ich wollte warten, um die E-Mail mit dir zu öffnen. Also, bist du bereit?«

Ich nicke eifrig, während sich die Ungeduld in meiner Brust staut.

Sie öffnet den Umschlag zuerst und holt die Ergebnisse heraus. Wir legen sie flach auf die Insel und stoßen uns fast den Kopf, als wir sie lesen wollen.

... bezüglich der beiden zur Verfügung gestellten Proben, wurde festgestellt, dass die Handschrift ...

»O mein Gott! Es ist ein Match!«, schreie ich, fast atemlos vor Aufregung.

Daya grinst, selbst ganz schwindelig vor Aufregung. »Okay, jetzt kommt der richtige Test.«

Sie zieht ihren Laptop näher heran, ihre E-Mails sind bereits aufgerufen. Sie klickt auf eine ungeöffnete Nachricht.

Daya,
wie du mich gebeten hast, habe ich die Seriennummer überprüft. Es war verdammt schwierig. Wer auch immer die Nummer weggekratzt hat, hat es ziemlich gut gemacht. Aber nicht gut genug, um an mir vorbeizukommen. Die Seriennummer konnte zu einem Käufer namens Frank Williams zurückverfolgt werden. Ich hoffe, das hilft dir.
James

»O mein Gott!« rufe ich und springe vor Aufregung fast in die Luft.

»Heilige Scheiße«, haucht Daya, ihr Gesichtsausdruck ist voller Schock und Ehrfurcht.

»Er hat es getan. Es war der verdammte Frank.«

»Er war in sie verliebt und muss das mit Ronaldo herausgefunden und sie in einem Anfall von Wut getötet haben«, schlussfolgere ich und stolpere fast über meine Worte.

Daya dreht sich um und schnappt sich die Flasche Grey Goose, die auf dem Tresen steht. »Das ist ein Grund zum Feiern. Wir können Gigi endlich Gerechtigkeit widerfahren lassen. Selbst wenn Frank tot ist, wird die Welt wenigstens wissen, dass er ein Stück Scheiße war.«

Ich grinse, eine seltsame Mischung aus Emotionen schnürt mir die Kehle zu. Ich bin begeistert, dass wir ihren Fall gelöst haben. Aber ich bin auch traurig. Und es fällt mir schwer, herauszufinden, warum genau. Diese Mordermittlung hat in den letzten Monaten einen großen Teil meines Lebens in Anspruch genommen. Und sie loszulassen, fühlt sich fast so an, als würde ich ein kleines Stück von mir selbst verlieren.

»Wir wissen immer noch nicht, wer die Uhr versteckt hat«, überlege ich, bevor ich das Glas nehme. Mein Gesicht verzieht sich bei dem Geschmack. Es ist mir egal, was andere sagen. Alkohol schmeckt nach Scheiße, wenn er nicht mit etwas gemischt wird. Dabei bleibe ich.

Aber ich genieße das Brennen, wenn er meine Kehle hinunterläuft und sich in meinem Magen niederlässt, das Feuer, das aufblüht und mich von innen heraus wärmt.

Ich schiebe das Schnapsglas zu ihr zurück und signalisiere ihr, mir ein weiteres einzuschenken.

Daya schaut mich an, und in ihren weisen Augen liegt etwas, das wie Scham aussieht.

»Was?«, frage ich resigniert.

Sie zeigt auf mein nachgefülltes Schnapsglas, bevor sie ihres hinunter kippt. Ich tue es ihr gleich. Diesmal fühlt es sich so an, als ob dieser Shot Mut machen soll. Wofür, das weiß wohl nur Daya.

»Also, ich, äh, Franks Nachricht war nicht die Einzige, die ich eingeschickt habe«, beginnt Daya. Ihre Hand hebt sich, um mit ihrem Nasenring zu spielen, aber sie fängt sich und verschränkt stattdessen ihre Finger.

»Okay«, sage ich und kneife meine Augen misstrauisch zusammen. Sie ist komisch. Und zwar nicht so, dass wir um drei Uhr morgens unsere Hosen ausziehen und zu *I'm a Barbie Girl* tanzen, während wir Wein aus der Dose trinken.

Das ist nur ein einziges Mal passiert, aber wir sind beide am nächsten Morgen aufgewacht und haben es bereut.

Sie holt tief Luft und ich bin versucht, ihr zu sagen, dass wir denselben Sauerstoff teilen – sie wird darin keine Partikel finden, die ihr Superkräfte verleihen und sie mutig machen. Das wüsste ich, denn ich würde am liebsten weglaufen und mich vor dem verstecken, was sie gleich sagen wird.

Sie nimmt den Manila-Umschlag in die Hand und zieht zwei weitere Papiere heraus. Mit einem letzten Blick in meine Richtung legt sie die Dokumente ab und wir lesen sie beide durch. Das eine sagt, es ist eine Übereinstimmung, das andere behauptet, es gibt keine Übereinstimmung.

»Was ist das?«

»Die Handschrift auf dem Geständnisbrief stimmt mit der Handschrift deiner Nana überein«, sagt sie so schnell, dass ich erst nach einigen Sekunden verstehe, was sie gesagt hat.

»Was?« Das ist alles, was ich sagen kann.

Sie stöhnt und schenkt noch einmal nach. »Das ist für den Geständnisbrief und ein Muster der Handschrift deiner Nana und Johns.«

»Okay, warte«, sage ich und strecke meine Hände aus. »Du hattest den Verdacht, dass meine Nana den Mord vertuschen wollte?«

Ihre Lippen verengen sich zu einer harten Linie. »Ja.«

Ich schüttle den Kopf und weiß nicht, was ich sagen soll. »Warum?«

Sie wirft ihre Hände hoch. »Es muss jemand gewesen sein, der in diesem Haus gewohnt hat, Addie. Es war entweder John oder deine Nana. Und deine Großmutter wohnte auf dem Dachboden, nicht wahr?«

»Woher hast du überhaupt die Sachen mit ihrer Handschrift?«

»Du hast ein paar alte Dokumente beiseitegelegt, auf denen sie geschrieben hatte. Ich habe Fotos gemacht. Bei John war es etwas komplizierter, aber ich konnte ein Testament auftreiben, auf dem er geschrieben hatte.«

»Warum hast du mir nicht einfach gesagt, dass du das machst?«

Sie seufzt. »Weil ich wusste, dass du schlecht darauf reagieren würdest. Ich wollte mir sicher sein, bevor ich dir den Tag verderbe.«

Ich atme aus und nicke. »Du hast recht«, gebe ich zu. »Es ergibt Sinn.« Es klingt, als würde ich versuchen, mich selbst zu überzeugen. Wahrscheinlich, weil ich genau das tue.

Sie bleibt ruhig und gibt mir Raum, die Tatsache zu verarbeiten, dass meine Nana vielleicht geholfen hat, den Mord an ihrer Mutter zu vertuschen.

»Sie wurde dazu gezwungen«, sage ich schließlich und werfe einen Blick auf Nanas Geständnis, das auf der Kücheninsel liegt, den Zettel, den ich auf dem Dachboden gefunden hatte, nachdem ich Gigis Erscheinung gesehen hatte. Ich mache keine Anstalten, ihn aufzuheben, aber ich erinnere mich gut an die Worte. Das schnelle Gekritzel auf einem Stück Papier mit den Worten eines jungen Mädchens, das gezwungen war, den Mord an seiner eigenen Mutter zu vertuschen.

»Wie alt war deine Nana, als Gigi ermordet wurde, sechzehn? Frank hat sie offensichtlich bedroht und sie hatte das Gefühl, dass sie keine Wahl hatte. Er war ein Detective, um Himmels willen, natürlich hätte sie ihm geglaubt.«

Ich nicke, und ein Stirnrunzeln zeichnet sich auf meinen Zügen ab. Die Angst, die Nana empfunden haben musste. Und das ekelerregende Gefühl, Gigis Mörder zu helfen.

Jesus.

Ich kann mir nicht einmal ansatzweise vorstellen, wie sie sich gefühlt haben muss.

»Das ist vermutlich der Grund, warum sie so viel Zeit dort oben verbracht hat – warum sie in diesem Haus geblieben ist. Wahrscheinlich wollte sie sich selbst bestrafen. Sie hat sich gezwungen, in einem Haus mit so schrecklichen Erinnerungen zu bleiben, um dafür zu büßen, dass sie geholfen hat, es zu vertuschen, auch wenn es nicht ihre Entscheidung war. Ich meine, wer weiß, was ihr durch den Kopf ging. Gott, Daya, sie war immer so verdammt fröhlich und glücklich. Aber in ihrem Inneren muss sie so dunkle Dinge gefühlt haben.«

Mitleid zeichnet sich auf Dayas Gesicht ab. »Sie hatte ein langes, glückliches Leben. Da bin ich mir sicher. Vor allem, weil sie dich hatte.«

Der Alkohol beginnt zu wirken und erzeugt ein angenehmes Summen in meinem Kopf. Das macht die Enthüllung ein wenig erträglicher. Aber nicht genug, um den stechenden Schmerz in meiner Brust zu lindern.

Ich bin untröstlich wegen Nana. Sie lebte, bis sie einundneunzig Jahre alt war. Fünfundsiebzig Jahre lang trug sie diese Last auf ihren Schultern.

Ich frage mich, ob mein Großvater das jemals wusste. Er war ein ruhiger Mann, der Nana über alles liebte. Ich würde gern glauben, dass er das tat und einen Teil der Last auf sich nahm.

Eine Erinnerung an die Zeit vor etwa zwei Jahren, ein Jahr vor ihrem Tod, wird wach. Nana saß in Gigis Stuhl und starrte aus dem Fenster auf den Regen.

Ich war in der Stadt, um sie zu besuchen, und sie sah so traurig aus.

»Was ist los, Nana? Geht es dir gut?«

»Ja, Baby, mir geht's gut. Ich bin nur müde.«

»Warum legst du dich nicht hin und ruhst dich aus?«

Ein kleines, trauriges Lächeln umspielte ihre Lippen. »Nicht so müde, mein Schatz. Aber du hast recht. Ich werde mich ein bisschen hinlegen.«

Eine weitere Erinnerung löst die vorherige ab, eine, als ich etwa zwölf Jahre alt war. Ich malte gerade an der Kücheninsel, als ich ihr eine scheinbar unschuldige und zufällige Frage stellte.

»Nana, wenn du eine Million Dollar gewinnen würdest, was würdest du kaufen?«

»Kein Geld der Welt könnte mir das kaufen, was ich wirklich will«, antwortete sie mit einem schelmischen Grinsen im Gesicht.

»Also, was willst du?«

Ihr Lächeln verschwand für eine Sekunde, zu schnell, als dass mein zwölfjähriges Gehirn viel darüber nachdenken könnte.

»Frieden, Baby. Alles, was ich will, ist Frieden.«

Ich gehe an diesem Abend nur ein bisschen betrunken, dafür aber umso trauriger ins Bett.

Ich vermisse Zade.

Er hat heute Abend etwas Gefährliches vor – eine Dinnerparty. Ich weiß, dass er dort ist, um ein kleines Mädchen zu retten, aber ein egoistischer Teil von mir wünscht sich trotzdem, er wäre hier.

Mein Instinkt sagt mir, dass ich mich dafür hasse. Ein Teil von mir tut das immer noch. Ich weiß nicht, wie lange es dauern wird, bis ich die Tatsache akzeptiere, dass ich angefangen habe, mich in ihn zu verlieben. Dass ich ihn in meinem Leben akzeptiere.

Wie lange stalkt er mich schon? Drei Monate? Gar nicht so lange. Das ist sogar eine so unbedeutende Zeitspanne, dass es mich fast krank macht. Es gibt noch so viel, was ich nicht über ihn weiß. Was ist seine Lieblingsfarbe? Hat er Allergien? Ich hoffe, er ist gegen all meine Lieblingsspeisen allergisch, damit ich nicht teilen muss. Oder zumindest hoffe ich, dass er sie nicht mag. Mehr für mich.

Und ich hoffe, dass ich seine Lieblingsspeisen nicht mag, denn wenn ich das tue, werde ich wahrscheinlich auch von seinem Teller essen.

Es würde ihm wahrscheinlich nichts ausmachen. Und das erweicht mein Herz zu einem Haufen Brei. Denn irgendwie hat sich ein Mann, dem es egal wäre, ob ich sein Essen esse, in mich verliebt. Das ist so verdammt süß.

Ich lasse mich auf mein Bett fallen und stöhne. Daya ist vor einer Stunde gegangen. Wir haben den Rest des Tages mit unserer Arbeit verbracht. Sie ließ mich die meiste Zeit in Ruhe, während ich über die Enthüllungen nachdachte. Und nachdem sie gegangen war, trank ich weiter, bis ich aufhörte, daran zu denken.

Morgen werde ich es bereuen. Ich bin noch nicht einmal zur Hälfte mit dem nächsten Teil meiner Reihe fertig, und viele Leserinnen und Leser drängen darauf. Der Druck wird immer größer, wenn mehrere Monate zwischen den Veröffentlichungen vergehen.

Wie auch immer. Vielleicht kommt Zade vorbei und heilt meinen Kater auf magische Weise, denn er ist gut darin, mich Dinge fühlen zu lassen, die eigentlich unmöglich sind. Vor allem, wenn er die Augenbrauen hochzieht und ein böses Grinsen auf seine Lippen zaubert.

Ich presse meine Schenkel zusammen, während eine Flut der Erregung zwischen meinen Schenkeln aufsteigt. Mein Atem beschleunigt sich, allein bei der Erinnerung an einen Blick von ihm und ich schmelze dahin. Wie ist das möglich?

Ich ziehe meine Leggings aus und ein brennendes Gefühl in meinem Bauch breitet sich aus, bis es sich anfühlt, als würde ich in einer Flammengrube ertrinken. Auf meiner Brust bildet sich bereits eine Röte, und ich weiß, dass sie bald meinen Hals hinaufkriechen wird.

Als Nächstes reiße ich mir mein T-Shirt über den Kopf, sodass ich nur noch meinen BH und mein Höschen trage. Es ist weiß und seidig und der verrückte Teil von mir wünscht sich, dass Zade hier wäre, um es zu sehen. Er würde wahrscheinlich denken, dass ich zu unschuldig aussehe. Ein Engel und ein Dämon. Verboten, aber trotzdem zueinander hingezogen.

Das könnte ein Buch werden … Basierend auf der Anziehung zwischen zwei gegensätzlichen Seelen.

Ich beiße mir auf die Lippe und schiebe meine Hand vorn an meiner Unterwäsche hinunter, wobei meine Fingerspitze knapp über meinen Kitzler streift. Die Berührung ist so leicht und doch fließt Strom durch meine Adern. Ich schließe die Augen und stoße einen zittrigen Atemzug aus. Und ich stelle mir vor, dass

Zade vor mir kniet. Er befiehlt mir, mich für ihn zu berühren. Ich soll ihm zeigen, was ich tue, wenn er nicht da ist.

Mein Herz hämmert schwer in meiner Brust, wie ein Basketball auf dem Spielfeld. Ich lasse meine Finger weiter nach unten gleiten und tauche die Spitze in die Nässe, die sich angesammelt hat. Ich bin beschämend nass.

Mir über die Lippen leckend, stoße ich zwei Finger hinein. Ein Stöhnen entweicht meinen Lippen, als mein Körper vor Lust zuckt.

Zades tiefe, bodenlose Stimme flüstert in meinem Kopf all die schmutzigen Dinge, die er mir ins Ohr gebrummt hat. All die Worte, die mein Herz in meiner Brust zum Stillstand gebracht haben.

Meine Erlösung wird zu deiner Rettung.

Ich war überzeugt, dass er meine Verdammnis sein würde. Aber in diesem Moment fühlt es sich an, als wäre ich ins Paradies gekommen.

Nirwana.

Genau wie er es gesagt hat, als seine Zunge tief in mich eingedrungen ist, so wie meine Finger jetzt.

Ich stöhne lauter und das Crescendo steigert sich, als das Bild zu Zade flackert, der hinter mir in meinem Auto sitzt und sich an mir labt – nein, von mir *trinkt* wie ein Verdurstender.

Die Lust steigert sich, als ich mit meinen klitschnassen Fingern zu meiner Klitoris fahre und die empfindliche Perle in engen Kreisen reibe. Mein Kopf fällt zurück und meine Wirbelsäule krümmt sich. Ich stöhne atemlos auf und umkreise meinen Kitzler immer schneller und fester, bis ich dem Orgasmus fast hinterherjage.

Und endlich überschreite ich die imaginäre Kante. Ich schreie laut auf und rufe Zades Namen, als der Orgasmus schnell und ohne Reue über mich hereinbricht. Er ist vorbei, bevor ich wieder zu Atem komme.

Ich sacke zusammen und stoße einen Seufzer aus, wobei sich

meine Lippen leicht verziehen. Mein Körper ist schlaff, aber meine Brust ist immer noch eng. Der Orgasmus war nur eine vorübergehende Erleichterung. Und mir wird klar, dass die Last nicht verschwinden wird.

Heute Abend bin ich einfach nur … traurig.

18. Mai 1946

Das Gesicht des Todes ist versteinert. Aber es ist das Einzige, was ich in diesen Tagen sehe.
Er lässt mich nicht in Ruhe, ich habe ihn angefleht. Ich habe um mein Leben gebettelt. Ich bin eine Mutter. Er kann mich nicht von meinem Kind wegnehmen. Sie braucht mich, um Himmels willen.
Ich weiß nicht, was ich tun soll. Wenn ich es der Polizei sage, werden sie mir glauben? Oder werden sie ihm glauben?
Jemandem, der offensichtlich gefährlich ist und unglaubliche Vernetzungen hat.
Ich habe keine Chance.
Wie konnte mein Leben nur so verlaufen?
Und wie konnte er mir das antun?
Ich habe ihm vertraut.

Kapitel 39

Der Schatten

»Du isst das Fleisch roh?«, frage ich und mein tiefer Tonfall dringt über den Tisch. Alle verstummen. Wenn diese Wichser sie wirklich verzehren wollen, werde ich …

»Nein, natürlich nicht!«, brummt Daniel und lacht über eine Frage, die er wahrscheinlich für dumm hält.

»Zuerst muss ein Opfer gebracht werden. …«

»Dürfen wir nicht zuerst mit ihr Spaß haben?«, unterbreche ich ihn und meine Stimme wird vor Enttäuschung tiefer. »Das ist doch der halbe Spaß, Bruder.«

Blicke werden ausgetauscht, wir schauen uns an und ich warte auf Daniels Antwort auf meine Forderungen. Er starrt mich an, ein leichtes Lächeln auf seinem Gesicht. Ich ziehe eine Augenbraue hoch und warte.

Als ich das tue, lacht Daniel und eine angenehme Überraschung strahlt aus seinem Gesicht. Ich selbst bin ernst und wende meinen Blick nicht von Daniel ab.

Er unterbricht zuerst den Blickkontakt und schaut hinüber zu dem Bediensteten, der das verängstigte kleine Mädchen festhält. »Bring sie her.«

Ich lehne mich in meinem Stuhl zurück, meine Bewegungen sind träge und entspannt. In meinem Inneren tobt ein Krieg – das Schlachtfeld in meinem Bauch ist blutig und bösartig. Ich möchte dieses gesamte Haus niederreißen und jeden einzelnen kranken Menschen hier drin mit meinen Händen und Zähnen zerfetzen.

Ich werde ihnen zeigen, wie es sich anfühlt, von einem Monster gefressen zu werden.

Der Bedienstete drängt das Mädchen vorwärts, schiebt es immer wieder an, weil es seine kleinen Absätze im Boden eingräbt. Sie weiß, dass etwas Schlimmes bevorsteht.

Aber was sie nicht weiß, ist, dass ich alles in meiner Macht Stehende tun werde, um das zu verhindern.

Als das Mädchen uns erreicht, schnappt meine Hand vor und umschließt fest ihr kleines Handgelenk. Ihre großen Augen blicken mich an und was ich in ihnen sehe, bricht mir fast das Herz. In ihren Augen spiegeln sich Kummer und Angst. Es ist ein Ausdruck, den kein Kind jemals auf seinem Gesicht tragen sollte.

»Wie ist dein Name?«

Dan lacht spöttisch, aber ich ignoriere ihn. »S-Sarah«, sagt sie leise, ihre Stimme klingt wie die einer Maus. Ich möchte sie mir an die Brust ziehen und von hier weglaufen, aber ich glaube, wir wissen beide, dass das nicht möglich ist.

»Setz dich auf meinen Schoß, Sarah«, befehle ich fest.

Zögernd gehorcht sie. Ihre Augen schließen sich, als sie auf meinen Schoß klettert, aber mir entgehen nicht die Tränen, die ihr vorher in die Augen gestiegen sind.

Das Übelkeitsgefühl wird stärker, als ich ihr aufhelfe und ihren Körper auf meinem Knie halte, eine Hand oben auf ihrem Rücken, die andere auf ihrem Knie. Bereiche, die nicht sexuell sind, aber von den anderen als dominierend empfunden werden. Ich würde sie am liebsten gar nicht berühren – sie sieht das als etwas Raubtierhaftes an – aber ich denke, es ist am sichersten, wenn sie in meiner Nähe ist, während ein Haufen Erwachsener sie anstarrt, als wäre sie ihre nächste Mahlzeit.

Ich zwinge ein raubtierhaftes Lächeln auf mein Gesicht und beuge mich vor, meine Lippen an ihrem Ohr, und flüstere so, dass nur sie es hören kann: »Bei mir bist du sicher. Sei still.«

Dan beobachtet die Interaktion genau, ein Hauch von Unmut in seinen Augen. Von seinem Blickwinkel aus hätte er meine Lippen nicht lesen können. Und er ist nicht der Typ Mann, der es schätzt, wenn Geheimnisse vor seinen Augen ausgetauscht werden.

Sarah ist schlau. Sie reagiert nicht. Sie nickt nicht und spricht nicht. Sie schaut einfach weiter auf ihre gefalteten Hände, während ihr zierlicher Körper zittert, als ob sie mitten in einem Schneesturm wäre.

Ich schaue zu Daniel auf. »Erwartet man von mir eine Show oder kann ich sie auch woanders genießen?«, frage ich und schaue das Mädchen erwartungsvoll an.

Er wird denken, dass ich mir vorstelle, wie ich sie verletzen werde, aber in Wirklichkeit stelle ich mir vor, wie die kleine Sarah von Ruby weggetragen wird, während ich seinen Kopf auf ein Messer setze.

Dans Mund verzieht sich bei meinem Gesichtsausdruck und sein Gesicht entspannt sich. Ich bin ein verdammt guter Schauspieler.

Sonst würde ich in diesem Berufsfeld nicht überleben.

»Wir würden gern zusehen«, sagt Dan sanft und lehnt sich in seinem Stuhl zurück, während er eine Hand unter den Tisch schiebt. Aus meinem Blickwinkel kann ich nicht sehen, was er tut, aber das brauche ich auch nicht, um zu wissen, dass er sich selbst berührt.

Ich werde es genießen, ihn zu töten.

»B-bitte bring mich nach Hause«, weint Sarah und der Damm bricht, als ihr die Tränen über die Wimpern und ihre Pausbäckchen laufen.

Ich wische ihr die Tränen von den Wangen und lobe sie im Stillen dafür, dass sie vor meiner Berührung zurückweicht, obwohl ich mich fühle, als läge mein Innerstes im Feuer eines Müllcontainers.

»Nicht weinen, Süße«, säusele ich laut. Sie weint noch heftiger und mein Herz schlägt vor Wut Blasen.

Dan leckt sich mit unbändigem Hunger über die Lippen und greift nach ihr. Meine Hand, die sich um ihren Hals gelegt hat, schnellt hervor und ergreift seine Hand mit einer Festigkeit, die ihn sofort erstarren lässt.

»Ich teile nicht«, knurre ich und lasse etwas von meiner aufgestauten Wut heraus. Dan reißt seine Hand weg und hebt sie kapitulierend in die Luft.

»Besitzergreifend«, lacht er und blickt zu den Gästen. Verlegenheit blitzt in seinen Augen auf, aber sie ist wieder verschwunden, bevor sie sich richtig festsetzen kann. Das könnte mir noch Probleme machen – Dan ist ebenfalls nicht der Typ Mann, der öffentliche Demütigungen gut wegsteckt.

Nicht, dass ich mir wirklich Sorgen um die Gegenreaktion machen würde. Er wird sowieso bald tot sein.

Während Dans Blick über den Tisch schweift, drücke ich heimlich auf den Knopf meiner Uhr und halte meine Hände unter den Tisch. Als seine Augen wieder zu mir wandern, sind meine Hände wieder in ihrer ursprünglichen Position.

»Bitte, fahre fort … Bruder«, fügt er am Ende hinzu, in seinen Worten schwingt eine Herausforderung mit.

Ich lasse ein wildes Grinsen aufblitzen und halte mich nicht im Geringsten zurück. Seine Augen funkeln bei diesem Anblick, weil er wahrscheinlich davon ausgeht, dass er gleich die Show seines Lebens bekommt.

Bevor sich einer von uns bewegen kann, schreckt uns ein lautes Klopfen an der Haustür auf. Es folgt ein gedämpfter, nicht wahrnehmbarer Schrei. Dans Augen blicken zur Vorderseite des Hauses und er legt verwirrt die Stirn in Falten.

»Wer zum Teufel würde es wagen …?«, murmelt er leise und ist entsetzt, dass jemand fast seine Haustür aufbricht.

Panisches, leises Flüstern erhebt sich aus der Gruppe und die Gäste wenden sich mit ängstlichen Blicken einander zu.

»Daniel«, schnauze ich und errege damit seine Aufmerksamkeit. »Ich will nicht mehr warten.«

»Natürlich, ich werde mich beeilen«, beschwichtigt er und wirkt noch aufgeregter als die anderen am Tisch ihre Besorgnis und ihr Unbehagen äußern. Ein weiteres lautes Krachen schreckt die Gruppe auf, und Sekunden später ertönt ein dröhnendes Krachen, das die Gäste aufschrecken lässt. Einige erheben sich sogar von ihren Plätzen, bereit zu fliehen.

Und dann: »FBI! Runter auf den Boden, sofort!«

Der Rest der Gäste springt jetzt auf, ich eingeschlossen. Behutsam setze ich Sarah neben mir ab, halte mich aber an ihrem Arm fest, als der Raum in Chaos ausbricht. Die Tischgäste verteilen sich wie Ameisen, Schreie und Rufe hüpfen durch den Raum.

Die Tür zum Speisesaal wird aufgestoßen, was weitere Schreie auslöst. Mehrere FBI-Agenten stürmen den Raum und fordern lautstark, dass sich alle auf den Boden legen sollen.

»Lass uns gehen«, flüstere ich dem Mädchen zu und versuche, sie zur Küchentür zu führen.

Sie kämpft und schreit nach einem der Agenten und das schlummernde Feuer in ihr bricht endlich aus.

Ich bin so verdammt stolz auf sie.

Ich hebe sie hoch und flüstere ihr ins Ohr. »Die FBI-Agenten gehören zu mir. Ich werde dich nach Hause bringen, aber du musst mit mir zusammenarbeiten.«

In der Sekunde, in der die Worte *›nach Hause‹* meinen Mund verlassen, hört sie auf zu zappeln. Sie sieht mich an, ihre braunen Augen sind voller Tränen.

»Du könntest lügen«, schnieft sie, Misstrauen in ihren Augen. Ein weiterer Anflug von Stolz überkommt mich, als ich meine Hand in die Tasche stecke, eine gefälschte FBI-Marke herausziehe und sie ihr diskret zeige – die erste Lüge, die ich ihr wirklich erzählt habe. Widerwillig stimmt sie zu und nickt. Ich eile zur Küchentür und verschwende keine weitere Sekunde.

In dem Chaos wird niemand bemerken, dass ich rausgeschlüpft bin. Aber wenn doch, wird es mir bei Dan nicht schaden. Ich habe vor, ihm zu sagen, dass ich genau das getan habe.

Niemand ist in der großzügigen Küche. Wenn vorher jemand hier war, ist er wahrscheinlich weggelaufen, als er den FBI-Einbruch hörte.

Ich schlüpfe durch die hintere Schiebetür und mache mich auf den Weg über die große Veranda in Richtung Treppe.

Die kühle Luft ist Balsam für meine erhitzte Haut. Dieser Anzug engt mich ein. Meine Jeans und mein Kapuzenpulli sind mir viel lieber als dieser Scheiß.

»Bringst du mich zurück zu meiner Mommy und meinem Daddy?«, fragt Sarah leise. Ihre sanfte, süße Stimme ist fast ein Schock für meinen Verstand.

Das Adrenalin schießt unaufhörlich durch meine Venen, seit dem Moment, in dem sie in diesen Raum gebracht wurde. Und es wird sich nicht aus meinem Körper verflüchtigen, bis sie von diesem Grundstück verschwunden ist.

»Das werde ich«, verspreche ich sanft.

Ihre Hand hebt sich und ihr kleiner Finger fährt über eine der Narben in meinem Gesicht.

»Tut das weh?«

»Nicht mehr«, sage ich leise und unterdrücke den Drang, mich von ihrer Berührung wegzulehnen. Ich bin es nicht gewohnt, dass jemand meine Narben berührt. Als Addie es tat, fühlte es sich an, als würde Feuer über die tote Haut streichen. Jetzt, mit Sarah, fühlt es sich ein bisschen unangenehm an. Aber nicht unerträglich.

»Haben die bösen Männer, die mich entführt haben, dir das angetan?«

»Nicht dieselben bösen Männer, aber böse waren sie trotzdem.«

Sie scheint darüber nachzudenken und meine Worte langsam zu verdauen. Sie blinzelt mich an und wischt sich den Rotz aus der Nase.

»Weißt du, ob Mommy und Daddy noch leben?«

Ich stolpere fast über meine Füße, als sie die Frage stellt.

Da ich die Identität des Mädchens vorher nicht kannte, hatte ich noch keine Gelegenheit, ihren Hintergrund zu erforschen. Ich habe keine Ahnung, wer ihre Eltern sind oder woher sie kommt.

»Gibt es einen Grund, warum du denkst, dass sie es nicht sind?«, frage ich. Ich schaffe es zum Treffpunkt außerhalb der Sichtweite der Kameras und vor dem Haus, in dem Dan sich befindet.

Ihre Lider senken sich, lange Wimpern fächeln über ihre pausbäckigen Wangen, die noch feucht von ihren Tränen sind.

»Ich weiß nicht, wo sie sind«, sagt sie einfach.

»Wann hast du sie das letzte Mal gesehen?«

Sie zuckt mit den kleinen Schultern und sagt: »Ich weiß es nicht.«

Ich seufze, gebe dem Drang nach und drehe meinen Nacken, um die Verspannungen zu lösen. Ruby sollte bald hier sein, um sich um Sarah zu kümmern, während ich meine Arbeit erledige.

Bald werden die Agenten Dan und alle anderen auf die Wache schleppen, um sie wegen falscher Anschuldigungen festzunehmen.

Es sind falsche Agenten, die von mir angeheuert wurden. Zum Glück habe ich ein paar hochrangige FBI-Agenten in der Tasche, was diese Nacht erst möglich gemacht hat.

Sie bringen Dan auf die Wache, weil sie ihn des Drogenschmuggels verdächtigen. Wenn sie nichts finden, werden sie ihn morgen früh wieder freilassen. Dan wird darauf bestehen, dass die verantwortlichen FBI-Agenten gefeuert werden, und da keine echten Agenten involviert waren, werden die gefälschten Agenten einfach entlassen. Falsche Papiere werden ausgefüllt, und Dan wird zufrieden sein. Oder so zufrieden wie man eben sein kann, wenn die eigene Dinnerparty durch das Eintreten der Haustür unterbrochen wurde.

»Wie alt bist du, Kleines?«

»Fünf«, zwitschert sie.

»Ich werde versuchen, deine Mommy und deinen Daddy zu

finden, okay? Und wenn ich es nicht schaffe, dann sorge ich dafür, dass du in Sicherheit kommst.«

Sie nickt mit ihrem kleinen Kopf, ihre braunen Augen sind jetzt wieder auf mich gerichtet.

»Willst du dann mein Daddy sein?«

Fuck. Ich kann nicht sagen, ob ich das jemals zuvor gefragt worden bin. Ich zwinge mich zu einem Lächeln. Eine Adoption steht nicht außer Frage, aber das ist etwas, das ich erst einmal mit Addie besprechen muss. Sie wäre schließlich ihre Mommy.

Bevor ich antworten kann, schleicht sich Ruby an, um Sarah an einen sicheren Ort zu bringen. Ruby bleibt still, denn sie weiß, wie ernst die Lage ist. Als sie sich dem kleinen Kind nähert, das sich an meiner Hand festhält, flüstert sie ihr leise zu, dass sie mitkommen soll, damit sie sich in Sicherheit bringen kann. Sarah zögert.

»Du kannst ihr vertrauen«, sage ich leise.

Sarah sieht mich mit großen braunen Augen an und fuck, ich schmelze dahin wie Eiscreme.

»Werde ich dich wiedersehen?«

Ich schlucke und nicke, da ich nicht in der Lage bin, eine verbale Antwort zu geben. Sarah ist zufrieden und erlaubt Ruby, sie in die Nacht zu führen. Bevor sie komplett verschwinden, dreht Sarah ihren Kopf und wirft mir einen letzten Blick zu. Ich bin hin und weg.

Gerade als sie um die Ecke biegen, taucht ein FBI-Agent hinter mir auf und packt mich grob am Arm.

»Dachtest du, du könntest dich davonschleichen?«

Ich lache leise, auch als er mir beide Arme hinter den Rücken reißt und Handschellen anlegt.

Grob führt er mich zurück zur Vorderseite des Hauses, wo Dan immer noch lautstark die Agenten beschimpft und seinen Anwalt verlangt.

»Ich habe einen Flüchtigen«, ruft der Agent, der mir zugewiesen ist. Dan hält mitten in seiner Tirade inne und schaut zu uns rüber. Ich kann es aus dieser Entfernung nicht genau sagen, aber es scheint fast so, als würde sich Dans Gesicht für einen Moment vor Erleichterung entspannen.

»Er hat mit all dem nichts zu tun«, sagt Dan und sein Gesicht verzieht sich erneut vor Wut.

»Ja, genau, Kumpel«, schnaubt der Agent hinter mir. Ich bin tatsächlich überrascht, dass Dan versucht, mich zu verteidigen.

»Weshalb werde ich überhaupt verhaftet?«, knurre ich und täusche Wut vor.

»Du hast versucht, dich während einer FBI-Razzia davonzuschleichen. Das ist ein Grund, dich zu verdächtigen.«

»Das tut mir furchtbar leid, Zack«, mischt sich Dan ein. »Das hat nichts mit dir zu tun.«

Ich zucke mit einer Schulter, die Bewegung ist unangenehm gegen die Handschellen. »Schon okay. Trotzdem werden diese Arschlöcher bis morgen früh gefeuert sein«, sage ich mit einem süffisanten Grinsen.

Dan lacht spöttisch und korrigiert mich: »Am Ende der Nacht«.

»Genau, was auch immer, ihr Wichser. Steigt ins Auto, bevor ich euch auf dem Weg hinein aus Versehen den Schädel auf dem Autodach einschlage.«

Ich drehe mich in meinen Fesseln. »Wie ist dein Name?«

Der Agent grinst. »Michael.«

»Nun, Michael, ich hoffe, es macht dir nichts aus, dass ich dir gleich die Zähne ausschlagen werde.«

Michael lacht, da ist ein Funkeln in seinen Augen. Dan fängt wieder an zu reden, als ein anderer Agent ihn auf den Rücksitz eines Polizeiautos drückt. Sein Redeschwall wird durch das Zuschlagen der Tür unterbrochen.

»Steig in das verdammte Auto, Z. Ich habe Hunger.«

Glucksend gehorche ich.

Kapitel 40

Der Schatten

Ich kann mich nicht erinnern, jemals ein bedürftiges Kind gewesen zu sein. Als ich aufgewachsen bin, hatte ich eine tolle Beziehung zu meinen Eltern. Meine Mutter war unglaublich liebevoll und mein Vater war mein Supporter und sehr stark in mein Leben involviert.

Aber ich war schon immer ein von Natur aus unabhängiger Mensch. Ich war entschlossen, Dinge ohne Hilfe zu tun. Und weil meine Eltern mich mit Liebe und Aufmerksamkeit überschütteten, war das nichts, was ich gesucht habe.

Das kann ich nun nicht mehr sagen.

Addies Mund ist weit geöffnet und aus ihrem Mund läuft etwas Sabber. Sie schnarcht leise und ich glaube, ich hatte noch keine Gelegenheit, sie damit zu ärgern. Sie wird wütend werden, und ich lächle schon bei dem Gedanken daran.

Trotz ihres zerzausten Zustands ist mein Schwanz unglaublich hart. Die Hexe ging nur in einem weißen Dessous-Set ins Bett und als ich die Decke langsam zurückzog, ging ich fast in die Knie.

Hat meine kleine Maus das nur für mich getragen?

Ich streiche mit einem Finger über ihren Oberschenkel und genieße den Anblick, wie sich eine Gänsehaut bildet. Sie wälzt sich hin und her und stöhnt leise darüber, dass ihr Schlaf gestört wurde.

Wie würde sie sich wohl fühlen, wenn sie mit meinem Schwanz in sich aufwacht?

Sie bewegt sich wieder, als ich den Verschluss ihrer Unterwäsche berühre. Normalerweise wacht sie ziemlich schnell auf. Und obwohl Addie mir nachgibt, bin ich nicht so dumm, zu glauben, dass ich sie nicht immer noch in Aufregung versetze.

Das bedeutet, sie hatte ein paar Drinks.

Grinsend ziehe ich meine Schuhe aus und schlüpfe aus dem erdrückenden Anzug, den ich die ganze Nacht getragen habe.

Nachdem wir auf dem Revier angekommen waren, brachten sie Dan in einen separaten Raum und ließen mich gehen. Ich kam direkt hierher, mein Körper war angespannt von dem Bedürfnis, bei meiner kleinen Maus zu sein.

Völlig nackt lasse ich mich neben Addie ins Bett fallen und schmiege meinen Körper an ihren.

Ihre Augen flattern und ich beobachte, wie sie wieder zu Bewusstsein kommt. Als ihre Augen zu meinem Gesicht gleiten, weiten sie sich ganz leicht.

Ich hätte versuchen können, sie im Schlaf zu ficken, aber ich beschließe, damit noch zu warten, bis Addie ihre Liebe zu mir zugibt und meine akzeptiert. Bis ich sie ficken kann, ohne einen Kampf auszulösen, auch wenn ich glaube, dass ein Teil von Addie immer gegen mich kämpfen wird.

Obwohl ich Addie schon mehrmals benutzt habe, konnte ich wenigstens die Reaktionen ihres Körpers beobachten, wenn sie wach und bei klarem Verstand war. Das macht das Ganze nicht unbedingt richtig. Aber ihr Körper hat sich immer nach mir gesehnt.

Und wenn es je nicht so gewesen wäre, hätte ich sie so lange nicht angefasst, bis er es getan hätte.

»Warum liegst du in meinem Bett und starrst mich an wie ein Creep?«, fragt sie mit schlaftrunkener Stimme.

Ich lache. »Ich dachte, es wäre schon klar, dass ich ein Creep bin?«

»Das ist es, und trotzdem machst du so weiter.«

»Möchtest du, dass ich aufhöre?«, frage ich und lasse meine Hände über ihren Hintern gleiten.

Sie atmet scharf ein und scheint viel wacher und aufmerksamer zu sein, als ich ihren prallen Hintern in meine Hände nehme.

»Nein«, gibt sie leise zu. Sie sieht so klein und verletzlich aus, wenn sie es zugibt, also bleibe ich ruhig.

Sie fährt mit dem Finger über die Tattoos auf meiner Brust und wendet ihren Blick fest von mir ab.

»Bedeutet das irgendetwas?«, fragt sie vorsichtig und es scheint, als würde sie sich sehr auf das Design konzentrieren.

»Nein«, antworte ich. »Ich habe sie, weil ich sie mag. Ich ziehe es vor, alles, was von Bedeutung ist, nur in meinem Besitz zu behalten.«

Stirnrunzelnd blickt sie durch ihre langen Wimpern zu mir auf. »Warum? Ich hätte gedacht, dass dein Körper der einzige Ort ist, an dem du etwas Bedeutendes hast. Du trägst ihn überall mit dir herum.«

Ich hebe eine Schulter. »Mein Körper ist nur ein Gefäß, in dem meine Seele wohnt, befestigt an einer Hülle, die sie eines Tages verlassen wird. Und wenn dieser Tag kommt, wird es mir egal sein, ob ich diese Hülle loslasse. Ich trage meinen Körper mit mir herum, weil ich es muss, nicht weil ich es mir aussuchen kann. Aber wenn ich etwas Bedeutendes besitze, entscheide ich mich dafür, es zu behalten. Etwas Bedeutungsvolles auf meiner Haut zu tragen, ist mühelos, aber an etwas festzuhalten, das ich verlieren könnte – das erfordert Hingabe.«

Sie senkt erneut ihren Blick und scheint über meine Worte nachzudenken. Ich lege meinen Finger unter ihr Kinn und will – nein, ich brauche es – dass sie mich anschaut. Sie saugt mir den Sauerstoff aus den Lungen, und ich habe es immer geliebt, an der Grenze zwischen Leben und Tod zu stehen.

Diese hübschen braunen Augen blicken mich an, groß und rund, und ich möchte sie einfach nur verschlingen.

»Ich werde dich immer besitzen, Little Mouse. Du sollst also wissen, dass du meine uneingeschränkte Hingabe hast, um dich zu behalten.«

»Warum klingt das immer wie eine Drohung?«, fragt sie sich laut, obwohl ein kleines Lächeln ihre Lippen umspielt.

Ich grinse. »Weil es so ist.«

Ich drehe mich auf den Rücken und ziehe sie mit mir, sodass sie auf meiner Brust ausgestreckt liegt.

»Zade«, warnt sie, aber ihre Worte stehen im Gegensatz zu ihren Taten. Sie verlagert ihre Beine, sodass sie sich auf mir spreizt und ihre Mitte sich an meinem Schwanz drücken kann. Ich kann durch die Seide ihrer Unterwäsche spüren, wie heiß und feucht sie ist.

Zähneknirschend balle ich meine Hände zu Fäusten und kämpfe gegen den Instinkt an, das erbärmliche Höschen in Fetzen zu reißen, damit ich spüren kann, wie bereit sie ist, mich in sich aufzunehmen.

»Adeline«, echoe ich.

Ihre hellbraunen Augen liegen im Dunkeln, aber ich kann die Wirkung trotzdem spüren. Sie lehnt sich genau über mich, ihr weicher Körper schmiegt sich an meinen. Ich schwöre, ich kann die Spannung in ihren Hüften spüren, während sie dem Drang widersteht, ihre Pussy an mir zu reiben.

»Was?«, flüstert sie und tut so, als wüsste sie nichts.

»Setz dich auf meinen Schwanz. Jetzt.«

Ihr Atem stockt und da ihre Brüste fest an meine gepresst sind, kann ich nicht sagen, ob das schnelle Pulsieren in meiner Brust von ihrem oder meinem Herzen stammt.

Der innere Widerstand in ihrem Kopf ist laut und Unentschlossenheit strahlt aus ihr heraus.

Schließlich setzt sie sich auf und ihr Körper schneidet durch die Strahlen des Mondlichts, die durch die Balkontüren scheinen.

Und ich schmelze dahin.

Ihr kurviger Körper wird von Schatten und Licht hervorgehoben, die beiden verbotenen Liebhaber treffen auf ihrer Haut aufeinander und schaffen ein Meisterwerk.

Ihre Schönheit blendet mich und verwandelt meinen Körper in Asche unter ihrem Licht.

Sie lässt ihre Hand über ihren flachen Bauch gleiten, bis ihre Fingerspitzen den Rand ihrer Unterwäsche berühren.

»Addie«, knurre ich aus zusammengebissenen Zähnen. Meine Hände gleiten ihre Oberschenkel hinauf und halten an der Stelle inne, wo sie auf ihre Hüften treffen. Ich bin ein schwacher Mann, und ich habe nicht die Kraft, das Bedürfnis, sie zu berühren, zu unterdrücken.

»Ja, Zade?«, fragt sie mit ihrer rauchigen Stimme. Meine Hüften zucken daraufhin ungeduldig. Sie lächelt, böse und grausam.

Letztendlich richtet sie sich auf, schiebt ihre Unterwäsche zur Seite und entblößt ihre Pussy. Ich hebe wieder meine Hüften, sehnsüchtig nach einer Berührung, aber sie weicht mir aus und bleibt knapp außerhalb meiner Reichweite.

»Du hast fünf verdammte Sek–«

»Shh, Baby.« Ich bin so überwältigt davon, dass sie mich ›*Baby*‹ nennt, dass sich meine Drohung in Luft auflöst, als wäre meine Stimme nur ein Geist gewesen.

Ihr Lächeln wird bei meinem ungläubigen Blick noch breiter, aber ich bin nur verwirrt, warum sie dachte, mich Baby zu nennen, würde mich beruhigen.

Jetzt ist alles, was ich will, sie auf die Knie zwingen, ihr hübsches Gesicht in die Laken zu drücken und sie zu ficken, bis ihr Kopf an der Unterseite des Bettes herausschaut.

Bevor ich diese Vorstellung wahr machen kann, lässt sie ihre Hüften sinken. Ich stöhne auf, als ich spüre, wie mein Schwanz von glatter Hitze umhüllt wird, während sie an mir auf und ab gleitet. Mein Kopf fällt nach hinten und meine Hände krallen sich in ihre Hüften. Sie wird blaue Flecken auf ihrer Haut tragen und der Gedanke daran macht die Bestie nur noch wütender.

»Fuck, Add–«

Ich habe nicht einmal Zeit, mein Gebet zu beenden, bevor die Spitze meines Schwanzes in sie eindringt, und ich völlig unfähig bin, Worte zu formulieren.

Langsam – folternd – arbeitet sie meinen Schwanz in sich hinein und balanciert ihr Gewicht auf meinem Bauch. Kleine, atemlose Atemzüge entweichen ihrem Mund, während ich unter ihr zittere.

So verdammt eng.

»Gott, ich bin so ausgefüllt«, wimmert sie und ihr Körper zittert, während sie versucht, mich in sich aufzunehmen.

»Baby, ich werde mich nicht mehr lange beherrschen können. Setz. Dich.«

Während sie ihre Unterlippe zwischen die Zähne zieht, erhebt sie sich ein letztes Mal, bevor sie sich ganz auf meinen Schwanz setzt.

Ein Aufschrei entweicht ihren Lippen und ihre Augen weiten sich. Mein Körper summt von der Euphorie ihrer Pussy, die sich so verdammt fest um mich schließt.

Verdammtes Nirwana. Es gibt nichts Vergleichbares.

»Jetzt beweg dich«, krächze ich und meine Kontrolle entgleitet mir, als ich meine Hüften einmal nach oben stemme. Das reicht, um mir einen Stromschlag zu verpassen.

Ihr Kopf kippt nach hinten, sie verdreht die Augen, während sie die Hüften bewegt.

»Oh«, stöhnt sie und setzt die Bewegung fort, bis wir beide im Delirium sind. Sie bewegt sich langsam und träge, gleitet auf und ab und bewegt ihre Hüften auf eine Weise, die mich Sterne sehen lässt.

Ihre Augen sind zusammengekniffen, ihr kleiner Mund ist aufgerissen, während sie sich an meinem Schwanz ergötzt. Es fühlt sich unglaublich an, genug, um mich kommen zu lassen, wenn ich es zulasse, aber ich brauche mehr. Ich brauche sie schnell und hart.

»Little Mouse«, rufe ich, meine Stimme heiser vor Verlangen.

Ihre Hüften bewegen sich nicht und ihre Augen öffnen sich langsam. »Renn!«

Ihre Augen weiten sich und ihr Atem stockt. Einen Moment lang sind wir beide wie eingefroren, dann setzt sie sich in Bewegung. Ich zische aufgrund des Gefühls, aus ihr herauszuflutschen, und dann katapultiert sie sich selbst zum Ende des Bettes.

Sie stürmt aus dem Zimmer und rennt auf die Treppe zu. Ich bleibe ihr dicht auf den Fersen und genieße die erschrockenen Schreie, die ihr jedes Mal entweichen, wenn sie mich so nah bei sich sieht. Absichtlich habe ich sie laufen lassen und mein Schwanz ist durch die Verfolgung noch härter geworden.

Meine kleine Maus liebt es, Angst zu haben. Und es macht mir Spaß, sie diese spüren zu lassen.

Sie stürmt die Treppe hinunter und zielt auf die Rückseite des Hauses. Ich grinse, als ich erkenne, wohin sie will.

Ich lasse sie bis zum Flur laufen, bevor ich sie hochhebe und es genieße, als ihre Nägel über meinen Arm kratzen.

»Versuchst du, eine Lieblingserinnerung aufleben zu lassen, ungezogenes Mädchen?«

Sie knurrt daraufhin und strampelt mit den Beinen in der Luft. Ich stürme fast in den Wintergarten, die Schönheit davon beeindruckt mich nicht mehr, wenn ich das schönste Geschenk bereits in den Armen halte.

Ich lasse mich auf die Knie fallen, drehe sie herum und lache, als sie sich gegen mich wehrt. »Kommt dir das bekannt vor?«

»Zade!«, schreit sie entrüstet, aber ich lasse ihr keine Zeit, sich zu orientieren. Es handelt sich nur um Sekunden, da liegt sie auf dem Rücken und starrt mich mit großen Augen an.

»Lass mich wissen, welche Sterne du bevorzugst. Die über dir, oder die, die ich dich sehen lasse.«

Dann stoße ich in ihre enge Hitze, ohne uns beiden einen Moment Zeit zu lassen, uns darauf vorzubereiten. Sie schreit auf, ihr Rücken wölbt sich und ihre Nägel krallen sich in meine Arme.

»Jesus, fu–«, ihre Worte werden von einem weiteren heftigen Stoß unterbrochen.

Ich erschaudere und habe mich nicht mehr unter Kontrolle, als ich in sie stoße und sie hart ficke.

Scharfe Schreie erfüllen die Luft und es gibt einen Moment, in dem die Tonlage so hoch ist, dass ich fürchte, etwas in ihr zerbrochen zu haben.

Aber dann klammert sich ihre Pussy fest um mich und macht es mir fast unmöglich, mich zu bewegen, bevor sie um meinen Schwanz herum kommt und ihr Körper vor lauter Kraft fast zuckt.

Mein Name kommt ihr über die Lippen, aber ich kann nicht aufhören. Das Geräusch unserer Haut und ihre verzerrten Worte prallen an den Fenstern um uns herum ab, während ich weiter in sie hinein stoße.

Ihre winzige Kehle liegt in meiner Hand und ich drücke zu, bis sie kein Wort mehr sagen kann. Eine Hand schlingt sich um meinen Arm und brennt blutige Halbmonde in meine Haut, während sie um Sauerstoff kämpft. Ich bin bereit, meinen Namen auf ihrer Zunge zu opfern, wenn das bedeutet, dass ich mit ihr in den Himmel aufsteigen kann.

Ich fletsche die Zähne, während die Lust meine Wirbelsäule hinunterläuft und sich an der Basis aufbaut.

Fuck, ich spüre die Explosion direkt am Abgrund. Parsons Manor wird immer das Haus sein, das brennt und Leben kostet.

»Gib mir noch einen, Baby«, fordere ich und greife mit meiner anderen Hand nach unten, bis mein Daumen ihre Klitoris umkreist.

Ihr Gesicht färbt sich rosa und wird fast rot, als sie noch einmal kommt. Ich lasse ihre Kehle los, der Schwindelanfall durch den Sauerstoffmangel in Verbindung mit ihrem Orgasmus lässt ihren Rücken komplett vom Boden abheben. Wie eine besessene Frau klammert sie sich an mich, während weitere Kratzer auf meiner Haut erscheinen.

Zähneknirschend lehne ich mich zurück und ziehe ihren sich windenden Körper mit mir mit, bis ich auf den Knien sitze und ihre Beine fest um meine Taille geschlungen sind.

Sie senkt sich unerbittlich auf mich hinab, reitet ihren Orgasmus aus und zieht mich mit sich über die Kante. Ich komme mit einem Knurren und drücke sie so fest an meine Brust, dass wir beide nur zu kleinen, ruckartigen Bewegungen fähig sind, während wir uns aneinander reiben.

Ich verliere mich selbst. Meinen Namen. Meine Identität. Meine Seele. Sie wurde in den Strudel weggeschleudert, den unsere Körper geschaffen haben. Als würde man in ein Wurmloch gesaugt und in ein neues Universum hinausgeschleudert.

Und als wir wieder in die Realität zurückkehren, sehen die Sterne um uns herum plötzlich so matt und leblos aus, verglichen mit denen, die in ihren Augen leuchten.

»Ich habe morgen eine Auslöschung. Darauf habe ich mich seit Monaten vorbereitet«, sage ich und fahre mit meinen Fingern über ihren nackten Rücken. »Es wird ziemlich gefährlich sein. Ich möchte nur, dass du dir dessen bewusst bist.«

Addies Kopf hebt sich und ihr Gesicht ist jetzt, da wir uns in einem Raum mit Fenstern befinden, viel besser zu erkennen. Ich kann die kleinste Andeutung der Sommersprossen auf ihrer Nase und ihren Wangen sehen und möchte jede einzelne von ihnen küssen.

Wir liegen erschöpft nebeneinander, nachdem ich uns beide um den Verstand gefickt habe, und keiner von uns hatte seitdem Lust, aufzustehen.

»Geht es um die Rituale?«

Ich nicke und erzähle ihr von letzter Nacht. Sie wusste von der abgefuckten Dinnerparty, und als ich ihr sage, dass sie erfolgreich war, wird ihr Gesicht vor Erleichterung weich.

»Ich kann nicht begreifen, dass die Leute das wirklich tun. Die Leute kamen einfach rüber und setzten sich an den Tisch, als ob sie einen verdammten Hummerschwanz essen wollten?«

»Ja«, murmle ich. Ich beiße mir auf die Lippe, denn ich grinse schon wie ein Verrückter, weil ich ihr gleich etwas erzählen werde. Ihr Kopf hat sich gerade wieder auf meine Brust gelegt, als ich sage: »Das kleine Mädchen, das ich gerettet habe, Sarah. Sie hat mich gefragt, ob ich ihr Daddy sein will.«

Addies Kopf fährt ein wenig zu schnell in die Höhe.

»Vorsicht, diese Welt wäre in Schwierigkeiten, wenn du sterben würdest.«

Ihr Mund verzieht sich. »Was hast du ihr gesagt?«

Ich zucke mit den Schultern. »Ich konnte nicht wirklich etwas sagen. Sie musste gehen, damit ich verhaftet werden konnte. Wenn ich das nicht getan hätte, wäre das Ganze für Dan und die Organisation zu auffällig gewesen. Zum Glück konnte ich es auf eine Anklage abschieben, die Dan in der Vergangenheit bekommen hat.«

Sie blinzelt. »Und würdest du? Sie adoptieren, meine ich?«

Ich hebe meine Hand, streiche ihr sanft eine Haarsträhne aus dem Gesicht und streiche sie hinter ihr Ohr. Sie versucht, das Zittern zu verbergen, aber ihr Körper ist zu eng an meinen gepresst, als dass es ihr gelingen würde.

»Ich würde nichts ohne deine Zustimmung tun. Aber ja, ich würde es tun.«

Sie schluckt. »Warum brauchst du mein Einverständnis?«

»Glaubst du, ich habe dich nur gestalkt, weil ich einen schnellen Nervenkitzel wollte? Nein, Baby. Du und ich sind für immer zusammen. Das heißt, wenn ich ein Daddy werde, dann wirst du zu einer Mommy.«

Ihre Augen weiten sich und etwas, das wie Panik aussieht, blitzt in ihrer Iris auf. Ich schiebe einen Finger unter ihr Kinn und drücke ihr einen kurzen Kuss auf die Lippen.

»Mach dir darüber im Moment keine Sorgen. Sarah ist in

Sicherheit und im Moment machen wir uns mehr Sorgen um ihr Trauma und darum, uns um ihre psychische Gesundheit zu kümmern.«

Sie nickt, aber mir entgeht ihr durchdringender Blick nicht, bevor sie sich wieder auf meine Brust bettet.

Kapitel 41

Der Schatten

»Bist du bereit für heute Abend?«, fragt Jay.

»Ich bin bereit«, antworte ich leichthin, als ich vor dem Herrenclub, dem *Savior's*, vorfahre. Dass die Organisation diesen Club als Fassade für ein unterirdisches Verlies gewählt hat, muss ihre Version eines kranken Sinns für Humor sein.

Ich nehme den Hörer aus dem Ohr, stecke ihn in meine Anzugjacke und mache mich auf den Weg zum Eingang.

Das Gebäude sieht von außen aus wie jeder andere hochpreisige Stripclub – ein schwarzes Marmor-Monstrum, das vor Geld und Macht trieft. Der Sicherheitsmann, der vor der Tür steht, scannt mich einmal ausgiebig, bevor er mich dem üblichen »*Wie lautet dein Name*« und »*Lass mich deinen Arsch untersuchen*« aussetzt.

Im Gegensatz zu Detective Fingers schafft er es tatsächlich, seine Hände in der sicheren Zone zu halten, und lässt mich problemlos durch.

Aus offensichtlichen Gründen ist es mir nicht erlaubt, Schusswaffen bei mir zu tragen. Aber das wird kein Problem sein.

Nachdem Mark den Ort verraten hatte, konnten einige meiner Männer den Sicherheitsdienst für diesen Club infiltrieren.

Mächtige Männer und Frauen würden sicher nicht auftauchen, um Kinder zu töten, wenn sie sich dabei nicht geschützt fühlen würden.

Die Sicherheitskräfte sind verpflichtet, Schusswaffen zu tragen, und ich weiß aus zuverlässiger Quelle, dass einige von ihnen mir zu gegebener Zeit eine oder zwei Waffen aushändigen würden.

Genau wie beim letzten Mal, als ich den Club betrat, fühlt es sich an, als würde ich durch ein Portal zur Hölle gehen. Es ist stickig hier drinnen, die Luft ist so voller Verderbtheit und Krankheit, dass sie wie eine physische Last auf meinen Schultern liegt.

Jesus fucking Christus!

Ich habe das Gefühl, ich brauche eine verdammte Gasmaske.

Ich gehe direkt in den Hauptbereich, dessen riesige Anlage offen gehalten ist. Er ist schwach beleuchtet und unheimlich – der perfekte Ort, um sich unbemerkt in den Schatten zu verstecken.

Die Böden sind aus schwarzem Marmor, und im Gegensatz zu den schäbigen Stripclubs in der Innenstadt glänzen diese Böden wie meine frisch polierten Schuhe. An den blutroten Wänden gibt es keine gruselige Kunst, aber in den Nischen und an den Tischen rund um die Bühne tummeln sich jede Menge Wichser. Eine Frau schwingt sich um die Stange und wackelt mit ihrem Hintern im Takt, während Geld auf die Bühne geworfen wird.

Musik schallt aus den Lautsprechern, so laut, dass ich mich kaum selbst denken hören kann. Lautes Stöhnen ertönt von irgendwo auf dem Flur und ich achte darauf, dass ich erst einmal weit wegbleibe. Wenn ich mich umdrehe und sehe, dass hier irgendeine Scheiße passiert, werde ich die ganze Sache vermasseln.

»Für eine Sekunde dachte ich, du würdest dich nicht mehr blicken lassen«, sagt eine Stimme hinter mir.

Ich drehe mich um und sehe Dan, der mich mit einem zufriedenen Grinsen anstarrt.

»Kann ein Mann nicht ein paar Stripperinnen genießen, nachdem er verhaftet wurde?«, erwidere ich, wobei mein Tonfall von trockener Belustigung geprägt ist.

Dan lacht, schüttelt den Kopf und steckt die Hände in die Taschen. »Ich kann immer noch nicht glauben, dass das passiert ist. Es tut mir so leid. Jeder Mann, der meinen Rasen betreten hat, wurde in dieser Nacht gefeuert, das versichere ich dir.«

Ich lasse meine Zähne blitzen. »Ich habe nichts anderes erwartet. Welche Anschuldigungen haben sie versucht, dir anzuhängen?«

»Fucking Drogenschmuggel«, spottet er ungläubig. »Ich hatte schon seit Monaten kein Koks mehr in der Nase, und es war ganz sicher nicht mein Produkt.«

Ich ziehe eine Augenbraue hoch. »Was ist mit dem Mädchen passiert?«

Sein Gesicht verfinstert sich und zum ersten Mal sehe ich, wie das Böse herausstrahlt. Ich wusste, dass es da war und knapp unter der Oberfläche lauerte. Aber das ist das erste Mal, dass Dan diesen hasserfüllten Dämon wirklich herauslässt.

»Ich glaube, einer meiner Gäste hat das Chaos ausgenutzt und sie für sich selbst gestohlen.«

»Und was sagen die Kameras?«, dränge ich.

Er schüttelt den Kopf und spuckt: »Verdammt noch mal ruiniert. Das FBI muss etwas getan haben, um das Signal zu stören, als sie kamen. Wahrscheinlich, weil sie nicht befugt waren, meine verdammte Tür einzutreten. Wie dem auch sei, das kleine Mädchen ist weg, und neunzigtausend Dollar einfach den Bach runtergegangen.«

Mein Unmut wird deutlich, als ich sage: »Hast du eine Ahnung, wer das war? Ich würde gern mit ihnen darüber sprechen, dass sie mich bestohlen haben.«

Ein Grinsen zeichnet sich auf seinem Gesicht ab. »Sobald ich eine Bestätigung habe, werde ich es dich wissen lassen. Ansonsten halte die Bestie in Schach.« Er tätschelt meine Brust und deutet auf einen leeren Tisch. »Lass uns etwas trinken. Die Zeremonie beginnt erst in ein paar Stunden.«

»Na dann, auf geht's.«

»Also, meine Frau hat gesagt, dass sie gehen wird. Ich habe ihr gesagt, dass es auf dieser Welt keinen verdammten Zentimeter gibt, wo sie sich verstecken könnte, und ich konnte sie nicht finden.«

Er beendet seine Aussage mit einem Kopfschütteln und ist fassungslos, dass seine Frau überhaupt versucht, woanders ein glückliches Leben aufzubauen.

Irgendwo, wo es nicht darum geht, Kinder zum Abendessen zu servieren. Und was für eine kranke Scheiße sie ihnen sonst noch antun.

»Frauen rennen gern, aber sie mögen es noch mehr, gefangen zu werden«, murmle ich.

Er sieht mich an, ein verschmitztes Grinsen umspielt seine Lippen. »Genau, Mann. Zu schade, dass die Schlampe es nicht wert ist, verfolgt zu werden. Wenn ich sie dann erwische, wird sie sich wünschen, dass sie den Zentimeter gefunden hätte. Weißt du, wie anstrengend es ist, mit jemandem verheiratet zu sein, der nicht denselben Geschmack teilt? Ich habe schon mehrmals versucht, sie einzuweihen, aber sie weigert sich. Kannst du dir das vorstellen?«

Wie antwortet jemand, der auch nur einen Funken Anstand besitzt, auf so etwas?

Gar nicht.

Ich schüttle lässig den Kopf und nehme einen Schluck von meinem Whiskey. Addies Großvater hat einen besseren Geschmack als diese alten Wichser.

Er schaut auf seine Rolex und gibt mir ein Zeichen, ihm zu folgen, während er aufsteht. »Es ist an der Zeit. Lass uns nach unten gehen«, sagt Dan und schluckt den letzten Tropfen seines Whiskeys, bevor er das leere Glas auf den Tisch stellt. Er dreht sich um und mustert eine vorbeigehende Stripperin, wobei seine Augen auf ihren entblößten Hintern starren.

»Und wenn wir fertig sind, werde ich als Nächstes einen Bissen von dieser hier nehmen. Diese Einweihungen bringen mich immer in Stimmung.«

Der Whiskey in meinem Magen wird sauer.

Ich schlucke hinunter, was ich in Wirklichkeit sagen will, und gebe ihm ein Zeichen, dass er vorangehen soll.

Er schlendert in Richtung des Flurs, aus dem das Stöhnen ertönt. Ich richte meinen Rücken auf und folge ihm.

Wir gehen durch einen Flur, der auf beiden Seiten mit Türen gespickt ist. Das Stöhnen wird lauter, aber jetzt, wo ich näher dran bin, höre ich die Noten von Angst und Schmerz darin. Das Knallen von Peitschen, das Schlagen auf Fleisch und das laute Brummen der Männer begleiten das Stöhnen.

Fuck. Denk an das Kind, das irgendwo auf einem steinernen Altar liegt. Sie brauchen mich mehr.

Am Ende des Flurs ist eine schwarze Marmortür. Dan legt seine Hand um den Knauf und hält inne, bevor er mich mit vor Aufregung gekräuselten Lippen anschaut.

»Bist du bereit?«

»Wenn man bedenkt, dass ich gestern Abend um meinen Spaß gebracht wurde. Ja, ich bin mehr als bereit.«

Dan grinst hämisch, bevor er die Tür öffnet. Ich werde von einem dunklen Flur empfangen, der nur von einer schwachen LED-Beleuchtung auf beiden Seiten des Bodens erhellt wird.

Der Korridor ist lang und fühlt sich jetzt schon unendlich an. Und es scheint, je weiter wir gehen, desto schmaler wird er. Aber das ist nur mein Verstand, der mir Streiche zu spielen versucht.

Am Ende ist eine weitere Marmortür. Ich schaue zurück und bemerke, dass wir ein leichtes Gefälle hinuntergehen, da ich in der Ferne eine kleine Gruppe von Männern den Gang hinunterkommen sehe.

Dan öffnet die Tür und wir werden von einem Raum voller Menschen begrüßt. Der schwarze Marmor reicht zwar bis in den Raum hinein, aber die Wände sind aus Stein. Auf beiden Seiten befinden sich lange Reihen mit den bekannten schwarzen Gewändern, die ich schon in den letzten Videos gesehen habe. Die Menschen, die hier versammelt sind, sprechen leise und ziehen sich die übergroßen Roben an. Mein Herz klopft, fast ungläubig, dass ich endlich hier bin. Der Moment, auf den ich so lange hingearbeitet habe.

Es ist surreal.

»Nimm einen«, befiehlt Dan in ernstem Ton. Ohne ein Wort zu sagen, nehme ich eines der Gewänder und ziehe es an. Das Material ist seidenweich, aber es fühlt sich an, als würde ich mich in Wolle einwickeln. Trotz meiner großen Statur hängt der Stoff über meine Füße und Hände.

Als Nächstes händigt er mir eine dicke, metallgraue Halskette aus. Die Kette ist eiskalt und liegt schwer in meinen Händen, das große Symbol, das daran hängt, wiegt mindestens ein Pfund.

Ich ziehe es mir über den Kopf, während Dan mich eindringlich anstarrt. »Heute Abend in unsere Familie aufgenommen zu werden, bedeutet, dass du deine Seele dem Teufel übergeben wirst. Hast du das verstanden?«

Ich nicke. Der Teufel und ich sind uns bereits vertraut.

»Ein weiterer Neuling?«, fragt jemand mit nasaler Stimme von meiner linken Seite. Ich drehe mich um und sehe ein Wiesel von einem Mann neben mir stehen. Er ist über einen halben Meter kleiner als ich, mit Geheimratsecken, einem aufgeplusterten Gesicht und einer runden Brille.

»Das bin ich«, antworte ich kryptisch. »Und Sie sind?«

Der Mann lächelt nervös. »Auch ein Neuling. Mein Name ist Larry Verenich.«

»Zack«, stelle ich mich vor. Mehrere gewandete Gestalten strömen durch eine weitere schwarze Tür geradeaus aus dem Raum.

»Lasst uns gehen«, sagt Dan und nickt mit dem Kopf in Richtung der Gruppe.

Als ich mich der Tür nähere, ertönt ein leises Summen in meinem Nacken, das mir die Haare zu Berge stehen lässt. Der Raum ist genauso, wie ich ihn in den Videos gesehen habe. Es ist, als würde man eine unterirdische Höhle betreten, nur dass die Luft nicht feucht, sondern trocken und schwer ist. Der dunkle

Raum wird von Hunderten von Kerzen an den Felswänden beleuchtet. Aber die kleinen Flammen sind kein Gegengewicht zu den erdrückenden Schatten.

Wir befinden uns auf einer runden Plattform, ein einfaches schwarzes Geländer schützt uns vor einem etwa fünfzehn Meter tiefen Abgrund. In der Mitte des Raumes steht ein steinerner Altar, auf dem ein kleines, zappelndes Mädchen liegt. Schwarze Riemen umschließen ihre winzigen Hand- und Fußgelenke und halten sie an Ort und Stelle.

Sie kann nicht älter als sechs oder sieben Jahre alt sein.

Das Summen wird lauter, bis es sich anhört, als käme es aus meinem eigenen Kopf. Meine Hände verkrampfen sich unter dem Stoff und ich bin dankbar, dass die Ärmel lang genug sind, um meine Reaktion zu verbergen.

»Zu deiner Linken befindet sich die Treppe«, sagt Dan und zeigt in die Richtung. »Geh vor und stell dich an den Altar. Einem von euch beiden wird das Messer zum Ausbluten des Opfers gereicht. Trink das Blut und du wirst in die Organisation aufgenommen.«

Ich nicke und gehe in die Richtung. Die felsige, unebene Treppe ist gleich vor mir, wo Larry bereits unterwegs ist.

Ich ziehe mir die Kapuze über den Kopf und schaue mich um, bis ich die Sicherheitskräfte entdecke – drei von ihnen auf einer der unteren Ebenen, wo der Altar steht, versteckt in den Schatten. Von meinem Aussichtspunkt aus kann ich ihre Gesichter nicht sehen. Aber ich weiß, dass Michael einer von ihnen ist.

Zwei weitere Männer folgen mir, als ich die Stufen hinuntersteige. In dem Moment, in dem mein Fuß den Boden berührt, beginnt ein leiser Gesang, der immer lauter wird, je näher ich dem Altar komme.

Ich starre das kleine Mädchen auf der Steinplatte an, dem die Tränen über die schmutzigen Wangen laufen. Sie schluchzt, runzelt die Stirn und starrt uns mit ihren großen blauen Augen voller Angst an.

Mein Herz krampft sich so sehr zusammen, dass es lähmend wirkt. Mit eiserner Willenskraft zwinge ich mich, still zu stehen.

»Fuck, ich werde jetzt schon hart«, flüstert ein Typ von links. Meine Zähne splittern fast, weil ich meinen Kiefer in diesem Moment so fest zusammenpresse. Langsam drehe ich mich um und sehe einen Mann, der aussieht, als wäre er Anfang zwanzig, seine Kapuze unten. Seine braunen Augen blicken zu mir auf und alles, was ich sehen kann, ist pure Erregung, die aus ihnen strahlt.

Er wird der Erste sein, der stirbt.

Er ist nah genug, dass er mein Gesicht sehen kann, und ich versuche, es neutral zu halten. Er grinst mich an, aber ich zeige keine Reaktion. Und obwohl sein Lächeln ein wenig schwankt, hat der kranke Wichser keine Ahnung, dass ich ihm gerade einen großen Gefallen getan habe. Denn hätte ich reagiert, wäre ich ihm an die Kehle gegangen und hätte ihm mit bloßen Händen die Luftröhre herausgerissen.

»B-b-bitte, ich will meine Mommy«, fleht das kleine Mädchen. Ihre roten, geschwollenen Augen sind voller Tränen und sie starrt mich voller Angst und Verzweiflung an. Ihre kleine Lippe zittert und es kostet mich körperliche Überwindung, ihre winzige Hand nicht in meine eigene zu nehmen.

»Biiitte!«, weint sie, ihre Augen sind voller Tränen, und das, obwohl ihr die Tränen in Strömen über die Wangen laufen. »Ich will nach Ha-hause.«

Knurrend zwinge ich mich, den Mund zu halten. Mehr als alles andere möchte ich sie beruhigen. Sie trösten. Ihr versprechen, dass sie ihre Mutter wiedersehen wird. Aber ich kann es keinem dieser Worte erlauben, zu entweichen.

Noch nicht.

Der Gesang um uns herum wird immer lauter, bis es sich anfühlt, als würde die Höhle durch den Klang vibrieren. Aber es ist gedämpft, als befinde ich mich unter Wasser. Alles, worauf ich mich konzentrieren kann, ist das kleine Mädchen, das mich um Hilfe anfleht.

Ich starre sie so angestrengt an und versuche, ihr die Gewissheit in meinen Augen zum Ausdruck zu bringen, dass ich die schwarze Gestalt, die sich mir genähert hat, gar nicht bemerke, bis sie direkt vor mir und auf der anderen Seite des kleinen Mädchens steht.

Deren Gesicht ist in den Tiefen ihrer Kapuze verborgen und schwarze Handschuhe bedecken ihre Hände. Ich habe keine Ahnung, ob diese Person ein Mann oder eine Frau ist oder wie bedeutend sie ist.

Sie könnte von der Organisation sein.

Ehrlich gesagt, sagt mir meine Intuition, dass sie es ist.

In jeder Hand befinden sich zwei Kelche. Die Gestalt streckt die Arme aus, und wir vier ergreifen jeweils einen. Dann greift die Gestalt an ihrem Bein herunter und zieht eine gebogene schwarze Klinge heraus.

Sie spricht nicht. Sie balanciert nur die Klinge in ihrer Handfläche und hält sie gerade heraus, ein Angebot, das jeder von uns annehmen kann.

Ich streiche über die Klinge und spüre schon, wie sich der Verbindungsjunge neben mir darauf vorbereitet, sie sich zu schnappen. Ich kann seine Enttäuschung spüren, weil er vermutlich derjenige sein wollte, der einem Kind die Klinge in die Brust stößt. Und deswegen werde ich dafür sorgen, dass er einen langsamen Tod erleidet. Ihm wird nicht die Ehre zuteil, die Halsschlagader aufgeschnitten zu bekommen, damit er innerhalb von Sekunden verblutet.

Nein, nein. So viel Glück wird er nicht haben.

Der Gesang wird immer lauter, bis der gespenstische Lärm von den Höhlenwänden widerhallt. Ich spüre, wie sich die Augen der Gestalt in mich bohren. Und obwohl sie auch mein Gesicht nicht sehen kann, erwidere ich ihren Blick.

Letztendlich dreht sie sich um, geht zurück und verschwindet wieder in den Schatten.

Mein Herz pocht schwer in meiner Brust und übertrumpft den

Lärm um mich herum. Ich höre nichts außer meinem pochenden Herzen in meiner Brust, bis die Schreie des kleinen Mädchens die Luft durchdringen. Ich habe die Klinge über sie gehoben, die scharfe Spitze schwebt direkt über ihrer Brust.

Ich halte den Griff mit der Faust fest in der Hand. Ich strecke zwei Finger aus und halte für ein paar Sekunden inne, um sicherzugehen, dass das Signal gesehen wird, bevor ich sie wieder zurückziehe.

Und dann schaue ich auf das Mädchen hinunter.

»Schließ deine Augen«, flüstere ich. »Und öffne sie erst, wenn ich es dir sage.« Ihre Lippen beben, aber sie hört zu und schließt die Augen vor dem Grauen, das um sie herum geschehen wird.

Ich halte die Klinge fest umklammert, hebe sie hoch und schwinge meinen Arm nach links. Direkt in die Kehle des Verbindungsjungen.

Der Gesang stottert, bevor er ganz aufhört. Keuchen ertönt, als der junge Mann neben mir an seinem Blut erstickt. Ich ziehe die Klinge heraus und das saugende Geräusch wird von seinen erstickten Atemzügen verschluckt.

Er starrt mich an, seine Augen vor Unglauben geweitet. Und dann bricht er zusammen, weil er sich nicht mehr auf den Beinen halten kann.

Schüsse ertönen. Ein hinter mir stehender Wachmann fällt zu Boden, seine Gehirnmasse verstreut sich im Schatten.

Das war der Auslöser. Der ganze Raum gerät in Bewegung. Panische Schreie und rennende Menschen drängen zum Ausgang. Ich lasse Larry keinen Schritt weiterkommen, bevor sich die gebogene Klinge durch sein Auge bohrt. Durch die Brille und alles.

Sein Körper verkrampft sich und bricht zusammen, als ich sie wieder aus seinem Kopf reiße, wobei jegliches Geräusch in dem Chaos untergeht.

Ich schaue auf den Verbindungsjungen hinunter und beobachte, wie er seinen letzten Atemzug tut und das Leben aus seinen Augen verschwindet. Und ich lächle.

Michael tritt aus den Schatten hervor und rennt auf mich zu. Als er nah genug ist, wirft er mir eine Waffe zu. Ich fange die Waffe in der Luft und schaue in die Richtung, in die die schwarze Gestalt verschwunden ist.

Alarmbereitschaft flutet durch meine Adern und ich blicke auf das kleine Mädchen hinunter, dessen Augen noch immer fest geschlossen sind. Ihr Körper ist mit Blut bespritzt und ich hasse es, dass das Böse es trotzdem geschafft hat, sie zu berühren.

Ich schiebe die Kapuze von meinem Gesicht und beuge mich über das Mädchen. »Öffne deine Augen, hübsches Mädchen. Aber ich will, dass du nur mich ansiehst, okay?«

Langsam öffnet sie sie. Die Tränen sind getrocknet, aber ihr Gesicht ist immer noch vor Panik verzogen.

»Mein Freund hier wird sich um dich kümmern. Er wird dafür sorgen, dass du zu deiner Mommy zurückkehrst, okay?«

Sofort bricht sie wieder in Tränen aus. Ich streiche ihr die blonden Haare aus dem Gesicht.

»Es ist okay, hübsches Mädchen. Ich möchte, dass du deine Augen auf ihn richtest, und nur auf ihn. Schließe sie, wenn du musst. Er wird dich wissen lassen, wann es sicher ist.«

»Okay«, flüstert sie, ihre zarte Stimme ist brüchig. Sie nickt und ich wische ihr sanft eine Träne aus dem Gesicht, bevor ich mich aufrichte.

»Kümmere dich um das Mädchen«, befehle ich und schaue zu Michael auf. »Ruby sollte bald hier sein, sie wird sich um sie kümmern und dann kommst du zurück und hilfst, die Sache zu beenden.«

Michael nickt, während ich mich auf den Weg zu der Stelle mache, an der ich die schwarze Gestalt zuletzt verschwinden sah. Wenn sie wirklich Teil der Organisation ist, dann will ich von ihr Informationen.

Schreie ertönen vom Eingang, der Gleiche, durch den ich gekommen bin, gefolgt von weiteren Schüssen. Einer meiner Männer muss mein Team hereingelassen haben. In der Höhle herrscht ein absolutes Blutbad, aber darüber mache ich mir keine Sorgen, denn ich vertraue darauf, dass niemand, der an dieser Zeremonie teilgenommen hat, es lebend herausschaffen wird. Das war ein ganz klarer Befehl, den ich gegeben habe.

Diese Welt wird ein besserer Ort sein ohne sie.

Ich schaffe es nur etwa drei Meter weit, bevor eine Explosion die Höhle erschüttert und mich in die Luft schleudert. Die Zeit verlangsamt sich, während mein Körper durch die Luft schießt und die Welt verschwimmt.

Dann beschleunigt es sich wieder und mein Körper prallt gegen den Steinaltar. Der Sauerstoff wird mir aus der Lunge gepresst, als mein Rücken gegen die Ecke des Altars prallt, bevor ich zu Boden stürze.

Ein lautes Klingeln hallt in meinem Kopf wider, aber es ist nicht lauter als ein Flüstern, da der Schmerz daneben ohrenbetäubend ist.

Sekundenlang, minutenlang, stundenlang – alles, was ich schaffe, ist dort zu liegen, während Verwirrung um mich herumschwirrt.

Stöhnend reiße ich die Augen auf und blinzle durch den Staub, der die Gegend vernebelt. Ich kann nichts hören, aber als sich der Staub legt, kann ich an den verstreuten Körperteilen erkennen, wie laut es tatsächlich sein muss.

Menschen rennen chaotisch umher. Ein Mann schleppt sich zur Treppe, ein Bein fehlt ihm komplett, während ein Teil des Geländers aus seiner Seite herausragt. Er muss im obersten Stockwerk gewesen sein.

Zusammen mit vielen anderen Menschen, von denen einige keine Gliedmaßen mehr haben, andere sind blutüberströmt und schwer verletzt. Sie halten sich einen Teil ihres Körpers, während sie den Schock der Explosion verarbeiten.

Das Klingeln lässt nach und ein Ansturm von Schreien dringt in mein Bewusstsein.

Ich stöhne wieder und zwinge meinen Körper in eine aufrechte

Position, während ich versuche herauszufinden, was zum Teufel gerade passiert ist.

Mein Kopf dröhnt und meine Sicht ist verschwommen, der Schmerz wird mit jeder Bewegung stärker. Ich reiße mir die Kette vom Hals. Ihr Gewicht fühlt sich an wie ein Betonklotz, der um meinen Hals gebunden ist.

Verdammte Scheiße! Was zur Hölle ist passiert?

Eine Person stürmt auf mich zu, ihr großer, schlaksiger Körper taucht aus Staubwolken und blutigen Gliedmaßen auf. Sein Mund ist zu einem Schrei aufgerissen und erst, als er weniger als einen Meter vor mir ist, begreifen meine Augen, was ich sehe.

Es ist Jay. Warum zum Teufel ist Jay hier?

Er sollte irgendwo hinter einem Computer sitzen.

»Zade, Kumpel, geht es dir gut?« Die Panik steht ihm ins Gesicht geschrieben und seine haselnussbraunen Augen sind vor Angst geweitet, als er vor mir kniet und mit seinen Händen über meinen Körper streicht, um ihn auf Verletzungen zu untersuchen.

»Was zum Teufel ist passiert?« Mein Kopf pocht wie verrückt und mein Rücken fühlt sich an, als wäre er gebrochen. »Warum bist du hier?«

»Ich bin sofort gekommen, als ich es herausgefunden hatte. Es war eine Falle. Dieses letzte Video … sie wussten, dass wir kommen würden … Ich weiß nicht, wie, Mann. Aber sie haben das verdammte Video absichtlich geleaked. Das war eine *verfickte Falle.*«

Ich bin so sehr auf Jays Mund konzentriert, versuche langsam, die Worte zu verarbeiten, die aus ihm kommen, dass ich das Geräusch einer entsicherten Waffe und den kalten Druck von Metall an meinem Hinterkopf zu spät wahrnehme.

»Gut, dass du das herausgefunden hast, Jason Scott. Jetzt zeig mir deine Hände, sonst findet diese eine Kugel ihren Weg in eure beiden verdammten Köpfe.«

Jay blickt zu der Person hinter mir auf und seine Augen werden unheimlich groß.

»*Du*?«

Kapitel 42

Die Manipulatorin

»Bist du überrascht?«, frage ich durch das Telefon und wirble die rote Rose zwischen meinen Fingern herum. Als ich aufgewacht bin, war Zade weg und eine Rose an seiner Stelle.

Meine Mutter seufzt. »Nein, das bin ich nicht. Das erklärt eine Menge über deine Nana und ihre seltsame Bindung an das Haus.«

Ich liege zusammengerollt auf der Couch und schaue den Nachrichtensender. Ein Gefühl des Stolzes durchströmt meine Adern, als die Worte *›Breaking News‹* und *›Fünfundsiebzig Jahre alter ungeklärter Fall gelöst‹* ertönen.

Daya und ich haben der Polizei heute Morgen unsere Erkenntnisse mitgeteilt. Sie haben Stunden damit verbracht, unsere Beweise zu prüfen. Nachdem sie die Echtheit der Seriennummer und der DNA-Testergebnisse überprüft hatten, erklärten sie Frank Williams zu dem Mann, der Genevieve Parsons kaltblütig ermordet hat. Sein Motiv: unerwiderte Liebe.

Sie haben die Tagebücher vorerst beschlagnahmt, aber ich ließ sie schwören, dass sie sie zurückgeben würden. Der Polizeibeamte sah mich an, als wäre ich verrückt, als ich ihm den kleinen Schwur abpresste. Aber ich habe mich besser gefühlt, als ich mich von den Tagebüchern getrennt habe, auch wenn es nur vorübergehend war.

Der Reporter auf dem Bildschirm erzählt von der Urenkelin des Opfers, die auf versteckte Tagebücher in der Wand gestoßen ist, und wie dies zur Entdeckung des Mordes und des Täters führte.

Ich werfe einen Blick auf das Fenster, durch das eine Reihe von blinkenden Lichtern schimmert. Die Nachrichtensprecher stehen vor meinem Haus. Sie wollten Parsons Manor im Hintergrund haben. Was wäre eine gruselige Geschichte ohne ein altes viktorianisches Haus, das sich hinter einer hübschen blonden Frau mit rotem Lippenstift abzeichnet?

»Sie muss ihr ganzes Leben lang so viele Schuldgefühle gehabt haben«, sage ich leise, denn seit der Erkenntnis, dass Nana geholfen hat, den Mord zu vertuschen, ist die Traurigkeit ungebrochen.

Überraschenderweise hat Mom keine bissige Antwort. »Das kann ich mir gut vorstellen, Adeline. Das ist eine schwere Last, besonders weil sie erst sechzehn Jahre alt war, als es passierte. Sie war wahrscheinlich sehr traumatisiert.«

Ich runzle die Stirn noch stärker. »Es erstaunt mich, dass sie immer so glücklich war.«

»Manchmal sind die glücklichsten Menschen die traurigsten«, sagt sie und führt ein bekanntes Zitat an.

»Und was sind dann die miserabelsten Menschen auf der Welt?«

»Müde.«

»Klingt miserabel.«

Sie stößt ein trockenes Lachen aus. »Ich habe bald eine Besichtigung. Ich muss los. Wir sehen uns dann in ein paar Wochen zu Thanksgiving.«

»Hey, Mom? Ich habe noch eine letzte Frage«, stoße ich hervor und die Worte platzen aus mir heraus. Irgendetwas an diesem Fall hat mich beunruhigt, und das dringende Bedürfnis zu fragen, ist unerträglich.

Sie seufzt, bleibt aber dran und drängt mich stillschweigend zum Weiterreden.

»Hast du mir zufällig einen schwarzen Umschlag mit Bildern und einem Zettel geschickt?«

Sie schweigt und mein Herz pocht in meiner Brust. »Mom?«, fordere ich eine Antwort.

Sie räuspert sich. »Ich schätze, deine Nana und ich sind uns ähnlicher, als du dachtest.«

Meine Augen weiten sich, als die Erkenntnis mich direkt in die Brust trifft. Sie hat mir den Umschlag geschickt. Das bedeutet, dass sie die ganze Zeit über Gigis Mord und Nanas Rolle dabei Bescheid wusste.

Un-fucking-glaublich.

»Du hast es geheim gehalten«, flüstere ich.

»Ich muss jetzt los, Addie. Ich habe in fünf Minuten eine Hausbesichtigung.«

»Okay«, murmle ich, aber die Leitung ist bereits tot. Ich weiß nicht, wann genau Mom herausgefunden hat, dass Nana den Mord vertuscht hat – ich bezweifle, dass sie es mir jemals sagen wird – aber ich nehme an, dass es irgendwann vor meiner Geburt war, denn ich kann mich nicht daran erinnern, dass sich die beiden jemals verstanden haben.

Moms Verbitterung und Abneigung gegenüber Nana ergeben plötzlich mehr Sinn.

Nana hat den Mord an ihrer Mutter vertuscht, und im Gegenzug hat ihre Tochter ihre Beteiligung verheimlicht.

All diese Informationen und der Schock darüber, dass meine Mutter auch an der Vertuschung des Mordes an Gigi beteiligt war, lassen mich nicht mehr klar denken. Das ist zu viel.

Ich drehe mich um und starre zum Fenster hinaus, während meine Gedanken zu Zade wandern. Ehrlich gesagt, waren sie nie weg. Er sitzt ständig in den Tiefen meines Bewusstseins und drückt mir auf die Schultern.

Ist er in Sicherheit? Lebt er noch?

Wann habe ich angefangen, mir Sorgen um seine Sicherheit zu machen?

Ich muss meinen Kopf mal checken lassen. Aber ich werde nie

die Initiative ergreifen, es tatsächlich zu tun. Auf Umwegen beginne ich, meine neue Realität zu akzeptieren.

Ich bin dabei, mich in meinen Stalker zu verlieben. Der Schatten, der mich in der Nacht verfolgt. Der Mann, der mich jagt und meine ganze Welt in den Abgrund reißt. Und damit muss ich mich nicht nur abfinden, sondern auch mit der Tatsache, dass mein Leben nun von Sorgen bestimmt sein wird. Er ist gefährlich, aber die Situationen, in die er sich bringt, sind genauso furchteinflößend. Eines Tages könnte er rausgehen und nie wieder nach Hause kommen.

Wie soll ich damit umgehen?

Ich stehe auf und mache mich auf den Weg in die Küche, um mir ein Getränk zu mixen. Ich knipse das Licht an, halte aber sofort inne.

Auf dem Tresen liegt eine rote Rose, deren Dornen entfernt wurden. Ich kann mir beim besten Willen nicht erklären, warum mir die Tränen in die Augen steigen. Vielleicht, weil ich jetzt, da ich mich um das blöde Arschloch sorge, nicht mehr weiß, ob ich zum letzten Mal eine Rose bekommen habe oder nicht.

Schniefend gehe zu der Rose hinüber, hebe sie hoch und drehe den Stiel zwischen meinen Fingern.

»Verdammt noch mal, Zade«, murmle ich laut. »Ich werde dir nie verzeihen, wenn du stirbst.«

Das laute Vibrieren meines Telefons reißt mich aus dem Tiefschlaf. Sabber läuft mir über die Wange und ich wische ihn abwesend mit einer Hand weg, während ich mit der anderen nach meinem Handy greife.

Das helle Licht zieht sofort Kopfschmerzen nach sich, als ich auf den Bildschirm blinzle. Es ist erst dreiundzwanzig Uhr. Ich kann nicht länger als eine Stunde geschlafen haben.

Mein Telefon vibriert wieder und macht mich auf eine Nachricht aufmerksam. Als ich die App öffne, sehe ich, dass Daya mir mehrere Nachrichten geschrieben hat.

Daya: Bist du wach?

Daya: Ich bin gerade ziemlich durcheinander und könnte eine Freundin gebrauchen.

Daya: Kommst du rüber?

Daya: Das würde ich wirklich zu schätzen wissen.

Ich runzle die Stirn, verwirrt und besorgt zugleich. Wir haben nicht mehr miteinander gesprochen, seit wir uns vor ein paar Stunden getrennt haben, nachdem die Polizei all unsere Beweise eingesammelt hatte. Sie musste zur Geburtstagsparty ihrer Nichte gehen und seitdem habe ich nicht mehr mit ihr gesprochen.

Ich tippe auf die Anruftaste, halte das Telefon an mein Ohr und setze mich auf. Das Telefon klingelt nur kurz, bevor der Anrufbeantworter erklingt.

Mein Herz beginnt zu klopfen, als ich meine Beine von dem Bett schwinge und zu meiner Kommode gehe, wo ich die Schubladen durchstöbere, bis ich eine Jogginghose und einen Kapuzenpullover finde. Ich rufe Dayas Telefon noch zwei weitere Male an und als sich jedes Mal der Anrufbeantworter einschaltet, gerate ich in Panik.

Ich schnappe mir meine Schlüssel neben der Haustür, eile aus dem Haus und direkt in mein Auto. Draußen regnet es in Strömen und der Regen prasselt gegen die Fensterscheiben, während ich meine lange Auffahrt hinunter zu Dayas Haus rase.

Während der Fahrt versuche ich sie noch einige Male anzurufen. Aber sie nimmt nie ab.

Als ich ein paar Kilometer entfernt bin, bemerke ich Scheinwerfer hinter mir, die sich mir nähern. Ich werfe einen Blick in den Rückspiegel und trete fester aufs Gas, ein ungutes Gefühl in der Brust.

Irgendetwas stimmt hier nicht.

Daya würde mir nie eine Nachricht schicken, um mit mir zu reden, und mich dann ignorieren.

Und das Auto hinter mir kommt gefährlich nahe, es verschwindet geradezu hinter meinem Auto.

»Was zum …«

Ich werde heftig nach vorn geschleudert, mein Kopf knallt fast gegen das Lenkrad. Ein erschrockener Schrei entweicht mir, als mein Auto ins Schleudern gerät.

Ich gewinne die Kontrolle zurück, trete stärker aufs Gas und versuche, etwas Abstand zwischen uns zu gewinnen. Ich krame nach meinem Handy, stelle aber fest, dass es auf dem Boden des Beifahrersitzes liegt.

Es muss mir aus der Hand gerutscht sein, als der Lieferwagen in mich hineingekracht ist.

Scheiße. Scheiße. Scheiße.

Wer zum Teufel ist hinter mir her? Es könnte Max sein, der sich endlich für einen Mord rächen will, mit dem ich nichts zu tun hatte. Oder es könnten die Männer sein, die Mark auf mich gehetzt hat. Jetzt kommen sie, um mich zu holen.

Das Aufheulen deren Motors ist meine einzige Warnung. Diesmal bin ich auf den Aufprall vorbereitet, auch wenn mir die Wucht des Schlags noch immer den Atem raubt.

Bevor ich die Kontrolle über das Fahrzeug erlangen kann, krachen sie schon wieder gegen mich. Mein Auto rutscht hin und her, während ich um die Kontrolle kämpfe. Mein Herz rast vor Adrenalin und Panik, und in meiner Magengrube macht sich Angst breit. Ich habe das ungute Gefühl, dass ich es nicht schaffen werde, aus dieser Situation herauszukommen.

Mein Gaspedal lässt sich nicht weiter herunterdrücken, und je höher die Geschwindigkeit ist, desto mehr verliere ich die Kontrolle.

Es braucht nur noch einen weiteren Aufprall, bevor ich von der

Straße abkomme und in einen Graben fahre. Meine Welt dreht sich, als die Stoßstange meines Autos schräg an die Leitplanke knallt, bevor mein Auto umkippt, sich zweimal überschlägt und hart auf dem Dach landet.

Der Aufprall ist ohrenbetäubend, als die Fensterscheiben zerbersten. Glasscherben schießen aus allen Richtungen gegen mich und zerfetzen meine Haut.

Als sich alles beruhigt hat, realisiere ich, dass ich immer noch schreie.

Ich atme scharf ein und stoße einen fast animalischen Laut aus, als mich die Panik überkommt. Ich hänge kopfüber, noch immer an meinen Sitz geschnallt. Der Sicherheitsgurt schneidet sich schmerzhaft in meine Brust und schnürt meine ohnehin schon enge Lunge noch mehr ein.

»Du hast sie zu hart gerammt«, ruft eine Stimme von irgendwo außerhalb meines Autos. »Scheiße, sieh nach, und stelle sicher, dass sie nicht stirbt, du verdammter Idiot.«

So wie die Stimme durchdringt, tut es auch der Schmerz.

Ich drücke meine Augen zu und mein Körper pulsiert vor Schmerz. Ich stöhne, als das Gefühl immer schlimmer wird, bis ich nicht mehr an meinen kaputten Körper denken kann.

Ein Gesicht erscheint an meinem Fenster. Ich begegne dem Blick eines Mannes mit dunklerer Haut und bodenlosen schwarzen Augen. »Sie lebt«, verkündet er und ein erleichtertes Lächeln zuckt an einer Seite seiner Lippen.

»Hol sie raus«, fordert eine Stimme schroff.

»Was wollt ihr von mir?«, stöhne ich und wehre mich schwach gegen seine Hände, die an meinem Sicherheitsgurt herumfummeln. Er antwortet nicht, also frage ich weiter nach.

»Halt's Maul, bevor ich dich bewusstlos schlage!«, brüllt er. Das Klicken des Sicherheitsgurtes ist meine einzige Warnung, bevor mein Körper kopfüber nach unten fällt. Ich schreie auf und der Schmerz durchzuckt meinen Nacken und meine Schultern.

Der Mann packt mich am Arm und zieht meinen Körper aus

dem Fenster der Fahrerseite, wobei er meinen Körper über Glas und scharfes Metall schleift.

»Hör auf«, stöhne ich und schluchze, als er mich endlich rausholt. »Warum tust du das?«

Keuchend beugt sich der Mann über mich und mustert mich. »Wenn du erst einmal wieder gesund bist, wirst du ein hübsches Sümmchen wert sein«, sagt er mit einem schiefen Grinsen im Gesicht.

»Bring sie einfach in den Van, Rio. Max wird sowieso schon angepisst sein, dass wir seinen Van geschrottet haben, also hör auf mit dem Scheiß. Die Polizei wird bald hier sein.«

Ein weiteres Grinsen blitzt auf. »Zeit, um schlafen zu gehen, Prinzessin.«

Und dann ist da nichts als Dunkelheit.

Fortsetzung folgt ...

Danksagung

Ich habe das Gefühl, dass ich so vielen Menschen für dieses Buch danken muss, dass ich gar nicht weiß, wo ich anfangen soll. Aber was ich weiß, ist, dass es lang werden wird, aber ich denke, wir können an der Länge meiner Bücher erkennen, dass ich mich nicht kurzfasse.

Also fange ich da an, wo ich immer anfange. Bei den Lesern. Ich kann euch allen nicht genug danken. Wie alle Autoren kann ich nur hoffen, dass ihr die Bücher liebt. Diese Geschichten – wir schreiben sie für uns selbst. Wir schreiben, was uns glücklich macht. Denn wenn wir das nicht tun, werden wir in diesem Beruf nicht überleben. Die meisten wissen, dass es verdammt schwer ist, Bücher zu schreiben, also fühlt es sich unmöglich an, wenn man es nicht liebt. Und wenn *wir* es nicht lieben, wie können wir dann erwarten, dass es jemand anderes tut? Und was bringt es, zu schreiben, wenn es niemand liebt?

Am Ende des Tages wollen wir, dass unsere Leser sie mit uns zusammen lieben. Sie sollen etwas genießen, in das wir unsere Seele hineingesteckt haben, und das Gefühl haben, dass sie diese Geschichte mit uns zusammen erlebt haben. Es gibt ehrlich gesagt keine größere Freude als das. Und ich danke euch allen, dass ihr diese Reise mit mir angetreten seid.

Es gibt niemanden, mit dem ich anfangen kann, außer den beiden Menschen, die eine große Rolle in diesem Buch und in meinem Leben gespielt haben. Das war's dann auch schon.

Ich habe sie beide auf genau dieselbe Art und Weise kennengelernt. Ich habe ihnen die Hand gereicht und sie gebeten, mir eine Chance zu geben und mein Buch zu lesen, und beide wurden zu zwei der wichtigsten Menschen in meinem Leben. Sie haben mir zugehört, wie ich endlos über das Buch und die Figuren gesprochen habe, haben Fragen gestellt und Ratschläge gegeben, haben Ausschnitte gelesen und mich angeschrien, weil ich mich verzettelt hatte (oder an mir selbst zweifelte).

Erstens: Amanda. Du bist schlicht und einfach meine beste Freundin. Du bist meine andere Hälfte, meine Seelenverwandte und alles andere dazwischen. Ich bin mir nicht sicher, ob ich ohne dich noch in dieser Gemeinschaft wäre. Du hast mir durch einige ziemlich dunkle Zeiten geholfen und mir Liebe entgegengebracht, als ich mich völlig allein gefühlt habe. Wir haben eine Verbindung wie keine andere und manchmal staune ich immer noch darüber, dass ich das Glück hatte, dich zu finden. Ich hoffe, du weißt, dass du mit mir verbunden bist – für immer.

May, was zur Hölle würde ich ohne dich tun? Ich kann es mir nicht vorstellen und ich will es auch nicht. Als ich dich das erste Mal traf, fühlte ich eine Verbindung zu dir, die ich mir nicht erklären konnte. So sehr, dass ich dich, obwohl ich dich kaum kannte, gebeten habe, mein Alphaleser zu sein. Ich wusste einfach, dass du etwas Besonderes bist, und ich wollte, dass du mehr als nur ein Leser bist, eine Freundin. Doch du bist so viel mehr als das geworden. Danke, dass du meine Konstante bist. Du bist immer da, schaust nach mir und Zade und bietest selbstlos deine Hilfe an, wann immer ich sie brauche. Du hast mir unendlich viel Unterstützung und Liebe entgegengebracht, und ich kann gar nicht genug ausdrücken, wie viel mir das bedeutet.

Ich liebe euch beide, sogar mehr als Z jemals sagen könnte. Ich habe keinen von euch verdient, aber ich bin egoistisch genug, um das zu akzeptieren. Haunting Adeline wäre ohne euch beide nicht das, was es ist. Ohne euch beide wäre ich nicht die, die ich bin.

Und ich habe dich nicht vergessen, Abby. Das könnte ich nie. Du kamst genau dann in mein Leben, als ich dich am meisten brauchte, und ich habe nie zurückgeblickt. Ich wusste von Anfang an, dass du genau die bist, die ich brauche. Du bist mehr als eine Assistentin, du bist eine unglaubliche Freundin, eine Schulter zum Anlehnen und jemand, auf den ich mich verlassen kann. Ich bin von unzuverlässigen Menschen in dieser Gemeinschaft hart getroffen und überrumpelt worden, und du musstest dich mit meinen Zweifeln, Vermutungen und meiner Skepsis auseinandersetzen. Aber du gehst damit um wie ein Profi und erinnerst mich jeden Tag daran, dass ich bei dir sicher bin und dass ich nachts besser schlafen kann, weil ich weiß, dass ich dir vertrauen kann. Danke für alles, was du tust, und dafür, dass du Haunting Adeline zu dem machst, was es sein soll. Ich liebe dich.

An meine Betas, Rita, Keri, Autumn, Taylor, Caitlyn, RS und Mandy, vielen Dank für euer unglaubliches Feedback und eure Unterstützung. Ihr alle opfert eure Freizeit und Energie, um etwas zu tun, was ihr nicht tun müsst, und jede Einzelne von euch wird geschätzt und geliebt. Ich kann euch nicht genug dafür danken, dass ihr mich begleitet und mir geholfen habt, eine bessere Autorin zu werden.

Und schließlich an meine Lektoren. Die beiden wunderbaren Damen, die diesem Buch den letzten Schliff gegeben und es so schön gemacht haben. Angie und Sarah, ich kann euch beiden wirklich nicht genug danken. Ihr habt mir so viel Unterstützung und Liebe entgegengebracht, und ich werde euch beiden für immer zu Dank verpflichtet sein.

Einfach nur … Danke. An alle von euch. Ich danke euch.

wirklich nicht genug danken. Ihr habt mir so viel Unterstützung und Liebe entgegengebracht, und ich werde euch beiden für immer zu Dank verpflichtet sein.

Einfach nur … Danke. An alle von euch. Ich danke euch.

Folge uns auf:

Instagram: www.instagram.com/vajona_verlag
Facebook: www.facebook.com/vajona.verlag
TikTok: www.tiktok.com/vajona_verlag
Website: www.vajona.de
Shop: www.vajona-shop.de